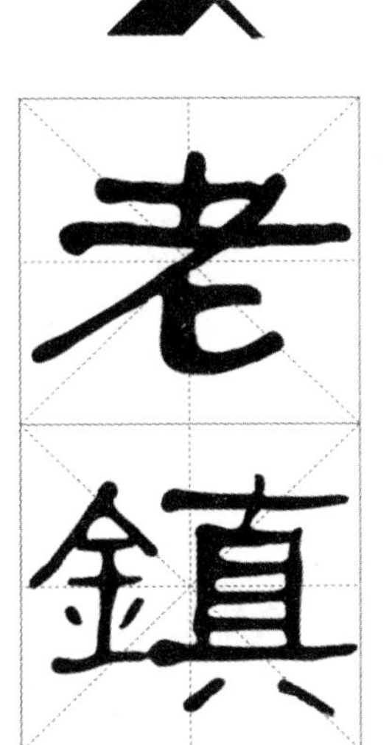

老镇

牛余和 著

長江出版傳媒 | 长江文艺出版社

目录

CONTENTS

卷一

卷二

卷三

卷四

人物表

岳翕若　滚石塔镇最后一位庄长，开明乡绅，烈属、军属，资本地主分子。商校未毕业即被父亲召回济南经商，抗日战争前夕回到滚石塔镇，倾力支持长岭山共产党游击队，抗战胜利后送次子参加解放军。一把葳蕤的大胡子是岳翕若宁死不肯割舍的脸面，在女儿怀着梁家后代嫁给老友何如山的儿子后，自剃胡须，中风痴傻。

老 伴　岳翕若老伴。

岳知琢　岳翕若长子。

大 嫂　岳知琢媳妇。

岳知琪　岳翕若二子，解放军东北某军校干部。

岳知琛　岳翕若三子，被未过门的媳妇尚淑珍退婚后，因与杏花搞对象入狱，后与死了丈夫的淑珍搭伙，终身未结婚。

岳 珊　岳翕若女儿，尚兴凡未过门媳妇，梁亮的恋人，遭遇尚兴凡退婚、梁亮求婚又拒婚后，怀着梁亮的孩子嫁给岳家世交长岭村何如山的儿子。

岳 顺　岳翕若五子，“文革”初期逃港，遇父亲故人救助，改革开放后回大陆投资经商。

岳 凡　岳翕若小儿子，“岳凡手记”作者。

尚荣杞　尚家最后一位掌门人，装疯卖傻的“漏网地主”。

尚成岭　尚家长子，逗人开心的胖子，因砸菩萨壮举加入红卫兵，后陷入“现行反革命案件”，被开除红卫兵，自爆身亡。

尚成峰　尚家次子，与原未过门的“嫂子”立春通奸被抓，出狱后开饭店，贿选下河村村主任，与台商合作在光石岗开矿，毁掉滚石塔。

杏 花　尚荣杞侄媳，新婚次日守寡，因与岳知琢搞对象自杀。

梁 亮　滚石塔镇小河南村新生代代表人物，县食品厂工人，岳珊恋人，满腔热情的滚石塔镇第一支红卫兵战斗队队长，后下海办化工厂，因厂房爆炸致多人死亡被捕。

梁家禄　梁亮的大爷，与滚石塔镇岳尚两家较量了一辈子的小河南村领袖。

简小妹　济南明湖画舫歌妓，岳翕若旧相识，后嫁到滚石塔镇，颇具性情的小女人，遭天赦子揪斗羞辱跳井自杀。

和大家伙　原先岳家的长工，极具性情的大男人。将寻衅报复的和狗子抛下悬崖，跳崖而死。

岳绍前　游击队战士，土改工作队队长，滚石塔镇党支部、党总支书记。

尚兴凡　滚石塔镇团支书记，革委会主任，党总支副书记。

刘文先　游击队小队长、大队长，公社党委书记。

会　恩　滚石塔镇恩石寺住持。

傩疯子　自幼流落滚石塔镇的傩巫。

常二婶子　烈士遗孀。

常继刚　常二婶子独子，小学教师，“9·13”事件后因投寄传单被捕。

梁文语　遣返原籍的北大教授。

老　高　下放滚石塔镇的老干部。

尚丰年　滚石塔镇林业队队长，岳翁若当年的商业助手。

尚淑珍　尚丰年女儿，岳知琛的未婚妻。

兴凡娘　尚兴凡母亲。

胖奶奶　岳翁若邻居。

天赦子　其父尚迷糊与岳母私生的“舅子儿”，诬陷尚成岭、逼死简小妹，在尚成峰的酒店里醉酒后掉入简小妹自杀的井里而死。

和狗子　岳家原女佣的儿子，滚石塔镇第一个偷窥“女人湾”的男人，尚淑珍暗恋者。

卷一

第一章

“一二三、一二三、一二三”——

会愚稳稳踏上庙门前三级一平台的青石台阶，转身看着蜿蜒流泻到山下的来路，眼睛里神采焕然。在来到恩石寺第九十九个秋分的这天下午，长岭山天气忽然暴暖，噤绝多日的蝉声又疏疏落落地响起来。

此刻，离他圆寂还有仅仅不到一天。偏过山谷的太阳正在急速下滑。一向有着敏锐准确预感的老和尚，对已经扑到山下的风暴竟然浑然不觉，硕大的脑袋里一派丽日清天。

恩石寺门前的阳光一点点往山下抽去。会愚的目光随着那轮浸泡了鸡血般鲜亮的太阳，一头跌落进巴漏河跟绿泉河交汇处的芦苇滩。一群烧红翅膀的水鸟轰地腾起，又纸灰似的慢慢落下。尖扎扎的凉风从小河南村越过巴漏河，在滚石塔镇的河汊村、下河村、上河村之间穿插鼓荡，径直扑向长岭山，恩石寺的檐铃叮叮当当乱成一团。

会愚跟随师父来恩石寺的时候刚满十八岁。屡经战乱的滚石塔镇已名存实亡，只有三片歪歪扭扭的村庄，散布在山脚下的绿泉河边。小河南就扎着几个秫秸窝棚，住着两三户逃荒要饭的。连在两条河之间飞来飞去的水鸟，叫声都野野地透着荒凉。这才眨巴眼的工夫，三个村庄就又连成一片集镇。小河南也变成一个砖屋草房鸡鸣狗吠的小村落。会愚裹了裹僧袍，头一回觉得长岭山里的时光生出了翅膀，才那么呼扇了几下，滚石塔镇的脸颊就结满了老年斑。

传说在一千多年前一个初春的下午，南方三个造反的石匠兄弟逃避官兵追杀，一路东躲西藏，辗转跑进山东章丘境内的长岭山。当晚就被围困在一座乱石堆积的光秃石岗上，眼看就要被乱刀砍死，几个从天而降的和尚打退追兵，和三兄弟一起滚放乱石，把四散逃命的十来个追兵砸倒在山坡上。仨兄弟杀死追兵，再爬回石岗，和尚们已没了踪影。天亮后他们才在光石岗西边的山谷尽头发现了一座寺庙遗址，断壁残垣杂草丛生，到处挂满脏兮兮的蜘蛛罗网。一只白尾巴梢的黄鼬蹲坐在残破的石塔上，翘起灵巧的小手，神情诡谲地拨弄着胡须，转动着圆溜溜的眼睛审视着他们。三兄弟一激灵，齐齐跪下，叩谢神明保佑。

当天他们就开始把那些圆滚滚的石头抱回光石岗，围着石岗上唯一一棵瘦硬的荆树一层层往上垒。等到长岭山野李子树花开的时候，光石岗上就耸立起一座绕树石塔。兄弟仨站在塔下，打量他们的重生之地。山势从光石岗西侧往北收缩又扭头向南，绕出一条深邃的"U"形山谷后，在山脉尽头处昂然一顿，挑成一个翘首西南的巨大狮头。狮头往东山脉连绵望不到头，往南往西都是齐展展的原野，一条碧绿的河流顺着山势从山脚下弯弯淌过。

"山断头出王侯。"老大拍拍当地人送来的干粮和衣物，说，"长岭山是咱们的再生之地。咱兄弟就在这里安家吧。"

石匠兄弟把石塔命名为滚石塔。他们只记住了带头搭救的和尚姓岳，为了感念，也为了隐名埋姓地过安稳日子，兄弟三个分别改为岳、和、尚三姓。以后每隔几年，荆树长高一截，兄弟仨就把塔再垒上一层。直到树不再长高，他们都老了的时候，才最终建成一座三丈多高的抱树石塔。每年荆树开花的季节，石塔通体散发着浓郁的荆花气息，整座光石岗都浸透进缥缈的药香里。山里的人家都说滚石塔有灵性，逢年过节的就纷纷来拜祭。三兄弟见乡亲们攀爬光石岗太费劲，就又在山谷那处寺庙遗址上盖起座庙，把岳和尚的塑像供奉进去，请一位老秀才在庙门上题写了"恩石寺"匾额。

会愚望着谷对面的光石岗，落霞笼罩下的滚石塔像披了件金色袈裟。滚石塔镇的人都说，这塔有个奇特之处，每当山谷里憋足了劲的大风顺着光石岗两侧扑上去，拧作一团在岗顶上打旋时，滚石干垒的塔身就来回摆动，摇摇欲坠的样子，可它摇了一千年也没倒下。会愚曾多次在滚石塔摇摆的时候爬上光石岗仔细观察过，其实塔根本没动，只是塔顶的荆蒿在晃。滚石塔镇的人对会愚的话一脸不以为然的忿忿。他师傅很郑重地告诫会愚不要再提这话，说每当滚石塔镇遭逢大灾难，滚石塔就真的会晃动，日本鬼子来的那年，他就亲眼看到它晃过。会愚笑笑，又转脸看着山下。

等石匠们的孙子成了老爷爷的时候，山脚下的三户人家就沿着绿泉河分成了三个小村落。老大老二的后人分别住在光石岗东西两侧的上河村、下河村，老三的后人选择了靠山谷西边狮子甩头的地方安家，由于正在绿泉河跟巴漏河交汇处，两河相交冲出的河汊从村中穿过，起名叫河汊村。后来，河汊村的和姓后人因与下河村的尚姓家族争权，率领亲支近份负气出走，搬到长岭山中部的长岭村，改为何姓。留下来的和氏日渐衰落，河汊村慢慢变成一个杂姓庄子。三个村庄就此开始由岳、尚两姓共治。原先三姓共同的家庙恩石寺供奉的主神也由岳和尚变成了佛祖，不过三个村庄的人还都习惯地叫岳菩萨，也有到佛像前烧香祭拜老天爷的。大家也都不怎么讲究，反正老百姓总得有个神拜着，进庙就磕头总没啥坏处。

会愚做了恩石寺住持的时候，长岭山前其他村落的人已经把巴漏河南岸的小河南村和绿泉河北的上河村、下河村、河汊村归在一起，统称为滚石塔镇。小河南的人觉得烧香总算是找上了庙门。北岸三村的人却感到小河南像一只虱子钻进自己的裤裆里，连脖楞梗都叫它爬闹得毛剌剌地不得劲。他们冷眼看着小河南今天住进一伙变戏法的，明天又来一帮玩杂耍的。说不定哪天又闯进一个脸上带着刀疤的逃犯。北三村的小孩子们偶尔跑过河去玩，常常撞见南腔北调的男女，大白天的就躲在村头场院里的麦秸垛后边干那勾当。连北三村的穷人见到小河南的财主也都一脸的不屑，宁肯叫自家的孩子打光棍，也不许娶他们的闺女。

直到日本人打过来，最早落户小河南的梁家终于熬出了位敢作敢当的人物梁家禄，拉起杆子成了打鬼子的好汉。日本人投降后，沉寂了好长时间的梁家禄又突然出山，叫昔日手下的弟兄抱起枪在他家门口朝天放了一通，挑翻村周遭临时搭建的破房子烂窝棚，把那些游手好闲、滋事生非的无业游民赶出村庄，抓起几个偷鸡摸狗翻墙扒灰的家伙游街示众，又从北三村抄来村规民约张贴在街头巷口，一举镇住了乌烟瘴气的小河南。

梁家禄的举动得到岳、尚两大家族的首肯。作为奖赏，他们终于出钱在巴漏河上架起座石桥，算是认可了小河南村的“镇籍”。小河南的孩子去对岸上学再也不用踩着露出水面的石头来来回回了。梁家禄叫人在桥头整整放了一个时辰鞭炮。他蹲在桥头直勾勾地瞅着打着旋涡涌流的河水。好几辈子啦，小河南人自己捐款建桥的愿望，一次次被岳尚两家阻止。那些发水季节淹死的孩子呀，他们的尸体排起来早就能搭座桥啦。他们如伤疤一样层层叠叠地淤积在小河南人的心头。

这年的大年初一，梁家禄兴冲冲地组织起扮玩队伍，双手举过头顶，挥舞着拳头喊道：“老少爷们儿，咱们小河南，熬出头啦。”他摁拉把涌出的泪水，往地上狠狠一甩，朝河对岸一挥胳膊，走，扮玩去，带领队伍敲锣打鼓跨过石桥。摇头摆尾的狮子朝圣般在纷飞的鞭炮彩屑中意气风发地舞向北三村。

"入了籍"的梁家禄说啥也没想到，他的队伍刚到河汊村庄头就又给挡住了。一伙在风中摇摇晃晃的老头老太太堵在路口上，白发在铺天盖地的阳光中飘拂着凛然的坚不可摧的尊严。锣鼓鞭炮戛然哑声，劲道十足的狮子被抽了筋似的"噗哒"跌落在尘土里。"狮头"抱起胳膊看着梁家禄，脸颊上的疤痕涨得血紫。梁家禄看着老头老太太，他们仍然在风中摇晃，像一片衰朽的枯树，树节疤痕一样的眼睛一眨不眨地迎着他的目光，空洞死板呆滞浑浊却坚毅得不容一丝风穿过。岳尚两家拿最衰弱的挡在他梁家禄手下这支好勇斗狠的队伍面前，多客气多体面多不拿他当回事。他的脸臊成了猪肝色，目光一点点往回收，收到脚下。北三村的圩墙，小河南这回又跨不过去了。他的喉结拉动了几下，"呸"地把一口浓痰吐在老头老太太面前，扭头就走。扮玩队伍稀里哗啦溃败回去。这回比他第一次带队去河对岸扮玩被乱棒打回更伤小河南人的脸。大家看着北三村的扮玩队伍涌过石桥，在小河南村头得意扬扬地耍弄，一个个灰头土脸。几个被梁家禄游过街的痞子围过来，嬉皮笑脸地起哄："梁大庄主，咱们以为你一张纸画个鼻子，好大脸面呢，原来还是叫人家当成贱民。"

梁家禄一股脆生生的火被硬硬地摁死在胸口，粗硬的鼻毛被呼哧呼哧的焦煳气息拱得像风中的茅草。他冲桥北头门楼子上黑洞洞地蔑视着小河南的枪孔咬了半天牙，才挨个点着他们的额头，迸出一句狠话：

"小子们，给老子记住喽，早晚有一天，小河南小伙子的鸡巴要捅了北三村的大闺女！"

梁家禄像一匹黄了尾巴梢的老狼，极有耐心地蹲伏在小河南，等待复仇的时机。

土改工作队进驻滚石塔镇的那天，他鬃毛奓了起来，眼睛闪闪发光，沙沙啦啦地搓着滚烫的手掌，看着铁屑般纷纷落下的老茧碎末，强忍住出击的欲望，把自己关在家里，蹲在那把吱吱咯咯的破椅子上，捏着酒盅子滋滋溜溜喝闲酒。支棱起耳朵探听着北三村的动静。

十天后他过河找到工作队长，要求当农救会长，带头斗地主分田地。工作队正为北三村穷人缺乏阶级觉悟和翻身欲望犯愁，当下就答应了他。那时尚氏家族几年前就破败了，已无啥可斗。岳翁若顶着个烈属军属的名头，还早早地就把全部家产都交了出来，又有区委书记刘文先明里暗里地罩着，也一时不好下手。梁家禄就率领小河南村的人，嘁里喀喳地几天之内把北三村的小地主和油水大的富农挨个斗了一遍。为显示公正，还搂草打兔子捎带着把有几亩河滩地的本家叔叔的家也给抄了。分地时，他把北三村的土地划给了小河南一大片，工作组为保护他的积极性也没加制止。他嗅出了空气中有利于他扑击的气息，念叨着，岳胡子，风水终于要转到小河南啦。正要出手收拾岳翁若时，国民党的地方保安旅带着还乡团从铁道南逼了过来。长岭山一带再度进入拉锯状态。

梁家禄担心时局有变，强迫河汊村一家姓杨的小地主把闺女嫁给自己儿子。迎亲队伍过桥时，那杨家闺女一头扎进河里。姓杨的小地主呼天抢地地把女儿埋了，连个响屁也没敢放。倒是北三村的穷人不干了。他们提扁担举棍棒把梁家禄赶回了小河南，又围住工作组院子，要求惩办凶手。工作队长把枪拍在桌子上，下令抓带头闹事的，被匆匆赶到的刘文先制止。从跟着常老二拉起抗日队伍那天开始，刘文先的游击队就得到滚石塔镇岳家的大力支持。他在长岭山打了十来年的游击，能张口就喊出滚石塔镇每个年轻人的小名。围着工作组院子的人一见到他就自动散去。刘文先以战争时期稳定民心要紧为由，果断撤了梁家禄的农救会长。召回在外村搞土改的岳绍前，让他按上级指示暂缓土改，组织力量准备回击保安旅和还乡团的反攻倒算。

梁家禄把酒壶“啪”地摔到地上：

“日他姥娘，折腾了半天，这滚石塔镇还他娘的是老岳家的天下。”

像忽然一觉醒来，山谷里收集了一天的五谷杂粮味道随着太阳下山蒸腾的湿气弥散开来，把会愚一把拽回到恩石寺门前。他奇怪咋就一下坠落进滚石塔镇的过去，还坠得这么深，几乎是笔直下降，耳旁都呼呼生风了。他借着落在山后的太阳回光返照的余晖，打量着山下炊烟消散的滚石塔镇，心里忽然生出阵说不出来的亲切感，有些依依不舍的味道。石匠三兄弟从建造第一座房子起，就把江南民居特点结合进当地住宅，后来三兄弟的后人各显技巧，借助山势之阳河流之阴，世代相继，逐渐把小桥流水的风韵镶嵌到这片依山傍水的集镇里。体会滚石塔镇的味道，最好是在夏末秋初的季节，宽阔的巴漏河也灌满了水，从两河之间阡陌交错的狭长小平原上远远地望过来，三个村落的住宅随高就低自然摆布，错落在蓊蓊郁郁的长岭山脚下，沿着绿泉河的弧弯既断又连，遥相呼应，山暗水明间的灰白石墙、青黛瓦顶叫人看了心里那个熨帖。

老和尚咂咂厚厚的嘴唇，他总觉得滚石塔镇的古旧味道透着股香火气，喜欢称呼它老镇。可岳翁若不止一次地订正他，是古镇不是老镇，还捋着大胡子说，老镇光熬日子就熬老了，古镇可不是只靠熬日子熬来的。会愚孩童般笑笑，这大胡子就爱讲究。有日子没到镇子里转转了，滚石塔镇最妙的还是那些嵌在桥栏杆、大门口、屋檐下、山墙头的石头浮雕，人物花鸟都跟活的一般，尤其是那些老房子上的镂空石雕，可真得算是绝活。

明天吧，明天一定得带上行智下山去转一圈。

天色渐渐暗了。会愚舒展双臂做了个深呼吸。小河南村头的灯光又早早亮起来，绑在毛白杨树枝杈上的大喇叭刺啦了一阵，准时响起梁家禄的侄子梁亮宣读《滚石塔镇红卫兵星火战斗队告全镇人民书》的声音，腔调有点像当年部队的头头们战前鼓动敢死队。山谷里风大，声音又太慷慨激昂，会愚静下心来，还是听不清楚，只有一串“战斗、前进、冲垮、打倒、砸烂”的高音，翻过呼呼噜噜的风声，撞在寺庙的墙上。立国十多年了，咋又鼓动这些毛头小子造自己江山的反呢。会愚是个圆融随性的和尚，不管佛事还是俗事，向来是想不透的也就干脆不再去想。他摇摇头，转身进了庙门。

岳翁若正笑眯眯地坐在客堂里等他。

会愚略微一愣，一眼就逮住了岳翁若的那把胡子。接着就看出他的胡子虽还像平日那样整洁，可姿态并不舒展，神情皱巴巴地有些艰涩。岳翁若的头发早已谢顶，花白稀疏得像山坡薄地里刚钻出来的赖谷苗尖，他的胡子却出奇地葳蕤，从下巴一直延伸到两耳，浓密地垂到胸前。土改后，会愚就多次劝岳翁若把胡子剃了。他直言不讳地说：“你这把胡子太过张扬，已不符合你现在的身份了。”岳翁若每次都答应着，却一直没剃。会愚知道他舍不下这张乡绅领袖的面皮。胡子就是岳翁若的脸面。

“喝杯我自制的药茶吧，润脾肺安心神。早冲上了，正好下口。”会愚把茶碗推到岳翁若面前，问，“你啥时来的，我咋没注意到？”

“我进门时你正入定呢，就没打搅。”

会愚笑笑。知道他是从侧门悄悄踅进来的，也不点破。见他端起茶碗一口喝干，就又给他倒上一碗。以前岳翁若喝茶可从不这样心急，总是左手先习惯地捋一捋胡须，右手端起茶碗啜一口品评一番，左手再捋一把胡须，然后慢慢品尝。的确够派头，也的确是有点儿显摆。

岳翁若看着会愚，松垂的上眼皮挤成的三角眼里泛动着惶惑。会愚也看着他不说话。岳翁若忽然长叹一声，端直的上身一下松垮了，腰弓了弓，懒散地靠在椅背上：“这回，光石岗上的滚石塔，怕是镇不住咱这北三村啦。”

会愚还不说话。

他一下想起，前天，也就是梁亮宣布成立红卫兵战斗队的那天晚上，岳绍前也来过这里。谈起今年夏天，县城高中的学生刚一闹腾着造反，他就把尚兴凡叫回到村里，当了滚石塔镇团支部书记。已在县食品厂当了工人的梁亮找到岳绍前，要求跟他的同学兴凡一样能在滚石塔镇干点事。他说，看来还不如当初给他在镇里安排个差事。会愚当时不假思索地说了句：“有分别则心生瞋恚，累积怨恨。”岳绍前不知是没听懂还是根本没听进去，说：“要破四旧了，你把重要的经卷收一收。过几天我可能派人来庙里清查，总得让他们收缴点东西回去。这段时间我就不上来了，庙里有啥需用的，你派弟子下山说一声。估计转过年去就好啦。”

见会愚一直不说话，岳翥若起身说：“我走了。以后就不能常到你这里来啦，免得给庙里惹是非。”

“出家人无是无非。”会愚坐着没动，理了理胸前的佛珠，又说了句，“还是把胡子剃了吧。”

岳翥若陷进锁骨窝的脑袋像只潜伏的豹子，呼地蹿了出来，三角眼里又闪出钉子般的坚执。他伸手托了托胡须：“难不成，这成了民国初年的辫子？”

会愚宽和地一笑，展展袍袖：“你急个啥。我晚上不用斋饭，你又吃不惯庙里的东西，我也不虚让。就再聊几句你的胡子吧。”

“你咋就揪住我的胡子不撒手了。”岳翥若也无奈地笑笑，重又坐下，说，“在滚石塔镇，翥若的这把胡子是用成堆的银元供养起来的。这话，可是你说的。”

“这话再也不能提了。”

岳翥若把茶杯往桌子上一磴，反手拨一把胡子。会愚看着他纷扬的胡须，急切间找不出往下接的话，嘟着厚墩墩的嘴唇，松垂的长眉毛耸动着挑了起来。百岁老和尚这副孩童神情，倒把岳翥若逗乐了。他知道，会愚一离开佛家话题就嘴拙。当恩石寺住持也有七八十年了，就不记得会愚过问过村里的任何大事小情。跟他说村务是非家长里短，他能听下去就给面子啦。老和尚这辈子也就交了岳翥若这一个俗家朋友，跟别人轻易不搭话。

岳翥若站起来躬身一礼：“你说，我听着。”

翥若就这点与佛相通。认准了的，跟谁都吹胡子瞪眼；知错了，马上鞠躬作揖。会愚脸上一片祥和，沉吟半晌道：“剃胡子的话，是刘书记说的。”

“他！”岳翥若三角眼撑得溜圆，“刘文先？”

“在公社开统战会时，我问起你家老三考高中得了个全公社头名，却让梁亮顶了空缺的事。他说，地富子弟都这样，何况岳翥若是全公社唯一一个资本地主分子。听说他还出头露面地调解邻里纠纷。这么明白的人，咋就不知道头顶上的天变了呢。他要赶快剃掉那把招摇的胡子，老老实实地接受改造。”

“他浑蛋！”岳翁若双手使劲一掀胡子，骂道，“我再不知道天变了。不是为帮着他变了长岭山的天，我能搭进去大半个家产支持他的游击队？他只记着我是地主分子，咋不想我还是烈属？我的二儿子还在部队上呢。我小弟要不是去给他请治伤的德国医生，能叫国民党特务一枪撂倒在济南大街上。患难时坐着一条船过来了，现在才靠岸几天，就算不能让我待在功臣行列里，也不该就一脚踹进贱民堆里。简直……”

会愚又垂下眼皮，说：“他告诉我，为了解放后他跟你的关系，‘四清’时差点被人一脚踹倒。现在还背着个啥警告呢。”

岳翁若脸色一缓，嘴上仍不依不饶：“当年我给他从济南搞枪支、搞药品、搞布匹，哪回头上不顶着个家破人亡的横祸。”

会愚捻动佛珠。

岳翁若仰脸看着屋顶。那天他把那几张去香港的船票推到岳家济南公司的经理牛占坤面前，牛占坤轻轻拍打着船票：“你就这么肯定，刘文先他们会一直把你当作自己人？”当时他没说话，心里踏踏实实地送走了牛占坤。就在牛占坤来之前，即将出任人民政府县长的刘文先的老领导宴请各界开明人士，他说，统一战线是我们的优良传统，我们执掌政权后，还会继承发扬下去，请诸位放心，我们决不会忘记在战争年代支持帮助过我们的各界朋友。他还在刘文先引导下特别过来跟岳翁若握手、碰杯。

客堂外传来诵经声。会愚两个小弟子稚嫩的声音时断时续，八成是又在互相戳弄着玩。会愚的眉毛耸了耸。

“我这把胡子，决不会死在我前头。”岳翁若忽然甩下这句话起身就走。

会愚召过大弟子行智，让他拿上手电筒去送送岳翁若。自己也走出客堂站在天井里。风更紧峭了，白果树的叶子落了一地。他弯腰捡起一片叶子，抬头看着大殿檐角上那钩害冷似的颤动着，像要被风刮下来的月牙。今年这节气，该凉时不凉，不该冷时又冷了。节令从来随天意。翁若眼前这道坎，不好过呀。

行智很快就回来了，说：“岳老庄长不让送，自己拿上手电筒下山了。他好像生了气的样子。”

会愚摇摇头：“岳老庄长这称呼，以后绝不可再叫。”

“谁不知道滚石塔镇一直就是岳绍前抓村务，岳翁若管邻里呀。”

会愚没搭腔，转身返回客堂，盘坐在蒲团上，呼吸吐纳很快就缓慢下来。一天来乱纷纷地悬浮在心里的念头像浸透了的茶叶片渐渐沉下，脑子里一片空明。忽然，一道亮光“噗”地一闪。他立即感受到师父的气息，忙跪坐着仰起头来。阵阵木鱼声伴着梵音从高空飘逸而下，盈晶的野生艾叶的清香溢满客堂。

会愚一下想起昨天在滚石塔下，傩疯子痴痴笑着盯着他，那巫师般吊诡的眼神。这该就是滚石塔镇人传说的傩疯子过阴时的神情了。他不明白，此刻为啥会想起内心一直排斥的这个疯疯癫癫的老巫傩。傩疯子幽灵似的徘徊在滚石塔镇的生活以外，可又空气般无处不在。

缭绕的梵音和艾香忽然消失。会愚站起来，平静地踱出客堂，双手合十，仰天高诵了声“阿弥陀佛”，心道：

“是时候了。”

第二章

会愚站在天井里仰脸看月亮时，梁家禄一头闯进村头的场院屋子，伸手扯下了扩音器的电线。正在宣读告人民书的梁亮骂了句“浑蛋”，一回头叫了声“大爷”，眼睛还狠狠地瞪着。

梁家禄冲梁亮吼道：“嚎嚎嚎，嚎了三天了，一摊硬屎也没拉下来。我昨天就告诉你，狗叫头一声吓人，叫起来没完就要挨揍啦。”

当着他红卫兵战友的面，梁亮脸上挂不住了，一拍桌子喊道：“我回村造反就冲着岳绍前来的，是你不让动他。”

天赦子摆摆手，领着屋里其他人出去了。

梁家禄一腚坐在屋里唯一一把椅子上。梁亮只好坐在他面前的土坯炕沿上，耷拉下眼皮暗暗瞅他一眼，咬牙道：“岳绍前这老小子，在滚石塔镇搞了这么多年封建家族统治，还要让尚兴凡接他的班，沿袭岳、尚两族轮流坐庄，这哪里是共产党的规矩。我非把这个土皇帝拉下马来。”

梁家禄装上袋烟，装作没注意梁亮藏在眼皮里的倔强，继续开导桀骜的大侄子：“不是不动，是暂时不动。山里人脑子不开窍，祖祖辈辈怕官。公社的大小干部都挨斗了，刘文先至今没人敢动，都惧他是在长岭山打江山的老革命。滚石塔镇岳家势力这么大，眼下，你想动岳绍前也动不了。再说，那个尚兴凡已经成了北三村年轻人的头头，他可是岳绍前的铁杆，能看着你向他的主人下手。再说，运动刚起来，万一动了党支部书记，风向又变了，抓咱个反革命咋办。”

梁亮嘴角嘲讽地抿了抿，眼珠子转向屋梁。

“你听着！”梁家禄用烟袋锅子敲敲桌子腿。梁亮瞧不起他大爷，却打小怵头他的铜烟袋锅子，只好极不情愿地收回目光，挂搭在他脸上不顺丝的皱纹里。

“就先斗岳翕若这老东西。斗垮了他，你就在、就在……”梁家禄敲打着脑门，看着侄子问，“你们管这个叫啥来？”见侄子不理他，就又使劲敲打了半天，脑子里终于蹦出了那个词，脸上乐开了花，“对，是精神。就在精神上拔了咱滚石塔镇的高高。”

梁亮不笑，迟疑地问：“天赦子说，岳翕若大门上挂着‘军属光荣’的牌子，家里条几上摆着烈属证，能斗吗？”

“你斗的是地主分子，不是烈军属，谁能说啥。他大门上挂着红牌子，你就再给他钉上块黑牌子。他不是地主分子，你能捞着念高中？长岭村的何如山也是军属，是跟岳翕若齐名的开明士绅，解放前也支持过共产党的游击队。现在，早就叫他村里的造反派斗了个七荤八素啦。”

梁家禄的目光锥子般盯住侄子的眼睛：“你心里那点事，我还不知道。不就是还恋着那个岳珊吗。人家都跟尚兴凡订婚了，你还剃头挑子一头热，没出息。”

“岳珊她心里，一直跟我好。”

“那好。你趁这机会让岳珊跟了你。要是他岳翕若这老东西肯答应下这门婚事，不用你，我就护着他。”

梁亮低头不语。他很小的时候，爹就和一个来村里演杂耍的女人跑了，从此就没了音信，他跟娘一直由大爷照顾着。在去岳珊家听岳翕若讲滚石塔故事以前，岳大胡子在他心里就是个又霸道又阴险的家伙，对岳珊的热恋也没能抵消从小就种在心里的对她爹的敌意。那次去岳家只待了小半天，却突然就颠覆了岳翕若在他心里的形象。那把大胡子太神奇了，居然一下就让他心生敬意，以至那敌意再次翻腾起来时也没了原先的尖利。

梁家禄“嗨”了一声：“琢磨个屁呀，他岳大胡子不是你的老丈人就是你的敌人，还用来回掂量。”他不屑地咧咧嘴，在鞋底上磕打掉烟灰：“那你就先去抄了恩石寺，把会愚这秃驴的恩石寺一把火烧了，开他的批斗大会。”

“一个半哑巴老和尚啥斗头。我就想斗岳绍前。”

梁家禄腾地站起来，点着侄子的鼻子教训道：“你知道吗，尚兴凡已开始组织红卫兵战斗队了，你必须抢在前头。眼下，岳绍前你斗不了，岳翕若你不想斗。明天上午必须敲锣打鼓地去恩石寺放一把火。那可是他们北三村，他们岳尚两家供奉祖宗的地方。”

梁亮眼睛闪了闪，有些敬佩地看看邋邋遢遢的文盲老大爷。

梁家禄得意地咂吧咂吧嘴："你要不抢先打响滚石塔镇的第一枪，将来这聚义厅里可就排不上你的座位了。"

"这是啥话。"梁亮觉得受了侮辱，脸腾地涨红了，"你把我这个红卫兵战斗队队长看成啥啦。"

梁家禄一怔，"嘿嘿"乐了一阵，错开了侄子的话题："你应当叫他们喊你司令。"

"总共就十来个人，叫啥司令？"

"当年长岭山闹土匪那阵子，还有一个人的光杆司令呢。"

"冲这话就该打你个反革命。要当司令你当。"梁亮反感地瞪一眼梁家禄，"你看你都给我敛伙了些啥人，都是咱村那些歪头斜角的，就一个下河村的天赦子，还是个……"他压低了声音，"还是个私孩子。"

梁家禄又笑了。上河村的尚迷糊在老婆坐月子的时候，把来给闺女伺候月子的丈母娘给忙活有了。孩子出生后，老来得子的尚迷糊他岳父颠颠地去找岳翕若给孩子起名。岳翕若让管家说他没在家，叫他去找尚家的族长尚荣杞。尚荣杞倒没推托，想了想，在纸上写下"天赦"两个字，让尚迷糊他岳父带了回去。不久尚迷糊他丈母娘就羞愧而死，尚迷糊让他老婆把这个"小舅子"抱回家，跟自己的孩子一块哺养。滚石塔镇的人背后都说尚迷糊养了个"舅子儿"。后来尚迷糊才知道，"天赦"是每年的"春戊寅、夏甲午、秋戊申、冬甲子"这几天。在"天赦日"内，老天爷对人间违背天纲伦常、鸡鸣狗盗等不端行为，睁一只眼闭一只眼，不予追究，赦其无罪。在长岭山一带，民间素有"入伏、天赦不在二十四节气"的说法。

"你别看天赦子这舅子儿根不正，苗子可长得不赖。能写点东西，还会舞扎几笔毛笔字。更要紧的是能踢能咬。没有他，你的战斗队是小河南的，有了他可就能说是滚石塔镇的啦。你管他是公孩子还是私孩子。我看你是念书念傻了，你以为农民还都像学校里的那些学生娃子那样单纯。啥叫造反派？你见过哪个平头正脸的先跟着闹腾啦？带头的有头有脸就行，手下越歪头斜角越能无法无天地往前冲。毛主席不是说了吗，革命不是画画子绣花，不能那样鸭子。"

梁亮腾地蹦起来"哈哈"大笑，恶作剧般地大声说："那几个被你游过街的，昨天还撺掇我大义灭亲，先把你斗了呢。"

"操，这些狗杂种，扯屌鸡巴蛋！"对侄子进行完"造反启蒙"的梁家禄双手一背，撅打出屋门，大声喊道，"你们司……你们队长决定了，明天上午采取重大革命行动。"

场院里一片拍手跺脚的欢呼声。

梁亮小声嘀咕道：

“狡猾的老文盲。看我咋把你这支‘梁家军’给改组了。”

会愚站在庙门前，默念了三声“阿弥陀佛”。太阳刚从光石岗上顺着滚石塔爬上来。太阳老大，天晴得透亮。山谷里到处暖洋洋的。

今年秋初，长岭山的季节交替迟钝得像得了老年痴呆症。到了“天地始肃”的处暑，山坡上的庄稼还青枝绿叶的。可白露刚过了一半，节令又像被猎枪惊起的野獾，一下就蹿出去一大截，竟然越过两个节气，下了层薄霜，寺里的白果树叶子早早地就黄了。眼下是“蛰虫培户”的秋分，又忽然冒出这样一个小阳春天气。

“难遇的回暖天。”会愚抱臂在腹前，对行智说，“你带着师弟去捡些干树枝抱到塔下。”

行智睁大眼睛看着师父。

“别问。去吧。”会愚拍拍行智肩膀，径自沿着石阶往西边的山梁爬去。

满山的黄栌树、柿子树、紫叶李、白果树、毛白杨的树叶都老透了，红黄间杂地衬在青郁郁的松树、柏树里，颜色浓得流淌。石阶边，堰根下，石头坑里到处是水。真是座好山呀。来恩石寺快一百年了，会愚不在庙里住宿的时候屈指可数。就要远走啦，真得再好好转转看看。他知道，心里其实是放不下岳翥若。百岁之后，他忽然悟出佛心即俗心，佛教其实是俗家俗法。倒是一些所谓高僧大德的玄释，把佛家精要搞得云里雾里了。此后，他还是坚持不介入俗事，却也不再刻意去消解心中俗念，任由它自生自灭，倒真正体味到了天地间的大自在。

山顶站着棵高大的苦楝树。坠满枝头的一挂挂暗黄色椭圆果实在风中摇曳，风铃似的“苦苦”碰撞。一只硕大的蜗牛正伸着长长的脖子，沿着苔痕累累的树干往上爬。会愚站在树下闭目养神。风骤然歇了。满耳朵是稠密的鸟声。他看到一座没有院墙的茅屋前，自己正光着屁股奔跑。村头田埂上，他牵着小女孩的手咯咯笑着跑。他拉着师父的手半走半跑在寺庙的甬道上，扭脸看着跟着大人进香的小姑娘。他和师父匆匆走在乡间土路上。他在恩石寺院子里慢慢踱步。时光真快也真慢。其实，它一直在原地打转，是人把年岁跑老了。

心里百念纷呈而又了无一思的会愚走走停停，丈量着他在长岭山上的最后时光。他的预感再次失灵，没有在他一百一十七岁零九十九天的最后一天给予任何警示。一场劫难正抢在这位老和尚圆寂前向山上扑来。

在山谷的溪流旁，会愚站住了。通往东山光石岗的石阶小路前，傩疯子正神情诡异地盯着他。这个智慧的疯子是来为他送行吗。会愚平和地看着他。傩疯子木乃伊一样干枯的脑袋微微颤动，披着头乱蓬蓬的雪白长发，就像一个晾干水分的干瘪胡萝卜顶着把茂密的萝卜缨子。跟胖大的会愚老和尚比，傩疯子就是个麦秸人。岳翕若曾说过，就是把傩疯子架在火上，也烤不出一滴油，可这干柴棒似的家伙，总会阴湿得叫人脊梁骨发凉。

滚石塔镇一千年来就在原地打转，留下了太多东西，旧宅老巷里说不定啥时候就会逸出些鬼魅阴气。会愚刚来恩石寺不久，下河村尚宅接连传出家中女眷突然七窍流血暴毙的噩讯。尚家在云贵做买卖的三儿子带回来一伙巫傩镇灾驱邪。巫师在尚宅做完法事，又在村头的戏台上演出傩戏，连说带唱地做出各种惊悚诡谲的表演。面具狰狞，服装怪异的巫师们，伸出长长的舌头，吱吱啦啦地把从火炉里拔出的刀剑舔舐得蹿起一道道白烟，鼓起腮帮子把鼻孔里喷出的火苗吹向台下。在人们的惊呼声中，滴溜旋转的火苗又被赤脚踏着烧得通红铁板的巫师吸回台上，一口吞进肚子里。更骇人的是，一个秃头巫师竟用木槌把尖刀一点点敲进头顶，摇头晃脑地满台转圈，嵌进头顶的尖刀雉鸡翎般地来回摆动。各展绝技的巫师在表演中不时冲到戏台边，朝观众摇动靛蓝粉白的鬼脸，吓得台下的妇女小孩们发出一阵阵尖叫哭喊。

演出快结束时，一个小巫傩突然从刀梯上跌下，口吐白沫昏了过去。老巫师说这是他的徒儿替事主挡了灾祸，又让尚家拿了笔赏钱。第二天早晨，尚家去给住在场院屋的巫傩送饭时，发现他们早已走了，地铺上放着小巫傩的尸体。尚家老爷怕得罪了傩神也没敢乱说什么，悄悄派人把尸体抬到乱葬岗子下葬。不料就在拽住小巫傩的胳膊腿要往坑里扔时，小巫傩腾地坐了起来，抬尸体的人“哇”的一声，喊着“诈尸啦诈尸啦”，撒丫子就跑。小巫傩随后紧追，跌倒在尚宅门前。尚家管家抓来一只大公鸡，割断脖子，往小巫傩身上乱洒一通鸡血，战战兢兢地伸手摸摸他的脸，觉得热乎乎的，才拉起他来，说，这小家伙没死。尚家只好派一个无儿女的老妈子照料这个嘴里叽里呱啦吼着谁也不懂的方言的小巫傩。不几天人们就发现，黑瘦的小家伙不是上墙爬屋地闹腾，就是贴在墙角发呆。大家就都喊他“小疯子”“小傻瓜”。可他木呆呆的脸经常会忽然变幻出生动的故事：惊喜地仰向路口，眼睛里呈现出的久别重逢晃动着飞奔；眉毛和嘴巴倏地拉开距离，惊悚得不知所措；耳朵专注地侧向一边，脑袋像风中的高粱穗轻轻晃动，一脸瞎子般的疑惑。大家顺着他的表情望过去，一片空空荡荡。一个个惊惧得头皮发奓，瘆出一身鸡皮疙瘩。

后来就渐渐习以为常了，当成小傻瓜的傻相。

半年多后，他突然说起章丘话，又把人吓得一惊一乍。他竟能随口说出村里上几辈子的事。夏天大家都在村头的场院里凉快，他会猛不丁地指指人群后边，叫着某个死去多年的人的名字，说："大热天的，你屌挤在麦穰垛里干啥。"闹得满场院的人毛骨悚然。

章丘方言里，"屌"这个字在口头表达时就完全虚化成一个没有实际意义的词缀。传说，外地一户财主要开家铁匠铺，执意请一章丘铁匠掌钳。很多来应聘的都说自己是章丘人，结果一试巴都不中用。财主就对管家面授机宜，让他去村前河对岸的摆渡码头等人。这天凡是要坐船的铁匠，都被艄公百般刁难。铁匠有的破口大骂，有的动手打人。只有一位车轴汉子把独轮小车重重地一撂，冲艄公吼道："你这人忒屌啰唆。屌叫过就屌过，屌不叫过不屌过。俺扒掉屌裤屌褂子，脱下屌鞋屌袜子，屌不屌地蹚过去。"管家笑得拍腿揉肚子，鼓出满眼泪花，一把抓住车轴汉子的手说："章丘大爷，俺等的就是你呀。"

小巫傩这一开口说章丘话，大家才猛然想起，他还会巫术呢。谁家有了邪灾怪病就开始找他去看看。有时他疯言疯语乱说一通，有时又讲得有根有梢的，真能消灾祛病。渐渐地，滚石塔镇北三村和小河南的人就不再叫他"小傻瓜"了，男女老少都喊他傩疯子。

傩疯子的眼神陡然漫涣，径自嘟嘟囔囔地转身往山谷深处走去。

会愚听清了，他说的是"秋分了。要收秋了"。滚石塔镇真是个奇特的地方，连疯子都能分清二十四节气。这里的人习惯按节气记时间，这记住的可就不单是个日子了，还有气候和天地间的色彩、味道，还有生灵的气息。

会愚抬头看看天，太阳快到头顶了，天上细碎的流云正往滚石塔上方汇聚，就顺着蜿蜒在山梁上的石阶小路慢慢攀往光石岗。行智早已在岗下等候，过来搀着师父爬上光石岗。会愚站在滚石塔下那块浑圆如蒲团的巨石上喘息了会儿，看了看巨石下堆积的干树枝和正在堆拢树枝的两个小弟子。

行智眼里笼满了泪水。

会愚拍拍他的后背，笑道：

"出家人无生无死，无喜无悲。待会儿，你们把我焚化了，就埋在这里，不要做任何法事。两个小师弟你能带走就带走，不能带就给些盘缠让他们各自回家。你保留好我用的木鱼和手抄经卷，待你老家地里的庄稼种得五花八门的时候，你就再回来。昨晚藏在后山的那些书籍和字画，到时都交给岳翁若。他的家底一点也剩不下，莫让滚石塔镇的书脉全断了。还有，你走前把我客堂里那把剃须刀送给岳翁若。好了，点上炷香吧。"

行智背过身去，擦着不断涌出的泪水，吩咐师弟点燃插在巨石下的檀香。两个小师弟突然指着光石岗下喊了声“师父”。

会愚顺着他们的手看去，见一面红旗引导着一伙人吵吵嚷嚷地沿着石阶小路往这边走来。已盘坐在巨石上的会愚心中一凛，瞬间又释然，笑了笑，坐稳了等着他们。

早饭后，梁家禄早早把星火战斗队的十多个人集合在场院里，却不见了梁亮。他转着圈骂着“这屌孩子”，让天赦子带人满镇去找。

梁亮背着一黄挎包在城里时抄来的“毒草小说”，正走在去上河村东边果园的路上。他要去找岳珊。等他在果园里东撞一头西瞅一眼，终于找到正往果筐里装长把梨的岳珊时，太阳已老高了。岳珊溜一眼身边的同伴，领着梁亮转到山坡上的石头屋后边。

“你咋又来啦？”岳珊把一个黄澄澄的大长把梨塞给梁亮。

梁亮“咔嚓咔嚓”啃着梨，汁液淌满了下巴：“因为我还活着。”

岳珊冷着脸掏出手帕递过去。梁亮接过抹了把嘴，顺手塞进裤兜。

“你。”岳珊伸手讨要。

梁亮拨开她的手：“没收了。”

岳珊瞪他一眼。梁亮耍赖地坏笑，盯着她看。

岳珊喜欢梁亮这副神情，不像尚兴凡，在她面前常是个大哥哥的样子。

在滚石塔镇，家里的孩子报名上小学，都遵循“七精神八迷糊九岁上学不糊涂”的“古训”。岳珊考上初中时十五岁，读到初三的三个好友岳知琛、尚兴凡和梁亮，都已齐刷刷地虚岁十八了。三个小哥哥抢破头地照顾岳珊。岳珊的三哥岳知琛很快就被挤到了一边。兴凡包揽了岳珊的课外辅导，梁亮垄断了她的打饭和劳动任务。岳知琛偷偷乐着躲在教室里埋头做他的功课。一天晚自习前，梁亮见岳珊的班长在教室门边的墙拐角递给她一张纸条，上去就搧了那小家伙一拳，夺过纸条一看，才知道是数学老师让课代表岳珊抄在黑板上的自习题。梁亮赶紧搂巴住人家说好话，还搭上一支刚在年级作文比赛中奖励的红蓝铅笔，那小班长才答应不报告老师。岳珊“咯咯”笑着告诉了三哥和兴凡。知琛笑道：“这家伙。这回没法拿着铅笔谝啦。还不心疼死他。”兴凡却皱起眉头，从此辅导岳珊的时间又拉长了一大截。他成心不给梁亮时间，可梁亮总有办法跟岳珊单独在一起，气得他把课外作业量增加了一倍。却把岳珊给惹恼了，宣布不再让他辅导。兴凡只好搬出知琛。知琛端起哥哥架子，板着脸教导了岳珊一番，岳珊才答应继续接受辅导，前提是时间和作业都得比原先减少。兴凡赶紧答应，后悔得直骂自己大笨蛋。

就在那个星期天，梁亮和兴凡一块跟随知琛到家里玩。他是第一个造访岳家的小河南村的人。岳珊偷偷地观察爹的脸色，见爹对梁亮挺亲热的，还称赞他作文写得好，说小河南终于要飞出只金凤凰了，又逗语文成绩一直不好的岳珊：咱家珊珊的作文啥时能超过三页纸呀。岳珊撒娇地扑到爹怀里拽他的大胡子。岳翁若哈哈大笑。岳家五个儿女中，唯有珊珊敢这样放肆。连备受宠爱的小儿子岳凡，也不敢这样乱捋“虎须”。那天岳翁若心情显然不错，理理被女儿弄乱的胡子，对梁亮说：“知琛拿你的作文给我看过，好家伙，三几篇作文就写满了一本子，你可真能写，文笔也不错。”梁亮腼腆地笑笑，说岳珊的数学特棒。岳翁若注意地看他一眼，这孩子倒没有小河南梁家的刁蛮，还挺会说话。他拍拍梁亮肩膀，问：“小河南出过大人才，也是你们梁家的呢，知道吗？”梁亮连连点头。他知道岳翁若说的是在北大当教授的梁文语。据说他那位从小聪明过人的“本家叔叔”，落户小河南时就不知道父亲是谁。他母亲让他认了梁亮的爷爷做干爹，才硬赖了个梁姓。梁文语上了三年学，他母亲就供不起了。他的老师找到岳家，说这孩子不读书太可惜啦。岳家就一直供他读书读到济南、北平。滚石塔镇的人都知道是岳家培养出了一个大教授。小河南梁家提起这事，总有股愤愤的醋意。听岳翁若说起梁文语，梁亮潜意识里隐隐泛起一丝抵触，就没接这个话题。岳翁若微微一笑，跟他说起滚石塔的来历。他拢着大胡子，从石匠三兄弟绕树垒塔，一直说到滚石塔镇独特的镇风民俗，眼里始终盈满宽和的微笑，稀疏的眉毛间或耸动一下，带起松垂的眼皮，眼底深处就会闪出灼灼亮光。梁亮好奇地看着这双一再被大爷诅咒的三角眼，脑子里搜索着看过的小说里的人物。他跟岳珊读完一本书后，就凑到一起，拿书里的人名往熟悉的人头上扣，俩人会异口同声喊出同一个名字，就情不自禁地拉着手“咯咯”直乐。这回他一个也没对上号。这大胡子真神奇，怪不得一直到现在还被北三村的人当作滚石塔供着。他低低头躲开那对三角眼，急速瞥一眼岳珊。岳珊朝梁亮挤挤眼，心里的忐忑终于平复下来。梁亮回去后就写了篇滚石塔的作文，让老师大加赞赏，张贴在学校的壁报栏里。岳珊总觉得他写的滚石塔里闪动着爹的目光。梁亮特意让知琛把他的作文本带回家给岳翁若看。岳翁若看了称赞道：“是块写文章的料。”岳珊崇拜地告诉爹，她的很多同学都挤在壁报栏前抄这篇作文呢。爹笑笑没说话。直到决定给岳珊和尚兴凡订婚的时候，他才跟女儿说：“为啥男女结合叫喜结连理，根相同枝相近才能连理。看看庄里那些不受邻里待见的人吧，他的小孩子要是招人喜欢，人家咋夸？大家都会说这孩子可不像他老子啦。可这孩子长来长去就跟他老子差不多了。”

梁亮坏坏笑着的目光渐渐黏糊起来。岳珊弯腰把书藏到草窝里，又搬块石片压上，说："我已订婚，你真的不能再来找我了。我得走啦。"

梁亮一把抓住转身就走的岳珊："岳珊，跟我说实话。在你心里，我和兴凡，你更喜欢谁？"

岳珊低头不语。

"岳珊，你和尚兴凡订婚是岳尚两家联姻，不是你的恋爱。你难道要欺骗你的心一辈子。"梁亮放开岳珊的手，靠在屋后的老核桃树干上，望着树杈里湛蓝的天空，说，"还记得我写给你的第一封信吗？"

"……"

岳珊：冬天就这样来了。高高的阔叶树抖落了骄傲的叶片，凄清的风呼啸着，令人无法呼吸。那些热烈的阳光、翩飞的蝴蝶、羞怯的牵牛花，绿泉河中悠悠的涟漪，还有阴阴佳木里鸟儿多情的歌唱，都消逝到哪儿去了？它们都与雪亮的蝉鸣蛙噪的夏天一起，被这黑白流转的日子碾碎，沉入冰雪覆盖的寒冷的梦底，连同你生动的笑靥。

我没想到会是这样。

顶替你三哥上高中的事实让我忐忑不安。尽管同一个事实是我顶替你哥只是因为恰好他被除名后，按名次就该由我递补。他被除名并非由于我的缘故。我怕你也读不懂这样的误会，几次约你出来都被你拒绝。我又不能再到你家去。你从来没这样长时间地疏远过我，恐惧如冰雪覆盖森林和大地一样，封锁了我心中旖旎的梦。我不害怕严冬，只担心当又一个叶芽胀裂，花蕾萌动的春来临时，我的身边却没有了你，我宁可不去读高中，宁可失去整个世界，也不愿失去你的情感和你带给我的春天。

岳珊，答应我，当南风再度撩拨冻伤的山川，抚慰麦苗荠菜和农人的希翼时，你仍然跟我一起，站在婉转呢喃的春光里。

听梁亮忽然背诵起写给自己的信，岳珊开头还嘻嘻地笑着，慢慢地收敛起笑容，清澈的眼睛里一点点蓄满了泪水。

岳珊：又是夏末秋初，你最喜欢的季节。多彩的雨水打湿了所剩无几的夏日和我写给你的第一百六十一封情书，春天的播种与秋天的收获将在这夏日最后一片翠绿中完成交接。多么富有诗意和梦想，多么美好的时刻。然而，你——我最爱的人，竟在这流动着青春浪漫的季节，给予我致命的一击。 你和尚兴凡突然宣布订婚了，我收到了你的喜糖。岳珊，我不想让你所赐的最后的甜蜜，成为我们之间终生的痛。决不！你们订婚的背后隐藏着滚石塔镇什么样的功利选择，你的父亲为何如此固执绝情，我一概不关心，也不想知道，我只想问你，现在，你是否还像我爱你一样爱我。只要你亲口对我说一声，你还爱我，我会毫不犹豫地立即放弃一切，包括我的尊严和生命，像奴仆一样匍匐在你的面前，亲吻你的脚趾，哪怕你今生不能成为我的新娘。岳珊，告诉我你仍然爱我，你不能连一丝哪怕是注定会在煎熬中缱绻的期待也不留给我。

岳珊已泪流满面。这是今年秋初她跟兴凡订婚的当天晚上接到的那封信。

梁亮一把搂住她。她没像以往那样拒绝，反而也紧紧地环抱住梁亮。梁亮喃喃着“珊珊，珊珊”，低头寻找她的嘴唇。岳珊突然感到下身被啥东西硬硬地硌了一下，猛然一激灵，脸唰地红了，用力挣脱开梁亮的搂抱：

“不行，梁亮，我早已跟兴凡订婚。我不能再爱你。”

梁亮晃了晃，眼睛里的水雾瞬间凝成黑霜：

“岳珊，难道你真的就不能冲破那圈霸道的藩篱！”

岳珊被梁亮眼睛里的冰冷绝望和突如其来的怨懑吓住了，这才注意到他左臂上那箍“红卫兵”的袖章和一身没有帽徽领章的草绿色军装。她直视着梁亮，摇摇头，半晌才说了句：“你再也不要来找我了！”说完侧转身跑开。

梁亮看着岳珊跳下一道石堰，感到自己的目光“咔嚓”折断。他愣怔了一会儿，靠回树干，不明白咋就突然冲上这么股火气。近来常常莫名其妙地亢奋，莫名其妙地消沉，莫名其妙地上火。秋天一开始，他做了多年的梦就被击破了，刚刚萌生的梦还被北三村那股无形的力量和大爷这个左顾右盼的老农民攥在手里，真是个莫名其妙的多事之秋。他抬头看看光石岗上空流动的云彩，掏出那方蓝花格手帕捧在手里，把脸埋在上面，深深嗅着带着一丝汗咸味的独特气息。然后他慢慢将手帕折叠起来，放入贴胸的口袋。

天赦子率领的星火战斗队刚踏过桥，脚步就开始软塌。他回头看看桥那头的梁家禄，梁家禄朝他挥挥拳头。

从早饭后一直等到现在，也没等来梁亮。派去打探消息的报告说，尚兴凡的东方红战斗队正在集合队伍。梁家禄捶了天赦子胸膛一拳，以少有的庄重口气说：

“天赦子，看来，咳，咱滚石塔镇的头功，就落在你狗日的头上啦。带队伍过河去，揪斗会愚那老秃驴，抄了他娘的恩石寺。动静搞得越大越好。”

天赦子瞪起眼睛，朝几个往后出溜的腚上狠狠踢了一脚。队伍“稀里哗啦”加快了步伐。

会愚满脸慈和地端坐在巨石上。红卫兵喊着口号扑上光石岗。两个小伙子扯住会愚的胳膊把他拉起来，天赦子跳着扣到他头上一顶“打倒封建迷信”的高帽子。会愚脚下一滑仰面摔倒。行智惊叫一声，推开抓着自己的红卫兵，一把抱住师父。会愚示意他帮自己坐起来，挣扎了几次，终于也没能把两腿盘起，鼻孔里流出两道浓稠的鲜血，瘫软在行智怀里。行智连声叫着“师父”，见会愚脸上渐渐泛起层金箔似的黄色，眼睛慢慢合上，眼角皱纹舒展开，浮现出熟睡婴孩般恬静的笑容，微微开启的嘴唇露出一溜坚实的玳瑁色牙齿，阳光在唇齿间细碎地闪烁，无声地从这颗牙齿跳到另一颗牙齿。

行智张大嘴巴，半晌才小声道：

“师父，圆寂了。”

两个小弟子“哇”地放声大哭，喊道：“小河南的打死师父啦。”

站在一边围观的北三村的人，“嗡”地炸了营：“小河南的跑到这里撒野啦，揍这些杂种。”呼啦围住星火战斗队的红卫兵，锄把锨棍果筐一阵乱打，将他们赶下光石岗。混乱中，刚刚闻声赶到的梁亮额头挨了一果筐，血顺着鼻梁淌下来。梁亮站着不动，连眼睛也不动，任鲜血浸入嘴角。大家被他眼睛的空洞冷索给镇住了，都伸胳膊举棍棒地尴尬在原地，继而相互看看，各自退后一步散开，争抢着跑上光石岗去帮忙照料大和尚的后事。

梁亮一直站在岗下。直到滚石塔下腾起一股青烟，直直地升上天空，和那团灰白的云彩融合在一块。恩石寺大殿的琉璃瓦脊上，傩疯子拍打着双手“呵呵”大笑。风卷起冥币般的白果树叶，纷纷扬扬撒落在他身上。

滚石塔顶上那团灰白云团被风吹开，散布成半天碎云，淅淅沥沥的雨丝垂落下来。风猛然尖峭，雨滴很快变成湿漉漉的冰砾。白亮亮的冻雨在秋天的光石岗上刷啦啦滚动。

梁亮身上白了一层。

——会愚轻轻飘起来，俯瞰他遗弃在蒲团石上的肉身和周围的人，心里还在为最终也没能盘坐圆寂而不安。突然，他响亮地哈哈大笑。你这老家伙，到这时候了，还放不下哪。一阵透亮的清扬的羽毛般的轻松，滚石塔镇倏然变成一张地图。他顺着过来的时间，抬头往前看去。

——会愚死后，梁亮、天赦子和那两个拉扯老和尚的红卫兵，都惴惴不安地聚集在梁家禄家里。梁家禄嘬着牙花子说："死了人可就麻烦啦。幸好亮子没参加。"他指着那两个红卫兵交代道："你俩要把事顶起来，还有天赦子。要保住梁亮，要不星火战斗队就完啦。"天赦子看看梁亮，没吭声。那两个红卫兵不干了，说："是天赦子叫俺们干的，可不能让俺俩去蹲监狱。"梁亮一仰头，大声说："你们放心。我决不当缩头乌龟。责任当然要由队长承担。"梁家禄瞪大眼睛："那不行。"

——岳翕若去找岳绍前："杀人偿命，不能让老和尚白死了。"岳绍前摇摇头："我找过公社的公安派出所，所长说，他们接到了上级通知，不准管红卫兵打人的事。"岳翕若三角眼瞪得溜圆："这，没王法啦？"

——从北京接受检阅回来的梁亮，站在上河村和下河村中间的大戏台上慷慨激昂地演讲。他像一个充足气的气球浑身鼓胀着不停地在台上蹦跳，说起接受毛主席检阅的场面，几度哽咽流泪。台下的人们争先恐后地跑上台去跟他握手。他挥舞着拳头说："今天，我站在这里，站在这个过去只有岳尚两家才有资格在此讲话的地方，标志着滚石塔镇的这出大戏，从此正式拉开序幕啦。"直到二十年后，梁亮被警察卡上手铐带走，很多听过他这次著名演讲的人，还能一字不差地背出梁亮当年精彩的开场白："亲爱的红卫兵战友们，滚石塔镇广大贫下中农同志们，你们醒来吧。我带着红太阳光辉的温暖，从世界革命的心脏北京回来，受我们最最敬爱的伟大领袖毛主席委托，号召你们立即行动起来，彻底砸烂旧世界，横扫一切牛鬼蛇神。对长期盘踞滚石塔镇的一小撮走资本主义道路的当权派、地富反坏右分子，发动彻底的革命！我这次演讲，就是向他们发出的一篇讨伐檄文。让这些乌龟王八蛋们，在我们的战旗下瑟瑟发抖吧。试看明日之滚石塔镇，必将是我们红卫兵革命小将的天下。"

——“来了啊，来啦。来啦，来了啊！”傩疯子站在恩石寺大门楼子上，宽松的衣裳霍霍鼓胀，像只张开翅膀的秃鹫。他浑身紧张战栗，目光凶悍又恐惧地盯着山下。山下村庄的各个路口涌出红旗红袖章红语录红口号红红的脚步声。梁亮神情凝重地走在几路队伍的最前面，尚荣杞的大儿子尚成岭端着一把石匠开山的大油锤紧跟着他。傩疯子从门楼上扑下来挡在门口，被红卫兵扯住胳膊扔到一边。想不到，这时候挺身而出保护佛祖的，竟然是这个傩疯子。

依然端坐着慈祥地笑对众生的佛祖塑像被抬到大门前。尚成岭端着大锤的胳膊抖了一下，扭头看看梁亮，猛地举起大锤砸向菩萨。菩萨应声倒地，碎成几截。空中“咔啦”一声霹雳，暴雨如注。突然有人惊叫：滚石塔，快看滚石塔。暴雨中的滚石塔醉汉般摇摆不定。老人们惊惧地抬头看着天空。梁亮把一个红卫兵袖章亲手套在尚成岭的左胳膊上。抖动不已的尚成岭挺胸肃立。梁亮叉腰站在暴雨中，一脸的庄重和兴奋，那天站在光石岗下，被刹那间的惶恐和负罪感烙在心上的耻辱被暴雨冲刷一空。

——会愚望向更远处，看到剃光胡须的岳翕若一脸猥琐地靠墙跟站着。他心头微微一震，待要细看，眼前一黑，迅疾飘向更深邃的天穹。

第三章

顺河而上的南风刮得有些邪乎。忽一阵忽一阵地没个正头绪，像是没心没肺的有一搭无一搭，又像是赌气似的，一股一股地拧着劲往身上扑，把岳珊的头发弄得一会儿左一会儿右，眼睛都睁不开。她双手抱住头，不住地侧转身，躲着忽起忽落的风，沾满尘土的树叶和大字报纸片，还是扑扑闪闪地落在指缝间露出的头发上。趁着风的间歇，她一连“呸”了几口，吐出嘴里的沙尘，把手抄进头发抖了抖，抬起头来。到底是秋尾巴天了，风一住，天空就透出一片亮蓝。节气一到霜降，滚石塔镇就很少再这样刮南风。这场风来得突兀，把气温一下刮高了一大截。

岳珊转身望着小河南村的方向。风又掠过两条河刮过来。

梁亮该快回来了。一个月前，老和尚会愚的死震动了北三村。爹和绍前爷暗中撺掇岳、尚、和三姓一起讨伐梁家爷俩。梁家禄缩回了小河南。梁亮扔下星火战斗队，跟他的高中同学外出串联，尚兴凡的“东方红”战斗队乘机掌控了滚石塔镇。绍前爷和爹都松了口气。但爹的危险动作肯定会埋下隐患的，以梁亮的个性，他不会轻易退却。岳珊不自觉地皱皱眉头。梁亮独特的笑容总会让她心里毛茸茸地不安。

小弟岳凡迎着风跑过来，接过姐姐臂弯里的篮子，放在地上翻找。一条窄窄的猪里脊肉、一把粉条和几样自留地里没有的青菜。没了。他抬头看着姐姐。岳珊笑笑，把手伸向他，手里忽然就有了一小把五香花生米。岳凡眼睛一下就亮了，伸嘴叼了一口，撑开口袋让姐姐装进花生米，提起篮子跑得风跟在屁股上紧追慢赶。

都是让大嫂给惯的。不管日子多紧，过年过节赶回集总忘不了给小弟点甜头。自从娘被小婶子的死吓迷糊后，这个家就一直由大嫂操持。大嫂上辈子肯定欠下了这个家的债，结婚后一直没生，这辈子光替婆婆照顾孩子了。这回给三哥知琛操办“送柬”仪式，就指着二哥汇的十块钱。一分钱她都得攥得手心里出了汗，才舍得花出去。让岳珊赶集买菜时，她叮嘱说，买完菜还得剩下三四分钱，就给小弟多少买点吃的，大喜的日子，别让他噘嘴。岳珊答应着，心里忽然摇摇曳曳地不能自已，眼圈一下就红了。当时娘就趴在窗台上痴痴地发呆，早晨的阳光在她脸上跳动出一抹红晕，显得比大嫂都年轻。

刚到半晌午，家里就已挤满了人。常二婶子、简婶、邻居胖奶奶和她的大儿子、和狗子娘俩、尚兴凡他娘都来了。狗子嘻嘻哈哈地指挥着五弟岳顺和他带领的几个半大小子，把从山上拾来的干树枝送进饭屋。岳珊刚进门，他的笑声嘎巴就断了，甩甩手转过身去。

岳珊脸色一紧，走到兴凡娘跟前叫了声“娘”。兴凡娘夸张地答应着，一把抓住她的手，目光在岳珊脸上亲热地抚摸，岳珊脸一红，转身要走，手还被牢牢抓着。大家都看着她俩笑。岳珊的脸更红了。大嫂扒开兴凡娘的手，埋怨道:“婶子，看你把珊珊看的，都不好意思了。”

兴凡娘笑得更响了：“我就看不够嘛。我这儿媳，不是我王婆卖瓜，全滚石塔镇再也找不出第二个比她俊的啦。”

大嫂趴在兴凡娘肩膀上说：“你知道我婆婆当初是咋夸闺女的吗？”

岳珊匆匆走向南屋门口。这大嫂，咋啥也跟人家说呀。那是娘还没迷糊的时候，说咱家珊珊，单独看没啥出众的，和别的闺女站在一起，立马就显出好来了。当时大嫂就对岳珊说，你看，娘真会夸闺女。

兴凡娘笑得带出咳嗽：“就是，就是，我就这意思，不如亲家母会说。”

简小妹简婶坐在南屋门口包糖，先包成小包，再按单子把小包拢成大包，在上面做好标记。糖都是按人头买的，一点也不能马虎。她用悄无声息把自己从院子里的喧闹中剥离出来。她总是这样，嫁到滚石塔镇这么多年了，身上还浸着大明湖的水汽。在滚石塔镇，简婶是个很特别的女人。镇子里对结了婚的女人是不按她娘家的姓称呼的，都以丈夫的姓或名字加上辈分叫。她的丈夫岳二宝是爹的同宗兄弟，按惯例岳珊应该称呼她“二宝婶子”，当面就叫婶子。但自从她嫁到滚石塔镇，二宝叔家的人不知是出于尊重她城里人的独立地位，还是不愿承认她的岳家媳妇身份，都直呼她名字或叫简嫂、简婶、简奶奶。镇子里的人也就都这样跟着叫起来。

简小妹挪出半截凳子，让岳珊坐下，说：“看你婆婆把你喜欢的。”

岳珊笑笑没说话。兴凡家里早已给岳珊送过订婚柬帖，按规矩她就是尚兴凡没过门的媳妇了。下柬后，女的就要改口叫未来的公婆爹娘，男的则须结婚后再喊岳父母爹娘。

下过柬帖后，兴凡娘就催着他们结婚。这次爹急着给淑珍姐下柬，也是按岳家的规矩来的，哥哥没下柬，妹妹是不能出嫁的。其实，这些年滚石塔的婚俗早就简单了很多，男女双方的长辈们在一起吃顿饭就算把儿女的婚事公开了。立秋那天，两家就已经宣布给三哥和淑珍姐订婚，才不到三个月，爹又非忙活着操办下柬。爹是个特别看重仪式的人。

糖不多，很快就包完了。院子里的人也都各自找到自己的位置，就等着淑珍姐家来迎柬的人了。

云青奶奶也来了，绍前爷没到。以前绍前爷可是三天两头往家里跑的，岳珊常听他跟爹说："我两次结婚都是你主持的，送女儿出嫁也是你帮着操办。等知琛跟珊珊的婚事，就得我这当爷爷的主持啦。"爹哈哈笑着说:"哪能劳你大驾，你能亲自到场就给我面子了。"爹的胡子是不是没处搁了？岳珊抬头看看大北屋，爹的笑声挺透彻，看来他没有太在意，跟本家的长辈们聊得很开心。她又往三哥的东屋瞄了一眼。云青奶奶正陪着常二婶子和兴凡他娘说话。她是绍前爷离婚后娶的小媳妇，萝卜不大长在脊背上，又是支书太太，不用动手干活。常二婶子的丈夫和兴凡爹，死前一个是游击队大队长，一个是小队长，绍前爷是他俩手下的兵。三个滚石塔镇的"功勋夫人"凑在一起，多的是话说。就听常二婶子忽然抬高了嗓门："这事我可报全本，你俩得听我的。"这老太太，愣是不把这两位"当朝"干部家属当回事。在讲究辈分的滚石塔镇，唯独对这老太太的称呼有些乱套，男女老少一律都喊"常二婶子"。好像叫成"常二奶奶""常二大娘"就不来劲了，就不是这位在滚石塔镇啥事都掺和，对谁都敢当头一炮的老祖氏了。

三哥不知为啥事跟狗子哥争执起来。岳珊转过脸去，正碰上满脸红涨的和狗子往这边瞭的目光。和狗子低头拉一把五弟岳顺，一块跑出大门。狗子哥他娘过去是岳家的佣人。他爹生病、出丧借了岳家不少钱，都让爹给免了，还时常接济他们孤儿寡母，娘俩一直感激不尽。岳家有事，狗子哥总是跑到前头，连淑珍家的活他都抢着干。前些天在果园里，她突然撞见狗子一把抱住了淑珍，吓得她惊叫了一声。狗子惊慌地挣脱淑珍的撕打掉头就跑。从此就躲着岳珊，躲不开了，脸色就总是惴惴的。当时她不出声就好了。又不能跟狗子哥说，你放心，我啥也没看见。后来淑珍姐羞羞答答地告诉岳珊，今年果园里打完夏天第一遍药以后，男人们都就近跳进了河里。女人则拿上换洗衣裳，吵吵嚷嚷地去她们的河湾，连洗衣裳带洗人。淑珍等着拿知琛换下的衣裳，赶到河湾时，人都走光了。她就一个人脱下衣裳往山坡上一扔，跳进了河湾。她是个慢性子，一点点地搓着肥皂，连脚趾缝都抠洗干净后，才爬上岸，穿上裤头准备洗衣裳，却找不到那条扔在山坡上的裤头了，正转着脑袋四处撒摸，猛然听到树丛里有动静，慌忙蹲在地上，看到和狗子的脑袋像受到惊吓的松鼠似的缩回树丛。那条裤头再也没找到。打那和狗子就跟疯了似的，经常纠缠她。淑珍说的河湾就是远近闻名的滚石塔镇的“女人湾”，离三哥和淑珍的“爱情小屋”不远。一到夏天，上河村和果园里的姑娘媳妇们便都到那里洗澡，河湾周围就成了男人的禁地。下河村和河汊村也都有各自的“女人湾”。走南闯北见多识广的历任滚石塔镇“掌门人”，对男女私情一向持一种宽容的态度，但对胆敢私闯禁地偷窥女人湾的，却一律都给予决绝无情的严厉处罚。对女人湾避而远之，是深潜在滚石塔镇男人血脉里的遗传基因。就连经常肆无忌惮地翻女人墙头的“骚公驴”和大家伙，天一热就连果园也不进了。

岳珊见穿一身干净衣裳的三哥挓挲着胳膊东转转西瞅瞅，光顾咧着嘴乐了。瞪他一眼，暗暗叹口气。爹说得真对，三哥就是没心没肺。狗子哥和三哥同岁，生日差了三天。

大嫂匆匆过来，叫声“简婶”，说：“你和珊珊再从给咱本家长辈准备的糖包里各拿出两块，包成五小包。淑珍家来迎柬帖的人又增加了五个。”

“都是爹多事。”岳珊边和简小妹忙活着打开糖包往外拿糖，边埋怨道，“这些年哪有迎柬帖的了，都是男方派人送去，又省事又省钱。爹非要这体面。”

大嫂笑笑：“爹有他的想法。”

岳珊也笑笑。她以为爹也就是想借迎送柬帖的喜气聚聚人气，挽回一些被小河南的大字报伤了的面子。等到后来三哥的婚事折腾得一波三折，她才明白了爹为啥要把个下柬搞得那么隆重。

“这厨师没法干啦。”掌厨的岳三叔嚷嚷着跑到院子里，“就这二斤肉几把子菜，还要再加一桌，咋加？”他伸着两根指头比画着，“二斤肉，干的湿的都指望它。得有炒的，有炸的，有炖汤的，都分好了，再往外匀，肉星也见不着。”

大嫂尴尬得脖子通红，叫了声“岳三叔”，就不知道说啥好了。

常二婶子一步跨出屋门：“岳三，你吵个啥。就知足吧，你。亏着翁若的老二还能汇几个钱，你还有肉能炒能炸的。要放在别人家，称几斤豆腐就办个公事，你那把刀连腥味都闻不着，咋着，你还不做了？她大嫂，不是说好了的，男客一桌女客一桌，咋又要加一桌呢？”

大嫂小声说：“淑珍家迎柬的又加了五个人。”

“嗨，这尚丰年，这是吃大户呀。”常二婶子拍拍巴掌，“淑珍这个不吃亏的爹，啃到亲家门上啦。”她溜一眼院子里的人，大声说：“这事，我做主了。今天在这院子里的，都得算是男方家的人，是主人。咱们这些娘儿们，就别当客了，不论年龄辈分，一律不上席，把空出的位子让给女方的客。我看看睐，”她先伸手指指自己，又指点着几个上年纪的女人，“我，一个，兴凡娘，两个，他云青奶奶，三个，胖奶奶，四个，再加上狗子他娘，够了。岳三，别瞎胡叨叨了，快回饭屋忙活去吧。也不怕难为着你大侄媳妇。”

院子里的人拍手叫好。岳家辈分最高的岳老桩在大北屋里喊了一嗓子：“常二婶子，你这是佘老太君又升帐了。”

常二婶子撩把头发，刚要回话，大门口一阵热闹，迎亲的人到了。

岳翁若走出大北屋迎客。和狗子跑过去，贴着他肩膀说：“梁亮回来了。星火战斗队贴出海报，说今天下午梁亮要在大戏台演讲。”

“梁亮演讲，在大戏台？”岳翁若摸摸胡子，“由他去吧。你先和岳顺去伺候客人。”

南墙根的阴凉只剩下一高粱叶子宽了。院子里的人拥来拥去的，大声打着哈哈问好、让座。

风忽地翻过墙头，大北屋窗下的石桌上落满了窄长的姜黄色石榴树叶。岳翁若抬头看石榴树，眼皮跳了几跳，滚石塔镇有大戏台以来，还没有一个小河南的人站上去过，梁亮就要一步跨上去在北三村唱大戏了，岳绍前会放任不管？

第四章

岳凡记忆中的“破四旧”始于那个恐怖之夜。

梁亮的大戏台演讲轰动了滚石塔镇。演讲的当天晚上，梁家禄把大侄子请到家里，给他满上一杯酒：“爷们儿，行了，趁热打铁，明天杀过桥去，先灭大胡子再灭岳绍前。”梁亮踌躇满志地一口喝干杯中酒，把空杯子又伸向他大爷：“那也就挥手之间的事。”几十年后，从监狱里出来的梁亮回忆起当年的意气风发，自嘲道：“我们爷俩都低估了北三村捍卫传统尊严的硬度。”提起那场“破四旧”运动，他仍然颇为自豪，说那是星火战斗队成立后最痛快淋漓的行动，一举荡涤了北三村的污泥浊水：“岳绍前和尚兴凡都错估了形势。我那位老同学企图把持住北三村的破四旧运动，让他的东方红战斗队把我们阻挡在桥头上，他们自己咋咋呼呼地转了一圈，在大戏场里烧了一堆破烂就偃旗息鼓，一直拖到入冬，使滚石塔镇成了远近闻名的小台湾。我瞅准机会，在我县城的红卫兵战友支持下突然出击，胁迫着尚兴凡他们把北三村的千年旧货连砸加烧，终于在滚石塔镇杀出了星火战斗队的威风。”梁亮挺起驼背，晃着花白的脑袋，眼睛里灼灼闪光。

岳凡记得很清楚。那天下午放学后，他正和几个同学在家门口光滑的青石门台上弹琉璃弹，尚兴凡就领着东方红战斗队的红卫兵喊着“破四旧”的口号冲上台阶。岳凡怯怯地喊了声“兴凡哥”。尚兴凡笑笑，拍拍岳凡的脑袋说：“在这儿玩吧。”

尚兴凡他们刚进门，梁亮的星火战斗队又来了。岳凡站起来，亲热地叫道：“梁亮哥。”梁亮冷着脸“嗯”了“嗯”，大步进了院子。天赦子和“鼻涕筒”把一块写着“地主分子”白字的黑牌子“当当”钉在“军属光荣”的红牌子旁边。天赦子一脚踢开岳凡的书包，冲他吼道：“叫谁哥呢，小地主羔子。”他立楞起眼，又补上一枪，“何其毒也！”

这是他刚学的口头禅。对着地富反坏右及其孝子贤孙这么吼一句，很学问很力量很有气派。

几个同学瞪着岳凡看了半天，突然一齐指着他喊："小地主，小地主！"然后吆喝着"不跟小地主玩"，抓起书包哄闹着跑了。

岳凡哭着跑进家，正碰上"鼻涕筒"抱着卷粗布从大嫂屋里出来。五哥岳顺拦住他问："鼻涕筒，刚织的粗布也是'四旧'吗？"

"鼻涕筒"一愣，甩手就扇了岳顺一耳光，点着岳顺的鼻子骂道："小地主羔子，你他妈的叫谁鼻涕筒？告诉你，老子现在叫尚卫东——"

知琛一把抱住五弟的双臂，把他拖到大哥身后。岳顺摸着火辣辣的脸颊，瞪着"鼻涕筒"。上小学时他俩是同班同学。这小子有着无比丰沛的鼻涕，一年四季常流不断，总得要同学提醒"过河啦过河啦"，他才用力一吸，"哧溜"一下把流过嘴唇的两坨黄鼻涕收回鼻孔。在班里，岳顺是孩子头，玩打仗游戏时，常骑在"鼻涕筒"肩膀上冲锋陷阵。得胜后"鼻涕筒"就吸溜着鼻子宣称，我是岳司令的战马。后来他们都成了生产队的小劳力，"鼻涕筒"仍是岳顺的跟屁虫。这回"鼻涕筒"战马变成了尚卫东，尚卫东扇了司令一耳光。司令有点蒙。

梁亮鄙夷地瞥一眼尚卫东怀里的粗布，笑了笑，嘉奖地拍拍他的肩膀。尚卫东得意地看着岳顺。

院子里堆起一大堆书籍书画。

尚兴凡看看抱着父亲胳膊站在一边的岳珊，踢一脚书堆，冲梁亮说：

"把这些毒草黑货烧了吧。今天咱们收获不小呀。"

他把目光投向梁亮身边的人，脸上似笑非笑。梁亮顺他的目光看去，见星火战斗队的队员挟包袱的提皮箱的手指套着亮晶晶戒指的，人人大都有所斩获。年龄大的老憨穿着一件翻毛皮坎肩，手上还提溜着一片雪白的羊毛毡。刚才，他本想掀起躺在炕上的岳珊娘，拿走整床毡，被河汊村的和狗子拦下。他就没好气地剪下了这一块。老憨见梁亮看他，就扬扬手里的毡片，不好意思地"嘿嘿"着说："这东西剪双鞋垫，又暖和又吸汗。"

梁亮心里骂了句"就你他妈的有嘴"，目光转向尚兴凡身后，"东方红"的人大都空手站在那里，满脸的嘲弄和羡慕。他脸上真挂不住了，却又不好在这里发作，脖子上的青筋跳了起来，牙巴骨错了错，收拢起眼神，在岳珊和尚兴凡脸上逡巡了两趟。岳珊顺着他的目光看了眼尚兴凡，又回看着梁亮，眼睛里平静得啥符号也没有。梁亮还是从她看尚兴凡的眼角里抠出了一丝赞许，心里火气一拱，目光又盯向尚兴凡。尚兴凡双臂抱在胸前，脸上的似笑非笑内容更丰富了。梁亮冷冷一笑：

“尚支书好像挺着急呀。”

岳翕若抬头看看梁亮，又低下头。梁亮朝天赦子抬抬下巴。

天赦子一招手，带着几个人又冲进屋里。很快就从岳翕若床下拖出两个樟木柜子，从门里扔到院子里。岳翕若心里“咣当”一声。一个柜子“哗啦”散开，瓷器碎片溅了一地。他看着元朝以来各种官窑珍品的残肢碎骸，觉得眼前的景象跟皮影戏似的，虚虚地不真实。父亲当年亲自把这两柜子祖传的珍宝送回老家，回济南不久就去世了。老人家交给他时反复说：这可都是宝贝，每件东西都经咱岳家几代人无数遍摩挲过。咱祖上也衰败过，经历过无数战火匪劫，这两柜子传家宝只添没减。对咱们岳家来说，它们是历代传承的血脉，是咱们家跟那些暴发户不一样的财富。公司的英国工程师杰克森告诉我，欧洲的贵族都有族徽。父亲拍拍两个柜子：这就是咱岳家的族徽。现在，我交给你了。岳翕若听到一片叹息。不只父亲的，还有制作的买卖的收藏的传承的，绝望、痛惋、愤怒，各种叹息真真切切响在耳边。他闭上眼睛，心想“倒也干净”。

梁亮指着从柜子里滚出来的书画卷轴，冲尚兴凡笑道：

“这才是地地道道货真价实的封建黑货。”

尚兴凡脸色一凛，冲身后的红卫兵挥挥手：

“一块烧掉！”

天赦子看看梁亮，一摆手道：

“慢着。”他狠狠瞪一眼岳翕若，“这活，该让咱们的岳老庄长亲自干。”

岳翕若垂着头，似乎没听见。

“何其毒也！你他妈的瞑着个屌眼充啥大尾狼。”天赦子捋捋袖子，指着地上的书堆“呸”地吐口痰：“要不是冲着你大门上那块红牌子，早就把这些黑货挂在你老小子的脖子上，摁你跪在瓷片上啦。”他朝岳翕若跨出一步，见梁亮没啥表示，就收住脚，把一本硬皮书踢到岳翕若脚下。

岳珊扭头注视着梁亮。梁亮避开她的目光看尚兴凡。尚兴凡跟身边的人小声嘀咕着。岳翕若床下藏着两柜子宝贝，是前几年岳珊告诉梁亮的。刚才天赦子他们把两个樟木柜子扔到地上时，梁亮脑子里猝然闪过“出卖”两个字，把心里一直憋着的那股火猛地撞散，绷紧的满弓忽然失去劲道，被凛然的革命情绪使劲按住的“小资产阶级感情”又拱了出来，忍不住回瞥一眼岳珊。

岳珊突然冲进自己住的南屋，抱出一摞子书信，说：

“爹，我帮你烧。”

梁亮一惊，那是他写给岳珊的情书，知道这回是把她伤透了。别看岳珊总一副温婉的模样，其实是岳家兄妹中最敢说敢做的一个。惹急了她，她真敢把这些信满院子撒开。

岳珊扶着爹蹲下，划着火柴点燃了书信。岳翕若顺手摸过一轴徐渭的写意紫藤递到火上。好长时间，画轴才冒起蓝色火苗。

“别他妈的磨磨蹭蹭。”天赦子一脚踢过一卷松开的画卷，“烧纸钱哪。”

画卷的白色绫缎翘了翘，慢慢搭在火上。绫缎先是洇开一片黄渍，接着变黑，腾地冒出火苗，疼痛似的抽搐了一阵，带出了下面的一角远山。岳翕若往前一倾，上身晃了晃又收回。咋偏偏是这幅。这是幅文徵明的设色山水。连爷爷也不知道来历，从画上的题款、印章看，它经过从晚明的董其昌到民国的梁启超等好多位大家名流的手。汇集了这么多名家题款的名画，怕是再也难遇了。

蓊郁了几百年的山水噼噼啪啪没进火海。那些文气的树木，琴声沉静、茶香缭绕的亭阁呻吟着转眼间化为灰烬。岳翕若脖子挺了挺，慢慢往后仰倒。岳珊惊叫一声，知琢、知琛和岳顺一起扑过来扶起爹，七手八脚地要往屋里抬。岳翕若睁眼推开他们，坐在地上虚起眼神看看尚兴凡和梁亮，顺手抓起两卷画轴扔进还扑闪着火光的灰烬。

尚兴凡往前迈了半步又停下，转眼看梁亮。

梁亮转身看着南屋门前被扯在地上的弹壳风铃。那是在学校学军时，那个戴眼镜的指导员送给他的。

火苗呼啦蹿起来，天空现出麻麻扎扎的黑灰色。

尚兴凡大声对岳家的人说："这些查抄出的‘四旧’，你们自己必须彻底烧掉。”他向“东方红”的红卫兵一挥手，从梁亮身边大步走出院子。梁亮也摆摆手，跟了出去。

天赦子紧走几步撵上他，耳语了几句，又回来冲岳家的人喊道：

“你们竟敢冒天下之大不韪，窝藏封资修黑货，何其毒也。我代表‘星火’战斗队勒令你们：第一，不准保留一件‘四旧’，否则一经查出，按罪论处。第二，今晚不准插大门。县里红色造反团要来滚石塔镇大串联，与星火战斗队联合采取重大革命行动。如果胆敢把红卫兵关在门外，我们必将实行冷酷无情的革命报复。”

天赦子很满意自己的演讲，两手往身后一背，把岳家的人逐个审视了一遍，猛地一甩偏分头，转身阔步出门。他把手伸进裤兜摸摸那块带着金链子的怀表，转身将一口浓痰响亮地吐到大门上。

岳顺气哼哼地小声骂了句“这个舅子儿”，被大哥一把捂住嘴。岳顺挣开大哥的手：“我不怕。”

“你不怕。你也不怕把全家给害啦。”

岳顺狠狠地往大腿上捶了一拳。

知琢轻手轻脚地去慢慢关上大门，想了想，又拉开一条缝。

岳翁若双手撑住地挣扎了几次，腚刚离地又扑腾蹾下。知琛和岳珊使劲把爹拉起来，架到屋里的椅子上。岳珊蹲在地上给爹揉搓膝盖。岳翁若拉起岳珊，使劲捶打着麻胀的右腿，看着一地狼藉，自语道：“抄家的走了，家更像被抄过的样子啦。咱家祖上遭过兵祸，受过匪劫，就是没被官府抄过家。”拍拍身上的土，对儿媳说，“今天是小年。总得吃顿年夜饭。”

儿媳一脸愧疚地看看公爹：“做好的馅子，和好的面，都叫人家端走了。准备过年的那簸箕麦子还没磨呢。”好像小年晚上不能让全家吃上顿饺子，是她的错。

“不要紧。”岳翁若抖抖胡须上的纸灰，安慰儿媳道，“谁吃也是吃。偷人的长穷，抢人的不富。一顿饺子饱不了一辈子。咱就煮锅地瓜干糊嘟吧，吃碗粥照样过小年。”儿媳看看墙角被摔成两瓣的那口大铁锅，小声对知琢说：“你去端咱屋里那口锅来。”

岳翁若暗暗骂道：“强盗不如的痞子。土匪也不会砸人家的饭锅。”吩咐老三老五去烧掉院子里的东西。

知琛问：“全都烧了吗？看兴凡的意思，好像故意给留点空，让咱留下点。”

岳翁若摆摆手：“一点也不留。能烧的都烧掉，能砸的全砸碎。”

搅着糊嘟锅的儿媳说：“还有两大盆攒过年煎饼的沫子没摊。等一霎我跟小妹先摊煎饼，剩下的再烧吧。”

岳翁若连说几声“好”：“那就先烧那些书画摊煎饼。当了做饭的柴火，也算对得起这些各朝代的大家喽。今后，怕是没人再知道他们的名字。”他抬头看着墙上镜框里的爷爷奶奶父亲母亲，他们遥远地望着他，他感到他们目光里的疼痛。“对不起了。”他不觉说出声来，怔了怔，抬手摆住知琛、岳顺，示意大家坐好：

“你们也得知道点咱岳家的家世了。滚石塔镇岳家咱们这一宗支从开始发家，起起落落地也有上百年了，我知道的最兴盛的是你们老爷爷那一辈。由于一个意外的因缘，他年轻时就开始做官家买卖。到他六十多岁时，咱家的生意就从济南发散到江浙一带。

留在滚石塔镇的也就是一处不断翻新扩建的老宅子，守着一片山一片河滩地和几家店铺。你们老爷爷秉承了祖上喜文墨、好收藏的风气，经常与各地的知名文化人交往，家里的收藏越积越多，这为他出入官府提供了便利。可做官家买卖挣钱快，风险也大。就在岳家买卖越做越顺的时候，他在京城的靠山突然倒台，险些把他也牵连入狱，江浙的多家商铺让官府查封抄没。你们老爷爷一病不起，临终留下遗训，不许后人再结交官家。你爷爷收缩生意，彻底撇清与官府的关系。可你老爷爷给他养成的收藏嗜好却有增无减，听说哪里有好东西，不管多远也要跑过去，非弄到手才行，就跟上瘾似的。咱家在你爷爷那一辈丢掉滚石塔镇首户，也跟他常花大把银子淘买书画、瓷器有关。”

“真不如从老爷爷那一代就彻底败落了。”知琛突然插了一句。

岳翁若瞪他一眼，摸起条几上行智那个手电筒，招了下手，起身往外走。知琢拉了拉媳妇，让她在屋里陪着娘，领着弟妹们跟上。岳翁若围着那堆书画、瓷器转了一圈，右腿拖拖拉拉地不利索。岳珊搬过个小杌子扶爹坐下。

“你爷爷当年把这两柜子传家宝交给我时，一件一件讲了它们的来历。他老人家也算半个行家呢，讲得真好。这每件东西都有段经历，有的背后还牵扯着好多大人物。本想等有一天交给你们时，再学给你们听听，我总觉得你们这一辈咋着也该出个真正的文化人，将来说给你们孩子听时，比你爷爷讲得更好。唉，今晚上就从根上断了。”岳翁若把岳凡拉到身边，说，“今晚上无论如何我也得把你爷爷的话传给你们兄妹，要不我见了他咋交代呀。一件件地讲，没用了，我也记不清了，就拣着他老人家特别看重的说说。”

知琢趴在爹的肩膀上说：“爹，你小声点。”转身走进大门洞。

岳翁若打开手电筒挑选着，拿出一件先照着让大家看看，然后就讲它的价值、来历和它跟相关人物的故事，与岳家的缘分。每次都是开头把声音压得很低，讲着讲着就兴奋起来，嗓门不知不觉就高了。知琢赶紧提着脚跑过来“嘘”一声。最后一“嘘”，把岳翁若挺直的腰板呼哒“嘘”下半截，半天不再说话，急得岳凡直拽爹的胳膊。岳顺戳了戳岳凡。岳翁若瞅他一眼，打开手电筒在瓷器和书画堆上晃晃，又突然关掉，周遭的房屋挤压出一院子黑沉沉的寒冷，这才感到衣裳早已冻透了，脊梁涔涔的浸着凉气。

地瓜干粥的香味从屋里飘散出来，岳翁若身边响起一阵“咕咕噜噜”的肠鸣。他拍拍手，重重地叹口气：“吃饭。”

岳珊扶爹站起，给他拍打双腿。知琢也过来架住爹的胳膊。借着屋门闪出的灯光，岳珊看到爹的胡子霜打了似的没了筋骨，软塌塌地黯然神伤。她试探着说：“要不，咱们就留着，等明天红卫兵来了，让他们烧。”

岳蓊若屈伸了几下右腿，摇摇头慢慢回屋。知琢对岳珊说：“你不是知道霸王别姬的故事吗？”岳蓊若重重拍了下大儿子的手，费力地迈进门槛。知琛、岳顺和岳凡先都盛上一碗，“吁吁溜溜”地吹着气吞食。岳蓊若看着他们的吃相，心里一阵阵搅动着说不出的悲凉。要是父亲在，又该训斥自己教子不严了。他们的肚子早就被糠菜撑开。胃口大了脸面就没法子再撑大。

岳珊给爹端过一碗。岳蓊若说：

“也给灶王爷放上一碗。牌位没了，就放在饭屋里。好叫他上天言好事呀。”

他夹起块地瓜干凉了凉，慢慢放进还剩几颗牙的嘴里。没煮烂的地瓜干在嘴里打着滚。喉咙里突然冲上一阵酸涩，压了几压没压住，猛地发出一声哽咽。赶紧闭上嘴，喉结拉动着憋了半天，连地瓜干带那股酸涩一块吞了下去，垂着眼看着那碗地瓜干糊嘟，放下筷子：“呵，上天言好事，难为灶王爷啦。”

村子里零零星星地响起爆仗声。岳凡骨碌着大眼看看爹，又看看大哥。过年他最盼两件事：一件是腊月二十五那天跟爹去赶年集吃个火烧夹酱猪头肉，那个香哇，一想就咽唾沫；再就是小年这天，大哥给他买挂红皮的帘子梃爆仗。今年大哥不给买了。今上午，爹先让岳凡满是泪水的眼睛给弄软了，就对老大说：“要不，就给他买挂吧。”知琢坚定地摇头：“咱家只要放一个爆仗，这条街上谁家失了火都能赖上咱。”

爆仗声渐渐多了，岳凡再没看爹和大哥，低了头捏弄着手指，泪珠一颗颗地往下掉。岳蓊若装作没看见，不停地叉开五指梳理胡须。

大门“吱呀”一声被轻轻推开，又轻轻关上。

“谁这样细心？”知琢迎出屋门。来人是个黑瘦的小伙子，进屋后朝岳蓊若鞠了一躬，叫了声“大伯”。见大家都惊疑地看着他，他愣了愣，笑了，指着自己的一身红卫兵打扮说：“别怕，我是首长的通信员。穿成这样是为了方便。”他双手递给岳蓊若一个普通的白纸信封，拖过桌前的杌子坐在炉子前边伸手烤火。

岳蓊若捏捏信封，知道里面装着钱，食指和中指伸进去拈出一张信纸，戴上老花镜凑在灯下看信：“父母亲大人安好，给二老拜年。万祈珍重。问哥嫂弟妹们好。不孝儿知琪敬上。”岳蓊若把信递给知琢。知琢翕动嘴唇读了几遍，又还给父亲。

小伙子要过信放在炉口上烧掉，对岳蓊若说：

“我跟首长去北京开会，首长直接回东北的军校了。他让我告诉您，回学院后他就宣布跟家庭脱离关系，不接到他的信，家里就别再去信。我们军事学院也在搞‘文革’，造反派闹得还挺凶呢，把您老挨饿时去学院的事给揭腾出来啦。我们首长也是没有办法。宣布脱离家庭关系，是他的老首长给出的主意。”

“他忘了当年是爹把他送到部队上的了。”知琢愤愤地拍了下桌子。

岳翕若摆摆手，慢慢装上一袋烟，划火柴点着，瘪进两颊，用力吸了一口。

小伙子没理知琢，看看岳凡，说：

“看来家里刚被抄过。在北京时我们听说，大兴县的红卫兵抄家时，一夜之间，杀死了十三个公社四十三个大队的三百多个四类分子和他们的家属。二十多户被满门杀绝，连刚满月的婴儿也没放过。”

屋里的空气骤然收缩，连墙壁都凹了进去，发出踩扁纸盒子似的“咕哒”声响。每人的脊梁骨里都“嗖”地蹿起一股冷气。岳翕若端着的烟袋猛地一抖，撒出几粒火星。

小伙子站起来，不安地搓搓手，又说：“首长说：章丘人历来厚道，滚石塔镇的人都是一个老祖宗，还不至于如此。”他移近岳翕若一步，说，“首长让我问您，他想让我把他的小弟带走。他说会把小弟送到他老首长家里。”

岳凡紧紧抱住爹的胳膊，兄妹几个和大嫂都看着爹。老伴也停下咀嚼瞪着岳翕若，阴影在微微凹陷的眼窝里跳动了一下。

岳翕若“滋滋”地吸完一袋烟，磕出烟灰，把烟袋搁在烟簸箩里，弯下腰问小儿子：

“岳凡，你愿意跟叔叔去找你二哥吗？”

岳凡瞪着双惊恐的大眼，用力摇摇头。

“那就不去！”岳翕若对小伙子说，“告诉知琪，爹不怪他，让他保护好自己。家里就不再把他往火坑里拉啦。叫他放心，家里都挺好的。”

小伙子眼睛一阵湿热，突然跪下给岳翕若磕了个头，爬起来说：

“我替首长给您老拜年啦。我走了。你们谁也别送。我来时街上不断有红卫兵巡逻。”说完转身就走。岳翕若伸出想去拉他的手还没收回，脚步声就到了大门口。

大门轻轻拉开，又轻轻关上。

院子里刮起溜墙小风，雪花在门口的灯光里轻盈翻卷，黑夜突然跌落进深沉的安静。

岳凡依偎在爹身前，惊恐地盯着门口。

风门木格上破损的毛淘纸被风吹得噗噗噜噜。他总觉得门外的浓黑里晃动着很多鬼怪。突然，屋顶瓦面发出一阵“喀喀”的滚动。岳凡一把抓住爹的手，紧张地看着屋顶。

全家人除靠着窗台歪躺在炕上的岳翁若老伴，分坐在上下首椅子上的岳翁若和老大知琢，炕沿炉子两边盘腿坐着的老大媳妇和岳珊，坐在桌前杌子上的老三知琛，一直气鼓鼓地站在床前看着窗户的老五岳顺，脑袋都被这声响动抓起来，齐刷刷地仰视着屋顶。

“喵呜”一声，邻居胖奶奶家的那两只花猫嬉戏着，沿着屋檐跑远了。

大家胸腔里“噗”地倒出口气。

岳翁若扭头看看老伴，见她腮帮鼓起老高，不知又在嚼着啥东西，暗自叹口气。自从那年她眼睁睁地看着弟媳在自己身边饿死，就变成了这个样子。他摸摸岳凡脑袋，心里蹿起一阵极度的恐怖。在六个儿女中，他最宠岳珊，最心疼岳凡，摸着小儿子的手不由自主地抖了一下。他还小呀，还不到十岁。刚才该让老二的战友把他带走。

大门“咣当”了几下，大家一激灵，都望着屋门口。知琢起身出去，很快折回来说：“风刮的。”岳翁若轻轻拍一下桌子：

“晚上不让关大门。这样的律令，自晚清以来就没听说过。”

岳凡仍瞪着眼睛看着门口。

岳翁若从条几上摸过会愚那把剃须刀，用大拇指轻轻摩拭刀刃，刃锋在灯光下流动，发出沙沙的寒光：“会愚走我都没能去送他最后一程。要是这老和尚这会儿还在，也许就不会再劝我剃胡子了。”

他把剃须刀“啪”地扣到桌子上，目光炯炯地一一在儿女儿媳的脸上扫过，捋一把大胡子，沉声说：“今晚，要是真的发生大兴县那种事，你们谁也别坐以待毙。和平时期，能把人当猪狗宰杀的已完全丧失了人性，能带走一个就为这个世界积一份德。”

岳凡抖动了一下。岳翁若伸胳膊揽住他，用小拇指甲刮去他嘴角的糊嘟嘎巴，又说：“要是他们只冲着我来，你们谁也不许管。”他盯着岳顺问：“你听见了吗？”

岳顺梗着脖子点点头。几个子女中就是这个老五不喜欢读书，可他那股不服天朝管的桀骜劲，最似年轻时的岳翁若。小时候，母亲常点着岳翁若的额头数落：幸亏你爹让你读了洋学堂，要是念私塾，早叫老师把你的手掌打烂了。

知琛拽拽岳顺，俩人一起溜出屋门。大嫂和岳珊也跟了出去。院子里响起瓷器破碎的声音。

岳翁若装上袋烟，抽出根火柴连划了几下也没擦着，反手用力一拉，火柴棒啪地折断，火柴头冒出缕青烟，迸成几粒黑色碎块散落在桌子上。他定眼看着它们，伸出手掌碾了几碾，抬起手“噗”地吹口气，把烟袋扔进藤编的油漆小烟簸箩，头搭在椅背上闭上眼睛。据说，这烟簸箩是当年岳、和、尚三兄弟分家时，一家分了一个。现在长岭山的何如山和下河村的尚荣杞手里，还各有一个一模一样的。岳翕若不信这个，多少朝代啦，石头的也早风化了。不定哪一辈的老祖宗，闲着没事凑在一起，编了这么三个小簸箩，也顺嘴编了这么个故事。照“破四旧”的说法，这烟簸箩也该砸了烧了。书画古董，历来不就是越老越旧越好吗，都搜刮出来烧光砸光，再过几辈子就该把现在的又烧光砸光，人到哪里找祖宗去。

岳珊抱着一个古拙的长条木盒和一个色彩斑斓的长方匣子进来，轻轻放到桌子上：“爹，这两件留下吧。”

岳翕若吓了一跳似的睁开眼，看到桌子上的东西，三角眼倏地一亮。摸起长条木盒，凑到鼻子上闻闻，对岳珊说：“这盒子是沉香木的。唉，你们也不知道，沉香木是啥东西了。”他抽开木盒拿出一幅卷轴，拍打了几下，展开一点又卷上。“这是当年的山东巡抚为表彰你爷爷给剿灭地方匪患捐款写的。我从小就上洋学堂，长大又学商业，对这些字呀画呀的也不太懂，不像你爷爷和你何如山大爷，都能舞文弄墨的。你何如山大爷看过这幅字，说这个巡抚的字很有名气，为官也不错。”他看看知琢，下意识地捋捋胡须，把卷轴放在桌上，“这幅字就更不能留了。”

知琢拉过沉香木盒，手掌平放在盒盖上使劲搓了几个来回，一缕奇异的香气隐隐飘散开。岳珊耸耸鼻子“咦”了声。知琢把盒子放到条几上，说：“搁在这里吧，反正红卫兵也不知道是啥东西。”

“岳珊哪，”岳翕若指指木盒，说，“这东西要是能留下来，你出嫁时就带着它。你爷爷说过，沉香木得数十年上百年才能形成，它沉郁内敛的香气是在伤害中养成的。”

岳珊点点头：“我明白你的意思，爹。”

岳翕若打开那个彩漆凤鸟纹匣：“我倒忘了它了，这可是你爷爷的宝贝，说啥也得留住它。”他小心地捧出件紫砂梨皮圆壶：“这壶的价值就难以用钱标价啦。这是明代紫砂壶大家时大彬的制品。匣子里的另两件是他的两个名徒徐友泉和李仲芳的作品。这三大家的紫砂凑在一起，太难得了。可以说是现存紫砂壶藏品的绝品。你爷爷说，从你老爷爷开始，瓷器咱家就只收藏元代以来的官窑制品。可你爷爷在潍坊的朋友处见到这三把壶，只一眼就钩在了心上。跟人家软缠硬磨，最终硬是拿潍坊街上位置极佳的一爿铺子给换了来。后来又专门为这三把壶淘了这件汉代的漆匣。”

他把壶托在手掌上，在知琢和岳珊眼前划了个弧：“看看，拿你爷爷的话说，寓有形于无形，多拙朴，多沉静。”垂着的胡子飒飒抖擞开，三角眼流光溢彩，他忘形地朝门外喊了一嗓子，把大家招呼过来，说：“时大彬的壶有一大妙处，你们都开开眼。”

他伸出拇指食指和中指，捏住紫砂壶盖上的圆纽一提，整把壶都提了起来。他得意地看着大家惊奇的眼睛，刚要说话，胳膊莫名其妙地突然一抖，壶脱手落在桌子上，慢慢晃动着翻了个滚，擦过桌沿掉在地上，“噗”的发出头盖骨开裂的声音，碎成了几瓣。

岳翕若的眼睛鼻子和胡须收缩起来，接着整个人都收缩起来。岳珊觉得爹浑身的血一下流干了，骨架上只剩下一层老皮。她过去紧紧抱住他的胳膊，轻轻抚拍后背。好长时间，岳翕若才呼出口气，身体慢慢舒展开：

“天意啊。岳家的文脉该断啦。”

他伸出胳膊，把桌上的东西全都摠拉到地上。他张张嘴，软在椅子上。

知琢巴眼看看爹，下腰收拾地上的碎片。

大门外突然一阵吵嚷，门轰隆被推开。河汉村常二婶子独有的高嗓门把风门子都震开了：

“滚一边去，过小年了，我这个烈属来看看另一个烈属不行呀，这犯哪家王法啦。去告诉梁亮吧，甭拿这个没长毛的青光郎蛋子来吓唬我！”

常二婶子挥挥手里的酸枣木拐棍，把两个星火战斗队的红卫兵挡在门外，用拐棍“咣当”顶上门。

门外的两个红卫兵小声骂：“倒霉，碰上这个疯老婆子。”

常二婶子一把拉开门，举起拐棍：“小婊子生的，说啥？”两个红卫兵抱头窜下台阶。

常二婶子坐在椅子上喘粗气。岳翕若探过身去说：“二婶子，这时候你咋还来呀。你看，都有把大门的了。”

常二婶子摆摆手：“巡逻的。你坐下。我来给你当门神啦。他们就是不怕我这根拐棍，对继刚手里那杆大旗总还得怵三分。”

继刚是常二婶子的独子，解放后就一直被大家捧着，从部队复员后在村小学当老师，在滚石塔镇是个天老爷老大他老二的主。梁亮大戏台演讲后，高小的那些半大孩子就戴上红袖章揪斗老师，兜头浇大粪汤，往女老师脖子里塞毛毛虫，凡是半大孩子们能想到的恶作剧都用上了。有的老师挑唆他们：“你们咋不敢去斗常老师呢？”他们呼啦冲进办公室揪斗常继刚。常继刚骂声“小兔崽子”，“噼里啪啦”挨个扇了一耳光，又把领头的一脚踹在地上。领头的哭着喊："你敢打毛主席的红小兵。"常继刚哈哈大笑："你爹还在你爷爷腿肚子里转的时候，老子就是毛主席的红小兵了。站岗放哨送鸡毛信。鸡毛信，知道吗？没他妈的看过电影《鸡毛信》呀，那就是你常老师。"当天，常继刚就扯起红旗成立了"红教工"战斗队，把很多他教过的学生也都拉进了自己的队伍。

岳翕若向常二婶子深鞠一躬："二婶子，这种时候你能过来。我这心里……真是怕连累了你呀。"

"快别这样说。"常二婶子往地上戳戳拐杖道，"当年俺家老常带着游击队钻山沟的时候，你帮他们不怕沾包，如今钻山沟的坐江山了。我算替俺家老常还人情来了。刚才我都躺下了，继刚回来说，县城来的红卫兵要和梁亮他们在滚石塔镇杀一儆百，岳家是他们的头号目标。我没文化，可知道杀一儆百是咋回事。那年保安旅杀老常时就这么喊的。我立马爬起来要去找岳支书，继刚拦我，叫我骂了一顿。我说你忘了，你爹叫保安旅杀了，游击队被赶进了山里。咱孤儿寡母的要饭都没人敢开门，是人家岳翕若偷偷把咱们藏在他家躲过风头。还让你跟知琢一块去读书。是人心就要装人情。要说绍前那人，真没的说，别看满庄都是批他的大字报，人家一点也没缩头。说咱共产党讲究功过分明，不管谁掌滚石塔镇的权，就算他心里装着个天，也得放得下天理良心。今晚就是豁出我这条老命，我也不能让他们在滚石塔镇做出伤天害理犯大法的事。现在，兴凡跟继刚都在支书那里。我先来你这里坐坐。"

岳翕若看着常二婶子稀疏的白发和满脸皱纹，一时不知该说啥。

得知刘文先要自己剃掉胡子，老老实实接受改造后，他就常想，要是父亲不让自己上新学堂，就接受不了那些民主自由的新观点，后来也就结识不了共产党的地下组织，也许就没有现在心里这些憋屈。改造，你刘文先就从大街上抓一个造反派试试，能把他改造得豁出花光家产，也要支持你们在长岭山打出一个新政权？咋能这样，分明是卸磨杀驴嘛。

岳珊倒了杯水递到常二婶子手里。常二婶子拉住岳珊的手，说："珊珊，你不知道当年你爹胆子有多正。共产党坐天下了，大家都说他有眼光，他们不知道，男人的眼光都长在胆上。"

她忽然长长地打个哈欠，对满屋的人说："你们都去迷糊会儿吧。我跟你爹在这里说说话。"

大家答应着，但都不动。大嫂把趴在爹膝盖上睡着的小弟抱到炕上，扯过被子给他盖好，拉一把岳珊："咱摊煎饼去。"

又有啥东西落在院子里，风声时紧时松。岳翕若看着常二婶子的眼睛越睁越细，还是没找到跟她拉呱的话茬。

常二婶子的头像放线的风筝，一磕一磕打起盹来。岳顺抱过娘的大棉袄给她披上。她猛地睁开眼，晃晃头说："我不困。"巴眼看看岳翕若，"晚上总睡不着，陈年八辈子的事都想起来，数落不完。"说着，头往椅背上一靠，嘟起嘴吹了几口气，又眯缝起眼。

"躺下睡不着，坐着就打盹，人上了年纪都这样。"岳翕若看看知琛和岳顺，"你们记住，从今晚开始，常二婶子就是咱岳家的佛。"

常二婶子又抬起头："啥佛呀，我一到天黑就犯腰疼，倒是常疼得'吭吭'地吸溜气。"头一耷拉，又"吭吭"地吹起来。大家看着她，脸上浮起笑容。岳翕若低下头，抹把眼睛，顺势捋了下胡须。

窗户渐渐亮起来，远处响起鸡叫。

岳顺突然冲到炕前，抱住娘亲了下，跪倒在爹面前：

"爹，我再在家里会惹麻烦。我咽不下这口气，早晚会跟他们干起来。让我走吧。"

事出突兀，大哥和知琛都吃惊地看着岳顺。岳翕若拿烟袋点着他说不出话，比画了半天，才仰头叹口气，说："也好。你们兄妹几个，也就你还能闯荡一番，总比都圈在这里强。"他摸起桌子上的信封递给岳顺，顺手把他拉起来："出门事事难，又逢上这乱哄哄的世道。你自己小心吧。"

岳顺拉住知琛的手，哽咽道："三哥，你们照顾爹娘吧。就说我找二哥去了。"又抱住知琢叫了声"大哥"，说，"别让大嫂太累了，她才是咱家的顶梁柱。大哥，别记着我当年的不懂事。"

知琢哆嗦着嘴唇，刚想说话，岳顺使劲搂了他一下，把信封放回桌上，低头跑出屋门。

知琢起身去追，被爹叫住。他看到爹的两颊凹进去，泪水在眼睛里打着转，慢慢淌下来，顺着胡子滴在衣襟上。

常二婶子忽然抬起头，反手抹把嘴角的口水："我这觉睡的。走了好啊，漏网的都是大鱼。"

鸡叫声响成一片。

第五章

天大亮了。街上反倒突然安静下来。

岳翕若把弄着那把剃须刀，想起会愚讲的他那俩双胞胎小徒弟的笑话。一天会愚顺手给了当哥哥的一个桃子，不一会儿弟弟就来告状，说他和哥哥一起撒尿时，他总是尿湿了鞋，哥哥就说他长了个歪嘴子小鸡鸡，将来生不出孩子。行智哈哈大笑，弹了他光脑袋一指头："瞎说八道，当了和尚就不娶媳妇了，跟谁生孩子。"小和尚朝大师兄瞪着大眼，一脸不服气。会愚微微笑着，从抽屉里摸出两颗黄澄澄的浆蜜杏递给小弟子，小家伙朝师父鞠了一躬："谢谢师父。"颠颠地跑了。会愚说："弟弟来告状，无非是哥哥得了个桃子。硬是给他们评出是非，小哥俩就会心生嗔意，进而诱发出恶念。给了弟弟两颗杏，人性中的和善就稳住了。"当时岳翕若就当个笑话听，"呵呵"几声也就过去了。后来刘文先郑重地劝他不要再去管村里那些邻里纠纷、家庭不睦的杂事，说清官难断家务事呀。你又不是那种和稀泥的人，总得分出个是非曲直来。人家看着你的面子不再争竞，心里却埋下了不满。他这才体会到，那个笑话里包含了老和尚的禅机。平心而论，长岭山解放以后，刘文先对岳家还是该照顾的都照顾到了。刘文先也清楚，岳翕若的这把胡子是拿钱供养起来的。那次他来家里送一张游击队急需的药品清单，正好管家拿着一本账簿让岳翕若过目，说："这些欠账再不催要，连借钱的都忘了。"岳翕若把账簿推开："我说过不让你记这本账，都穷得家里叮当响，催就能催上来，烧了它吧。"管家拍拍账簿："能盖一处宅子啦，就一把火烧了？"岳翕若笑道："你烧了，就是替咱岳家盖宅子，在人心里盖宅子。"刘文先冲岳翕若竖起大拇指。

岳翕若看着大儿子，像是询问又像自言自语：

“这胡子，剃还是不剃？”

“还是剃了吧。”知琛见大哥不作声，就抢先答道，“人家早看着这把胡子不顺眼了。”

“有这把胡子，爹是滚石塔镇的岳翕若。剃了就只是咱们的爹了。”知琢说完垂下眼帘。

岳翕若拿剃须刀在胡子上比画了一下：“人家怕是要连胡子带脑袋一起要。还是保留一颗有胡子的脑袋等着吧。你们去把屋里屋外清理一遍。珊珊跟你大嫂去做早饭。哎，他大嫂，那些画都烧了？”

大家都抬头看着他。大嫂说：“烧了，摊了两大摞煎饼呢。”

“呃，烧了。”岳翕若“嗨”了声，吮吮嘴唇，摆摆手，“去吧。”

知琛刚推开风门，屋里人就看见了门外的尚淑珍，闻到“油吱啦”白菜蒸包的香味。“油吱啦”是滚石塔镇对猪油和肥肉膘㸆油后剩下的油渣的一种声情并茂的叫法。条件好点的人家，过年过节会买几斤肥肉，在铁锅里“吱吱啦啦”地㸆出油后，用剩下的“油吱啦子”包包子做菜。

知琛看看遍地狼藉，尴尬地叫声“淑珍”。

岳凡扑过来接过盛包子的竹篮，跑回屋里。淑珍进屋喊了声“爹”，被大嫂拉到炕沿前坐下。

岳翕若笑着答应道:“难为你爹想得这么周到。正好,你大嫂还没做饭呢。来,先吃饭吧。吃完饭再收拾。”

知琛拉一把淑珍走出屋门。淑珍接过大嫂递过来的蒸包跟了出去。

岳翕若瘪着嘴吃完一个蒸包,篮子就见了底。大嫂和岳珊把早给他留出的放到桌子上。岳翕若拿起一个递给岳凡，见老伴动作极快地把一个蒸包塞进被子里，皱皱眉头暗自叹息。多体贴人多要面子的一个女人，一场饥饿咋就成了这个样子。他肚子里一下闷闷的，把另一个蒸包推到一边：“给老三留着吧。”

知琢领着岳珊、岳凡刚开始收拾院子，兴凡娘又来了。岳翕若迎出屋门：“大嫂，快屋里坐。”

亲家之间不管年龄大小都互称大哥大嫂，这也是滚石塔镇的习俗。兴凡娘也叫声“大哥”跟着进屋。

岳珊在门口叫了声“娘”，脸一红，低头站了站，走进自己的小南屋。

兴凡娘坐在炕沿上，看看岳翕若肿胀的眼泡，说：“你可要想开呀。上狠里闹腾的就那几个人，大伙都是跟着凑热闹的。一大早鼻涕筒他爹就去了我家，说让我给你捎个话，向你赔个不是。这时候他不便到你这里来。过完年他就把儿子带到天津去。他怕孩子在家再做出对不住老乡亲的事来。”

“难为他还有这份心思。”岳翕若眼里有点发涩。他知道鼻涕筒他爹在天津一家农具厂上班，挺厚道的一个人。

兴凡娘扭头看着歪靠在窗台上打盹的亲家母，说：“本想来跟大嫂说会儿话，她睡着了，我也不坐了。兴凡听说小河南那帮今晚上还要闹腾，就找继刚去了。家里还得多加小心。有啥事，兴凡会想法报个信。”

岳翕若知道她是专门来传这句话的，也不再客气，不经意地瞥一眼那把剃须刀，拇指使劲按按烟袋锅里拱起火星的烟丝，淡淡地说：

“也没法子小心，由他去吧。只是一旦——”他的声音一下变得湿重起来，“大嫂，我那闺女就托付给你了。”他吮吮嘴唇，又道：“我知道，梁家禄心里憋的那股劲还没使出来。是疖子总得出脓。”

果园深处一座废弃的石头屋上落满积雪。门口用石片砌住半截，上半截用一扇破门从里面挡住。屋上的黄麦秆草已腐朽成黑硬的毡片，紧紧把住露出的苇席筋络，春夏季节上面会长出各种绿色植物，开出细碎的小花。这是岳知琛和尚淑珍经营了多年的爱情小屋。

知琛勾头坐在比地面仅高出一尺多的土炕上。淑珍点着捡来的干树枝，趴在地上鼓着嘴吹忽忽闪闪的火花，呛出满眼泪水。

以前这活都是知琛干的。火烧起来后，知琛就拨着火，给她背他写的诗。淑珍听不太懂，但那些火辣辣的句子却让她脸红心跳，就躺在他怀里，崇拜地看着他。常了，淑珍就不再咚咚地心跳，目光也散漫开，有时会突然想起来，来的时候忘了喂猪，那家伙该饿得撞栏门啦。她把他们的恋爱悄悄说给立春听，立春咯咯直笑，说尚成岭早就说，知琛是照着书本谈恋爱呢。那你们咋谈？立春附在她耳朵上嘀咕一阵。淑珍脸臊得通红，打她一巴掌：死不要脸的，你们这是耍流氓。到知琛再给她背诗时，淑珍就更容易走神。知琛咋不像胖子似的，也那样一回。她的脸腾地红到耳根。知琛问，你想啥了，淑珍慌乱地理理头发，没想啥，听着呢。知琛以为他的诗感动了淑珍，更加抑扬顿挫起来，把太阳月亮，春天的麦苗，冬天的飞雪，山间喧闹的溪流，树上探头探脑的小松鼠，百叶窗上的蓝色星星，还有他也不知道啥模样啥味道的萨克斯和伏特加，一股脑儿招呼到他的诗里。

火苗呼地蹿起老高，小屋里噼噼啪啪热起来。淑珍紧挨着知琛坐下，抱住他的肩膀，感到他浑身硬僵僵的：“你咋了？”

“我家的样子你都看到了。”

“你别害怕。”淑珍抓住他的手柔声说，“我爹问支书了，这股风很快就会过去的。”

“我真害怕。从昨天晚上就一直害怕。淑珍，”知琛反抓住淑珍的手，“你会不会离开我？”

“说啥呀。”淑珍甩开他的手。

知琛又一把抓回来，盯住淑珍的眼睛：“长岭村的红卫兵比咱这里闹得早。何如山大爷的儿子就让女方一脚给踹啦。”

淑珍搂住知琛：“放心吧。我死也做不出那样的事。”

知琛紧紧箍住她，仰起头不说话。

淑珍贴住他的脸，在她耳边小声说：“知琛哥，你要不放心。我就给你。”

知琛眼泪忽地涌出，笨拙地扳住淑珍的头，疯狂地亲吻她。浑身颤抖着，不知道该咋要。淑珍热辣奔放的舌头吐进知琛嘴里，在他脑袋里扯开一道闪电，轰地引爆了小腹深处膨胀的气团。他抱着淑珍把她压倒在炕上。

燃烧的木柴一阵爆裂，透亮的火舌搅动着呼呼盛开。小石屋里轰轰窜动着奇异的松木香气和急促的喘息。

门突然“咣”地张倒，重重砸在火堆上。火花溅满了石屋。炕上的铺草呼地冒出火苗。两人滚下炕来，手忙脚乱地扑灭炕上的火。灰头土脸地互相看看。淑珍低头系上解开一半的棉袄扣子，冲出门去。

门前雪地上一行刚踩出的脚印慌慌张张地插进山坡上的柏树林子。淑珍心里一愣：和狗子？

“谁？”知琛一脸惊慌地站在门前。

“不知道。”

知琛突然双手叉腰，吼了声“王八蛋”，接着祖宗八代、七大姑八大姨地一块敛伙起来，操娘日祖宗地一通破口大骂。淑珍惊愕地看着他。知琛从不说一个脏字的，这通骂却比骂街的大娘儿们还泼。“知琛这回硬气啦。”她打量着红头涨脸的知琛，却发现他膝盖在不住抖动，眼睛里游移着深不见底的惊恐。

淑珍深深叹了口气。

第六章

岳翕若抱着大扫帚从门前大街扫到上山的小路时，天渐渐亮了。他咳嗽几声，把扫帚把支在胸前喘几口粗气，胡子上的尘土被吹得飞扬起来。

难不难的，年就这样过去了。年前年后，一向在滚石塔镇神一样的岳翕若被斗来斗去，揪上台弯腰低头下跪滚蛋，木偶似的任人摆布，那把大胡子早已习惯了随时被人揪住呵斥。他抬起头，深深浅浅的绿色在眼里一阵眩晕。

山坡上各家各户自留地里已忙碌着干活的人影。马上就清明了，正好种瓜种豆。大家都早早起床，铆足劲在自留地里把第一波汗出透，好再去生产队大田里磨洋工。滚石塔镇的农民不用谁来教导，本能地把自己在农闲时交给张狂的革命，农活一忙又拽回自家的地头上。河汊村的和大家伙说，庄稼人不种地，蛋都痒痒。

今年开春后，梁亮就把星火战斗队的旗帜换成一面“反逆流造反团”的大旗。常继刚红教工战斗队的旗帜还插在学校里，却成了支退了膛的老枪。他“串联”回来后就在滚石塔镇待不住了，在外比在家的时间都长。梁亮放下被斗下台的岳绍前，集中火力攻击“保皇派”，尚兴凡的“东方红”全力反击。街上的标语、大字报糊了一层又一层。除两大派的骨干，滚石塔镇的人都逍遥起来，享受起没人管的自由自在。河滩里生产队的地越种越窄巴，田埂上去年侵进地里的荒草又朝外延伸出茁壮的新芽。山坡上自留地的石堰不断往外扩展。哪块地还规规矩矩地守着原先的地盘，不用问，一准是“四类分子”家的。这些被勒令扫大街的家伙们一点也不敢懈怠。岳翕若照常天天早上抱着扫帚扫街，还要捎上这段上山的路。这条本不需要打扫的山路，是“反逆流”司令部对滚石塔镇前庄长的特别惩罚。他是最后一个出来扫大街的“四类分子”。其他“分子”们见他也抱上了大扫帚，都纷纷过来打招呼。他知道他们在幸灾乐祸：这回，你岳大胡子终于也和我们一样啦。他坦然地回应着大街上的各种目光，一扫帚一扫帚地扫得很扎实，不时停下来拂去胡子上的尘土，把那些目光拂得躲闪开去。

山路拐弯处是一片茂密的杂树林。岳翕若把扫帚靠在胸前，使劲捶捶腰，胡子上的草屑窸窸窣窣往下掉。沿着山势凿出的石阶路再往上就贴着果园往东通向长岭村了。果园里的梨树桃树已鼓起花骨朵，苹果枝头上刚冒出一簇簇绿芽。这片果园最早是岳家榨油坊的核桃园，花生地。后来又扩种上果树。土改前一并交给了村里。

岳绍前在路东边山坡上向他招招手，闪身进了果园。岳翕若拖着扫帚跟过去，躲进花椒树篱笆墙后边。岳绍前四下张望一遍，又往花椒树篱笆墙外面瞅瞅，说：“滚石塔镇要成立革命委员会了。兴凡是你未过门的女婿，怕是会受牵连，干不上这个主任。”

岳翕若看着他，拍拍身上的土。

“成立革委会，运动就该收场了。要是梁亮成了主任，滚石塔镇还会鸡飞狗跳地闹腾。”

岳翕若仍不作声。

“翕若，你别跟我装糊涂。啥时候了，又不是叫两个孩子真散了。”岳绍前急切地说，“你们两家就演出戏，宣布退婚，过去这阵，让珊珊跟知琛一个出嫁一个迎娶，啥也不耽误。”

“孩子们的事由他们自己做主。”岳绍前是岳翕若的远房堂叔，一向好拿点长辈的架子。可这回岳翕若不想买账：“我总不能把亲闺女当成只羊，捆吧捆吧给放到祭台上。要不，你这当爷爷的去跟她说。”说完也不看岳绍前，提起扫帚就走。

“翕若，你一向不是只顾自己，只顾眼前的。”

岳翕若回转身，皱起眉头看着爬上山头的太阳，似乎在回忆一件久远的往事。摇摇头，又转身走了。

阳光暖和起来。村里响起各生产队催促上工的哨子声。山坡地里的年轻人陆陆续续扛起锨镢，挑着水桶下山。岳翕若挑了块挤在山旮旯里的荒地，靠在石堰上，点上袋烟。

到岳翕若父亲这一辈，尚家似乎在一夜间就成了北三村的首富。下河村的地盘迅速膨胀。尚家在本村和东边的上河村，西边的河汊村都开设了当铺、烟馆。尚荣杞的父亲是个爱张扬的人，当了首富的第一年春节自然要显摆显摆，刚进腊月，他就让私塾先生在当铺大门上挂出上联：“东当铺西当铺东西当铺当东西”。门前摆上桌子，码起一桌子白花花的银元，敲锣打鼓地征集下联，谁对上，这一桌子银元就归谁。通州一个来干小买卖的歪着头看了半天上联，顺口就溜出一句：“南通州北通州南北通州通南北”。

尚荣杞他父亲瞪着私塾先生傻眼了。尚家的文脉比不过岳家。这一直是梗在尚荣杞父亲心头的病。他本想，先生在书房里驴拉磨似的，转得砖地都亮了一圈槽沟，才憋出的这个上联，咋着也得在门口挂上个把月二十天的。要是最后让哪个年轻才俊对出下联，就把小闺女嫁给他，轰轰烈烈地把婚事一办，那尚家的风光可就大啦。没想到刚挂出上联，就叫这小通州顺嘴吐噜出了下联。他看看猥猥琐琐的小通州，瞅瞅一桌白花花的银子，嘬着牙花子暗暗骂娘。

满街筒子的围观者开始起哄："给银子，给银子。"

私塾先生擦擦圆溜溜的眼镜片，说："且慢。我这上联当东西的东西，既是方位的东西，又是当铺典当的东西。这位下联的通南北，只对上了方位，没对上东西。不能算对上。"

大家帮着小通州一起叫唤："不是东西，不是东西。尚家草鸡，说话用脚蹉，玩不起干脆别撑摊子。"

尚荣杞父亲赶紧摆摆手，向管家使个眼色，大声说："尚家向来说话一句。小通州对出了下联，先生说他只对准一半。那就付给一半银元。"

管家给小通州装好银元，连劝带拽地和他进了酒店，一通好灌后，就又把他推进大烟馆。不长时间，那半桌子银元就叫尚家的大烟枪给收了回去。

河汊村的和大家伙气不过了，脚蹬着烟馆门边的石狮子，朝门口啐口浓痰，骂道："尚家那老东西烂了屌蛋，净他妈的出坏屃。"

烟馆的打手满眼火星子往外一伸头，撞上和大家伙一脸挓挓挲挲的络腮胡子，赶紧缩了回去。

临近过年了，尚荣杞他父亲才知道，那本是一副现成的对联，先生驴拉磨纯粹是装模作样。他扣下先生一年的薪水，说："你在我老尚家的书房也练得差不多了，回家给老婆拉磨去吧，甭教书也能混头毛驴钱。"

那年岳翕若的父亲回家过年，看着矗在自家地盘上的尚家当铺、烟馆，堵闷得一个劲地嗝气。那时政府已与日本签订了《塘沽协定》，济南的商家惴惴不安。岳家济南和外地的工厂、商店都不景气，肚子里的这口气就只有自己一口口嗝出来。回到济南后，他就召回在天津读商校的大儿子岳翕若，帮自己协理商贸。岳翕若很快就跟账房串通好，背着父亲干起军火和钢材生意，账房收入很快就翻着跟斗往上涨，一年的工夫，就成倍地超越了父亲惨淡经营好几年的盈余。他带上账房先生，得意扬扬地向父亲去报账。

父亲戴上老花镜，审看了不到一半就沉下脸，瞪一眼账房先生，拍打着账簿训斥儿子：

"你干的是杀人的买卖，发的国难财呀。咱岳家祖祖辈辈从没挣过带血的钱。"

岳翥若蒙了，傻愣愣地瞅着父亲。

"别不服气。咱要像尚家似的啥钱都挣，还用等你逞这个能？"父亲不依不饶，"再看看你交往的那些人。咱办工厂干买卖，跟那些激进分子搅和啥。早晚搅和得掉了脑袋，连全家也拖进去。你胆子忒大。"

岳翥若垂手听着，心想，你成天说实业救国、商业救国，自家都养不壮，指着啥救国。却不敢吭声，太阳穴上的青筋绷起老高。

不久，一心指望父亲夸自己"岳家后继得人"的岳翥若，赌气离开父亲的商行，自己办了一家公司。刚经营了不到两年，就有日本浪人找上门来，逼着他让一家日本株式会社参股。他关掉公司，揣着把银票回了老家。

就在岳翥若在济南大把赚钱时，尚荣杞的父亲成了大烟鬼，城里的买卖一个跟着一个倒闭。小弟也成天在城里乡里吃喝嫖赌大把扔钱。家道迅速衰落。岳翥若回家不久，尚荣杞的小弟因欠赌债被人绑票。尚荣杞满面羞愧地到岳家借钱。岳翥若支走尚荣杞，立即赶到长岭村，请自己的好友、何家的少东家何如山替自己顶名，以极低的价格盘下尚家在上河村的烟馆、当铺和油坊。以后又不动声色地步步紧逼，买下尚家挨着上河村的那片河滩地。岳家又重新坐上北三村首户的交椅。这时父亲才捎来一纸便笺，称"吾儿为岳家争光，祖宗泉下当甚为欣慰，曰岳家后继有人矣"。

不久，尚荣杞的父亲就死在烟榻上，岳翥若接过庄长权柄。这是岳尚两大家族打出来的规矩。岳、和、尚三姓第一次权力纷争导致河汉村的和家出走长岭村。其后岳尚两姓纷争不断，两河之间隔几代就爆发一次声势浩大的群殴。鲜血面前，岳尚两大家族终于明白，谁都难以独霸滚石塔镇，渐渐达成了互相交接治村权的妥协。这以后，两大家族尽管明里暗里还在争斗不断，却一直相安无事。三个小山村逐渐扩展成长岭山前最大的集镇。

尚荣杞父亲出殡时，岳翥若去灵前吊祭。他弯腰扶起跪行孝子之礼的尚荣杞，双手被他冰冷的手抓住用力一攥，又迅疾放开，那双没有多少哀痛的肿胀眼泡朝岳翥若翻了翻，眼底深处凌厉地闪出怨毒的笑意，低声却十分清晰地说：

"你打败的是这个躺在棺材里的人。不是我。"

岳翥若在灵前行拜叩大礼，涕泪交流，暗自庆幸自己初回滚石塔镇的第一位对手不是这位尚家的长子。

蝗虫般涌入章丘的日伪军给了尚荣杞一次压倒岳蓊若的机会。在岳蓊若拒绝做维持会长后，复仇心切的尚荣杞跃跃欲试。深夜得知消息的岳蓊若拍着床沿狠狠骂了句“这个尿鳖子”，翻身起床，特意叫家人提上盏贴着“岳”字的大灯笼，直奔下河村。在尚家门前，他抓过灯笼，用力敲响门环，惹起一片狗吠。

还没睡下的尚荣杞一脸倦怠，端坐不动。

岳蓊若把灯笼放在条几上，稳稳坐下。

尚荣杞毫不掩饰满眼敌意，瞥一眼灯笼，说：“半夜三更的，岳大庄长提着灯笼夜闯民宅，有何公干呀？”

“我来给尚府照个亮。”岳蓊若也不兜圈子，直言道，“听说你要出任日本人的会长？”

“岳庄长连我尚家的私事也管？”尚荣杞把烟簸箩推给岳蓊若。他爹死后，尚荣杞就不准家里人再抽烟，连烟叶、烟卷也不行。可他家客堂里常摆着烟，他爹用的那杆大烟枪就放在条几上，擦得锃亮。岳蓊若装上袋烟点着，微微一笑。

“真把这事当成你尚家的私事，你就不会半夜睡不着觉啦。料定你是被对岳家的怨恨拱得一时冲动，答应了又后悔，我才跑这一趟。我深知荣杞兄本不是糊涂人。咱们尚岳两家争斗了好几代，彼此都做过对不起对方的事。可咱们毕竟是一个老祖宗，砸断骨头也连着筋。我不愿你因一时之念而背上千古骂名，让子孙后代也在滚石塔镇抬不起头来。要是单看咱尚岳两家的争斗，我巴不得你当上这维持会长。”岳蓊若把脊梁在椅背上靠贴实，说，“你想执掌滚石塔镇，用不着借用日本人的刺刀，我岳蓊若拱手相让。”

尚荣杞瞬息几次阴晴的脸上浮起一层冷笑：“岳庄长好大方呀。你明知这不是咱俩私相授受的事。”

“你终于吐露了心迹。”岳蓊若“呵呵”干笑了两声，直视着尚荣杞的一脸尴尬，问道，“你就那么不顾一切地想压我一头？你真以为当了维持会长就能让尚家在滚石塔镇重振风光？威震上海滩的青帮头子杜月笙说过一句话，荣杞兄，你可听仔细。他说，咱们这些人就是夜壶，晚上谁也离不开，天一亮就得塞进床底下。你真当了滚石塔镇的尿壶，别说国共两边的人都得把你从床底下拖出来敲碎，就是我岳蓊若也不会叫你安生。”

尚荣杞涌出一脸碎汗，低着头不吭声，闷了好一会儿，才咕哝了句：“尚家从没做过亏心事。”

岳蓊若暗暗冷笑，心道，你爹相中了火烧老张的女儿，不顾人家已经订婚，硬使银子拿下了财迷心窍的老张，接到家里做了三姨太。过门不久就发现张家的女儿还在和她那个未婚夫私通。你爹悄悄派人捉奸，拉到家里私审，张家女儿不堪羞辱投井自尽。你家又拿了大把的钱把事摁住。这还不叫亏心，那你老尚家的心可就亏大发啦。他瞥一眼尚荣杞，提起烟袋敲敲桌子："话说到了，告辞。"一拱手，拔腿就走。

"翁若！"尚荣杞急促地喊了声，起身拉住岳翁若。岳翁若回头看到一双挤满了惶恐、羞愧和怨恨的眼睛。

在岳翁若目光咄咄逼视下，尚荣杞眼睛里的怨恨不甘心地挣扎着，终于"啪"地崩散，整个人也失去支撑似的软塌下来，退一步跌坐进圈椅。岳翁若也回身坐下。

尚荣杞长叹一声，知道自己这一坐就再也难以在岳翁若面前站直。他双手重重拍在膝盖上，说："其实，刚才我是在硬撑着。今晚我一直想去找你。翻来覆去地酌量了又酌量，翻遍滚石塔镇，这次也就你能帮我。可我实在迈不出这道门槛。不是面子，是恨。我做梦都想把你一脚踩到地上。"

"这话说的，"岳翁若揽一把大胡子，"像个男人。啥事？你就说吧。"

"我哪能糊涂到要当汉奸，是被他们逼到了绝路上。三天后，便衣队的林队长就要来滚石塔镇枪毙梁家禄，宣布我任维持会长。"

"梁家禄咋会在他们手里？"岳翁若双肘撑在桌子上盯住尚荣杞，"莫非……"

尚荣杞看着岳翁若。

日本鬼子进犯长岭山不久，在一次扫荡时奸杀了梁家禄正在坐月子的本家侄媳。梁家禄集合起小河南村的逃犯游民，拉起一支抗日武装，到处袭击鬼子汉奸。他们每杀一个鬼子汉奸，都要割下他们的生殖器。让零散驻扎在大据点外围的鬼子兵和伪军提心吊胆。

"梁家禄的队伍虽说也到处打家劫舍，可他们打鬼子是真拼命的。你总不至于把他出卖给便衣队吧？"

尚荣杞"嗨"了声，使劲拍打额头：

"你拒绝当维持会长，姓林的知道你背后有刘文先的游击队，不敢太难为你，就用枪逼着我干。说只要我答应出任，有皇军撑腰，随便捏个'抗日'的罪名就能灭了你岳翁若。要是不答应，就让皇军血洗了尚家。我死不要紧，可我全家老少几十口子人命呀。我只好先答应下来。没想到了晚上，梁家禄又来逼我出二十支汉阳造枪钱，否则就按汉奸论处。我知道他们是如何对待汉奸的，情急之下就叫来跟便衣队有联络的妻侄，想让姓林的派人来保护尚家。谁知我那混账妻侄竟和便衣队联手，以来尚家取钱为诱饵，在村外抓捕了梁家禄。要是他死在便衣队手里，我可就回不了头啦，死了也没脸见祖宗哇。"

岳翕若轻轻拍打着桌子，心里的火倒发不出来了：“你把自家折腾到这步境地，我咋帮你？”

尚荣杞抬起眼皮：“我那妻侄说，姓林的为独揽抓住梁家禄和动员我出任保长两件功劳，到这还没向他的上司报告，日本人也被蒙在鼓里。他说姓林的还不是死心塌地的汉奸，有钱这两件事都能摆平。他探了探姓林的口风，至少得给他五根金条。还得让梁家禄从此不再惹他便衣队的麻烦。我要还有家底，不早就把枪钱给梁家禄了，哪里还会生出这天大的麻烦。我想，你当初不是也资助过姓林的吗，你出面找找他，花多少钱我给你打借据。咱们两家斗过来斗过去，可摊上这灭门之灾，我想来想去，还就只有找你。”

“钱不是事。就算我把亏欠尚家的还上了，你也不用打啥借据。只是我不愿再见那姓林的王八蛋。当初他打起抗日的旗号，伸出手来我不好不给。现在他看着日本人奶多，又一头扎进鬼子怀里。我绝不跟汉奸打交道。我回去就让人送金条过来，你自己去办吧。”

尚荣杞突然抱头痛哭。

梁家禄被便衣队放回后就从小河南消失了，直到抗战胜利才又露面。

尚荣杞保释回梁家禄的当晚，就给岳翕若送来张欠条。岳翕若接过摁着鲜红手印的欠条，从他风平浪静的眼睛里掏出了阴沉的坚执。知道那五根金条反而埋在尚荣杞的怨恨里，又结成一块硬茧。岳翕若可不想给他保留这份心劲，装作大咧咧地哈哈一笑道：

“这几根金条在我这里不算啥，荣杞兄大可不必放在心上。”

他划着根洋火点燃借条，等它变成一片灰白的纸灰，软软地塌在桌子上，撮起嘴轻轻吹到地上。

尚荣杞脸色灰白。

内战开始后，岳翕若让刘文先把二儿子送到了沂蒙山的解放军部队。尚荣杞也很快让侄子参加了济南的国民党军队。岳翕若对刘文先说：

“这尚荣杞就是被打折腰，也折不了心劲，可眼光总是短了些。”

“这袋烟抽的，多少年月成了灰。”岳翕若把磕在地上的烟灰踩灭，扛起扫帚往外走。刚拐出山旮旯走到路口，迎面撞上和狗子。这孩子在抄家那天从别人手里夺下他那根拐杖，给他竖在椅子上。他心里一直很感激，就笑眯眯地问：“狗子，咋没去队里干活？”

和狗子白楞他一眼：“我他妈的还用你管。”

岳翕若一愣。

“看啥看。”和狗子一脸蛮横，“呸”地朝岳蓊若脚下吐口痰，说，“老子不跟着尚兴凡当保皇狗啦。现在是反逆流战士。别以为你过去免了俺家债务就得感激你。俺娘在你家里干了十多年，让你家榨干了血汗，免了债务你也欠俺家的。”

岳蓊若点点头：“你说得也是个理。”

“啥是理不是理，这理是你说的吗？”和狗子逼近一步，点着岳蓊若的鼻子骂道，“还他妈的想充大头蒜。”

突然一阵“呵呵”怪笑。自打砸菩萨后就不见踪影的傩疯子，从地里钻出来似的跳到两人身边，鸡爪般的手指指着和狗子：“你背后，岳老六来啦。”

和狗子惊惧地看着傩疯子。岳老六是果园的老保管员，一个孤老头子。挨饿的第二年，和狗子从他掌管的仓库里偷了一袋子花生种子。林业队队长尚丰年带人查了半天，做了个岳老六监守自盗的结论，撤了他的保管员。岳老六当晚就跳崖自杀了。和狗子顺着傩疯子冷森森的目光转过身，脊梁骨一阵发冷，撒腿就跑。

岳蓊若眯起眼，看着和狗子的背影。

一个瘦弱的小男孩挣脱娘的手，蹒跚着朝他跑来。小孩的娘紧走几步，一把抱起小男孩，低头叫了声老爷，慌乱地说，俺从没带着孩子来过。他爹又病得起不来炕了，他哥哥一大早就上山拾柴火，孩子一人在家，我怕……岳蓊若摸摸孩子脑袋，说，你家里的事我知道。招手叫过掌管女佣的常妈，吩咐道，这段时间就让她带着孩子来吧。先支给她几个月的工钱。又对小孩子的娘说，别总信那些神呀鬼呀的，还是得请大夫。

那个瘦弱的小男孩就是和狗子。

岳蓊若还看着远处，阳光打亮了他半边脸。会愚常说“善恶只在一念间”，狗子的恶可不是突然冒出来的，是叫这场人糟蹋人的运动硬给抠出来的。

傩疯子又一阵阴阴的怪笑，目光迟缓地转到他脸上，额头上忽然闪出一阵明朗，不住点着头：“老和尚那把刀呢？”

岳蓊若朝傩疯子拱拱手，绕过他往山下走。这傩疯子，年龄比会愚小不了多少，腿脚咋还这么灵便。他一向讨厌傩疯子的阴气，不准家里人跟他打交道。说啥通阴阳，装神弄鬼罢了。可他咋就知道会愚送给我把剃须刀呢。岳蓊若扭回头。傩疯子悠悠逛逛地往滚石塔方向去了。

滚石塔在满山绿色中突兀地站着。

路口上风大，岳蓊若脚下虚虚的，有点站不稳。一向比儿子都乖顺的和狗子，说翻脸就翻脸啦。看来，梁家禄那老东西，还一直在盯着岳家。

岳翕若回家时，干活的人都收工了。尚成岭正在院子里教岳凡扭秧歌。他肥鸭般的动作逗得岳珊笑得蹲在地上不停地“哎呦哎呦”。

尚成岭叫声“大叔”，冲岳凡吐吐舌头，跟进屋去。

岳翕若拍拍胳膊上的黑袖章，笑道：“胖子，你戴着红袖章就不能再叫我叔啦。”

尚成岭“嘿嘿”一笑：“我就是戴上皇冠也得叫叔呀。”他抬起戴着红卫兵袖章的胳膊，“哎呦”一声又放下，说：“大叔，你说这世上真有佛吗？我这膀子自打砸了菩萨，咋就一个劲地疼呢。俺娘说这是佛在惩罚我。”

“世上哪有佛。”

尚成岭晃动着左臂，惊讶地“噢”了声，又连着晃动了几下，露出一脸胖笑：“神了。”

“佛都在人心里。心里有敬畏就有佛。”

尚成岭又按住左膀子，“吸吸溜溜”地不住吸气。

岳凡专注地看着尚成岭的眼睛：“胖哥，你胳膊到底疼不疼呀？”

岳翕若哈哈大笑，说：“胖子，你都把菩萨砸了，咋还信佛呢。不信就不疼啦。”

尚成岭狠狠捶了左肩膀几拳，说：“大叔，我信你的。滚他娘的佛吧。要不是立春说非红卫兵不嫁，我不豁出去砸菩萨，还当不了红卫兵呢。告诉你，大叔，我就要干副司令了。这可是梁家禄亲口告诉我的。他可给梁亮当一多半的家。天赦子这个舅儿不想让我当，跑去吓唬俺爹，说梁家禄说过，早晚要找尚荣杞算账。把俺爹这熊包吓得一宿没睡着，死活不让我当副司令。我才不听他的。当了副司令，立春还不得倒过来巴结着我点。成立革委会时，咋着也得给咱安排个角差吧。那你大侄子可就在咱滚石塔镇混出个人样子啦。”

岳翕若眼皮猛地一掀，三角眼瞪圆了：“梁家禄说要找你爹算账？”

街上忽然响起京剧唱腔的语录歌：“全国的无产阶级文化大革命，形势大好，不是小好——噢噢噢——不是呀小好。”

尚成岭脸色一变，拔腿就往外跑。

岳翕若摇摇头：“胖子光顾自己高兴了。这黑底子上戴红袖章，怕也不是啥好兆头。”他指指知琛说：“胖子是来向你显摆的。”

“我知道。”知琛一脸无奈的沮丧，“他从小就没比我强过。别看他胖乎乎的，长了个憨厚样，心眼小着呢。一到考试就抄我的。监场的老师敲打着桌子说，胖子，你快把岳知琛压趴了。他也不脸红。成绩一公布就好几天不理我。现在得意了。显摆个啥，不就沾了他爷爷抽大烟的光吗。”

岳翕若面色一紧：“你是吃了爹的亏啦。”招呼大家，“吃饭吧。”

岳凡满头汗水地跑进来，比画着说：“荣杞大爷疯啦，在街头上跳着舞唱最新指示呢。”

“噢——”难道滚石塔镇又要出个疯子？大智慧的人才会憋得发疯，满心的小道道往往把自己鼓捣傻了。他咋会疯了？岳翕若推开饭碗，踱向大门。正碰上尚成岭涨红着脸连拖带架地拽着他爹往村外走。尚荣杞朝门口一扭头，两人的目光瞬间擦碰了一下。尚荣杞目光里飘忽不定的惶恐、忧虑和羞惭，“咚”地落进岳翕若的三角眼里。岳翕若转身进家。能说这么多话的眼睛可一点也不疯。那晚在尚家，就碰上过他这样纠缠不清的眼神。

晚饭后，岳翕若把大家留下，说：“看这势头，咱家的处境会越来越难。你们心里都要有个数。”他看着岳珊，思量着柔和地问：“珊珊，这几天，你见着兴凡了吗？”

岳珊点点头。

“今早晨，你绍前爷跟我说，为让兴凡顺利当上革委会主任，想让你们暂时委屈一下，演一出解除婚约的戏，待兴凡当上主任后再结婚。今天我一直划量这事。你绍前爷劝我不能只顾咱一家。我想了半天，我早不是庄长了，眼下又是泥菩萨过河，滚石塔镇的事本不该再多想，可眼瞅着让小河南执掌大权，又总觉得不是个事。”他把目光转向知琢，“你们咋想？”

知琢想了一会儿，才慢慢道：“眼下这形势，倒也是个办法。”

“是呀，”知琛抢过话头，“又不是真散，等兴凡当了革委会主任再结婚不更好。兴凡干上主任，总是对咱家有好处。”

“只是，这样做可委屈了咱们珊珊。要是弄假成真呢。眼下这形势。”知琢不慌不忙地把话说完。

“可不是，”知琛接过大哥的话，“那不是害了岳珊。要演戏也得让兴凡写下个保证。”

岳翕若皱起眉头看一眼老三。这孩子上学是块好料，就是缺少主见，话又快，别人一张嘴就跟上，别人不说了，他也就没了话。他叫声“珊珊”，说：“这事还得你拿主见。”

岳珊平静地说：“这是两个人的事，也得看尚兴凡咋想。”

岳翕若点点头。他知道珊珊主意很正，心里怕是早就有了盘算，就说：

“你俩商量吧，爹不替你们当家。”又转向知琛交代道，“你要多主动去找找淑珍。别弄得像你如山大爷的玉林，好端端的婚姻说黄就黄了。不行我跟她爹商量一下，你们就早点把婚结了。”他看看呆坐在炕上的老伴，叹口气，对老大媳妇说：“老大家，你先跟淑珍娘透个口风，看她咋说。”

大嫂点点头。

知琛说：“不用，我跟淑珍说就行。前些天我们还说起如山大爷的儿子被退婚的事。她说她村里也有两个姐妹都跟成分不好的黄了。她说她绝对不会那样。”

“别先说别人，自己的事自己要有主意。啥叫绝对不会，心里没划量过能这样说。单看眼下这情形，谁家闺女嫁给咱这样的人家不是往火坑里跳。别看当初淑珍使劲贴乎你，一样说变就变。”岳翁若叉开五指梳理下胡子，长长吐出口气。这孩子，活在书堆里或许成个人物，钻进高粱地里就啥也不是啦。

大嫂看着低头搓弄衣袖的知琛，暗暗摇摇头。兄弟几个中就数他没主见，他最初相中的不是淑珍，是胖子尚成岭的一个本家妹妹，他初中的同学，挺秀气挺灵头的一个姑娘。后来尚丰年直接来找爹给他的闺女提亲，不知爹是磨不开尚丰年的面子，还是嫌那女孩子她娘跟和大家伙有些传闻，就一口答应了尚丰年。知琛别扭了几天，架不住淑珍膏药似的贴乎，也就慢慢跟她好上了。淑珍这可是有日子没到家里来找知琛啦。

尚兴凡站在属于他和岳珊的那片野李子树山坡上，翘首等待岳珊。岳珊喜欢雪一样的野李子花。

公社工作组在东方红和反逆流两派之间调解了半个多月，也没成立起革委会。长岭山的花事却在一场场细雨中绚烂开来。果园里的树舒腰展袖，花开得一派痴狂。没人管的年轻人眼睛里都盈满斜风细雨，把“革命”扔到一边，成双成对地钻进各自领地桃红柳绿起来。蜜蜂嘤嘤嗡嗡的花香中，到处飘荡着热辣辣的炒花椒一样的荷尔蒙气息。

尚丰年背着手在果园里的小路上溜达了一圈。整理树穴的锨镢横七竖八地扔在路边，地里只剩下些上了年纪的，东一攒西一堆地拄着锨镢，嘻嘻哈哈地拉着永远新鲜的陈年骚呱。去年冬天，他被林业队的年轻人摁住脖子喊了通“打倒”后，就没人再理他。没说真叫他趴下，也没让他站起来，他不知道他还是不是林业队长。他拍拍屁股，不敢再往深处走，怕一头撞上女儿淑珍和知琛，咕哝了句“真扯淡”，就回家陪老婆去了。

岳珊终于来了。兴凡一把把她拥进怀里，岳珊中规中矩地回抱一下就松开了。两人坐在树下。兴凡使劲拍一把树干，蝉翼般透亮的野李子花雪片似的飘落下来。以往白嫩的花瓣落到身上，岳珊就会像小姑娘一样兴奋，跟兴凡玩指鼻子指眼的游戏。她盯着兴凡竖在脸前高度惊觉的手指，先小声嘟囔句“鼻子”，突然喊道“耳朵”，兴凡的手指一下子按住鼻子，岳珊咯咯笑着，又嘟囔道“耳朵”，真的就大喊一声“耳朵”，兴凡又指向了眼睛，连自己也红着脸大笑起来。岳珊赢了，就刮兴凡鼻子一下。她总是先在兴凡的高鼻梁上轻轻蹭上一会儿，然后钩住鼻头猛地往上一提：“喝口醋吧。”兴凡鼻腔眼窝胀得泪花鼻涕一块涌出，岳珊就势抹他一个满脸花，喊着“笨蛋”扑进他怀里。兴凡赢了，总是挠她的脚心。岳珊就任由他剥下自己袜子轻轻扒挠，痒得瘫在地上笑成一团。兴凡趁机把她白嫩的小脚丫贴在脸上。岳珊羞红脸叫道：“我三天没洗脚了。”兴凡哈哈大笑：“那就闻个香的。”扑过去搂住岳珊亲吻。野李子花撒落两人一身雪白。

尚兴凡看着岳珊。又是野李子花开，又是飘落如雪，又是嫩白的一身，岳珊却抱膝坐着，对他的举动只做淡然一笑。听爹说了岳绍前叫她和兴凡演戏的话，岳珊当晚就去了兴凡家里，见面就叫了兴凡娘一声“婶婶”。兴凡娘一愣。这闺女咋了？等问清原委，就沉下脸问儿子：“这是真的？”兴凡局促地看看岳珊，点点头：“岳支书说了，我是党员，哪能不听组织的。再说，又不是真的。”“假的也不行。”兴凡娘指着儿子说，“糊涂。婚姻大事不是小孩子过家家，演啥戏。谁说也不行，这事我当家。啥革委会主任，咱不稀罕。大门口混不上站岗的，再大的官早晚还不得回家跟老婆孩子扎堆。找个好媳妇才是一辈子的福。没见后街你歪头大爷经常坐着小车回家，腚后头嘟嘟冒烟，多威风。老了还不是靠老婆伺候，也没看见组织来给他盛碗饭喂口药。”兴凡瞥一眼岳珊，低下头不吭声。娘一个人把他从小拉扯大，娘也是他的组织。从那晚后，岳珊就一直没再去过兴凡家，见了面也总是这样淡淡的。

兴凡轻轻叹口气。这段时间岳绍前几乎天天板着脸教训他：“干大事就得有股子壮士断腕的狠劲。你这样婆婆妈妈的，等梁亮干了主任，后悔也来不及啦。我选中你培养你，还不就是想要你为咱滚石塔镇担起份责任。”

“珊珊”，兴凡怯怯地叫了声。岳珊扭头看着他。他又不知该说啥了，伸手摘掉岳珊头发上的几片野李子花，轻轻揽住她肩膀。

“珊珊，其实，我心里早就打定主意，宁肯不当革委会主任，也要跟你结婚。”

“我知道。可要是岳支书，你的组织，非要把你这颗螺丝钉跟别人拧在一起呢。”

“那可不行。”兴凡一用力，勒得岳珊“哎呦”一声。野李子树丛外传来尚成岭的喊叫：“兴凡，轻一点呀。”

尚兴凡皱紧眉头没作声，岳珊喊声“胖哥”，走出树丛。兴凡只好跟上。

山坡下的小道上，尚成岭牵着立春的手，仰头看着他俩，笑嘻嘻地说：“我猜你们就又在这里诗情画意。兴凡，你大舅子跟淑珍躲在他们的石头屋子里，可快捂出小人来了。”

岳珊的脸腾地红透了。兴凡指着他笑骂：“胖子，你以为谁都像你脸皮那样厚呀。”

尚成岭哈哈笑着回应：“也没见你们这些脸皮薄的把自己给骗了。啥大不了的事。我跟立春商量好了，俺们结婚时，让儿子给打灯笼。”

立春“呸”他一口，伸手去拧他的嘴：“撕碎你这张尿罐子嘴。”咬着牙小声说，“你大眼珠子朝哪里晃荡？”

尚成岭躲闪着，也小声说：“我又不能拿刀子把眼里的光从兴凡和岳珊中间割开。小气。”

立春一跺脚，扭身就跑。尚成岭边追边回头说：“我先下山了。梁亮要开会宣布我当副司令呢。”

兴凡看着尚成岭的背影，自语道：“看来，天赦子没能阻止梁家禄的计划。小河南这是要到北三村来抢人抢地盘了。”拉住岳珊的手轻轻一拽，“咱们也回去吧。”

岳珊拂一把衣襟上的野李子花瓣，一脸似笑非笑：“又想起你的担当了吧。该找组织去了。你去吧，我还想再在这里待一会儿。”

“珊珊。”兴凡拥住岳珊，把脸贴在她头发上，忍不住深深吸了口气，一缕野艾叶的香气透进肺腑，岳珊身上常会忽然就弥散出这样奇异的气息。他把脸移向她的脖颈。

岳珊突然双手捧住他脸颊，仰脸看着他眼睛，问：“兴凡，能为我抛开这些争斗吗？就现在。”

“能！”兴凡脱口而出。岳珊眼里慢慢涌出潮气，把脸埋在兴凡胸前。兴凡拍打着岳珊后背，嘴张了几张，才吞吞吐吐地说：“可是，珊珊，眼下不行呀。”

岳珊猛地抬起头。

“听我说，珊珊。”兴凡窘迫得有些口吃，“你想想，支书他，那么器重我。对你家，也那么好。现在落到这个地步，人人都躲着他。能为他跑跑腿，分点忧的，也就是我了。这个节骨眼上，我哪能再……”

岳珊点点头推开他：“你去吧。”

兴凡探究着岳珊的眼神，两臂还保持着拥抱的架势。岳珊笑笑，又推他一把："去吧。"

"那，我走了。"兴凡犹豫着走下山坡，又站在路上回头张望。岳珊已掩进一团团如烟如雾的雪白。

岳珊坐在树下，眯起眼看着花枝间泻下的蓬勃阳光，靠着树干轻轻闭上眼睛。一片赭红色野李子花精灵般在透进一线微茫的眼睛里翩飞舒卷，飘曳出难以猜度的意绪。她伸开腿，坐得更舒服些，闭紧眼睛。那片野李子花起起伏伏地轻盈着，像只系着缆绳的小船，在深不见底的黑暗中划出一道道暗红的弧线。从小学到中学再到回村，兴凡一直是少先队大队长，团支部书记。按组织的指令行事已成为习惯。对他来说，违背书记的话简直就不可思议，哪怕是下了台的书记。绍前爷也早已把滚石塔镇的事当成自己的家事。要是有一天，他为了滚石塔镇的大权不旁落，硬要让兴凡真的解除婚约，兴凡会咋选择呢。黑暗中忽然浮上梁亮坏坏的笑着的眼神。

阳光"啪"地掀开岳珊的眼睛。太阳已快到头顶了。

第七章

天赦子和尚成岭并着膀子比比画画边走边拉。

尚成岭箍在光胳膊上的红袖章成了“拦汗坝”，他转动着松了松，汗水呼啦泻下，顺着手指滴到地上。

“胖子最怕过夏天啦。”他扛一下仍系着衬衣领扣的天赦子，把坎肩背心卷到腋下，白胖的胸膛和肚子滚满了汗珠子，将肥大的短裤洇湿了大半截。

天赦子拍拍他圆滚滚的肚皮：“你这天蓬元帅可真是员福将。刚当副司令才几天呀，咱反逆流的人数就差不多跟东方红平起平坐了。这回，工作组不能再说咱们缺乏群众基础了吧。梁家禄那老东西，眼光可真毒。现在，在梁亮眼里，你可比我强多啦。”

“这话说的，”尚成岭大咧咧地伸出胳膊搂一把天赦子，几乎把天赦子圆溜溜的小脑袋按到他女人似的胸脯上，“咱兄弟，谁跟谁呀。”

“操，你拿我当立春呀。”天赦子推他一把，抹抹脸上黏糊糊的汗液。

尚成岭笑得肚皮直打颤：“兄弟，你也得紧摁拉一把，该成个家了。下个月，我可要请你喝喜酒喽。”

天赦子脸一阴。尚荣杞这个老杂毛给起了这么个名，等于把他见不得人的出身给烙在了脸上。偏偏又摊上一个糊涂“姐夫”，他娘的该搞不该搞的瞎胡鼓捣。昏头昏脑的，知道了老杂毛起的名字不怀好意，也不趁早把名字给改了。天赦子长大后，自己跑到派出所把名字改为尚跃进。可大家早就叫天赦子叫顺了嘴，“尚跃进”就一直趴在户口簿里没人理睬，害得他至今也找不上媳妇，连和大家伙那样的骚驴都不愿把闺女嫁给他。

天赦子瞅瞅胖子笑得孩子似的脸，一直埋在心里的怨毒又翻腾起来。何其毒也。老王八蛋的账还没算，小王八蛋又要骑在老子头上拉屎啦。

尚成岭没察觉天赦子脸色的变化，仍乐哈哈地说：“我办喜事的时候，你这第一副司令可要好好帮我张罗张罗。”

天赦子也哈哈笑起来：“你可是锅里碗里都满满咣当，双喜临门。也不给兄弟留一勺子。现在该打倒的打倒，该斗臭的斗臭了，到了分胜利果实的时候了，你可别再跟我争这个第二把交椅呀。”

“呵呵。”傩疯子忽然从拐棒胡同跳出来，指着尚成岭笑得前仰后合，“菩萨保佑。胖子真胖。”

“老东西，我还以为你不知死到啥地方了呢。”尚成岭脸上的笑收不住脚，随着汗水稀里哗啦往下淌，嘻嘻哈哈地拨开傩疯子鸡爪似的手。

傩疯子直勾勾地看着他，双臂忽然一举，嘴里“轰”的一声。

尚成岭脊梁骨忽地一阵发紧，身上的汗一下消了。自从砸菩萨后，傩疯子碰到他总要发癫，每次都被他嬉皮笑脸地打发过去。这回，傩疯子诡谲的眼神透出股冷凝的戾气，轰地击中了他恐惧的神经中枢，一阵战栗从股沟直冲后脑，心神莫名其妙地迷乱成一团。

天赦子看看尚成岭，又瞅瞅傩疯子，满脸愕然。尚成岭逃跑般地钻进拐棒胡同。天赦子瞪一眼傩疯子，狠狠啐了他一口，骂道：“疯子，滚一边去。”也拐进胡同。

这条连接下河村前后街的狭窄胡同拐了四道急弯，像根拧过了劲的破草绳，把阳光和从河边扑过来的风都挤了出去，大白天也阴森森的。尚家破落后，尚荣杞就从前街的大宅子，搬进胡同里原先长工和店员住的小院。尚兴凡和天赦子的家也都在这根拐棒里。

天赦子慢腾腾地拐过第一个弯，想起尚成岭刚才惊慌的模样，觉得挺解气。他双手一拍，扯淡，我骂的哪里的骂，让老疯子煞煞胖子的得意多好。拐过第二道弯就是尚兴凡和胖子的家。他忽然感到哪里有点不对劲，就又倒回去。第二道弯墙壁上的毛主席画像脱落了几块白石灰墙皮，左眼和嘴巴露出黄乎乎的泥巴，画像神情怪异地看着他。他笑了笑，反身往前走。心里猛地一动，又倒了回去。前后看了看，从地上捡起块破瓦片，急匆匆地把脱落的墙皮划出新茬，看了看，又在脸上斜划了一道，丢掉瓦片掉头往回走。梁亮这小杂毛，他妈的卸磨杀驴，光看中尚成岭的人缘了，也不想想，不扳倒尚兴凡，反逆流人再多有屁用。还得佩服人家梁家禄，老东西早就说，岳绍前已成了落水狗，不拿下尚兴凡，你梁亮就甭想拿下滚石塔镇的大权。

天赦子晃晃脑袋。这事还得去找梁家禄，叫他再挑个人，我俩一口咬定亲眼看见尚兴凡故意毁坏毛主席像。我叫你梁亮看看，到底谁他妈的是反逆流的顶梁柱。

刚到巴漏河石桥，天赦子就碰上跑得满头大汗的和狗子。和狗子没看见他似的从他身边跑过，被他一把扯住："狗子，前头有屎吗，跑啥？"

"梁司令叫我通知胖哥快回去，有要紧事商量。"和狗子挣脱开，继续往前跑。

"还有谁？"

"司令他大爷也在指挥部。"

"没说叫我吗？"

"没说。"和狗子头也不回地继续往前跑。

天赦子站着，牙巴骨鼓起道棱，半天才蛤蟆似的"嗝"了声：何其毒也。真他妈的，老的少的一对白眼狼，忘了老子当初给你冲锋陷阵啦。瞧不起我，那我就给你们搅和乱了。扳倒尚兴凡，我他妈的也在你们爷俩那里吃不上十二两。

天赦子掉头往上河村走去。老子非在你们这棵歪脖子树上吊死呀。我干吗非把赃栽到人家根正苗红的尚兴凡头上。栽也不一定栽上。他胖子可他妈的是棵长在狗屎上的狗尾巴花。你梁家禄忘了当初亲口说过尚荣杞是漏网地主啦，还说早晚要收拾他。现在倒好，漏网地主的儿子成了宝贝疙瘩，不就看中胖子能从北三村拉拢人吗，老杂毛真他妈的势利眼。还有那头胖猪，肚子大得快下猪崽了。你戴上红袖章就该知足，还要踩着鼻子上脸当副司令。杂种，人心不足蛇吞象，也不怕撑死。这回，我把反逆流给你们搅乱了，跟尚兴凡干去，看谁后悔。

天赦子像台脱粒机，一路上顶着火辣辣的太阳，吐吐噜噜地骂个不停，把塞满肚子的怨恨都喷泻了出去。等赶到公社工作组驻地大门口，心里的火气已消了一大半，胸膛里空旷了许多。站在门前犹豫了会儿，一屁股坐在门口的树荫凉里。其实，胖子也不孬，大咧咧的，从不争我这二把手的位子。前几天，工作组的老吴可是大包大揽地拍了胸脯子："你小子进革委会的事包在我身上。村里红卫兵的头头不干主任的就干副主任。各派另外选一个委员。你是反逆流的老二，不是你是谁。"这个公社食堂的伙头军真是个吃和尚，一斤地瓜干酒一盘猪头肉和一斤包子几乎都让他独吞了。管他娘的，只要给我个村干部就行。那时看谁还敢说我不在二十四节气，我他娘的是大年，比立春都大。全庄的大闺女还不得叫我挑着拣着地娶呀。尚荣杞那老杂毛，见了我就得点头哈腰。别看我能饶了胖子，绝不会放过这个老东西。我天天早晨在门口等着他，叫他天天都向我赔着笑脸问一遍"领导吃饭了"。嘿，那场面那风光，那叫出人头地，那叫一个滋润。天赦子笑了，光斑在脸上跳跃。

门里传出工作组长老林忽然扯高的声音：

“那不行，老吴。你以为这是配菜呀，你愿抽哪棵就抽哪棵。进村革委的人选，哪派都不能超过两人。既然反逆流推荐的委员是尚成岭，我们就是要换，也得征求梁亮的意见才行。”

天赦子忽地站起来，一把推开大门。

老林扯下帽子摔到桌子上，军帽上的红五星碰得白瓷缸子叮当一声。他端起缸子仰头咕咕咚咚灌进半缸子凉开水，往桌子上一扔，抹一把嘴：“这算咋回事，工作组成专案组了。”

白瓷缸子在桌子上打了个趔趄，晃晃悠悠地摇动着。缸子上被粗壮的大手攥住的小丑朝老林翻着仇恨的目光。

老吴白了老林一眼。他一向瞧不大起这位耍笔杆子出身的武装部副部长。现在公社大院里武装部最打腰啦，连小干事们都能隔三岔五地揣着瓶酒，让食堂给炒两个菜，拉上当班大师傅喝一壶。这位多咱也是一碗大锅菜两个馒头，坐在食堂门前的石凳子上，闷着头吃完走人。几位大师傅谁也没沾过他半盅酒的光。这官当得真窝囊。

中午查看毁坏领袖像现场回来，老林让老吴给派出所报案。过了好长时间，值班的的户籍员才打回电话，说，这几天全公社发生了好多起这样的案件。派出所的人都忙不过来了，公社大院里能抽得动的人也都抽了去办案。所长说怕是一时半会儿顾不上滚石塔镇的案子，让你们工作组先做些排查工作。老吴高兴地冲里间屋里喊：“部长，派出所让咱们自己办案。”

老林伸出头，一本正经地纠正道：“是副部长。”

老吴改口：“林副部长。”

老林又纠正他：“咱们是工作组，在村里还是喊组长好。”

“呃，林组长，”老吴声音里明显胀满了不耐烦，“咱们该先把尚成岭抓起来，免得这小子跑了。”

他还惦记着天赦子那包猪头肉和一瓶酒。咱老吴可不能像那些当官的，吃了人家喝了人家的，一抹嘴头子啥事也不管。要是干一阵子工作组，连干个村革委委员的事都办不了，那咱大老吴今后在滚石塔镇往哪里搁这张脸。

老林没瞧老吴泛着油汗的胖脸，召集起工作组的四个人说：“工作组不是派出所，没有抓人的权力。红卫兵能抓人，可滚石塔镇的两大派尖锐对立，让他们办案还不抓乱了套。所以，中午我才让相对中立的‘红教工’派人守住拐棒胡同两头，只许进不许出。常继刚是烈士子弟，在部队上锻炼过，又没有争权的欲望，我们还是可以放心的。现在你们三个分头去找三个红卫兵组织的头头了解情况，咱们先排出个名单，办案还得按规矩来，请公社革委让派出所来人。”

老吴一肚皮不屑，啥年代啦，还请示，还规矩。规矩早都砸巴烂了。跟这样的头干，真费劲。他去小河南总共待了半小时，就去河汊村的朋友家喝茶拉呱，直到把一壶莱芜老干烘喝乏了，才回到办公室。一进门正赶上老林也刚回来。他疑惑地看着老林摔帽子灌凉水的“豪壮”，从他的牢骚里咂摸出少见的兴奋。

老林不理会老吴询问的目光，扔给他一支烟，自己点上一支，深深地吸了一口，翻开笔记本唰唰地写着什么。来滚石塔镇之前，被“结合”进公社革委做副主任的刘文先单独找到他，交代说，滚石塔镇人多情况杂，遇到难处理的问题，还是可以听听岳绍前的意见的。刚才他把岳绍前约到常二婶子家。岳绍前不时地晃动着被造反派拧伤的右臂，避开了这起“反革命案件”，说：“谁毁坏毛主席像，这事我还真不好瞎琢磨。滚石塔镇的红卫兵迟迟联合不起来，到这工作组也没完成成立革委会的任务，拖了全公社的后腿，根子就在梁家禄身上，是他总在背后瞎搅和。”见老林有些心不在焉，岳绍前又不紧不慢地递上一句：“抗战时期，梁家禄曾被日本鬼子的便衣队抓住过，却又给全须全尾地放出来了。”老林目光一下聚拢起来。岳绍前又说：“掏出这个历史反革命，也许就连现行反革命也带出来了，滚石塔镇成立革委会的障碍也就排除了。”老林眼睛倏地一亮，食指追问地敲击着桌子。岳绍前压低声音说：“审尚荣杞。”

老林深沉的样子唬住了老吴，他不敢再多话，把从朋友家带回的老干烘给组长冲上一缸子。等大张和小马先后回来，老林才倒过钢笔敲敲笔记本：“说说吧。”

大张说：“尚兴凡分析了各派的情况，他说除了村里的‘四类分子’及其子女有作案动机外，最有可能是反逆流的黑军事梁家禄所为，或者是他指使人干的。他从土改时被撤掉农救会长后就对党和政府心怀怨恨。选择在拐棒胡同作案，是想嫁祸于他尚兴凡。他还说，梁家禄历史上很可能有变节行为，他们正在调查。”

老吴抢过话头汇报：“梁亮他们说最不满的就是尚兴凡为首的保皇派。尚兴凡是岳绍前资反路线的最大受益者。他要作案一点也不奇怪。天赦子还是一口咬定是尚成岭干的。

理由还是他报案时说的那些。我认为他说的还是有道理的。”

找常继刚谈话的小马连笔记本也没打开，不满地说：“常继刚这家伙还烈士子弟呢，一句正话也没有。他大咧咧地说什么，赶快把那面墙抹一遍石灰，再用红油漆重新喷上张领袖像就行了。你们在村里到处转转，因墙皮脱落、油漆爆裂损坏的毛主席像可不止这一处。要是都成了案件，你们就啥也别干了，光抓反革命吧。”

老林合上笔记本，郑重地咳嗽一声。小马突然又说：“我回来时，满大街都是东方红战斗队的标语，坚决揪出反逆流黑教父、大叛徒梁家禄。”

老林皱起眉头：“瞎胡闹，这是要抢功劳，还是逼宫呀。”他摆摆手说：“这些情况小马整理一下报公社革委会。现在大家抓紧吃饭，今晚我们突击审查尚荣杞。”

大家都瞪大眼睛看着他。

老林一副胸有成竹的样子：“你们不是整天埋怨咱们在滚石塔镇没干出点名堂吗，这回咱们可要抓条大鱼啦。”

梁亮刹那间有一种失重的感觉，双脚把不住地面似的。他使劲吸口气把自己压住，目光越过吵吵嚷嚷的人群，投向巴漏河跟绿泉河交接处茫茫苍苍的墨绿色芦苇。太阳正无声地下滑，半天水鸟也跟着默无声息地滑落。芦苇滩前被鹅卵石和水草分割得零零碎碎的河水，发出阵耀眼的白亮。

“坚决揪出反逆流黑教父、大叛徒梁家禄”，迎着桥头那面墙壁上的标语，白纸黑字，“梁家禄”三个字上打着血墨淋漓的红叉。这是致命的一击。矛尖已抵住胸口，能否一击夺命，仅在于这只矛是玩具还是真枪。

梁亮终于稳稳地把自己压住。他朝反逆流的人挥挥手：

“闪开，让人家贴。”

东方红的人得意地昂起头，抱着标语，提上糨糊桶，大声说笑着涌向小河南庄里。

北三村的人又来小河南扮玩了。

梁亮冷冷地看着他们。梁家禄对梁亮重复过上百次当年的情景。“刚冲倒岳绍前的河水又要卷回来吗？”

梁家禄大门两边都糊上了标语。梁亮推开大门，几步闯进屋里。梁家禄光脚蹲在椅子上，一手抠挠脚丫子，一手端着酒盅，眼角已堆满眵目糊。梁亮心里一凉，皱起眉头，紧张地盯住他的眼睛，问：“标语上说的是真的？”

梁家禄低下头“滋溜”吸干盅子里的酒，把酒盅“哐啷”扔到桌子上，巴眼看着侄子。

“你说话呀！”

梁家禄浑身一抖，跃坐在椅子上，半晌才叹口气，说：“当时，小日本的便衣队绑架我，只是为要钱。我啥也没说，交上赎金他们就放了我。这能算叛变？”

梁亮膝盖一阵发软，伸手撑住桌子，咬牙道：

“从他们手里活着出来，就是你叛变的铁证。这事谁知道？”

“尚荣杞。这王八蛋把我出卖给便衣队的。”

“你真浑……”梁亮狠狠拍打着桌子，“你心里有病不知道呀，还跑出来蹦跶。明知道尚荣杞是汉奸，还要硬把胖子拉进反逆流。你这是成心让我们给你陪葬。”

梁家禄不敢看梁亮，抱住脑袋嘟囔：“我想尚荣杞死也不敢往外吐露这事。这下，咱爷们儿输惨了。”

“咱？”梁亮的眼睛闪出一股冷硬的嘲笑，“反逆流不能输，小河南也绝不会跟你一块完蛋。”

梁家禄抬起头，可怜巴巴地望着被自己启蒙的侄子。

梁亮平静地迎住梁家禄的目光：“今晚上，反逆流要在河北的大戏台召开揪斗叛徒梁家禄、汉奸尚荣杞的批判大会，宣布开除尚成岭。”他看看坐在床沿上哭泣的大娘说：“大娘，让俺大爷吃饱饭，穿身厚实的衣裳。”

梁家禄趴在桌子上，从胸腔里挤出狼嚎般绝望的低吼：

“老天爷呀，我蜷伏了大半辈子，还是倒在了桥南头哇。”

上河村和下河村之间的大戏台像座从黑暗海面上浮出的小岛，被一排电灯泡和两盏害牙疼似的不断发出咝咝声的汽灯照得贼亮。台下的人挤得像河滩上鸭棚里的鸭群，使劲伸长脖子争抢空间。谁弯腰提上被踩脱的鞋子，都会把黑暗的骚动一波波传递到台前。节气已进入芒种，正是熟麦子的天，风都热辣辣的，空气中壅塞着男人胳肢窝的骚糊、胶底鞋里冒出的霉豆豉馊臭、女人月经的腥咸、奶液酸甜的膻气，消化不良的老头老太们一声接一声的饱嗝喷出的大蒜味，旱烟袋吧嗒吧嗒吐出的辛辣烟炝。不断有人驴一样地打响鼻，试图顶出吸进去的气味，却被报复般地抽进去更多，就张大嘴巴，翕动着鼻孔朝天呵呵半天，猛地打一个喷嚏，逼得周围的人一起别过脑袋屏住呼吸。

在人群外围，被台侧立柱遮出的阴影里，和大家伙高大的身体蟒蛇似的游动着，挤到简小妹背后，紧紧地贴上去。简小妹站着不动，悄悄背过手去，准确地一把抓住那热烘烘的东西，不紧不慢地往外挤，把大家伙牵出人群，手腕用力一拧，头也不回地又快速挤进会场。吃了哑巴亏的大家伙龇牙咧嘴地弓下腰，好一会儿才直起来。在长岭山前，和大家伙的名头比岳翕若都响。这是个有本事让女人晚上爱白天骂，骂了还爱，浑身冒着骚公驴气息的强悍男人。他明目张胆锲而不舍地追逐守寡的简小妹，一直是滚石塔镇的公众话题，没人把他跟在简小妹身后腻歪当回事。大家都伸长脖子盯着大戏台，等着看梁亮咋斗他亲大爷，谁也没发现简小妹背后的故事。和大家伙牙根酸酸的，骂了句“骚狐狸”，咕噜着又游向另一个目标，继续着他暗夜里的把戏。空气中又蜿蜒进蛇吐芯子般阴凉的骚辣。

梁亮站在戏台入口，不时望一眼上河村方向。早就派天赦子去守候在工作组门口，到这还没押来尚荣杞。大戏场里噎人的气味蒸腾得越发浓烈，大家都像下雨前池塘里的鱼，拼命托举起嘴和鼻孔，拱出水面换气。连女人怀抱里的孩子也都不住地挣扎着往上蹿。会场骚动起来，人们开始三三两两地往外挤。

梁亮大步跨上戏台，扫视一遍黑压压的会场里一张张看不见的脸，突然暴喝一声：

“把大叛徒梁家禄押上台来。”

会场一下鸦雀无声。

戏台像退潮时的孤岛，猛地从黑暗中蹿上一大截，把梁亮托上了人们的头顶。和大家伙仰脸看着雪白灯光下慷慨激昂的梁亮，浑身蹿起一层鸡皮疙瘩。乖乖，小河南的梁家小子这回真要起势啦。此前，他曾参加过梁亮在大戏场召集的两次批斗大会。揪斗岳翕若捎带着所有四类分子的那回，北三村的人来得很少。别看梁亮刚做了那次轰动滚石塔镇的著名演讲，北三村的人还是不愿看到小河南的人过河来揪斗他们的大胡子。尚兴凡当面嘲弄他的老同学说：“台上的人比台下的都多。你把这里当成小河南啦。”梁亮铁青着脸回答：“这恰恰证明了这场大革命的必要性。等着吧，北三村的群众会做出正确的选择。”尚兴凡笑笑。这是句毫无力量的狠话。小孩子被人欺负了，都会这样喊叫。今年春天反逆流批斗岳绍前那次，会场里的人倒是很多，可四五十岁以上的大都是来声援老支书的。老头老太太们拥到台前，把岳绍前当年允许开荒，分田到户的功劳一件件摆给梁亮他们听。梁亮呵斥他们：“你们太愚昧了，这都是岳绍前执行刘少奇资反路线的罪证。”老太太们说：“你这孩子说的，人老了能不迁磨吗。迁磨归迁磨，可是俺知道要不是亏了岳支书，俺早就饿死了。好人不能没好报。”梁亮拧起眉头，对请来助战的县城反逆流的同学翻译:“这里的人都把磨蹭、行动慢说成迂磨。”同学不耐烦地一挥手:“别理他们。”梁亮像今晚这样断喝一声:“把走资本主义道路的当权派岳绍前押上台来。”两个红卫兵把岳绍前拧着胳膊揪到台上,摁成“喷气式”。台下一片喊声:“让岳支书坐下,让岳支书坐下。”和大家伙跳到台上,推开两个红卫兵,拖过把椅子把岳绍前按下。在老头老太太们的起哄中,批斗会草草收场。

和大家伙离开河汉村那位卖豆腐脑的傻二媳妇,往台前挤去。傻二媳妇是傻二嫁到莱芜的姑姑用两麻袋地瓜干从长岭山东山窝里换来的。傻吃迷糊睡的傻二拢不住老婆。俊俏的小媳妇很快就成了滚石塔镇那些馋嘴男人争相挖一勺子的豆腐脑。傻二的本家兄弟们把她吊到梁头上一顿好打,问:“你还卖不卖?”小媳妇冷笑道:“拔出萝卜坑还在,你们说是萝卜在卖还是地在卖?有本事找卖萝卜的。”和大家伙听后哈哈大笑,对傻二媳妇顶礼膜拜,成了她的萝卜专卖户。

和大家伙挤到台前时,尚荣杞已被押到台上。他朝台上的梁亮晃晃大拇指,好家伙,这回都是朝自家人下刀子。小子够狠的。

梁亮忽然一把扯下身上的白衬衫,在贼亮的灯光下亮出胸膛和胳膊上的肌肉。会场发出一阵骚动,人群里的半大小子起哄般地吹响尖利的口哨。

梁亮不紧不慢地把衬衫铺在桌上,看看黑压压的台下,用狼一般的眼神酝酿着会场的气氛。等人群慢慢静下来,他猛然高高举起食指晃动着,喊道:“我和我的反逆流战友们,在此郑重声明,坚决彻底地与大叛徒梁家禄划清界限。永远做伟大领袖的忠诚战士!”

他狠狠咬破指头,提着鲜血淋漓的食指激奋狂书。

会场里突然一点声息也没有了,所有的嘴巴都干渴似的看着梁亮。和大家伙抹一把胳膊上新冒出的鸡皮疙瘩,一口气堵在嗓子眼上。

梁亮每写几笔就咬一次手指,把手指咬得皮开肉绽。写完最后一个字,他甩甩手指,抬起头扫一眼台下,双手扯住衬衫,跳上桌子,展开四个血色大字:“赤胆忠心”。

反逆流的红卫兵向他们的年轻领袖发出狼群般的嗥叫。

整个会场跺脚挥拳头,嗷嗷地疯狂回应。大戏场的地面瑟瑟颤动,像同时开过几十辆履带拖拉机。光石岗的回声滚雷似的轰轰不断,与狼群的嗥叫撞在一起,在会场上空噼噼啪啪溅出一片火光,顶顶撞撞地纠缠推搡交汇混杂。滚石塔镇北三村有史以来第一次,在梁亮赤膊高举血书的举动中被小河南震撼了。

听完和大家伙张牙舞爪的描述，岳绍前垂眉低目地默不作声，好一阵子才叹出口气，说：“梁亮是个帅才。是匹能咬掉自己爪子的狼。”

尚兴凡不断搓手。

等和大家伙走后，岳绍前仰头看着屋梁，慢悠悠地说：“兴凡，你缺的正是梁亮骨子里这股狼性。“

尚兴凡低下头，仍在搓手。

“你和岳珊，”岳绍前吮吮嘴唇，有些艰难地说，“就是当着岳蓊若的面，我也得说，该有个了断啦。”

他站起来，看看不停搓手的兴凡，眉梢几根白毛抖了抖，沉重地“唉”了声，抓住兴凡肩膀使劲捏捏：“无论如何，你得接过滚石塔镇。一万多口人呢，不能光惦记你自己。”

阳光刚照到西屋门口，院子里已闷热成蒸笼。爹还没回来，弟弟成峰天没亮就躲瘟疫似的跑出去了。躲不开的，爹成了漏网地主，历史反革命，哥哥眼看就是现行反革命，你已染上瘟疫，额头上被烙上地主、反革命子弟青印。尚成岭靠在门框上，抬头看看天，天干晴干晴的，一点云渣也没有。他已被囚在拐棒胡同里，两头都有红卫兵把守。下午公社的专案组就进村破案，还需要破吗？用不着要啥证据，恶毒毁坏毛主席像的，不是他这个新科黑羔子，还有谁，摁到他头上一顶现行反革命帽子，再顺理成章不过了。那就够资格和爹同台被批斗了。父子俩，一门两个反革命。他忽然笑了，胖胖的脸上浮起孩子般顽皮的自嘲，泪水呼啦淌了满脸。这回是彻底完了。立春铁定要散伙。扫大街挨批斗，连头牲口也不如，当个逗人开心的活宝也没资格了。呵，二十多岁，啥时才能熬到死。他忽然暴怒，狠狠捶了下屋门。休想。我把自己撕碎，也不叫你们作践。

“成岭，你闷了自己一宿啦。”娘在北屋里喊他，“咋着也得吃口饭呀。”

尚成岭进屋坐在娘身边。娘扳过他的头抚弄着他的头发，突然又哭了：“儿子，你咋一宿冒出这么多白头发？”

尚成岭把头埋在娘的怀里。

“儿子，今后，你可咋活呀。”

尚成岭抬头看着娘红肿的眼。他想了整整一宿，咋活？没法活，没有一条活路。

“成岭，你跑吧。”娘抓住他的手说，“趁他们还没来抓你，像岳家五小子那样，跑得远远的。总比在家里当狗崽子强呀。”

跑？往哪里跑呀。不是大串联那会儿了，戴个红袖章就能跑遍全国。尚成岭摇摇头，哪里都得要组织的介绍信，插翅难飞。

娘摇摇他的手："儿子，跑吧。别磨蹭啦，家里还有你弟弟，甭担心爹娘。"

"娘，我听你的。"尚成岭像是突然下了决心，说，"我换件衣裳去。"

他把自己的小屋收拾了一遍，看着三抽桌上自己那张戴着红袖章，神气活现的照片，苦笑着摇摇头，将它反扣下。换上立春给他做的那身灰的确良衣裳。回到北屋，"扑通"跪在娘面前："娘，我走啦。别记挂我。你和爹多保重。"胸腔里突然冲上一阵哽咽，他赶紧咬住牙，绷紧嘴唇压住，把头伏在娘的膝盖上。娘捂住嘴，浑身不住抖动。

尚成岭往后挪动双膝，给娘叩了个响头。爬起来就走，被娘一把拽住。她从褥子下面摸出几张整整齐齐的钱，塞进儿子手里。尚成岭站在屋门口待了会儿，走进弟弟成峰屋里，把钱压在枕头下。想了想，翻出一张纸片，写上"弟弟，哥走了。照顾好爹娘"，也压进枕头下。双手捂住脸站了会儿，出门朝站在北屋门口的娘笑笑。忽然扭头看看南墙上紧闭的小门，又走到娘跟前，低声说："我想见见嫂子。"

娘说："啥时候你也这么周到。也该告个别。正好她这几天不舒服，没下地。"

尚成岭轻轻敲几下小门，过了会儿门才无声地打开，堂嫂杏花眼睛红红地看着他。成岭说："嫂子，我想跟你说句话。"

杏花说："来吧。"转身往回走。小院很逼仄，就一间小西屋那么宽，是从老家搬来时临时隔开的。自从堂兄随驻扎在县城的国民党军队南撤后，除了过年过节跟家里人在一起，她就一直静静地一个人过。在窗下的小石桌前，杏花停下看看成岭。成岭一步迈进屋里，杏花也跟进去。她仔细看着成岭的脸："胖子，你可得扛住。"

成岭向她深鞠一躬："嫂子，我要走啦。爹娘，这个家，就都托付给你了。"

杏花的眼泪呼啦流下来："咱家的男人，这都是啥命啊。"她给成岭拽开卷着的衣领，说："出去躲躲也好。外边乱糟糟的，照顾好自己。你放心吧，家里有我呢。"

成岭鼻子酸胀得难受，强忍住泪水叫了声"嫂子"，扭头跑了出去。

刚走过小门，胡同里忽然响起脚步声。成岭与娘对视一眼，往下按按手，屏住呼息。脚步声在大门外停了一下，又渐渐走远。他扒住墙头朝西邻院子里张望。屋门都关着，天井里有几只鸡在刨食。这时间应该都下地干活去了。从这家院子出去，就是另一条胡同。他回头看看娘，娘也正看着他，朝他摆摆手。

尚成岭在心里使劲喊声"娘"，儿这一走，再回来看你的，可就是鬼魂啦。双臂一用力爬上墙头，翻身跳了出去。

果园里一片繁密的浓绿。立春不断拨拉开伸到脸前的树枝，穿过果树地，站在长满黄麦秆草的山坡上。

阳光还没照进山谷，草坡上那个凹陷的坑里隔夜的湿气潮乎乎的。立春坐下来，呆呆地望着没有一丝云彩的天空。这条从女人湾伸进来的山谷是她和尚成岭的专属区。这个凹陷的坑是胖子坐出来的。虎皮色的黄麦秆草被压得平顺地贴着地面。胖哥说这是他的虎皮圈椅。他常坏笑着搂住立春，说你就是我的压寨夫人。

风从山顶翻过来，满坡的黄麦秆草摇晃出层层波纹。山谷里到处旋动着尚成岭胖胖的笑声。

“胖哥，我咋办呀？”

昨天晚上，立春她爹突然冲到台上，朝尚荣杞一阵拳打脚踢，宣布他女儿跟尚家的婚事一刀两断。回到家里，立春跟爹哭闹，嫌他不跟自己商量就急吼吼地当众退婚，被他爹一阵臭骂：“商量？商量个屁。你想嫁到他家生一窝小地主、小反革命呀。你愿意？我可不想给黑羔子当姥爷。”立春立时耷拉下头。等爹睡下后，她偷偷溜出去，想当面对胖哥说说，她不敢当反革命的老婆，不能叫人家把胳膊上的红袖章撸下来。在拐棒胡同口，她被站岗的红卫兵拦了回去。

“咋办呀，胖哥？”

“呵，还在这里等你的胖哥呀？”

立春浑身一抖。天赦子不知从哪里钻了出来。

天赦子叉开腿站在立春面前，目光滴溜钻进她领口里，眯着眼笑道：“你的红卫兵袖章还戴着呀？”

立春一把捂住红袖章：“我爹已宣布跟他退婚啦。”

天赦子往立春跟前凑一步。立春听到他身体里哗哗啦啦响动，像和狗子养的那条狼狗在拽动铁链子，惊恐地站起来，往后退了两步。

天赦子跟着又凑前两步：“我现在可是反逆流唯一的副司令。我说给你摘下来，你就得乖乖给我摘下。”

他抓住立春的手，一把扯下红袖章，在立春脸前晃着：“我也可以再给你戴上。但是——”他忽然笑了，那只狼狗彻底挣脱铁链，咆哮起来。他扔下红袖章，一把搂住立春，一只汗腻腻的手伸进她怀里，按在她圆滚滚的乳房上，嘴“啊啊”叫着朝立春脸上凑。

立春一头撞开天赦子，劈手扇了他一记耳光，踩一脚地上的红袖章：“我不要啦。”拔腿就跑。

天赦子躬身一蹿，把立春扑倒在地上，任凭她连撕加咬，死死地压在她身上，双手掐住她的脖子。立春挣扎着，身体慢慢瘫软……

天赦子从她身上翻滚下来。立春双手掩住脸呜呜地号哭。

天赦子撑起胳膊看着她，笑道：“放心哭吧，果园里的人都在队部开会呢。”

他忽然看见立春下身的一片血迹，“啊”地叫了声，跳起来哈哈大笑：“尚成岭这傻种。这回，老子赚大发去啦。”他朝立春跪下磕了个头，坐在她身边，说：“立春呀，刚才，我是强奸。我可不愿当流氓。这回咱们好好做一回。听着，再连踢加咬的，我就掐死你。”

天赦子从容不迫地一粒粒解开立春的扣子，把她丰腴雪白的身体彻底暴露在斑斑点点绿茵茵的阳光下，双手慢慢地一点点地摸弄，“咝咝呵呵”地享受立春身体深处发出的一阵阵惊悸的战栗痉挛。“真乖，这样多懂事呀。”他把脸贴在立春丰满的胸脯上，吸吮她的乳头，呜呜噜噜地叫着，“立春，呵，立春呀，你是我妈，你是我亲妈。妈呀。”翻身又趴了上去。

“天赦子！你这个杂种。”尚成岭炸雷般吼叫着，一脚把天赦子踢翻到地上，扑上去当面就是一拳。天赦子门牙迸了出来，满脸血污。尚成岭将手里的黑色粗布书包往草坡上一丢，提起还没回过神来的天赦子，抽下他的腰带，把他绑在果树上。

立春死了似的躺在地上不动。

天赦子忽然挣扎着叫起来：“尚成岭，你个现行反革命。敢绑红卫兵副司令。你何其……哎哟！”

尚成岭抡圆胳膊狠狠抽他一耳光，天赦子半边脸立时红肿起来。尚成岭抓起书包，双手撑开放在天赦子脸前，天赦子猛地张开嘴巴，浑身筛糠似的抖个不停，连半边肿脸都哆嗦起来。

尚成岭把装着炸药和雷管的书包放下，掏出筒炸药和一个雷管，在天赦子眼前晃晃，薅一把黄麦秆草绑在他脚腕上，拧着扭歪了的胖脸，冲他点点下巴：“叫呀！咋哑巴啦？”

“成岭，胖哥……”

“别他妈告饶。再出声，我先炸碎你。”

尚成岭拎起书包，坐到立春身边，给她提上裤子，掩上褂子。立春往一边挪挪，坐起来慢慢系着扣子，眼睛直勾勾地看着双脚。

“临死捎上你这个畜生。老子混个够本。”尚成岭瞪一眼天赦子，见他死死盯住脚腕上的炸药，全身雨淋般地透湿。

“孬种。”尚成岭鄙夷地骂了句，不再理他。捆扎着剩下的两筒炸药和雷管。捆好后托在手里端详着，好像挺满意自己做的活。“胖子干啥都是把好手。”他嘀咕着，嘴角浮起抹笑意，“炸死自己是个啥滋味？”

立春突然扑过来夺炸药包，被尚成岭伸胳膊挡住。立春跪在他面前：“胖哥，别死。你要不嫌弃，我今天就嫁给你，当你的反革命老婆，陪你挨斗、扫大街。”

尚成岭突然笑了，泪水喷涌而出。他把炸药放到身后，说：“然后，咱俩生个黑羔子，一家人都猪狗不如地活着。”他使劲摇摇头，“有你这句话就够了。”

“那咱俩一块死。”立春又扑向尚成岭，被他抓住肩膀按在地上，抱住亲了亲：“好立春。我答应你，不死。你先下山，我打发了这畜生，就去接你。”

立春摇摇头。

尚成岭拿过炸药，扣住雷管拉环，边往后退边说：“快走。要不我就炸死在你面前。”

立春尖利地号叫着，撒腿往山谷外跑去。

尚成岭放下炸药，蹲到天赦子跟前，钩住雷管拉环：“我先替立春打发你这个贼种下地狱。”

突然“噗隆”一声，天赦子两腿间扑出股恶劣的臊臭，稀屎和着尿液顺着两腿淌到炸药上。

尚成岭猛地往后弹开，厌恶地盯着天赦子裆间那团东西，脸色渐渐狞厉起来：“立春跟我好了这么多年，竟叫你这个儿子不儿子，舅子不舅子的东西糟蹋啦。”他猛然站起来，恶狠狠地吼道:“我废了你！”甩开右腿，一脚踢向天赦子的裆间。天赦子没命地惨叫一声，如被骟的公狗似的浑身抽搐着“呜呜”叫唤了一阵，两条腿团缩到肚子上，又无力地松垂下来，头伸了几伸，耷拉在胸前。

尚成岭扯开绑着天赦子的腰带，顺手一扔。天赦子顺着树干瘫在地上。

尚成岭踢他一脚，看着他浑身痉挛挣扎，慢慢抬起头，眼睛乞怜地瞪着，骂了声“舅子儿”，转身走上草坡，头也不回地说：“滚！”

天赦子小心翼翼地解下脚腕上的炸药，抖抖索索地从草坡上扯过裤子提上，看看尚成岭，弓着腰慢慢往道边走。走到道上，又回头看看，突然跳进道边的河沟，跟头骨碌地蹿向山下。

山谷骤然一片死寂。

尚成岭坐在他的虎皮圈椅里，脑子里“咔嚓”一声断裂，傩疯子“轰”地举起双手。他摇摇头。树枝一阵晃动，风在山谷里呼啸而过。

果树上的蝉一齐叫起来。

尚成岭抬头望着枝叶间跳动的阳光。阳光清亮鲜活，饱含着青葱的杂草汁液味道。他深吸一口气，翻身趴在草坡上，不断调整着姿势，伸手从胖胖的肚皮下掏出几粒小石块扔到一边，直到感觉舒服了，才拖过炸药塞到胸膛下。犹豫着是用食指还是小拇指钩住雷管拉环。最终他决定用食指。他屏住呼息，抬起头，看到山顶上溜过一片橘红色云朵，云彩上方飞翔着一群快活的麻雀。

他支起上身喊道：“大家都好好活着不行吗，为啥总是要变着法子把人垫在脚底下，硬往死里踩呀？”

套着拉环的右手猛地往外一挥。

一团黑烟被爆裂的火球轰地推开又呼啦聚拢，在草坡上犹豫了一下，拧成一股呼啸着冲上天空。

尚荣杞真的疯了。

一见山谷里血肉模糊的场景，他就一腚跃坐在草坡上，双手五指铁钩似的叉开，硬硬地插进地里。尚成峰跪下来拍打着他的脊梁：“爹，爹。”

尚荣杞石破天惊地吼出声哭喊：“儿子。”捧起把血糊糊的肉块，跑着举到大家面前，“恁看看，恁看看。俺家的胖子。胖子啊。”

人群惊恐地四散跑开。山谷里响起“吭吭”的干呕。

和大家伙提着尚成岭一条腿，从谷底走向山坡，往焦黑的坑边一扔，脚上的黑塑料凉鞋脱落下来，腿在坑边跳了几跳，肥嘟噜的肉不住颤抖。他蹲下来，把鞋套在胖子白净的脚上。离坑不远的地方，尚成岭从左肩斜劈下来的头和半截胸膛黑乎乎地堆着。一颗爆出眼眶的大眼珠子瞪着和大家伙。草坡下边的果树枝上挂满了往下滴淌着粪便和血污的肠子。和大家伙叫声“胖兄弟”，伸手把那粒蒜头般的眼珠按进眼窝：

“胖子，叔佩服你。是条汉子。你死得忒恶。”

“儿子，儿子啊。”尚荣杞的老伴倒腾着两只小脚，披头散发地冲进山谷，扑倒在儿子残破不全的身上，刚哭出声“胖子”，就脖子一梗背过气去。尚成峰抛下爹扑过来把娘抱在怀里。尚兴凡他娘和几个老太太围上来，手忙脚乱地给她掐人中蜷胳膊蜷腿。她呼地吐出口气，刚睡醒似的呆愣愣地转动着眼珠子，突然又呼天抢地号哭起来。

胖奶奶给她捶打着后背，叫了声“他婶子”，抬头看着尚兴凡他娘。

兴凡娘摇摇头：“就让她哭吧。”

几个老太太不住地抹眼泪。胖奶奶哭出声来。他儿子跑过来把她拉到一边。

尚成岭他娘哭喊得没了力气。她抓住儿子剩下的那只手，说：

“胖子，你咋走了这条路，忘了你还有娘啦。你连个囫囵尸首也不给娘。你叫娘咋受得了啊。你对谁都没有孬心眼，见谁都笑哈哈的，咋就落了这样一个下场啊。娘知道，那事不是你干的。你自己在家里都天天早请示晚汇报，咋会干那样的事。你不该背着黑锅就走了呀。成岭啊，娘不该撵你走哇，我看住你就好了呀。”

围在她身边的老太太都被儿女们悄悄拉进周遭的人群。

尚成岭他娘还在跟残破的儿子絮叨：“咱不当红卫兵就好了。立春不跟咱，娘就再给你说个媳妇。你不听呀，偏要砸菩萨。”她抬起头，双手戳着晴亮的天空，说：“菩萨，你忒狠心。我天天给你磕头，头都磕破啦，求你惩罚我，饶过我儿子，他还年轻呀。你说普度众生，可我儿子一次被逼迫的冒犯，你就要他粉身碎骨。你究竟是菩萨还是恶魔呀？”

成峰看看娘，又起身向爹跑去。

山谷里静悄悄的，到处“嗡嗡”着绿头苍蝇。

和大家伙招呼过几个小伙子刨坟坑。他指指炸出的黑坑，说：“别讲究啦，就刨这里吧。”

胖奶奶对儿子说：“还是人家和大家伙仗义。你们差远了。”她叫过兴凡她娘和几个老太太：“尸体全不全的，总得有身囫囵衣裳，也得烧张纸呀。赶快打发人下山去找杏花办这两件事。不管咋着，人都死成这样了，总得先埋了。”

和大家伙截住尚荣杞：“天太热，赶快埋了吧。”

尚荣杞不理他，继续转着去捧满坡的碎肉。大家都转着脑袋看着他满山坡疯跑，没人敢靠近。成峰拽住他往和大家伙身边拉，被他抡起胳膊甩了个趔趄，又一把抓住他：“胖子，胖子！”

和大家伙几步蹿过去，拉开尚荣杞的手，挥挥撞到脸上的苍蝇，大声对尚成峰说：“跟你娘说一声，再不埋就臭啦。”

草坡上不见了尚成岭他娘。果树地那边突然有人尖叫：“胖子他娘吊在树上啦。”

人群呼啦冲向果树地。尚成峰呆呆地站着，突然抓起哥哥那根腿，恨恨地砸在他残破的胸膛上：“哥，你他妈浑蛋。”

他冲进果树地，扑在娘的尸体上，捧起娘的头摇晃着：“娘，娘啊。你不是还有我这个儿子吗？”

尚荣杞捧着把碎肉朝这边看，眼睛里的混沌在成峰撕心裂肺的哭声里一点点稀薄，他甩掉碎肉，挓挲着两只血糊糊的手在眼前晃来晃去，突然大步朝山坡下走去。

围着果树地的人惊叫着你推我搡让开一道口子，尚荣杞猛地看到老婆的尸体，踉跄扑倒在她身边，一把抓住她的手：“干啥干啥，他娘呀，你陪成岭去了，我呢，我咋活？我咋活呀！”刚张嘴号哭出一声，喉咙就被涌上的痰卡住，堵得眼睛直往上翻。成峰急忙拍打他后背：“爹，爹，你可别呀，可别呀。”

尚荣杞咳咳地吐出口血痰，眼神又迷瞪起来，把血糊糊的手捂在成峰脸上：“胖子胖子。”抬起头数星星似的看着天空，“走了，走了。胖子，咱们，没娘啦。”

胖奶奶突然暴发出响亮的哭叫：“他婶子，你不该呀。撇下他叔和峰子，你叫他爷俩咋过呀。”

胖奶奶的儿子和几个年轻人过去拉扯她：“别哭，别哭！”

“滚恁奶奶一边去。”胖奶奶胳膊使劲一抡，把他们拨拉到一边，“咋不能哭，你们这些小王八羔子，心都叫狗掏出来吃啦？胖子多喜相，他娘心眼多好，活生生的两个人，眨眼工夫就没了。我哭一声咋了，不哭还叫人吗？我就哭了，爱咋着咋着吧。”她到堰边上扯下一个蓖麻叶，盖在尚成岭他娘脸上，说：“他婶子，这里没有纸，没法讲究啦，就这样吧，你就带着胖子走好，一路上也有个照应。”说着就站起来，朝西南方拱拱手，“他婶子，你们一路走好哇。胖子，扶着你娘上路吧，胖奶奶在这里给你们送行啦。”

山谷里的女人突然一片哭声，男人们也都叹息着抹眼泪。

风从山谷上来，掠过长满黄麦秆草的山坡。

太阳还没下山，滚石塔镇就死了似的没一点声息。

晚饭后，梁亮把天赦子从家里硬拉到河滩上，咬牙指着他：“说，那毛主席像是咋回事？”

天赦子双手捂着小肚子，呆呆地瞅着他，突然惊恐地指着山上喊：“鬼，鬼！”

山上，一个白色身影飘飘忽忽往山下走。

梁亮脊梁骨一凛。天赦子瘫在地上，朝山上的白影不住叩头："胖哥，胖哥，你饶了我吧。我知道你冤枉。我本是对着尚兴凡来的。没想，没想，……胖哥，我对不起你。你活着时已饶过我了，做了鬼就别再找我啦。"

"嗬嗬，嗬嗬"，一身白色裤褂的傩疯子飘到河边，双手僵僵地指着他俩，忽然往高一举，"轰"地叫了声，转身走了。

"我们是堂堂的造反派，不是他妈的下三烂。"梁亮狠狠踢了天赦子一脚，"这事就叫它烂在你肚子里。"

第八章

直到果园被分割开承包到户，岳凡还原汁原味地记得当年在河水里听到的那声呼唤，和心里揪紧的惊慌。

那天上午，岳凡和小伙伴们在山下的河湾里洗澡。大家比着看谁能躺在河水里把小鸡鸡露出来。岳凡总也不好意思像跷大拇指那样把小鸡鸡顶出水面。一到夏天，村里没上学的小男孩就都光着屁股，穿裤子的只有岳凡。一次他在小伙伴的撺掇下也扒下裤子。正巧赶上淑珍姐她们下坡回来，被她好一阵数落：“刚才我还夸口呢，人家岳凡多咱也不光腚。今儿个是咋了？你看你，就跟白条鱼似的，个子又比人家高一头，多扎眼。”淑珍姐拍他屁股一巴掌，“你害不害臊呀。”羞得岳凡一连好几天，见到淑珍姐就跑。

小伙伴把蝗虫似的小鸡鸡齐齐地竖在水面上，起哄地喊道：“岳凡，露出来。岳凡，露出来。”

那声焦脆的爆炸就在这时霹雳般地响了。河水哗地跳起来，扑到岸上又猛地跌回，把岳凡他们都压到河底。在用力蹬着河床往上蹿的时候，岳凡忽然听到胖哥急切地喊了声“岳凡”。声音说不出地凄惶，在河水中一波一波动荡。

岳凡跟着小伙伴朝冒出烟柱的山谷跑。心里想着“胖哥出事了，胖哥出事了”。

山谷里除了荣杞大爷的哭喊没有别的声音。

胖哥坐在他的虎皮圈椅上，正把一条断腿往身上安。隔着那么远，他嘟嘟哝哝的声音却清晰地响在岳凡耳边：“叫天赦子这孬种的屎尿糟蹋了一管炸药，要不，我一点残渣也不会留下。”

岳凡看着胖哥，一点也不害怕。

他三岁生日那天突然发高烧，浑身抽搐。中药西药用了个遍也不管用。他娘趁岳翁若出门时，叫人找来傩疯子。傩疯子把大家都赶出屋，不知咋舞弄了半天，岳凡就从床上跳下来，喊着娘跑到院子里。打那他就经常会看到死去的人，冷不丁就指着门后说，这个脸上蒙着纸的人，咋老往咱家门后钻。把别人弄得浑身冒鸡皮疙瘩。岳翁若知道老伴背着他请傩疯子给小儿子看过病后，把她怒斥了一顿，带着岳凡去见会愚老和尚。老和尚摸摸岳凡的脑袋，说："不要紧的，这孩子根基正，长大就好啦。"岳凡稍微懂事后，知道看见死去的人不是好事，就不再对别人说，大家就都认为他恢复正常了。

胖哥嘟囔着，看着大家收拾他的残骸。岳凡奇怪他咋对荣杞大爷的疯喊、荣杞大娘的哭诉一脸漠然，只顾不断地往身上拼接那条腿。

直到有人喊"胖子他娘吊在树上啦"，他才忽然惊醒似的扑过去，抚摸套在他娘脖子上的绳套，嘴张得老大，眼里就是流不出泪。莫非死去的人不会哭。等大家把荣杞大娘平放在地上，胖哥突然消逝了。果园里刮起阵旋风，转着圈经过圈椅旁边的黑坑，顺着草坡刮向山顶。

胖奶奶说："他荣杞婶子走啦。"大家都不知道，是胖哥领着他娘走了。岳凡弄不明白，荣杞大娘陪着他走，胖哥是高兴还是难过呢。

胖哥的残骸和荣杞大娘的尸体下葬时，穿着一身白衣裳的立春披头散发地冲过来，扑倒在胖哥的坟坑前，哭喊道："胖哥，你不是说不死吗？"

兴凡哥他娘和几个老太太过来拉她，她挥舞着胳膊挣开，一把把捧起土往坟坑里撒，朝胖哥的残骸哭诉："你总夸自己人缘好，可满屋子开会的人没一个理我的，他们都不来救你呀。我刚跑出屋门，你就，就爆炸了啊，胖哥。"

兴凡哥他娘招呼站在远处的姑娘们："快，把她送回家。"

姑娘们犹豫着不敢过来。和大家伙一把拎起立春，把她推给姑娘们。人堆里有人小声嘀咕：

"又没结婚，来哭的哪门子丧，这不是没事找事吗。"

"嘁，这时候哭管啥用。要不退婚，说不定胖子就不会死了。"

和大家伙横一眼瞎嘀咕的人："别他娘的扯淡。立春这闺女重情重义，够意思。"

岳凡一直等到草坡上堆起两个坟头，才跟着大哥回家。那时已不准土葬了，但没有人出来制止，胖哥娘俩就早早地入土为安了。

中午和晚上，岳蓊若都没吃饭。

岳凡半夜醒来，见爹和大哥还枯坐着，爹的胡子困倦得耷拉着。胖哥轻飘飘地进来，面无表情地看着爹。爹似觉察到什么，猛然掀起眼皮。胖哥一闪就不见了。

大哥捂住嘴，长长地打了个哈欠，说："胖子死在反逆流的窝里斗上，他是被天赦子啃了个鳖咬死口，尚荣杞被揪出来，只不过是推了他一把。再说，既然绍前爷已决心扳倒梁家禄，就不会放过那个疑问，荣杞大爷迟早会被牵扯进去，咱何必跟自己过不去。"

"我倒不是跟自己过不去。"爹抄一把胡子抖了抖，说，"当年，并不是你荣杞大爷出卖的梁家禄，是梁家禄逼着他出枪钱逼出来的祸。再说，他还有桩大功劳呢。抗战第五个年头的年三十晚上，分散在各村养伤的游击队伤员当晚要在长岭村集合归队，这事你该记得，藏在咱这个院子里的两个伤员还是你送出庄的。尚荣杞从妻侄那里得知便衣队得到了情报，就把信透给了常二婶子，让日伪军扑了个空。土改时，梁家禄要把尚家的成分定成破落地主，刘文先还又提起尚荣杞这桩功劳，给他按实有家产定了个中农。这才是胜利者的胸怀。这样一个人，解放后紧颠慢跑地跟着新政权，哪里还有啥异心。为了避祸，就装疯卖傻，就让他这么窝窝囊囊地过完余生算啦。这对于这场革命有啥坏处吗？把他打成漏网地主、历史反革命又有啥好处呢？一个老疯子，一个小光棍，这爷俩，咋活呀？"

"咱都泥菩萨过河了，再操这么多心有啥用啊？"大哥装上袋烟递给爹，爹接过去，拍拍大哥手背。胖奶奶常跟大嫂开玩笑："瞧，你公公和老大在一块说话，倒跟老兄弟俩似的。他这是在还账呢。"爹只比大哥大不足十八岁。娘说过，生下大哥时，爹还是个上学的大孩子，哪有疼儿子的心思，光顾着自己在外边野了。等到几年后生了老二才有了当父亲的样子，接下来更是拿着儿女一个比一个宝贝了，这才越发觉得年轻时亏欠老大的太多，想补偿也来不及了，就处处迁就着他，很少对他峻言厉色，在外人眼里，可不就像大哥对小弟似的。

岳凡想等着看看胖哥还来不来，就撑住眼皮，巴眼看着爹吧嗒吧嗒抽烟。

前些天，绍前爷约爹到光石岗后边的树林里见面。爹叫岳凡提上个篮子，跟他先到自留地里摘了点豆角，才又绕到那片杂树林里。爹叫岳凡在树林边的路口看着，叮嘱说："有人上来就赶快说一声。机灵着点，可别贪玩。"

岳凡紧张地躲在树林边上，支棱起耳朵听着树林里的动静。

反逆流的势力一天天壮大了。刘文先书记捎话说，公社有意让梁亮干革委会主任。

他说，只要尚兴凡还跟岳家保持婚姻关系，别说干主任，连进革委会都难。绍前爷重重地吸口气，说："我也不想再埋怨你。毕竟珊珊是喊着我爷爷长大的，我也不能硬硬地把他们拆散了。就按你说的，这事就让两个年轻的决定吧。"

听不到爹回答。树林里风沙沙啦啦。一个叫作"吊死鬼"的槐树虫子拉着根长线垂到岳凡胸前，他把它揔拉到地上，看着它一耸一耸地爬进草窝里。

我想问你，抗战时期环境刚开始好转，梁家禄却突然消失了，当时就有人怀疑他走得不明不白，据说跟尚荣杞有关系，你知道吗？

我哪里会知道。再说多少年的事了，有啥翻腾头。

翕若，这要命的关头，你可不能当滥好人。梁家禄太阴毒，要是梁亮干了主任，他能把咱俩踩进地里。滚石塔镇绝对不能掌握在小河南这爷俩手里。

那事跟尚荣杞没有关系，是他妻侄弄的。

大哥忽然又张开大嘴，还没等那个"哈欠"打出来，岳凡就眼皮一沉，迷迷糊糊睡了过去。胖哥拿着个大苹果递给他说："小凡，我没死。"胖哥像平时一样，笑哈哈地抚摸着白胖的肚子，伸手拍拍岳凡的脑袋。立春拿着根带花的树枝抽打他："又巴结岳珊，又巴结岳珊。"胖哥一瞪眼，血淋淋的眼球突然滚落下来，立春惊叫一声瘫在地上。

爹抱住突然惊乍着坐起来的岳凡，轻轻拍打他后背。大哥不知啥时候离开了，娘还在身边沉沉睡着。窗户透进了亮光。

滚石塔镇闹鬼的那些天，岳凡让尚成岭弄得混淆了阴阳两个世界，颠倒了梦境和现实，时间也被搅得支离破碎。以至后来他想破了脑袋，也难以完整地复原那段记忆。

一向乐哈哈的胖哥，"轰"地把自己变成凶神恶煞。一到太阳落山，他就把残破的肢体拼装起来，挂满淋漓着粪便血块的肠子，像过年扮玩似的在大街小巷里扭动。傩疯子幽灵般随着他满镇游荡，不住扬起枯瘦的双臂，"轰轰"喊叫。惊悚战栗的恐惧，冷嗖嗖地挤压进滚石塔镇的尾巴根。家家户户天不黑就都关死大门，天再热也没人敢再去村外乘凉。

各种离奇的传说在战战兢兢的加工中越传越真：

"啧啧，昨晚天赦子家的大门上，让尚成岭摁上两个血糊糊的手印，吓得他不住地在家里烧香磕头。"

"小河南庄头大杨树上，挂上了一截截的肠子，血糊沥拉的，真瘆人。树上的叶子一宿的工夫全黄了。”

“知道吗，和狗子今上午去果园，大白天的就碰上了胖子，手里抓着鸡蛋大小的眼球，吓得他当场就晕啦。我去他家时，正碰上他娘请傩疯子驱邪呢。你想想，那傩疯子跟尚成岭是一伙的，这不明摆着请错了神吗。”

“可不。上午我亲眼看到和狗子脸蜡黄蜡黄地没命往家跑。现在都没人敢去果园了，树上的腻虫子都抱成了团。”

大戏场里又挤满了人，一个个晒得满头油汗，都没嘴葫芦似的低着头不吭声。

白发蓬乱骨瘦如柴的傩疯子被绑在大戏台一侧的柱子上。胖哥猪八戒模样的漫画像猥猥琐琐地靠着另一边柱子。爹和全镇的四类分子低头哈腰站在戏台前沿。绍前爷这回没跟爹并肩站着，孤零零地立在四类分子后面。公社武装部派来的民兵全副武装地排在大戏台两侧，枪上的刺刀不断晃动着耀眼的反光。

和狗子端着一大碗鸡血，浑身僵硬地走上戏台，胳膊跟腿摆成一顺，样子很滑稽，可台上台下都没有笑声。他在傩疯子面前站住，把碗从右手倒到左手，伸手撩起鸡血，很细心地洒在傩疯子的白发上瘦脸上和胸膛上，在他身上抹了抹手，甩动几下胳膊，往胖哥的漫画像走去。刚迈步，胳膊腿又摆成了一顺。离画像还有两三步，和狗子就把剩下的大半碗鸡血用力一泼，失手连碗扔了出去，碗从胖哥的猪肚子弹到戏台上摔成碎片。

和大家伙小声问身边的人：“造反派也兴弄这一套呀？”

没人搭他的腔。他跟前的人都低下头悄悄往一边挪动。和大家伙赶紧闭上嘴巴。

一身血污的胖哥就站在他画像旁边，转着脑袋不住打量台上的人，目光落到坐在戏台入口的立春身上不动了。岳凡感到立春似乎受到惊吓，悚然抬起头往四周看看，又慢慢埋到胸前。胖哥绕到立春身后，伸手像要摘下她头发上的彩色瓢虫，想了想，又缩回手，仰头望着村庄后面光石岗上的滚石塔。戏台顶棚的裂缝里漏下一道阳光，正打在他俩身上。岳凡不错眼珠地看着他俩，这个温暖的画面就鲜活地刻在了心里。

立春几乎是被两个卫兵架到台前的。她瞪着空洞的大眼，声嘶力竭地揭发尚成岭丧心病狂的现行反革命罪行，没说完就昏倒在胖哥的画像前。台上台下一阵混乱后，拥上一伙摩拳擦掌的卫兵，踢翻漫画像，蹦跳着踩了个稀巴烂，又泼上柴油点着。一股黑烟腾地蹿起老高。傩疯子嘴里“轰”的一声。红卫兵扑上去，劈头盖脸噼里啪啦一阵暴打。傩疯子头垂在胸前，鼻子嘴里的血滴滴答答地砸在脚面上。

胖哥在火光烟雾里痛苦地扭动着，很快就不见了。

接着就是声势浩大的游行示威。游行结束后，也许是过了几天后，队伍又集合在大戏场，台上的横幅换成了“滚石塔镇革命委员会成立大会”。刚刚戴着高帽子游完街的岳绍前，在台上念了好长时间痛骂自己的稿子，接过工作组吴胖子递过的毛巾，抹了把涂着墨汁的脸，坐在主席台上，成了列尚兴凡、梁亮之后的革委会副主任。台下轰起阵阵鼓掌声叫好声和叫骂声。革委会主任由工作组组长老林兼任。委员名单里没有天赦子。岳凡看见胖哥又出现在台上，朝满脸冷笑的梁亮投去感激的目光，好像还冲他笑了笑。

当晚，滚石塔镇鞭炮声响成一锅粥。家家都借庆祝革委会成立燃放鞭炮驱鬼镇邪。半夜时突然来了场惊天动地电闪雷鸣的暴雨。岳凡被一道道拖着雷声的闪电惊醒，见爹站在门前自言自语：“傩疯子还绑在柱子上。一个老疯子。”

第二天早晨，戏台上不见了傩疯子。有人说，傩疯子身上的绳子钢筋似的支棱着，还保持着捆绑着人的样子，柱子下面干干的，一滴雨水也没有。看来是施展巫术逃了。也有人说傩疯子死了，被红卫兵埋在山沟里。

傩疯子死没死，岳凡不知道。他只知道，胖哥是真的死了。他再也没在滚石塔镇出现过。大家很快就忘了他。这年的大年三十晚上，岳凡去拐棒胡同替姐姐给兴凡哥送封信。回来时，拐过第二道弯，见一个胖胖的人影在向墙上的毛主席像鞠躬。

“胖哥。”岳凡喊了声。

那人影转过身来。可不是胖哥。他笑哈哈地不说话，摸摸岳凡的头。岳凡伸手戳胖哥的肚子，戳了个空。冷不丁想起，胖哥不是死了吗。浑身一激灵，骨头缝里冒出阵彻骨的寒冷，惊叫一声撒腿就跑。刚进家门就牙关紧咬仆倒在院子里。岳珊把她抱进屋里，急急火火地要去叫医生，被爹喊住：“他这样不住地喊叫胖哥，传出去不又成了阶级斗争新动向。”

岳翁若抱过岳凡，把会愚那把剃须刀放在他胸口，右手稳稳地按住。浑身颤抖不已的岳凡渐渐安静下来，沉沉睡去。

第二天醒来后，岳凡就变得异常胆小，一到天黑就不敢出门，连到院子里撒尿也要有人陪着。

第九章　岳凡手记（一）

在我的印象中，滚石塔镇那场刮了十年的风暴，是从傩疯子惊悚诡异的“来了啊，来啦”的呐喊中蹿出来的。那黑色预言般飘忽不定的声音，像惊惧又像暗示，把我们家刮进一个越转越深的黑暗旋涡。

老和尚焚化的那天，我正跟大嫂在山上自留地里的堰边上摘花椒，忽然感到天上有啥东西落下来，一抬头，看到滚石塔顶上那团白色的，后来大人们说像蒲团一样的云彩。老和尚双手合十盘坐在云团上，低头看着滚石塔。他看到了我，温和绵软的目光缠绕得我脸上痒酥酥的。我回应着他的目光。云团慢慢上升，老和尚慢慢上升。我眼里盈满了泪水。我知道别人看不到他，说了他们也不信。

老和尚死后，在场的人一再说起他的弟子焚烧师父肉身时，“火生云来，烟息云散”的故事。那场秋天的冻雨更是被传得神乎其神，其实也就急促地下了那么一阵，风头一歪就过去了，大人们非说把光石岗都下白了，是老天爷为会愚升天披上的一身白衣裳。大嫂说那是老和尚向红卫兵示警，要他们不要动庙里的菩萨。可惜，到立冬那天，那尊高大庄严的菩萨还是让胖哥一锤子就打倒了。村里人又都说，那场风横着刮，雨拧着下，灌得滚石塔镇沟满河平的秋末冬初罕见的暴雨，是老天爷拍桌子砸板凳地发怒啦。胖哥后来的胳膊痛和横死，都是他砸菩萨的报应。可举起大锤“嗨”的一声砸碎菩萨的胖哥，留在我心里的是个英雄形象，尽管三哥说他砸菩萨是被立春逼的。后来读《牛虻》，听到阿瑟说“上帝只不过是个泥塑木雕的东西，我一锤子就将它砸碎了”，我就又想起胖哥砸菩萨的样子。直到他用一包炸药把自己炸碎，我都把胖哥当成大了好几套的阿瑟。

胖哥是个浑身到处都圆滚滚地咧着嘴笑的胖子。他不管啥时候，总有本事把周围的人逗乐。每年大年初一扮玩，他都身穿大红袄，扎根绿绸带，胸前揣进两个大茄子，嘴角贴片黑豆皮，打扮成一个举着长杆大烟袋的胖媒婆，扭来扭去的，用大茄子碰街两边看扮玩的娘儿们，惹得她们前仰后合地直骂。他就撇着嘴，乜斜了眼，两手托着茄子喊道："比不过俺的就骂俺，俺不理你们啦，回家奶孩子去啦。"在一片疯狂的哄笑中，扭搭扭搭地往前跑去。

踩高跷的和大家伙嫌胖哥抢了他的风头，气得破口大骂："看你男不男女不女的熊样。早晚我大家伙得把你那胖乎乎的娘儿们腚崩烂喽。"

从我记事起，我们家跟下河村尚荣杞大爷家就很少往来。胖哥把三哥、五哥敛伙成朋友后，常来家里耍活宝，逗得爹抖着胡子大笑。两家就渐渐走开了。爹对大哥说："胖子比他爹心宽。"

三哥和淑珍姐，姐姐跟兴凡哥，还有胖哥、立春，都是村里林业队的队员，是大家羡慕的"上等社员"。那时，我常纠缠着跟在他们屁股后头，看他们偷偷在果园里谈恋爱玩儿。三哥和姐姐他们都想变着法子甩掉我，总是在他们大眼瞪小眼的时候，就找个差事支开我，等我颠颠地跑回来，他们就躲得见不到影了。只有胖哥喜欢带上我一块玩。姐姐三哥他们凑在一起就叽叽喳喳说个没完，根本不管我，一点也不好玩。胖哥和立春到成堆就抱着啃嘴。我不耐烦地跺脚。胖哥就顺手从树上扯下个苹果，从背后递给我："你吃苹果。学着点呀。长大后你喜欢哪个姑娘，就使劲咬她的嘴，咬痛了她就嫁给你。"

立春一把推了胖哥一个仰八叉，还狠狠踢他的胖腚一脚，红着脸转过身系上被胖哥弄开的扣子。

我指着胖哥说："你是个大坏蛋。"

胖哥拍打着身上的土嘻嘻直笑："你姐姐还喜欢我这坏劲呢。"

我知道不是好话，就叉起腰喊："我告诉姐姐去。"

胖哥一把抱住我，掏出把彩色铅笔刀搁在我手里。我装起小刀不再喊叫。立春却生气了，扑过去撕打胖哥。胖哥鞠躬作揖地告饶："我是逗小孩子玩呢。"

立春"呸"他一声："以为我看不出你瞧岳珊的眼神呀。"

"那，我保证，今后绝不再看了。"胖哥满脸一本正经地说，"光在心里想。"说完撒腿就跑。

立春抓起根干树枝，边追边抽打跑不快的胖哥。我跟在后边跑："等等我。"

立春回头冲我喊："找你姐姐去。"

我被孤零零地甩下了。

我把咬掉半边的苹果狠狠摔在地上，又一脚踩进土里。四处游荡着找梁亮。

兴凡哥跟姐姐在一起时，好像姐姐是他的，我来跟他争抢似的，伸手摸摸我脑袋就把我晾在一边。梁亮哥不这样，他来找姐姐总忘不了给我带点小礼物，似乎要表达跟我争姐姐的歉疚。我常盼着他来找姐姐玩。

有几次我跟大嫂去果园，碰到梁亮哥去找姐姐，他出溜就钻到一边去。大嫂装作没看见，拉着我岔到另一条道上，嘱咐我回家不要说在果园里看到姐姐跟梁亮哥在一起。我点点头。我知道爹不喜欢梁亮，我不会出卖他的。姐姐出嫁前的那晚上，大嫂叹息着对我说，其实，当初我就觉得，你姐姐嫁给梁亮也挺好的。等到梁亮被戴上手铐押走，她又说，我们都没有前后眼。还是爹，啥都看出去好多年。说这话时，大嫂就老了，一只胳膊搭在我肩上，灰白的头发扫得我眼睛生痛。我抱住她的胳膊，你总是操心，总是操心。大嫂笑了，等你娶了媳妇，我就不再操心了。她的脑袋颤颤晃动，像风中的白幡。

不知为啥，我一想起那个抄家的夜晚，记忆就打滑，一头撞进小时候的饥饿里。也许是由于那口煮地瓜干糊嘟的锅小，晚饭没能吃饱的缘故。从傩疯子嘴里蹿出来的，是个饿鬼。

我大哥二哥三哥的名字都带着"玉"。"知"是家谱上早就排好了的我们这一辈的辈分。到五哥和我，"玉"就让爹给扔掉了，也不再按辈分给起名。五哥叫岳顺，我叫岳凡。会愚老和尚曾对爹说，翁若给孩子起名越来越潦草喽。爹说，他们能顺顺当当做个平凡人就阿弥陀佛啦。老和尚看了爹半天，半天也没再说话。

五哥和我的名字还是没能挡住那场大饥荒。

我童年唯一鲜明的记忆就是饿，那种看见什么都想一把填进肚子里的，恐怖到骨髓里的饥饿。直到我重操祖业，成了滚石塔机械贸易公司的老板，办公室和车里也总摆着各种时新的食品，就是不吃，看着也心里踏实。现在快六十岁了，我的吃相还是不雅。不管多么重要的接待，当着多么重要的贵客，哪怕第一道菜是滚烫的汤品，我也得先"嗞嗞溜溜"地抢着把肚子里的饥饿感安抚下，常常因此烫伤嘴。每上一道菜，我都会不由自主地抢先夹一大筷子，放到面前的小碟里，生怕它像小时候饭桌上那一小碗“神腌”萝卜条咸菜，眨眼就被抢光。我总是不断把宴席上剩下的饭菜带回家，妻子每次往外扔时都跟我吵：“你下次干脆直接扔到大门外的垃圾箱里。”

下次我还是忍不住往回拿。比我小近十岁的妻子，永远体会不到我说的，一天到晚，连在睡梦里，干瘪的肠胃都在“咕噜”着喊饿，肚子里每个有空的地方都伸出手抓挠着找吃的东西，那种恨不得连手指头都吞下去的感觉。

挨饿的前一年夏天，我记忆里灌满了连天的大雨和满坡绿油油的庄稼。和大家伙说，那雨下的，透地就住，地一干就下，简直就是老天爷给下干粮呢。那年景，山上坑坑洼洼里满满咣当的都是水，连光石岗上的乱石缝里都哧哧地尿泉子。

想起他的话我就想起那天雨后，我跟着五哥去山上的堰边摘豆角，看到石堰根下的泥水里蹦跳着几条泥鳅。五哥兴奋地“啊呀”一声，摸摸后脑勺，折下根树枝，把堰上往外流水的石缝撬开，四五条胖胖的泥鳅“噼里啪啦”地往外跳。堰边上开锅似的到处蹦跶着泥鳅和溅起的泥水。五哥用树枝抽我一下：“傻愣着干啥，逮泥鳅呀。”

泥鳅圆滚滚的浑身溜滑，刚抓在手里就出溜一下挣脱了。我摔了几个嘴啃地，把自己弄成了泥鳅，也没逮住几条。还是五哥行，一抓一条一抓一条，很快就逮了大半篮子。见石缝里不再有往外跳的泥鳅了，五哥把撬开的石头都推回去，抓起泥块挨个堵死石缝，又让我摘了些豆角盖在篮子里，说：“谁也不能告诉呀。再下雨咱还来逮。”

我崇拜地看着五哥：“你咋知道石头后边藏着泥鳅？”

他抹我一脸腥泥：“傻瓜。石堰上边是个常年有水的大石窝坑，那些石头缝都通着石堰，水一大泥鳅就溜过来了。”

那天中午，爹亲自做了锅麻辣焖泥鳅，还清炖了碗豆角，让我去供销社用地瓜干换了斤散酒。他跟大哥美滋滋地过了把酒瘾。大嫂称赞爹菜做得好吃，就是炖豆角也比她做得有味道。爹掰块黑地瓜面窝窝头填进少牙的嘴里，咀嚼着说：“那时济南的买卖家满城转着吃饭店，吃得嘴刁了，手就会做啦。看这年景，今年该不用再借粮食。”

娘从自己碗里给爹拨出几条泥鳅：“人这辈子享多少福都是一定的，早享晚不享。”

爹看看娘，又给她夹回碗里两条：“现在吃不上那么多好东西了，也不用再操心劳神担惊受怕了。挺好。人这张嘴呀，就是个筐，往里填啥都行。”

那时候家里吃壮饭的多，遇上年景不好，到青黄不接的月份，总得向街坊邻居借些地瓜干，到秋后再还上。借粮食的差事总是三哥和五哥的，在居高临下的目光和腔调里给人家写下借条，穿过街上同情的嘲笑的幸灾乐祸的表情抬回家。起初我还蹦蹦跳跳地跟着，后来就死活不去了。

我记忆中，那时爹经常出东家进西家，捋着胡子给人家说和家务事，倒总是乐呵呵的。这些印象都是从那锅麻辣焖泥鳅里发散出来的，锅近的地方就清晰，锅远的地方就模糊。

到了秋天，我记忆里就只剩下晚上绿泉河沿岸一眼望不到边的壮观炉火，和坡里大片大片没人收的耷拉着棒槌子的玉米、裸露在寒霜里的地瓜。

转过年去就吃不饱了。我就常常偷偷溜出家，去河汉村饲养所找和五叔。他是饲养员，有喂牲口的麻糁，就是榨油后挤压成的黑乎乎的半熟的豆饼。他每次都掰给我一小块，看着我吃完才让走。

和五曾是我家的长工，大家都叫他“和大家伙”，那时我不知道人家为啥这样叫他，只记得他提起我家的人尤其是我爹，总是恨恨的，常当着我的面就骂“你爹这老东西”。我知道男孩子要捍卫爹的尊严。可肚子一叫唤，爹的面子就叫我扔到一边去了，两只脚不知不觉地就磨蹭到饲养所。干旱的夏季憋死了山里的泉子和那些泥鳅。山上的野菜和树叶都被薅光了。大嫂的脸吃槐树叶吃得肿得锃亮。和五叔最后一次给我一小块麻糁，拍拍手，抬头看看院子里的那棵被捋光了叶子的老杨树，说：“别再来啦，没有牲口喂，我偷着攒起来的饲料也啃光啦。”他捏捏我的脸蛋，“知道我为啥对你好吗？”

我摇摇头。

“简小妹那小寡妇常跟我夸你。见了告诉她一声。”

我点点头。第一次去和五叔的饲养所就是简婶带我去的。

他忽然叹了声：“我那些牛哇。”指指院墙角落一堆赶牛的鞭子，说，“二十多头牛，就剩下这堆鞭子。”冷不丁跺脚骂道，“王八蛋！”

我被他凶恶的样子吓坏了，转身就跑，被他一把拽住，摁在台阶上：“别动。”他几步跨到院门口，双手把住门框，伸出头左右张望了一会儿，关上门插死门闩，又大步跨到我面前。我战战兢兢地往屋门上靠靠。

他突然笑了：“这点熊胆量，可不像你爹的种啦。”

他一腚蹾在我身边，“啪”地照我脑袋拍了一巴掌：“我这辈子从不欺负女人和孩子。要不你问问咱庄的寡妇。”

他拍一把自己的嘴，截住话头。又叹口气，像对大人说话似的，抚住我膝盖说：“我今天就卷铺盖回家了。憋着一肚子话不敢对人说，回家说，我那熊娘儿们肯定骂我是活该，逞能惹的。你就是回家学舌，谅你爹那老东西和你哥哥那帮小东西也不会去告我。”

我悄悄往一边挪挪腚。他一瞪眼：“你怕啥？”我双手贴在腿上不敢动了。他冷不丁问我：“你知道啥叫‘大跃进’？”

我摇摇头。

“‘大跃进’就是……嗨。知道放卫星吗？放卫星就是七天七夜不睡觉，炼出一堆蜂窝钢。啥屌蜂窝钢，就是堆铁渣子。你咋啥也屌鸡巴不知道。简小妹还夸你聪明，聪明个屁。”他站起来转过身去就撒尿，没捶的公牛尿一样臊臭的尿柱子，在地上刺刺地砸出一个大坑。他提上裤子转过身来，又瞪我一眼：“小毛孩子。不说啦，滚吧。”

我爬起来撒腿就跑。

后来，和大家伙住进我家，不止一次给我讲他在“大跃进”时惹祸的事。

大搞钢铁时有个口号，叫作“留根铁钉就是藏一个美国鬼子”。全滚石塔镇都怵和大家伙横竖不拉理，可他也不敢在家里藏美国鬼子呀，只好眼睁睁地让人家把家里凡是姓铁的都收走了，连他家那口锃亮的特大铁锅都收走了。他正憋着一肚子火没处发呢，赶着牛车从长岭山往县城送铁矿石的运输排空手回来了。那时候都军事化了，生产小组改称排。

和大家伙立楞起眼睛问：“我的牛呢？”

运输排的车把式把鞭子扔到他脚下，说：“牛都累死在路上啦。坏了的大车让沿路的食堂拉去烧了火。胶皮轮子用处最大，拖到炼钢炉那里一点，烟腾地就冲到半天空，远处视察的领导高兴得直拍巴掌，呵，看那里，今天又要放卫星啦。”

我的和五叔和大家伙心疼得跳着脚直骂祖宗。运输排的人嘻嘻哈哈地还要牵牛。他连打带踢，把他们都推倒在地上，护着牛圈门口喊叫：“谁他妈的再拉我的牛，我跟谁拼命。”

连长——就是原先的生产队长，说：“大家伙，你要对抗‘大跃进’吗？”挥挥手叫人把和五叔拉开，硬硬地又牵走了他的牛。

他跳着脚冲连长吼：“咱庄的河滩地地身那么长，牛都死了，来年咋种庄稼？”

连长骂他咸吃萝卜淡操心，说：“放心吧，过共产主义了，都吃食堂。饿不抽抽你那大家伙。”

讲到这里，山一样的和五叔总会低下头，很沮丧很伤感地搓着双蒲扇似的大手，说：“队长这样一说，我就不敢吭声了，只在心里嘀咕，放你奶奶的骚屁，食堂的粮食就从天上往下掉呀。”接着他就恶狠狠地骂道：“操他娘的，我那群牛都让他们给累死了。

多壮实多懂事多会体贴人的牛哇，到后来只给我剩下头瘸腿瞎眼的老母牛。队长说，把它拉到食堂，你上前线炼钢去吧。”

那时候滚石塔镇叫公社钢铁二团。和五叔到河滩的炼钢炉那里熬了七天七夜，又炼出一堆铁渣。连长他们敲锣打鼓地去公社报喜，他小声骂了句“败家子”，倒头就睡。这一段他讲得最精彩：“我刚他娘的梦见简小妹请我喝酒，酒盅子还没端起来，就叫工作组的人给拽起来，说要连续作战。我那个火呀，张嘴就编了段顺口溜：‘公牛母牛都腚朝了前，俺才参加了钢铁一团，七天七夜不睡觉，炼出一堆蜂窝眼，捻不了钉打不成镰，还不如当初留下那口锅，再买还得俺掏钱。’”

见我直愣愣地看着他，和五叔朝自己一竖大拇指：“你甭他妈的把眼瞪得铃铛一样，别看我屌大的字识不了一裤裆，就是有这本事。过去咱庄里年年扮玩，我都踩着高跷转遍长岭山前的大小村庄，看见啥编啥，逗得大闺女小媳妇们都跟在俺腚后头跑。就凭这一手，其他扮玩的班子根本不是咱滚石塔镇的对手。你爹那老东西，每次都格外多给我赏钱。没想到咱这露鼻子露脸的绝活这回惹下了天祸。工作组立时就叫人拧了我的胳膊开批斗会，还要绑了我送公社。多亏岳绍前书记说情，才把我保下，要不，现在还不得跟你爹一样去扫大街呀。唉，多好的岳书记，就是粮食产量钢铁产量都吹不过人家，就被‘拔了白旗’罢了官。当初要不是他干书记，我可就惨了。打那，我可再也不敢逞能瞎编了，咱算知道山神爷的屌是石头的啦。”

我无比敬畏地仰望着浑身铁腥味的和五叔。

和大家伙的骚史是在他跳崖多年后，我到了有资格听他那些 “荤呱”的年龄，才陆陆续续知道的。

大家伙长得人高马大，浑身毛茸茸的，性欲极强。过去在我家当长工时，屡屡因调戏女佣被辞工。可他耕耩锄割样样拿手，干活又不惜力气，一到农忙时就又被管家叫回来。抗战胜利那年，他把做饭的张嫂弄大了肚子，人家丈夫领着帮人到我家里又打又闹。我爹让管家赔礼赔钱，当着张嫂婆家人的面宣布辞掉和大家伙，永不再用。

大家伙抱着膀子横管家一眼，说：“老子哪里都能混饭吃，还非在他这棵歪脖子树上吊死。他岳胡子装啥圣人，以为我不知道他在济南那些花花事啊。就兴他们财主吃着碗里看着锅里，穷人就得把鸡巴绑起来。”

他抱出铺盖卷，指着张嫂的丈夫骂道，“你老婆肚子里的种是我下的，冲东家耍的哪门子威风。有本事跟我到庄外试巴试巴，别看你们人多，我一个个把你们的家伙都给薅下来。信不信？”一肩膀撞开那个傻了眼的男人，扬长而去。

和大家伙娶张嫂时，张嫂的肚子已鼓得行动不便了。他仍发情公狗似的，天刚黑就急得前刨后蹬地发起攻势。趴在窗户外头听房的听到他屡屡受阻后，气急败坏地吼叫：“还扭捏个啥，早叫你那熊男人鼓捣得能赶进驴车去啦。”

第二天早晨，左邻右舍都说，大家伙他老婆“嗷嗷”的叫声一宿就没断溜。

结婚十多年，大家伙就让他老婆给他生了五男六女。把一个才三十多岁的女人，作弄成了面黄肌瘦的老太婆。生下第十一个孩子后，他老婆把一把菜刀搁在窗台上，说：“你再往我身上凑，我就拿刀抹了脖子。”

“那，我可要出去打野食啦。”大家伙吓唬她。

“你爱找谁找谁，日母狗我都不管。”

和大家伙果真就到处转悠着找野食。滚石塔镇的僻街小巷到处流窜着他热辣辣的骚气。

趁着天黑或中午街上没人的时候，偷偷溜进岳绍前家红着脸告状的男人越来越多。岳绍前不住地摇头：“我能咋办，他要真是个畜生，我早叫人骟了他啦。你就不会找几个小伙子打断他的腿？”

告状的咧着嘴：“这种事，咋好找帮忙的呀。”

岳绍前点点头：“也是也是，家丑不可外扬。你回去吧，我来收拾这骚驴。”

岳绍前把几个五大三粗的愣头青叫到党支部，叫他们拿着捶大牲口的夹板站在门口。派人喊来和大家伙。和大家伙一看这阵势，就知道岳支书要吓唬他。他就是个捶牲口的好手。那招数可太惨啦，生生地用夹板把牛马的两个蛋夹碎，再强壮的犊子也痛得浑身哆嗦。捶了的公牛叫犍子，就是牛中的太监，只会干活不能作乐。没捶的是“爬牯”。和大家伙瞎字不识，不知从哪里扒搜来的关于爬牯的知识，卖弄说，知道为啥叫爬牯吗？牯是母牛，爬牯就是往母牛身上爬，响当当的男人。他溜一眼几个愣头青手里的夹板，心里轻蔑地哼了哼，捶我？老子先把你们的蛋捏碎了。

岳绍前咳嗽一声，和大家伙赶紧笑笑。全滚石塔镇他就不敢在岳绍前面前撒野，装得跟三孙子似的低头站着。

岳绍前啪地一拍桌子：“我今天豁上犯错误，也要捶了你这骚驴。”

和大家伙可怜巴巴地看着岳绍前：“我知道……可就是管不住那……”

岳绍前点着他的鼻子训斥："你他妈的就是家伙大脑袋小。你非勾搭人家有夫之妇啊。你给我听清了，再有人家男人来告状，我就马上叫他们把你摁住捶了。"

和大家伙出门便笑了，当晚就跳进河汉村一个死了男人不久的胖娘儿们家，敲着人家窗子说："岳支书叫我来找你啦。"

此后几年，和大家伙喝了酒就吹嘘："滚石塔镇的小寡妇们，三天见不到我就想得撕床单。"有人就拿简小妹奚落他，说："忘了那窝窝头是啥滋味啦。"他立时就耷拉下脑袋不吭声了。

简小妹过去是济南的一个著名歌妓。人长得婀娜俊俏，又擅弹琴唱歌，惹得一帮商家和达官贵人趋之若鹜。据说，她那派头拿捏得比贵妇人还足，声言只卖艺不卖身，瞧不上眼的一概不假以颜色。爹在济南时，是她大明湖画舫的常客。我爹回老家后不久，她就从良嫁给我爹原先公司的一个伙计岳二宝，按辈分我叫二宝叔。他们回到上河村五六年后才生下个女儿，不久二宝叔就死了，简小妹也没再嫁人。我家遇到婚丧嫁娶，修房盖屋的事，她都会来帮忙。总是不言不语静悄悄的，跟着大嫂做些细活。每次来，她都会给我带点稀罕玩意和吃的。娘很赏识简小妹，常跟爹说 ："咋看简小妹也像大户人家出身的。人总归是个命吆。"

爹总是揽着胡子不说话。

和大家伙早就盯上了简小妹，有事没事总往她家附近出溜，把她家墙头都爬明了，也一直没得手。一天晚上喝醉酒后，他跪在简小妹窗台上，把那家伙从窗棂子里伸了进去，叫简小妹给扣上一个出锅不久的窝窝头。弄得他半个月没上骚气。可和大家伙刚好了疮疤就忘了疼，不管简小妹干啥活，他一见到就颠颠地去帮忙，也不管人家待答不理的，脸板得多难看。真应了那句"卤水点豆腐一物降一物"的话，简小妹对和大家伙越冷若冰霜，和大家伙对她就越俯首帖耳，百般巴结，一点脾气也没有。

初冬的阳光少气无力。我倚墙坐在大门平台上，脑子里木木地没有一点缝隙，连饥饿的感觉也没有。一只绿头苍蝇趴在鼻头上好一会儿了，嘁嘁地不停地絮叨。我认识它，在小婶婶出殡前，它就在她蜡黄的鼻子上趴过。它嘁嘁的是小婶子絮叨了一辈子的话：他小叔胸膛上的伤口汩汩冒血，泉子似的，堵也堵不上，堵也堵不上。

门前街道上散布着还没被风吹走的纸钱，空气中飘动着一股奇怪的霉腻的烂菜叶子臭肉汤和棺材油漆的气味。这是躺在棺材里的小婶子身上的味道，苍蝇喜欢的味道。我总感到阳光照不到的阴凉地上有轻飘飘的人影，他们叽叽喳喳地商量，要不要带我去见小婶婶。

小婶婶是家里一个非常受尊崇，又无足轻重的人。爹娘总像对神似的敬奉着她，她也总神一般地躲在她屋里悄无声息。天天在一起也感觉不到她的存在，几天不见也想不起来。“大跃进”的第二年冬天，食堂里已没啥可吃的了，只有病号食堂里还供应点饭。家里有资格吃病号食堂的，只有烈士的遗孀小婶子。她每天中午都让五哥去，把“她吃剩下”的半块麻糁菜团拿给娘。五哥哪回都要躲在墙旮旯里，小心翼翼地的用小刀切下一小片菜团填进嘴里，然后再回家。娘把菜团掰给爹一半，另一半搅在煮着茅草根、烂地瓜秧的锅里。爹就靠着每天这点菜团拴住了已开始浮肿的命。

大年二十三那天，小婶婶让五哥把娘叫去。娘一见病床上瘦成一把骨头的小婶婶就跪下了：“她婶子，你不该骗我呀。”

小婶子已不能动了，娘把手放在她的手背上。她身上的水肿已消下，肉皮皱巴巴地贴在骨头上，鱼鳞似的斑斑点点。她的嘴张合了半天，娘才听清楚：“我一个未亡人，活着跟死了差不多。你还，驭着全家呢。我得回去。死在这里，我怕，他小叔，找不到我。这里天天有叫魂的，瘆得慌。人就这么，喘着喘着，就过去了。都没病没灾的。”

小婶婶被抬回家后，娘就抓着小婶婶的手，不错眼珠地看着她的嘴张得大大的，一口一口地把气喘完。打那以后，娘就呆呆的。头几天还时常把我喊到身边，摸摸我的头，渐渐地就谁也不理了，只顾自己到处转悠着找吃的。就是我跑到跟前，她也会把手里的东西藏在袖筒里，瞪着眼紧张地看着我，等我走开后才偷偷吃掉。

饥饿像只巨大的老雕在滚石塔镇上空盘旋，不时斜着翅膀从树梢和屋脊上掠过，把死神般的黑影投在每个人头上。饿死的恐怖抽干了这座千年古镇褶皱里的温情和体面。庄里不断有人为争夺山旮旯里一片残存的榆树皮打得头破血流。十七八岁的大闺女为一顿饱饭就嫁给莱芜的老光棍。

今年，也就是“大跃进”后的第二年的清明节，大嫂她胖姨送来十来个煎饼和几个煮鸡蛋。这是极重极珍贵的礼物了。爹感谢胖姨的时候，娘一把抓过篮子，摸出个鸡蛋，在炕沿上磕破皮就往嘴里填，另一只手又抓过一个。我扑过去抢出一个煎饼一个鸡蛋，跑到大嫂身后。大嫂给我剥开鸡蛋时，我已吞进去半个煎饼。

胖姨惊愕地看着娘。

爹脸涨得通红，说：“让大嫂笑话啦。”

大嫂赶紧替爹解释："自从小婶子死后，娘就病成这样了。"

胖姨抹着眼睛叹气："真可怜。"

她对大嫂说："咱莱芜那边前年也糟得不轻，可没恁这里这么邪乎，没大耽误收庄稼种地。今年收成不好，半粮半菜的也还能接续个差不多。你常回娘家弄点粮食来，接济下家里。"

爹说："那咋好意思。你们那里，真该给那位'大跃进'时的书记立块碑。"

阳光强劲起来，一阵香喷喷的烙麻糁菜饼子的味道从门口扑出来，我耸耸鼻子，起身往家里走。那只绿头苍蝇撑起细长的腿颤了颤，又稳稳地趴下。

姐姐在门口拦住我，挥手赶走那只苍蝇："小凡，别回家了。爹要去东北找二哥。临走前不吃顿饱饭，他会饿死在路上的。"她揉揉眼睛，从口袋里掏出块鸡蛋大小的黑菜团子递给我。我知道这是她早饭时省下的，抓过来一把按进嘴里，菜团子打了个滚，卡在喉咙里。我伸长脖子瞪大眼睛使劲往下吞。姐姐搂住我，不住捶打我的后背。菜团子蠕动着滑下去，"咕咚"掉进胃里。胃里一阵忙乱，猛地嗝上口气，翻腾起火辣辣的饥饿。我摇摇晃晃地走下台阶。

姐姐在身后喊："小凡。"

我没答应，忍住泪水往村外走。那只苍蝇在我头顶"嘤嘤嗡嗡"地跟着。

在村头那排村里老弱病残炼钢的废炉前，我褪下裤子，蹲在到处是废铁渣的荒坡上。又三天没拉下屎了。刚才肚子里一折腾，憋得我出了身冷汗。咬牙瞪眼地使了半天劲，脖子上的筋都胀痛了，腚里的硬块还是死死地堵着。我摸起根干枝棒慢慢捅那硬块。终于捅出一个响屁，一点点地挤出一堆纠缠着烂地瓜秧丝、茅草根须的黑乎乎的屎蛋蛋。小肚子一阵轻松，接着又"咕咕噜噜"叫唤起来。

我挪挪地方提上裤子，靠在小高炉上，手里拿着带血的干枝棒在地上划拉着，一块干硬的黑狗屎被翻了个个。我眼睛一亮，狗屎下面粘着片东西，一片小地瓜干，一片带皮的地瓜干。我双手扑住那块黑硬的狗屎，慢慢揭下那片地瓜干皮，小心翼翼地在废铁渣上蹭去上面的狗屎，往裤腿上擦了几下，填进嘴里。一阵臭烘烘的苦涩过后，地瓜香甜的味道溢了出来。我接受刚才吞下那块菜团的教训，闭紧喉咙，用舌头拨动着地瓜干皮，直到把它泡得像娘过去做的面叶那样软和，才一点点嚼碎，慢慢地放进喉咙。

姐姐一把拽住我："干啥了，喊你也不答应。爹叫你呢。"

我舔舔嘴唇跟姐姐回家。

爹瘦得脸上只剩下了那把胡子和两只眼睛。他费劲地蹲下抱住我，双手在我支棱起的脊梁骨上从上到下捏了一遍，仰起头对大家说："你们记着，我回来要见到你小弟弟。我死了，烧纸要由你小弟点着。"

爹的泪水滴在我头上。他摸摸我皮球一样鼓胀的肚子，枯焦的胡子哆嗦成一团："你们就每人挪出一口，拴住他这条小命，就算是对我尽孝了。"

哥哥和姐姐使劲朝爹点头。五哥过来蹲在爹身边，很亲热地拍拍我肩膀。今年春上生产队在山坡地里种地瓜时，爹带上我一块上山。我饿得头昏脑涨，躺在地边的地瓜垄里一动不动。爹插一会儿地瓜秧就过来看看我，见我睁睁眼就笑笑，再去干活。半晌午时，每个挑水的男劳力都分了一小块麻糁。我闻到香味，抽抽搭搭地哭起来。爹过来把地瓜秧根上带着的一块拇指肚大小的地瓜塞进我嘴里，说："我也没有，挑水的不吃上点就挑不动了。"我哭得更响了。五哥不耐烦地把他那块麻糁扔给我："哭啥。"我一把抓起来，两三口就吞了下去，抬头看看浑身淌汗的五哥，周围都朝我投过责备的目光。我一阵羞愧，"哇"地大哭起来。刚吃进去的麻糁又呼啦吐出来。我脖子一挺背过气去。

五哥肯定也想起了那块麻糁。

爹两手扶住拐杖，撑了几撑没站起来。大哥和五哥架住胳膊把他拽起来。大嫂把一个白粗布袋子递给爹，说："这是我烙的几个菜饼，你带着路上吃。小弟你就放心吧，从今天起让他跟着我。"

爹顾不得满脸泪水，握拐杖的双手朝大嫂拱拱："老大家，人常说老嫂比母，我就把岳凡托付给你啦。家里，对不住你呀。"

"爹可别这样说。"大嫂背过身去，低头抹一把眼泪。三哥和五哥红了脸低下头。这大半年来，他们委屈了大嫂。

今年开春不久，那位公社派来的支部书记见滚石塔镇饿死那么多人，害怕了，就辞职跑回了老家。绍前爷又干了支书。他取消了逃荒要饭是给"大跃进"抹黑的禁令，村里凡是能跑动的，都挟上根棍子外出要饭。大哥说他饿死也不去踩百家门。大嫂也面皮极薄，跟三哥、五哥出去了一趟，刚到人家门前就臊得浑身冒汗，扭头跑回来，再也不去了。三哥、五哥每次拖着棍子回家，把要来的东西交给大嫂去做饭，想起要饭的种种屈辱就发牢骚，说嘴不就在面子上吗，没有嘴哪有面子。

三哥和五哥讨要回来的东西越来越少，大家都饿得前心贴着后脊梁。他俩吃饭时常常甩脸子给大哥和大嫂看，家里的气氛渐渐紧张起来。大嫂偷偷哭了好几次，对爹说，要不，我再回娘家要点去吧。”就领着我去了莱芜她娘家。路上，大嫂跟我说，因为她常去娘家要点粮食，弟妹一见她回家就摔盘子扔碗地翻白眼。她叹息着说，人饿着肚子会六亲不认的。

我跟大嫂走后，娘到处翻箱倒柜地找吃的东西，从大嫂屋里的枕头下翻出半个菜窝窝。五哥和三哥急了，喊道：“我们在外边没脸没皮地要饭，大嫂却在家里吃偷食。”

爹瞪他俩一眼，少气无力地斥责：“喊啥。你大哥大嫂年龄大了，脸皮又薄，你们不能攀他们。”

五哥梗起脖子顶撞了句：“要是他俩单独过，脸皮还这样薄吗？”

爹用拐杖指着他厉声训斥：“胡说八道。”喘息着说不上话来。

大哥性格本来就倔强，在弟妹中又一直享受着老大的尊严，哪里受得了弟弟的嫌弃，就对爹说：“那就把我分出去吧，大不了饿死。”拿了两个碗两双筷子，提起一口小锅就往他的小北屋去了。五哥一愣，见爹又朝他举起了拐杖，拔脚去撵大哥，被大哥一把推出来，“咣当”关上屋门。

第二天，大嫂领着我回家后，知道她和大哥已被分出去，低了半天头，对娘说：“那窝窝头还是俺上次去娘家带回来的；我给小弟留下了一个，每天晚上掰给他一点。看看小弟饿成啥样了，我是怕他，不定哪个晚上就撑不过来了。”

我紧紧抱住大嫂的胳膊，抬头看着她脸上的泪流进嘴角。她把带回的一小面袋子地瓜干倒在桌子上一多半，提着剩下的那点去了小北屋。

五哥跑到小北屋里，扑腾跪在大嫂面前：“大嫂，咱们还是一块过吧。”

大嫂拉起五哥说：“五弟，我不怪你。不都是为那一口吃的吗。我知道要饭的难处。我和你大哥是家里老大，不能多给弟妹们讨换来吃的，就不再拖累全家了。”

爹一句道歉翻出了埋在大嫂心里的委屈，她瘦削的双肩在宽松得明显不合身的褂子里耸动着，眼泪越抹越多。大哥也一脸黯然，可他站在一边不动。我从没见过大哥跟大嫂靠得很近过，尽管我知他们很恩爱。他们是那种总是在人前掩饰自己情感的老式夫妇。爹指指大嫂，推了我后背一把，我过去抱住大嫂的腰，贴在她后背上。

“大嫂。”三哥和五哥转到大嫂面前。大哥摆摆手，给爹理理乱蓬蓬的胡子，说：“该走了。不早啦。”泪水顺着鼻子两侧哗哗流淌，“按说，我该陪着爹去，可老二就寄来一张车票钱。这一路上，您就自己多保重吧。爹，您可得记着，娘，我们兄妹，都眼巴巴地等着您回来。”

爹不住点头，鼻涕哩哩啦啦粘在胡须上。我们都哭了。姐姐扑进爹的怀里抽噎着给他抹去脸上的涕泪。爹扳起姐姐的肩膀：“珊珊，帮着大嫂照顾好这个家。”

爹又看看三哥、五哥，说：“有这么个大嫂是你们的福分。记住，掉到坑里的时候，别总是埋怨别人。这生死关头，我这不也要抛下你们去找条活路吗。”他平息了会儿喉咙里呼呼啦啦的痰喘，摆摆手：“走啦。”

三哥和五哥推着小车送爹去县城坐火车。

看着小车拐过山脚的弯路，我忽然感到悬在了空中，六神无主地垂下手，触到裤兜里硬硬的一块，伸手一摸热乎乎的。是半个菜饼。我哭喊着“爹”，跑向山脚。忽然想起五哥说过，在山头上能看到县城开出的火车，就又反身朝旁边的山岗跑。刚跑到山岗下，腿就酸酸地跑不动了。我四仰八叉地躺在山坡上，一遍遍地对自己说，这菜饼绝不能吃，回去让大嫂吃，还要给娘一点，给姐姐一点。肚子却收收缩缩地扛不住，终于忍不住摸出来咬了一口，真香啊。肚子里的饥饿全都张牙舞爪地爬到喉咙上来。手立刻不听使唤地把菜饼捧到嘴上，“呜呜啦啦”地吞了进去。遍山遍野蜿蜒浮动回旋缭绕闪闪发光的，全是菜饼粗粝尖锐的香味。

我扯着大嘴号哭起来。

卷二

第十章

一群麻雀毫无理由地“扑棱”飞起，顶了朵嫩黄花的丝瓜晃了晃，拽着段瓜秧“噗”地垂落在岳绍前头顶。满院稠糊糊的夕阳跳荡了一下。

岳绍前懒洋洋地抬起眼皮，瞅着晃动的丝瓜。这是张憨厚的农民脸。肿胀的眼泡和散布在两颊的老年斑，给它铺敷上一层漫不经心的，晒红的高粱穗一样的憨厚慈和。

破旧的矮脚竹椅“咯吱”了一阵。岳绍前转动着搁在椅背上的脑袋，打量丝瓜架两边的柿子树、石榴树。滚石塔镇在家里种树历来是很讲究的。屋前不栽桑，屋后不栽柳，门口不栽“呱哒手”。据说，自打石匠三兄弟开始，祖祖辈辈都这样种。说不上啥道理，可谁家也没违拗过。红卫兵“破四旧”闹腾得那么凶，也没见他们在自己家里种上棵桑树。

椅子又极不情愿地“咯吱”起来。桑树犯“丧”字的忌讳，柳树和杨树为啥不招滚石塔镇人待见，嫌烦它们轻浮，爱鼓噪？真扯淡。家里种上棵柿子树、石榴树，就真能“事事如意，多子多福”？岳绍前看着树上串串撮撮的柿子和石榴，脸上浮起阵说不上是自嘲还是嘲人的苦笑，心里重重地“嗨”了声，抬起头来。

云青“唠唠唠唠”呼唤着，打开栏门。那头半大黑花猪呼地冲出来，一头埋进猪食槽，摇着尾巴，“呱唧呱唧”大快朵颐。几只鸡呼扇着翅膀跑过来，争抢溅在食槽外边的猪食。猪愤怒地“吭哧”着晃动脑袋，吓得鸡四散奔逃。云青朝猪腚使劲打一巴掌，小跑着从窗台上拿起个葫芦瓢，抓起把瘪棒子粒，嘴里不停地“咕咕咕咕”安抚着，撒在院子里。看着讨回公道的鸡们欢快地啄食，笑着数落道：“这些开口货，谁少一口都不行。”

岳绍前被云青逗乐了，说：“你别嫌它们烦，今后怕是都养不成啦。听公社革委说，自留地，家里养猪养羊喂鸡喂兔子，都是资本主义尾巴，统统要割掉。”

“喊，这叫啥事。”云青把葫芦瓢往窗台上一扔，“咋老百姓喜欢的都成了资本主义。”

“别胡说。”岳绍前往左右邻瞅瞅，瞪一眼云青。

云青一把捂住嘴，听听邻居家的动静，大声咋呼着把猪赶进栏门。包上头巾钻进饭屋，很快就端出一盘丝瓜炒鸡蛋和几个煎饼，放到岳绍前面前的小矮桌上，小声嘀咕道：“就是干啃地瓜干煎饼不是资本主义。以后真割了尾巴，就别指望再吃鸡蛋了。”她给岳绍前盛碗糊嘟，冲屋里喊：“小兵，吃饭啦。”

小兵应了声，继续打电话：“老师，您就放心吧，就这点小事，我爷爷一句话准行。别看他在革委会排名老末，咱滚石塔镇现在又啥事都听他的了。拆了的电话这不又给装上了吗。全滚石塔镇可就这么一部电话。”

孙子的话让岳绍前很是受用。他喝口糊嘟，夹块丝瓜炒鸡蛋慢慢咀嚼。革委会成立不久，老林他们就回公社了。临撤前，老林给革委会成员明确分工，尚兴凡抓生产，梁亮管革命。他瞅瞅翻白眼的梁亮，讲了番抓革命的重要性，末了才轻描淡写地说，老岳嘛，还要继续接受革命群众的考验，暂时不安排具体分工了，就协助我主持滚石塔镇的日常杂事吧。

老林走后，梁亮就没事可抓了。这运动嘛，就像搓麻线，只要上面不再拧巴，下边也就散了劲。排在最前面的副主任尚兴凡三天两头往岳绍前家里跑，啥事都让他拿主意。表面上事事往后缩的岳绍前借着主持“日常杂事”的机会，慢慢从小河南的锅底往外抽柴火，又一点一点地把权力抓挠到自己手里。紧绷了一年的滚石塔镇逮住机会，抓紧伸懒腰打哈欠，抹着明光光的鼻涕在北墙根晒太阳，连光石岗的筋络都松弛了下来。老实了不几天的和大家伙又不安分了，满镇转着散发骚气。简小妹对岳绍前说，和大家伙到处叨叽，泥鳅就是啃滓泥的货，啥时都成不了龙。你看梁亮他们蹦跶半天，瞎忙活，滚石塔镇这不又回到人家岳书记手里啦。岳绍前一笑，告诫简小妹：“你离这匹骚驴远着点。”

云青把卷满丝瓜炒鸡蛋的煎饼塞到孙子手里。小兵几口就下去了一大半。岳绍前伸筷子敲敲他脑袋：“慢点吃。”

小兵冲爷爷笑笑，继续狼吞虎咽。岳绍前把糊嘟碗往他跟前推推：“总也记不住，先喝口粥再吃。”小兵很配合地喝了一口。云青有点吃醋地斜了岳绍前一眼。老东西真会巴结孙子，小兵上了高中就把糊嘟改名叫粥，他也随着“粥呀粥呀”的。她夹到小兵碗里一大筷子鸡蛋。这孩子运气不错。上初中时灰头土脸的表现一般，毕业后正赶上爷爷重新掌权，就被推荐上了高中。小小年纪就知道拿爷爷的权力巴结人，几乎每星期回家都捎回来老师托他走后门的差事。弄点小杂粮，买筐便宜苹果，给老师在滚石塔镇的亲戚朋友安排个好活干。岳绍前有求必应，哪回都打发得孙子欢天喜地的。

眨巴眼工夫，一个煎饼就吞进肚子里，小兵接过奶奶递过的煎饼，起身就往外走，被奶奶一把拽住："急啥？抢媳妇去呀。"

"同学在河边等着呢。"小兵甩开奶奶的手，几步就蹿到大门口。

云青端起碗追过去："喝了这碗糊嘟再去。"

小兵跺跺脚，低下头把嘴凑到奶奶双手端着的碗沿上，使劲抽了一大口，掉头跑出大门。

云青嘟囔一句："这孩子玩疯了。"瞪着岳绍前道，"都是你惯的。"

"你这话说的。"岳绍前摊开两手，"这么大孩子啦，你还恨不能一口口地喂他，还说我惯他。"

云青转身去关鸡窝门，不再理他。岳绍前摇摇头，瞄了瞄云青，挥手"啪"地拍死一个趴在脸颊上的蚊子，瞅瞅掌心的血迹，感到身上一阵燥热，站起来抖抖紧贴在后背的褂子。眼看就立秋了。太阳一往下滑，风就清爽了许多，架起胳膊一吹，腋窝的汗就消了。

小兵不是岳绍前的孙子，是他的外孙。这是埋在岳绍前心里的一块病。

岳绍前姊妹四个。三个姐姐婆家都在本村。大姐的腿有点残疾。他的原配夫人是县城一家干小买卖的独生女，他爹常给她爹送山货，两个人就结了亲家。娶进门后，才知道挺和善的岳父母两口子，竟养了个"滚刀肉"女儿。嘴又馋又泼，家务活地里活没一样拾得起来，专会家里家外拖着荆棘找事，结婚不到一年就跟整条街的邻里都打了个遍。三个姐姐更是被她骂得不敢上门。岳绍前打过、哄过，找过岳父母，他老婆却像个橡皮丸子，油盐不进、软硬不吃。生下女儿后，岳绍前就进山参加了游击队，后来又成了土改工作队队长，一年也回不了几趟家。偶尔回家看望爹娘，一进门把挎包一扔就出去喝酒，半夜后才酩酊大醉地回来，也不脱衣裳，倒头就呼呼大睡。媳妇咋戳弄他也醒不过来，气得一脚把他蹬下床，穿着身小衣裳就跑到院子里，冲着大北屋破口大骂："你们咋作制出这么个不中用的软蛋。俺这城里的大小姐下嫁到你们穷山沟来，有男人跟没男人一个熊样。半年六个月才回趟家，还害得老娘上半夜守寡，下半夜守尸。"哪个村里也不缺"看出丧不嫌丧大"的娘儿们，她们背后撺掇岳绍前媳妇："你男人又不是没尝过腥的猫，正是如狼似虎的年纪，能不想那个事吗。十有八九是外边有女人啦。"那女人不点火还冒烟，一挑弄就“轰”地着了，当时就跑到岳绍前进驻的村。正碰上村里的妇救会主任云青在给岳绍前整理床铺，让她上去就抓了个满脸花。在全庄拍打手呱打腚大呼小叫地闹腾了一圈。回到上河村就给岳绍前全家都改了名。从他娘到三个姐姐依次叫老屄、瘸屄、二屄、三屄。他爹成了老王八蛋，他自然就是小王八蛋啦。能说会道的岳绍前一点办法也没有，提升副区长的事还为此泡了汤。直到新中国第一部《婚姻法》颁布，他才施了个小计，骗老婆离了婚，把云青领回家。新媳妇贤惠能干，里里外外啥都行，就是不会生孩子。前妻留下的女儿嫁给岳绍前搞过土改的柳埠村的大队会计，也算是门当户对了。结婚后女儿生了个儿子，一家人过得挺顺溜的。“四清”运动后期，女婿突然被带到公社隔离审查。接着就有传言，说他账目不清，还散布过不满的言论，罪行不轻，怕是回不来了，要押到县城蹲大牢。从小在娘的咆哮中长大的女儿，自来就胆小，一时想不开，竟搭到屋梁上根绳子吊死了。岳绍前当时也是“四清”对象，一个屁也不敢放。等审查过关后，才把外孙接回家，让他随岳家姓，改口叫他和云青爷爷奶奶。慢慢地全镇包括小河南村的人，都认可了小兵是岳绍前的孙子。唯有岳翕若，提起小兵，仍人前人后地说你那大外孙如何如何。气得岳绍前心里真拱火，却又不好发作，人家说的是大实话，本来就不是岳家的孙子嘛，还能把他那张大胡子嘴捂住不成。

云青看到岳绍前又在使劲捶打右肩，仰头望望天。月亮已爬到石榴树顶上，天清亮得水一样澄澈。

“天晴得好好的，肩膀咋又痛了？”

岳绍前也抬头看看：“明日准阴天。”

“真要下场雨倒好啦。这天旱的，河滩地的庄稼还青黢黢的，山坡上的早谷和高粱就都干了叶。都说处暑三日无青谷，我看今年的早秋怕是挨不到处暑了，立秋就得开镰。不管打一簸箩打一瓢，总得收到场里。明天真下场雨，或许还能再撑乎半拉月，一垄地多收个十斤八斤的，你肩膀疼几天也值了。”

“这是啥话？拿我的肩膀当猪头求雨哇。”岳绍前悠了句笑话，可他没笑，还仰着头看天。那天晚上也是这样晴朗，只是节令比这要晚，地上已经见了雪。县城的一股红卫兵在梁亮他们协助下，闯进滚石塔镇揪走了岳绍前。刚被押进前妻家附近的县城农贸市场，他就看见临时搭建的台子上站着前妻的表弟，当时就心头一凛，这样阴损的招数肯定是梁家禄的点子。前妻打小就跟表弟要好，她出嫁后好几年，表弟才成了家。岳绍前知道今晚上是在劫难逃了。梁家叔侄这是要给他补课。揪上台之前，照例要戴高帽子。

岳绍前悄悄舒出堵在嗓子眼的那口气，这是按程序办，看来还不至于胡来。气一松，临出门时急急忙忙扒拉进肚子里的那碗凉地瓜糊嘟，马上咕咕噜噜搅动起来，刚要收腹紧肛控制住，来不及了，一股臭屁直泄而出，押他的红卫兵狠狠踢他一脚，“不许放毒”，捂着鼻子跳到一边。一溜牛鬼蛇神的最前头突然一声惨叫。岳绍前伸头看去，红卫兵正用笤帚从还滚开的糨糊锅里蘸着糨糊给被批斗的人头上粘高帽子，糨糊淌下来，烫得脖子脸上爆起一串串水泡。这戴高帽的新招也忒狠啦。岳绍前一口气又猛地提上来。幸亏戴高帽子是按官职大小往下排，轮到他时，糨糊锅里已不冒热气。前妻的表弟冷笑一声：“这个人不用糨糊。”从台上扔下一个小纸盒。红卫兵接过一看，是图钉。对渐渐变弱的惨叫声已感到乏味的小伙子们，立即兴奋得摩拳擦掌。一齐扑过来按住岳绍前，硬硬地用图钉把高帽子摁在他头上。肉多的地方“噗”一下就摁进去了，皮薄的地方要用两个拇指叠在一起狠命按压。岳绍前扭动着嗷嗷号叫。两个牛犊般的红卫兵踢开他搓掉的鞋子，哈哈嘲笑道：“老家伙一脸抽抽褶子了，还叫娘，你咋不喊爹呢？”提溜小鸡似的把他第一个揪到台上，熟练地摁跪在一张沾满油腻血迹的宰猪案桌上，把两条胳膊猛地往后扳起，喝令：“抬起头来！”岳绍前咬住牙关抬起头，黏糊糊的汗水血水滴滴答答落到案桌上。人家都拿你当猪了，还哼哼啥。这是岳绍前头一回正儿八经地尝“土飞机”的滋味，脑子里忽然冒出当年驻村时，这样对付那些斗争对象的场景。还没回过神来，就听前妻的表弟吼道：“揭发个屁，跟这种人费啥口舌。去他妈的吧。”接着腚上就挨了重重的一击，头朝下呼地冲下案桌，牢牢抓着胳膊的红卫兵下意识地一拽，右肩“咔嚓”一下，岳绍前挨刀般地尖叫着摔在台子上，翻滚了几下，躺在那里不动了。台下发出阵惊呼，很多人踮起脚朝台上张望。主持批斗会的年轻小伙子狠狠拍打了几下麦克风，喊道：“乱什么！革命是一个阶级推翻一个阶级的暴烈的行动。一个臭走资派，死有余辜！”他很有将军风度地挥挥手，那些被这场杀鸡示众吓得哆哆嗦嗦的猴子们，一个个老老实实地被押上台，让红卫兵把自己弯成对虾，双手朝后高高竖起。他们偷偷看着眼前不时抽搐呻吟的岳绍前，庆幸自己受到被优待的礼遇。直到批斗会结束，岳绍前才被扔到一辆农贸市场运送猪肉的地排车上，拉到一间仓库里，等待第二天在县城游街。和他关在一起的还有长岭公社副社长老高。岳绍前愣怔了好长时间，才借着扁窄窗口透进的光亮认出他来。这个高副社长原先是省卫生厅厅长，1960 年春天，他在一个私下场合说过“饿死了这么多人，总不能让彭德怀承担责任吧”，很快就被定为黑线人物，打成右倾分子，发配到长岭山区挂职改造。岳绍前跟老高还是有些交情的。老高的副社长是个虚职，没有具体分工。他对滚石塔镇很感兴趣，有事没事地常过来转转。来时从来不问镇子里的工作，只是在恩石寺、滚石塔一带转悠，与会愚老和尚喝茶聊天，问傩疯子一些傩巫傩戏的事。有时，他也去找岳翁若打听一些滚石塔镇的陈年旧事，但每次都避开岳绍前。岳绍前对此很惊讶，从心里叹服老高的心计。偶尔招待老高喝壶酒，他也会对县上、公社里的大事点评上几句。话不多，却一筷子就叨在菜上。岳绍前说，你有对刀子一样的眼睛。老高苦笑：所以我不适合当官，只宜从医。岳绍前知道，老高是抗战前投奔延安的青年学生。济南解放后，上级本来是要让他干副省长的，他说我是学医的，还是让我回归本行吧，就干了个副省级别的卫生厅厅长。老高摸摸岳绍前的肩膀，说："看样子你是脱臼了。我学的是内科，不会接髁。今晚上复不上位，可就麻烦了。""由他去吧。"岳绍前抱着右肩往他跟前凑凑，看看紧闭的仓库门，小声问："这场运动，咋这么个搞法？"老高也压低声音："要改朝换代。""不是早就改换了吗？""君临天下。"岳绍前张大嘴巴。老高看着屋顶不再说话。他又想起自己获罪的那句话，总得有人把那些饿死鬼引开，那页历史才能躺倒在墓穴里。过了一会儿，他见岳绍前还张着嘴巴，就轻咳了声，幽幽道："这屋里就咱俩人，这话你要说出去，我可就都推到你身上。"岳绍前点点头。他知道这话掉脑袋。可他不关心这种事。明天这一关还不知道咋过呢。说啥也没想到，后半夜仓库门忽然悄悄打开了，进来的竟是岳绍前的前妻。她拉起岳绍前说："快跟我走。"岳绍前看看老高："一块走吧。"老高摇摇头："再让他们抓回来，你可就没命啦。"在村外，前妻把岳绍前交给尚兴凡他们，扭头就走。岳绍前叫声"他娘"，一阵哽咽，说："他娘，我对不住你。"前妻头也不回地走了。看着她的身影掩进黑暗，岳绍前心里七上八下地翻腾得挺不是滋味。结发老妻呀，我都把她忘了，她心里还存着份情意。

这老高的脑子可真是透彻。岳绍前笃笃地敲击了几下矮桌，又仰在椅背上。月亮周围出现了一圈湿漉漉的光晕，夜气凉了上来。前几天他偷偷去见了见老高。告诉老高，老林透了口风，公社革委有意让他接过滚石塔革委主任的职务。老高连想也没想就说："坚决不干。只有等到重新恢复党组织的时候，你才能再干一把手。"他再问，老高就忽然问他："你们那个傩疯子究竟是死了还是活着？"也不等他回答，就又说，"这个人物值得研究。"

云青满脸气哼哼地把小兵押解回来。小兵双脚搓得地面"噌噌"起火冒烟，拧进他的小北屋，"咣当"甩上门。

云青朝岳绍前挤挤眼，得意地笑了。

"难得歇个星期天，就让他玩去吧。"岳绍前不分享云青的胜利，说，"你净闲操心。"

云青指指头顶上的月亮："明天还上学呢。一伙半大闺女小子，能玩出啥好来。"她拍拍岳绍前肩膀。岳绍前乖乖站起来，慢腾腾进屋。他本想说，现在的学校，啥正经课都不上，也就是哄着孩子玩呗。忍了忍，把话憋在肚子里。在家里他有个原则，得经常让云青占点上风，这才有好日子过。这不，刚在椅子上坐好，云青就端过洗脚盆，搬过杌撑子坐在岳绍前面前，给他脱下鞋，把脚给摁进烫乎乎的水里。岳绍前舒服地"嘶哈"一声，看见孙子朝他招招手，蹑手蹑脚地溜向大门，"扑哧"笑出声来。家里就是这样，没有啥里表，只有这一老一小都争取你的支持，你才能享有调解纠纷的优势，不断有好果子吃。

"笑啥？"云青抬起头，疑惑地看着他。

"这每天晚上都烫烫脚，嗨，那是真叫舒服。"

"滋润吧，你就。"

云青给他把脚轻轻撸一遍，擦干手，起身去铺床，扫地，把小兵拉把乱了的东西一一归位。边干边数落，怨老头子从不搭把手，嫌小兵净添乱。岳绍前知道这些话没啥实际意图，她是在给自己加油喊号子呢。也不去理她，把后背靠得更舒适些，闭了眼等着。

云青是个通情达理的人。那晚尚兴凡把岳绍前接回家，她被前妻的义举感动得唏嘘不已，提出让小兵去看望他亲姥姥。岳绍前断然否决：不行，小兵已是咱们的孙子，不能再跟那边有瓜葛。他找出对玉镯递给云青：这是结婚时我娘送给她的。明天你托个稳妥的人捎给她。她是个烈性子，离婚后，这边的东西啥也没带。也不是啥值钱的东西。算是给她留个念想吧。没想到前妻当天就把镯子给退了回来。倒是让岳绍前一宿没睡踏实。他对云青说，她这是成心让我一辈子都亏欠她的。在滚石塔镇宣传《婚姻法》，动员寡妇改嫁，感情不和的夫妇纷纷打离婚的时候，一向在家里避妻子锋芒的岳绍前，故意找碴跟她吵了一架。气得妻子摔锅砸碗，把家里的人又翻腾着一通臭骂。岳绍前说："家里没个好人，你还在这里过个啥劲。现在不是兴离婚吗？""离就离。"妻子拉着岳绍前就去公社办了离婚。岳绍前摇摇头，那事办的，真不地道。

云青忙完了也唠叨完了，坐下托起泡松软了的脚，手指熟稔地在岳绍前的脚趾间串胡同。岳绍前"嘶哈嘶哈"地摇头晃脑，浑身痒酥酥地松弛开来。云青受到感染，手指这胡同出那胡同进，忙活得越发欢实。唉，还没从当年的热乎劲里掉过头来呢，说老就老啦。这几年，洗脚就是他们的夫妻生活了。

"听说"，云青手忙起来嘴就闲得难受，总得没话找话，让嘴也忙活着，"和狗子跟他哥哥家的纠纷闹大发了。这和狗子也真是的，早就都分好的家，他又步量出哥哥的院子比他家的宽出半步，硬要把墙往人家那边挪。他哥哥哪能答应。你再也想不出，这狗子竟然把自家栏圈墙上扒了个豁子，粪水都流到他哥哥院子里了。他哥哥气得要跟他动刀子，可也是，搁谁身上谁不气，连邻居也都替他哥不忿呢。可人家狗子还满嘴理，说俺在俺家栏圈墙上扒豁子，碍恁家啥事啦。原先挺乖顺的孩子，咋就成了个无赖。”

岳绍前只“嘶哈”不搭腔。云青停下手看着他的脸。岳绍前无奈，应付道：“跟着啥人学啥人，梁家禄那老东西还能调教出好孩子。”

云青手又忙活起来：“人家和狗子他娘来找你，你咋不管？她那老大可是个老实人。”

“他兄弟俩一个是反逆流的，一个是东方红的，弄不好就惹起两派纠纷，我咋管。梁亮分工抓革命，该他管。”

“梁亮也不管。说你主持村里杂事，这种事就该你管。”

“我怀疑这是小河南的阴谋。村里不闹腾就没人理他们。他们是想把挑动群众斗群众的罪名安在我头上。”

“要在过去，这种事哪会麻烦到你，人家岳翁若早就摆得水平光滑了。听狗子娘说，她去哭过岳翁若两回了，求他出面管管。岳家的孩子都不让他爹再去招惹是非。”

“要是还识相他就不管。管就不识好歹，自己往火坑里跳。”

“那你提醒他一句。”

“咱家谁也不能再跟他家犯来往。”岳绍前猛地一伸脚，水溅到云青脸上。云青狠狠地照脚上拍一巴掌：“老实点。”摸过搭在肩上的毛巾，往食指上缠一层，伸进他长脚气的趾头缝，不紧不慢地磨蹭。这是最享受的一道工序。云青手上的力道拿捏在小痛大痒之间，那种妙到神经打战的感觉，滋滋溜溜源源不断地往骨节缝里钻。岳绍前重新放松全身，半闭着眼睛仰在椅背上，专心致志地捕捉云青手指的每一个动作。

左邻右舍响起关房门的声音。家里的大门似乎也响了一下。云青扭头往外瞅瞅，天井里的月光水淘洗过似的清亮。风大起来，树枝的影子都晃进了屋门。她看着岳绍前全身上下透亮的满足，心里直为自己的贤惠感动。忍了好几忍，终于还是又接着刚才的话题开了口：

“我说，这红卫兵眼瞅着已闹腾得没劲了，咋就不能跟人家翁若来往了呢？”

“运动过去，滚石塔镇也回不到过去啦。”岳绍前心里那个烦，这岳翁若啥时也打岔，“走资派还能再站起来，‘四类分子’是祖祖辈辈都得趴在地上了。你看看，咱滚石塔镇，这一年来，他们哪家的孩子结婚了，连他们家的闺女都不嫁给同样出身的小伙子。山河一片红，连人种也一片红喽。他岳大胡子能当个姥爷就不错啦。”

“对人家岳翕若，你哪里来的这么大火气。忘了过去常说，多亏有岳大胡子揽着邻里纠纷这摊子叫人头痛的烂事，你这支书才干得这样自在。”

“所以说，红卫兵斗得也对。我阶级阵线的确不清。军属是他儿子那身军装给他挣的，烈属是他弟弟拿命给他换的。只有地主资本家的血脉才是他自己的。”

“人家对你们游击队可是有大功劳。”

“功劳？开国时站在天安门城楼上的那些穿西装穿长袍马褂的，哪个没功劳。现在都到哪里去了。叫红卫兵这一折腾，我算明白了，阶级立场最重要。刘文先和老高参加革命前，一个是教师，一个是学生，他们都是好人，都有大本事。可阶级立场都有问题。这骨血里的事是改变不了的。”

“我早就觉出来了”，云青甩开毛巾，给岳绍前擦脚，“其实你对岳翕若在滚石塔镇的威望，一直就不舒服。”

“他早就不识相。权力能跟人分享吗？”

“不跟你扯这些闲篇了。岳珊明天做嫁妆，我得去看看，搭把手。”

“不行，你不能去。再说兴凡也不能娶岳珊。”

“宁拆十座庙，不破一门亲。你不能当王母娘娘。”

“非破不行。要不这主任就让梁亮捡了去。这是为了滚石塔镇。”

“你。”云青把毛巾往洗脚盆里一摔，“这还是你吗？咋就叫红卫兵斗得没了人性。”

岳绍前笑哈哈地瞅着云青，两只溅上水的脚倒替着在裤腿上蹭蹭，不紧不慢地说：“今晚上，你就这句话够水平。”

云青端起盆，“哗”地把水泼到天井里，诧异地“咦”了声，喊道：“小兵，咋还开着灯，折腾啥，快睡觉。”

岳绍前从心里笑出声来。这小老太婆，又叫咱爷儿俩给蒙了一把。

岳翕若跷起拇指摁摁烟袋锅里蓬起的烟灰，含住烟袋嘴轻而细长地吮了一口，看着天井里铺着席子给岳珊做陪嫁被褥的街坊女人。老大媳妇不时招呼着院子里出出进进的人。好长时间不来往的街坊邻居们的当家女人几乎都来过了。简小妹早早就到了，正坐在南屋门口台阶上教岳珊剪双喜窗花，不时朝大北屋瞥过一眼。薄薄的阳光被西屋的青瓦屋脊裁断，豆绿色长岭山石镶嵌的南屋门窗罩在潮乎乎的阴影里，门口和台阶上的人，竟都有了些当年济南二大马路商埠的老味道。

时光瞬间倒流。岳翕若端着烟袋的手心里沁出一层细汗。

简小妹慢慢转动眼睛，打量斑驳的四合院。结识岳翕若的那年，她经常重复做一个同样的梦。陈旧潮湿的四合院里飘逸着藕荷色雾岚，鲜红鲜红的花朵缀满石榴树。年轻的奶妈坐在石榴树下的石桌旁，缝制一件小坎肩。体态丰腴的少奶奶牵着个白白胖胖的小孩子从堂屋里出来，小孩子挣开妈妈的手，蹒跚着跑向奶妈。奶妈把小孩子揽进怀里，喊声“少奶奶”，抱起他走进堂屋对过的南屋。小孩子急不可待地掀奶妈的衣襟，奶妈解开衣襟，露出对雪白鼓胀的乳房，小孩子樱桃般的小嘴准确地叼住乳头吸吮起来，一只胖胖的小手紧紧护住另一个乳房。奶妈脸上涌起一片红晕。藕荷色雾岚漫进屋里。简小妹模模糊糊地知道，奶妈就是自己，但不知道她是啥时候在啥地方给什么人家做过奶妈。梦里的自己比梦外的自己年龄大了不少。奇怪的是，梦的最后，那小孩子总是眨眼就长大了，长出一把大胡子。多年后，她第一次走进岳家老宅子，差点就惊惧地喊出声来，这宅院跟梦里的一模一样，连石榴树和树下的石桌也丝毫不差。奶妈的身影似乎还晃动在石榴树下。

岳翕若还在看着南屋门口，烟袋锅里冒出丝丝淡蓝的烟雾。

家里除了岳翕若，清一色全是女人。滚石塔镇的老规矩，家里给女孩子做嫁妆这天，哥哥弟弟们都要进山，各自在山涧绿泉河的源头找一块冲刷出花纹的五彩鹅卵石，和爹娘给的压箱底的钱放在一起。到结婚那天，新媳妇要把这些石头都摆在新房里，以示娘家人丁兴旺，有给新娘撑腰壮胆的意味。就是家里没有亲兄弟的，也要让叔伯兄弟给装到嫁妆箱子里几块石头。岳翕若忽然想起老二和老五，一直也没有音信。知琢他们会想着替他俩选块石头吗。他吐出口烟，收回目光，看看炕上的老伴。

一直趴在窗台上痴痴地往外瞅的老伴，回头看看岳翕若，突然出溜下炕，站在地上怔忡了会儿，抻抻衣裳，大步跨出屋门，冲知琢媳妇喊道：

“她大嫂，我给珊珊预备的那床红缎子牡丹花被面呢？”

大嫂愣了。满院的人都张大嘴巴望着一脸清朗的岳珊娘。简小妹拍了岳珊一把：“你娘醒过神来啦。”

岳珊喊声“娘”，跑过去抱住娘的胳膊，泪水淌了满脸。娘摸摸岳珊的头，没头没脑地问：

“珊珊，你吃了吗？”岳珊使劲点点头，疑惑地看着娘的脸。

岳翕若一手撑住桌面慢慢站起来，胡子打摆子似的抖成一团。他摸一把滴淌在胡子上的清鼻涕，双掌对着搓搓，凑在嘴上哈口气。这是扫大街养成的习惯，平时一紧张就会这样做，他自己毫无察觉。

老伴牵着珊珊的手，走向石榴树下的石桌，抄起把脸盆里的大枣、花生、栗子，嘟念着：“早生子，早生子。好，好。我出嫁时，娘家陪送的脸盆里也这样装了满满一盆大枣花生和栗子。可不就给老岳家生下了你们这一帮。”她忽然“咦”了声，指指脸盆上鎏烫上的“革命委员会好”，又摸起镜子和刷牙缸，看着上边的“忠”字，扭头瞅瞅岳珊：“咋不是百年好合，不是花好月圆，不是双喜呢？”转着脑袋打量着院子里的人，费力地皱着眉头愣起神来，微微凹陷的眼窝里又满是痴痴的迷惘。

大嫂过来挽住婆婆的胳膊，对岳珊说：“娘又累了，送她回屋歇会儿去吧。”那件缎子被面早就叫红卫兵抄去啦，她正担心婆婆再追问，那被面的新主人就在院子里，大家不就都磨不开面子了吗。幸好，婆婆又迷糊了。

院子里的娘儿们早已用舌头把那些家长里短漂洗得乏了味，这回又一下找到了搓揉的话题，连眉毛都兴奋得跳了起来。那些只是来打个转的，乘机互相递着眼色，三三两两地结伴离去，找地方掰开揉碎，探幽索隐地慢慢捯饬去了。手上干着活的，都压低声音，不约而同地把话头甩到岳珊小婶子饿死的那个寒冷的小年夜。她们不时抬头看一眼大北屋门，手上忙忙活活，嘴里唏嘘咿呀，细气粗声文念武唱的，很快就进入角色。简小妹站在一边，帮不上手也插不上话，就悄没声地走进大北屋，娘儿们们眉眼耸动着，顺嘴就把她也搬进戏里。

简小妹进屋就停住脚，目光在岳翕若的脸上稍一徘徊，走到炕边。岳珊和大嫂已服侍娘躺下。大嫂让出段炕沿招呼她坐下。岳珊娘巴眼看看简小妹，似乎闪出丝笑意，眼皮又疲惫地慢慢合上。

简小妹宽慰含着泪水的岳珊：“不要紧的，也许一觉醒来，你娘就好利索了。”她抓过岳珊的手，朝岳翕若说：“闺女和娘连着心，是珊珊的喜事，把堵在嫂子心上的迷糊给冲开啦。”在岳家，简小妹从来是称岳翕若的老伴为太太的，临时改叫嫂子，语气上生疏地顿了一顿，看看老大媳妇，接道：“咱滚石塔镇不是一直有冲喜的说法吗？”

岳翕若点点头，伸手拨一把胡子，抖掉简小妹落在上边的目光。

“她大嫂，被褥做完了，放到小南屋吧？”胖奶奶喊了一嗓子。大嫂答应着跑出屋门，留大家在家里吃饭。娘儿们们七嘴八舌地嚷嚷："不吃啦，中午刚吃过，家里那口子该等着回家做饭了。"

大嫂送走她们，径直回了小北屋。大门外有人喊岳珊，岳珊拉拉简小妹的手说："简婶，我去去就来。"几步蹿了出去。

空气在屋里咝咝流动。

岳翁若拂拂胡子。简小妹抻抻袖口。岳珊娘在炕上咕哝了一声。

简小妹说："我走了。"看一眼岳翁若。岳翁若点点头，走向屋门。

简小妹在天井里站住，端详岳翁若："胡子都乱了。才一年的工夫，你老啦。"

岳翁若叹口气，看看简小妹："你瘦了。"

两人同时看看屋门口，对视着。脚下有些晃动，像大明湖上的画舫。

岳翁若抬头打量石榴树上蹦跳的麻雀："劫难该过去啦。要是胖子还活着，也该忙活着结婚了。"

"你总是想得太多。这年头，连自家的事都不该多想。"

岳翁若吸口烟。烟袋熄火了。就端着烟袋无声地看简小妹。简小妹瞅瞅烟袋。当年他常常举着支粗大的雪茄，就这样看着她，也不大说话。

"走啦。"简小妹从岳翁若身旁蹭过，胳膊碰得他的衣袖摆动了几下。岳翁若朝她身后伸伸手又缩回。走到大门洞前的简小妹身体往后倾斜，迈在前边的脚跷起脚尖。岳翁若看着简小妹的脚尖又慢慢落地，快速走出大门。

石榴树枝轻轻摇晃。

刚回到屋里，常二婶子就进来了。岳翁若把她扶到椅子上，说："二婶子，你咋还跑一趟。"

"看你说的，珊珊要结婚了，我这当奶奶的能不来吗。"常二婶子把夹在胳膊下的一块碎花布放在桌子上，"我也拿不出像样的东西来，让她大嫂给孩子做件褂子吧。这日子奔的，咋越过越紧巴了呢。"她瞥一眼炕上躺着的珊珊她娘，摆摆手止住岳翁若再客气，伸手从怀里掏出张烧了半边的纸，递给他，说："你看看这个。"

岳翁若戴上老花镜，刚瞭了一眼，眼睛就打了个闪，匆匆看过一遍，紧张地问："这是哪来的？"

常二婶子不安地搓搓手："是继刚的。昨天晚上来了个年轻人找他，看样子他们挺熟。今天一大早那年轻人就走了。继刚关上大门插上屋门在屋里烧纸。那人又返回来了。

继刚问清是他后，叫我接着烧没烧完的纸。俩人在我屋里又嘀咕了半天。我藏起这半张纸，就是为了拿来叫你看看。”

“二婶子，这东西眼下可是犯大禁的，要坐牢的。你听我给你念一句。”岳翁若抖抖那片纸，看看炕上躺着不动的老伴，压低声音念道，“我们反对打倒刘少奇的第三条理由……你看，这还了得。”

常二婶子站了起来：“我就知道这孩子要闯祸。他一出门就好几天，回来又常有不认识的人来找他。神神秘秘的，倒像他爹刚组织游击队那会儿。”

岳翁若把她按坐下，安慰道：“你先别急，继刚不是那种冒冒失失的愣头青。”他划着火柴烧掉那半片纸，又说：“不过绝不能再让他跟那些人来往了。这不是关心国家的时候。唉，我又不能去劝他。也绝对不能让第二个人知道。二婶子，你就白黑守住他，不让他出门，也不让不认识的人来找他。过一阵子他也许就脱出来啦。”

常二婶子叹口气：“这孩子倔呀，跟他爹一样。”

岳珊绕过河湾，见梁亮站在河边的柳树下，愣了愣，转身就走。刚才传话的人说是学校的梁老师在这里等她，梁老师是她的同学，梁亮的叔伯妹妹，常在岳珊和梁亮之间传话送信。

“岳珊。”梁亮从纷披的树冠下冲出，喊道，“我只问你一句话。”

岳珊回头看着梁亮。半边脸颊落满橘红，鼻翼上细碎的汗珠闪着亮晶晶的金黄。

河边杂草下的水被汩汩挤压出来，湿了梁亮半截鞋子。几只蠓虫虾随着水泡浮上来，弓起纤细的腰身弹射到河里。

岳珊右脚在左脚方口鞋露出的脚面上蹭蹭，垂下眼帘，看着梁亮的双脚。她掂得出她和梁亮在彼此心里的分量。从上初中开始，他那股天不怕地不怕的“浑不论”劲头，跟猛不丁就冒出的忧郁神情，满嘴粗话和张口就来的温婉词句，使这个小河南男生身上有棱有角地生出种异样的磁力，让岳珊觉得特别好玩。初中毕业后，大嫂多次跟岳珊说道滚石塔镇北三村不跟小河南通婚的祖训。岳珊知道她是“奉旨”传话，哼哼哈哈地连耳朵也没进，跟梁亮的“地下活动”照常进行。在家里，她也会情不自禁地说起梁亮，转动着清亮的眼睛窥探爹那把大胡子。大胡子面容深沉，跟没听见似的。岳珊知道爹这是向她示警，让她知难而退，要是换作哥哥，爹早就呵斥上了。她想凭着爹对她的娇宠，只要她坚持，也许会有一线希望的。没想到那个夏天刚走到一半，藏在胡子里的决绝忽然就扑了出来。那天下午岳珊又回家很晚，大嫂摘掉挂在岳珊刘海上的一根草刺，让她把一件绣花用的画样送给简小妹。她哼着小曲就去了。岳珊从小就跟简婶对眼，正好借这个机会让简婶把她和梁亮的事跟爹说开。简小妹留下她吃饭，突然问她：“你大概早该知道我的身世了吧？”岳珊点点头。“我是为逃婚跑到济南，才落到那般境地。现在有家回不去，连尸骨也埋不到家乡啦。山低水缓的一个小镇，家家窗前都长着一丛芭蕉。唉，这女孩子呀，最是容易为爱疯狂，可日子不会疯狂，它柴米油盐得太实际。”岳珊埋着头，吃得很疯狂。简小妹用筷子敲敲碗，说：“别装着啥也没听懂，岳珊，我可告诉你，岳翁若的女儿是说啥也不能嫁给小河南的。他宁肯丢了你这个宝贝闺女，也绝然不会认梁亮做闺女女婿。”岳珊吃惊地看着简小妹，她从不这样厉声说话的。这是爹的口气。

“珊珊，结婚前，你有没有想起过我？”梁亮往岸边挪挪脚。

“想啥？”岳珊咬咬嘴唇，“想抄家时你的出卖吗？”

“我知道，为了抄家的事，你恨我。但如果你能理解我对你深入骨髓的爱，就会理解这种爱被粗暴践踏的心情。凡是居高临下的鄙视，我都想冒犯一下，哪怕他是神。”

岳珊知道他这句格言似的话是冲着爹说的，但她心里还是有些赞赏。她盯着梁亮左臂上的红卫兵袖章。革委会成立后，尚兴凡就摘下了红袖章，村里也很少有人再戴，只有梁亮一直箍在胳膊上。梁亮顺着岳珊目光扫一眼红袖章，情绪忽然激动起来：

“岳珊，请你相信，自从戴上红卫兵袖章，我心里就沸腾着烧炭党人那样神圣的使命感。我是秉承着一个伟大的呼唤举旗造反的，心里没有半点杂念。我手中的矛头始终对准岳绍前这个走资本主义道路的当权派。破‘四旧’只不过是一次前哨战。”

岳珊转回身，面对着梁亮。

“岳珊，你看过那么多描写革命者的小说，从大资本家、大地主家庭里走出了多少革命家。你不止一次对我说，要是生在那样的年代，你也会像他们一样。岳珊，咱滚石塔镇还没有一个向反动家庭杀回马枪的，你站出来，咱们并肩战斗吧。”

梁亮跨前一步，伸手想拉岳珊胳膊，岳珊侧身躲开，她注意到梁亮说了“咱滚石塔镇”，以前他从不这样说，总说“你们滚石塔镇”，就说：“现在滚石塔镇是你们的了，哪里还容得下我这样的参加革命。”接着又补上一句，“我们家不是早就走出了两个吗，都是我爹拉出去的。”

梁亮摊开双手，急促地说：“你难道没想过，依你爹资本地主分子的身份，和解放前长期当庄长的经历，要放在别的村，会是现在这样？长岭村的何如山，当年也没少支持游击队，他们家早早地就被赶到庄外的场院屋子里去了。你知道吗，面对我的红卫兵战友的质问，我心里有多羞愧。”

“谢谢你没把我们扫地出门。”岳珊的目光从梁亮的胳膊移到他脸上，湿湿地盯了他一眼，慢慢转身离去。

“岳珊！”梁亮大声喊道，“你记住我的话。为了娶你，我可以不顾一切。尚兴凡，他做不到。”

岳珊脚下顿了顿，猛地加快了脚步。

岳珊的背影很快就拐过河湾。梁亮绷紧的情绪一下溃散，这才注意到不远处的山坡上很多人直着腰往这边看。他猛然扭过头去，山坡上的人齐刷刷地把头别向一边。“妈的。”他狠狠甩了下胳膊，抓过路边的自行车，推着跑了几步，飞身跨上去，唰地冲向山脚下的公路。自行车划了个长弧，贴着路旁的柳树快速滑行。他扬起胳膊，两腿搭在车把上，待自行车慢慢减速，伸手拽住垂下的柳树枝条，钩脚放倒自行车，踉跄几步蹲在路旁。

吐着黑烟的拖拉机“噔噔”地过去一辆又一辆。梁亮抹把脸：“去他妈的，老子犯贱哪。”骑上自行车，一路拼命狂蹬，二十里地搓板灰渣路，一口气就骑进县城，径直拐进十字路口西侧的文化馆小院，把自行车靠在最东边一间平房的墙上，喊了声：“翟小红。”推门就闯了进去。

屋里一阵惊叫，几个正叽叽喳喳地凑在一起说悄悄话的姑娘呼啦散开，一齐盯着汗水淋漓灰头土脸的梁亮。

“是梁亮呀，可真是稀客。”白白净净的高挑个姑娘冲翟小红眨眨眼，笑嘻嘻地说，“我们正在说你呢。咱们小红一天不叨叽上十回梁亮，这天就不兴黑的。”

翟小红捶她一拳：“去你的。”

“好好好，这就去，这就去。”白净姑娘招呼另外几个，“咱们别在这里碍事了，没听见人家都下逐客令了吗。”临出门又转身趴在小红耳边嘀咕一阵。小红狠狠拧了她胳膊一把，她“哎哟”一声蹿出门去，喊道：“你们就放心吧，那个，我观敌料阵，两公尺之内闲人不得靠近。”

梁亮脸一红，往外瞥一眼。这姑娘姓白，人也长得白，和翟小红同住一间宿舍。翟小红叫她白姐。一见到梁亮，白姐就不会让她那张嘴白闲着。

翟小红一把抱住梁亮胳膊：“看你热的，啥事这样急？”

“没啥事，就来看看你。”

翟小红忽闪着眼看着汗气蒸腾的梁亮，忽然冷笑道："是让那地主闺女给甩了吧？"

梁亮嘴角扯动几下，摁拉把脸，看看手上黑乎乎的煤渣灰，一步跨到门后的脸盆架前，呼呼啦啦连头带脸冲洗了一遍，抓过毛巾擦了几把，头上的泥水还淅淅沥沥往下淌。翟小红扯过枕巾裹在他头上，捂住转了几转，顺手夺下毛巾，连枕巾一块扔到脸盆里，端起来走向院子里的自来水池。听到白姐"喂"了声，回头见她从隔壁门口伸出头来，两根食指夸张地刮着脸颊，冲她怪笑。小红也笑笑，三两把涮净枕巾、毛巾，端起盆清水吹着口哨回来，朝她点点下颌。白姐凑过来，眨着眼睛等她说话。小红猛地一晃脸盆，快步回到屋里，插上屋门。白姐抖着溅湿的褂子狠敲屋门。小红指指她湿漉漉的胸脯，一把拉过梁亮。白姐滴溜离开门口。

梁亮挣开小红，一脸臊红地退回床边。

小红咯咯大笑："你红的哪门子脸？"

梁亮咧着嘴双手拽住褂子扇动几下，刚放手，湿漉漉的褂子又紧紧贴在身上。翟小红从床下拖出个旧纸箱，拿出一身没有帽徽领章的新军装，抖开上衣说："去年的新兵服装。"

小红她妈是武装部干事，梁亮造反时穿的军装就是小红给的。他瞄一眼窗外，犹豫着。翟小红"嗨"地捶他一拳，伸手给他解衣扣。梁亮挡住她的手，抓起褂子下摆，脱球衣似的兜头拽下来，顺手扔在地上。油亮健壮的上身裸露在翟小红面前。她屏住呼吸，打开梁亮抓军装的手，拿起毛巾给他擦身上的汗。梁亮挺直脊梁，脊柱两则绷紧的肌肉被她的每个动作拽动得不住弹跳，脚指头不由自主地抓挠，黄胶鞋里发出细微的汩汩声。

翟小红忽然双手环抱住梁亮，把脸贴在他湿漉漉的脊梁上。

梁亮一把把她扯到胸前，低头堵住她的嘴。翟小红呻唤一声，仰脸迎合住他的亲吻。

隔壁门口，白姐又"喂"了声。

梁亮和翟小红慢慢挣开。听白姐喊道："我们几个吃饭去啦。你俩肠胃功能失调，我们可等不及了。"

梁亮穿上军装上衣，翟小红很细致地给他系上风纪扣。白姐敲敲窗户："我可啥也没看见。我那半间就临时出让给你俩啦。我床头柜里还有半包薄荷糖，可别都吃光了呀。哎，你们说，谁见过这位欺负惯了人的刁蛮家伙，像猫似的这样乖过。"

翟小红一把扯开门，探出身去喝道："我经常把半间出让给你，也没这么啰唆过。"

白姐她们嘻嘻哈哈走远了。

梁亮坐在床沿上，叉开手指拢拢头发。翟小红从白姐床头柜里摸出块糖，剥去玻璃纸塞进他嘴里，说："要不，咱们到我家去吃饭吧，我妈早就想见见你。"她抄起地上的褂子，端起脸盆往外走："我先洗出来晾上。"

离开学校后，小红一直就想把梁亮领回家亮亮相，省得她妈总是走马灯似的给她介绍对象，几乎把驻县城部队的未婚战士都给他领到文化馆来看过了。惹得白姐奚落她："小红，我看该把咱们宿舍挂上个'阅兵处'的牌子啦。要不叫剃头铺也行。"可梁亮就是不肯到她家去。要真是剃头挑子一头热也好，扔下扔不下都得扔。梁亮不是不热，也不是忽冷忽热，就那么悬在八九十度上，退不下去也升不上来。白姐气得跺脚："你呀，生生叫梁亮那些湿呀干呀给迷了心窍。叫我，早一脚踹开了。什么馋人的干粮呀，不就是个黑不溜秋的农村臭小子吗。"小红朝她翻翻眼皮。啥叫旁观者清，这就是了。小红恋上梁亮，就缘于他刚入学时发在文学社诗刊上一首题为《眼睛》的小诗："抛一道忧郁的弧线 / 把你从僻远的江湖 / 拉进这凝碧的深潭 / 让你今生今世 / 再也游不出 / 我的双眼。"翟小红就是那条自愿吞钩的鱼。

梁亮过来帮翟小红晾衣裳，笨手笨脚地反倒抖了她一身水。翟小红推他一把，瞅着院子里往这边聚焦的目光，动作轻快地把褂子上的褶皱抖开。梁亮跟在她身后围着滴水的褂子转了一圈，翟小红笑得脸色绯红："你咋了，要糖吃呀？"

他尴尬地站住，抬头看看平房后边的二层小楼。那是县反逆流总部。原先设在老县委大院，革委会成立后被挤到了这里。总部宣传部长翟小红的办公室就在二楼西侧，紧挨着总指挥的办公室。在一路骑车飞奔县城的时候，梁亮心里就只有一个念头，找到翟小红，当众宣布跟她订婚。可就在屋里看着翟小红洗衣裳时，他的心忽然又摇动起来。这对小红不公平，可他没办法，他止不住越来越剧烈的摇动。他叹口气，叫声"小红"，挠挠头："小红，你看我啥也没带，今天先不去你家吧。"

翟小红扯扯他衣袖，领他回到屋里，又从床下拖出个小纸箱，拿出捆扎在一起的两瓶百脉泉黑瓷葫芦酒，说："我早给你预备下了。我爸爸是部队文工团出身，回到地方武装部后就两样爱好，一是拉二胡，二是喝酒。你拿这个去，他准高兴。"

梁亮接过酒在手里掂着。他知道这是章丘酒厂最好的酒，心里一热，头上冒出汗珠："小红，你看，哎，我这裤子又脏又湿，往哪里一坐都湿一片。总不能在你这里连裤子都换了，白姐她们……"

翟小红脸上的笑容倏然退下。她知道梁亮是成心不想到她家里去。他还是放不下滚石塔镇那个地主分子的闺女。就从梁亮手里夺下酒瓶，扔进小纸箱，一脚踢回床下。梁亮胸口一撞，他扶住翟小红双肩，把她按坐在床上："小红……"

"别说。"翟小红摆摆手，"我只是生我的气。对我自己，我咋就说了不算，一千遍不算，一万遍也不算。"泪水忽地涌出来。她拨拉开梁亮的双手，指着门口说："你走。"

梁亮慌乱地用手掌给她抹泪，结结巴巴地说："小红，别哭，别。"他从床下掏出小纸箱，"走，咱们走，这就到你家去。"

翟小红一把推开梁亮："有啥意思。拿枪逼你当俘虏。你走吧 。"

梁亮趴在小红膝盖上，她立时感到双膝一片湿热，抬起头，徐徐吐出口气："快起来，白姐她们该回来了。咱们出去走走吧。"

两人在街上转了一圈，到饭店里要了两碗卤面。出来时百货商店的灯已经亮了。翟小红说："回文化馆吧，你还得骑车回去。"

梁亮愧疚地看看她："陪我去看场电影吧。"以前小红多次这样邀请过梁亮。

"除了《地雷战》，就是《地道战》，啥看头。"翟小红眼睛里清汤寡水。

梁亮摸摸耳朵，耸动着鼻子找不准表情。翟小红勉强笑笑，知道他是要表达歉疚，就说："好吧。"

影院里稀稀拉拉，没有多少人。他们挑了两个偏远的座位坐下。灯光一灭，照例先放《新闻简报》，拿着锤头、枪和镰刀的工农兵塑像拉近推远转圈，音响发烧般哧哧啦啦。座席间一片嗡嗡声，不时有女人理直气壮地吆喝孩子。接下来放正片了，果然又响起熟悉的画外音，观众跟着一起朗诵："……冀中平原的地道战，就是一个光辉的范例。"老槐树上那口认识所有人的大钟"咣"地响了。银幕上的反光映在翟小红脸上，剪出一脸落寞。梁亮不时扭头看她一眼，搁在两人中间扶手上的右手抓挠了几下，像做错了事的孩子忐忑不安地怯怯地试探着碰碰她的左手。翟小红回应地把手放进他手里。两人都直起腰，眼睛看着银幕。

中间的座席区里突然爆发出一声稚嫩而粗暴的呼喊："停下，停下！别放啦。"

灯光骤然闪亮。两个十四五岁的少年并肩站着，突兀在灯光里。一位中年男人匆匆赶过来："怎么了，两位小同志？"

一个戴着顶明显超大军帽的少年严肃地说："这电影有问题。我们伟大领袖毛主席亲自领导了全国的抗日战争，地道战怎么会没有毛主席的指挥呢。电影里要加上毛主席。"

"好好好，小同志觉悟高。"中年男人竖起大拇指，也严肃地说，"我们一定把你的意见向上反映。”

梁亮拉起小红往外走，刚到大街上，白姐就骑着梁亮的自行车迎面飞来，两条长腿往地上一叉，站在他们面前：“可找到你们了。我把凡是人去的地方都找遍了。总指挥听说梁亮来了，要见他。叫你这位大部长一块去。快点啊，我走啦。”双手提转车头，两脚一点地面，自行车忽地蹿了出去。

“哎——”翟小红招手呼喊，“回来。”白姐扬手朝后一摆：“你们麻利点，那位可等急了。”

翟小红气得跺脚。梁亮忍不住笑了：“这么急，该把自行车让给咱俩呀。”

“她就这么一根筋。”翟小红翘翘嘴角，“你啥时候买的自行车？这可是紧缺货，我到这也没弄到一张票。”

“哪里是买的，他们抄来的。留给你骑吧，我搭辆拖拉机回去。总指挥找我干啥？”

“这还差不多。我也享用一下你的战利品。”翟小红甩甩头发，说，“他找你，准是要跟你说召开秘密会议的事。——听我说，在造反中叱咤风云的总指挥，到解放军支左时就受到冷落，县革委会成立后，被安排成最后一名副主任，还处处受排挤。全县各级反逆流战斗队负责人的境遇也都差不多如此。大家心里全憋着一股火。总指挥一直在策划召开秘密动员会，号召全县反逆流战斗队再次起来造反。”

“早就该这样。”梁亮一挥拳头，“咱们的战斗果实凭啥眼睁睁地让保皇派和走资派窃取。”

翟小红跟梁亮用力一碰拳头，甩开大步。

推开办公室门，总指挥背对门口站着。屋里只亮着一盏台灯。孤寂的脊背和收音机里流出的沉缓旋律，配合着房间里大块大块的暗影，营造出一种悲情的氛围，让他俩一时难以适应。

总指挥在跟着收音机哼唱：

“抬头望见北斗星，
心中想念毛泽东，
迷路时想你有方向，
黑夜里想你照路程，
——黑夜里想你照路程。”

随着最后一句歌词被拖成哽咽，总指挥缓缓转身。梁亮和翟小红看到他满脸泪水。

收音机的音乐还在回环，房间被缓缓托起。梁亮浑身一紧，一股圣洁的情感潮水般涌上胸膛，眼睛忽然就湿了。梁亮仰头望着屋顶，音乐从天花板上流泻而下。他是从一部外国小说里知道世界的另一边有种叫教堂的地方。那页插图给他留下了难以磨灭的奇怪错觉。高大的穹顶通过十字架拉着整座房子和祷告的人群不断上升，一直升出书页的上方，人群被一种无形的力量拔离地面，俗尘在花玻璃透进的明亮阳光里纷纷落下。梁亮心里一阵羞愧，崇敬地看着这位比他高两级的老同学。

总指挥任泪痕挂在脸上，说："我已下定决心，宁可粉身碎骨，也要再放手一搏。小红同志，你马上去跟作战部一块拿个秘密动员会方案。在县城开这样一个会，不可能保住密，但我们就是要叫秘密会议，让大家零散前来，分头进会议室，会议室里要拉死窗帘，门口设岗，营造一种地下斗争的气氛，叫大家一进会场心就提起来，汗毛就竖起来。开会前就唱刚才这首歌，你指挥。要唱得大家回忆起举旗造反时的荣耀，唤起心底被排挤被压迫的屈辱，鼓起发动二次革命的豪情。"

翟小红答应一声，摁开顶灯开关，转身出门，坚定的脚步声"啪啪"响到楼下。房间在灯光和脚步声中回落下来。

"二次革命的提法妥当吗？"梁亮摸过桌子上的烟盒，抽出一支点上，说，"毕竟上面还没发话。"

总指挥稳稳坐下，抹了把脸，说："上个月我去了趟北京，到各大学转了一圈，拜会了几个著名的红卫兵领袖，他们说，'革命无罪，造反有理'是毛主席说的，他老人家绝对不会容忍保皇派维护已被打破的旧秩序，更不会坐视走资派玩弄以生产压革命的老把戏。因此，他们的结论是，这场革命远未终结。你想想，他们可都是首举造反大旗的功臣，一直保持着密切联系。"

梁亮点点头，挥着拳头说："好，那我们就把二次革命的战火烧遍全县。"

总指挥笑笑，称赞他揪斗亲大爷的那一仗干得漂亮，像个响当当的革命战士，接着话锋一转，说："不过我听说，你为了一个地主分子的闺女，在斗争中缩手缩脚。这可是严重的阶级立场问题。你会为此丧失领导滚石塔镇反逆流战斗队的资格。"

梁亮皱起眉头，狠狠抽口烟，"噗"地吐出去。

总指挥深知他的桀骜，逼急了，他会率队退出反逆流单干。再说他的反逆流跟滚石塔镇的反逆流只不过是一个派系，并不存在严格的隶属关系，他节制不了梁亮，就笑笑说："咱们是老同学，我不能不提醒你。叫我看，尚兴凡跟那个地主闺女的婚事，你不但不应阻挠，还应促成他们。”他剜了梁亮一眼：“那他就彻底完蛋了，别说干主任，副主任也干不成，连党籍都保不住。”

梁亮心里一阵别扭。干什么，威逼还是利诱？拿恋人去套对手，这也算革命。板着脸一声不吭。总指挥拍拍他肩膀，又转了个弯：“你和翟小红是同班同学吧，多好的革命战友。追她的人成群结队，人家就一直死等着你。你要珍惜才是。”

梁亮脸色松缓下来，把烟把往门后的铁簸箕里一丢，点点头：“我知道。”

总指挥握住他的手夸张地摇了摇，说：“这个星期天下午两点你带着骨干准时来开会，晚上揪斗那些混进县革委和县直各系统的走资派。各公社的行动，统一在立秋后、三秋大忙之前，你要早做些准备。到时候，让我们再搅他个天翻地覆。”

第十一章

和大家伙别着脑袋瞄瞄往西边山梁上凑的太阳。“吁——”喊住拉碌碡的黑花蒙古牛。满场正忙活的人心领神会，七手八脚地收拢摊了一场的早高粱穗、春谷穗，暗地里朝和大家伙点头挑大拇指。和大家伙瞥一眼队长，得意地甩了个响鞭，拍拍蒙古牛的屁股，准备给它卸套。一直憋着的老牛错会了主人的意思，轻松地“哞”了声，撅起尾巴。和大家伙喊声“别”，来不及抓场边的水桶，一大泡牛尿就稀里哗啦地撒在厚厚的高粱粒上。

场里的娘儿们们一阵乱咋呼，傻二媳妇喊道:“大家伙，把这些牛尿泡秕高粱弄到一边，顶你们家口粮，别分给大家，摊出煎饼来不得比你还骚。”

“嫌骚？你就吃萝卜呀。”

场里的男人女人一阵前仰后合的哄笑。

傻二媳妇挽挽袖子，冲和大家伙“呸”一口，做出副向前扑的架势：“好哇，老娘我这就先薅光你的萝卜缨子。”

和大家伙缩起脑袋，装出害怕的样子，伸手护住下身：“你哪能舍得？”见她真的要冲过来，赶紧拱手告饶，冲她挤挤眼：“你咋就断定这高粱就正好成了口粮，说不定缴了公粮，让城里那些……”

队长咳嗽一声。和大家伙笑笑，接着说：“让城里的走资派吃了呢。那还不活该熏熏他们。”

“你这张骚嘴也他娘的会突出政治了。”队长看看太阳，按说正是一天中出好活的时候，不凉不热的，再忙活一阵，这场粮食就收了，可大伙都已急着回家祭祖。今年的早秋庄稼上场提前了半拉月，头一天打场就和祭祖的日子撞在了一起。他点了个“四类分子”看场，喊道：“散了吧。”

“哼，原先都是党员、团员的差事，现在轮到他们啦。”和大家伙边小声嘀咕边拴了牛往庄里走，“成天说这些家伙是冬天的大葱，根枯皮烂心不死，也不怕他们乘机下毒、放火。”

队长装没听见，把褂子往肩上一搭，也往回走去。前几天县城里那场骇人的武斗并没波及到滚石塔镇，只是在梁亮和几个受伤的得力干将回来时引起了一阵议论，接着大家就该干啥干啥去了，你想啊，岳绍前抹去脸上的墨汁就又大事小情都管起来了，岳翁若的闺女就要跟滚石塔镇将来的一把手结婚了，风水眼巴巴地又开始往回转。这心里一踏实，就都又想起祭老祖来了，去年过年都没敢给老祖摆上点饭菜，该把他们给饿瘦了。

今天是农历七月十五，鬼节。家家都要把死去的亲人灵魂请回家享受香火供奉。破“四旧”破得不敢像过去那样公开举着炷香去庄外请老祖了，各家的户主就装作闲逛，悄悄地去庄头站站，心里念叨着家里亡灵的名字，把他们请回家。不敢烧香了，也没处买香，供上盘地里摘的瓜果、菜蔬，算是心到神知，落个心里踏实，免得他们半夜三更地到梦里来折腾。地主富农家是不敢请了，他们家的亡灵也是被管制对象。家庭成分好的“反坏右”家，还能壮着胆子，等街上没人的时候偷偷溜出去，一旦被红卫兵发现，也有个说道，俺家死去的人头上可没戴帽子，过去都穷得敲敲叮当响。

天刚麻眨眼黑，街上就来来往往地净人了。大家走个碰头也不说话，彼此心照不宣，别惊扰了满大街回家的灵魂。沙沙的脚步声中，庄里的气氛凝重起来，冷飕飕地有些阴森。

傩疯子就是在这个时候出现在河汊村庄头的。他身后跟着走失了好长时间的尚荣杞。

和大家伙正站在庄头祷告，一看到他俩就“嘿”的声乐了，朝天拱拱手，说：“恁等等。”转身盯住傩疯子说，“你这老东西还没死呀。呵，两个疯子咋凑成堆啦？”

尚荣杞怯怯地侧身往傩疯子身后躲。傩疯子直直地看着和大家伙，一头白发在薄薄的暮色里闪亮。他忽然伸手一指：“你爹娘往回走啦。”

和大家伙头皮一奓，赶紧回身把刚才说了一半的话说完，反身往庄里走，一眼瞥见傩疯子胳膊上箍了个脏兮兮的红卫兵袖章，忍不住哈哈大笑，忘了请过老祖就不能再说话的规矩，指着他骂道：“你一个屌鸡巴疯子，鼻子里插大葱，装啥大象。”

傩疯子晃着头白发往下河村方向走去。人似乎胖了点，腿脚没有先前灵便了。“这傩疯子也会老呀。”和大家伙没趣地晃晃肩膀，甩开大步就走，把请老祖的事扔到了后脑勺。

尚荣杞痴痴地望着他的背影，抹了把眼睛，紧颠颠地跑着去撵傩疯子。傩疯子已爬上下河村前那道长长的斜坡，乱蓬蓬的白发顶着颗蓝莹莹的月亮。尚荣杞跟着慢慢爬上来，双手撑住膝盖大口喘息。

尚成峰从老槐树的黑影里忽地蹿出来，一把抱住尚荣杞："爹！你可回来啦。"跪在地上不顾一切地放声大哭。"爹，我不敢请娘和哥哥回家，可又怕他们大十五的没处去，看着人家回家，孤零零的多可怜。"

尚荣杞摸着成峰的头，叫着"胖子，胖子"，望着老槐树上的月亮。风推着河道里弥漫的乳白水雾，一团团沿着斜坡涌上来，裹挟着那些无家可归的鬼魂。月光忽然黯淡下来，尚成峰打了个寒噤。

傩疯子看着他们爷俩，一脸漠然。

尚家一回死了两口人，通往杏花小院的那扇常关闭的小门就敞开了。

这个家原先是婶婶的，从那就成了杏花的。习惯了只是自己管自己的杏花，有些力不从心，有些笨手笨脚，有些惶恐不安。好在自从胖子不再闹腾后，下河村的人好像突然就忘了尚家的存在。滚石塔镇更很少有人再提起胖子和他娘同一天死去的事。只有尚荣杞疯病发作，满镇转着喊"胖子"时，人们才会唏嘘感叹一番，时间长了也就都充耳不闻了。这个成天吵闹得杏花耳根发胀的院子，突然就陷进地里，裂断了与街坊邻居的人情往来，冷寂得像坟墓，老鼠大白天就在天井里窜来窜去，连阳光都不愿多停留一会儿。

那天埋了胖子和大娘回到家，大爷那股疯劲就卸了。一天从早到晚，眼睛痴痴呆呆的，光知道傻吃迷糊睡。眼里一透出点精神，就又疯得昏天黑地，到处乱跑。开始成峰还急着出去找，不到一个月就被折腾疲沓了，懒得再去管他。任由他老爹疯着跑出去，浑身臭烘烘地傻着回来。原先家里的大事小情都是尚成岭一手包揽，成峰就一门心思下地干活，回家吃饭。突然，也就眨巴眼的工夫，哥没了娘也没了，只剩下一个反革命疯爹驮在背上。他实在驮不动，也不想驮了，就包揽下村里派给拐棒胡同去外地出夫的苦差事，把疯疯癫癫的老爹甩手扔给了她这个守寡的叔伯嫂子。杏花接不住又推不出，难为得哭一场叫一泪，想死的心都有。成峰去出夫的第二天傍晚，在外游荡了好多天的尚荣杞就回来了。他是被街上的孩子捂着鼻子拿秫秸赶回家的，刚进门就仆倒在天井里，浑身臭气熏天。杏花拉了半天也没拽起他来，只好让他昏沉沉地躺在那里，苍蝇黑豆似的趴了他一身。天黑后，杏花围着他转了好几圈，几次回到她的小院又返回来。让大爷在天井里躺一宿怕就起不来啦，蛆也能把他犟犟烂了。总不能眼睁睁地看着他死在自己眼前呀。大爷一直对杏花挺好，她公婆死得早，刚过门丈夫就跑了，大爷对她说，我没有闺女，你就给我当闺女吧。杏花在屋里点上根艾绳，一点点地把大爷拖进去，跑到门外干呕了一阵，回去给他剥下油漆般的脏衣裳，烧了锅热水，用水瓢给他冲洗。他溃烂的裤裆里糊满了干结的粪便，咋冲也冲不下来。杏花咬咬牙，把头扭到一边，将大爷那团丑陋抓洗干净。这是她头一回见到男人那东西，恶心得翻江倒海不住呕吐，狠狠踢他一脚，把他翻到铺在地下的席子上，盖上床单，又扔在他身边一身干净衣裳，蹲在天井里呜呜咽咽哭了一场。第二天早晨，大爷和那身衣裳都不见了。他偶然会有灵光闪现的时候，杏花知道，这回大爷不是疯出去，是躲出去了。那天杏花没做早饭，回到她的小屋收拾东西，她要回娘家。拿拿放放，那双鞋垫一直在手上。鲜亮的绣花刺痛了她的眼睛。她把它按在胸口，叹口气，把包袱又扔到床上。她舍不下岳知琛。她还得在这座坟里熬。还多亏梁亮关照，让村里给杏花安排了个在饲养所打下手的活，不用天天到地里去靠时间，听那些嘴里没皮的年轻娘儿们，没完没了地“嚼咕”男人女人裤腰带下的那些事。她受不了她们总是神神道道的追问，这么多年了，晚上一个人在床上你就不难受。她似懂非懂地在她们窃窃的笑声中脸红得发烫。她们就放肆地哄然大笑，惹得地里的男人们齐刷刷地看她。有日子没见她们了，背着她时，她们还会“嚼咕”她吗？这些没脸没皮的，总有本事找到那样的话题。

阳光在东墙上晃了两晃就不见了，墙根返上霉烂的潮气。

杏花收拾起碗筷放进洗碗盆，看看在院子里慢慢溜达的尚荣杞，不知不觉地悠悠叹出口气。自打七月十五晚跟着傩疯子回来后，他脸上就有了血色，眼睛也不那么混沌了，精神眼见地一天天变好。胡同里的人都认定是傩疯子给他施了巫术。杏花出去扶住大爷的胳膊，指指渐渐黑透下来的天：“该躺下了。”

让大爷早早地躺到床上，才是这个院子里真正属于她的时光。

尚荣杞也抬头看看天，再低头看杏花时，眼睛里闪出道游动的光亮。杏花心里一惊，惶恐地退开一步。这样的眼神是大爷发疯的征兆。她捏起指头，暗暗掐算时间，离月圆还早呀，这才过了十五不几天，心里少许宽松了些。每到阴历月圆那几天，大爷都会犯疯病。她曾把自己咂摸出的这一规律告诉兴凡娘。兴凡娘当时就毛起脸说：“你咋忘了，胖子他娘俩死的那天，不正好是五月十五吗。”接着又仰起脸无声地嘟念了会儿，声音有点抖抖地说：“你大爷的第一个老婆死在六月十五。娶进门还没出满月呢，门口的红对子就封上了白纸，那女人死得好凶，七窍流血。我去帮着料理的丧事，满床都是血。

还有，你老公公被从大烟馆抬回家时，也是，对——正是七月十五，满庄清白的月光。”杏花看着从不说玄话的兴凡娘，头皮一阵阵发麻，脊梁骨里蹿出股冷飕飕的战栗。

尚荣杞转转脑袋，愣怔了会儿，摇摇晃晃地走进屋里。杏花悬着的心“噗哒”落下，跟进屋，给他抻开被子，放到床头小桌上一杯水，把暖瓶放到一边，又从床下拖出尿盆，放到他伸手能摸到的地方，哄小孩似的说：“快睡吧。”出去关上屋门，挂上把锁。落锁的声音“咔嚓”震动开，在荒寂的院子里显得特别突兀，显得过于尖锐，颤抖着一股悲怆的力道，险些把她的眼泪震落。

等月光落进天井，屋里没了动静，杏花才轻轻回到自己的小院，插死门。进屋兑好一大盆温水，脱光衣裳慢慢擦洗。她每晚都这样从头到脚仔细擦洗自己，动作轻柔舒缓，每处肌肤都洗到擦到，像在进行一个哀怜的仪式，又像对身体的自我抚慰。直到浑身一阵阵战栗得无法自已，才躺在床上。月光在她身上起起伏伏，沉重得有些灼热。她轻声呻吟起来，感到身体一点点融化，跟月光淌在了一起。她喜欢这样把自己交给月光。有时候她宁肯坐着等到半夜，月亮上来后才开始洗澡，只为跟月光这样媾合。月光就是她那位面目有时清晰有时模糊的丈夫。还会猛不丁变成岳知琛，毛孔毕露地站在眼前，体温灼灼滚烫，烤得她腿弯发软。在她洗澡时，和大家伙不止一次站在窗外朝她招手，都被她拿剪刀抵在自己脖子上逼退。和大家伙长得太过粗枝大叶太过威猛，她不觉得这样的家伙才是男人。也许他那长得单瘦精干的丈夫，在她十五岁时的心里种下了太深刻的男人模式，和大家伙怎么也套不进去。其实她自己根本不知道，杏花的男人就是她自己。

杏花是懵懵懂懂地被推进洞房的。第二天一大早丈夫就跟部队开拔了，从此不知死活。尚荣杞根本没料到国民党军队会溃败得这么快。为了能给死去的弟弟留条根，他急急忙忙地要赶在侄子的部队南撤前给他完婚。那时尚家早已破败，没人愿意把闺女嫁给一个即将溃逃的国民党小军官。好不容易才花钱从深山里头领回被父母虚报了年龄的杏花。入洞房后，杏花蜷缩在被窝里，想着离家时娘暗暗叮嘱她的那些话，满脸涨红地窥视身边那个被称作她丈夫的男人，心扑扑直跳，胆怯又期待地等着。丈夫双手垫着头，看着房梁想心事，根本不像娘说的那样来动她。被折腾了两三天的杏花很快就哈欠连天，撑着撑着就睡着了。快明天时，她被异样的感觉唤醒，一睁眼，丈夫正紧紧搂着她抚摸亲吻，她的身体下意识一挣，接着又迎合过去。丈夫却忽然停止动作，猛地跳下床，利索地穿上衣裳。她瞪着眼睛问他：“你咋不碰我？”丈夫过来抚弄她头发，小声说：“我在部队已有了恋人。我不能对不起她，也对不起你。”杏花家里住过部队，教她识了些字，从他们嘴里，她知道恋人长大后就是老婆，就说："那，我给你做小。"丈夫笑了，拍拍她额头："跟你说不明白。我去大爷屋里了，你穿好衣裳也过去。你得去庄头送我。"送到庄头后，送行的人跟丈夫说完话就都退后几步。丈夫把她叫到跟前，悄声说："杏花，我这一去，不知是死是活，你找个人家嫁了吧，别等我。记下了？"杏花点点头又摇摇头。丈夫转身就走，没再回头。杏花哗地涌出一脸眼泪，猛然觉得上不着天下不着地了。

月光受到惊吓似的，倏地从床上退出。杏花粗重地叹息，眼角浸出两粒大大的泪珠。她摇动着酸胀的脚趾，继续躺在自己的迷恋里。窗外蛐蛐振翅，树叶飘落，老鼠窜动，风溜墙根，细碎而宏阔的声响从窗扇的缝隙挤进，掏空了她的身体。她扯上窗帘，倚在窗台上，拉过被子把自己死死裹住。

丈夫抖着膀子从庄头离去，就掉在窟窿里，杏花连个回声也没听到。只留给她天明前那阵搂抱抚摸和残留着一点酒气的亲吻，在孤寂的小西屋里越长越大。新《婚姻法》颁布后，劝离婚的求婚的踏破了尚家门槛。尚荣杞倒也开明，多次让婶婶劝她，挑个合适的，再过个门槛吧，趁着还年轻再去过家子人家。杏花沉默着不点头也不摇头。来求婚的不是死了媳妇的就是讨不到老婆的邋遢光棍子，杏花觉得忒屈了自家。要是岳知琛那样的男人，她早就答应了。这是痴心妄想了，杏花知道。别说她大了那么多岁，又是个守活寡的，就算年龄相当，正儿八经的黄花大闺女，她也攀不上人家。岳家早没了前些年的风光，可有岳翕若那把大胡子撑着，在滚石塔镇也还是上流人家。但每当月光陪她躺到床上时，杏花还是忍不住去想知琛。

岳知琛第一次跟胖子来家里，杏花一眼就看出，他的身板像煞了自己的丈夫，只是长得更白净更文气。在几个土末轰轰的小伙子中，岳家老三一下就跳脱出来，刺得杏花眼睛生痛。这才是个男人的样子。怪不得岳家邻居的胖奶奶常夸岳家老三是咱滚石塔镇的小罗成。杏花胸口突突直跳，给他倒水就勤了一些。岳知琛每次都端起杯，客气地叫声"嫂子"，杏花的脸就微微一红。几天后，岳知琛来找胖子，家里就杏花一人在前院喂鸡。她几乎是硬把知琛拽到她小屋里，从褥子底下摸出一对绣花鞋垫，递到他手里："你试试合脚不？"岳知琛局促地脱下只鞋，往里一伸又拿出来："正合适。"杏花蹲下去，伸手给他脱另一只鞋："再试试这只。"知琛缩回脚，慌乱地站起来："谢谢嫂子，肯定合适。我找成岭哥去了。"拔腿逃出门去。把那双鸳鸯戏水的鞋垫"忘"在桌子上。杏花一口气慌慌地堵在胸口。

那天晚上月亮升起的时候，杏花把自己细致入微地擦洗完，摊开四肢躺在床上，鞋垫放在光滑的小腹上，鸳鸯在自己身上泼刺泼刺戏水。岳知琛像丈夫那样搂抱住她。温灼的气息在体内流动。她的身体又软软地化成水，与月光淌在一起。满床满屋都是动荡的水声。直到月光退出去，身体渐渐干枯。杏花披衣下床，拉开屋门，靠在门框上。滞留在天井里的月光，吸进了她身上血脉，蓝莹莹地有些黏稠。

七月十五的前一天晚上，月亮是随着天黑一起上来的。独自坐在窗前小石桌前垂泪的杏花，听到岳知琛走进北院的声响。他叫了声“成峰”。成峰和大爷都还没回家。知琛似乎犹豫了会儿，推开小院的门。杏花坐着没动。知琛把一小包东西放到石桌上，说：“我爹叫多做了几件祭品送过来，说成峰和她嫂子都不懂，让他们明天晚上在家里摆上这几样肴点，偷偷祭奠下胖子和他娘。我爹说，这也捎带上了他的心意。”杏花抬头看着岳知琛，泪水淌成串。知琛眼睛红红地喊声“嫂子”。杏花一下扑进他怀里：“知琛，嫂子这日子咋过呀。”身子软软地往下坠。知琛一把提住她，感到杏花水草似的缠绕在身上。他浑身一阵发烫，两臂不由自主地抱紧她。她头发上的气息让他一阵沉迷。杏花梦呓般地说：“兄弟，兄弟。嫂子还是个闺女身子。”知琛周身一震，拨拉开缠缠绕绕的水草，转身就走，走了几步又回过头，小声说：“嫂子，别这样苦撑着这个家了，找个人走吧。”杏花毫无顾忌地放声大哭。

知琛逃跑似的出了院门。杏花就回了娘家。她把包袱往炕上一扔，对娘说：“该带的都带回来了，我不回去啦。”娘没说啥，巴眼看看爹。爹不干了：“那可不行。人家尚家正遭难，咱可不能让村里人都指脊梁骨。那些年，要不是你婆家时常接济，我跟你娘早就叫黄土埋了。人不能没良心。”在娘家住了三天，爹就硬把闺女赶回了滚石塔镇。杏花不明白，那些圣人爷定的规矩，像婆家这样原先识文断字的富人家都不大在意。倒是爹这样瞎字不识，几辈子都裤不上袄不上的，愣是拿着当圣旨。

北院的屋门突然一阵激烈的“咣当”。杏花悚然一惊，慌忙穿衣裳。心想，这个家是没法再待下去啦。

第十二章

立秋后十天，梁亮终于挥出了向岳绍前再夺权的拳头。

总指挥亲自决定把公社的主会场设在滚石塔镇，让梁亮组织这次行动。

梁亮站在大戏台中央，从反面看着挂在戏台前檐上的“把无产阶级文化大革命进行到底”的横幅。翟小红瞥他一眼。为这条横幅，她跟梁亮争执了一番。她一再坚持按总指挥要求，悬挂“反逆流二次革命誓师大会”的会标，把梁亮惹烦了，横她一眼说，革命不需要保姆。翟小红被噎住的那口气还憋在胸口，俊俏的脸上蒙着层霜。她环视一圈会场，射在她身上的目光躲躲闪闪地纷纷散开，她硌硌楞楞的眉头舒展开一些，眼睛的余光从台下的岳珊身上掠过，笑了笑，靠到梁亮身边，微微仰起头。

梁亮看到大批东方红战斗队的人呼呼隆隆涌进会场，站在反逆流队伍的后面。他鼻子里不屑地哼了哼，目光扫向大戏场的右边角。

和狗子提着根涂了红白油漆的白蜡树棍棒，把刘文先、老高、方仁之、岳绍前、岳翁若圈在一起，围着他们撒一圈石灰粉，把“文攻武卫”棒狠狠往地一戳，喝道：“老老实实在里面待着。”往戏台那边走去。抱着心口窝害胃痛的老高一腚坐在地上。大家互相看看，也都慢慢坐下。和狗子突然回头，方仁之腾地跳起来，其他人也双手撑地往起站。和狗子得意地“嘿嘿”一乐，又瞪眼呵斥：“等会儿，谁身上沾上石灰，我就赏他一棍子。”

方仁之赶紧拍打裤腿上的石灰粉，又吐在手心一口唾沫，小心地抹在那片没拍净的玉米粒大小的白痕上，仔细搓揉。老高拉他一把。他见大家都已背靠背坐成一圈，就看着白线，小心翼翼地挨着老高坐下。方仁之是章丘国民政府的最后一位县长，解放前夕他放掉监狱里的政治犯，偷偷溜回女儿家。解放后因为这一功劳，人民政府给他安排了一个济南市的区政协文史委闲职。老高当卫生厅厅长时，方仁之因为文史资料征编的事，跟他打过一两次交道。一看今天的阵势，老高就知道，梁亮这是要照搬县城反逆流的做法，重新打倒被“结合”进革委会的岳绍前和刘文先，揪来其他人只是为了证明他俩跟这帮家伙是一丘之貉。他暗暗发笑。像一出大戏，北京的大人物和长岭山的小将，一个个都入戏很深，忘我地念唱做打，演到后来就脱离了脚本，各人即兴发挥起来，连导演也难以完全掌控剧情发展了。胃里忽然又一阵绞痛，他忍不住呻吟了声。挨在他另一边的岳绍前伸手搜搜口袋，摸出几粒花生米，递到他手里，低声说：“我胃痛时就嚼几颗，挺管用。”

傩疯子突然悠逛过来，围着他们转了一圈，直勾着眼睛说：“嗬，丢江山的，坐江山的。喝一壶。”呵呵笑着扬长而去。

“疯子。”刘文先狠狠啐一口，往后撞一下方仁之的脊梁，“我们跟你从来就没坐过一条板凳。”方仁之憋了半天，才巴结般地怯怯回道：“咱们，可共同打过鬼子。”刘文先不领情，冷冷一笑说：“你们压根就不想打鬼子。”“你说这话，”方仁之看看远处正往大戏台前会集的卫兵，撮撮嘴唇，“我赞同。”刘文先双手一抱膝盖，嘲弄道：“你倒说出心里话呀。”指指头顶，“这天下还是我们的。”老高揉揉胸口，嗝出口酸气，不紧不慢地说：“这圈监狱是咱们的。”刘文先忽然抬高嗓门，使劲砸一拳地面：“你——”

不远处，一个正跑向大戏台的红卫兵往这边瞅一眼，喊了一嗓子：“他妈的，老实点！”

圈里的人都一下挺起腰噤住声。刘文先一脚蹬出圈外，吐口气，“啪啪”拍打两下裤腿，咬牙小声骂道：“真他妈扯淡，鱼龙混杂。”老高无声地笑笑，晃了晃腰背，把自己弄得舒服一些。岳翁若瞑着眼，一副充耳不闻的样子。这个方仁之咋成了根腌过劲的黄瓜，过去他可不是这么个蔫样。敢违抗上峰将政治犯都押解到济南的律令，偷偷把人放了，这可不是一般的胆识。早在抗战初期，他就动员地方保安旅跟长岭山的共产党游击队合作抗日。那次谈判就选在县城岳家的商铺。当时的游击队大队长是常继刚他爹，刘文先是他手下的小队长。他揣着把短枪跟老常进城，有点单刀赴会的意思。双方谈了半天，最终还是崩了。保安旅长要扣下老常，方仁之拍了桌子：“胡闹。”让自己的随从送老常和刘文先出城。保安旅长说：“这姓常的像个团身的刺猬，根本没法谈。”方仁之不满地责备他：“你摆着个正宗的架势，老是想收编人家，咋能谈得拢。合作就要双方都妥协，你光想把锯往自己这头拉，还怎么谈判。”保安旅长根本不买他这个书生县长的账：

“你咋老站在他们一边？”方仁之不屑地瞥他一眼：“跟你说不明白，我站在国家一边。”岳翁若斜一眼方仁之，在这个圈子里，他跟方仁之算一路货，刘文先和岳绍前是一类，老高这位运动前就落马的大干部是个另类。现在都叫和狗子一把石灰圈在了一起。

“嗨，滚过来，杂种。”和狗子在大戏台上朝这边挥着棍棒吆喝。圈内的五个“杂种”自觉排成队，刘文先第一，老高第二，岳绍前第三，方仁之第四，岳翁若跟在最后，把自己押向大戏台。

台上的红卫兵正在玩一场游戏。陪斗的“四类分子”挨个走上戏台，站在台口的红卫兵扬手一个耳光，顺手往里一推。下一个上台的配合默契地在台口一站，挨了耳光再排到前一个的后边。岳翁若一下想起年轻时在甘肃看杀羊时的情景。等待被宰杀的羊也像这样一个挨一个排着队往前移，等走到满是鲜血的案板前，就跪下前腿，眼里滚着泪乖乖地把头伸到案板上，直到刀从脖颈下边捅进去，才猛然醒悟过来似的惨叫一声，浑身一阵挣扎。岳翁若瞠目结舌。陪同的朋友说：“咋样，开眼了吧。羊这种东西就是天生挨宰的货。单个杀的时候会没命挣扎尖叫，成批宰杀，它们就会这样乖乖地排着队挨刀。”岳翁若溜一眼台侧被勒令来看演出的“四类分子”亲属，垂下眼皮看看胡子。

岳凡躲在三哥和姐姐身后，紧紧贴在大嫂怀里，还是觉得全场的人都能看见他，就使劲再把自己缩紧一些。台上不断响起的掌掴声，又让他忍不住从三哥和姐姐中间往上窥探。

梁亮面无表情地看着翟小红导演的这场游戏。翟小红紧紧靠着他，浑身上下透着欣赏自己杰作的兴奋。总指挥策划的那场围攻保皇狗、揪斗走资派的攻势，迅速演变成一场武斗，连县城的工人都裹挟了进去。第二天早晨，大街上贴满了“还我战友，血债血偿”的标语，两派重新回到剑拔弩张的对峙态势。总指挥非常满意翟小红奋不顾身的表现，特意派翟小红来滚石塔镇督战。翟小红当然知道，总指挥派她来还有另外一层含义。

陪斗的“四类分子”都站在了台上。刘文先立在台下，冷冷地看看台口的红卫兵，慢慢走上来，老高也紧跟着上来。两个专打耳光的红卫兵搡了他们一把，两人趁势站在了那排四类分子前边。翟小红斜了梁亮一眼，梁亮装没看见。这是他事先交代好的。梁家禄被揪斗后就一直不往大侄子跟前凑伙，昨天晚上突然跑到梁亮家里，跟他说老高和刘文先可都是老革命，级别又高，别把事情做绝了。你听说书的常讲的那些故事，皇上到了最后还是要起用老臣。梁亮当场就训斥了他一通，把他推出大门。

轮到岳绍前了。他迟疑着不往上走。和狗子把两个红卫兵拨拉到一边，左手提起“文攻武卫棒”“啪”地往下一戳，右手指着他喝道：“你刚当了几天副主任就不会挨斗啦。”

一个红卫兵跳下台去，拧住岳绍前的胳膊揪上来，另一个伸手就甩给他一个响亮的耳光，一把推倒在梁亮和翟小红面前。他闭上眼睛，听见刚贴上几天的脸皮又被“嘶啦”扒下来的声音，咬住牙，撑住双肘和膝盖，迅速爬起来。

会场后边的“东方红”红卫兵一起跺着脚呐喊：“毛主席说，要文斗不要武斗。”扬起的尘土翻卷到会场上空。

翟小红一步跨到戏台前沿，指着戏场后边喊道：“毛主席说，好人打坏人活该。江青同志号召我们文攻武卫。”反逆流的文攻武卫队一起举起棍棒，整整齐齐地戳着地吼叫“活该，活该！”一举压倒了东方红的呐喊。

翟小红把眼睛又转向台侧，目光犀利地投在岳珊脸上。岳珊平静地迎了迎她的逼视，低下头。翟小红感到岳珊的平静硬硬地硌疼了她的眼睛，抬手叫过天赦子耳语了几句，天赦子快步走向和狗子，把耳语传递给他。和狗子一挑眉毛，朝翟小红跷跷大拇指，急不可待地把棍棒越过方仁之指向岳翕若：“你，过来。”

岳翕若走上台，稳稳站在和狗子面前。和狗子学着电影里大人物的神情审视着岳翕若。

岳凡捂住脸低下头，等待那声巴掌。大哥把手放在他脑袋上，也低下头。

梁亮感到两双眼睛同时转向他，在他脸上迅速交接。阳光在眼前啪地闪出个火花。

和狗子伸手放在岳翕若脸上摩挲着，笑嘻嘻地说：“这张脸没处下手呀。净屌胡子。”

台上台下响起一片哄笑。和狗子得意地四处张望，突然冲岳翕若喊道：“把胡子给老子掀起来。”

岳翕若一动不动，丹田里忽然蹿上一股劲道，鼓鼓地撑起塌下的脊背。乱糟糟无精打采的胡须充血般抖擞起来，目光灼灼地看着和狗子。横竖一条命，今天就拿它抵了这把胡子。和狗子被激怒了，点着岳翕若的额头吼道：“这些天你他娘的又充起大牲口了。你凭啥说我在俺家墙上掏洞不对？”

“要是你的邻居也朝你家院子里掏个洞，”岳翕若不紧不慢地说，“你说对不对？”

“我操你祖宗！”和狗子抡起巴掌，“噼里啪啦”往岳翕若脸上正反一阵猛扇。岳翕若鼻孔、嘴角淌出鲜血。他依然一动不动，看着和狗子的眼睛里泛出一丝温和的微笑。出完气的和狗子反而不知所措了。

翟小红看到岳珊抬起头来，望着岳翕若的眼神里溢满崇敬。她哼了声，往前迈出一步。

梁亮斜一眼和狗子，小声骂道：“丢人现眼。”朝台下一挥手。两个红卫兵把方仁之拖上来。和狗子回过神来，喊声“滚”，把岳翕若抡到一边，一脚踢翻方仁之，用棒子点住他：“起来。你这伪县长还他妈的活着，镇反时就该赏给你一颗枪子。”

方仁之战战兢兢爬起来，仰脸看着和狗子，赔着笑说：“我是立过大功的。”

“吆嗬——”和狗子绕着他转了一圈，“谁家裤裆开了，露出你这个有头有脸的家伙。”

“这位领导，”方仁之把脸迎向和狗子，“我说的是真话，解放后政府还奖励给我一套住房呢。那时的政策，您不懂……”他猛然觉得失了口，赶紧捂住嘴。刚才觉得在岳翕若面前丢了面子的和狗子，脸一下涨得紫红，咬牙说：“那老子就再奖励你一回。”抡起棍棒横扫过去。方仁之“哎呦”一声，下身还站着，上身“噗塌”跌落在台上，头碰到戏台前沿的青石板，发出声细微的尿罐开裂的闷响。

老高猛地挣起头。那是战争年代，哪能像现在，人人都挂着黑白分明的标签。这个方仁之，你多嘴多舌地讨啥好呀。

梁亮伸开双臂压住台下的混乱，两个红卫兵把方仁之拖到后台。

老高顺从地被摁下头，知道武生戏过去了，接下来该摇头晃脑的老生没完没了地唱，张牙舞爪的花脸震耳欲聋地吼，就用意念塞住耳朵，进入自己的角色。方仁之呀，从将功赎罪的伪县长，到一肚子资料的文史委员，又变成一条摇尾乞怜的哈巴狗，这中间，会有多少打屁股拍脑袋，爆炒文煮呢。最终还是被打断了脊梁骨。对待既往，难道就不能厚道一些。

会场完全被老高屏蔽到视听之外，直到《大海航行靠舵手》的歌声响起，他的眼睛才活泛开来，慢慢直起腰，神情有些晕晕乎乎。被下放前，他的一位老首长，也是他到延安后的第一位领导，跟他讲起自己当年被“抢救”的经历，说：“所有运动都是为了讲理。但几乎所有搞运动的都不会跟运动对象讲理。”说这话时，老首长因昏花而显得格外慈祥的眼睛眨动着，泛起遥远的空洞，“一旦成为对象，不争辩不对抗，认大罪不认小过，是唯一合适的态度。”他看着老首长的眼睛，过去这么多年了，他心里的伤痛还在。临别时，老首长送给他四字箴言：“晕晕乎乎”。他抬头望望炫目的太阳，摇摇头，忽然笑了。

云青拨拉着往台下走的反逆流头头脑脑，大呼小叫地挤上台去，拍拍打打一通忙活，把岳绍前身上的尘土拍打干净，蹲下给他揉揉膝盖，架起那根没受伤的胳膊，搭在自己肩上，撑着老头子挪下大戏台。其他“牛鬼蛇神”们齐刷刷地看着他俩，小心翼翼地捶打着肩背腰胯，等着让台上的红卫兵先走。老高冲岳绍前的背影叹口气，说：“有这么个贤惠媳妇，一天挨三回斗也值。”

和狗子狠狠瞪他一眼。老高捶捶腰：“没人疼，咱自己走吧！”趔趄着两条僵硬的老腿，也走下戏台。

和狗子骂了句“老油条”，转身去卸柱子上的大喇叭。这“老运动员”啥样的批斗都经历过，打也好骂也好，就这副德行，也没人跟他较真。

岳绍前一口气喝干那杯不凉不热的枣茶，伸手往条几上一摸：“哎，电话机呢？”

“小河南的红卫兵给拆走了。”云青给他续上水，“你刚被揪走，天赦子就带人来拆走了。拆走拆走吧，在家里光管乱人。”

岳绍前拍一巴掌桌子：“你懂啥。这是咱滚石塔镇的官印。”

尚兴凡匆匆进来，搬过桌前的方杌子坐下：“听说电话机子被他们抢走啦？”

“你必须把它夺回来。”岳绍前直视着尚兴凡的眼睛，“夺回来有两种办法。一种是带人去抢。这势必会引起两派动武，闹出大乱子。就算抢回来也没意思。你记住，啥运动最后都要清算，手上沾上血的，一个也跑不掉。‘好人打坏人活该’这句话不会变，但好人与坏人随时都能调换过来。不信走着瞧，运动最后一批倒霉的，就是那些蹦得高的红卫兵头头。今天，我为啥不让你们硬保我？就是不想叫你卷进武斗。我没儿子，一直把你当亲儿子。你别表态，没用。再一种办法就是让梁亮乖乖给你送回来。那你就非当上革委会主任。今天当着你婶子的面，我就把话点透，你必须尽快和岳珊解除婚约。再犹豫不决，咱爷俩干脆一刀两断。要是电话机子一直安在小河南，你叫我咋向北三村的老少爷们交代？”

岳绍前一口气说完，拍拍肩膀，把头靠在椅背上。

云青看看一脸难堪的尚兴凡，瞪一眼岳绍前，说：“你这是咋说话？”

“这事，你别插嘴。”岳绍前谁也不看，伸手指指门口，“你回去想个明白。要是还不能了断，就别再来了，托人给我回个话就行。”

尚兴凡张张嘴，啥也没说出来，起身往外走。云青送他回来后，气呼呼地说：“你这不是逼着人家孩子不仁不义吗。岳珊可咋办？”

岳绍前叹口气，道：“我得先管滚石塔镇咋办。可惜我没儿子。”

云青白他一眼，在屋里转了一圈，出去从窗台上摸起葫芦瓢，“咕——，咕咕咕咕”，抓一把秕谷撒向闻声跑过来的鸡。两只小公鸡因争食斗在一起。她吵骂着把它们轰到一边：

“斗斗斗，挨刀的货，看见吃的就眼红。”

岳绍前吐吐舌头，这小老太婆，学会指桑骂槐啦。端起杯子喝枣茶，忽然“咯”的声笑喷了，茶水哩哩啦啦洒了一胸膛。

岳翕若抹一把冻鼻涕，拄着扫帚打量四周。山上的树叶、杂草和没来得及收割的零星庄稼，一夜间全都衰败枯萎，地势低洼的地方裸露出大块大块黢黑，像刚刚过了山火，在软弱的阳光下散发着一缕缕焦煳和腐败杂糅的气味。

今年的这头场霜下手忒重。岳翕若双手卡住腰眼，使劲挺起脊梁，看看没有一个人影的庄头，拖着扫帚拐下岔道口，在一处簸箕形山坳前站住，转着身四下看了一遍，匆匆钻进那片苍翠的柏树里，一腚坐在父亲坟前。一年多没来给父亲上坟了，坟头上杂草纷披，露着几个黑乎乎的老鼠洞。落满老鼠屎的石供桌上横着个啃得只剩下半边玉米粒的棒锤子。一只胖胖的大老鼠从坟里钻出来，圆溜溜的小眼珠跟岳翕若的眼神一碰，“刺溜”穿过草丛，钻进坟地旁边井台的石缝里。那是口坟地防火用的老井。后来生产队为了农忙时烧水做饭，安了架新式水车。水车早已锈蚀得快塌架了，白铁水管和兜水的皮圈也都已脱落，只剩下根锈迹斑驳的铁链子垂挂到井里，被风吹得摇摇晃晃。刘文先他们困难时进不了村子，遇上紧急需求，就约岳翕若在这里见面。他总是带上一两样点心，跟刘文先坐在井台上吃。那时井口上还没有井架。刘文先慢条斯理地吃得很矜持，把柏树枝里漏下的阳光嚼得吱吱地掉渣子。

“爹，我成了咱岳家的罪人啦。”岳翕若下意识地摠拉下供桌上的东西，对着父亲的坟头说，“你交给我的那两箱传家宝，一点也没剩下，都毁了。那帮孩子，我也没法给您带好了。岳珊，一个女孩子家，硬让人家给退了婚。知琛的婚约眼看也保不住，咱滚石塔镇老岳家就要断子绝孙啦。”他抬起头，眯起眼睛看着斜射下来的阳光，嘴里感到一股冰咸。狠狠抹一把鼻涕，把眼泪一块抹了下来。一把接一把地抹，泪水越抹越多。喉咙里不受控制地滚上一阵哽咽，哭声就“呜呜”地放肆起来。满脸泪水鼻涕把抹上去的尘土草屑老鼠屎都冲进乱蓬蓬的胡须，一把大胡子泼了糨糊似的粘得一绺一团，脏乎乎地贴在下巴、脖子上。两个突起的颧骨和傻乎乎张开、缺了几颗牙的嘴，暴露在黄得透亮的阳光里。

太阳爬上滚石塔顶，天气渐渐暖和起来。岳凡无精打采地顺着爹扫街的路往山上爬。这些天娘一阵精神一阵迷糊 。吃饭前她忽然说：“你爹该回来了。”大家这才发现，爹早过了平时回家的时间。大哥叫岳凡去迎迎爹。岳凡极不情愿地磨蹭出门。他越来越不愿在外边跟爹待在一起。爹有事出门却偏偏好叫上他。他就故意不听支使，不给爹好脸子看。爹好像根本感觉不出来，仍时常对大哥说：“腿脚越来越不听使唤，出门时，小凡就是我一根拐杖。”岳凡心里嘀咕：“我才不稀罕当拐杖。”

快走到往长岭村拐弯的地方了。岳凡站住，把两手围在嘴上，没喊出声就又放下。他看到光石岗上有人影。这么冷，跑到那上边去干啥。急急忙忙地跑到光石岗下，却发现那人是傩疯子。还有一个，胖胖的，也不是爹，像是会愚老和尚。在岳凡记忆中，傩疯子总是伴随着他家的灾难出现。老和尚咋跟他在一起？从这次傩疯子又回到滚石塔镇，岳凡就感到他身上和这个鬼一样的疯子有种神秘的联系。只要他在镇子里，岳凡就会经常看到死去的人，不管白天还是晚上。他感觉到老和尚正在低头望着他，心里“吧嗒”透进片光亮。光亮慢慢伸开，延展成条胡同。两脚就不由自主地沿着胡同移向家里的坟地。

在那片柏树外边，岳凡听到爹粗哑得孩子似的“呜呜”哭声。喊声“爹”，一头扑了进去。爹正靠在井台旁边那棵枯老的柏树上，受惊似的浑身一抖，转身一把撩起棉袄，匆匆擦了几把脸和胡子，又双手仔细地摩擦了一遍脸，这才转过身摸摸岳凡的头：“走，咱回家。”

岳凡惴惴地拉着爹的手走出坟地。爹那张涕泪邋遢，丑陋无助的脸，尖利地刻在他的记忆里。一路上岳翕若不断抖着胡子，直到它们又勉强蓬松开来，才对岳凡说：“这里的事，回家不要说。”

岳凡“嗯”了声，点点头。那片柏树里的情景，他回家就忘了。等到父亲死的那天晚上，他守在灵前，一遍遍地倒腾爹的那些陈年旧事，才从当时爹望着那口老井的眼神里，咂摸出死神的味道。一下就又想起老和尚会愚，想起那天下霜后的气息。

岳翕若到家时，孩子们都已吃完饭。老伴眼神直直地看着他瘪着少牙的嘴吃下那碗泡煎饼汤，才胡乱扒拉了两口地瓜糊嘟，又躺在炕上。大嫂收碗筷时，看到爹的泪水“吧嗒”落到碗里。扭头看看岳珊，朝公爹点点下巴，岳珊眼圈一红，抿抿嘴，说：“爹，我的事，您别操心。我早已知道会有今天。”

岳翕若看看女儿。

岳珊接住爹的目光，问：“要是梁亮娶我，您愿意吗？”

“这世道要老是这样，那就没有天理啦。”岳翕若拨一下胡子，又叉开五指梳理，“结婚后，日子长着呢。小河南不是个过安稳日子的地方。再说，有些东西，尚兴凡舍不下，他梁亮照样舍不下。这不是爹愿意不愿意的事。我不会再单单因为祖宗规矩就阻挡你们。他要适合你，我会同意的。”他吁出口气，说：“姗姗，眼下这情形，也只有看远一些了。”

岳珊低下头：“爹，我知道了。”去院子里端来一脸盆凉水，提起暖水瓶兑上些热水，伸手试试水温，把爹扶到脸盆架前，说：“您洗把脸躺一会儿，我不会让您因为我丢脸。”岳翕若眼里又涌出泪水，赶紧捧起把水撩到脸上。

岳珊拉着大嫂匆匆出门，跟她小声嘀咕几句，到自己的小南屋里精心梳理一番，挟着尚兴凡家送的彩礼，一床被套床单，几块衣裳布料，平静地出了大门。

霜降这半拉月，秋庄稼大都已净场，只剩下不急着腾出地种麦子的地瓜还在地里，正是几天小农闲，早饭后，街上人就多了起来。岳珊一身俏净地穿过大街。街上东一撮西一伙地在大门前做棉鞋的娘儿们们，嗤嗤啦啦拉着麻线，把扎钝了的锥子尖含在嘴里吮吮，互相捣一把，问：“岳珊，这是要干啥去呀？”

岳珊一路叫着婶子大娘，说：“我给人家尚家把彩礼送回去。”在两村娘儿们的“啧啧”声里走进拐棒胡同，推开尚兴凡家的大门，脆脆地喊声“婶子”，把彩礼放到屋门口，转身就走。

兴凡娘叫着“闺女”追出门，一路颠颠地喊着：“这算咋回事，这算咋回事？”一直跟到岳珊家。

岳珊反身迎住兴凡娘，指指大北屋：“我爹躺下了。”把她领进小南屋。兴凡娘打量着床头箱子上摞着的崭新被褥和地下扯碎了的双喜窗花，叹口气，抱住岳珊肩膀，一块坐在床沿上，说：“珊珊，你这么把我送的东西往家里一扔，娘这心里，咋受得了哇。”

“婶子，兴凡已在革委会宣布退婚了，我还能咋办？”岳珊低下头，“我爹已是这样了，他敢说啥，又能说啥？我一个闺女家，也只能这样挽回点脸面啦。”

兴凡娘一把把岳珊抱进怀里，叫声“闺女”，泪水淌了一脸。她拍打着岳珊，说：“珊珊，是我对不住你，兴凡对不住你。”

岳珊从她怀里挣出来，洗了把脸，又把毛巾在脸盆里摆了摆，拧干水递给她。兴凡娘接过毛巾，又搭在脸盆沿上，伸手抹把脸，攥住岳珊的手说：“你们不能这样说散就散了。昨天晚上我骂了兴凡一宿。说实话，他真舍不下你。昨天一进家就先把你们的订婚照片藏起来，是怕你要回来撕了。你等着，我得让他来给你道歉，把彩礼再原封送回来。”

“婶子，我知道你心里一直拿我当亲闺女看待。”岳珊抽出手，决绝地摇摇头说，“但我不会再回头。我不是件东西，叫人说扔就扔想捡就捡。”

兴凡娘一下被噎得满脸通红，憋了半天才说："珊珊，咱别使性子，啊，看在我的分上，等兴凡来了，给我狠狠骂他一顿，别把火窝在心里。啊，听话。我走啦。"出了门又把住门框探进头来说，"替我给你爹赔个不是。没法见他了，叫他沉住气，给我几天缓空。"

岳绍前正要出去，兴凡娘一头闯进大门，差点跟他撞个满怀。岳绍前看看一脸火星的兴凡娘，愣了愣，招呼她进屋。

云青亲热地拉住兴凡娘的手："你可是稀客，快坐下，我正挑了几个石榴，想让兴凡给你捎过去，正好，你先尝尝，半口的，又酸又甜，挺适合咱这年龄的口味。"

"他大娘，你别忙活。"兴凡娘紧绷绷的脸稍微松缓了些。尽管云青比她小好多岁，她还是按岳绍前的年龄称呼，客气地接过石榴放在桌子上："我跟岳支书说句话就走。"

"你是为兴凡跟岳珊的事来的吧？"岳绍前掰开石榴推到她面前。兴凡娘伸手挡了挡，火气又冲上来了："我就想问问你，兴凡咋就不能娶岳珊？"

"兴凡他没跟你说，"岳绍前一脸平和，"老林要调到县武装部去了。弟妹家，你要跟岳翁若成了亲家，咱滚石塔镇这革委会主任可就落到小河南梁家啦。"

"这我管不着，我只要岳珊做我的儿媳妇。"

"我说弟妹呀，这事你可真得好好想清楚。"岳绍前摸起颗石榴粒放在嘴里，撮起嘴唇"咝溜"了一声，对老伴说，"还半口呢，酸倒牙。"稍沉了会儿，又看着兴凡娘道，"将来你的孙子孙女填表的时候，都得写上他们的母亲是地主成分。上学招工都受影响，参军入党提干更是连门也没有。这你也能不想不管？"

"不想。不管。"兴凡娘火气很旺，搓下半把石榴粒按进嘴里，嚼了几下连籽吞下去，吐口酸气说，"我一个妇道人家，没这么长的眼光。当初你和俺家那口子跟着老常和刘文先钻山沟那会儿，被人家撵得东躲西藏的，哪会想到后来能当官。当初，你们在俺家，可没少数叨人家岳翁若的好处。可惜俺家老尚没那福气，临解放了，叫一场拉肚子给叫走啦。要是他还活着，不会在这节骨眼上跟人家退婚，这不是往人家伤口上撒盐吗。叫岳珊以后咋在庄里抬起头来。"

岳绍前脸上挂不住了，松弛的两颊拉了起来。他瞅一眼老伴，肿胀的眼泡又慢慢溢出笑意："弟妹这样说，我就不好再插嘴了。其实，两个孩子的事，我心里也一直在划量。公社革委会态度很坚决，说兴凡只能在要老婆还是要党籍上选一头。我是既怕耽误兴凡的前途，也怕毁了他们的姻缘。你来之前，常二婶子刚走，她也是来让我劝说兴凡不要退婚的。我告诉她公社的态度后，她说那兴凡可真得好好掂量掂量。”

“我可没人家常二婶子那觉悟。要是这党籍非拿人性去换，俺家不稀罕。”

“那，我就再跟兴凡说说。”

“你有这句话就够了。两个孩子我去说。你不再跟着逼兴凡退婚就行了。”

“看你说的，哪能呀，珊珊也是我从小看着长大的。”岳绍前跟着兴凡娘站起来，劝她道，“有些话，出了这个门可就不敢那样说了。”示意老伴去送送。

云青回来端详了岳绍前半天：“我都不敢认你啦。咋说瞎话都不带打艮的。人家常二婶子说的可是跟兴凡娘差不多。”

岳绍前有些不耐烦：“做狼做羊都不行，只好做狐狸。”

第十三章

太阳刚挨着山上的树梢，分散在各个果树区打药的林业队员就一哄而散了。尚丰年喊了几嗓子也没人理他。喷雾器、药桶横七竖八扔得到处都是。他一脚把一个滚到路上的空药桶踢到地里。人人都端着一副革命架势，要我这个队长当屌使呀。

革委会刚成立不久，就宣布尚丰年重新担任林业队长，他兴冲冲地想重拾过去的老规矩，结果接连被野惯了的造反派们硬邦邦地给敲打了几回，就又蔫蔫地软塌下来。梁亮去年秋天猛不丁打了那一拳头，把刚缓过一口气的滚石塔镇又捣了个连咳带喘，岳绍前摔了个嘴啃泥，爬起来袖起两手又靠一边站着去了。尚兴凡和梁亮叮叮当当吵了一冬，到年底，公社终于宣布尚兴凡出任革委会主任，梁亮和岳绍前还是副主任。这台大戏，转出来转进去就那么几个人，却晃得人眼花缭乱。

尚丰年从褂子里面的口袋里摸出支“琥珀牌”香烟，在左手大拇指上磕磕，点着抽了一口。这可是只有县上的大干部才抽得起的高档烟。他从不难为自己，过去跟着岳翕若干了那么多年，攒下了一点家底，解放后又一直干林业队长，也是个有油水的单位。他外面的口袋里装的是九分钱一盒的“大众牌”香烟，当着人就从外面的口袋里掏“大众”，一掏就是一盒。没人的时候就从里面摸“琥珀”，一支一支往外拽。

他站在路边的两棵果树中间，慢慢抽完那颗烟，把烟把碾进地里，轻轻吐出口气。兴凡刚当上革委会主任就到家里找尚丰年，叫他大胆把林业队抓起来。说运动就要进入第三个年头啦，也该消停消停了。咱滚石塔镇这么个大摊子，光闹腾不抓钱，一天也玩不转。为给他撑腰，兴凡亲自到果园里开会，慷慨激昂地讲了一番。看来也没管啥用。毕竟不是岳绍前，一时半会儿还压不住茬。他摇摇头，走到还在清洗喷雾器的岳珊和淑珍跟前，摆摆手："走吧，走吧。光你们清洗这两个管啥用。哎，岳珊，你等等，我跟你说句话。"

尚丰年看着淑珍的背影，拉了几句家长里短，忽然说："珊珊，回家时告诉你爹，我想在夏天天热以前，把淑珍跟知琛的婚事办了。这形势，也不搞啥典礼啦，两家亲戚凑在一块吃顿饭就行。"

"大叔！"岳珊吃惊地看着尚丰年，"我爹就等着淑珍姐退婚了。"

"嗨！"尚丰年背起手，"你爹他小看我了。你大叔能做那种忘恩负义、落井下石的事？看你这孩子，抹啥眼泪，快回家吧。我还得转转。这药打的，有些树就那么照划了几下，开春时果树刚冒芽，这遍药喷不匀，过几天虫子一钻出来，可就再也治不住啦。"

尚丰年转转悠悠地往山下走，想象着岳翁若得信后感激涕零的样子，感动得自己眼窝直发热。岳珊被退婚后，淑珍那帮姐妹们就一直嘀嘀咕咕劝她也退婚，本家当户的老年人也都上门告诫他，别犯糊涂，不能把淑珍往火坑里推。尚丰年总拿一句话推托："孩子的事让她自己拿主意。"最近他见和狗子有事没事地总往家里凑伙，死皮涎脸地跟淑珍黏糊。这才决定干脆尽早让女儿结婚。和狗子算啥东西。尚丰年就这么一个闺女，能下嫁给他。解放前，从济南到滚石塔镇，尚丰年一直跟岳翁若干。他看好岳家的孩子。运动一场接着一场，没见那场运动能没完没了。居家过日子，全滚石塔镇的年轻人，谁也比不过岳翁若的孩子。忽然，他发现前边山坡下，尚兴凡截住了岳珊。不远处的石屋后边，梁亮正躲在树后往那边看。咋样，这俩人可是眼下滚石塔镇最风光的啦，不照样舍不下人家岳家的闺女。一挫身溜到另一条小路上。

看到岳珊跟尚兴凡在一起，梁亮心里"咯噔"一惊。他是打听准了岳珊下山的时间，来她必经的路口堵她的，没想到尚兴凡抢到了前头。他的第一反应就是阴谋，所谓退婚，只不过是在岳绍前导演下，两家合伙演的一出戏。一股恶毒的恨意反倒使他瞬间冷静下来，闪身伏在屋后，像只准备扑击的豹子，靠住老核桃树，竖起耳朵观察他俩。

岳珊的声音不冷不热，塞满了嘲讽："尚大主任这是啥话？你拿我去换了顶官帽，在台上光光鲜鲜，到台下又想把我偷回去。你还想让我咋说，感激你不忘旧情吗？"

梁亮悬着的心忽然落了下来，同时又似乎卷起阵失望，眼睛紧紧盯住尚兴凡。尚兴凡绞着双手，嗫嚅半天，才吐出声"珊珊"，立即被岳珊喝止："你没有权利这样叫。"尚兴凡沉重地叹口气，低下头说："你一直不给我道歉的机会。我娘骂得我对，我就是只白眼狼。"

“狼？”岳珊的冷笑像刀子一样，“哼，别玷污了这重情重义的动物。你就是个四不像。”

“你，”尚兴凡猛地攥紧双拳，旋即又放开，“骂吧。非驴非马，猪狗不如，愿咋骂都行，只要你能出气。”

岳珊倒一时无话了，抱着膀子仰天站了一会儿，才指指路口说：“你走吧。今后，咱俩井水不犯河水。”

“岳珊，”尚兴凡刚转身又扭回头，说，“我对你的感情……”

岳珊猛地一跺脚，喊声已带出咬住牙的哭音：“走。难道你还想叫我接受你的道歉，好让你心情轻松地去当官吗！”

尚兴凡被击穿了似的晃了晃，没头没脑地说了句：“你会明白的。”慢慢回过头去，几步就拐进毛茸茸的树丛。

岳珊抱着头蹲在地上。

梁亮喊着“珊珊”扑过来，一把抱住她。岳珊叫声“梁亮”，闭上眼睛。梁亮感到她成了条空袋子，软软地没一点支撑。梁亮冒出头汗，两臂用力把她贴在胸前，说：“珊珊，咱们结婚吧，我啥都不要，只要你。”

岳珊不说话，只是任梁亮抱着。夜色薄薄地在山谷里弥散，淡淡的刚冒芽的青草树叶气息浮上山坡。

“梁亮，再给我背一篇你写给我的信吧。”

等了好长一会儿，也许只是一霎，没听到梁亮的反应，岳珊问：“是忘了，还是慷慨激昂的话说惯了，背不出口？”

梁亮忽然走神了，好像没听见岳珊的话。

岳珊的腹部和胸部长长一阵起伏，慢慢吐出口气，轻轻推开梁亮，站起来，苦笑道：“咱们都回不到过去了。你再也没有写那些信的情感，我也无法嫁给一个掌掴过我父亲的人。”

梁亮有些意外地看着岳珊渐渐模糊起来的脸，想解释，勾着头呆了会儿，啥也没说。

岳珊语气忽然轻松起来：“你别说不出口，还有那么多宏图大略没施展呢，哪能为我丢掉你的革命。刚才那话，只不过是英雄见到落难弱女子的一时冲动。放心，我不会当真。”

岳珊抻抻衣裳，抬腿就走，走出几步又甩回一句：“你和尚兴凡都不是狼。我这辈子嫁鸡嫁狗也不会嫁给你俩。”

梁亮被点了穴似的一动不动。他想再大声喊一句来之前在心里反复喊过多次的话，“岳珊，嫁给我吧”，胸腹里虚虚的，递不上劲。半张着嘴，看着岳珊一步一步走进暮色里。

春初的长岭山，夜色一浓寒气就上来了，湿漉漉的，很快就浸透了衣裳。

岳翕若看到珊珊进门拐进小南屋，紧绷的脸色“噗啦”松开，胡子也跟着松垂下来。等女儿换下打药的衣裳，走进大北屋，就拿起筷子招呼大家：“吃饭吧。”

岳珊坐到炕沿上，忽然急切地说：“爹，收工时丰年大叔特意叫住我，让我告诉你，他想让淑珍跟我三哥在夏天天热前结婚。”

岳翕若手中的筷子一动，刚夹起的咸菜掉在桌子上。他没听懂似的看着岳珊，慢慢扭过头，问：“真的？”

岳珊点点头。知琛目光闪闪地在大家脸上转过，脸涨得通红。

岳翕若摇摇头，捋捋胡子，又摇摇头：“没想到，真没想到。”他抓过烟袋，没装烟也没点火，摩挲着烟袋锅说：“我本来以为，这桩婚事也黄了。没想到。我一直认为尚丰年是个有眼光没担当的人。这回，在咱家落难时，他却有这份仗义。”

“我早就说，淑珍不是那样的人。”知琛浑身鼓动着高兴和得意，“她一直说不会退婚。”

知琢看看岳珊，咳嗽一声。大嫂从婆婆抖抖索索的手里接下饭碗，撂到炉子边上，伏在她肩膀上说：“知琛要娶媳妇啦。”

婆婆目光清清亮亮地看着知琛，又瞅瞅岳珊，掩住嘴，无声地哭起来。岳珊拉住娘的手，轻轻抱住她的肩膀。岳翕若拨开知琛划着火柴给他点烟的手，亮亮空空的烟袋锅，递给岳凡。岳凡装上烟又递给爹，岳翕若端着烟袋把屋里的人划了一圈，说：“这事都不要往外说，这年月破亲的比成亲的多。知琢，等一会儿你替我到你丰年大叔家去一趟。就说我说的，他这个节骨眼上提出结婚，我感激他，咱全家都感激他。他这大半辈子，很少有这样的豪气。要用咱们的感激再激他激，叫他把这份道义担得更结实。要紧的是和他家商量一下，把结婚日期尽量往前提。”

知琢点点头。岳翕若指点着知琛说：“淑珍可有些日子没到咱家来了。你要常去约约人家。别总在淑珍面前表现出副受苦受难的样子。男子汉在女人面前啥时候都要像座山，让人觉得心里踏实，人家才会往你身上靠。让女人同情你，她也就瞧不上你啦。”

“我知道。”知琛满有把握地接道，“她不会小瞧我。”

岳翕若晃晃烟袋，封住他的嘴，看着岳珊说：“珊珊，爹最放心你。爹知道退婚的事打不倒你。你也常跟淑珍去聊聊天。有些话，你三哥不好说，也说不到点子上。这桩婚事还是淑珍最关键。”

岳珊冲爹笑笑，没说话。她明白爹的意思，是要她提起精神头，帮着撑住这个家。她从爹刚才端着没点火的烟袋的架势上，看出了他掩在心里的不安。尚丰年大叔的一句话，在爹心底绝望的黑暗里透出一粒光亮，他怕这光亮转眼就熄灭。他想尽力护住它。岳珊不敢说话，怕一张口，脸上的笑容就撑不住破碎掉。

第十四章

春天在岳翕若掐着指头的算计中终于挪动到春分了。吃过早饭，他又跟知琢合计了一遍知琛的婚事，慢慢踱到院子里。

天上流动着薄薄的云彩，山后边隐隐滚动着雷声。岳翕若抬头望天，自语道：“老天还是该打雷打雷该下雨下雨。龙本事也挡不住季节变化。”

大门“轰隆”推开。

天赦子、和狗子带着和大家伙闯进院子。和大家伙牵着小儿子的手，他老婆挟着个包袱，一脸惶惑地跟在他身后。五六个提着棒子的反逆流“文攻武卫”队员簇拥着他们。天赦子指着岳翕若喝道：“岳翕若，鉴于你负隅顽抗的恶劣表现，我们反逆流指挥部决定，从今天起，派贫下中农代表和五同志进驻你家，对你进行监督改造。”

岳翕若显然有些蒙，怔怔地没反应过来。

和狗子往知琛住的东屋一指：“就住这间。”

知琛伸开胳膊拦在门口：“这是我的新房，我马上就结婚了。”

“结婚？”和狗子伸出根指头点着知琛胸口，歪嘴笑道，“地主羔子，还他妈结婚。滚一边抱条母狗做梦去吧。”他一膀子扛开知琛，朝“文攻武卫”队员挥挥手：“把东西给他扔出来。”

“文攻武卫”队员吆喝一声，扔下手里的棍棒，冲到屋里，把被褥、脸盆、衣裳“呼呼啦啦”扔了一院子。两个队员架着桌子往外搬，被和狗子伸手挡住：“这个留给和大家伙。”

和大家伙瞪他一眼：“和大家伙是你叫的？”

和狗子一惊，看看满院子的人，骂道：“你真不识好歹。”虚张声势朝和大家伙跨出一步，被天赦子一把拉住。和大家伙嘲弄地斜他一眼，拉着老婆孩子进了屋，“咣当”甩上屋门。

岳翕若脸色慢慢由白变红，胡子蓬散开来，指着满院杂物问天赦子：“这家，是土改时政府留给我的，凭啥说占就占？”

“凭啥？”天赦子有些出乎意料，反问了一句，忽然气得脸色铁青，“啥也不凭，就是要占。何其毒也。你还他妈的想着政府。啥政府？刘少奇的政府，刘文先的政府，岳绍前的政府，这些地富反坏右的保护伞早就被踢倒啦。你老小子放明白点，现在是造反派的红色专政。不把你们全家扫地出门就不错了。不服气是吧，今天老子就能把你和你这群王八羔子的窝都掀翻了。”

“那倒也痛快。”岳翕若脖子一梗，“反正也是不让过啦。”

“嗨，嗨，嗨，他妈的你还屌来劲了。”和狗子举起棍棒，狠狠顶住岳翕若胸膛，“今天还就是不让你过了。是老子动手，还是你自己了断。跳井、上吊、喝农药，都行。”

知琢、知琛、岳珊一齐围到爹身边。“文攻武卫”队员都拿起棍棒凑过来。和大家伙的老婆惊叫着从屋里冲出，挡在岳翕若面前，说：“他大爷，你少说两句。”又冲天赦子、和狗子喊道，“俺都搬到屋里了，你们还不走。你们不走，俺就走。恁愿叫谁来就叫谁来。”

胖婶子带着几个邻居女人跑进院子，推着天赦子和和狗子往外走：“看在我这张老脸的分上，走吧，得饶人处且饶人，闹出人命来，谁都不好。”

岳珊和大嫂乘机把岳翕若拉进屋。和狗子一棍子打碎一把暖水瓶，骂道：“便宜了这老王八蛋。”跟着天赦子气哼哼地横着晃出大门。

天赦子他们走后，东屋门就一直紧闭着。大嫂和知琛收拾一直盛杂物的小西屋，岳凡跟姐姐敛伙散落在天井里的东西。和大家伙媳妇的埋怨不时从屋里传出，间或响起一声大家伙不耐烦的吼叫。知琛趴在原先岳顺的床上哭了：“嫂子，这下不就全完了吗？”

岳珊冲进小西屋，拉开劝慰知琛的大嫂，指着东屋说：“三哥，要哭你到一边哭去。啥时候了，还哭。要是五弟在，能轮到爹放这样的硬话吗？”知琛一下止住哭泣。岳珊拽起三哥：“你结婚就结到南屋里，我住这里。从今日起，咱们谁也不能再哭鼻子抹眼泪。”

岳翕若端坐在椅子上。知琢默然地陪在一边。娘又在炕上痴痴呆呆的了。岳翕若掂掂那把剃须刀，叹道：“眼下的灾难，会愚老和尚都料到了。”他看看知琢，自顾说下去：“和五家里的是个通情达理的。常二婶子，胖奶奶，还有你们云青奶奶，这几年，为啥能仗义相助的都是女人。啥叫真性情？遇事不想那么多，该咋做咋做，该咋说咋说，就是真性情。都说男人有性情敢担当，看看眼前吧，女人才大都活在性情里，倒是男人们活得算算计计的。从今日个起，不算计啦。就活一天算一天，想多了也没用。反正早死晚死都是个死。”

知琢很仔细地用火柴棒从桌缝里挑出根烟丝，说：“男人都驭着个家。人在屋檐下，能忍还得忍，毕竟一大家人都摆在这里，岳凡还小。”他指指东屋：“尤其这种浑人，犯不上跟他硬碰硬。”

岳翕若摸着胡子，“吧嗒吧嗒”抽烟。

午饭时，和大家伙领着老婆和小儿子回了趟家。晚饭前提着一筐子锅碗瓢勺又回来，在东屋窗户下支起两块石头当灶台，叫老婆烧火做饭。老婆瞥一眼大北屋，说：“咱还是回家吃饭吧。”

和大家伙横她一眼：“看啥看。回屌啥家，这里就是咱们的家。”

“你小声点。”他老婆小声央求，“不怕人家笑话。”

“嗨，我倒忘了，来到书香人家啦。”和大家伙故意扯开嗓门，“笑话，扯淡！老子竖起屌来无阴凉，谁爱笑话谁笑话。”

“我求你啦，行不行。”老婆话里带出了哭声，“当初，人家待咱不错呀。咱别来糟蹋人家，作孽呀。”

“作孽，谁作孽？你忘了当年把咱扫地出门啦？这回看谁还敢撵咱出门。”

老婆把柴火往地上一摔，起身往外走。和大家伙一把薅住她胳膊甩进屋里。老婆跌在地上放声大哭：“老天爷呀，我当初咋就看上了这么一个东西。你不是到处吹乎不打女人吗，你这挨千刀的。”

和大家伙粗声大笑：“咋看上的，我家伙大呗。你他娘的净扯屌蛋，人家老婆是女人，自家老婆算啥女人。”伸手把小儿子按到灶台前，让他烧火。小儿子塞进一大把柴火，烟呼呼地冒了一院子。

知琢从北屋出来，笑着叫声“五叔”。

和大家伙白他一眼。知琢慢声细语地说：“我帮你把灶台盘到饭屋里吧，放件家什也方便，遇到阴天下雨的不耽误做饭。”

“甭操心！”和大家伙一摆手，“我不和你们掺和。”

和大家伙骂老婆打孩子，把一顿晚饭吃得鬼哭狼嚎。大北屋里一点声息也没有。天刚擦黑，岳家的人还都聚在大北屋里没散，大家伙就喊着“睡觉啦”，在南屋和西屋夹角的栏门口阳沟里“稀里哗啦”粗声大气地撒尿，惊天动地的咳嗽吐痰。然后打开窗子睡觉，整整一宿，把放屁咬牙打呼噜的动静全推到院子里。第二天天刚亮，就光着屁股推开门，把一盆尿扬手泼到天井里，浓烈的臊气“哗”地胀了一院子。岳珊把刚打开的窗户“啪”地又关上。

“和五，”岳翕若背着手踱出屋门，平静地喊道，“你出来。”

和大家伙穿上裤子，光着脊梁出来，轻蔑地瞅着岳翕若，两手下意识地提提裤腰带，又“操”了声，把裤腰往下一撸，露出凸起的肚脐眼，吊起眉梢：“啥事？”

岳翕若站在连接东西南北屋的甬道中间，看也不看和大家伙，说：“和五，你也有老婆闺女，请你知道，我家里有女人。在这个家里，你要像个男人。”

和大家伙一仰头：“屌。我要不呢？”

岳翕若突然把手从背后伸出，右手握着把菜刀。他盯一眼大家伙，猛地劈到石榴树下的石桌上，刀“啪”地跳起，带出一串火星。和大家伙两脚一动。岳翕若不紧不慢地说：“我打不过你，可我敢拼命。”他指指石桌上的菜刀：“要不，你就拿菜刀劈了我。”他垂着眼皮等了会儿，又背起手踱回大北屋。

和大家伙杵在院子里，看着北屋门轻轻关上，半天才缓过神来，咬牙指着大北屋吼道：“咱看谁狠。”

梁亮逼视着天赦子跟和狗子：“这种事，谁让你们干的？事先不打招呼，我是干啥的！”

天赦子跟和狗子互相看看，谁都不说话，一块看着翟小红。梁亮把目光转向她，一脸隐忍的愠怒。抬手拍了下电话机，话筒弹到桌上，发出“嘟嘟”的忙音。尚兴凡当了革委主任后，一再催促反逆流把话机送回去。梁亮就是不给。官司打到公社，革委会又特批了一部电话机，装到滚石塔镇革委会，那部旧的就留在了小河南。翟小红摆摆手，让天赦子和和狗子出去，把话筒又放回座机，说：“这事，还是我说吧。”

梁亮把脸别向窗外。去年掀起那场搅动全县的反击不久，县城的大街小巷到处贴满了支持“大联合大团结”、拥护“三结合”革命委员会的标语，强大压力下，反逆流再次陷入被动，为了重振士气，总指挥顾不得大家各自为战的格局，急着往各地的战斗队派出“特派员”。梁亮对这种从小说里搬来的做法很不以为然，身边总跟着一个眼线，别别楞楞地很不舒服，尽管她是翟小红。

“那天天赦子在上河村庄头碰到骂骂咧咧的和大家伙。他说他儿子要结婚了，没有房子，要求尚兴凡让他住回饲养所那间土坯房，让儿子在家里结婚。他本想那破烂房子，闲着也是闲着，说一声准行。没想到尚兴凡说：那是公家的房子，谁也不能占。这小婊子生的，刚当上官就不认人，要是岳绍前还干一把手，肯定能行。天赦子当晚去你大爷家里，顺口说起了这事。”

“跟他拉扯啥？”梁亮皱紧眉头，“我最恨被捕变节的人，我一再告诫他们，我们反逆流绝对不能再跟他搅和在一起。”

“你先别打岔，听我说完。”翟小红搂搂梁亮肩膀，接着往下说，“梁家禄一听就兴奋起来，拍打着桌子对天赦子说，和狗子下午来家里找过他——别瞪眼，和狗子急赤白脸地去找你大爷，说咋着也不能让淑珍跟岳知琛结婚，他非得娶她。梁家禄告诉天赦子，你们俩说的这两桩事，凑在一起就是步一箭双雕的好棋。让和大家伙住进岳翁若家，占了岳知琛新房，搅他个一塌糊涂。既一把摁住岳胡子刚要直起的腰，又拉住了岳绍前的一员蛮将，还叫和狗子感激你们一辈子。天赦子佩服得一个劲地拍打后脑勺，急急火火地跑去找和狗子卖人情。和狗子刚从尚丰年家碰了一鼻子灰，正在家里抓耳挠腮，捶桌子砸板凳，一听梁家禄的计策就高兴得跳了起来，他妈的梁家禄这老白毛，简直就是个诸葛亮转世。又对天赦子鞠躬作揖，说天赦子哥，我请你喝酒。从他娘屋里摸了两个鸡蛋，抓了把韭菜，拉着天赦子去叫开供销社的门，赊了斤零酒，跑到梁家禄家谢恩。”

翟小红见梁亮牙齿咬得两腮上鼓起棱子，忽然笑了：“至于这么深恶痛绝吗？告诉你，我说的基本都是天赦子的原话，一点没加工。天赦子告诉我说，梁家禄打成叛徒后，在家里的待遇从天上掉到了地下。一看就好长时间没捞着喝酒吃菜了。一斤酒让他抢着喝了一多半，那碟子韭菜炒鸡蛋更是让他给包了。他的筷子老是罩在碟子上，我跟狗子一伸筷子就被他梆的声敲开。”

梁亮的脸唰地红了：“说这些鸡毛蒜皮干啥。我只想知道，这回和大家伙咋这么听说。”

“要说你这位大爷，还真是只狡猾的老狼。他告诉他俩，要办成这件事，得做到两条。一条是先卡住和大家伙的脖棱梗，警告他，要不按照反逆流的安排做，就翻腾出他当年编顺口溜攻击大炼钢铁的事，那样一来，他儿子的婚事可就泡汤啦。然后再许给他好处，就说很快就要把岳翁若全家扫地出门。他只要先住进去，那院子就归他了。大家伙一直记着岳翁若的仇，他一住进岳家，你们就瞧等着看好戏吧。结果，你大爷真是料事如神。这一把卡下去，和大家伙就耷拉了脑袋。再把好处一亮，他眼睛都绿了，瞪着天赦子、和狗子说，行，这买卖合算。但你们要坑我，我他妈的就一……”翟小红顿了顿，接着说，“我就一那个啥，甩死你们两个东西。”

梁亮吭吭唧唧一脸尴尬：“那个什么，俺们章丘方言的那个啥，就纯粹是个虚指。”

这一解释倒让翟小红的脸腾地红了："你看你，啥虚指实指。"忽然又"咯咯"笑了，点点梁亮道，"梁家禄告诫他俩的另一条，就是得先瞒着你梁亮，把生米做成熟饭再说。看来，你大爷很了解你呀。"

梁亮拍拍桌子，骂道："这老东西。我得下个死命令，谁也不准再和他接触。"

翟小红笑道："你还记得总指挥说过一句话吗？他说革命者不能有洁癖。革命从来就是为达目的不择手段，必要时乌龟王八都可以用。"

"那革命还有啥神圣可言？"梁亮一脸不屑和愤然，"那咱们还咋再批判走资派招降纳叛，咋再批判刘文先、岳绍前在滚石塔镇给岳翕若撑保护伞？"

"你就是好认死理。"翟小红截住梁亮的话，说，"叫我看，梁家禄真得算个有头脑的人，他说过一句很有水平的话。他说在滚石塔镇岳绍前和岳翕若其实是一个人。他没文化，说不明白，我琢磨他的意思是说，这两个人在滚石塔镇，一个占据权力高峰，一个占据精神制高点。要彻底摧毁滚石塔镇的资反势力，就得两个家伙一锅端。相比起来，岳绍前倒好办，夺了他的权他就散了架子。岳翕若就不这么简单了，必须从精神上把他打垮。让和大家伙去他家糟蹋一番，的确是一个很管用的狠招。"

梁亮沉默了会儿，说："我还是觉得战斗要光明磊落，鸡鸣狗盗蝇营狗苟只会玷污革命。梁家禄带给反逆流的最大伤害，就是他当初不顾我反对，急于招兵买马，硬拉进天赦子、和狗子这样一些人。他们为了争夺位置不惜用栽赃陷害手段，把别人置于死地。就说眼前这事吧，看似是对着岳翕若来的，却只不过是为了抢别人的老婆。将来，我咋向滚石塔镇的历史交代。再说，值得跟和大家伙纠缠吗，将军赶路不逐小兔，我的目标就是岳绍前。看着吧，他很快就又成了滚石塔镇的操控者。"

翟小红莫名其妙地又想起岳珊的眼睛。梁亮注定属于这方山水中的这片古镇。从举旗造反到现在，梁亮身上正在发生一些他自己也没觉察的变化。或许，这些都与那双眼睛有关。她忽然有点想念文化馆小院里的白姐她们了。

简小妹坐在河汊村前那片低矮的柳树丛里，静静地看着和大家伙在两河交叉的纵横河沟里忙活。前些天来时，柳树枝上还鼓着米粒样的的芽苞，也就一转脸的工夫，长长的叶片就伸展得姿姿式式的了。芦苇已蹿出水面一大截，在河沟边上划出一道道柔和的绿线，河汊里一派清亮。清明节气眼看就过去了，日子真快。

前天一大早，她揣上棵一直收藏着的东北老山参，躲到翕若扫街的那条山路旁边的杂树林里等他。岳翁若把扫帚拖在身后，也不管路边偶尔经过的人，低着头自顾往山上走，拐下岔道就钻进他家的坟地。简小妹绕道跟过去，听岳翁若对着面前的坟头说：“爹，我再也不想忍下去了。这样活着，不如死了算啦。临死，我得为孩子们除了这一害。”简小妹喊声“翁若”，扑进他怀里，双臂紧搂住他。岳翁若一惊，浑身僵僵地站了很久，才伸胳膊抱住她：“小妹，你咋在这里？”简小妹抬起头，抚弄着他乱糟糟的胡子：“翁若，别犯傻，多少个大家伙也抵不住你一条命。你想想，你死了就能把孩子救出苦海？他们还不得更遭罪。忘了你说过了，世上最容易的事就是死，懦夫才选择一死了之。你是个多硬气的男人，要挺住啊。”她把人参塞进他怀里，双手捧住岳翁若的脸：“记着，这世上还有我呢。你真能忍心不管我了。”岳翁若仰起头，泪眼婆娑。简小妹踮起脚，把脸往他胡子上贴了贴：“别让我失望。”扭头匆匆离去。

和大家伙双手各提着几条柳枝穿起的草鱼，吹着口哨，摇摇晃晃地走过来。简小妹腾地站起来：“哎——”朝他摆摆手。和大家伙眼睛“噼啪”一亮，双脚交替在脚背上搓了搓，一头扎进柳树丛，脑袋把脖子拽出老长，一下触到她胸前，眨巴着眼睛问：“你，叫我？”

简小妹吟吟一笑：“这里还有谁？”重又坐在柳树墩上，指指身边。和大家伙把鱼一扔，麻利地紧贴着她坐下。简小妹往旁边一挪，数落道：“光顾自家高兴了，忘了还有难受的人了。”

和大家伙浑身丁零当啷一阵乱动，欠起腚倾向简小妹：“别价，你难受，有我呀。”

简小妹打开他的手：“老实点，我跟你说正话呢。”拍拍和大家伙突然垂下的脑袋，“你在人家岳翁若家瞎折腾个啥？”

“咋啦？”和大家伙瞪大眼珠子，“心疼了？”

简小妹瞪他一眼：“你听我说。”

和大家伙搓搓手，紧紧盯着简小妹光洁的脸，她的鼻头上顶着层细密的汗珠，一说话就随着翕动的鼻翼闪出毛茸茸的光亮。这小娘儿们真怪了去了，这年纪咋就棱不往她脸上爬呢。他悄悄伸出胳膊拢住简小妹。简小妹直直腰，他粗壮的胳膊就怯怯地悬在那里不动了。

“有件事，我一直没告诉你。岳翁若不让说。”简小妹看看僵胳膊僵腿的和大家伙，“扑哧”一笑。和大家伙的胳膊机敏地贴了上去。他长长舒口气，抹一把脖子里的汗水，浑身一阵轻松。简小妹暗暗发笑，接着说道：“那年你出了那事后扬长就走啦，是人家岳翕若让我去你那相好的女佣家，劝说他爹娘把闺女嫁给你。还给了她家一笔钱，让他们给女儿置办嫁妆。要不，她家破屋漏锅的，哪有那么多钱发送一个刚被婆家休掉了的大肚子女儿。你晕头晕脑的，用人家岳家出钱买的全套嫁妆，恣嘎儿悠地过上了你们的小日子，还记恨着人家。"

和大家伙瞪大眼睛："真有这事？"

"土改时，人家岳翕若仗着出席过县长宴会的开明士绅身份，又是烈军属，政府念及他过去的功劳，特许他住在原宅。你非要去扎人家的眼，带着老婆孩子硬挤进岳家，还一宿宿地弄得你老婆嗷嗷叫唤，把人家逼到过去破破烂烂的旧宅里。就这样，岳翕若也不让我告诉你。人家不稀罕你的感激。你倒好，在人家落难时，还要去搅黄人家孩子的婚事，你这不是恩将仇报，落井下石吗？你还算个男人吗？我还以为滚石塔镇现在就你一个有血性的汉子，也变成了这个样子。真叫我失望。"

和大家伙抱着头不吭声。简小妹拍他一把，说："该说的我都说了，你看着办吧。"

和大家伙一把拉住她："我大家伙是个浑人，可我恩怨分明。我知道咋办。你告诉岳翕若，不，还是我当面跟他说吧。并不是我想占他的房子，是天赦子逼我，我不去岳家，他们就把我当年大炼钢铁时的反动顺口溜抖搂出来，把我打成反革命。我现在也不敢搬回家。我不怕，可我怕孩子们遭罪。回去，我就搬进他家小西屋，别耽误知琛结婚。"

简小妹叹口气："怕是已经耽误了。"

和大家伙小声嘟囔："我倒不怕头上戴顶帽子，把我那家伙套上紧箍咒，我还咋活？"

"又来了。"简小妹推他一把，"你有善待岳家的心就行了。"

"我听你的。"和大家伙突然又坏笑起来，"那你咋答谢我？"

简小妹警惕地往后一退。大家伙指指她身后，小声说："看，谁来了。"简小妹一扭头，和大家伙扑上去一把抱住她，狠狠搂在胸前，在她腮上"啪"地亲一口，甩开长腿就走。

简小妹看着在地上吐泡沫的鱼。鱼翻着白眼。她抹把脸，忽然愣怔了。这是什么地方，我咋在这里？她抬头看着河汊里的粼粼波光。老家门前的小桥流水，明湖画舫里的笙歌烛光，都随着河汊里的芦苇摇晃起来。眼睛里慢慢笼满泪水。

那晚的月亮好大，莹莹地就挂在船头。岳翕若穿身藕色长衫，右手托着支粗大的雪茄，靠着栏杆。简小妹半躺在他身边的藤椅上。画舫泊靠在历下亭边，在洄岸的水波上起起伏伏。岸上的柳枝拂来拂去，月光时阴时晴。岳翕若跟她，是兄妹也是情人，或者说不是兄妹也不是情人，就像这洒在画舫上的月光，暧昧又清朗。这暧昧又清朗，圈子里的人都信，也都尊重，就是喝多了酒，也很少有人拿她和岳翕若开玩笑。男女之间有些暧昧也有些清朗，在大家看来，是一种难得的境界和意趣，只合铺开宣纸粗笔淡墨晕染氤氲，拿去挂在嘴巴上一说就煞风景了。

简小妹靠在柳树上，不知不觉地叹出口气。这份暧昧和清朗，为啥城里人信，乡下人就不信呢。民国的人视为风雅，现在的人就当作龌龊了。破“四旧”时，天赦子领着帮红卫兵闯进简小妹家，要把“屋足”的妓女揪出来游街示众。简小妹愣了半天，才忽然明白他说的是“龌龊”。幸亏和大家伙闻讯赶来，一把将天赦子扔到院子里：“你他娘的扯淡，人家简小妹是穷苦人家出身，家里有钱谁去干那个。论起来，她比你出身强多了。”他指着满天井的红卫兵吼道：“你们听着，谁敢再来难为简小妹，我活活劈了他全家。”和大家伙真男人，绿林草莽一样的男人，不是总把折扇掩在胸前的那种。

那晚一直到月过中天，岳翕若也没再说话，长衫上落满了烟灰。简小妹站起来，偎到他身边：“翕若，我也跟你回家。”岳翕若摇摇头：“滚石塔镇有座塔，有座庙，不适合你生活的。我们岳家禁止纳妾，除非夫人不能生育。”简小妹兜起两眼泪水，也不再说话。两人就那样静静站着，湖上的潮气濡湿了全身。

岳翕若回老家不久，她就给自己赎了身，跟岳二宝来到上河村烟馆短巷里一个破败的小宅院。烟馆短巷紧靠山，隔条季节河汊与岳家墓地遥遥相对。在院子里一抬头就看见那片森森的柏树。论起辈分来，二宝和岳翕若是同宗兄弟。他清楚简小妹跟少东家的暧昧和清朗，从不问他俩过去的事，拿她当宝贝似的供着。谁想就在给女儿过一岁生日时，二宝一头栽倒在酒桌上再也没醒过来。女儿刚懂事就开始疏远妈妈。在滚石塔镇读完小学后，非要去济南上学，决绝地不要妈妈陪。岳翕若一直供她女儿读到济南女师。毕业时女儿连个招呼也没打，就只身离开济南。半年后，简小妹的娘家才捎来个口信，说女儿在她姥姥家的小镇上当了小学教师。从此便没了音讯。简小妹知道女儿嫌弃她，心里苦得疼痛。她从不在人前说起女儿，就像从没有过女儿似的。只是每年女儿生日时，就估摸着女儿身高缝制身衣裳，整整齐齐地都叠放在箱子里。那衣裳清一色的都是蓝印花小褂藕荷色宽松七分裤，带着湿漉漉的江南水韵。

河汊里的风呼呼地大了，凉凉地扑进柳树丛。岸边的人渐渐多起来。简小妹眼睛湿湿地打量着晨光中的山水。山也苍翠桥也古朴，比起老家小镇上的却粗粝了许多。尤其那桥，笨手笨脚的，莽莽撞撞。山也忒高大了些，伸胳膊踢腿地裸露着筋络。她闭上眼睛，风扑进怀里，有点腥咸。

和大家伙急急火火地赶回岳翁若家，站在天井里喊道："你们都出来。"

岳翁若端坐不动，也用目光止住还在大北屋收拾饭桌的老大媳妇和岳凡。知琢、知琛应声拉开各自屋门，几步就蹿到他面前。岳珊拢着头发慢慢过来，冷冷地看着他，问道："和大家伙，你又要干啥？"

和大家伙瞪她一眼："这闺女，不懂事，连个叔也不叫。"跨前几步"咣啷"推开北屋门，朝岳翁若鞠了个九十度大躬。转身闯进小西屋，"噼里啪啦"地往外搬知琛的东西。

"住手！"很少上火的知琢一把拉住他，喝道，"今天我就是豁上鸡蛋碰碌碡，也不能让你再占了这间小西屋。"

和大家伙眯起一只眼，嘲弄地打量知琢和站在大哥身旁，脸涨得像公鸡似的知琛，忽然扬声大笑："你们这两个细人还想跟我动粗？"他重重拍一把知琛肩膀，说："我跟你换换房子，好让你当新郎，你不愿意？"

知琢和知琛脑子一下拐不过弯来，愣愣地看着和大家伙。岳珊提在胸膛里的那口气往下沉了沉，抓住刚凑过来的和大家伙老婆的手，问："婶子，和五叔咋了？"

"谁知道他，一阵风一阵雨的。"他老婆白一眼和大家伙，长长地舒出口气。

"这闺女这张嘴，忒势利。腚还没掉过来，和大家伙又成五叔啦。"和大家伙叉开五指朝岳珊扬扬大巴掌，抹一把硬扎扎的络腮胡楂子，"咋了？咋也不咋，你和五叔浑过去啦。都怪你爹，一直瞒着我，叫我恨了你们家这么多年。这不是在，那个，谁那里毁我的名声吗。闺女，记住，从今日起，在滚石塔镇谁敢再欺负你，我使大巴掌扇扁了他。"

岳珊一头雾水，眨巴眨巴眼说："谢谢五叔。"她不知不觉地把"和"字省去了。和大家伙开心得哈哈直乐，推一把知琛："快把你的东西再搬回去呀。"

岳翁若心里念叨声"小妹"，眼里热辣辣的一阵。当年跟他合伙倒腾军火，后来成了他公司经理的牛占坤，喝了酒就好在私下里拿简小妹开他的玩笑，说，少东家你好眼光。记住我的话，一个红颜知己抵得上一百个我这样的酒肉朋友。他看看老伴和儿媳，走出屋门，朝和大家伙拱拱手："和五兄弟，真汉子。"

和大家伙"嘿嘿"一乐，也不搭腔，拍把后脑勺，一头钻进小西屋。岳珊头一回见和大家伙这么腼腆，觉得简直不可思议，凑到爹跟前小声问："啥事瞒了他了？"岳翁若把胡子梳理得唰唰啦啦，应了句"都是些陈芝麻烂谷子"，转身回到屋里。

换完屋，知琛凑过去抓住和大家伙的手，说："和五叔，谢谢你。"

“你这孩子，”和大家伙甩开他的手，抹了抹胳膊上的鸡皮疙瘩，瞪起眼说，“咋跟女人似的。要是咱俩倒换过来，我就给你一拳。”

岳凡忽然跳起来，朝和大家伙胸膛捶了一拳。和大家伙把他一把拉在怀里，弹他脑袋一个响指，痛得岳凡龇牙咧嘴。他一点也没觉得下手重了，仍拉着岳凡说：“这还差不多。当年没白吃我的麻糁。”见知琛红着脸讪讪地要走开，又忍不住笑了，“你看你，更像个女人啦。”他放开岳凡，一把扯住知琛，粗声大气地说：“我教你一招，保证叫淑珍死心塌地地跟你。”

知琛认真地看着他。和大家伙笑道：“你和她生米做成熟饭，就把她绑在你床腿上了。男人和女人，就这么点事。看你，跟淑珍撕撕扯扯地这么多年，还跟猪撵鸭子似的，前摇晃后摇晃，就是凑不到一块。要叫我，早一把拿下来啦。”

老婆狠狠捣他一把，指指悄悄踅进小南屋的岳珊。和大家伙咧咧嘴：“看我这张嘴，真得安个把门的了。”他一脚蹬倒东屋窗户下的灶台，指指脸红到脖根的知琛说：“不过，我说的那个，话糙理不糙。你试试，准屌管用。”

岳凡歪头看着和大家伙。长大以后他仍然对那个响指印象深刻，和五叔的指头真粗，简直跟牛蹄子似的。梁亮出狱不久，岳凡请他吃饭的时候，他才说当年和大家伙住进岳家他根本不知道，是天赦、和狗子跟梁家禄在一起嘀咕的。岳凡拍了一巴掌桌子：“你咋不早告诉我姐姐，我们家一直以为那事你办得忒阴损。”梁亮笑道：“有意思吗？你姐姐反正不会嫁给我。”岳凡也笑：“别把自己推得这么干净，那年头你根本不会娶她。”梁亮伸出食指蘸蘸杯里的酒，在桌子上写了个字，岳凡探头去看，字迹已开始在电扇下消退，只看到一个断断续续的“人”字。梁亮仰起头，说：“革命嘛，总要舍弃。”他眼睛闪了闪，旋即黯淡得一塌灰败。吃完饭，梁亮拍拍岳凡肩膀，道了声“谢谢”，有些蹒跚地走出房间。走得挺远了又回过头来，问站在门口的岳凡：“想知道我写了个啥字吗？”他突然提高声音：“命！”

岳翁若站在院子里。和大家伙的鼾声高一声低一声，连吹带弹，越喘越来劲。这家伙，喘气也像头牛。他抬头看天，天黑得星星格外亮。小四合院像陷进枯井里。岳翁若一向不喜欢没有月亮的夜晚，那一层层幕布裹着的黑暗背后，总有什么令人不安的东西，在鬼头鬼脑地流动、窥视，说不定会从哪里突然扑出来。他刚到济南帮父亲料理商务不久，晚上被一伙激进朋友邀去参加聚会，散伙时天比今晚上还黑。就在离家不远的地方，突然扑过来几个人，一声惊叫还没出口，一把冰凉的刀子就逼在脖子上，黑袋子往头上一套，就叫人架离地面，还没顿悟过神来，车就驰离了街道。等到被塞进一条装过咸鱼的麻袋，听到水拍打湖岸的哗哗声，他才知道被拉到了大明湖边，脊梁骨一阵收缩，这是要把他沉到湖里去。那时候经常有人花钱雇黑道上的人，把仇家坠上块石头往湖里一抛，活不见人死不见尸。一个粗嗓门踢了他一脚：再敢资助危险分子，就把你沉到湖里喂王八。等到脚步声远去，他才从麻袋里伸出头，拔出嘴里的毛巾，湖上画舫的灯火忽地扑过来。他晃晃脑袋，差点就见不到这一切啦。打那，没月亮的晚上他就不再轻易出门。回到滚石塔镇，刘文先一再叮嘱他晚上不要出门。从小听滚石塔的老故事长大的岳翕若，本来就觉得一到漆黑的晚上，北三村的旮旮旯旯里总是游荡着一些看不见的东西，那股咸鱼味和弟弟黑洞洞枪口的血腥味，也常常在黑暗中扑过来。村里的人都知道，胆壮的岳胡子就是不敢一个人走夜道。

和大家伙一口气抽得窗户纸扑啦啦直响。岳翕若吐出口烟，动动酸麻的双脚。现在，他像枚黑棋子嵌进这深无边际的浓黑里，心里反而觉得踏实些。天一亮，这黑棋子就扎眼了，随时会有不测迎面冲来，眼睁睁地闪避不开。岳翕若年轻时热过一阵子围棋，很快就丢下了。买卖人是不该有太费时费心的嗜好的。他揉揉酸胀的脖颈，头顶的星扑扑闪闪地要掉下来似的。立夏一露头，夏天唰啦就会过去。淑珍一直没再到家里来过，尚丰年也不照面了。看来，和大家伙往家里这么一挤，还是要把知琛的婚事给搅黄了。

小南屋窗口闪过一道亮光，是手电筒亮了一亮。这闺女，把疼痛都裹进黑夜里自个儿咀嚼了。除了参军的老二，几个孩子中，倒是女儿性格上最似他。一直窸窸窣窣不断声的东屋里，传出知琛捂住嘴的哈欠。南邻胖奶奶家的公鸡大概是记错了时辰，忽然“喔喔”地喊了一嗓子，引起远远近近的几声零星应和。村里的鸡明显减少了，家里多少有点“政治污点”的人家，都不敢再养鸡。其实公社、村里都没说连在自家院子里喂几只鸡也不行，只是禁止拿鸡蛋到集上去卖去换东西。大家为了不惹事就干脆一只也不养了，割尾巴总不能割到没鸡毛的腚上。岳翕若摇摇头，慢慢踱回屋。黑暗迅疾填满了他刚腾出的空间，挤出一院子涔涔凉意。

老伴抬头看看岳翕若，又悄没声地缩回被窝。岳翕若在床上左躺了右躺，折腾得浑身散了架似的搬不动了，脑子里才黑乎乎地卷起一阵困意，刚闭上眼睛，那片黑云忽地又散开一道清亮。他一动不动地平躺着屏神定息，等待困意重新聚拢，各种念头却不断探头探脑地往外冒。干脆又披上褂子，倚在床头上点着一袋烟。刘文先伤愈后才知道了弟弟的死讯。他抱住岳翁若哽咽道："岳家为革命做出的牺牲，我刘文先啥时也不会忘记。"烟袋抖了抖，慢慢耷拉在被子上，岳翁若头垂在胸前，响起疙疙瘩瘩的鼾声。老伴披衣下床，轻轻抽出烟袋，把被子拽到他身上。岳翁若睁睁眼又赶紧闭上。

第十五章

初夏的长岭山，夜晚的天气依然清寒。院子里只有烟袋锅里的一粒火光，在小西屋里一会儿卡住一会儿放开的鼾声中明明灭灭、忽忽闪闪地不时把岳蓊若的大胡子从黑暗中雕刻出来。

大门上的铁环轻轻扣动了两下。

岳蓊若从小石桌前倏地站起。除小西屋外，各屋的灯同时亮了。

敲门的人听到院里的动静，小声说："是我，丰年。"

岳蓊若把尚丰年迎进来，轻声喊道："你们丰年叔来串门，都睡吧。"小北屋和南屋的灯光先后熄灭。东屋窗口刚暗下又"啪嗒"亮起来。

尚丰年坐在椅子上，接过岳蓊若递过的茶碗，自己拖过烟簸箩装上袋烟，闷着嘴"吧嗒"了几口。抬起眼皮看看岳蓊若。岳蓊若摸着胡子，也闷声不响地吸烟。

"那天晚上在济南，天已热得一动就一身汗了。那天晚上下着大雨。"尚丰年看着门外，说，"那时我还没跟着你干。因为买卖上的事得罪了黑道上的人，被他们堵在外面，蒙上眼拖进条小胡同，把我打了个半死，又拿把长长的尖刀在两条大腿上戳了两个透窟窿。要不是被你及时送到医院，哪里还有我，还有我这一家人。"

岳蓊若也看着门外，不经意地叹口气，没说话。这么多年尚丰年一直这样说，说来说去，大概连他自己也信以为真啦。其实，当时他就知道，尚丰年是为了争一个窑女动手打了人，人家才花钱雇了黑社会收拾他。

尚丰年勾下头，一时找不到话说。那天晚上他被雨淋醒后，神志模糊，眼皮沉得睁不开，老想睡着。他狠狠地抠腿上的刀口，撑住脑子里忽明忽暗的那点清醒。他知道一迷糊过去，就再也醒不过来了。要留住这条命，就得抢在血流干前，找到岳家的少掌柜岳翕若，别人救不了他。雨瓢泼似的往下倒。尚丰年抵抗着一阵阵幻觉，拼命往胡同外爬。好歹咬住那口气爬到胡同口，大街上一个人也没有。偶尔有黄包车跑过，也都摇着铃铛绕开他。他滚到街当中，终于有辆空载的黄包车停下来，见他血糊沥拉的，也不敢拉他。他已抬不起头，脸贴在胳膊上，报出岳家店铺的字号和岳翕若的名字，就啥也不知道了。被送进医院时，他伤口已深度感染。岳翕若托人买来市面上根本见不到的盘尼西林，一连给他注射了七天，才硬硬地把尚丰年的命给拽回来。要知道，盘尼西林可不是一般人能买得到的，就算能买到，他尚丰年也买不起。当时提着一包袱钱也买不回几斤面粉。一袋子上好的洋面都换不来一支盘尼西林。不是岳翕若，尚丰年住进医院也是等死。

岳翕若把目光转向尚丰年。尚丰年慢慢从褂子口袋里拿出瓶杏花村酒放到桌子上，又从另一个口袋里掏出两个咸鸡蛋，在桌子上磕了磕，放到岳翕若跟前一个，说："这瓶酒还是从济南回来时你给我的，我一直留着，都耗下瓶脖子去了。本想，等俩孩子结婚，你会亲家时才拿出来。今晚，咱喝了它。"

"这酒就别喝了。"岳翕若伸手按住酒瓶，说，"丰年，你是为孩子婚事来的。淑珍就跟我亲闺女似的，不往我这火坑里跳也好。我不怪你。"

尚丰年的脑袋掉进脖腔，嘴张了好几张，才伸手抹把脸："我准备好听你拍着桌子骂了。我知道，咱俩倒过来，你是万不会毁约的。"

"那也不一定。"岳翕若拿烟袋指指心口窝，"我知道你的难处。换作我，或许也难以架住孩子哭老婆闹，亲戚朋友逼。"

尚丰年忍住眼泪，朝岳翕若拱拱手："你说的，我倒都架住了。我信你的话，世道不能老这样，折腾完了，日子还得过。过日子不还得靠好人家好孩子。我跟淑珍和她娘说了当年你如何救我一命的事。我说，见亲家落难就毁婚，那不是人干的。我尚丰年绝不能在岳翕若那把胡子面前一辈子都直不起腰。亲戚们见我态度决绝，也就都不再说啥。"

岳翕若睁大三角眼，在尚丰年脸上不住晃动。

尚丰年直起脖子："上一个集，不对，是上一集的前一天。"尚丰年扳着指头说——滚石塔镇五天一个集市，上点年纪的人大都喜欢以集日计时间——"和狗子在果园里堵住我，竟然直截了当地跟我说，他要娶淑珍。要搁在前几年，我早就一巴掌扇过去了。可眼下不行啦，人家成了滚石塔镇的人物了。我知道和狗子一直在死皮赖脸地缠磨淑珍，心里堵着一股火还没发出来呢，他倒跑来当面提亲了，还大大咧咧，理直气壮的。好像以他现在的身价，配我家淑珍绰绰有余。我不敢扇他耳光，叫他明白明白在我尚丰年眼里，他算个啥东西，这话不能不甩在他脸上。我说，和狗子，你昏头了吧，淑珍可早就是订了婚的人啦。一个闺女许两个主，你这是骂你大爷。和狗子一梗脖子嚷道：尚大爷你老糊涂啦。岳知琛他配不上淑珍。他倒踹着鼻子上脸了。我那个火呀，就鼻子不是鼻子脸不是脸地又递给他几句：咋着，和狗子，你这是要逼婚吗？谁能配上淑珍是我说了算。以后我家的事你少搅和。扔下他就走了。他爱咋着咋着吧。我一不是地富反坏右，二没干过伪事，他还能凭着手里的棍子把我拖去游街？”

岳翕若吮吮嘴唇，给尚丰年装上袋烟递给他，划着火柴。尚丰年凑过去让他点着，看着他晃灭火柴棒，丢在地上。岳翕若习惯把火柴头按在火柴盒侧面的磷面上，用力反向一擦，只划出一点擦痕，火柴就着了。别人的火柴用了一半，磷面就光滑得不好用了，他的还有一大截没擦到。他总是这样，凡事都想到前头，拿捏得很精准。只是从前在济南时他可不这样丢火柴棒，啥时候也一根一根地码在手边。同仁们都开他的玩笑，说翕若一年码下的火柴棒够烧一顿火锅。

“当晚上我就跟淑珍和她娘说：淑珍的婚事不能再拖了，夜长梦多。她娘虽说不情愿，可多年来已习惯了，我只要说了话，她也就不再唠叨。淑珍却趴在桌子上哭了。等她哭够了，我说，爹就你这么一个闺女，还真能为了还人情就把你推进火坑里去。别听他们瞎掰掰。相信爹的话，结了婚顶多也就再委屈一两年，你翕若大爷一扔下那把扫大街的扫帚，那把胡子还会再风光起来。”

“丰年，就凭这句话，我感激你一辈子。我说过，尚丰年有副好眼力。”岳翕若抓过酒瓶。尚丰年伸手去夺：“别，你听我说。”

岳翕若在桌沿上磕开酒瓶盖，一股清香飘散开来。“好酒。”他把酒瓶口凑到鼻子上闻闻，说，“多少年没喝到杏花村了。当年我就只认味道单纯的酒，太醇厚了劲道就弱，反而透不开心。今晚我就拿你的酒敬你一杯。”他倒了两茶碗酒，推给尚丰年一杯，朝他摆摆手：“我知道你的话还会拐回来。你不会为这些话，这么晚了还来找我喝酒。可我得为这些话跟你喝一杯。咱俩搭伙这么多年，想来比亲兄弟还知心。”

尚丰年眼里一阵热乎辣的，端起杯说：“我敬你。”

岳翕若跟他碰碰杯，抿口酒，咂摸了会儿，说：“你敬，我敬，咋说还不都一样。”忽然长叹一声，“一晃多少年，咱们都老了。老了老了又摊上这么一劫。丰年呀，我还从来没感到这么难过。说啥也想不到会有这么一番回报。”他张大嘴，仰脸看着屋顶。

尚丰年也呷口酒，低下头，心里堵得难受。他不想让岳翕若知道他看到了他的眼泪，碰碰他的杯，说：“不说了，喝酒。”

岳翕若抹把脸，笑道：“喝酒。”把一茶碗酒全倒进嘴里。看看那个磕破的咸鸡蛋，又看看尚丰年。尚丰年也一口喝干，呛得满眼泪花。

岳凡翻了个身，带着哭音咕哝道：“你赔我铅笔盒。”老伴拍打他几下。她还一直和衣躺着。坐起来顿惛了一霎，翻身下炕，洗了把手，把两个鸡蛋切成八瓣，放到碟子里，端上一小碗豆角咸菜，放上两双筷子，又躺回炕上。

尚丰年酒量本来就不如岳翕若，喝了第二杯就有些抵挡不住，喝口酒就吃点鸡蛋。岳翕若只夹了几截豆角咸菜。第三杯没喝完，尚丰年舌头就大了：

“我得把话说完。第二天晚上，天赦子就去了我家。我不待见这个舅子儿，连杯水也没给他倒。可我感到，他根本就不在乎我的态度。他只是来传达他要说的话。他刚坐下就直棱棱地问我：你就不怕和狗子找你的碴？那可是个急了眼连亲娘都敢打的浑小子。找碴？我心里话，吓唬谁呀。就硬硬地顶回他去：我有啥碴可找。天赦子笑得阴阴的，一根根地扳着指头说：你解放前一直跟岳翕若干买卖，说你是地主资本家的走狗，不冤枉你吧。解放后你一直干林业队长，大小是个官，说你是走资本主义道路的当权派，你也够格吧。你先别急，还有呢，在滚石塔镇谁不知道，林业队就是岳绍前的自留地，你就不算走资派，也该算是走资派的小爬虫。明知这个舅子儿在跟我玩‘莫须有’，我心里还是一阵阵发虚。可我叫他吓住就完蛋了。就咬住牙一拍桌子：天赦子，你少来这一套。吓唬不住我。我就不信啦，干屎能抹到身上。天赦子笑得更阴了，又伸出根指头：你这房子可都是干林业队长时翻新的？木材都是从山上砍的，土坯都是林业队员打的，大工小工都是林业队员干的，你没支一分工钱吧？别的你喊冤，这贪污犯可是板上钉钉的事，你赖也赖不掉。我被气笑了，反问道：天赦子，你不是在滚石塔镇长大的，谁家盖房子不是街坊邻居帮忙，你家支过工钱吗？说我贪污得有证据，不是你红口白牙一张一合就算数。我砍的木材都用当年全家的工分顶了账，这可以查清楚。那舅子儿冷冷一笑，说：你别揣着明白装糊涂。你家一年的工分值几分钱。你别急着攀别人，就是只查问你。剪子包袱锤，活该你倒霉。你明白不？干屎抹不到身上？撒泡尿一搅和，你看能抹上不。不搞你，你就啥事也没有。要搞你，证据一抓一大把。再说啦，啥证据呀，就是没证据，造反派说是就是了。别看你本家侄子尚兴凡现在是革委会主任，他也就是个骡子鸡巴——

虚摆设。你信不信，明天满滚石塔镇大字报一贴，‘揪出走资派、贪污犯，地主资本家、资反路线的走狗、小爬虫尚丰年’，批斗会一开，后天你就得陪着岳翕若去扫大街。他看看吓黄了脸的淑珍娘俩，又阴阴地盯我一眼，说：该说的都说了，你好好划量划量咋办吧。临出门，又回过头撂下一句：我可不是来替和狗子提亲的。我也觉得他配不上淑珍。”

尚丰年揉揉眼睛，低头又啃了口酒。岳翕若转动着茶碗，说：“这是梁家禄那老东西的点子。梁亮绝不至于这么下作。”

尚丰年抬起头，眼神有些涣散：“天赦子走后，淑珍娘俩就哭成一团。她娘央求我说：现在只能爹死娘嫁人各人顾各人啦。你再逼淑珍跟知琛结婚，公爹娘家爹都挨斗，叫孩子可咋过呀。半夜后，淑珍还在她屋里哭。我叫她娘去看看。她娘从淑珍枕头下翻出瓶农药，当时就吓瘫了。翕若，我就这么一根独苗呀。”他端起茶碗，一口嗍干大半碗子酒，趴在桌子上呜呜咽咽地哭出声来：“少东家，老庄长，亲家，我抗了，抗不住了哇。我不想做小人，可还是成了小人。”

岳翕若喝干杯中酒，探过身去拍着尚丰年肩膀，说：“丰年兄弟，你是个堂堂的君子，我大胡子敬佩你。”

刚送走尚丰年回来，知琢、知琛和岳珊就都在大北屋里等着了。和大家伙也站在院子里。

知琛叫声爹，趴在炕上忍不住哭起来：“一直说得好好的，淑珍咋就变卦啦。”

“别哭了。”岳翕若轻轻拍打着桌子，“哭有啥用？把眼泪吞下去，该咋活咋活。哭鼻子抹眼泪的，哪像个男子汉。”

“知琛，”和大家伙在院子里叫道，“你真——要叫我，就两条道：要不去把淑珍办了，你们早就订婚了，怕啥；要不就去把和狗子宰了，大家都别过啦。”

她老婆跑出来，使劲往屋里拽他：“你就别再瞎搅和了。”

岳知琛发疯似的，非要当面跟淑珍理论理论。他天天晚上到尚丰年家去，淑珍明明在家，却躲在屋里不见他。每次都是她娘客客气气地把知琛送出大门。关大门的声音一次比一次响。知琛回到家甩得东屋门扑簌簌落土。和大家伙虚着眼瞥瞥知琛，小声跟岳凡说：“真是人事后胆。你三哥咋一点也不像你爹的种。”

岳翕若见知琛一推饭碗又要走，就叫住他：“知琛，已经散了，就别纠缠啦。人家都已张罗着找婆家，再见，有啥意思。光管着让淑珍小看你。”

知琛勾着头咬了半天牙，说："我不是去求她。我只是要听她当面说一句散伙的话。"他去东屋打了个逛，还是又出去了。

岳翕若重重地"嗨"一声，把筷子"啪"地拍到桌子上："这孩子，有这点心劲，早干啥了。但凡有老五那么一点血性，也不至于这样。"他抬头看着门外，自语道："岳顺也不知流浪到哪里了，死活也没一点消息。"

大嫂赶紧过来收拾饭桌。岳珊看看靠在窗台上的娘，见她双手捂着脸，泪水从指缝里一点点渗出。娘清醒后，从不提一回老三老五，岳珊还以为她迷糊了这么多年，把那俩儿子都忘干净了。敢情是都憋在了心里，大概是怕提起来惹爹心烦。娘不是一个心大的人呀，这么长时间，她咋在心里折腾来折腾去了。

岳珊悄悄凑到娘身边。娘使劲攥住她的手，张着嘴呵呵了半天，小声说："珊珊，你们都不知道，你爹常常一宿一宿地睡不着，在床上翻过去翻过来，叹一口气能拉老长，他怕声音大了惹我伤心。你爹，他心里忒苦。"岳珊侧侧身，把背转向爹，眼泪一波一波往外涌。大嫂往这边看看，低头端着一大摞碗走出去。

知琛敲了又敲，把邻居家的人都敲出来了，也没叫开淑珍家的门。踅回来不知不觉走进果园。

天黑透了，山豁口里那钩月牙微弱的光亮够不到地上，反倒衬得果园里更加阴森。胖子死后他就没一个人在晚上进过果园，头皮一阵阵奓毛。刚想返回去，忽然发现那间小屋远远地透出火光。他胆子一下壮了，放轻脚快步走过去。淑珍正挑着柴火抹眼泪。这闺女蔫大胆，滚石塔镇正闹鬼那阵，她就敢在晚上约知琛到小屋里来，说："咱又没做过对不起胖哥的事，怕啥。"

"淑珍！"知琛大喊一声，扑进屋里。正想心事的淑珍吓得"哎呀"站起来，抻抻袖口，慌慌地叫了声"知琛哥"。知琛扑上去搂住她，急切地把嘴按在她的嘴上。淑珍犹豫着推拒，被知琛拼命箍住。挣扎了几下，浑身一松，陷进知琛从未有过的疯狂里，脚跟不知不觉地踮了起来。

"淑珍——"山坡下传来尚丰年的喊声。

淑珍用力挣开，理理弄乱的头发，说："你不要再去家里找我。"她退后一步，向知琛鞠了一躬："知琛哥。今辈子咱们做不成两口子了。对不起你，更对不起翕若大爷。"她盯了知琛会儿，忽然跑出石屋。知琛喊着"淑珍"撵出去，淑珍的哭声已沉进山坡下的黑暗。

“就真的等来了这句话。”知琛嘟念着，又返回小屋，躺在满是尘土的炕上。火势已弱下去。屋外风声尖峭。偶尔有狼嚎夹在风里扑过来，长岭山里正是狼出没的季节。屋顶上的黑暗沉沉压下。知琛渐渐有些困倦了。

屋外响起脚步声。知琛猛地坐起来：“淑珍，你回来了？”

“知琛，是我。”杏花低头钻进石屋。

“是你？嫂子，你来干啥？”知琛又躺下。

杏花坐在炕沿上，说：“我知道你和淑珍的事了。这些天，天天晚上到你家街头上去。就想见见你。见你天天晚上去淑珍家。知琛，她没这个福气。刚才她说的话，嫂子都听到了。”

知琛不耐烦地嘟囔了声，躺着不动。

杏花往炕上挪挪，把知琛的上身扳到怀里，抚弄他的头发。知琛瞑着眼任她摆弄。杏花的泪水滴在他脸上：“兄弟，你看你瘦的。”

知琛睁开眼，又慢慢合上。

“知琛，你这样，嫂子心疼。”杏花抱着知琛，从她的新婚之夜，说到她第一次见到他。把她对他的思念，她梦见他的情景，她洗澡时对他的念叨，都一股脑儿倾泻出来。“你知道吗，知琛，打从第一次见到你，嫂子天天晚上洗澡都是为你洗。我把我的手当成你的手，叫你的手指一点点地捏弄我的身子。”杏花呻吟起来，“这么多年来，你就这样一直陪着嫂子洗澡。”

知琛感到她身体各部位的悸动、渴望和热腾腾的暗示，翻身趴到她怀里。杏花紧紧贴住他，喃喃道：“知琛，你娶了我吧。我会当你的好媳妇，当你爹的好儿媳。我啥也不怕，天天替你爹扫大街都行。你要了我吧。”

知琛没头没脑地亲着杏花，叫着“嫂子，嫂子”。

杏花一迭声地答应着，把知琛放到床上。埋下头含住他褂子的纽扣，一粒一粒解开。热乎乎的口水淌在知琛的胸膛和腹部，旱地里的雨水似的，一滴滴渗透进他的肌肤深处。一阵触电的感觉炸雷似的在小腹爆裂，知琛软软地叫了声，下身轰然流泻。

杏花吃惊地抬起头。

知琛翻滚到一边缩成一团：“你快走，快走吧。别让淑珍看到。”

杏花呆呆地坐在炕上，浑身软得像发面。她捂住脸叫着“知琛”，慢慢站起来，倒退向门口，说：“你还是放不下淑珍。那你就再等。嫂子也等。”

小屋骤然静下来。

知琛望着黑向深不可测的屋门，刚才那种奇异的感觉又在腹内窜动。他不知不觉地把手伸进裤里，弓起了腰，很快，嘴就半张开，发出嘶嘶呵呵的声响，脸上浮起像是痛苦至极又像舒服至极的表情。晃动的火苗从黑黢黢的墙角里映出一张五官紧缩的丑陋的脸。

第十六章

天气刚热起来，滚石塔镇北三村和小河南村的大街上突然就贴满斗大字的标语，“彻底清理阶级队伍”，“坚决把地富反坏右、叛徒、特务、走资派、漏网右派、国民党残渣余孽扫进历史垃圾堆”。

一大早，上河村就满大街到处是人了，大家都凑到街上看热闹、指指点点地瞎议论。

“都说秋后算账，这夏天刚露头呢，就要算总账啦。”

“把这些家伙收拾收拾该敲收场锣鼓了。”

“也该收场了。老闹腾还行，地都瘦得成了一把骨头。”

“你这话可犯忌。”

“我说啥了，我啥也没说。”

“嗨，跟我就别装啦。我还告你去呀。走，咱过去听听和大家伙又咋呼啥了。”

和大家伙挥着胳膊说：“叫我说，咱滚石塔镇离了人家岳绍前就玩不转。该把人家再请到正位上了。”

“这可不好说。大家伙，你不识字，没看到墙上写着呢，走资派也得清理。”

“是呀，我看也不像要收场。瞧着吧，凡是点着号的，又得挨个过遍筛啦。”

岳翁若感到浑身皱巴巴地难受，像是感冒了，早上起晚了些。知琢把大街上的标语和大家的议论告诉爹。岳翁若喝下老伴冲的姜汤，穿上箍着“地主分子”黑袖章的褂子，说：“这是要大扫除啦。”到栏门口摸起扫帚。知琢拦住爹：“不舒服就别去了。”

岳翁若摇摇头：“那还不得城隍问了土地问，不用。啥时候舒服过。”扛起扫帚出门，迎头撞上家对过墙上的标语："喂，你的问题交代了吗？"他面无表情地埋下头，一扫帚一扫帚地扫出庄去。出庄不远，也不回头看看，就把扫帚拖到身后往山上走。自从上次批斗会后，他就不再小心翼翼。咋躲也躲不过。女儿、儿子的婚事都吹了，老二、老五不知死活，还有啥可躲的。低头抬头都挨刀，干脆就挺起脖子算了。

尚荣杞站在山坡上那片杂树林边朝他招手。岳翕若有些意外，脚下犹豫着。尚荣杞又招招手，低声喊了句。岳翕若回头看看，快步走过去。尚荣杞把他领进树林，抬头看着树上一只探头探脑的黄鼬。岳翕若打量着他。乱蓬的头发，脸上满是灰垢，衣裳前襟上沾着菜汤饭渣。胖子死后他就活成了这样。岳翕若一下想起他初掌尚家时踌躇满志的神情。他那句"你打倒的不是我，是这个躺在棺材里的人"，让当时同样踌躇满志的新任庄长记了一辈子。

尚荣杞把头移向岳翕若，两道锥子似的目光在他脸上一闪。

"荣杞兄，你好了？"

尚荣杞点点头："去年七月十五回来，我就好了。傩疯子说疯好疯好。我听他的。他是个聪明人。"

岳翕若拉着尚荣杞坐下："真难为你了。内里苦得清清楚楚，外表还得装疯卖傻。我觉得我活得够难了，你比我还难。"

"再难也得活。"尚荣杞脸色很平静，像是在说别人，"像猪像狗都行，活下去就行。我得看着成峰结了婚才能伸腿。尚家败落在我手里，说啥也不能再绝在我儿子这一辈上。"

岳翕若摸摸口袋，烟袋忘带了。知琢告诉他街上又贴出新标语，他见怪不怪地沉着脸应付了一句，心里却着实有些慌乱。尚荣杞的话勾起了他的心事。小弟早早死了，是他把唯一的亲兄弟送上了死路的。老大一直没有孩子，老二也结婚好几年了，到这也没有动静。老三还光棍一根。这么大年纪啦，家里还是只有叫爹的。这下半辈子，活得窝囊。

尚荣杞从怀里掏出烟袋，在口袋里拧了拧，装上一袋烟，连火柴一块递给岳翕若："我也抽开了。有大烟也早就抽上了。"

岳翕若点着烟，狠狠吸一口。

"我得躲出去。"尚荣杞捡起截树枝在地上乱划，"看势头，这场清理阶级队伍不好过，我在劫难逃。没风没雨的，谁也想不起我这个老疯子。要是一旦叫他们盯上，我怕就会装露了馅。还是疯出去牢稳。走前，有个事我得跟你说破。你家老太爷的账房先生有次喝大了，跟我说漏了嘴。他说老太爷生病时，把攒下的金条都藏在一个铁疙瘩里带了回去。

我知道老太爷回家后，你家就多了一个铁铸的祭台，放在灶王爷神龛下。我猜想就是它了。土改时，你家就是献出了土地、果园和油坊，后来又退出新宅，内瓤子没大伤着。大炼钢铁的时候，我在营部示范炉烧火，我本家侄子尚麻子是炉长。当时我就起了个歪心眼，撺掇尚麻子派人去你家，把那铁祭台抬到河边。我想铁比金子好化，炼成铁水，金条就露出来了。私藏浮财，可是土改时一大罪名。要是化出金条，我看你岳翕若咋还再在滚石塔镇捋胡子。千不该万不该的是，尚麻子指挥人把那铁祭台和从我家敛伙来的一堆破铁一块放进了炉子。我想把我家的铁拨拉到一边都没机会，尚麻子和另一个人负责烧白天。那破高炉真不顶戗，到晚上我接班时，炉里的铁只是混成了一堆废铁疙瘩，铁祭台根本没化开。我一下心慌了，炉里可是混进了我家的铁。等几天炼成蜂窝钢，就得抬到公社去报喜，要是砸出里面的金条来，不就说不清楚啦。庄里一直有人盯着我这个漏网地主呢。你有刘文先罩着，我可没人管。就装作关心地叫我那个搭档回家歇着，趁尚麻子他俩都在工棚里睡觉，偷偷把那铁疙瘩弄出来，找了处水深的地方推进了河里。又从旁边的铁堆里敛伙了几块块头大的扔到炉里，拼命地添炭拉风箱。幸亏当时人都熬垮了，尚麻子他俩在工棚里睡得跟死猪似的。嗨，这人哪，不能起孬心，起孬心准搭上自己。不管那铁祭台里有没有金子，想想，我那是干了桩啥事呀。你心里肯定早就明镜似的，只是不说罢了。”

尚荣杞使劲咳上口痰，“呸”地吐出老远，拍拍胸膛，很畅快地呼出口气：“不是遭了这场难，我到死也不会跟你说这个。”

“说起那事，我倒真的没怪你。”岳翕若在石头上磕去烟灰，把烟袋递给尚荣杞。他抽不惯这烟，没收拾好，一股青叶子味道。再说黑乎乎的烟袋嘴臭烘烘的。看来这老东西为装疯，有日子没刷牙漱口啦。他摆摆手挡住尚荣杞的话，说：“你不叫人抬去，别人也会抬去。你别当回事，那就是个生铁疙瘩。因为是祖上传下的东西，搬家时才带了过来。”

尚荣杞抬起眼皮，目光在岳翕若脸上闪了闪。

岳翕若知道他不信。那回父亲回家带的是个铁皮箱子，里面装的都是他那几年过生日时，朋友们送的贺礼，书画瓷器金银挂件玉石把玩什么的。那时岳翕若把刘文先急需的一宗药品藏在了爹的柜上，不知怎么走漏了风声，被特务们盯上了。岳翕若故意透出风去，说老太爷要带一铁箱子宝贝回家。结果老太爷一出门，特务们就跟上了，一到城门就给截了下来。那箱宝贝可比那宗药品值钱得多。不过不能比，药是救命的。

岳翕若忽然不想再说下去了："不说这个了。我也有对不起你家的地方。"

尚荣杞赶紧摆手："咱两家的事，我这一醒过来，就像再世为人。自己闷在家里，一桩桩都想清楚啦。咱谁也别说对不起谁，都活下去比啥都要紧。翕若，我这一去，要在外边疯到过去这阵风。有件事，我得托付你。"

"你说。"

"我走后，你打发知琛常到家里看看。别让我那孤儿和寡妇侄媳觉得没人管了。"尚荣杞一脸悲戚，"翕若，咱俩叮叮当当斗了大半辈子，一有难处我还是只能找你。"

"别说了老哥。你就放心走吧。这么把年纪了，在外边别伤着自家。"

尚荣杞拱拱手："放心吧。我还得等着抱孙子呢。你也别再眼框子那么高了，抓紧给知琛再张罗一个，是个女人，能下崽就行。"他一头钻出杂树林，腰马上佝偻起来，摇摇摆摆地往山下走去。

岳翕若看着他摇晃着走远了，自语道："别管像猪像狗，活着就行。"摇摇头，拖起扫帚。等到日后尚荣杞亲自登门求婚时，他才恍然，精于算计的尚荣杞这一托付，原来也是他早已想好的一步棋。

疯子能跑出去，正常人就只有缩着脖子挨刀啦。

四面都是青砖到顶的房子，天井就像一方干涸的池塘。

岳翕若一下被熟悉的味道包围。这是岳家原宅的后院，他过去的商业接待都在这里。闲暇时简小妹偶尔来坐坐也在这里。老伴差人送来茶水点心，就不再过问，由他们喝茶聊天。她很清楚他们两人之间的关系，自己嫁到岳家后就没出过滚石塔镇，没见过大世面，说不来镇子以外的闲话。小妹来替她说道说道，宽宽他的心，挺好。岳翕若暗暗摇头，收起胡思乱想，把屁股下的砖头立起来，让蜷麻了的双腿松缓松缓。

全滚石塔镇凡是被批斗过，这些天刚刚被揭发出来的罪犯，都被圈在这里。大家都很自觉地给自己归了类。地富反坏右分子在最阴暗的西南墙角蹲成一堆，运动中被扣上叛徒特务帽子的，和被国民党部队抓过壮丁、出过伪差的残渣余孽们在东墙根站了一溜，连日伪时期在镇上的维持会提溜大茶壶的尚聋子也排在了那边。岳绍前领着原先党支部的一帮人坐在南边前后开门的过堂屋里。岳翕若感到吃惊的是，简小妹独自低着头坐在东南墙角。她咋也被圈了进来。他不知道，天赦子跟和狗子得知和大家伙在岳家忽然不折腾了，打听到是简小妹开导了他，就借这次大清查把简小妹押了过来。梁家禄溜一眼简小妹，又盯一下岳翕若，心里暗自得意。刚才他来得晚，蒙头蒙脑地蹲到岳翕若身边，翻他一眼说：“咋跟你凑成堆了。”岳翕若淡淡地说：“你不早就想这样吗？”梁家禄噎住一口气，知道这个大胡子心气还硬着呢，站起来“呸”一口，四下撒摸撒摸，慢腾腾地排到尚聋子身旁。

和狗子提着棍子在院子里转了一圈，朝北屋廊厦下坐着的尚兴凡和梁亮喊道：“乌龟王八蛋，嘎鸭泥鳅都全了。”

岳翕若埋下头。还做猪做狗呢，高攀不上呀，全是些不见天日的货。就听尚兴凡说了几句关于“清理阶级队伍”的话，接着让梁亮训话。梁亮好像情绪挺高，不时拍打着桌子，特别强调运动的重点是清查混进各级党和政府里的叛徒、特务、死不改悔的走资派。他话说得挺狠，不时注视一眼过堂屋门口。岳翕若抬抬头，正碰上尚兴凡的目光。两人视线一交接就迅疾擦开。岳翕若感到他眼睛里的黏稠。这孩子，心地还是厚道。

梁亮宣布被清查对象互相检举揭发，在这里的不在这里的都可以检举。第一个检举揭发的即视为审查过关，可以立即离开。凡是揭发别人的都可以从轻处理。

大家都低着头不说话，眼睛却小老鼠似的四处窥探，脖楼梗上的两根筋蹦起老高，脚趾在鞋里暗暗较劲，脚背紧张得弓了起来。

太阳爬过屋脊，四周密不透风的天井全罩在阳光里，一张张胖胖瘦瘦的脸上都渗出了汗珠。梁家禄踮踮脚刚往前跨出一点，就被梁亮冷冷的目光堵了回去。他狠狠蹭一脚墙根的杂草。操蛋，有这个大侄子坐镇台上，他大爷咋会第一个离开。

“我检举！”一声突兀的喊叫把大家都吓了一跳，齐刷刷地把眼睛扔向发声的东墙根。河杈村的杨秫秸高举着枯干的胳膊跨前一步，伸伸脖子“咕噔”咽下口痰，看着尚兴凡和梁亮。他在拉锯时期被路过的解放军部队征召入伍，半路上跑回来，又被保安旅抓了壮丁，保安旅溃逃时趁乱跑回了家。他把胳膊从高处落下，满天井的眼睛也都跟着往下落，随着那只伸出一根指头的手转向西南角。

“杨胖子。”杨秫秸又喊一嗓子。杨胖子腾地站起来，秃头上的汗珠慌乱地四下滚落。杨秫秸那根鹰嘴似的手指晃了晃，抓小鸡一样指着杨胖子：“当年梁家禄抢你家闺女时，你亲口对我说，共产党咋也兴强抢民女哇。你说，你反动不反动。”

“你血口喷人。”杨胖子浑身筛糠，双手指着杨秫秸，扭头冲着主席台喊道，“他这是造谣，无中生有。我也揭发。他被戴上坏分子帽子后，跑到俺家里，说当初还不如跟着保安旅跑了呢。”

天井里一阵阵嗡嗡喳喳。

梁亮朝天赦子招招手，指着杨秫秸划向门口。天赦子朝杨胖子吼道：“你他妈的蹲下。”转向杨秫秸说，“你可以走了。”

杨秫秸瞪大眼睛。

天赦子喊道：“还不快滚。”

杨秫秸向主席台鞠一躬：“就滚就滚。”颠颠地从侧门跑了出去。

天井里一下安静了。阳光由黄变白，长满青苔的砖铺地上冒出丝丝缕缕的烤地瓜味道。突然，更多的胳膊举起来朝主席台晃动：

“我检举。”

“我揭发。”

“我说。”

“我说。”

…………

天赦子抡起棍子在廊柱上敲打几下，喊道：“一个一个地说。”

他指着举起的胳膊点名：“你先说。”“你等等。”“你说。”胳膊们跟着指挥棒排队检举。人群中不断有人抹着汗接受揭发，又急着反检举。很快就又乱了套。天赦子的指挥棒不管用了。管记录的大队文书头摇成拨浪鼓，不知该记谁的，只好扔下笔听。

“尚拐子，挨饿时你偷生产队的地瓜，埋在粪筐里背回家。”

“梁老二，你打碎了你家的毛主席石膏像扔到栏圈坑里。你恶毒不恶毒。你还抵赖，那你说，你家的毛主席石膏像哪儿去了？”

“别光说别人，岳大头。你以为你把守寡的大儿媳的肚子搞大了，又把她嫁出去，就没人知道呀。”

“你他妈的胡说八道。谁不知道你跟小河南的李小扔子媳妇有一腿。”

“姓和的，别蹲在人后头装傻屌。你坦白交代，当伪保长时，你和你当汉奸的大舅子勾勾搭搭，岳小山一家被杀就是你告的密。”

“你浑蛋。”

“你放屁。”

“你攻击红卫兵没个正儿八经的人。”

“你说造反派无法无天。”

岳翁若坐在湿漉漉的地上，脸一阵阵发烧。连滚石塔镇原先那几个体面人也一个个地都把脸皮撒巴烂了，狗咬狗一嘴毛。满嘴血糊沥拉的，不就为了踏着别人爬出门去，真都成了乌龟王八蛋啦。

“岳翁若！”岳翁若激灵一振。抬头见是尚聋子在喊。他聋了多年，声音也变形了，尖尖的像架划不动的老留声机。岳翁若扶着膝盖站起来，眼前一黑，脚下晃了晃，赶紧闭上眼睛。等头不晕了再慢慢睁眼，瞥到梁家禄不加掩饰的阴笑。

“岳翁若，”尚聋子又喊了声，看看梁家禄，挤巴挤巴眼说，“你交代交代跟简小妹那些见不得人的腌臜事。”

简小妹猛地抬起头。岳翁若面无表情。东墙根站着的、西南角蹲着的和过堂屋门前坐着的，都不再撕咬，齐刷刷地盯着他俩。大家都撕破脸，连裤裆都撕开了，你岳胡子这张脸凭啥还完整。

“岳翁若，别他娘的装哑巴。”天赦子喊道，“快交代。”

岳翁若没听见似的，仍静静地站着。风掀动着他的胡子，阳光在上面一跳一跳的。和狗子拎着棍子走下台阶。

简小妹站起来，拢拢遮到脸上的乱发，说：“我跟岳翁若是清白的。”

“嗨，听听，还清白哪。”东墙根有人起哄。西南墙角有人接道：“一个妓女一个嫖客，说说看，啥地方清白呀。”

天井里发出整整齐齐的笑声。

和狗子转向简小妹：“骚娘儿们，你这就不知道自家吃几碗干饭啦。”

尚兴凡敲敲桌子，喊声“狗子”，和狗子回头看看他，目光转向梁亮。梁亮低着头。和狗子“哼”了声，转身又回去。尚兴凡跟梁亮耳语几句，大声宣布：“当面检举揭发先到这里。现在开始背靠背写检举材料。交上书面检举的就回家，等候革委会和广大贫下中农审查。”

蹲着的站着的都拥到文书身边抢着索要纸和笔，界限分明的两伙人混杂在一起，蹲在地上，趴在窗台上，把纸按在墙上，各自躲开别人的视线检举同伙。好几个不会写字的，急得没头苍蝇似的打转转：“谁替我写，谁替我写？”

桌子上的检举材料很快就堆了厚厚一摞。天井里就剩下岳翁若和简小妹。梁亮看着他俩。岳翁若觉得他眼神有些怪。

刚才尚兴凡接了个公社“清阶办”的电话，通知说凡是已被结合进革委会的走资派，不再作为清理对象。他让梁亮接听电话，梁亮接过话筒“嗯”了声，沉着脸重重扣下。尚兴凡让文书通知岳绍前回家。

梁亮朝简小妹摆摆手：“你回家吧。”他瞪一眼天赦子，“清理阶级队伍，把她弄来干啥？”抓起桌上的笔记本，径直走出侧门。包裹铁皮的单扇榆木门“咣啷”关上又“嘭”地弹开，推动天井里的空气鼓向四周房屋，老朽的花格木窗一阵“咕咕哒哒”乱响。

梁亮敞着怀站在场院里，望着不远处黑绿的春玉米地。刚下过一阵急雨，场上蜿蜒着几条蚯蚓，拖出毛线般曲曲折折的花纹。和狗子站在门口喊：“梁指挥，尚兴凡打电话让你去革委会开会，研究清理阶级队伍的事。”

梁亮头也不回：“没工夫伺候。”

翟小红跑过来，拉着胳膊把他拽回屋里。她一大早从城里赶过来，刚见面就兴奋地捶了梁亮一拳：“县城的清理阶级队伍斗争，充分展示了反逆流的战斗力，光从县属单位就揪出一百多个叛特反和国民党残渣余孽。总指挥很高兴，特意让我来看看你这里的情况。”“没情况。”梁亮沉着脸说，“连岳绍前都不是清理对象了，还清理个屁。”翟小红横他一眼，把挎包使劲往桌子上一摔。她知道梁亮又把她当成钦差大臣了，他不喜欢总指挥总想利用翟小红来牵制他。

梁亮朝天赦子、和狗子挥挥手，把他们支出去。他越来越看着这俩人不顺眼。

翟小红观察着他的脸色，问：“你咋能不去开会，这不是把主导权拱手相让吗？”

梁亮从抽屉里摸出盒烟，抽出一支。翟小红伸手夺下火柴：“你咋抽烟了？”

梁亮把手伸向她。翟小红不理。他把手晃动几下。翟小红赌气地划着火柴给他点着烟。梁亮吸了两口扔到地上，伸脚碾灭。翟小红拍拍他脑袋：“别为岳绍前的事怄气啦。”

“第三个年头了，在滚石塔镇连一个岳绍前都打不倒，还搞什么搞。争夺主导权干啥？跟那帮死狗咸鱼较股子啥劲。你是没见那帮家伙狗咬狗的丑态，都沦落成那样啦，还斗什么斗。”

“岳翁若不是硬撑着不检举吗，那就先把他揪出来。”

“往哪里揪？”梁亮又抽出支烟，拿着根火柴棒比画了几下，狠狠扔到地上，拇指和食指快速捻动，把烟卷搓碎，“文件说得很清楚，是要揪出混进党和政府、军队里的坏人。地富反坏右就都在外边亮着，还用揪。要揪就揪重新混进革委会的岳绍前之流。我看这出戏要虎头蛇尾。不信你看着，早晚那帮老家伙要把被夺掉的权再夺回去。咱们白闹腾一场。”

翟小红瞅一瞅门外，小声说：“你这种情绪可很危险。”

梁亮仰头叹口气：“知我者谓我心忧，不知我者谓我何求。”

翟小红直眼盯着梁亮，忽然觉得她跟他隔得好远。

岳翥若没想到梁亮忽然泄了劲，岳绍前倒来劲啦。他一把抓过清理阶级队伍的事，迅疾刮起一场风暴，滚石塔镇竟然在几天之内就多了十多个扫大街的。他一定觉得站在清理者的位置上才是最安全的，要占稳这个位置，就得抓出更多的阶级敌人。

梁文语就是这个时候回到滚石塔镇的，还有几天就芒种了。

也许是由于三个老祖宗是手艺人的缘故，滚石塔镇历来出能工巧匠多，出商人多，很少出过像样的文化人。科举制度实行了这么多朝代，别说状元，连举人也没出过。到梁文语这里算是破了例。大家都觉得考上大学就是中状元了，当大学教授相当点进了翰林院，何况还是北京的大学。碰到人家再夸耀一村几状元的时候，滚石塔镇的人就拿梁文语去抵挡一番。让他们没想到的是，早已被他们神化了的梁文语，竟然会被公社派出所的民警用一辆挂斗三轮摩托给押解了回来。他从挂斗里出来时笨手笨脚，一点也不像个大人物。人又长得文文弱弱的，架着副眼镜，一头花白头发蔫腻腻地塌在头上，像是几天没洗了，看样子就是个倒霉蛋。

尚兴凡安排梁文语住进了恩石寺。

过了好几天，岳翥若才借扫街的机会从那条长满了青苔的小路溜进恩石寺的侧门。快两年没来了，这里已是破败不堪。锁死的大门挂满蜘蛛网，老白果树断了一根大枝，耷拉在地上，院子里到处杂草野蔓。岳翥若想起最后一次跟会愚见面的情景，摸着大胡子不住唏嘘。梁文语一把抓住岳翥若的手，感念了番老爷子后，说：“我就是滚石塔镇的一个浪子，从小离开后就再没回来过。等到回来了，已是戴罪之身。”

岳翥若拍拍他的手，没跟着叙旧，回身关上侧门，拉着他进了老和尚的客堂。屋子里收拾得倒很整洁，东西还按原样摆着。窗台上会愚那个白瓷花瓶里插着一把叫不上名的白色野花。梁文语指点着客堂的布置，感叹道：“尚主任派人打扫出老和尚这间客堂和他的卧室，还叫人按时来给我做饭。到底是家乡呀。这哪里是来监督改造，倒成了来休养啦。”

岳翥若打开窗下的小柜子，扒翻了半天，拿出一个牛皮纸包裹的小包，一层层剥开，凑到鼻子上闻闻，递给梁文语："这是老和尚配制的药茶。专门祛除夏天湿气的。算我借花献佛。这柜子是黑檀木的，隔潮。是我父亲送给会愚的。幸好红卫兵不识货。老和尚说过，这药茶都是用炮制好的药材配的，只要不受潮，搁几年都能用。"

梁文语接过，放到桌子上，问："老住持是不是一个高高大大的胖子？"

"你咋知道？"

"我第一晚上就梦见他了。"

"噢，"岳翕若拨弄着胡子，"看来你有佛缘。我倒很少梦见他。"

"我倒真认真读过不少佛教的书。"梁文语哈哈一笑，"该对你说说我了。我五七年险些被打成右派，给了个不戴帽子按右派处理的名堂，折腾了一番，倒也没耽误教书。一开始就被戴上顶反动学术权威的帽子。我是研究欧美历史的，红卫兵说我公然在课堂兜售西方那套民主政治黑货，又加了个崇洋媚外，鼓吹全盘西化的罪名。这次清理阶级队伍自然在劫难逃，本来是应当被流放到外地的'五七干校'的。我都给老婆孩子写了遗嘱。没想到第一个揪斗我的系造反派头头，我昔日的得意门生，忽然偷偷给我弄了张肺结核病的诊断证明，说凭这个你就可以要求回老家农村，接受贫下中农监督改造。你这身子骨真去了'五七干校'，几年就拆巴零散了。你说过，不分国家民族，名人的出生地、发迹地对他们的维护都是不遗余力的，这是一种普遍的地域文化心理。这样，多亏我这个学生忽然良心发现，我才回到了滚石塔镇。首先掀起这场风暴的北京各大高校，很多人都已开始反思。咱们滚石塔镇有个叫常继刚的老师，多次偷偷去北大找我。说起来挺有意思，红卫兵刚开始大串联时，我在家门前转悠，听到他跟人说，我不出去啦，衣裳得挡挡了。我出来时就穿了这么一身衣裳。我一把抓住他，兴奋地问，你是章丘人？我知道，把洗衣服说成挡衣裳的，只有章丘人。他愣了下，握住我的手喊道：你是梁教授。可找到你啦。我见周围的人都看我们，就小声说，我现在正挨批斗。他一梗脖子喊道，扯淡，你是咱滚石塔镇的菜帽子。他这一嗓子，差点喊下我的眼泪。出去这么多年啦，我还记得，咱滚石塔镇把顶尖人物叫作菜帽子。从他那里我了解到很多老家的情况。别看常继刚学历不高，可挺善于思考。"

梁文语忽然截住话头。岳翕若显然有些走神，烟袋含在嘴里半天没吸了。他划着火柴，重新点着烟，"吧嗒"了两口，对梁文语讲起从天津回到济南后，带着一脑袋民主、自由的新思想，接触共产党外围组织，回老家后倾力支持刘文先他们的游击队的事，说："这两年，我一直在心里划量，当初我哪一步迈错了呢？"

“没有错。”梁文语眉毛风吹似的一扬，“我当年去投奔延安，也就冲着毛泽东一个人和他激情磅礴的反独裁反专制，呼唤民主自由的文章。谁让他老蒋老是宣扬一个政党一个国家一个领袖呢。我偏投奔另一个领袖去。只不过阴差阳错，我们几个半路被堵回来了。我就又去找你家老爷子，他资助我去了英国。假使当时去了延安，现在我也不会后悔。”

岳翕若叉开五指梳梳胡子道：“我就是想不通，好端端的，为啥要搞这样一场运动。”

梁文语竖起大拇指：“君临天下，教化天下。”他看看岳翕若，显然不想多说这个话题：“记得临去英国前，老爷子嘱咐我说，到哪里都老老实实读你的书，读书人掺和政治，早晚叫人家给翻腾糊了。回国后我倒从不掺和，可哪里躲得开呀。”

“这一波又一波的，啥时是个头哇？”

梁文语左手抚了把白发，右手顺势一翻，大拇指朝下指指。

岳翕若惊惧地看看他。

梁文语想了会儿，又说：“老是想用运动带过前面的过失，运动就必然要一茬接一茬。清理阶级队伍，就是着眼于身后干干净净，永无异己之人、异己之思。其实这是谁也办不到的。从历史上看，一个国家一旦驾上利用一个阶层的愤怒情绪冲击所谓敌对阶层的战车，就会越战敌人越多，那就非战到战车散架为止。”

岳翕若一下觉得有点凉。瞭一眼窗外，山谷里正涌动着翻卷的雨气，湿漉漉地弥漫进屋里。他站起来说：“会愚的客堂本来就有些阴凉，阴雨天不要敞窗子。我得走了。”临出门忽然又问，“你梦见他时，老和尚说话了吗？”

“他说，走在树林子里，常会有大个子碰头。”梁文语笑了，“我是个不够尺寸的，不怕。”

岳翕若用手背掀掀胡子，说：“他说的不是身高。常会有大个子碰头，就是说，也常会有大个子不碰头。滚石塔镇还有个人物，傩疯子。你该认识认识他。他是会愚的反面。”看看梁文语又强调道，“一张纸的反面。”

第十七章

中午的果园闷热得躲在阴凉里也出汗。淑珍独自坐在河边，顺手扯下片野蓖叶呼哒着，越扇越燥热。果树深处那个坐落在山坡上的小石头屋，一大半都掩在蒿草灌木里，透过河边的树丛看过去，在白亮亮的阳光中，小屋像漂浮在水上，晃晃悠悠地撩得人心烦。淑珍心里混混沌沌地说不上是啥滋味。跟知琛散了不久，爹就给她跟和狗子的叔伯大哥订了婚。和狗子这个叔伯哥哥长得五大三粗，大家都说他跟和大家伙像亲兄弟。几个挺亲密的姐妹开他的玩笑，说这个家伙倒是从小就欺住了和狗子，狗子再浑也不敢再缠磨你了。可万一他那事也跟和大家伙似的，你可咋受得了哇。淑珍笑得苦苦的。原先他嫌知琛缺少男人气，可这个吃饭呱唧嘴，擤鼻涕抹墙的男人，第一次见面就上头扑脸地又抱又摸，又叫她从心里厌恶，常常拿知琛的好处跟他比。眼下，已是芒种节气，各生产队都忙着碾场，在村头支起铁匠炉给镰刀淬火，准备割麦子。“清理阶级队伍”运动，眼瞅着就要淹进农忙里。岳绍前不仅安然无恙，俨然又成了滚石塔镇稳坐中军帐的人。村里的老人们都说，看样子这出戏真的要收住啦。她后悔不该这么急着跟知琛散伙。都怪那几个姐妹，天天催她散了吧散了吧。她捡起块石头扔进河里。突然发现立春在河对岸扭头往这边一看，匆匆转向胖哥炸死的那条山谷。她怔了怔，胖哥的忌日过去了呀，八成是又受了委屈，要偷偷到胖哥坟上去哭诉。立春嫁到小河南后，经常挨男人打，原先水水灵灵的一个人，被那个混账男人折磨得面黄肌瘦，跟老娘儿们似的邋里邋遢。真可怜。她是北三村第一个嫁给小河南的女人。女婿比他大十岁。

果园里人声渐渐多起来。淑珍背后的柳树丛响过一阵脚步，她回头一看，杏花正摇摇摆摆往里边走。又去找知琛，一个守活寡的小娘儿们整天去缠人家大小伙子，真不要脸。她朝杏花背影“啐”了口，突然觉得这是生的那门子气。你又不跟人家了，还不兴别的女人填空呀。一把拉断在脸前晃来晃去的柳树枝条，狠狠地摔在脚下。

知琛从小石头屋方向过来了。树枝挡着，看不见人，是他的动静和气息过来了。淑珍低着头侧过脸去，瞅到人影闪出树丛，伸脚把一块石头蹬到河里。知琛闻声看过来，惊喜地喊道：“淑珍。”

淑珍看看他身后，没有人。知道他又故意躲开了杏花，心里的拥堵松动了一下。她站起来，一把拉住知琛：“知琛哥。”泪水滴滴答答砸在他手上。知琛惊讶地看着淑珍：“你咋了，谁欺负你啦？”

淑珍趴在知琛肩头，泪水哗哗啦啦流淌。知琛挓挲着两根胳膊，抱也不是，不抱也不是，双手轻轻搭住，像拢着一只小狼。淑珍抽抽搭搭地说：“知琛哥，我想你了。”

知琛胸口被狠狠撞了一下，胳膊使劲收拢，把她紧紧箍在怀里：“淑珍。”

小道那边的果树地里，尚丰年重重地咳嗽一声。两人倏地分开。淑珍小声说：“晚饭后，咱们再见面。你去拍拍我屋子的后墙，到庄头上等我。”

知琛激动地点点头，往那边果树地里瞟一眼，转身返回来路。

大嫂晚饭做得忒早了。吃完饭，阳光还赖在东屋檐上不走。知琛这屋里撞一头，那屋里转一圈，抬头看看，天还亮着。和大家伙说：“知琛你咋了，猴子腚上抹蒜似的乱窜。是不是有女人等你？”

知琛脸一红，钻进东屋里。好不容易等到天黑，在脸盆里沾把水拢拢头发，一头扎出大门。和大家伙笑着对老婆说：“还是个小雏鸡。”

老婆白他一眼：“谁像你，打年轻就是个老渔鹰。”

知琛气喘吁吁地跑到淑珍房屋的后墙，刚举手拍打了一下，大门就响了。他叫着“淑珍”迎过去，门口站着尚丰年。知琛猛地刹住脚，头上涌出汗珠：“大叔。”

“知琛。”尚丰年脸沉得像面哀幡。上午见到淑珍又跟知琛在一起，他心里一阵惊悸。中午回家就跟淑珍挑明了利害：“要是河汉村那头知道你跟岳知琛藕断丝连，那个勒住疯狗脖子的颈圈一撤，和狗子能把咱家撕了。也给人家岳翕若家惹祸。闺女，你回不了头了，就别再让爹提心吊胆啦。”他拍拍知琛肩膀：“你大叔对不住你。你就别再对不住你大叔了。你大叔也难呀。”退进大门，“呱嗒”插上门闩。

知琛脚下软软地塌陷下去。

淑珍要出嫁了。

出嫁前天晚上她突然来到知琛家。岳珊拉住她的手，不知她要去大北屋还是东屋。知琛闻声跑出来。淑珍叫声“知琛哥”，走进大北屋。知琢夫妇闻声过来也跟了进去。知琛娘招呼她坐在自己身边，她站在屋中间没动，看着岳翕若，说：“大爷，我明天就出嫁了，来向您辞个行。”眼泪哗啦就流了下来，“叫了这么多年的爹了，今晚上，我就再叫一回。”她跪下磕了个头，“爹，我走了。今后你就把我当女儿吧。我对不起您老人家这么多年对我的好。”

“淑珍。”岳翕若抖动着胡子，起身双手扶起淑珍，说，“好孩子，别这样说。是你大爷我，没有这样的福气。”他松开淑珍的手，瘪着嘴哽咽失声，泪水淌满了胡子。儿女们从没见过爹当着他们的面这样哭过，一个个都悲从中来，低下头不敢看爹失控的模样。

淑珍被岳翕若的哭泣搅得又愧又痛，模糊着双眼朝炕上喊了声娘，双手捂住脸冲出屋门，抱住跟出来的岳珊平息了会儿，抹抹眼睛，对知琛说：“知琛哥，我走了。你好好的。”

岳珊看着三哥把淑珍送出门去。回来时听到爹的哽咽还没止住。心里酸酸地一揪。爹这是把这几年的伤心事都敛伙起来了。她朝屋里的大哥大嫂摆手，和他们一块离开。

第二天早晨天还没亮，知琛就悄没声地出去，绕开大道，赶到下河村通往河汉村路口的山梁上，隐在树林里。不一会儿，一辆扎着红绸子的拖拉机就响着震耳的音乐“突突突突”地开过来。车斗的前扶手上挂着红灯笼。淑珍在两个伴娘中间低头坐着。他在心里喊了声“淑珍”。淑珍抬头往山梁扫了一眼，拖拉机就开了过去。知琛一腚坐在山梁上，脑子里灌满了“突突”的轰鸣。

杏花的香气袭过来，一只白白的手放到知琛肩膀上。知琛粗暴地拨拉掉：“你来干啥，走开。”

山梁上突然安静。知琛慢慢抬起头。

杏花也走了。晨曦升起来，剪出层层叠叠的山的暗影，反而把脚下的山梁一下推离开大山，把它孤立在光亮中。他站起来，一件衣服从肩膀上滑落在胳膊弯里。他展开一看，是条崭新的青的确良裤子，他捧在脸上，感到杏花肉乎乎的身体偎过来。

知琛一宿没睡好。脖子僵僵地又酸又胀。他慢腾腾地坐起来，奇怪一晚上都是杏花，咋就没梦见淑珍呢。

大门口一阵“乒乒乓乓”。门开着，敲啥敲呀。这个点，爹早已出去扫大街了。他穿上衣裳奔向门口，差点跟天赦子撞上。和狗子还在拿着他的“文攻武卫”棒敲大门，一见知琛，拖着长音一声“吆嗬”，歪着头上上下下打量了半天，怪笑着说：“你还睡到这才起呀。告诉你，我大哥那边，昨天晚上见红啦。原来你一直给人家留着呀，你个傻屌！”

“和狗子，我操你娘。”知琛转身返回院子。和狗子以为他要跑，跳起来扯着嗓子大叫：“反了你了，王八羔子。”抬腿就撵。

知琛抄起两把锨又跑出来，撞了和狗子一个趔趄。和狗子惊惧地退后一步。知琛推给他一把锨，呼呼喘着粗气：“和狗子，到街上去，我跟你拼了。”

和狗子惊异地瞪着他，下意识地又退了一步。

和大家伙一步跨出大门，站在青石平台上，“啪”地拍一把知琛肩膀：“这就对了。你早该这样。要是我，早踩着小肚子把鸡巴给他薅下来啦。”

和狗子回过神来，邪劲又归了正位，提起锨跳到街上，指着知琛叫道：“滚下来，日你奶奶，老子不一锨劈死你，今天倒着走。”

知琛倚着门框不动，浑身的汗湿透了衣裳。和大家伙斜他一眼：“又咋啦。”一把把他拨拉进门去，抱着膀子看着和狗子。天赦子阴沉沉笑道：“大家伙，你又威风了。我们今天就是来问问你，为啥又把东屋给让出去了？”

和大家伙点住他鼻子使劲一按，天赦子的头往后一仰，“当”地碰到门框上。和大家伙哈哈大笑：“我说舅子儿，少他妈再唬我。我早打听明白了，梁亮根本就不许你们向我这个响当当的雇农动手，他不许你们干扰斗争大方向，都是你这俩杂种下的坏蛆。你两个小杂毛真以为我怕了你们。当初我答应住进来，是想占这个院子罢了。现在老子不想占了。告诉你，把梁家禄老杂毛那些阴损招数都使出来吧。真敢动老子，我把你们两家老小都一个个放了血。不信，你们就试试。”

大门口的人越聚越多，有人小声说：“这俩种也忒嚣张啦。”

胖奶奶立即大声回应：“这是欺负咱上河村没有站着尿泡的了。”

围观的男人们脸上磨不开了，有的往后挪动，有的上前质问天赦子跟和狗子：“哎，哎，谁给你俩封了官，咋跑来管起上河村的事了？”

天赦子指着和大家伙说：“何其毒也。咱走着瞧。”拉着和狗子就走。和狗子回头盯一眼和大家伙，脸色铁青。天赦子把嘴贴到他耳朵上说："我有办法治这头倔驴。走，咱找梁家禄去。"

第十八章

从长岭山前十里平原浩荡北上的南风，干热地扑到山怀里，又裹挟着光石岗灼人的气浪反扑回来，只几个来回，山坡地里的小麦一晌午头就熟透了。

和大家伙挟起他那把又宽又长的镰刀，撩着大步往河汉村斧劈崖那片山坡地赶。每年的麦收，总是从那块悬在十多丈高断崖上的麦地开镰。他边走边不停地薅一把路边的麦穗，在他簸箕一样的大手里搓搓，鼓起嘴吹去麦糠，一把掩进嘴里。队长常说，和大家伙两个大巴掌就是盘石磨，一麦季能磨掉队里半麻袋麦粒。每回都扬言要扣他家的口粮。大家伙“扑哧”笑了，麦粒喷撒在黑茸茸的胸膛上。他也就这么说说，队长可是个厚道人。前几年他跟在东北当工人的大歪媳妇过有了，大歪回家后算着日子不对，就拷问他老婆。那娘儿们不敢得罪队长，料定大歪不敢招惹和大家伙，就往大家伙身上推。没想大歪磨刀弄棒地要去跟和大家伙拼命。队长把他堵在家里，说，兄弟，你咋把屎盆子往自家头上扣，老婆跟那头骚驴过挺长面子咋的？我告诉你，你嫂子给你掐着时间呢，你老婆肚子里的孩子就是你的种，跟人家和大家伙没关系。他把大歪请到家里，叫他老婆炒了两个菜跟大歪喝了一瓶酒，不知两口子使了啥招数，大歪出门时拱手作揖，一迭声地感谢，晕晕乎乎地认下了他老婆肚子里的种。

“这个吃骨头不吐骨头皮的家伙。”和大家伙咕哝着摁拉掉胸毛上的麦粒，又顺手薅下把麦穗。一到夏天，他就只穿条长裤改做的短裤，呼呼哒哒到处跑。说是又省衣裳又凉快，还他娘的方便。有年轻的故意逗惹他：“方便啥？”他一拍胸膛：“问你老婆去。”

到地头时，大家已在政治队长和狗子带领下做完“四个首先”，就等队长吆喝一声“开镰”了。和狗子斜一眼大家伙：“你咋才来？”

和大家伙朝大伙挥挥他的大镰刀，笑嘻嘻地说："来晚了不少干活。"弯下腰左手揽过一拢小麦，右手唰地一镰。接着又一揽一镰，只两镰，脚下割倒的小麦就够捆一个麦个子了。大家拍巴掌叫好，夸赞他的绝活。大家伙得意地直起腰，把镰把靠在腿上，往手掌心里吐口唾沫，使劲搓搓，点点下巴看看和狗子。从断崖下翻上来的风掀起他粗长的胸毛，队长朝他伸伸拇指，朝大家一挥胳膊："大家伙已开镰了。割吧。"

"慢着。"和狗子突然大叫了声，指着和大家伙喊道，"你咋没戴像章？"

和大家伙放开已拢在左胳膊弯里的麦子，逃脱一刀的麦子欢快地晃动着散开。他瞪大眼睛看着和狗子。和狗子双手叉腰，晃着脑袋说："早就通知开镰要做'四个首先'，人人都得佩戴毛主席像章。你竟敢拒不佩戴，这是对伟大领袖的极大不忠。"

和大家伙四下看看，见大家胸前都戴着毛主席像章。他拍拍脑袋，一下想起老婆临出门前，把像章给他别在背心上，嘱咐他一定穿上背心，就大大咧咧地说了句："像章别在背心上，我忘穿啦。"下腰抓起镰刀，左手一搂，唰地割下一大片麦子。大家纷纷下腰开镰，唰唰啦啦卷起一片尘土。

和狗子急了，举起双手喊道："停下，停下！"

大家都直起腰看着队长。队长瞅瞅和狗子："又咋了，狗子？"

"咋了？"大伙的轻慢激怒了和狗子。他狠狠地扫一眼队长道："我这个政治队长说话不是他娘的放狗屁。今天谁不戴像章都不行。和大家伙必须戴上像章补上'四个首先'。"

和大家伙把镰使劲一扔，眯起一个眼看着和狗子："你成心找碴是不？"

"就是找碴啦，你咋着吧。"和狗子脖子一梗，"你不是扬言要给我全家放血吗，你以为真吓住我了？告诉你，老子的胆不是兔子屎蛋。"他指着插在地头上的毛主席像牌，说："今天，你必须戴上像章向毛主席认错。"

"好啦，好啦！"队长扯扯和狗子的胳膊，"叫他明天戴上，以实际行动改正错误不就行了。"

和狗子甩开他的手："你少替他打马虎眼。和大家伙的账早就该算了。"他挥动着胳膊喊道："同志们，和大家伙一贯反动，恶毒攻击，那个啥。"他忽然忘了词，搓搓手，舌头一拨拉含混过去，接着说："要不是岳绍前、尚兴凡他们包庇，早该揪出来示众了。"

和大家伙心里一凛，敢情这东西今天真的要找碴，连梁亮的话也不当回事了。他眼神抖动了几下又绷住，继续斜睨着和狗子。光棍了一辈子的大家伙，岂能当着大伙在和狗子这样没长全屌毛的鼠辈面前掉价。

队长朝和狗子翻翻白眼，摇着头自嘲地嘟囔道：“我这队长，就只剩下吹哨子催上工的权力啦。”甩甩手站到一边。他早就巴不得和大家伙发发横，教训教训这个插旮旯碍事的政治队长。大家都咂摸出队长话里的味道，眼巴巴地看着和大家伙那两只大巴掌。和大家伙的几个儿女从小就被爹的大巴掌扇怕了，不敢过去劝他，就都去推搡吓得挓挲着两手打转的娘。和大家伙的老婆一下醒过神来，扑到和狗子身边，抱住他胳膊说：“他叔他叔，千错万错都是你大哥的错，你就放他一马。我替他给你赔不是啦。”

和狗子心里早就发毛了。但下了这个台阶，今后这个政治队长的头衔就真的狗屁不是了。他拨拉开和大家伙他老婆的手，双臂交叉抱住肩膀，翻眼斜睨着和大家伙，一只脚点击下地面，抖抖膝盖，再点一下，又抖抖膝盖。他在掩饰两腿禁不住的微微颤抖。

和大家伙两个大拳头嘎巴嘎巴直响。小兔崽子，在滚石塔镇，有敢这样冲我大家伙叫阵的吗？从来没有。两个大拳头慢慢往上提。

情急之下，和大家伙的老婆解下衣襟上的像章往大家伙的手里塞：“祖宗，光棍不吃眼前亏，你就戴上吧。”

和大家伙瞅一眼和狗子的腿，又点了一下，又抖了一下。他突然吼了一声，狠狠推了老婆一个趔趄，“啪啪”地拍打着赤裸裸的胸膛吼道：“傻娘儿们，戴上戴上，我戴在屌上吗？”

和狗子跳了起来：“好！”又跳了一下，“好好！”伸开胳膊朝大伙转了一圈，兴奋地说，“你们可都听见啦。和大家伙恶毒攻击伟大领袖毛主席，现行反革命！嗬，现行反革命分子。”他指着和大家伙的额头叫道：“好哇，好哇。和大家伙，这回你自己跳出来了。咱新账旧账一齐算。清理阶级队伍，就是清理你这样的反动家伙。”

和大家伙一脸懵懂，问队长：“咋了？”

队长脸色变了，问大伙道：“和大家伙哪里恶毒攻击了，他不一直就这样说话吗？”

“是呀，是呀。”大家都附和，“滚石塔镇的男人说话，不都嘴上挂着个屌字吗，这哪能算是骂人。”

和狗子指点着队长和附和的人：“好啊，你们都想包庇反革命分子是吧？是不是恶攻，你们说了不算，咱让公社派出所去评判。”他拉过站在身后的两个小伙子：“把现行反革命分子和大家伙押送公社。”

两个小伙子朝和大家伙迈出一步又停下，看看队长和大伙。和狗子狠狠骂道：“种！”

推开他俩，一把抓住和大家伙的手腕：“和大家伙，有种就跟我去公社。”

队长抢前一步拉住和狗子：“大家伙失口了，又不是故意的。我看，咱们就现场开个批判会，消消毒，这事就过去了。”

和大家伙这才明白自己的大嘴巴又闯祸了。看看紧张地挤在一起的老婆孩子，突然抓过老婆手里的像章，冲和狗子说：“我戴我戴，我这就戴上还不行吗。”他拽起胸脯上的肉，把像章后边的别针穿过去扣好，紫红的血顺着胸毛点点滴滴淌下来。他拍着胸脯说：“这下够忠心了吧？”

队长叫声“好！”带头拍起巴掌。大家都拍着巴掌叫“好”。傻二媳妇指指身边的娘儿们，“啧啧”道：“看人家和大家伙，这才叫男人。”和狗子横她一眼。她“嘁”了声，撮起嘴唇嘟噜出口唾沫。和狗子扭回头，看到和大家伙眼里闪过一丝得意，就咬牙逼视着大家：“拍啥巴掌，给谁叫好？”

大家躲开他的目光，看着和大家伙毛茸茸胸膛上还在往下流的血。队长说：“大家往一块凑凑，咱们现场批判和大家伙。”

和狗子抢过话头喊道：“和大家伙必须跪下向毛主席请罪。”

和大家伙剜一眼和狗子，看着队长。大家都看看队长，又看看和狗子。和大家伙的老婆用眼睛哀求地盯着他，老母鸡呼扇翅膀似的伸出两根胳膊不住地往下按。和大家伙仰头望着山顶上的几片碎云，叹口气，低头看看和狗子，问队长：“我跪下就完事了？”

“请完罪可不就没事了，你一个响当当的雇农，还能再咋的。”队长朝和狗子点点头，“你说是吧？”

和狗子含含混混地“嗯”了声。

和大家伙的目光在一堆儿女身上粘了粘，张开胳膊对大家说：“毛主席给了我房子给了我地，我凭啥骂他老人家？我大家伙一辈子没跪过，这回，我是跪毛主席。”他威猛的身躯像推倒座山似的扑腾跪倒在地上，砸起一片尘土。他伸开大巴掌抹把脸，把头埋在胸前。

和狗子一步跨到他面前，叉起腰喊道：“地头批判会现在开始。”

队长说：“我先发言。”他先劈头盖脸地把和大家伙骂了一通，接着说了一大堆“虽说”“可是”“话又说回来”，分明是在替和大家伙开脱。和狗子不耐烦地搓着脚，没等他说完，就指着经常代表生产队在各种批判会上发言的妇女队长说：“你发言。”

妇女队长捋捋头发跨前一步，指点着和大家伙说：“你这个可恶的东西，竟然胆敢说，唉，把毛主席像章挂在，唉，挂在这里吧挂在那里吧。”

人堆里哄起一片笑声。大家抢着重复她的发言：“唉，挂在这里吧，挂在那里吧。”她满脸通红地摊开双手：“这个咋批判？”退回到人堆里。和狗子见队长举起双手，赶紧冲大家吼了声，说：“这叫批判会吗？这事绝不能就这样算了。”

和大家伙的大女儿举手喊道：“我批判。”从人堆里挤出来，大喝一声“和大家伙”：“你罪大恶极，胆敢恶毒攻击伟大领袖毛主席的像章，狼子野心何其毒也。是可忍孰不可忍。”她没上过学，说完这几句听来的就噎住了，憋了半天，接着说：“你遗臭万年，拿去喂狗狗都不吃，拿去喂猪猪都嫌脏。”突然举起胳膊大喊：“打倒和大家伙！”

大家齐声高呼：“打倒和大家伙！打倒和大家伙！”

队长拉起和大家伙，向大家摆摆手：“干活去，干活去。”

和狗子冷笑道：“和大家伙，你要继续接受广大革命群众的批判，只许老老实实，不许乱说乱动。”

和大家伙惊愕地瞪着他，又求助地看着队长：“我咋成了四类分子啦！”

和狗子抱起胳膊：“你以为咋着？”

队长急了：“我说和狗子，咱不是说好了，开过批斗会就算了吗？杀人不过头点地，人家大家伙都当着老婆孩子的面下跪啦，你还要咋着？”

和狗子“哼”了“哼”：“说好了？你说好了是我说好了？阶级斗争的事，我说了算。”

“狗子兄弟。”和大家伙堆起一脸讨好的笑，“我说——”

“没你说话的份。”和狗子一摆手，“这会儿成了狗子兄弟啦，你不是常说和家祖坟上不埋我这摊臭狗屎吗？”

和大家伙被噎得脖子上跳起青筋，甩甩大巴掌说：“你别以为我真怕了你，要不是为了我这堆儿女，我——”他一下闭住嘴，拳头又攥了起来。

和狗子“哈哈”大笑：“你还能咋着？吓唬谁呢。告诉你，你从此就再也威风不起来啦。”

和大家伙的几个儿子黑着脸围过来。和狗子往后倒退几步：“你们要干啥？”

和大家伙夸张地挡在和狗子面前，骂道：“都滚回去，我和你们狗子叔说话，没你们的事。”他向和狗子拱拱手：“算我求求你。你还真想断了我十一个孩子的活路？”

“活该，你自作自受。你不是常护着岳翕若家那些黑羔子吗？你的孩子成了群小反革命，看谁替你护着。”和狗子晃晃脑袋，抬脚就走。队长一把拉住他：“你干啥去？”

和狗子挣开他的手：“出了这么大的案子，我能不向上报告？去公社。”转身又要走，突然感到脊梁骨一冷，回头见和大家伙狗熊般的身体绷成一张弓，眼里凌厉地透出杀气，惊叫一声，扯腿就跑。晚了，和大家伙老鹰扑小鸡般一把薅住他的后脖领提了回来，抓住他一只手，转车轮似的把他抡了一圈抛了出去。和狗子在空中翻了个跟头，惨叫着飞向断崖，在崖边上打了个滚，跌落了下去。

大家张着大嘴惊呆在原地。风贴着断崖刮过，把和狗子的惨叫封在了断谷里。

和大家伙的老婆叫了声“老天爷呀”，瘫在大闺女的怀里。和大家伙的胸毛在风中根根直竖，他伸开胳膊朝大伙喊道：“老少爷们给我做个证，我和大家伙不是反革命！”他向老婆鞠了一躬：“给我带好孩子。今天你就和老小搬回来住。”他喊了声：“孩子们，爹对不住你们了。”放开长腿猛跑几步，一头扎下断崖。

风大了，麦田起劲地摇晃。一群麻雀惊飞起来，绕着断崖转了个扇形的圈，又飞回来叽喳着落在麦地里，几只胆大的站在麦田里吓麻雀的谷草人上，滴溜着圆圆的眼睛，大模大样地东张西望。

和大家伙的十一个儿女排成一溜跪在崖边，燕子似的伸着头，好半天才惊天动地地吼出声“爹呀——”。和大家伙的老婆挣开大女儿的手扑向断崖，被大儿子一把抱住。她连撕带咬地挣扎扭动，带着大儿子一块滚到地上。队长和大伙把她和儿女们都从崖边拉回来，圈在麦地里。

腾在空中的麻雀一圈圈地打着旋在断崖上绕飞。

常二婶子站在革委会办公室的高台阶上喘口气，伸出枣木拐杖顶开门。正在商量事的岳绍前、尚兴凡和文书一起抬起头来。她比画了下拐杖，说：“我跟岳支书说句话。”尚兴凡拉着文书出去，顺手带上门。

岳绍前溜一眼常二婶子，坐着没动。

常二婶子一腚蹾在椅子上，说：“当初我就找过你，天赦子、和狗子这两块洋姜，连梁亮都嫌烦，你咋能让他们由着性子胡来。你不听，咋样，弄出人命来了吧。”她见岳绍前沉着脸不说话，明摆着是嫌她多事，压着的火气忽地冲了上来：“你别讨厌我啰唆。我咋觉得你像变了个人，整治起人来，比红卫兵还上劲。连尚聋子那样老实得一脚踹不出个屁来的都成了汉奸。他不就是提溜提溜茶壶给瞎老婆和孩子混口饭吃吗。还是在游击队除掉了汉奸会长，动员出来新会长后，人家才去的。这些你都清楚。你就不想想，他有老婆孩子，有亲支近份，一牵扯就得十多号人受连累。咋就得搂柴火似的，多一筢子是一筢子。”

岳绍前晃晃脑袋，说：“我也不想弄这么多，可上级有指标，得凑够数呀。好在运动后期都得甄别，到时候就一风吹了。”

“你说得轻快。等把饼翻过来早都煳了。”常二婶子反手抹抹嘴，“咋着，到你衙门里来了，连口水也不给喝呀？”

岳绍前赶紧推过去自己的搪瓷缸子：“喝我的，不凉不热正好。”

常二婶子端起缸子喝了几口，火气消了不少：“我知道你有难处。刚才听说公社的工作组要把和大家伙定成反革命报复杀人，心里一急就跑来了。和大家伙可有十一个孩子。闹红卫兵以来，人家可是忠心耿耿地保你。”

岳绍前撮起嘴唇吹口气：“二婶子，这不用你说。我一直在想办法，要不这案子还用拖到这，早就定性了。好在当时割麦子的人都替和大家伙说话。我也找了和狗子他娘和他哥哥，他们也答应不再揪住和大家伙不放。难办的是和狗子没死，他鳖咬死口地盯着。正在清理阶级队伍的当口，难哪。幸亏和大家伙死了，他出身又硬。我一大早刚又给公社领导打了电话，争取把杀人前头的‘反革命报复’去掉。也只能是争取。”

“那就好。”常二婶子脸上的黑气散了，说，“他叔，别怪你老嫂子说话不中听。我是替和大家伙撇下的那帮孩子着急。不瞒你说，从这里出去我就去找刘文先书记。不管他烦不烦，我就豁出去这张老脸了。”她拍拍膝盖，又说：“这么深的沟，咋还能活着。和大家伙都摔碎了。”

“还不如死了。腰断了，下身没了知觉，得瘫一辈子啦。”

常二婶子叹口气。和狗子醒过来后说，好像是傩疯子扯了他一把，他就掉进了水坑里。这傩疯子也是，咋不救大家伙。

“要是能封住和狗子的嘴，事就好办多了。”

常二婶子看着岳绍前。

“他这样的人，求白搭，只有吓。”

常二婶子顿顿拐杖，起身就走。岳绍前一把拉住她，压低声音说：“你别光顾着管别人的事，还是看好继刚吧，别让他再到处跑了。上边已开始注意他了。跟你透这话，我可是犯大忌讳了。老队长就留下了这么一个孩子，我可不愿看到他出事。”

常二婶子看了他好一会儿，说：“绍前，我替他爹谢谢你。”

当天晚上，和大家伙的几个儿子去看望和狗子。趁着和狗子翘着头叫骂，和大家伙的小儿子溜到床尾鼓捣了几下，从他腚下掏出张皱皱巴巴的报纸，大儿子一把夺过去，展开一看，指着和狗子喊道：“好啊，你拿毛主席像垫腚。这回咱倒要看看，究竟谁是反革命。咱们走。”领着弟弟们扬长而去。

和狗子他娘叫着“大孙子”追出大门。

天赦子跟村文书站在台阶下打量着岳家门楣上“军属光荣”的红牌子。牌子的颜色已风吹日晒得发暗，金字也斑斑驳驳爆得模糊不清。昨天岳绍前就把去岳翕若家摘牌的差事交给了文书，他不愿揽这活，拖拉了一天，今天早上拽上了到村革委拿文件的天赦子。

天赦子搗一下文书：“看个啥劲？”两步跳上台阶，举锤就要砸。文书跟上去一把拉住：“得进去通知人家一声。”

两人正争执，岳翕若扛着扫帚过来了。天赦子马上来了精神，两手叠放在肚子上，晃着脑袋说：“岳翕若，接上级通知，我们奉革委会命令来摘掉你家大门上‘军属光荣’的牌子。”

岳翕若一愣，放下扫帚，脸色阴沉。今早晨他特意早起了会儿，要趁着山上没有人，拐个弯去和大家伙坟前站站，下葬都一个多月了，还一直没到坟上去拜祭，实在对不住和五兄弟。刚到和家坟地边上，见简小妹在里面烧纸哭拜，絮絮叨叨地说是她害了和大家伙，说他跟岳翕若是滚石塔镇两个真男人。他悄悄踅了回来，想了一路和大家伙死的那天下午他老婆领着小儿子来家里拿遗物的情景。他知道拿回去是要在出丧时烧的，一时悲恸难忍，陪着她掉了会儿眼泪。临走时，他老婆叫小儿子给岳翕若磕了个头。磕得他心里那个不是滋味。当晚他把全家人都召集到大北屋里，写了个“和五先生之灵位”的牌子，摆在条几正中间，自己先祷告着拜了三拜，双手抹把脸，对儿女们说：“都给你们和五叔磕个头吧。你们都得记着他的仗义他的好。唉，但凡还在心里存着份义气的都不好活呀。”

天赦子瞅着失神的大胡子，“嘿嘿”笑了一阵，说：“你儿子岳知琪被打成阶级异己分子啦，清理出人民解放军，就地转业，现正接受群众批判。”他指指文书：“你来宣读文件。”

文书说：“你都说了，我还宣读个啥。”

岳翕若缓过劲来，不紧不慢地说：“他活着就好。谢谢你带来的信。”拖起扫帚走进大门。

天赦子冲他后背骂道：“还装，你他妈的回去哭吧。”忽然就又乐了，“这军属老太爷是当不成喽。”

“天赦子，”胖奶奶指着他说，“我就纳闷啦，摘人家门上的牌子，你咋就那么高兴，跟捡了大元宝似的。”

“不为啥，就是从心里恣。”

“你有病呀？”

“你没病，那天听到和大家伙叫我那个，咋也捂着嘴笑？”

“那个，啥个？噢——那是我觉得好笑。”

“好笑也是笑。跟我一样，看见别人难受就忍不住乐。”天赦子朝锤头上吐口唾沫，抡起胳膊猛地一砸，“笑去吧。”

“军属光荣”的牌子“啪”地碎在地上。

这是“清理阶级队伍”风暴落在滚石塔镇的最后一颗雨滴，砸在大暑节气的最后一天。

公元一九六八年的夏天过去了。

第十九章　岳凡手记（二）

知道我是一个浑身流淌黑血的异类，是在那个落霞满天的傍晚，我像只无家可归的狗，蜷缩在庄头场院里的谷秸垛里，谷秸垛的那一边，小伙伴们欢快的歌谣正晚霞一样飘起来。

我童年的太阳就跌落在小同伴们背着书包上学的那天。那天阳光明丽，秋日的天空童话般晶莹剔透，蓝得没有一丝杂质。

虚岁九岁那年，按滚石塔镇惯例我该上小学了。那是个雨好像一直就没停过的夏天，学校的两间教室被淋塌了架，绍前爷来我家跟爹商量，说学校的房屋大都漏雨了，干脆就从一年级教室开始，都轮流挑掉屋顶翻修一遍，今年就先不招生啦。他摸着我脑袋说，反正小孩子上学，早一年晚一年也没啥打紧的。他走后，爹对大哥说，我早就催着扩建学校，建了二十多年了，到这还没再添片瓦呢，村里的人口可是添了不少。你绍前爷就是老是想等着公社拨钱，公社的钱也都拴在刘文先的肋条上，都抠门得很。可家大业大的，不抠着点也真不行。爹当时根本不会想到，这一拖就把我挡在了学校门外。

村里的钱跟不上趟，翻修学校的活时断时续，拖到第二年夏天还没完工。那时大街上就贴上了“砸烂三家村黑店”的标语和漫画。大家都嘻嘻哈哈地当热闹瞧。漫画上妖怪一样青面獠牙的邓拓、吴晗、廖沫沙，离滚石塔镇实在太远了。谁也没意识到天边已扎下云脚的那场风暴，正在悄悄聚集能量，就要呼啸着扑过来。

等学校开始翻修最后一间教室，组织新生报名时，秋天已快结束了。那天，太阳亮得耀眼。大嫂把我装扮一新，带我去学校报名。刚出大门，胖奶奶就把大嫂拉到一边，小声嘀咕道：“听说，几个家里成分不好的孩子都没报上名。”我把手举到眼前，看太阳把手指照出透亮的红色。这是会愚老和尚的两个小弟子告诉我的，太阳把手指照出透亮的血色，就会有好运。

我揉揉被刺痛的眼睛，拉着大嫂快走。我没想到胖奶奶的话会跟我有关。凭着爹那把大胡子，和大门上边那块“军属光荣”的红牌子，我的童年，除那两年挨饿外，总是比别人多一片阳光。

我经常小尾巴似的跟着爹在北三村串门子，口袋里总是被塞满糖果、栗子、核桃、瓜子之类的东西，顺手摸出一把，就能把后街小顺子的伙伴吸引到前街来，叫他变成光杆司令。小顺子是她娘改嫁到上河村时带来的，长得又黑又小，看人时眼睛闪闪烁烁的像只小狼，打起架来不顾生死，摸到啥用啥，不把对手打出血来不撒手。遇上比他大的，他就双手抱住头，扑到人家身上下嘴就咬。小伙伴们给他起了个“狼顺子”的外号，都不敢招惹他。他常因为他的兵叛逃到前街来，多次把我堵到小胡同里。我不怕他，双手叉腰挺起胸脯站在他面前。他不敢打我，他怕我五哥跟狗子哥收拾他。对峙半天，他狠狠地把墙根下的狗屎踢到我身上，扭头就走。我得意地笑着喊：“别走呀。”他回过头指着我“咯咯”地咬牙，说：“你等着，我早晚一口咬死你。”

我口袋里东西的诱惑力是不可抗拒的。后街的小伙伴还是不断投奔到前街来，在我家大门口，跟我们一起玩“藏猫眼摸高台”的游戏。大家都争着跟我一伙，我就竖起手指挑选最铁杆的小胖、泪眼、长腿、成子、大坤，点到名的都兴高采烈地站到我身边。争执不下时就“剪子包袱锤”，谁赢了就跟我一伙。我们总是大度地先做藏匿的一伙。边去找藏匿的地方，边回头朝守在大门口青石平台上的对方喊：“藏猫眼摸高台，摸摸哪里再回来？”

他们气鼓鼓地故意整治我们，大声喊道：“藏猫眼摸高台，摸摸小杨子家门口那棵大槐树上的老鸹窝再回来。”我不会爬树，抬头看看树梢上随风摇晃的老鸹窝都头晕。长腿叉开腿站在树下，双手卡住腚使出吃奶的劲用肩膀把我顶起来，小胖和大坤拼命往上拽，我坐在斜伸出的树杈上，往下一瞅脸就黄了，腿直哆嗦。大家猴子般麻利地爬上树梢，摸一把老鸹窝又出溜下来，泪眼还顺手摸了把老鸹蛋，惹得老鸹们喳喳地扑击我们。他们挥手驱赶老鸹，睁大眼睛看着我。有一个人摸不到老鸹窝，我们就都输了。此刻我在他们眼里肯定成了草包，胆小鬼，累赘。要不是口袋里那些东西，他们早就抛下我一哄而散了。我看看树下对方派来监督的小鱼子，掏出个大核桃扔给他说：“你可看到了，我们都摸到老鸹窝了。”

“看到啦。”小鱼子攥起核桃晃动着，“你们去藏起来吧。我可要好好搜查。”

下到地上，我就又变成了头。第二关是藏匿。对方只能由来监督第一关的人搜查我们六个，想都找出我们来可不容易。取胜的关键在于冲关时我们这一伙必须有一个人冲上大门平台，摸一把大门。否则，我们就只能继续扮演藏匿的一方。对方排成一溜站在平台下，想冲上一个人去太难了。大家都凑到我面前来，听我小声布置战术。

我们藏好后，小鱼子咋咋呼呼地当完搜查的差事，就回去严阵以待去了。我确信长腿他们已在离我家门口最近的胡同里埋伏好，就跟小胖大声吆喝着往大门口冲去。平台下的人呼啦围了过来，等发现只有我们两个时，已经晚了，长腿、泪眼、成子、大坤一起从胡同里扑出来，对方阻拦不及，长腿和大坤从人缝里冲上青石平台，双手搭在大门上。我们欢呼着抱在一起，气得对方的头头大壮干瞪眼。他比我们大好几岁，也只好乖乖地下台去当藏匿者。我们更损，冲他们喊："藏猫眼摸高台，摸摸二拐家大白猪的猪腚再回来。"结果，他们一伙被二拐子举着铁锨赶了出来。还没等到藏匿就输了一个回合。我们扬扬得意地继续站在青石平台上，嗑着香喷喷的五香瓜子。

他们第二次冲关，大壮使出蛮劲，直冲我这个薄弱环节，一把拽开我扑到大门上。我们输了。

泪眼抹着见风流泪的眼睛，说："这回可没法了。硬冲肯定不行，大壮那家伙伸开胳膊，一人能挡仨。"

我说："咱们想办法糊弄他一回。"

我们六个脑袋凑在一起嘀咕了一阵。小胖叫道："这法准行。岳凡，你心眼子真多。"成子赶紧捂住他的嘴。冲关前，我们躲在街角边往大门口那边瞅瞅，小胖突然吵嚷着冲到大街上："我不跟你们一伙了。凭啥不分给我糖。我跟人家大壮一伙去。"

我们假装生气地在后边追。大壮双手抱住肩膀看着我，满脸幸灾乐祸。小胖大摇大摆走上平台，突然大喊一声："我们又赢了。"一巴掌拍到大门上。

大壮傻眼了。他的伙伴冲下来推搡我们："你们耍赖皮，不要脸。不算不算。"

我抓出一把糖分给大家。双方的愤怒和得意都消融进滋滋溜溜的吸吮里。我在小伙伴的眼神里，享受着暖烘烘的，阳光般被拥戴的感觉。

苹果熟了的季节是我最长脸的时候。

三坡两谷一河流的果园里，到处香得打喷嚏。风不断把香气吹送到果园下边的上河村。前街后街油坊街当铺街，上河滩半片街，下河崖集市，驴胡同，宽窄铁匠巷，烟馆短巷，全上河村的小孩都被吸引到果园周围。果园是全滚石塔镇的，但它坐落在上河村，其他庄的小孩是不大敢来的。大家围着花椒围篱转悠，回味着金帅、红香蕉的甘甜，大国光的酸甜，一咬一嘴浆汁的长巴梨的糯香，不断吞咽口水。围篱里边不时传出巡逻的林业队员的呵斥，和狗子牵着的大狼狗汪汪狂叫，把绳套拽得绷直。

小伙伴中只有我和大坤能带几个人进果园。我的内线最多，三哥、姐姐、胖哥、兴凡哥还有狗子哥，谁都能趁周围没人的时候，把我和我的小伙伴领到一个角落，叮嘱声“只准吃不能拿”，就任由我们狼吞虎咽。要是胖哥和狗子哥，还会再跟上一句：“回去拉屎也不能拉下成块的来。”也不知他俩谁跟谁学的。

在整个苹果收获季节，我都是小伙伴形影不离的山大王，连小顺子也归顺过来了。他讪讪地跟在小胖身后，我知道他是想叫小胖讲情，好让我把他也带进果园。可他头一回进去就砸了锅。吃得肚子滚圆后，他独自溜到一边，往花椒围篱外的草丛里扔苹果，被和狗子牵着的狼狗扑在地上。和狗子踢他一脚，罚他去摘了半天花椒，扎得他两根胳膊血糊糊的。再见面时，他死死盯着我不说话。我还以为他是不好意思，不知道他却把挨打受罚的账都记在了我头上。那时候，我浑身都绽放着阳光，根本没留意他眼睛里的阴影。

学校门口进进出出的，都是报名的小伙伴。小胖跑过来拉住我的手说：“岳凡，上学那天我去叫你，咱们一块来。”

“你家离学校近，我去叫你。”我说，“我让爹跟校长爷爷说说，把咱们分到一个班。”

大嫂拍拍我的头，指着罩在阳光里的学校大门楼子，小声告诉我说：“当年建这学校，爷爷为了跟下河村的尚家争高低，花了大本钱。房子全是青石墙角，青砖到顶，小瓦屋面，墙角和镶嵌门框、窗框的青石，都是专门请了镇上最好的石匠雕刻的。课桌、办公桌全是清一色的落房槐木打制。”

我不明白大嫂为啥跟我说这些，拽着她的手走进校门。我常跟着爹到学校里来找老校长，对这里的一切都挺熟悉，就径直走向报名的教室。教体育的林老师对身边的人说：“瞧，又来了一个充数的。我说得对吧，把这些成分不好的择巴出去，贫下中农子弟挤巴挤巴就全收下了。”

我听不懂他说的话，只感到大嫂的手抖了一下。我抬头看看她。她抹抹头发，冲我笑了笑，那笑挺难受。大嫂这是咋了？她看看排着一长溜课桌的报名处，犹豫着。我一步站到林老师桌前。我跟着爹来学校的时候，他总爱逗我玩，一点老师的架子都没有。

我说："林老师，我报名。"

林老师懒洋洋地抬抬眼皮，往椅背一靠，说："有十只鸟，叫人一枪打死一只，还剩下几只？"

我知道这是考试，张嘴就答："还有九只。"

林老师把一条腿搭在椅子扶手上，瞧瞧左右的老师，哈哈笑着说："一开枪，树上的鸟还不都飞了？你以为他们跟你一样傻呀。"他得意地重复他的哈哈大笑："错了。一只也没有了。"

"老师，"我说，"你没问树上还有几只鸟。"

林老师看看屋里的人，一脸懵懂，他身边的女老师笑了，说："林老师，你说丢了前提啦。"

林老师的脸腾地红了，斜一眼大嫂："回去吧，地主羔子，报啥名。"

路上，我问大嫂："林老师说啥？"

大嫂摸摸我的头，叹口气："别听他的，咱让爹去找绍前爷。"

爹听了大嫂的话，三角眼一下瞪圆了："不会吧。至于连小学也不让上吗？"他连烟袋也没拿就找绍前爷去了。很快就一脸平静地回来，拍拍我的头，对大嫂说："你绍前爷说了，两年的学生摞在一起入学，肯定容不下。那就按年龄大小排。在滚石塔镇，你岳翥若的孩子咋能没学上，就是招一个也得让岳凡上。放心吧，让岳凡等着开学就行。那姓林的是个不熟成的愣头青，他有个亲戚在公社水利站，托你绍前爷给他谋个差事，这才安排他去学校打杂。后来，体育老师调走了，让他临时顶缺，领着小孩子在操场转圈。等开学来了新老师，他就又去烧水敲钟了。"

那天中午，陈旧的小四合院遇到大赦似的"鼓哒"透出口气，就好像三哥讲的童话里的城堡，天空飘过一片云翳，一切又都回到生活的原样，连墙上青砖缝里的苔藓也爆出细碎的阳光。爹又端着烟袋，坐在椅子上听我和小伙伴们聚在大门口喊"藏猫眼摸高台，摸摸聋奶奶下蛋的老母鸡再回来"，从含着烟袋的嘴角吐出阵裹着烟雾的笑声："这孩子，长大后不会是个书鱼子。"滚石塔镇的人把啃书的蠹虫叫作书鱼子，比喻那些读死书不谙世事的书呆子。后来大嫂悄悄告诉我，爹夸我时，三哥正在身边，他认为爹是捎带着嫌他是书呆子，不高兴了。我听了得意了好一阵子，见爹摸烟袋就去抢火柴给他点烟。气得三哥直拿白眼珠子弹我。

最后一间教室终于翻修完，学校发了新生入学通知书。前街就我和泪眼没接到通知。

泪眼他爹是富农。爹的脸一下就黑透了。他没再去找绍前爷，绍前爷已靠边站了。开学那天早饭后，小胖早早来叫我，我藏在门后不出去。等大嫂把他哄走，我趴在炕上，从新书包里掏出崭新的写字本、小演草本和石板、铅笔盒，一件一件地摆弄。就差新课本了，那得开学的第一堂课上才发的。我拿出姐姐早帮我削好的铅笔，想在小演草本上画一个背书包的小学生，咋画也画不像，就用橡皮擦掉再画。画了再擦擦了再画，纸上擦出一个大洞。我没想哭，泪水却一滴滴落到脏兮兮的窟窿上。大嫂趴过来哄我，我拧拧膀子转到一边，扯掉那张纸接着画。

爹把目光从我身上扯开，吁着气说："贱民之后褫夺入学资格，这是哪朝哪年的律法？"

下午放学前，我偷偷溜出大门。我不想见到小胖他们背着书包来找我的样子，不想听他们跟我说开学的新鲜事。我团身躲在村头场院里的谷秸垛后面，望着西山上红彤彤的云彩，挨个想着小胖、大坤他们坐在教室里上课的模样。

谷秸垛前边忽然响起"磨悠倒"的歌谣：

苦菜子根发白芽
俺和俺姐姐去喝茶
茶又香蜜又甜
俺和俺姐姐逛果园
果园里有座屋
两个光棍在里面哭
光棍光棍你哭的啥
俺娘不给俺找媳妇
找了个媳妇忒咱大
三间屋里盛不下
找了媳妇忒咱小
糠皮碗里磨悠倒

是小胖他们在场院里玩男孩女孩混合在一起的"磨悠倒"游戏，唱到最后一句，大家就都平伸开胳膊原地转圈，不一会儿 就会不断有人摇摇晃晃地扑通晕倒，"磨悠"到最后不倒的就是胜利者，他有权利再挑一个人和他手拉手继续转，要是他先转晕，就白胜了，游戏重来。大壮常常是第一个胜利者，他最不要脸了，每回都豁上晕倒，也要拉上小菊子跟他一起转。大嫂说小菊子是我们这条街上长得最好看的小女孩。

小胖拍着手喊：“小菊子，加油，大壮快晕了，把他转倒，把他转倒。”小伙伴们跟着起哄：“大壮转倒，大壮转倒。”

我起身就要往谷秸垛前边跑，突然又缩回来。他们放学了，小胖没找我。以前他总是先找到我再去玩的。我又团进谷秸垛窝里，直到他们吵吵嚷嚷地离开，委屈铺天盖地压过来，我张嘴就唱出了爹一直不让唱的“孤儿谣”：

山上有一面坡

坡上有一群羊

一只小羊孤零零地躲在一旁

两只眼睛泪汪汪

他是只没有伙伴的小羔羊

…………

一群麻雀在我头顶上的麦秸垛里跳上跳下，叽叽喳喳。在这个晚霞落满滚石塔镇的下午，我忽然懂了胖奶奶和林老师的话，知道我是一个地主羔子。地主羔子是不配上学，不配跟别人玩的。我想起长岭村何如山大爷给我讲的，水泊梁山上那些好汉脸上被刺上字的故事。他说脸上被刺上字就得当一辈子坏人了。我的脸上也刺上了字，是爹给我刺上的。

几只跳蚤钻进裤腿。我伸出手，还没摸到瘙痒的地方，天就黑了。我就睡着了。

天黑透了后，我被满庄找了我一圈的五哥背回家。爹把两本崭新的小学一年级语文和算术课本塞到我怀里，说:“这是你校长爷爷送来的。咱在家里上学，你三哥给你当老师。”爹忽然笑了：“一个老师教一个学生，这是私塾呢。”

大哥、大嫂、三哥、五哥和姐姐都低着头。我抬起睡得发涩的眼皮瞅瞅爹，见他鼻子两侧油油的，在灯下发亮。

三哥教我把小学课本翻到第二册的时候，上河村成立了工读小学，庄里没上学的孩子都能报名。爹让三哥去给我报上了名。

我终于能上学啦。开学那天，我早早地就起来，把昨晚装好的书包又重新装了一遍，催促大嫂早早地做好饭，胡乱吃了几口就出门了。

阳光跳跃着，我跳跃着，大嫂做的新书包也跳跃着。我一路跳跃着跑到通知书上指定的那间教室，里面已整整齐齐地坐满了人。我头上腾地冒出汗，我迟到了？从窗户里看看正在上课的老师，我怯怯地凑过去。老师朝我挥挥教杆，好像是说：“去，一边玩去。”我几乎要哭了，慢慢地转身往回走。一个胖胖的女老师过来拉住我的手，我认识她，她姓张，是我家一个拐弯亲戚。我喊了声“表姑”，泪水涌了出来。她给我擦去泪水，说：“岳凡，我是你的班主任。今后叫我张老师。”

我向她鞠个躬，叫了声：“张老师。”

“真懂事。”她拍拍我肩膀，告诉我，我来晚了。我们工读班要赶在其他班上课前来上一课，然后就回家做作业，等到下午放学后，再来上一课。星期天、节假日才能全天上课。我这才知道，工读小学是收拢那些需要帮残疾病患父母操持家务的儿童的学校，顺便把孤儿和家庭成分不好的孩子一块捎带进来。我回到家，把书包往炕上一扔，就哭了，到下午说啥也不再去上学。

晚上，校长爷爷来到家里，说：“小凡，你是个聪明孩子，不上学太可惜了。你三哥教的肯定比一般老师都好，可家里毕竟不是学校。拿不到小学毕业证，你将来咋上中学呀。”

我看看爹。他正紧张地盯着我。不能上中学的后果吓住了我。第二天一早我就去上学了。我在工读小学一读就是四年，到四年级并入全日制班级时，我是班里年龄最大的学生。后来在生意应酬的饭桌上聊起毕业时间，总会有些小老板很开心地说：“岳总，想不到你这样的大老板，跟我们一样，也是个留级生呀。”我也跟着打哈哈：“是呀，上学时很灵光的学生，哪有做生意赚钱的脑子。像咱这样的笨蛋才当老板。”然后，我就一杯接一杯地把他们灌醉。他妈的，你像我一样笨，可不如我酒量大。

第二次到工读班上课，我去得挺早，因为不知道坐在哪里，就和几个来早了的站在教室外边等老师。我打量着我的同学，几个比我大好多岁的还背着弟弟妹妹。一个胖得浑身鼓鼓囊囊的女生，把手准确地伸到背后小男孩的鼻头上，拧下一坨鼻涕顺手一甩，鼻涕在砖甬道旁边的尘土里翻了几个滚，颤颤地趴在地上，沾满芝麻粒的地瓜糖似的，几只苍蝇扑过去叮在上面，“嘤嘤”地扇动着翅膀。我迅速在心里给她起了个外号：“地瓜糖。”

上课前张老师来了，她把我领进教室，指着“地瓜糖”说：“你跟她一张桌子。”我心里一阵别扭，极不情愿地坐在她空出的半边凳子上。她白我一眼，使劲往我这边一靠，把她弟弟也抱到凳子上。昨天她肯定和她弟弟占用一张桌子一条凳子。哼，谁稀罕跟地瓜糖同位。张老师点名时，我听到“岳小顺”的名字，抬头看去，小顺子也正在第一排回身看我，我把头侧向一边。

张老师让我们翻到语文课本第一课，先让几个学生在黑板上写昨天教的“山”字，点评了一番，说：“我们今天学写‘水’字，山水的‘水’。”

她刚在黑板上写下一个大大的“水”，地瓜糖她弟弟就叫了起来：“拉屎，我要拉屎。”地瓜糖抱起他就往外跑。刚出门就“扑棱”拉了，一股酸臭味扑进教室。小顺子站起来夸张地耸着鼻子，喊道：“这小子今早晨吃的是凉地瓜。”

“才不是呢。”靠窗户的泪眼指着外边说，“他吃的煮棒子。你看，拉下的屎里还有囫囵棒子粒呢。”

教室里一阵乱哄哄。

张老师拿起教杆用力敲打教桌：“别乱，安静、安静。”

吵嚷声好不容易才消停下。张老师讲解了“水”字的结构和笔画顺序，让我们在石板上练习。她站在我身后看了会儿，让我到讲台上去，在黑板上写。她指着我写的字说：“岳凡同学写得很好，大家要向他学习。”

“老师。”小顺子举举手，说，“他写的不是水。”

张老师吃惊地看着他。大家都看着张老师。

小顺子说：“要是水早淌下来了。”

大家哄然大笑。张老师脸气得通红，用教杆指着小顺子：“那是字，不是水。”

“不是水你咋教我们念水？”小顺子得意地看着张老师。张老师一时不知咋回答，呆了一会儿，挟起课本就跑出了教室。

我的开学第一课就这样结束了。

我怏怏地往回走，在教师办公室前碰上校长爷爷。他叫住我，摸摸我的脑袋说：“岳凡，我看看你的作业本。”

我从书包里掏出写字本递给他。他翻开第一页，看看我刚写的“山”和“水”两个字，称赞道：“嗯，写得真不错，挺漂亮。”然后指着封面上爹写的“耕读小学”四个字，对身边的老师说：“看看，蓊若给咱们的工读班起了个好名字。在农村就该叫耕读小学才对。”

我满脸通红。那是爹带给我的最后一次荣耀。要知道，那可是校长爷爷，一头往后梳得整整齐齐的白发，走起路来两臂像翅膀一样往后张开的校长爷爷，他当着我的面对老师们说的。这以后，爹给我带来的就只有耻辱了。

下午，学校放学前，我被姐姐推进学校大门。人家全日制的学生还没下课，我们都知趣地站得远远的，竖起耳朵等下课铃声。小顺子抱着膀子围着我转了一圈又一圈，我抬着头不看他。他“啐”了一口，骂道：“小地主羔子。”

教室前边所有的目光都雨点似的“噼噼啪啪”砸在我身上。我仍抬着头一动不动，手心里不断浸出汗水。

下课钟声突然响了，就像白天屋檐下受到惊吓的蝙蝠，跌跌撞撞地飞了出来。小顺子他们急不可待地涌上台阶，被从里边冲出来的学生拨拉到一边。这些教室的主人们满脸鄙夷地喊道：“去去去。哼，工读班的，还挺心胜呢。”

我红着脸站在一边，等他们都走完了，才溜进教室。刚坐下，他们中有几个又回来了，叫着：“我的小刀呢？”“我的橡皮呢？”“我的小画书呢？”在桌子抽屉洞里乱摸一阵，又肆无忌惮地翻我们的书包，然后嘟嘟囔囔地扬长而去。我们都眼睁睁地看着，连张老师也眼睁睁地看着。她鼻尖上蒙着层汗珠，胖胖的圆脸臊得通红，倒像我们真的偷了人家东西似的。全日制班那帮调皮蛋看准了张老师好欺负，经常在我们上第一堂课时，故意早早到校，扒住门口和窗户起哄。张老师也试图虎起脸想镇唬住他们，可她怯怯的声音反而刺激得他们闹得更起劲。她的最后一招就是在眼泪掉下来之前，匆匆宣布下课。我们就在他们得意的笑骂中灰溜溜地散去。

我的工读小学四年，大多数时候都是这样，看着人家鄙视的眼色溜进教室，在人家的哄闹中离开教室。稚嫩的脸皮被一次次撕开，任由人嬉笑着在上面搓盐撒辣椒粉。这四年是我生命最疼处溃烂化脓后钙化的一块黑瘢。黑瘢下层层淤积着那些年别人高兴时不高兴时，或没有不高兴，也没有不不高兴时，无端加给我的羞辱。打开它，在我，任何时候都意味着重新坠入黑暗，让灵魂再次战栗痉挛。

上世纪八十年代末，我在深圳跟我工读小学一年级的一个女同学巧遇。她请我去酒吧喝酒。当年头发里总爬着虱子的黄毛丫头，已出落成仪态万方的成功女士。我知道她有过一段短暂的婚姻，现在是单身。说起我们的工读经历，她失口骂道：“真他妈的，我不明白我爹为啥送我去读那样的烂工读班。那一年是我一生中最黑暗的，比当初被歧视的美国黑人还黑。”我转着酒杯不说话。扬手让服务生送来一瓶杰克·丹尼，倒满一杯，一口灌下去。她抓过酒瓶给自己也倒满一杯，看着我慢慢喝干，笑道：“我请客，怎么能让你沾光。”那晚上，我们不再提工读小学的话题，就着窗外的璀璨灯火，一直喝到街上灯火熄灭。临离开时，她还是没有忍住，问道：“岳凡，那样的学校，你咋就能一直坚持下去，难道你不知道，再怎么苦读，你也注定上不了高中，更不要说大学了？”我不知道该如何回答，挽起她的胳膊走出酒吧。她喝多了，沉沉地坠在我身上。我半架着她，走在冷清的街道上，一直把她送回家。她的家好大好奢华。进门后她就一头扎进浴室，接着就响起哗哗啦啦的水声。水声划着一个个圆滑的弧线时急时缓，这是个暧昧的暗示吗？我悄悄走进卧室，拉开衣橱，里面没有男人的衣裳。我转向床头，床头上挂着幅油画，一蓬开得很野很奔放的百合花。床头柜上摆着个挺大的烟斗，或者说摆着一抹男人的气息。我猛然醒悟到我心底的卑鄙，慌忙退了回去。她在浴室里喊："递给我睡衣。”四散在房间里的暧昧流动起来。她裹着睡衣飘进卧室，摊开四肢仰躺在床上。她喝得太多了，含含糊糊地叫了声“岳凡”，就睡了过去。丝质睡衣揭幕般从胸腹向两边滑落。我成了块滚烫的火炭。床头的电话机鬼似的骤然叫响。我一把抄起："喂！”对方显然愣了愣，“啪”地扣下话筒。我摸起电话机旁边的烟盒，抽出支烟点着，看着白色的烟灰跟在一圈红火后慢慢延长、弯曲，掉在地板上。那时我还单身，可我并不是个性饥渴者。我倒了杯开水放在床头柜上，给她盖上毛巾被，又在床前站了站，走出卧室轻轻关上门。打开客厅的电视机，斜躺在沙发上。

后来，她妹妹就成了我的老婆。我老婆也问过我同样的问题。是呀，我咋就坚持下来了，那地狱般的四年。她姐姐只读了不到一年就退学了。后来，两个班合成一个班，我成了工读小学年龄最大个子最高的学生，这等于在学校的任何集会上，都会把我这个滚石塔镇最黑最黑的黑羔子凸现在大家的视线里。那时候，每个星期天晚上，我们工读班都要集合起来，排着队穿街过巷地轮流去各个生产队，为做“晚汇报”的贫下中农唱《大海航行靠舵手》。我高粱秸似的挑在同学之间，浑身落满针刺般的目光。我知道那目光里游动着鄙视、嘲弄和同情。连张老师都替我感到难为情了。她悄悄告诉我："岳凡，星期天晚上的活动你可以不参加。”但一到星期天，我吃过晚饭，还是不顾姐姐的阻拦，硬着头皮去学校集合。我现在也不知道，一个十多岁的孩子，哪里来的那股劲，非像身负原罪的教徒似的，执拗地自虐般地跪在自我救赎的忏悔席上，让未成年的灵魂承受一轮又一轮鞭挞。

秋庄稼已退场，秋假还没结束。学校里只有工读班在上课。阳光清亮地洒在教室窗前的木槿树上。我们在木槿树下玩藏槐叶的游戏，等待期末考试。考完试发下第三册新课本，工读小学就进入二年级了。我有些迫不及待地盼望考试，期待成绩张榜时，高居榜首的双百分带给我的同学眼睛里短暂的羡慕。

藏槐叶的游戏挺简单，在地上画出个方框，一方背过身去，另一方把一小片槐叶藏在方框里。对方找到槐叶就赢了，藏槐叶的输一个杏核给他。找不到就得掏出个杏核给人家。游戏快结束时，我跟前已堆了十多个杏核。小顺子从一边转过来，瞅我一眼，把跟我玩游戏的一把推开，说："岳凡，我跟你玩一盘。"

我站起来要走，被他抓住："哼，想溜，赢了就不玩了。不行。"

我只好又蹲下来，就是五哥不走，我也不敢再惹他。他继父是反逆流的一个小头头，经常跟和狗子一块到我家里找事。我从小不会打架，现在更不敢打架。每天出门大哥都一再嘱咐我："记住呀，小凡，在外边吃点屈也不能再给爹惹麻烦。"

我用树枝掘出了小顺子藏得很深的槐叶。他一把打掉我捏着的槐叶，说："欠你个杏核。"转过身去，"你藏。"

我从木槿花树穴里抹了点湿泥巴，把槐叶贴在一小块瓦片上，盖上泥巴扔在方框里，说："你找吧。"

小顺子把方框挖了个底朝天也没找到，忽然说："你根本就没藏上槐叶。"他撸撸袖子，指着我骂道："小地主羔子。你原来是这么赢的。你拿出槐叶，拿不出来，我叫你把赢的杏核都吃了。"

旁边观战的同学拾起瓦片，掀掉泥巴举到他眼前："小顺子，你又输了。"

"你赖皮。"小顺子脸涨成了紫茄子，"这个不算。"他看到张老师抱着试卷走过来，一脚把我跟前那堆杏核踢开，跑进教室。我弯下腰，一粒粒地捡拾滚得到处都是的杏核。张老师捡起滚到她脚边的一粒，装到我口袋里，看着我笑笑："岳凡，这回再考个双百分。"

我很快就做完第一张试卷。早就等着的地瓜糖拿过去就抄。每次考试都这样，老师不管，我也由着她抄。可这回我窝了一肚子火，就很不耐烦地夺过试卷，她挤过来抢，我压在没做的试卷下边，用左胳膊挡住她。她使劲掀我胳膊，掀不动，急了，小声骂道："小地主羔子，快给我。"我一膀子把她撞开，举手喊道："老师，她抢我试卷。"

张老师还没反应过来，前一排的女生小梳子回头指着地瓜糖，说："真不害臊，哪回都抄个好成绩，还好意思到处去吹。"地瓜糖抓起自己的试卷，团巴团巴扔在小梳子脸上，哭着跑出教室。

我刚交上试卷，地瓜糖她爹就吵嚷着一头闯进来，径直冲我过来，一脚把凳子踹翻，我连人带凳子一块倒在地上。他指着我破口大骂：“反了你啦，小地主羔子还敢打贫下中农的孩子。”

小梳子站起来说：“谁也没打她，是她自己哭的。”

“对。”小顺子跳到凳子上喊，“没人打她。是岳凡和小梳子合伙把她欺负哭的。”

教室里叫嚷成一锅粥，没交卷的都乘机翻开课本找答案。小梳子大声揭发：“张老师，他们都在抄课本。”

张老师拉住地瓜糖她爹往门口拽：“大叔，是你闺女抄别人的试卷，考试是不允许抄的。”

地瓜糖她爹拨拉开张老师的手，一手扳住门框，一手指着我说：“啥不允许。抄别人的不行，地主羔子的还不咋抄咋是？”

坐在门口一侧的栓柱突然“哼”了声，拍打着桌子说：“你别光老鸹飞到猪腚上。你咋不说你还给国民党出过夫呢？”

地瓜糖她爹骂声“小兔崽子”，猛地扬起巴掌。栓柱梗起脖子：“你敢。”地瓜糖她爹的气焰随着胳膊一块落下来，张老师趁机把他推出教室。

我感激地看看栓柱，忘了还靠着墙角半仰在地上，只顾摸着后脑勺上撞起的大包发愣。张老师把我拉起来。我拍拍身上的土，趴在课桌上，没哭也没叫。

下课钟声响了，懒懒地没好气地响了几下就停了。是林老师敲的。阳光从窗口照进来，暖烘烘地落在我身上。

等到公布考试成绩时，已是新学期开学。我又考了语文算术双百分。小梳子的算术卷子减了一分，还是第二名。她总是想超过我，可每次都落在我后边。小顺子他们给她起了个“副第一”的外号，叫来叫去叫成了“副一”，一公布成绩就拿她起哄。下课后，我刚走出教室，栓柱就紧跟上来，扳住我肩膀说：“岳凡，你真行。我以为这回第一名肯定是小梳子的了。没想到你还是双百分。”

我把张老师奖励的方格本给了他。我每回得第一他都比我还高兴。他爷爷是老游击队战士，早就死了。他爹偏瘫，家里没钱给他买本子铅笔，我经常把我的送给他。他是我在工读班里唯一的好朋友。我俩经过五年级一班教室时，赶上了哭的眼睛红红的小梳子和几个同学，我紧走几步想超过去，栓柱却没事找事地扬扬手里的方格本，说：“副一，人家岳凡又得了一个本子两支铅笔，你可只有一个本子。”

小梳子把头埋在同学的肩膀上哭出声来。我生气地扯一把栓柱，刚从小梳子身边过去，就被她上五年级的哥哥堵住。他大声问妹妹："咋了？"

小梳子的同学说："她又考了个第二名。"

"谁是第一？"她哥哥边问边把眼睛转向我。栓柱回身跑向五年级教室。

"还是人家岳凡。"那女同学的声音里不自觉流露出羡慕，笑着看了看我。

小梳子她哥哥突然跳起来，双拳一起捅出，把我打翻在地上。我脑袋"嗡"的声，胸口一阵恶心。突如其来的打击使我忘记了一切，爬起来转了一圈，摸起地上一块半头砖朝他哥哥砸去。她哥哥闪身躲开，愣了一愣，"吆嗬"一声："小王八蛋，不要命啦。"撸着袖子慢慢朝我逼过来。

小梳子跑到我面前，冲她哥哥哭喊："不用你管。"

栓柱领着胖奶奶的孙女跑过来。她喊了声，一把扯住小梳子她哥哥。她是五年级一班的班长，还是学校宣传队的队长。她身后跟着几个男女同学，一起把小梳子她哥哥推到一边。胖奶奶的孙女拾起书包给我背上，又拉住小梳子的手说："还是小梳子懂事。你们都回家吧。"我浑身软软的，一迈步差点跌倒，她扶住我，扭头瞪一眼小梳子的哥哥："你真给我们五年级一班丢脸。"

我刚进大门就"哇"地大哭起来，双腿一软瘫坐在天井里。姐姐跑出来把我扶进屋里。爹一把拉住我的手："谁又欺负你啦？"

我甩开他的手，扭过身去，扑进大嫂怀里哭得昏天黑地，一句话也说不出来。直到胖奶奶的孙女来看我，大家才弄清事情的原委。爹亲自去送胖奶奶的孙女。回来后把我的双百分试卷铺在桌子上，不停地抽烟。我没吃晚饭，一直在抽抽搭搭地哭。全家人都在大北屋里陪着我，谁也不说话。只有爹浊重的叹息，隔一会儿就响起一声。

第二天早晨，爹的目光一直在我身上兜来兜去。直到我背起书包，他落在我眼睛里的歉疚才散开一些，马上又被一些我读不出的东西搅稠了。我不愿接他的目光，低头往外走。他跟着我走到大门口，被我推了回去。我瞥见他脸上像哭又像笑的表情，他的胡子飒飒抖动着。走下台阶时，我想回头冲他笑笑，但还是头也不回地走了。后来，我经常回想起爹在那天早晨的表情，悔痛在心里一次次窸窸窣窣地扎根又拔出，拔出又扎根。

新学年工读小学换成新编教材。课本里经常出现"地主"这个龇牙咧嘴的词。老师在课堂上讲解"地主"多收了贫农王老汉多少斗粮食的例题时，小顺子就会回过头大声问我："岳凡，大斗进小斗出的坏招，说的是你家里的事吧？"我只能用厚脸皮堵住耳朵，盼着下课钟声敲响。心里塞满了对爹的怨恨。

到三年级时，我们开始上作文课。那时，工读小学已由两个班合并成一个，教语文的是原先二班的梁老师。她是梁亮的叔伯妹妹，也是姐姐的同学。我跟姐姐在果园里玩时，常见她去把梁亮折成三角形的信交给姐姐。我印象深刻的是，信的三角折口上总是贴着根红纸封条。梁老师给我们上的第一堂课是《刘文学》，我紧张地看着小顺子圆圆的脑袋。果然，梁老师刚念到刘文学被地主杀害时，小顺子就叫道："老师，岳凡他爹就是地主。"

梁老师眼睛没离开课本，顺手就敲了他一教杆。那清脆的声音在我眼前开成一朵花。小顺子不服气，站起来刚喊出声"你"，就被梁老师"啪啪啪"连敲三教杆。我眼里简直盛开了一片春天，花香四溢，阳光明媚。

梁老师指着小顺子说："记住，课堂上说话要先举手。老师讲课不准打断。"

我们写的第一篇作文题是《记一件难忘的事》。我琢磨了好长时间，写了二哥探亲时给我买了把玩具枪的事。讲评课上，梁老师把我的作文当作范文，边读边讲解，好一番夸奖。我的腰杆在同学们敬佩的眼神里挺得笔直。没想到梁老师接着又拿起小顺子写他跟人打架的作文，连读加挖苦地数落了一大堆不是。小顺子回头狠狠剜了我一眼，就趴在桌子上。我的得意立刻屁滚尿流，心里埋怨梁老师不该拿他的作文和我的对照着讲。"狼顺子"肯定会把气都撒在我身上。

我加倍小心着。小顺子一连几天按兵不动。只是经常拉着他那几个小喽啰在一边嘀咕，不时拿眼角瞟瞟我。我像只被猫爪子控制住的老鼠，绝望地战栗着，等待他的扑击。这种无助的无力自卫的惊惧，在我成年后还会梦魇般突然飘上心头。哪怕是在熟悉的地方落座或站立，只要有选择的余地，我总会下意识地找个靠墙的位置，绝不会把后背暴露在走廊、门口、窗口，虽然明知再也不会有突如其来的无端侵害。

小顺子终于瞅准了机会。星期天上午，全校师生参加完一场有我爹在台上陪斗的批判大会后，张老师带领工读班返回学校上课。她讲完例题，布置好作业，就回到办公室。我紧张地看看小顺子。他朝那几个小伙伴丢个眼色，突然蹿上讲台，抓起教杆敲打着课桌说："同学们，我们刚看了红卫兵斗老地主，现在，我们红小兵要斗小地主。"他模仿着造反派的样子，叉着腰扫视了一遍全班，喊道："把小地主分子岳凡揪上台来。"

他的几个小喽啰拿出早准备好的纸帽子、黑牌子朝我扑过来。栓柱刚跳过桌子就被把门的推搡到一边。我被"小地主分子"的称呼激怒，双臂猛地一抡，把拧住我胳膊的两个小喽啰抡倒，冲上讲台把小顺子扑倒在地，顺势骑在他身上。可把他夹在胯下我就不知道咋办了，抬头看着栓柱。

小梳子大声喊：“岳凡，揍他，揍他。”

我不知道咋揍，愣了霎，刚想站起来，小顺子腰一弓，一口咬住我的大腿。我惨叫着翻滚下来。小梳子和栓柱推开小顺子，把我拉起来。闻声赶来的张老师领着我去村卫生室包扎。卫生员鸾姐一边吸着气一边给我清理伤口：“这一口咬得真狠。肉都快掉下来了。人嘴臭，这伤口可不好愈合。岳凡，你真是个傻大个，黑不溜秋的小顺子比你小了整一套，你咋还能让他咬了？”

老中医常大夫叹道：“别说岳凡本来就是只小绵羊，就是只小狼，戴上笼头捆住爪子，还不照样任由小孩子戏耍。”过去他常去家里找爹玩，笑眯眯的，爱抽爹拾掇的旱烟。

挤在卫生室看病的人都用混杂着同情和嘲弄的眼神看着我，蚀骨的耻辱让我忘记了痛也忘记了哭，咬住嘴唇一声不吭。张老师破例送我回家。这是我上学以来，她第一次到我家。一进门她就亲亲热热地喊了爹一声“表哥”，说：“我没照顾好小凡。”把我被小顺子咬伤的经过告诉了爹。爹说：“你是有心无力呀。”把她送出门去。急匆匆回来，要查看我的伤口。我拧到一边去不理他。直到伤口结痂，我谁也不让看，连换药也不让人陪着。

爹在我被小顺子咬伤的当晚，当着全家人的面，以同大哥说话的口气，郑重地对我说：“岳凡，别总听你大哥的。谁再欺负你，你就跟谁打，拼命地打。当狼也别当绵羊。”

爹说这话时，胡子抖动得跟钢丝一样，把我憋在心里洗刷耻辱的欲望扎得生疼。

第二天，栓柱很仗义地答应帮我复仇。在接下来的几天里，我紧张地等待着，反复想象着痛打小顺子的情景，晚上常常大叫着从梦中醒来。终于，在被咬后的第一个星期天，下午放学后，栓柱约了几个伙伴把小顺子堵在校门外的山坡上。我捂着大腿上正在突突“跳脓”的伤口，指着变成孤狼的小顺子叫道：“小顺子，你以为我真的打不过你？”

小顺子白我一眼垂下头。我围着他转了几圈，他一动不动。我忽然就莫名其妙地泄了气，朝他踢起一脚土，退回栓柱身边。栓柱狠狠推我一把：“你真柱！”

我趔趄几步，不服气地咕哝道：“他不动手我咋打他？”

“他哪回欺负你等你先动手了？”栓柱把头扭到一边，往地上啐了口唾沫。

小顺子转着眼溜了一圈，几步就从我身边蹿出包围圈，回头指着栓柱叫道：“栓柱，你别逞能帮小地主，看落在我手里咋收拾你。”

大家眼睁睁地看着小顺子跑下山坡。我羞愧地抱住栓柱胳膊，不敢看他约来助阵的同学，臊出一身汗。我真是个浑蛋，窝囊得不配得到同情。

果真如鸾姐说的那样，我大腿上的伤口长时间红肿化脓，一个多月才愈合成一个青紫疙瘩。有块硬硬的东西结在了里面，一到阴雨天就隐隐发胀。在此后漫长的岁月中，那次流产的复仇行动经常伴随着大腿上瘢块的胀疼，反反复复地从黑暗的工读记忆中跳出，迫使我一遍又一遍地舔舐当年淌着脓血的怯懦。这个青紫的伤疤，它疼痛了我一辈子。

升四年级时，村里撤销了工读小学，我们全都编入了全日制同行班级。

编班前，小顺子他继父骂骂咧咧地把他拽回家。他说："再咋着，咱爷俩也是从地里刨食的命。我不能总养着你在这里考零分。"栓柱高兴地戳戳我："这下好了，再也不用跟狼顺子在一起了。"我没感到庆幸，反而怏怏地好几天无精打采。我终于也没能在同学面前洗刷掉耻辱。

新学年是我沐浴阳光的季节。

我跟栓柱都被编在四年级一班。班主任是从县城师范来农村支教的秦媛老师。她是滚石塔镇公认的最漂亮、教书最好的女老师。第一次给我们上课时，她早早就站在教室门口，双手叠放在腹前，看着从她身边跑进教室的学生。我怯怯地叫声"秦老师"，她点点头，笑眯眯地看着我，目光清亮、温和，专注地洒在我脸上。我浑身暖暖地包裹进阳光里，眼睛里忽地涌满了泪水。张老师和梁老师从来没这样看过我。我知道张老师心里是喜欢我的，可她的目光总是躲躲闪闪，好像我是一个身份不明，带着某种不光彩印记的私生子。梁老师则像一个心存善良的继母，她的强悍意外地使我得到保护，可她眼睛里的温和只是一种残破的施舍，转眼就凉了。她毕竟没把我视为己出。秦老师的眼睛里流淌着一种阳光晒过的棉被子的味道，我很小时感受到的娘怀抱里的味道。我五十岁那年，自己驾车去西藏，开下高原时，脑子晕晕乎乎。同行的人说这是从氧气稀薄的高原下来，猛然吸进过多氧气的"醉氧"现象。我一下想起第一次被包裹在秦老师目光里的感觉。立即驱车两天一夜，赶到秦老师老家，找到已退休的秦老师，她一眼就喊出了我的名字。夏日的阳光裹挟着三十多年的记忆流泻而下，我的泪水不可遏止地淌了满脸。

秦老师教我们语文兼音乐。工读小学的教学目标是让学生识几个字、会记工分就行，从来不上音乐、美术和体育课的。头一回上音乐课，我兴奋得跟过年似的。秦老师让我和栓柱去办公室抬来那架全校唯一的破脚踏风琴。她"啪"地打开琴盖，双手搭在琴键上，抬起头微微闭上眼睛。那一刻，我屏住呼吸，全神贯注地看着她，感到秦老师飘浮在了云端上。她双手轻轻一抬一落，美妙的声音从云彩间滑落下来。我张大嘴巴，感受琴声落到课桌上的震颤，觉得身体里有啥东西在绽放。那堂课秦老师教唱的是《毛主席窗前一盏灯》。等到全班合唱时，我不知不觉地放开了喉咙。几个工读班里的老同学回头看我，接着很多人回过头来。我猛地合上嘴，脸上一阵发烫。在工读班里，大家都说我唱歌难听。在去参加“晚汇报”合唱时，我只是跟着大家小声哼哼，从来没在人前大声唱过。秦老师朝我抬抬手，示意接着唱，我感到有口气堵在嗓子里，嘴张了几张，没发出声音。秦老师笑笑，说：“你唱得不错。来，再从头唱。”

我嗓子里那口气咕噜冒出来，浑身一阵轻松，跟着秦老师的琴声从头到尾唱了一遍。秦老师双手抬到脸前，轻轻拍了几下，走到我的课桌边，摸摸我脑袋，说：“岳凡，你有副天生的好嗓子。”

身体里的绽放轰然盛开，一股甜甜的酸凉的味道发散出来，从头到脚通体透畅。我感激地看着秦老师。上学以来没有老师这样摸过我的脑袋，从来没有。四十岁以后，我成为佛门居士，才知道当年秦老师摸我脑袋时，我体会到的是一种被灌顶的感觉。

一个多月后的晚上，秦老师来到我家，对爹说：“岳凡很有唱歌天赋。我想每个星期天带他去师范学校，请专业老师调教他。”

“秦老师。”爹把刚点着的烟磕掉，朝秦老师深深鞠了一躬。他的嘴奇怪地大张开，像一个掉在枯井里的人突然看到井口垂下根绳子：“谢谢，谢谢您。您这是有教无类呀。”

秦老师往后跳开一步，连连摆手。

爹拉过我来，叫我向秦老师鞠躬：“小凡，你记着，秦老师这是要把你从没路的深山里带出去。”

星期六下午放学后，在同学们嫉妒的目光里，秦老师骑自行车带我去县城。这是我第一次坐自行车。前半程一路下行，自行车呼呼生风跑得轻快流畅。后半程变成一路慢上，秦老师的喘息越来越重，脊梁上慢慢洇开一片汗迹，褂子紧贴在后背上。我在后座不安地局促了一里多地，忽然跳下去。自行车呼地冲出一大截，秦老师停住车回头看我：“怎么了？”

我跑到她身边说：“老师，你骑车走吧，我跑着去。”

秦老师笑了：“不好意思了？不要紧，你靠在我后背上就不这么费劲了。”她拍拍我肩膀，又跳上自行车，我紧靠着她坐好。秦老师的汗气缭绕着烧烤青豆荚的香味。我偷偷抹把眼泪，攥拳蹬腿地替老师使劲。她喘着粗气说：“岳凡，你别瞎使劲，你越乱动我越费力气。”我脸一红，乖乖地靠着她不敢乱动了。

师范学校在城外一座小山丘上。我在山下跳下自行车，使劲推着后座，把“咯咯”笑着的秦老师一口气推到学校门前。一位白白净净的年轻男老师看我一眼，问秦老师：“咋来晚了？”

秦老师把我推到他跟前：“我给你发现了棵唱歌的好苗子。”又对我说，“岳凡，这是李老师，专门教音乐的。人家可是艺术学院毕业的高才生，你好好拜师吧。”

我叫声“李老师”，深深鞠了一躬。李老师“嗯”了声，接过秦老师的自行车，推着走进校园。

晚饭后，秦老师让李老师先听我唱首歌，他面无表情地看看我，说：“明天吧。我买好电影票了，殷承宗的《红灯记》钢琴协奏曲。”

秦老师把我安排在学生宿舍住下，交代李老师带的一个大点的学生：“这是你们李老师辅导的小学生，你照顾好他。”看着她走出宿舍，我心里一阵紧张不安。我感觉到李老师不大愿意接收我。我也不喜欢他总是跷着手指的样子，不喜欢他跟秦老师说话时黏糊糊的腔调。又担心他看出我的心思，不给我当老师。刚迷迷糊糊睡着，就梦见李老师跷着手指点着我说：“我咋能给小地主羔子当老师。”一下惊醒过来，发现秦老师悄悄走进宿舍，站在我床铺前。我紧闭眼睛想装睡着，眼皮却不住颤动。我似乎听到秦老师的微笑。她弯腰给我掖掖被子，暖乎乎的气息痒酥酥地一阵阵吹拂到我脸上。我在心里偷偷喊声“秦老师”，甜甜的酸凉的味道又蓬松绽放开来。

第二天上午，秦老师带我去李老师办公室“考试”。李老师懒懒地靠在椅背上，说：“先清唱一首吧。唱什么呢？就唱《我爱北京天安门》吧。”

秦老师趴在我耳朵上说：“他故意装模作样吓唬你。你就当办公室里没这个人，只唱给我一人听。放松点，你一定会唱得让他吃惊。”

我点点头，浑身松弛下来，把脸转向李老师，轻轻一用力，歌声就冲出了喉咙。李老师满眼睚游逛的眼神聚拢起来，专注地看着我。我唱到第二句，他就坐直了腰板。我唱完全首歌，他站起来走向窗下的脚踏风琴，招呼我站过去，问：“你最拿手的歌是哪首？”

我看看秦老师，她笑着向我伸出大拇指。我对李老师说：“《毛主席窗前一盏灯》。”

李老师也笑了，朝秦老师跷起鸟翅膀一样的手指：“这不是你在学校联欢会上的保留节目吗？”他打开琴盖：“就唱这首。”

琴声一响，我就不知道从哪里起唱了，重复了好几次，都没插进李老师的琴声里。我额头上冒出汗珠，惴惴地看着他。他向秦老师挤挤眼：“你这冒牌音乐老师，露陷了吧。”扭头对我说，“我一点头你就唱。”重新弹奏过门，我随着他点头和进琴声的节拍，顺畅地唱了下去。歌声一落，李老师“啪”地合上琴盖：“这学生，我收了。”他跷起手指在我眼前晃晃：“不错。好好学。我会把你培养成个小歌唱家。”

我忽然觉得，他跷起的手指其实挺好看的。秦老师似乎也松了口气，她从口袋里摸出个苹果扔给李老师：“犒劳一下。咋样，我眼光不错吧？”又从另一个口袋里掏出一个递到我手里。我接过来，发现这个黄中带红，皮上满是麻点的东西不是苹果。

秦老师说：“吃吧，这是我南方的同学捎来的。”我在手里转动着，不知如何下嘴。偷偷瞥瞥李老师，他凑在鼻子上闻闻，顺手搁在琴盖上。秦老师很快看出我的窘迫，过来拿过我手里那个苹果亲戚，剥开皮又递给我，说：“这是橘子，你一瓣瓣掰着吃。”

我红着脸看看李老师，掰下一瓣填进嘴里。一股甜甜的酸凉的清爽窜进喉咙和鼻孔。我很熟悉这种味道，它曾在第一堂音乐课上盈满我全身。奇怪的是那时我还没见过橘子。后来我站在舞台上，常常有这种气息萦绕，使我浑身一派清明。再以后我才渐渐悟到，秦老师就是我身边的一棵橘树。她是我生命中的菩提。在秦老师当班主任的一年里，我很少再撞见滚石塔镇游荡的幽灵。

星期天下午，秦老师又把我驭回学校。晚上的政治学习会上，林老师指责秦老师，说她如此关心一个地主成分的学生，要检讨阶级立场问题。秦老师笑笑不做回应。到周六下午照样带着我回师范学校。那时，好几个老师因家庭出身或历史、现行问题，被贬为勤杂工，接受监督改造，林老师填上了四年级二班班主任、语文教师的缺额，并成了学校教育革命领导小组成员。可对根正苗红，户口和工资都不在上河村小学的秦老师，他一点办法也没有。只好气鼓鼓地看着我继续坐在秦老师那辆缠满蓝绿塑料带的自行车后座上，往返于滚石塔镇和县城之间，享受着橘子般清芬的阳光。半年后，我就以一首《草原上升起不落的太阳》，在公社革命歌曲会演上，给滚石塔镇捧回一面锦旗。我俨然成了学校的“小明星”，课前课后，连高年级的同学都围过来问这问那的，央求我再唱一遍获奖的歌曲。只要林老师在教室门口，就会把他们轰开，然后冷冷地说：“岳凡，别忘了你可是地主子弟。”自从当了官，他不再喊我小地主羔子了，改称地主子弟。那段时间，我总盼他官再当大一点。老校长悄悄对我说：“岳凡，别听你林老师咋呼，好好唱。凭你这副好嗓子，今后还有上高中的希望。”

回家后我把这话告诉爹，他眼皮松垂得几乎看不到眼珠的眼睛里，慢慢浸出泪花，在眼缝里挤成一道亮亮的泪光，站起来双手拱在额头上，连连说：“感谢秦老师，感谢秦老师。”

新学年开学前，秦老师调回师范学校与李老师结婚。我一直把秦老师送到小河南村前那条通往县城的路口。她支住自行车，掏出雪白的小手绢给我擦泪：“别哭了，看你，个子都快比我高了。”

我的泪水还是往下流。她搂住我肩膀，叮嘱道：“不管多难，都要继续学唱歌。我跟你李老师商量好了，到寒假时，他带你去地区文工团待几天去，他们有个少年合唱队，每年都招小队员。里边也有成分不好的孩子。你要能唱得特别好，这也是条出路。”她使劲抱我一下，说：“记住了，坚持练。”左脚踏上自行车脚踏，右脚用力一蹬，朝后摆摆手，自行车唰地冲了出去。我看到她跳上自行车时，眼睛里甩出两颗泪珠。我喊了声“秦老师”，呆呆地看着她的背影和自行车后座后轮，慢慢嵌进了两排行道柳树交接处那轮大大的夕阳。虚岁十八那年，也是这样一个绿柳红日的傍晚，我去师范学校给秦老师和李老师报喜，我参加泰安地区农民歌咏比赛，获得歌曲演唱第一名。那回，秦老师倒比我先流下了眼泪。两年后，我又去泰安参加“纪念延安文艺座谈会演唱会”，受到空前追捧，也因此经历了无果的初恋，不久，也因此获罪，被取消参加一切演出活动的资格。当时，我所有的青春梦想都维系在秦老师为我点亮的舞台灯光上。灯光断了。我“咔嚓”摔落在滚石塔镇。

林老师成了我们五年级一班的班主任、语文老师。

第一堂课他教我们学习毛主席的词《清平乐·会昌》。领读时，他把最后两行读成了“战士指看南奥，更加有有忽忽”。那本薄薄的《毛主席诗词选集》我早已背熟，张了张嘴，没跟着念。他又重复一遍，指指我，示意跟着读。我身体忽然不听大脑指挥了，举手站起来说：“老师，该念‘战士指看南粤，更加郁郁葱葱’。”

林老师缩回脖子，头窝着朝同学们转了半圈，忽然又伸长脖子，红头涨脸地瞪我一眼。小梳子举起手说：“老师，岳凡说得对。我上课前看过那本《毛主席诗词》，上边有拼音呢。”

林老师咳嗽一声，看看备课本，说：“按拼音念也行。我是按收音机里念的。好，那就‘南粤’，就‘郁郁葱葱’。”

那堂课林老师讲得磕磕绊绊，早早地就布置我们背诵默写，离开了教室。小梳子半转身朝我喊道：“岳凡，以后语文课干脆你上吧。”

教室里一阵混乱，大家有拍手叫好的，有朝小梳子“呸呸”的，也有跑到讲台上，模仿林老师伸长脖子大声念“战士指看南奥，更加有有忽忽”的。邻班的老师跑过来拍拍窗户，大家才都安静下来。栓柱捣捣我胳膊，悄声说：“你冒傻泡呀。听他原先班里的学生说，林老师常念错别字，谁在课堂上给他纠正他就把谁轰出去。他说‘中国字念半边没差’。要不是学的毛主席诗词，他能饶了你？都是秦老师惯的你。”

我知道栓柱的话还有一句：“忘了你是地主羔子啦？”低下头后悔不迭。好不容易挨到下课，我匆匆跑向办公室，想去向林老师认错赔不是，刚走到窗前，就听林老师大声说：“龙生龙凤生凤，老鼠生儿打地洞，地富反坏右的孩子没个好东西。”赶紧一挫身溜了回来。一连几天，林老师的脸都阴着，碰到我冷冷地连看也不看。直到我又在滚石塔镇四所学校的“庆国庆歌咏比赛”中为班里拿回张奖状，他的脸上才有了笑模样，对我说：“岳凡，哪个老师都喜欢学习好的学生，只要你听老师的话。”我身体柳絮般腾空飘起，开学以来的惴惴不安哗啦散落下来。林老师被我激动的神情感染了，眼睛里盈满了湿润的笑意：“看你高兴的。”

那个周末的班会上，林老师破天荒地结结实实表扬了我一番。

长岭山上的树叶刚刚落光，林老师和我的亲热关系就叫我一不留神搞砸了。那时一到冬天，全滚石塔镇的劳力都集合起来修大寨田。我们每到星期天都由老师带队，去工地上参加劳动，搞慰问演出。工地上几乎每个星期天都开批判大会鼓舞干劲，我常常是在爹和其他四类分子被按头拽胳膊地批斗完后，登台唱那首“一万引来万花开，全国农业学大寨”的歌。从台上下来后，总有人怪声怪调地说：“岳凡，你这是给你爹唱歌助兴来了。”“瞧人家这爷俩，一个低头弯腰装兔子，一个挺胸抬头演大尾巴狼。”我的脸已被磨成老枣树皮，仰着头一声不吭。

周一上午的语文课，林老师从报纸上抄了首《学大寨赶昔阳》的诗歌当课文。领读时，他把“昔”念成了“腊”。我立时紧张地绷起喉咙，小心翼翼地跟着念“学大寨赶腊阳”。栓柱捅捅我：“学乖啦。”我挺直腰板不敢理他，在心里一遍遍地默念：“腊、腊、腊，昔阳的腊。”

下课前，林老师敲敲黑板，说：“我找个我们班背得最快的同学朗诵一遍。岳凡，你来。”

我腾地站起来，一张口就背成了“学大寨赶昔阳”。林老师一愣，脸忽地红了，抓起教杆狠狠敲桌子：“昔是昔，腊是腊，老师念啥你念啥！重背。”

我反手抹把额头的汗水，在心里先默默读一遍，刚要背，下课铃响了，脑子里一乱，“昔”就又把“腊”摔倒在地，鬼使神差地脱口又背出“学大寨赶昔阳”，林老师把教杆一摔，大步走下讲台，扭住我耳朵就拖出教室。刚下课，满校园都是学生。林老师一路骂着“小地主羔子”，把我从学校西北角的教室拖到东南角的办公室。从上四年级以来，秦老师给我戴上的“小歌唱家”“好学生”的光环，“噼里啪啦”摔落了一地。很多学生尾随过来，拥在办公室窗台上往里瞅。林老师把我抡在他办公桌前，一脚把我的腿踢并在一起：“站好！”

刻骨的羞辱烧硬了我深潜的倔强，我一甩胳膊又叉开腿，把头扭到一边。林老师抬腿又要踢，五年级二班的班主任一把把我拉到他跟前，我感激地看看他。他教五年级算术，待我一向极好。他不紧不慢地说：“林老师，上课时我听见了，明明是你读错了嘛。”

林老师一立棱眼：“他不能下课再告诉我呀。成心在全班学生面前丢我的脸。我就不信啦，还制不服这个小地主羔子。”

老校长站在一边，弄清咋回事后，说：“林老师呀，弟子不必不如师，教学相长嘛。”

“少来你那套孔老二。”林老师提起椅子一蹾，“师徒如父子，学生就得听老师的。”

“你这套更孔老二。”老校长重新回到他办公桌前，皱起眉头对我们的算术老师说，“下节该你给一班上课，你先把岳凡领回去。”

我跟着算术老师走出办公室，听到老校长不满地说：“林老师，你这种教学态度是不对的。自己读错字还迁怒于学生。你别摔打。要不咱们就让全体老师都讨论讨论，那个字究竟读昔还是读腊。全国人民赶的是昔阳还是腊阳。”

第二天的语文课，林老师临时改成作文课，让我们写《我的家》。他特别告诉我，要如实写出我家解放前有多少田产，雇了多少长工、佣人，我爹是如何剥削贫下中农的。我说：“这些我都不知道。”他“哼”了一声：“数字空着，我替你填。”

我对着摊开的作文本发呆。

林老师坐在讲台上，抖动着跷起的右脚，得意地笑着，大声说：“这篇作文不管长短，这节课必须交上。”

我写了撕撕了写，下课铃响了，才写了不到两页纸。林老师过来一把抢过去扬长而去。当天上午，他就把我的作文贴在五年级教室外墙的壁报栏里。下午课外活动时，全校学生一茬接一茬地过来围观。很多人挤在窗口门口指指点点地“参观”我，看猴子似的往我身上扔纸团土块。有的干脆闯进教室，敲打着我的课桌说：“岳凡，你爹原来就是电影里演的黄世仁呀？”“你说说，你们家雇了那么多佣人，咋伺候你这小地主少爷的？”

我抬头眼巴巴地寻找栓柱。他远远地躲到了教室前面，把脸扭到一边。我无助地又把头埋在课桌上，任由他们一拨又一拨地吵骂。

“去去去，滚一边去。”小梳子连推带搡地把围在我课桌前的人撵走。又拿起扫帚把挤在门口窗口的轰跑。栓柱过来把课桌上的纸团、土块摁拉干净，坐在我身边。我往一边扭过去，抱起胳膊把头埋得更深。咋就非乖乖地按林老师说的去写。我的怯懦再一次火辣辣地刺痛了我。我忽然一下想起五哥，想起上学前跟小伙伴一起玩的情景，泪水滚烫地淌在胳膊上。

周围突然没了声息，我慢慢抬起头，教室里空空荡荡的，只有小梳子坐在她的位子上。她过来把我拉起来：“放学了。我陪你一块回家。”

我见她眼圈红红的，泪水又涌出来，赶紧一把抹去。打那我不再搭理栓柱，我们持续了多年的友谊就此中断，小梳子成了我最要好的同学。后来，当我们都两鬓挂雪时，小梳子提议搞了次同学聚会。栓柱拉住我说：“岳凡，当年你跟副一好了，就一脚把我蹬到一边，今天当着老同学的面，你说，你是不是忒重色轻友了？”我说：“栓柱同志，从那时起，你就让我明白了一个道理，当你遇难时，所谓的铁哥们往往都成了缩头乌龟，倒是小梳子这样的巾帼红颜，能够仗义相助。”小梳子乘机起哄，扯过满脸通红的栓柱，把满满一大杯酒灌到他嘴里。栓柱咳嗽着说：“你们真是夫唱妇随呀，合起伙来欺负我。岳凡，就不怕我跟你老婆揭你们的老底呀？”

那场“昔腊”风波和那篇作文，使我恨透了林老师。从此我没再叫他一回老师，也对语文课彻底失去了兴趣，尤其是作文课，一看到黑板上的题目，我就厌恶得反胃，一个字也不愿写。觉得世界上最恶心的事，就是把字一个个摆在方格里，凑成一篇《记一件有意义的事》《我的理想》之类的东西。小梳子终于代替我稳稳占据了每次考试的第一名。我丝毫也没感到沮丧。我的全部兴趣就只剩下一件事，每星期六去县城见秦老师。过去姓林的常故意在周六下午晚下课，或把狗屁不值的事安排在星期天，我总是默默忍受。现在我根本不怕他了，他再也阻挡不了我奔向那片琴声，那片阳光。

我曾那么拼命地想在“地主羔子”的黑布上画上一个红色的好孩子。姓林的终于使我明白，那只会让人任意作弄，给我带来更多耻辱。能跟我美国黑孩子般身份相叠加的，只能是个坏孩子。我是从“五二〇声明”中知道，世界上还有一帮受欺压的美国黑人，有一伙被歧视的，从铁栅栏里伸着长脖子，顶着颗骷髅般脑袋瓜的黑孩子的。我认下了我脸上的黑字。听到人家骂我“小地主羔子”，我再也不会脸红，不会羞愧地低头认输。打架时，我会先说“我是地主羔子”，然后像小顺子那样不顾一切地扑过去撕打。不管对方是一个人还是一伙人。我的学习成绩越来越糟。学校里却没人敢再无端欺侮我，包括那个姓林的。也许是他们不屑于再去跟一个成绩跟家庭出身一样烂的，破罐子破摔的孩子较劲。做一个坏孩子真他妈得劲。

那一年我虚岁十五，嘴唇上边长出了毛茸茸细软的胡须。

卷三

第二十章

淑珍出嫁后，知琛竟没表现出一点沮丧，出出进进地照样有说有笑。知琢对爹说：“没想到老三还真行，是咱老岳家的男人。”岳翕若轻轻摇头：“硬拿出来的，做样子给人看的。我倒宁愿看到他垂头丧气，那还叫人放心。”顿了顿又说，“天赦子砸掉的，可不仅是大门上的牌子。”知琢一下想起胖奶奶告诉他的知琛和杏花的传言，暗暗叹口气，不再说话。“九大”以后绍前爷就一点点地把权力又收到自己手里，大家都说这下滚石塔镇可该安稳下来了，谁也想不到，他比年轻的还能折腾，上边吹口气，滚石塔镇就刮阵风。眼下正是秋忙的时候，却让各生产队和果园每天上午干活前、下午收工前，组织半小时的“田间地头政治学习”，搞“斗批改”。倒真是“焕发革命青春”啦。

太阳还高高地悬在山头，分散在各地块的林业队员就都归拢到队部门前。不管咋说，政治学习总比干活轻松。知琛和几个地富反坏右、清理阶级队伍新揪出来的残渣余孽的子女拖拖拉拉跟在后边，他们宁可干活流汗，也不愿坐着接受那些凌厉词语的敲打。

尚丰年估摸着人差不多到齐了，轻轻咳嗽一声，一手拿张报纸一手拎把椅子走出屋门。岳绍前暗暗嘱咐过他，这次林业队的斗批你必须牢牢抓在手上，连读报纸这样的事也不要让别人干。只有你处在掌控全局的位置上，别人才不会打你的主意。他从从容容地坐下，看一眼松松散散坐满屋前空场子的林业队员，清清嗓子，撇着带点济南口音的章丘官腔，声情并茂地宣读八月二十五号发表的“两报一刊”社论《抓紧革命大批判》。读到驳斥“以为大批判搞得差不多了”的段落，忽然有点心虚，声音磕巴了一下，赶紧咳嗽了声掩饰过去，眼睛的余光还是看到了几个造反派小头头脸上的嘲弄和兴奋。

知琛一脸聚精会神地听完社论，故意磨蹭到收工的人群后边，等到几对正谈得火热的毫无顾忌地钻进路边的树丛，才拨开树枝朝山下的路口望了一会儿，侧身拐进一边的山坳。淑珍出嫁后，他仍然一直躲着杏花。躲开一回那天小屋里的黑暗情景就再现一回，所有细节都被他丝毫不差地还原，直到口干舌燥浑身膨胀，手不可遏止地伸下去，然后瘫软在地，双手揪住头发泪流满面。他已近乎疯狂地越来越渴望杏花的怀抱，又害怕一见面就会一头栽进那团风光无限的黑暗，玷污了爹那把大胡子。

山坳里湿热蒸腾，知琢扯开衣扣迎着风口站住。对面的断崖斜迎着忽然爆出强光的夕阳，裸露的石崖上“庆祝无产阶级文化大革命全面胜利”“欢呼九大胜利闭幕”的标语，被夏天一场接一场的雨水冲刷得残缺不全，标语下垂挂着一道道弯弯曲曲的暗红水痕，和崖壁上小孩子涂鸦似的模糊岩画斑驳在一起。

一群野鸽子划破阳光，扑落在崖壁的缝隙和孔洞里，几根亮晶晶的羽毛随风斜斜飘浮。

杏花还在下山的路口边徘徊，身旁的柳树下放着一篮子祭品。秋天的长岭山到处是水，果园里沟沟汊汊水汽迷蒙。

今天是大娘的生日。大爷不知在哪里疯癫。成峰也没从工地上回来。她是从饲养所回家后忽然想起来的，匆匆收拾上几样瓜果就赶上山来，正碰上果园收工，就躲进路边的树丛后等知琛。人都一拨拨过去了，也没见他从这里经过。她知道知琛还在有意躲她。抬头看看，太阳在慢慢下滑，云彩正往山顶上聚拢，天一暗就不敢进那条山谷了。刚提起篮子，见成峰急匆匆地拐进山谷。立春进去好大一会儿了。这“叔嫂”俩在胖子坟前碰在一块该说些啥，成峰还会叫嫂子不？他可是一提起立春就咬牙切齿，说要不是她退婚，哥哥不会死。杏花犹豫了会儿，还是跟了过去。

路两边山坡上的树丛里不时传出青年男女亲热的动静，听得杏花突突心跳。和春天的眉目传情不同，一到这个日燥夜凉的“秋老虎”时节，被两条河缠绕在一起的滚石塔镇，就到处流传着湿漉漉的骚动。河边的果树地、柳树丛里，总会发生一些男男女女衣衫单薄的故事，成为今后干活中调节劳累的话题，让那些戏里戏外的人们不住嘴地“嚼咕”一年。

立春已烧完纸，头抵住膝盖坐在坟前。过去胖哥他娘总小心翼翼地捧着她敬着她，她觉得那是她替儿子巴结她，接受得心安理得。现在想想，老太婆的每一个眼神都让她心里酸一阵甜一阵疼痛一阵。她突然发出嘤嘤的哭泣：“胖哥，两年多了呀。你倒痛快啦。说好不死的。”她慢慢抬起头，额角结着一片翘起边的血痂。

山谷里静得瘆人。沟底的溪流涨成了一条河，茂密的芦苇在河边摇曳。河两边的果树长疯了，枝枝杈杈纠缠在一起，分不清主干和侧枝。树干上爬满白色虱虫。原先草坡下的石板小路都已被荒草掩没。坡上的黄麦秆草长得够到了人的肩膀，胖哥和他娘的坟都掩埋在一片荒败里。

一只长尾巴喜鹊立在一簇黄麦秆草上，呼扇着翅膀随风起伏。胖哥死后，大姑去找天赦子，说，俺家立春好端端一个黄花大闺女，叫你这杂种给糟蹋了。为了保全她的名声，我们就忍着吃个哑巴亏，你娶了她，我们也不再追究。天赦子一立楞眼道："笑话，谁糟蹋她。你侄女叫胖子弄成了破货。咋着，还想赖在我头上。门也没有。"

立春仰起头喊道："胖哥，你害得我好苦。"

"立春！"尚成峰双手拨开黄麦秆草扑向立春，"明明是你害死了我哥哥。"

立春见他凶恶得像要一口吞下她，爬起来就往草坡顶上跑。成峰骂着"害人精"追上山梁。一路追着成峰的杏花也尾随着往山梁上爬。

风从山顶上卷下来，推动密不透风的黄麦秆草层层往下扑，三个人逆着风头草势往坡顶跑。刚翻过长满杂树的山梁，立春就被成峰一把扯倒在山坡上，狠狠踢了一脚，指着她骂道："你还有脸到我哥哥坟上来。还他妈的说我哥害了你。要不是你逼他加入红卫兵，又闹着跟他散伙，我哥能走上死路。你嫁了人，过你的好日子就是了，还厚着脸皮来埋怨死人。你还有点人肠子吗？"

立春突然暴怒。她呼地蹿起来撞向成峰，踉跄着反弹开，脚下一滑，顺着山坡翻滚下去。成峰紧跑几步，一把抓住她。立春的粗布褂子"哧"地扯开半边。她狠狠拨开成峰的手，把褂子全部扯开："你看看。尚成峰，你睁眼看看我的好日子。"

成峰"哎呀"一声。立春没穿小衣裳，赤裸的胸脯上左一块右一块，斑斑点点的全是红紫、青黑的伤痕。

"看呀，看我的好日子呀。"她瞪着成峰，双手抓住蓝布腰带的结，"下身还有，你还看吗？肚子上腿上，全是。"

成峰慢慢伸出手，在将要触到那些伤痕时，突然停在空中："嫂子。"

立春双膝一软蹾坐在地上，把扯破的褂子掩在胸前，低下头。风把她的头发扬起，乱草似的遮在脸上。

"嫂子。"成峰蹲在她面前，"你——"

"结婚那天晚上，他发现我不是大闺女，就折磨了我一宿。以后每回办完那事，他都狠命拧我，手拧痛了，就用钳子夹，用牙咬。还拿他臭烘烘的裤头堵住我的嘴。直到把自己折腾累了才罢手。我每次都想死，觉得死了是件多么好的事。可我不甘心，我得等到老天爷睁眼的那一天，看着天赦子受了惩罚再死。是天赦子那杂种害死了你哥。”

成峰脱下褂子给立春裹在身上，问：“你跟我哥，早就，早就成亲了？”

立春张着嘴，嘴唇哆嗦着说不出话，过了会儿，才说：“成峰，再叫我声嫂子。”

“嫂子。”

“哎。”

“嫂子。”

“哎。”

…………

杏花躲在山梁上的杂树丛里，感到无边的风从天边涌过来，云彩海潮般随风而至，长岭山在海潮中起起伏伏，遮住立春的杂草起起伏伏，成峰的后背在水一样起伏的草上颠簸。杏花忘情地喊了声“知琛”，潮水一波波在体内涌动，决堤般轰鸣而下。她呻吟着把双手放到小腹下，双腿蛇一样紧紧绞在一起。

雨裹着咸腥从山那边铺扫过来。天突然就黑了。

老高站在山坡上，望着上河村黛青屋面上散开的炊烟，好一派安详的古村气象。

他是随着公社的“斗批改”巡视组来滚石塔镇的。他不知道让他跟着是参加巡视检查还是接受教育。他懒得弄清自己的身份，别人也懒得管他，他早已油条得成了个对谁都无害的家伙，公社大院里的年轻人都说他是个无公害废物。都废物了谁还稀罕搭理他。

参加完上午的地头“斗批改”，他在山上溜溜达达转了一圈，水边树丛里骚动的气息让他心脏跳得啵啵地年轻起来。滚石塔镇真是个有意思的地方，刚挥着拳头抓紧革命大批判的年轻人，一转脸就躲到一边抓紧谈情说爱去了。

老高已做了十来年的“和尚”。五九年那场风波呼哒一下就把老婆刮跑了。多好的老婆哟，悄悄静静的却浪漫得一塌糊涂。刚进城那会儿，一到周末他们就带上花生米、午餐肉罐头，塞上瓶酒，跑到郊外庄稼地的堰边田埂上玩。进城的第一个结婚纪念日那天，他们在郊外的河边疯了一下午，找了片没人的树林吃完草地晚餐，天就暗了下来。郊外的星星特别大，湿漉漉的，就像他们新婚之夜在延河边上看到的一样。妻子的眼睛星星似的眨巴眨巴地看着他。老高一把抄起她抱进河边的玉米地。妻子躺在被农民锄得松松软软的垄脊上，糯糯地说：“老高，这回是我勾引你。”两人瞬间被星光点燃。

火熄灭后，老高浑身冒着湿漉漉的烟气，妻子慵懒地枕在老高的肩膀上，弯下片玉米叶搔动着老高的胸膛。身边虫声唧唧，玉米穗上星光莹莹。

“咱们的伊甸园。”妻子声音打着盹，“多好。”

他们一次就上瘾了。一到周末，妻子就潮红着脸收拾东西。这时闯来客人，她会毫不犹豫地下逐客令。来人疑惑地看着老高，老高就哼哼哈哈地打帮腔：“约好了，要去串个亲戚。”那几年，郊外的玉米地、高粱地、麦地里，都留下过他们两口子“野合”的痕迹。妻子说就差没在稻田里啦。老高刮着她脸颊说，那咱俩就成了对泥鳅。有好几回，他们都差点被守夜的农民当小偷逮住。妻子说：“要是叫人家抓住，让单位来领人，你个堂堂大厅长的脸往哪里搁呀？”老高回击说：“嗯，看端庄的厅长太太咋再在人前端庄。”

老高叹口气。枪林弹雨都钻过来了，坚不可摧的爱情却叫一顶无形的帽子压瘪了，“噗”地声就像踩死只癞蛤蟆。离婚后，妻子带着他们唯一的女儿去了沂蒙山区一个小县城，她曾带一支医疗队在那里住过一段时间，救过不少老百姓的命。去年女儿下乡前偷偷来向他告别。他说，你们那儿不就是农村了吗，还要下到哪里去。女儿告诉他，她自愿申请去延安，到革命圣地锻炼自己。他想说，爸爸不就是从那里锻炼出来的吗，忍住没说。他知道，女儿的户口落在妈妈名下，也难以摆脱爸爸的影响。她心里肯定憋着股劲呢。

快晌午了。老高掂掂黑色人造革提包，包里的报纸裹着瓶竹叶青酒。他拐下山路，往上河村后街岳绍前家走去。他是冲着午饭去的，云青的丝瓜炒鸡蛋做得忒好。

推开门，云青正在院里淘米，她高兴地招呼道：“哎呀，高社长来了，快坐下，我正准备做饭呢。”

戴着老花镜看《农村大众》的岳绍前欠欠腚：“老高来了。”

老高坐在小矮桌前，拿过茶壶给自己倒一杯，一口喝下去，抹抹嘴又倒上一杯，伸头看看报纸上的套红标题，说：“近来报纸广播又在宣传大寨经验，看来大批判终归要落在抓生产上。”

岳绍前的眼睛从眼镜的上边瞅向老高：“你这话，”他弹弹报纸，“咋别着股劲。”

老高“呵呵”着糊弄过去，说：“我从山上转过来，可开了眼界了。虽说早就知道滚石塔镇过去满街商铺，商贩走卒往来不断，历来就是个很开放的集镇，可眼下这河畔山坡到处成双成对的，还是让人惊讶。这滚石塔镇的文化习俗倒真是颇有江南商镇之风。我想这大概源于从南方迁移来的三个石匠兄弟。将来我打算花点精力，好好采集一下这里的镇风民俗。”

“是让人惊讶。”岳绍前扔下报纸，“我看这是阶级斗争新动向。”

老高两次说话都碰在钉子上，这才注意到岳绍前一直沉着脸半躺在藤椅上，明摆出一副不亲不热的架势。低头喝口茶，忍不住又问了句：“年轻人谈情说爱，咋就成了新动向。”

岳绍前似乎也感到有些过分了，坐直了，给老高倒上茶，说：“那些地富反坏右子弟也都发情公狗似的急吼吼地闻着骚味奔山上去了。这是要急于传宗接代延续香火呢。”

老高笑了：“这是人的本能。连鸡鸭猪狗都会这样。你总不能把人家都骟了吧。”

岳绍前“哼”了声，一蹾茶壶，又靠在椅背上，抬头看看太阳，不再说话。尴尬的沉默在丝瓜架下流动。老高暗暗叹息，吹出口气，一把抓起提包，站起来说：“天不早了，我得走啦。”

“咋能走呢？”云青拿着菜铲子挓挲着胳膊从饭屋里跑出来，“饭都做好了，我正要给你炒丝瓜鸡蛋呢。”

“谢谢小嫂子盛情。”老高依然沿袭开玩笑的称呼，说，“我还有事，下次再尝你的厨艺吧。”没再看岳绍前，大步走出门去。岳绍前往前跟了几步：“咋说走就走呀。”

老高没搭腔。听到菜铲子咣啷一声扔在桌子上：“你这人，咋连句留客的话也没有。人家老高明明是冲着咱家的饭点来的。”

“正搞斗批改呢。我不是怕说不清楚吗。”

“我看你倒是越来越说不清楚了。”云青甩甩胳膊走回饭屋。她知道他正为兴凡的事心烦呢。兴凡刚当上主任那阵子，爷儿俩那个高兴，兴凡几乎天天往这里跑，碰上吃饭坐下就吃，两人说一阵笑一阵，比亲爷俩都亲。可人家新主任的新鲜劲还没过去，老头子就一把把地往怀里收绳子，弄得兴凡浑身不自在，从夏天开始就来得越来越少了，来了也拘拘束束的，听得多说得少。前几天兴凡对云青说，他不想干了，要回家娶了岳珊过小日子去，被老头子劈头盖脸一顿好训。事后云青埋怨说，要不你就让人家放开手脚干，要不就成全了人家两个年轻人，老这样拿人家当团圆媳妇似的圈着算啥事。老头子不耐烦地“呲哒”她：你懂啥。我啥也不懂，我傻呢，你不就是不想出头，还要啥也说了算吗。

老高踩着自己脑袋的影子，在街上站了会儿，有些凄惶。这岳绍前可真是脱胎换骨了。抬脚往恩石寺方向走去。这瓶竹叶青还是去跟梁文语喝了吧。

老高小心翼翼地登上湿滑的台阶，拍拍窗子。里面有了动静，但没像往日那样兴奋地回应：“来了。”老高站在门前等着，感觉过了好长时间，梁文语才慢腾腾地过来，似乎在门里边犹豫着。就自报家门道：“老高。”

梁文语答应着，搬开顶门的杠木，拉开门闩：“哈哈，来了抢饭碗的了。”

老高疑惑地打量笑嘻嘻的梁文语：“戒备森严的，搞啥名堂。”

梁文语抄起他的手：“来吧，算你有口福。”喊道，“老高来啦。”

常继刚和一个穿一身宽松的白半袖褂子蓝裤子的女人从大殿那边转过来。她看看老高，很北京女人做派地伸过手去：“高社长吧。我叫唐雁。”

老高跟她握握手：“看来我该叫，小嫂子吧。”

梁文语拥着他进屋：“啥小嫂子，正宗的嫂夫人。是比我小一些，我的学生呢。可是地地道道的原配。”

“我说咋大门紧闭，原来是寮房藏娇呀。”老高坐在上首椅子上，看看桌上几盘青菜豆腐，抬起头抽抽鼻子。

梁文语点着他道：“你这鼻子，真该割了去。”转身进里间端出盘片好的北京烤鸭。唐雁拿出刚收拾进里间的两套碗筷，又给老高摆上一套。

老高喉咙里很不体面地“咕噜”声，偷着瞥瞥唐雁，说：“有这只鸭子往中间一趴，这几盘青菜豆腐就都抬起头来了。”他从靠在桌子腿上的提包里拿出那瓶酒，往桌子上一蹾：“这才能配得上我这瓶竹叶青。”

唐雁给老高和常继刚斟上酒，也给自己倒上一杯：“先生慢性气管炎，向来滴酒不沾的，我来替他。”

老高看看梁文语，教授酒量不大，还是能喝个二三两的。凡事有利必有弊，娶个嫩老婆就得受约束吆。

梁文语笑眯眯地晃动筷子：“来来，先尝尝烤鸭。折腾这一路，味道得掉八成。”

老高夹起块油黄的鸭皮填进嘴里，细细咀嚼着：“嗯，还不错。正宗全聚德老店风味，不是从分店买的。”端起酒杯朝继刚举举，对唐雁说，“唐老师，我替教授敬你一杯。不离不弃的，不容易。”

“是继刚偷偷把她带来的。”梁文语说，“这可犯忌。住个一两天就得赶紧回去。要是……”

老高摆摆手：“我知道。我刚下放时犯了胃病。老婆偷偷来看了我一次，被通报给她单位，让她大会小会检讨了好长时间。”他喝干杯中酒，说起路上见到的滚石塔镇的浪漫，重提被岳绍前闷住的话题：“滚石塔镇的宽容给斗批改中的男女情爱网开一面，这个商业立镇的北方千年古镇倒真是挺独特的。”

“我跟常老师一路过来，也见识了这里的遍地爱情。”唐雁对这个话题挺感兴趣，“可见总有些东西是革命抹杀不了的。人的情感欲望自会找到它生长的空间。”

“高社长怕是误会了滚石塔镇的风气。”常继刚放下酒杯，手在胸前强调地晃动着说，“所谓宽容，不过是，咋说呢，更多还是对年轻人谈对象来说的。像和大家伙那样翻墙头钻高粱地，还敢到处炫耀，只不过是街头舆论对这个极端性情的家伙的一种特赦，不能说放任直奔裤腰带以下的男女苟合是滚石塔镇的风气。眼下这种，这种饥渴般的疯狂，是有特殊的背景的。特殊时期，全滚石塔镇的地富反坏右子弟，订了婚的都吹了，没订婚的不敢奢望能找上媳妇。今年春天‘九大’以来，镇子里的其他年轻人都扎堆结婚办喜事。那些蔫了两三年的光棍子们毕竟不是太监，禁锢的本能被激发出来，一个个饿狼般地饥不择食。连一向家教极严的岳翁若，也没有管住他家老三。这个大家公认的本分孩子，也掉了魂似的整天在山上钻来钻去。我倒不认为这是啥阶级斗争新动向，但起码是一种堕落。”

梁文语突然端起唐雁的酒杯，“啁”地一口喝干。唐雁夺过酒杯：“哎，你啥时开戒了。”

梁文语朝她摆摆手，说：“不，这是种反抗。正常的欲望被粗暴践踏，就是棵白桦树苗也会在无望中疯长成荆棘。像老高这样的美食家，把他饿上三天，也得饥不择食地先填饱肚子，断不会饥肠辘辘地端着空空的红酒杯等待美味佳肴。存天理去人欲，从来就行不通。因为这不是天然之理，而是专制之理，倡导者自己就做不到。一味追求清一色的纯净，最终必然会一地污淖。填不饱肚子就想填满脑子，肚子会反过来控制脑子。不信你们就等着瞧，会有一个物欲横流的时期等在运动后面。”

“喝酒，喝酒。”刚吃完煎饼卷烤鸭的老高抹抹嘴端起酒杯，说，“教授，再喝一杯。”

梁文语看看唐雁笑着摇摇头。他知道老高从不当着第三个人说正话，有些后悔刚才一冲性说多了。

老高抿一口酒问唐雁：“唐老师知道北京烤鸭为啥非用章丘大葱做佐料吗？”

唐雁摇摇头。

常继刚白他一眼。老高装作没看到，拉开架势说：“章丘有道名吃叫黄家烤肉，当年也是皇家贡品。传说一天一个小学徒看烤炉，见一只笨鸭子闯进炉里，烤熟后味道挺好。聪明的小伙计就琢磨着偷偷地用烤猪的方法烤鸭子。然后就不辞而别，溜到北京卖烤鸭去了。这就是北京烤鸭的由来。北京烤鸭离了章丘大葱就出不来那正宗味道。”

“这我倒头一回听说。”梁文语一本正经地问，“这说法有依据吗？”

老高哈哈大笑：“有哇，全聚德每年都来章丘拉大葱不就是依据吗。你呀，这又不是讲历史，还得考据一番，只不过一个传说而已。”他拱拱手道：“我吃个差不多了，到庙后边的山上转转去，你们聊着。”

唐雁也站起来：“我陪你去。还没来得及看看这方宝地呢，趁中午没人，跟着你转转。”

常继刚瞥一眼老高的背影，没等门关上就说：“这个老狐狸。”

老高返回来从窗台上摸起把锁，笑笑，出去反手拉上门走了。

“也不好怪他。”梁文语瞭眼窗外，哪场运动都是对象，他总得生存呀。这可是个有思想的人。他多次让我提醒你保护好自己。也常劝我把思想贴上封条。他说，运动总会过去，多留下几个专家学者和思考国家命运的年轻人，才有利于将来的文化重建。”

“问题是这场运动何时才是个头啊。”

“党的力量在于推出领袖又能约束领袖，而不能沦为领袖的工具。民主的作用在于制约权力而不能成为权力的武器。”梁文语有些答非所问。他摸起杯子慢慢抿口酒，又说，“老高曾说过一句很有意思的话，权力不能天上人间、宗教世俗通吃。很耐琢磨呀。从历史上看，政教合一总会导致人类的灾难。”

常继刚伸筷子在蒜泥拌黄瓜的盘子里挑了挑，夹起块放进嘴里。

听老高说完他和妻子的事，唐雁问：“这么多年来，你就没想过再找一个？”

“想过。”老高搓搓手，往掌心吹口气，道，“可我总觉得她还会回来。她也一直没找。”

唐雁一时找不到话说，看着老高满头花白的头发。正午的阳光下，他透出汗渍的圆领短袖衫蒸出一缕微微的酸馊。“咱们回去吧。他们该等着吃饭了。”

老高怔了一下，说：“我就不回去了，从这里直接下山吧。”他把钥匙放到唐雁手里。突然叫了声“唐老师”。

唐雁奇怪地看着老高涨红的脸，等他说话。老高踟蹰了会儿，盯着唐雁的眼睛说：“你能让我拥抱一下吗？”

唐雁愕然地睁大眼睛，下意识地退后一步。

“我是说，我是说，”老高窘迫得不知所措，汗水顺着鬓角淌下来，“就像老同学老朋友见面那样，那样。”

唐雁心里钝钝地痛了一下，又朝前跨出一步。老高张开胳膊轻轻抱住她，深长地吸一口气，放开她转身朝山下走去。唐雁看着他的白发在下山的石阶上跳跃，渐渐隐进浸透了阳光的雾岚里。

唐雁有些发蒙，自己也没觉察地吐出口幽深的叹息，刚出口就被劲峭的山风吹走了，带动短短的头发一阵飞扬。老高的汗酸气还残留在胸前，盘旋出一些讶然一些疼痛还有一些莫名的感伤。这是一次除梁文语以外的男人的拥抱，往她身体里注入了一种别样的感觉。昨天晚上的温存过后，梁文语搂着唐雁，跟她说岳翁若、傩疯子和老高的事，叹息道：“要是岳翁若这样的乡绅还有乡村建设的发言权，要是像老高这样的官员还留在高位上。”那会咋样呢，梁文语没说，唐雁也没问，自从嫁给老师后，她就把自己圈进他的书斋，对外边的人和事渐渐失去了兴趣。中午吃饭时，她从老高端起酒杯的眼神里触碰到不同于梁文语那样的书卷气。那是一个从炮火硝烟中冲杀出来的老男人，在漫长苦难里，在温婉的女性气韵中，摔打出来的不动声色的风度。只可惜它萎靡在那件散发着汗酸味的老头衫里。

唐雁抬起双手拢拢头发，慢慢往回走。结婚后，除了梁文语为数不多的出国访问和去外省讲学，他们很少分开过。先生每到一地，做的第一件事就是在明信片上写满露骨的情话寄给唐雁。在同事和那些梁门弟子的取笑中，唐雁幸福得像飘浮在阳光里的羽毛。她偶尔离家几天，回来时乱成一塌糊涂的书桌上的冷馒头，和卧室里孤寂的单身男人味，总是叫她心疼得几乎掉泪。他想象不出老高十年的鳏夫生活会是个什么面貌。无数个虫鸣阶前，雨打屋檐，雪落窗台的漫漫长夜，那些浪漫恋人恩爱夫妻间的风花雪月，该会以一种什么样的姿态走进他那间小屋落寞的窗口，他该怎样消受那些曾缱绻于枕侧的夫妻间独享的暧昧昵称、流转眼神和呢喃梦呓，倾听手指滑过肌肤的轰响，慢慢滑落到微风窸窣的窗外。还有那些舔舐被批斗的羞辱和伤痛的时刻，那些该举家团聚的节日，大概也只能像欣赏一个人的手指皮影一样，纵使墙壁上幻化出风情万种，灯前头也只有自己的一双手在孤寂地搬弄。唐雁忽然想起很多俄罗斯小说里描绘过的场景，那些被流放到西伯利亚的囚徒，拖家带口跋涉在茫茫冰雪里，风雪中夫妻相拥的蹒跚背影，透出橘红色的温情。她很后悔刚才没结结实实地给老高一个拥抱。

身上泠泠地落满清凉。唐雁抬起头，头顶上飘过一大片云彩，山头笼罩在湿漉漉的墨绿色里，把满山金灿灿的阳关裁出一个大洞。

头顶上飘洒下亮闪闪的雨丝。

尚荣杞从北山翻到山顶，正赶上那阵鸡窝子雨。

“这鬼天气。”他嘟囔着骂道，“周遭还亮着太阳呢，巴掌大的云彩就淋了个透湿。这人来了倒霉，喝口凉水都他娘的塞牙。”抱住头紧跑几步，窜到那棵苦楝树下边。这几年他装疯卖傻地到处跑，倒练出一双好腿脚。

雨稀里哗啦的劲头挺足，茂密的树冠很快就兜不住了，雨滴砸在乱蓬蓬的头发里，在脸上淌出一条条黑乎乎的咸鱼味的污痕。他伸手擦一把，抹成一张花脸。急雨不长，他不着急，抱起胳膊靠着树干，右腿悠闲地搭在左腿上，大拇指从黄胶鞋的破洞里顶出来，挤出一股恶臭。他耸耸鼻子，右脚在左脚上磕住一提，甩掉鞋子，摇动脚趾挤掉趾缝里的胶泥，伸到漏雨最急的树枝空隙那里，看着雨滴在脚面上弹跳，冲刷下脚趾间的污水。他突然“嘿嘿”笑了，抬手抹把眼睛：“胖子，爹要不撺掇你当红卫兵。还搭上了你娘。唉，你娘，啥命呀。”

阳光噗哒落下来，雨骤然停了。尚荣杞收回左腿，把脚蹭进鞋里，晃晃脑袋，甩掉沾在头发上的雨水，双手倒替着拽着荆蒿棵子，慢慢滑下过雨的山头，坐在石阶路上系紧松开的鞋带，抬头看着晴得瓦蓝的天。忽然见杏花和知琛拉着手嘻嘻哈哈地从山顶上下来。他摸摸脖棱梗，猛地站起来，低下头使劲咳嗽一声。杏花和知琛像对受了惊吓的兔子，哧溜闪进旁边的树丛。

尚荣杞笑笑，仍然低着头慢慢朝山下走。岳翕若，我家杏花可不能白白地去给你岳家传宗接代。这老家伙挓挲着胡子，心气还没趴下，咱慢慢等。你老岳家总不能光干合适的买卖。

尚荣杞在家里喝完半暖瓶水，杏花才惴惴地回来。她目光虚空着在尚荣杞脸上溜了溜：“大爷回来了。”没等回答就又说，“我做饭去。”转身往屋外走。

“我说，”尚荣杞叫住杏花，“先给我烧锅热水，找身干净衣裳。”他掀起眼皮，又耷拉下说：“你也先去换身衣裳。这阵鸡窝子雨，偏就淋了咱爷俩。”

杏花被大爷条理清楚的吩咐吓了一跳，瞭一眼他清爽的眼神，心里一阵突突，红着脸忘了答应一声，就匆匆去了小院。关上屋门低头看看饱满的胸脯，雨淋透了的的确良褂子紧贴在身上，跟没穿衣裳似的。她脸上又一阵滚烫。

尚荣杞洗刷完，换上身半新的粗布裤褂，精精神神地走出屋门。杏花不认识似的直眼看着他：“大爷，你好了？”

“好啦。”尚荣杞似笑非笑，“不能再疯了。”在天井里走了几步，直直驼习惯了的腰背，说，“我出去走走。”

杏花看着他走出大门，嘀咕道：“不能再疯了，这说谁呢。”

尚荣杞一路走走停停，不断打着招呼。背后跟着响起不加掩饰的惊诧：

“这老东西咋突然就不疯不傻了，真奇了怪了。”

“傩疯子整天跟他在一起，八成是给他施了巫术。”

“叫我看，八九不离十，他根本就没疯过，这老狐狸成精了。”

他泰然自若地笑着，背了手，不时直直腰背，不紧不慢地往前走。在上河村庄头，他站了站，故意从后街岳绍前门前经过，又绕到岳翕若大门口，正碰上匆匆出来的知琛。知琛猛地刹住脚，刚喊出个“大”字，就捂住嘴打了个喷嚏。

尚荣杞拍拍他肩头，说：“知琛呀，快让你大嫂给你熬碗姜汤。可惜弄不到红糖。红糖姜水祛寒那是一绝呢。”不咸不淡地笑笑，扔下张大嘴巴的知琛走进院子。

岳翕若似乎没发觉尚荣杞浑身上下透出的精神，给他倒上杯水，推过小烟簸箩。尚荣杞装上袋烟点着，吧嗒了几口。没欣赏到大胡子的惊讶，设计好的几句暗藏机锋的话，全都堵在喉咙里。心里陡然一阵不快，好你个岳胡子，硬是啥时候也得占个上风头。重重地吐出口浓烟。

岳翕若暗暗一笑，说：“不打算再装了？”

“不装了。”尚荣杞赌气般地在桌子腿上磕掉刚点燃的烟叶，把烟袋往桌子上一扔，“再疯下去，连孙子都耽误了。”

岳翕若一直捂着的地方被碰了一下，心里自责地“唉”了声，摸起尚荣杞的烟袋装上烟，递在他手里，划着火柴，尚荣杞把烟袋锅凑到火上，吸溜一口将火苗吸到烟上。岳翕若晃灭火柴棒扔掉，说：“老哥呀，我倒是没疯没傻，孩子不照样讨不上老婆。”

“那不一样哇。”尚荣杞紧巴巴的脸也松弛开来，大胡子那股水还是流到我挖的沟里了，“成峰在工地上专拣成分不好的、长得寒碜的谈，一连谈了几个，人家闺女倒不大在乎漏网地主、历史反革命啥的，一听说他还有个又疯又傻的老爹，就散了。成峰回家见到我，恨不得一眼把我剜到地里。我这当爹的，愧对孩子呀。”

岳翕若轻轻拍打着桌子：“当初，真该听了长岭村算卦的尚瞎子的，把家产都散尽。”

尚荣杞心里鼓起片疙瘩，斜一眼岳翕若。那时你刚把尚家的店铺、田产大把大把地摁拉进自家兜里。他噗地吐出口烟，接着自己的话题说：“眼下我只想给老尚家留个种。

离婚的，丧夫的，都不嫌，只要人家肯进这道门槛就行。”

这是说话给我听呢，岳翁若沉默着摇摇头。梁亮又好长时间没去果园找岳珊了。这头小河南的狼崽子一直盯着滚石塔呢，八成又从重提斗批改中嗅到了与岳绍前再较量一把的机会，刚庆祝全面胜利那会儿，他可没少去纠缠岳珊。岳翁若郑重托付过尚丰年，让他帮着盯好梁亮。尚丰年劝他，这年头就别认老理了，梁亮其实也不错。岳翁若只回答了一个字“不”，倒弄了尚丰年个大红脸。这些话不好对尚荣杞说。再说也不好劝人家再疯下去呀。

“你拿准了，”岳翁若看着尚荣杞，问，“现在不疯是时候？”

“又要学大寨了。这人脑袋上又开不出大寨田，得照着地里使劲。再说岳绍前又掌了实权，顶多把我归在四类分子堆里服苦役。我再不自己摘掉疯帽子，老尚家怕是就绝户啦。”

“可你别忘了那句话，斗批改还没完事哪。嗨——”岳翁若摸把胡子，“这说啥也晚啦，反正你从家里到这里走了这么一趟，再装也装不下去了。”

两人对视一眼，同时嘬住烟袋嘴使劲吸了口，两颊凹进去好一会儿，又都鼓起腮帮子吐出股烟。两股烟往前一冲，撞得翻卷着向上扬起，在两张皱巴巴的老脸中间弥散开来。

岳凡歪头看着简婶。她拢拢头发，对娘说：“家里太冷清，来这里蹭顿饭。”

娘笑着拍拍炕沿：“快坐下。你看你，来就来吧，咋还拿东西，拿自己当外人了不是。”娘自从给姐姐做嫁妆那天醒过来，又时好时歹地拖拉了两年多，今年一开春总算彻底好了。

“我这是正在家包饺子，越包越没意思，就敛伙敛伙提着来凑个热闹，哪里是拿东西了。”说着把那个蓝织花包袱递给大嫂。

大嫂在门后边的矮桌上解开包袱，惊讶地叫了声，里面是一盆肉馅、一大块和好的面。简婶过日子细，这些面还不知攒了多长时间。她朝大家摊开手，眼睛对上简婶时竟闪出一抹泪花：“简婶，你这哪里是来蹭饭呀，这是送了个年呢。”抬起手背按按眼睛，招呼岳珊摆开面板包饺子，“我这心里正愧得不是滋味呢，这个年五更又不能让全家吃上顿饺子了。简婶，谢谢您啦。”

简婶过去搂了大嫂一把，小声说：“你看你，愧的哪里的愧呀。”坐下跟她和姐姐一块包饺子。

腊月二十二上午，大嫂去生产队仓库分过年的小麦，等她终于挨到磅秤跟前了，保管员才说："今年的过年小麦没有'四类分子'家的份。"大嫂臊得脖子都红了，扭头就往回跑。在大门口她猛地站住，看看手上的空袋子，又返回街头，拦住分了小麦的人，想让人家匀借出一点，好歹凑够包一顿水饺的。她知道，爹很看重年除夕五更全家人围在一起吃顿团圆饺子。可今年队里就是按每人一顿水饺的量分的小麦，谁家也匀不出来。大嫂只好把袋子掖进衣襟里，悄悄钻进小北屋。直到今天早上，她才跟爹说："今年队里没分过年的小麦。"爹笑笑："我早知道了。不分就不分吧，不吃饺子还能把咱们搁在年这头。"

吃过晚饭后，大嫂就起来坐下地手脚搁不准地方，低着头躲避爹的目光。原先除夕晚上吃过晚饭、放过鞭炮后，全家人就都动手包饺子，连岳凡也会歪歪扭扭地捏上几个。大嫂和姐姐还会把十多个一分钱的硬币包进水饺，吃年夜饭时，谁吃出一分钱，大嫂就奖励一张一毛钱的纸票。包完水饺，爹就留下大哥跟他一起守夜，打发大家睡觉。快五更时，大哥就在院子里放一挂鞭炮叫醒大家。爹亲自动手做几个菜。大家把桌子架到屋中间，围在一起喝酒。水饺一上桌，爹的眼睛就瞪大了，先把疑似有硬币的水饺夹到岳凡的小碟里。每年大嫂奖励的第一张一毛钱纸票总是岳凡的。

大嫂擀饺子皮是把快手，简婶和姐姐紧赶慢赶，还是落下了一摞饺子皮。简婶招呼三哥过来帮忙，迎了迎爹的目光。爹拧开条几上的破收音机。收音机刺啦了阵，响起浑厚的男中音：全国各地广泛发动群众，坚决贯彻"公安六条"，严厉打击反革命破坏活动，全面开展反对贪污盗窃、投机倒把、铺张浪费活动。

三哥抬起头："又要搞运动啦。"

大哥伸手拧死开关："这些都跟咱不沾边，别耽误包饺子。"

岳凡悄悄溜到爹的椅子后面，摸过收音机又爬到炕上，拧开一点声音贴在耳朵上听。爹转脸看着他。他感到爹的目光又黏又重。

简婶手指灵巧地一捏，把一个饺子丢在高粱秸箅子上："知琢说得对。管他又是啥运动，咱过咱的日子。无非就是挨斗，硬硬头皮就挺过去了。运动总不能长过日子去。"大家知道，这话是说给爹听的。

爹的目光松了松，岳凡脸上清爽了许多。看来今天简婶是要跟爹和大哥拉着呱等天亮了，娘肯定也要陪着简婶。

这天是1970年2月5日，农历腊月二十九，除夕。岳凡在街上看完人家放鞭炮，回家时天已黑透了，他看见和五叔蹲在西屋门口咬手指甲，见他进门也不抬头，吐出片指甲，说：“老和尚说，看好你爹的胡子。”就在这时，简婶恰巧提着包袱进来，和五叔一闪就不见了。也不知道她看到他没有。

第二十一章

水池旁多了棵丁香树，树上挂满香雪，树下一地细碎的落花。

梁亮在水池旁支下自行车，看着晾在铁丝上的褂子，心里一阵惭愧。这是他上次来时换下的那件，褂子折叠的痕迹整整齐齐，散发着卫生球的味道。自从跟小红看了那场电影，竟然两年多没再踏进这个院子了。活该挨白姐一顿臭骂。他狠狠拍了下脑袋，拧开水龙头，连头带脸撸了几把，抓起衣襟擦擦，快步走到小红和白姐那间宿舍门前，叉开手指理理头发，轻轻推开门。

满屋眼睛忽忽闪闪。两张床中间的小桌上摆满了饭菜，小红、白姐和她们的几个姐妹围桌坐了一圈。看来，这回白姐她们是要替小红向他要个说法啦。梁亮愣在门口。忽忽闪闪的眼睛和单身女职工宿舍里特有的气息让他有些不知所措。

翟小红刚动了动就被白姐一把按住。

梁亮咧嘴笑笑，从床边小心翼翼地挤过去，坐在翟小红身边的杌子上。刚消下去的汗水又忽地涌上来。翟小红从脸盆架上抽下毛巾递给他。他在脸和脖子上抹了一圈，看看雪白毛巾上的污垢，尴尬地站起来，白姐“嗨”了声，一把夺过来扔到脸盆里：“别讲究了。”顺手把他按回到杌子上：“等会儿连翟小红的内衣一块洗吧。”

翟小红捶她一拳：“真粗野。”

白姐翻起白眼，指着翟小红说：“哎——，我说，好好拾掇拾掇这小子，可是咱们商量好了的。噢，这话不该说，讲好了我唱黑脸的。可我这脸太白，咋唱也不如梁亮的脸黑呀。”她朝同伴眨眨眼：“是不是呀？”

一直绷着脸的小姐妹看看哭笑不得的小红，瞅瞅可怜地缩着肩膀的梁亮，又齐刷刷地瞪着煞有介事的白姐，肆无忌惮地“咯咯”笑成一团。

梁亮刮一把额头上的汗水，甩到地上。

坐在他对面的姑娘从矮桌下边拿出酒瓶，斟满他面前的酒杯，说：“刚吃过午饭白姐就给你打了电话，你天黑才到，害得我们把饭菜都等凉了。我年龄最小，本小姨子先罚你一杯。”

梁亮看出是翟小红藏在床下的酒，瞥了她一眼。

“嗨嗨嗨，先别忙着眉目传情，早干啥了。喝。”白姐摆出大姨子的派头。

“我从没喝过白酒。”梁亮求助地捣一下翟小红。翟小红抬头看看白姐，白姐拍她一巴掌：“《沙家浜》第四场——硬撑。”

“小姨子”看看小红为难的样子，咬咬嘴唇没撑住，“扑哧”笑了。大家都跟着笑起来。前几年，演出革命现代京剧样板戏成了政治任务，演员的待遇也跟着提高，演出时顿顿有肉。第一个起来造反的道具工胖大嫂抢着当报幕员，噔噔跑上台去，有模有样地说，现在请欣赏革命现代京剧折子戏，《沙家浜》第四场，忽然忘了词，摸摸头，把“坚持”说成了“硬撑”，一出口又想起来了，紧跟着补上句，硬撑就是坚持。

白姐见梁亮跟着笑得挺开心，马上绷住一张俏脸，点着他说：“哎哎哎，别趁机蒙混过关。从来没喝过算啥理由。你从来没吃过奶，吃了，从来没上过学，上了，从来没恋过爱，恋了。从来没喝过白酒，就不能喝了？”

几个姑娘啪啪鼓掌：“精彩。快喝快喝。”

梁亮端起酒杯，仰头倒进嘴里，把杯子往桌上一扔，横着手掌狠狠抹了把，脸颊上的粉刺冒出个圆圆的血珠，翟小红掏出手绢给他轻轻蘸掉。

“腻歪。”白姐嘟哝了声，伸出白得耀眼的长胳膊，隔着小红拍拍梁亮肩膀，“看把咱们的洪常青难为的。梁亮，这可不是欺负你，咱们五朵金花陪你喝酒，还不美死你。”给他夹到碗里块酱猪头肉，晃着筷子指点着桌上的五个饭盒，“这是我们从食堂里打的菜，茄子少肉——括号，我可没念半边字——加上土豆炖地蛋。土豆丝土豆片马铃薯炒地蛋，是咱们食堂的主打菜。”又敲敲中间那盘猪头肉，“这是小红特意从小胡同里给你买的。虽说有可能是病猪头，可也够奢侈了。笑啥，笑啥。我正儿八经地报菜名呢。”端起酒杯，说，“梁亮，今晚叫你来，我们五姐妹有件大事要宣布。我们庆祝‘九大’召开一周年的演出任务已结束，下周就要都到知青点去了。本来，县革委为照顾我们，也为有演出任务时好召集，安排我们在条件最好的驻地公社下乡。可小红非要去滚石塔镇。梁亮，你也知道，她爸妈去年已转业到湖南老家去了。她妈前些天特意来动员小红到老家去下乡，哭得嗓子都哑了，最终还是没把小红给拽回去。”

梁亮突然响亮地拍了一下巴掌，腾地站起来：“小红跟我想到一块了！路上我还在想，这次来，我就是软缠硬磨，也要说服小红到滚石塔镇插队落户，帮我打好一打三反这一仗。”

白姐她们也都站起来，互相交流着眼神。白姐跟梁亮击了一掌：“梁亮，你个黑小子终于做了一次正确决定。”

梁亮伸手搂住翟小红肩膀，小红红着眼睛往他身上靠靠。白姐拨拉了小红一把，大声说：“我说，你们悠着点。我们还都光棍着呢，别饱汉子不知道饿汉子饥。都坐下，我还没说完呢。”

梁亮拍打翟小红几下，给自己满上酒。白姐笑道：“这还差不多。来，咱们四姐妹共同敬梁亮和小红一杯。祝他们早日成为革命伴侣。”等大家都碰杯、喝干后，白姐郑重地看着梁亮说：“梁亮，你以往的表现可实在不怎么的。我们都给你记着账呢。现在，我们把小红交给你了。你要委屈了她，我们五姐妹专政的铁拳可不是吃素的。”

接下来就是白姐她们轮流跟梁亮喝酒。他很快就不知道拒绝，一杯接一杯地往嘴里灌。记忆就是在这个时候中断的，脑子里像塞进了一个永远不明天的黑夜。

第二天早晨，太阳照到床上了，他才猛地睁看眼，被床前的白大褂吓了一跳，转着眼珠子顿悟了半天，突然翻身跳下床。

“你干什么？”护士尖叫一声，一把抱住晃动的输液架子。

他拔下针头，撒腿就跑。一路头重脚轻地跑到文化馆，闯进小红的宿舍。小红的床上只剩下床草苫子。白姐的床上放着个打好的背包。他冲到院子里大声喊：“小红，小红。”

“喊啥喊啥。”白姐黑着脸说，“你再也见不到她啦。”

他怔怔地看着白姐。

白姐递给他一张撕成几片的信笺。

梁亮把信笺拼接起来，是县知青办介绍翟小红到滚石塔镇插队落户的公函。

“怎么了，这是咋了？”他一把抓住白姐的手问。

白姐甩开他的手，恶狠狠地说：“怎么了，咋了。你浑蛋。”

梁亮又抓住她的手：“白姐，到底咋着了？”

白姐见梁亮眼泪都快下来了，脸色才稍稍缓和了些，问：“咋晚上你真的醉得啥也不知道了？”

梁亮点点头。

“你呀你呀。小红的性子有多刚，可她这些年像毛线似的在你身边绕来绕去。这份痴情终于叫你伤透了，也终于叫你激出了真脾气。这辈子就后悔吧，你。”

白姐狠狠戳一指头梁亮的额头，告诉他，昨晚大家都喝醉了，离开时你趴在小红的床上拖不动。我本来已去了隔壁屋里，怕你们犯错误，就又回来。其实我也醉了，直着眼靠在床头上迷糊。小红更醉了，可她还没忘照顾你，把你扳起来喂水。你一把抱住了她，她也抱住你。就跟房间里没有我这个人似的。我使劲撑住那点清醒，心想，这该还算不上是犯错误。你嘴里含含糊糊地念叨一个名字，我醉得忘了那地主家的闺女叫岳珊了，也没在意。小红猛地扳住你的脸问：“你说啥，你叫谁？”你看了她半天说：“小红。”又搂住她。不一会儿你又叫出了岳珊的名字，这回小红听清了，她一把抓住衣领拽起你来就扇了一个耳光，骂道：“梁亮，你浑蛋。”狠狠把你搡到床上，朝我吼了一嗓子：“我绝不会给那个地主家的闺女填补空白。”跌跌撞撞地冲出门去。倒像我是罪魁祸首似的。我的酒一下醒了一半，赶紧追出去。

“她呢，她在哪里？”

白姐冷冷地说：“她走了，天没亮就搭去湖南的军车走了。”

那条通往果园的石板小路上还没有岳珊的影子。

梁亮晃晃脑袋，仍然晕晕地发木。他揉揉痛胀的太阳穴，一口热辣辣的酸水顺着喉咙返进嘴里。那场把他折腾了半死的醉酒，反而叫他上瘾了，见酒就想喝。昨天他去食品厂转了一圈，跟师傅又大喝了一场。师傅说，小伙子，折腾够了吧，回来老老实实做点心吧，我给你从厂里介绍个对象，别再惦记着啥红的白的啦，唱歌跳舞的姑娘不靠谱呀。挂在墙上看画画还行，过日子可白搭。

他抬起头，天空在高大的芙蓉树枝上浮动，不时有毛茸茸的芙蓉花打着转飘落。在仲夏时节，这是长岭山唯一开花的树。梁亮反手撑着树干站起来，身上几缕淡红色花丝滑落到地上。那天上午，梁亮离开白姐就径直去了火车站，跳上开往岳阳的火车。翟小红的老家在洞庭湖边上的一个小渔村里。

又有几缕花丝飘飘摇摇落在身上。梁亮忽然想起那年秋天写给岳珊的一首小诗：“落叶是树木接近天空时 / 又一次遗忘 / 树下那场失恋 / 是它命中注定的忧伤。”那是尚兴凡正式给岳珊下婚柬的第二天，他极度的失望和愤怒落在纸上的感伤。他抬头看着树梢上的太阳。把这首小诗塞给岳珊时，他在她眼里看到猝然闪出的明亮火焰，知道那一纸婚柬并没熄灭岳珊对他的情感。

梁亮把头靠在树干上。他没抓住那火焰，尚兴凡退婚后，他也退缩进那个春天傍晚凉湿的暮色里。

梁亮望向石阶路的尽头，光滑的石阶泛着白花花的阳光，远处滚石塔顶上的荆树枝在风中摇晃。他又一阵头晕。再想打破滚石塔镇的权力格局是没指望了。翟小红回不来了。岳珊还能等来吗。这盘棋啊，山穷水尽啦。

“一打三反”刚开始，梁亮就借助分工抓革命的有利条件，暗中下了很多功夫，只等翟小红下乡到滚石塔镇，就联手再烧一把岳绍前，最起码也得把他日渐上升的威望摁下去。剩下尚兴凡就好办了，他根本就没把这个老同学放在眼里。没想到老是眯缝着眼的岳绍前突然出手。他抓住梁亮去湖南找小红的时机，借口滚石塔镇人多情况杂，请示公社革委，成立了“一打三反”办公室，让尚兴凡兼主任，安排不受梁亮待见的天赦子当行动队长，一把就夺取了梁家禄手里专门替梁亮使横打歪的那杆抢，把梁亮彻底晾在了一边。仗还没开打，梁亮就输了个丢盔卸甲。

石阶路拐弯处一阵喧闹，一帮姑娘叽叽喳喳走过来。岳珊杂在中间。梁亮几步冲下山坡，直直地杵在路上。姑娘们惊讶地瞪着他，又看看岳珊，互相递着眼色加快脚步，从梁亮身边绕过去，又纷纷拧着脖子往回看。梁亮一把抓住岳珊提着的篮子，岳珊松开手，大步从他身边擦过。

“岳珊。”梁亮退后一步，伸开胳膊拦住她。岳珊夺过篮子，下腰捡起撒在石阶上的苦菜，抖掉沾上的泥土，扔进篮子，冷冷地看着梁亮。

梁亮怯怯地看看她的脸色，见她的眼睛有一圈红，问："你咋了？"

岳珊下意识地往回一扭头。梁亮看到天赦子转身钻进路边的树丛。

刚才在果园出口，天赦子突然蹿出来拦住了岳珊，说你只要嫁给我，就净赌着放心吧，没人敢再欺负你家。岳珊似乎不相信眼前的事实，小头小脸小身架，不在二十四节气的天赦子，在向她求婚，当众求婚，猥琐的脸上灿烂着志在必得的自信。这舅子儿，他凭啥。一句刻薄恶毒的话冲口而出："天赦子，你家里辈分这么乱，我嫁过去咋称呼啊。"站在一边看戏的姑娘们一阵放肆的哄笑。岳珊立时就觉得过分了，低头跑出果园。你摆啥谱啊，还以为是滚石塔镇的公主呀。得了吧你，也就是头叫人家尚兴凡和梁亮都给甩了的母猪。天赦子在身后恶狠狠地骂，何其毒也。你再倒贴，老子也不要，就是不要。

“岳珊，”梁亮咽口唾沫，说，“岳珊，我想回食品厂上班。咱们一块离开滚石塔镇吧。我给你在厂里找份临时工。”

岳珊一脸淡漠：“心灰意冷了，找个女人退出江湖，这故事挺熟悉的。”

“岳珊。”梁亮脸上一阵发烫。

“梁亮，你听着，我知道我是下了集的菜，敛伙敛伙论堆卖都没人要。可我不会涎着脸去填充那个翟小红的空白。”她拨开梁亮，小跑着追向山下的伙伴。她不想让她和梁亮的故事在她们嘴里再长出新芽。

第二十二章

落光树叶的长岭山一眼就望出去老远。岳翕若刚拐过光石岗，就看见恩石寺院内冒出的炊烟。梁文语在做早饭了。大教授宁肯住在冰窖似的屋子里，也不生炉子，说他不会弄炉子，别闹个煤气中毒。“我得活。”他很认真地对岳翕若说：“我是研究历史的，我得记录下这段历史，这是我的使命。”岳翕若只是笑笑，他不管教授的啥使命，只管利用早晨扫街的机会，隔几天就给他送去点咸菜。对这位落难的滚石塔镇大才子，他也只能尽这么点心意了。

太阳露头了。岳翕若加快脚步。从春天开始就两天一小斗三天一大斗。倒把身子骨斗结实了，腿脚比去年都利落。没想到尚荣杞这么不皮实，才斗了个把月就快散架了。梁亮刚被晾到一边时，尚荣杞特意一大早跑到山上对他说：“这下好了，我老是害怕小河南那爷俩饶不了我。”“岳绍前掌管运动也不见得就是好事。”岳翕若只是这样想，没说出来。刚过完年，尚荣杞头上就扣上一顶“装疯卖傻对抗改造”的帽子，被揪出来做了大批催促大干的活靶子。还极受重视地被借到各村的学大寨工地去批斗，这些年落下的，造反派手上的棒子嘴里的棒子，该补的都补齐了。这个聪明人呀，千算万算也没算准，风里雨里的疯罪傻罪都白受了。这才叫在劫难逃。人找福，祸找人，是祸总归是躲不过的。

岳翕若推开小门，一看梁文语那张熏得跟猴子腚似的脸就忍不住想笑。他拨拉开梁文语，挽了挽棉袄袖子，把塞满灶膛的柴火抽出一些，拢住胡子，伸头往灶口吹了口气，火苗呼地蹿起来。

梁文语一屁股蹾在地上，沮丧地咧咧嘴。岳翕若看着他，他也看着岳翕若。两人同时哈哈大笑。笑声一出口就失去控制，直笑得眼泪鼻涕一块淌出，两人还彼此指点着前仰后合。突然，就像切断电源似的，两人都不笑了，手指停在对方脸前。咋了，笑啥，有啥好笑的。

岳翕若捡起根干树枝放进灶膛。把烟袋锅伸进烟布袋拧了拧，装上满满一袋烟，抽出那根树枝点着，又赌气似的扔进去。

去年重提“斗批改”，梁文语就开始一星期写一份检讨，今年的“一打三反”，又把派人给他做饭的待遇打掉了。教授写检讨不费劲，做饭可就受难为了，经常弄得灰眉乌嘴。

梁文语又往灶膛里塞进把荆蒿，连鼻子带嘴地抹了一把，问：“你咋样？”

“还能咋样，挨斗呗。原先的文攻武卫队又成了一打三反棒子队，到处转着揪小偷小摸，赶集卖鸡蛋卖菜的，转四乡锔锅锔盆、抢剪子磨菜刀、破布片烂棉套换针线的。这些都跟我八竿子拨拉不到，可我就是滚石塔镇罪恶集大成者，斗谁都会给捎带上。”

“滚石塔镇算是温和的，听继刚说，大城市折腾得很厉害，你都想象不出，公审大会上公布完反革命分子的罪行，就问台下的群众，该杀不该杀，全场一片喊杀声，人就被拉出去枪毙了，说这是实行群众专政。在北京时，我不止一次看到红卫兵把人活活打死，那简直就是虐杀。儿子揪斗老子，妻子检举丈夫，疯狂得大义凛然。”梁文语摘下蒙上水汽的眼镜，瞪着鼓凸的眼球盯着岳翕若：“人作践人是会上瘾的。把曾经高居自己之上的人踏翻在地，任意践踏折辱，会产生不可遏制的嗜毒般的快感。这种群体性的暴虐冲动太可怕了。”他不住地摇晃着眼镜：“更可怕的是，它的记忆力爆发一回就强化一次，它会在将来的某种历史节点上再次疯狂发作。”

岳翕若似乎对教授的这些话不感兴趣，他抬头看看天，从怀里掏出一罐头瓶子豆豉咸菜递给他，就起身告辞：“走了。别再让人家抓住新罪过。”

梁文语拧开瓶盖嗅嗅，脸舒展开，笑道：“是小时候的味道。我记得腌制这种咸菜挺麻烦的，得先把煮熟的豆子摊在香椿叶和一种叫黄蒿的植物里，让豆子发霉，长出长长的毛，然后再晾干，加上葱姜芫荽，和切成小块的白萝卜混在一起腌。那味道跟日本的那豆有点相似，比那豆丰富。”他捏起粒黑乎乎的豆子放进嘴里：“几十年没吃到啦。不知滚石塔镇的豆豉咸菜跟日本那豆有没有关系。”

岳翕若已走到门口，回头说：“吃完了我再给你送来。”

下山的路上，岳翁若看到两边山坡上露着白茬的树桩又多了不少，阳光在一个个油漉漉的圆圈上折射出耀眼的光斑。他眯起眼，伸手点数着："这一片又砍了至少三棵带牌牌的。这些编了号的树，得几十年上百年才长这么大。"

提水站工程刚开始，他就发现运到工地上做支架、踏板，当劈柴烧的木材，夹杂着山上的名贵树种。当晚就让知琢去告诉尚兴凡。知琢回来说，兴凡劝你不要再管这事了，他都管不了。山是北三村的，小河南的人早就看着眼气，上山专挑着好树下手。岳绍前为了笼络他们，就由着他们胡来。这是他的一着棋，他要招降小河南村带工的老赵，把梁亮从班子里顶出去。岳翕若没再说话。前天早晨扫街时，他看到又有几棵带牌牌的树被砍了。吃过晚饭，等孩子们都回了各自的屋，他抽着烟犹豫再三，还是悄悄出了大门，转着小巷去找岳绍前。大炼钢铁时，岳绍前被拔了白旗，也没耽误带着护林队保护这些树，不信他就真忍心看着它们被砍光。云青开门时吃了一惊，赶紧把他拉进门洞。岳绍前在屋里问"谁呀"，云青紧走几步，压低声音说："珊珊爹来找你。"岳绍前大声说："就说我没在家。"

活该吃那么个大窝脖。岳翕若在岳、和、尚三家坟地上边的山梁上站住。光秃秃的坟头暴露在明明晃晃的阳光里，那些比他爷爷的爷爷年龄还大的柏树，只剩下白森森的树桩。三家坟地里都有掘开的墓穴，零散的骨骸，残破的棺材板和寿衣碎片扔得东一堆西一片。今年冬天的学大寨运动是从扒坟开始的。地主、富农家的坟都扒开了，各村的工地上都堆满了扒出来的石料、棺木，绵延几十里的长岭山前，到处飘挂着花花绿绿的破碎寿衣，随风散发出阵阵腐臭。

岳翕若家的祖坟还都安然地趴在坟地里，显得特别别楱，特别扎眼。扒坟时，尚兴凡说岳家有个烈士，总不能掘了烈士家的祖坟。当时他还挺得意，对岳珊说，兴凡这孩子多咱也成不了狼。昨天吃早饭时，知琢说村里那些扒坟发了财的，还都盯着咱家的坟不放，滚石塔镇首富家的坟里还少了金银财宝，一个个的都恨兴凡断了他们的财路，有人要给他贴大字报呢。岳翕若心里打了个闪，瞥一眼条几上那把剃须刀，又看看岳珊，说："咱家的祖坟也成了胡子。不光是我的胡子，还是兴凡的胡子。"岳珊没说话。他又说了句"兴凡不该挡这一挡呀"，就低下头吃饭。现在的岳绍前，就只有抓回滚石塔镇的大权这一门心思了。眼下他的对手，怕不仅是梁亮。

岳翕若看看爷爷那座明显高出很多的坟头，两手捧在嘴上哈口气，走下山梁。

和狗子他娘在下山的路口站着，看样子等了好长时间了。她拿起藏在杂树林里的扫帚递给岳翕若，说："昨晚上天赦子到家里告诉狗子，说今天要批判你恶毒攻击农业学大寨的罪行。要让岳珊看着好好地拾掇拾掇你。狗子让我跟你说一声。他瘫在床上两年出头了，自家琢磨过来了，说以前干的那些事跟疯了似的，要我替他跟你赔个不是。"

岳翕若的三角眼猛然睁大，眨巴了眨巴，说："他婶子，谢谢你，谢谢狗子。"

"快别这么说，愧煞人啦。"和狗子他娘揉揉眼睛，掉头就走，走出老远了又回过头来，说，"你可想开呀。日子还长着呢。"

岳翕若泪水在眼眶里打转，朝她摆摆手。

村头上的高音喇叭刺啦了一阵。岳翕若侧过头注意听着，是河滩改造指挥部的广播，声音断断续续地不清楚，是勒令全镇"四类分子"下午到学大寨工地指挥部门前集合。最后一句突然从刺刺啦啦中清晰地蹦出来："点名不到的，小心你的狗头！"

又拾起刚开始时的话了。岳翕若顺着阳光望向河汉村庄头。从河湾里拔地而起的提水站壮观矗立，长长的"胜天"渠直插山头。这片山本来就不缺水，就算遇上天大旱，三级提水站把水提到山上，再自流灌溉山坡上那些薄地，打出的粮食怕是比买的都贵。更何况，真遇上大旱之年，河里的水还不够浇河边好地的，总不能舍了粮仓顾簸箕吧。这不明摆着劳民伤财吗。

大喇叭又响起来。这回听清了，是天赦子的声音。岳绍前咋就相中这块洋姜啦。真是中了魔，把这个舅子儿当成干将，还能干出好事。他是谁的话也听不进去了，非在滚石塔镇搞出点大名堂不行。昨天下午，河滩上的改造大寨田工地收工后，岳翕若被勒令留下看工棚。他看着身边没人，就悄悄叫住尚兴凡，让他劝劝岳绍前，别为了争先进毁了滚石塔镇的粮仓。

"恶毒攻击"，就是这句话了。当时没有第三个人呀。岳翕若猛地张大嘴巴，响亮地打了个喷嚏，浑身上下一阵轻松。不就是揪斗，不就是扒坟吗。由他去吧。

会场上的气氛有点反常。

四个村的人各自扛着红旗、语录牌，集合起来好长时间了，棺材板搭成的台上，两张竖着麦克风的课桌后边还空荡荡的。大家都开始三五成堆地拉闲呱，有的干脆躲到朝阳的堰根吸烟去了。台下一侧的"四类分子"还都站得规规矩矩。岳翕若活动活动双腿，低下头，按照会愚教的方法，收摄心神气沉丹田，下腹部很快就津津地有了暖意。梁家禄拉拉缩成一团的尚荣杞，悄悄退到岳翕若身后，把他突兀在阳光里。台前人群的目光很快就落在那把大胡子上。梁家禄看到小河南扒坟队的几个年轻的朝这边狠狠啐了几口。他低下头咽下声冷笑，突然撞了尚荣杞一膀子，尚荣杞趔趄着躲开他，弓腰站在一边。

台子两侧的高音喇叭忽然传出阵争吵。所有人都伸长脖子看着台子后边临时搭建的指挥部，堰下抽烟的也都跑上来坐回人群。扩音器“啪”地关掉。台上又没了动静。

文书跑到台前，朝天赦子摆摆手，食指往回弯了一下。天赦子转着脑袋看看两边，没走一边的台阶，紧跑几步纵身跳到台上，偏分的头发跳了几跳。

人群里有人毫不掩饰地骂道：“这舅子儿，没和大家伙那根东西压着，倒真成了个家伙啦。”

“家伙也是骡子的家伙。”

天赦子转回身，叉腰看着台下。台下响起阵哄笑：“看看，看看，竖起家伙来啦。”

“我日你奶奶。”天赦子甩了甩分头跑向指挥部。

嘲骂声嘻嘻哈哈地追着他屁股：“这个种够聪明的，骂奶奶不骂姥姥。”

“那是当然，人家姥姥可正经比奶奶亲。”

天赦子不再回头，跟着文书进了指挥部。岳绍前指指门口的凳子：“你把岳蓊若的话再说一遍。”

天赦子巴眼看看尚兴凡，说：“昨天下午收工时，我见岳蓊若鬼鬼祟祟地叫住尚主任，就躲在工棚后面，尚主任，我可不是偷听你，是岳，岳书记叫我注意那老家伙的动向。”

梁亮“噗”地把刚喝进嘴的水喷到墙上，用力一蹾水杯：“你得叫岳副主任。别忘了，岳书记是被打倒的走资派，岳副主任才是革命干部。”

岳绍前瞪一眼梁亮，鼓励天赦子说：“说你的。”

“岳蓊若果然就攻击农业学大寨，他说，这些河滩地越往上土越薄，砍掉山坡上的杂树，连成一片，硬把一级级的长条地拉平，生土盖熟土，建成大寨式海绵田。两三年不会好好长庄稼不说，遇上雨水多的年份，山洪一冲还不都垮了。你得跟岳书记说说，可别为了出名堂，毁了咱滚石塔镇的粮仓。”天赦子甩甩头，“尚主任，他是这么说的吧？”

尚兴凡板着脸不理他，问岳绍前：“我还是那句话，不就是一句建议嘛，这要是攻击学大寨，那我算啥，跟他沆瀣一气？”

“我看——”岳绍前刚一张嘴，梁亮就问天赦子：“你说完啦？”

“说完啦。”

“那，你还列席会呀。”

天赦子瞅一眼岳绍前，岳绍前说："你去准备揭发批判吧。记住两点：一是不准提尚主任的名字；二是别重复岳翕若的原话，就批判他妄图阻挡滚石塔镇的学大寨运动。"

天赦子连连答应着，走出门又转身往里一伸头，梁亮伸脚蹬上门，天赦子往后一闪，差点绊倒，"呸"了口："何其毒也。"

批斗会很快就结束了。

岳绍前安排天赦子从全镇各挑选十个青壮劳力到台前集合。回到指挥部时，尚兴凡和梁亮已在闷头喝水。

梁亮抬抬眼皮，瞅一眼岳绍前肿胀的眼泡。这老家伙真是老辣到家了。以往的会都是梁亮和尚兴凡一个主持一个讲话，这回他俩都坚持不主持不讲话，岳绍前只是笑笑："过去我倒是常唱独角戏，不知现在还行不行，要不，就再试吧试吧。"这些年被梁亮批得灰头土脸，大家已不拿这位昔日的滚石塔镇统治者当回事，他宣布开会后，台下照样乱哄哄的。他连敲几次话筒也不管用，左右看看，兴凡低着头，梁亮仰着脸。他哼了声，霍地站起来，抓起话筒厉声喝道："都给我住嘴。"工地上一下鸦雀无声。老支书的威严瞬间震慑住全场。他又左右看看，慢慢坐下，耷拉下眼皮低头喝水。他是要留出足够的时间，让他昔日的臣民细细咂摸，滚石塔镇的王者又回来了。梁亮暗暗骂道："由后台篡权到前台复辟，就借这样一个推给他的机会，一步就跨过去了。"心里又着实佩服，这老狐狸统摄人心的功夫确实已老到得游刃有余。要不是有当年和云青那出戏，他的官职早该超过刘文先了。有这样一个人在，滚石塔镇的权柄怕是难以落入他人之手。不仅他梁亮白搭，尚兴凡也照样白搭。这场批斗会，明摆着是要给尚兴凡上点眼药。

岳绍前落座时没控制住膝盖，重重蹾下去，险些把椅子撞翻，文书一把扶住椅背："慢着点，别不服老。"

岳绍前摆摆手，慢慢喝下一大杯水，说："我感冒了，得回家吃药。你俩带队去扒了岳翕若家的坟，把石料拉回来，在河滩地修几条泄洪沟。"

尚兴凡阴沉着脸不说话。

岳绍前敲敲脑袋："你这里少根弦。不管啥情况，都不能允许岳翕若再对滚石塔镇的事说三道四，这关系到我们班子的颜色。"他不经意地溜一眼梁亮，正碰上梁亮讥讽的眼神，就干脆展开视线，把他也一块包裹进去，"他家的坟必须扒。他弟弟是烈士，可坟里埋的都是地主资本家，没必要对他们手下留情。否则，咱们都得被烧一把火，大家都盯着他家的坟呢。"

“这场批斗，合着连我也捎上了，还咋带队。”兴凡坐着不动。天赦子揭发批判时说顺了嘴，不仅说出了岳翕若的原话，还把尚兴凡也秃噜出来了。气得岳绍前捂住话筒，小声骂了句“舅子儿”。梁亮哈哈笑出声来：“屎壳郎能酿蜜，谁他妈的还养蜂呀。”岳绍前斜他一眼，幸亏两个话筒都捂住了。

岳绍前扬起花白眉毛叹口气，狠狠捶打右肩。兴凡咕噜一句，起身出去集合队伍。梁亮也站起来：“我去工地转转。”

岳绍前不满地问：“啥事这么急？”

梁亮笑笑：“没啥事。”甩手出去了。

岳绍前看着弹回的门来回晃动，靠在椅背上。说啥也不能让这小子进党支部。那晚云青送走岳翕若回到屋里，一声不吭地把一瓢绿豆倒在簸箕里，伸开手掌在绿豆上划拉着，往外挑拣沙粒。她的眼也不中用了，常捏起块颜色、大小跟绿豆差不多的光滑沙粒放在牙上咬咬，是绿豆就放回簸箕，是沙粒便“噗”地吐在脚下。岳绍前把自己的老花镜递给她，她没接，又捡起块疑似沙粒放到嘴上。岳绍前缩回手，自言自语地说，前些天刚重新担任公社党委书记的刘文先，专门把我召去，交代说，年前年后各村都要重建党组织，我的意见还是由你继续任滚石塔镇支部书记更合适，但班子里有不同意见。你跟岳翕若的关系是块老伤疤，不能再在这方面出事。上级对今冬明春的农业学大寨运动非常重视，你是老游击队员了，要选准突破口，响响亮亮地打一仗，在全公社树个样板。云青把绿豆抹得哗哗啦啦响，低着头一句话也不应，不时“噗”一声吐出个沙粒。

文书把散乱的东西归并好，见岳绍前还坐在那里，就说“别想了，回去歇歇吧”。

岳绍前点点头没动，两手抱着茶杯转动着。这事是不是有点操之过急啦，捡沙子的事还得让别人干才好。在滚石塔镇，岳大胡子毕竟是个特殊人物，有那么一段历史，现在还顶着个烈属的头衔。刚才，那舅子儿一说出岳翕若的话，台下上点年纪的都齐刷刷地往岳绍前这里看。他知道，他们心里想的跟岳绍前说的差不多。他立即提前结束批斗。他的总结讲话没再提岳翕若，只强调要坚决贯彻上级要求，坚持大学大批促大干。他要给这些老家伙一个印象，批判岳翕若那些话，他不过是不得已走个过场。其实他心里也真明镜似的。只不过改造河滩地是公社党委二把手、武装部长老陈的主意。现在还运动过来运动过去的，刘文先的位子稳不稳很难说，他可不敢得罪老陈。

文书听到声短促的呼噜，赶紧把刚打开的窗户关上。岳绍前的头一点一点垂在胸前。阳光刚好罩住他花白的脑袋。文书看到阳光照亮的一侧脸颊上，老年斑又多了几块。年轻人不懂事，离开这老头子，你们能舞扎动滚石塔镇？他从互助组那会儿就跟着岳绍前，知道他经历了多少难处。眼前这形势，他不这样行吗。岳绍前曾多次想提拔提拔文书，他都推辞了。他知道自家不是当官的料，没有金刚钻也就不去揽那瓷器活。他蹑手蹑脚地重新通开铁炉子，钩松炉膛，火苗噗噗噜噜蹿上来，炉盖很快就红了，屋子里弥漫起暖烘烘的铁腥味。

尚兴凡刚走到台前，天赦子已急吼吼地带起队伍，押着陪斗的“四类分子”出发了。他摆手叫过上河村胖奶奶的儿子，低声交代了几句。胖奶奶的儿子点点头，跟上扒坟的队伍。在工地做饭的简小妹紧跑几步也跟上，尾随上看热闹的人群。尚兴凡知道她是放心不下岳翁若，心里一阵惭愧。径直往下河村走去。眼下，在滚石塔镇，能镇住天赦子这帮小鬼的也只有常二婶子了。

继刚媳妇正在院子里收晾晒的被子，说：“尚主任是来看俺娘的吧。医生说了，就是腰上的旧伤犯了，内里没啥毛病，可就是起不来炕，都躺了小半月了。”

常二婶子在屋里喊：“兴凡来了，快进来。”兴凡答应着进屋坐在炕头上。尚二婶子明显地瘦弱了不少。她还没等嘴拙的兴凡说出问候的话，就抓住他的手，说：“自从那年挨了保安旅那一枪托子，就落下了这个病，到了冬天一不小心就犯。我心里清楚，这回怕不止是这个病。这么一把年纪，我也活够了。早瞑上眼就眼不见心不烦了。你说说，兴凡，你爹跟俺家老常当年凑在一起就说，打走日本鬼子就太平啦。打败保安旅就太平啦。看看，现在倒自家折腾得太平日子过不太平了。唉，这算啥事吆。”

继刚媳妇抱着被子进来，笑着说：“你看俺娘，这些天憋坏了，好在逮住个说话的。也不问问人家尚主任有事没有。”

常二婶子笑了：“看我这老糊涂。”拍拍兴凡的手问，“你是大忙人。这是来找继刚吧，他在学校里还得等会儿才放学。唉，你二婶子躺在这里跟蹲监狱似的，闷也闷死了。”

兴凡看常二婶的样子一时半会儿还起不来炕，这尊神指望不上了，本想再说几句话就走，听她这样说，就往里挪挪，坐踏实了，说：“找继刚我就不到家里来了，是有话想跟您老人家说说。”

“跟我这老糊涂有啥说道头。”常二婶子笑得小孩子似的满脸开花。继刚媳妇偷偷一乐，给兴凡倒了杯水放在炉子边上，到自己屋里去了。兴凡给常二婶子把枕头弄得舒服些，说：“二婶子，我不想再干这主任了。”

“为啥？”

“我这主任也就是个木偶，线牵在岳支书手里。这一年来他变得越来越不讲情理，把我拉扯得别别扭扭地难受，净让人看笑话了。昨天在工地上，岳翁若瞅了个周围没人的机会，对我说，硬把河滩地连片整平，可就把咱滚石塔镇的粮仓给毁了。这话让天赦子这舅子儿听到了，向岳支书揭发岳翁若破坏农业学大寨。岳支书根本不听我再三解释，就在今上午召开了揭发岳翁若的批斗会。还非让我揭发批判。连人家梁亮都不给他主持这个会，我咋能去揭发批判人家一个好心好意的建议。结果让天赦子连我也烧了一把。”

“这绍前咋能这样。”常二婶子猛一欠身，“哎哟”一声又躺下，捶一把炕沿，说，“我要能站起来，非去当着大伙的面骂他一通，给人家翁若清白清白。”

兴凡掖掖她挣开的被角，说：“您老人家想想，我这主任还干股子啥劲。里外不落人。岳珊心里还不知把我想得有多坏呢。”

常二婶子想了会儿说：“你是想着辞了主任，再跟珊珊和好吧？”头在枕头上散乱的白发里摇动几下，“怕是不好办。岳珊那脾气你又不是不知道。当初可是你给人家下了休书。一个姑娘家，这是多大的羞辱。她能咽下这口气。回不来了。叫我说，你这主任还得干下去。硬气点，常跟他别扭别扭有好处。听继刚说又要成立党支部了，等你干上支书，扯在人家手里的线就断了。”

“他早就透了话，”兴凡一脸苦笑，“支书还是他来干，说再带我带。”

常二婶子不作声了，想起继刚说过的话，看着吧，尚兴凡和梁亮谁也成不了一把手，没了岳大胡子的牵制，岳绍前要在滚石塔镇一手遮天，成为土皇帝。她突然又狠狠拍一把炕沿，高声大嗓子地说：“都是你，啥也听岳绍前的。生生地把个一把手干成了听差的。”

继刚媳妇推门进来，见婆婆一脸烟火，尚兴凡倒不像刚来时那样愁眉苦脸了，笑嘻嘻地看着婆婆，自己也禁不住笑了，埋怨道：“你看你，躺在炕上还这么大脾气。咋教训起尚主任来了。”

“啥主任，”尚兴凡双手伸到炉口上翻动着，“也就是个听差的。”

常二婶子看着屋梁吧嗒眼。

兴凡站起来：“天赦子领人去扒岳家的坟了，我得去看看。”

“别去啦，扒就扒吧，反正他也不能把活人咋样。”二婶子拉住他，说，“我还没真老糊涂，扒坟的事你尽心了。眼下，要紧的是你别出事。翁若是个明白人，岳珊那儿，日后我替你解释。”

第二十三章

光石岗上兜下来的寒风在脚下“呜呜噜噜”打旋，不时有零碎的雪花从山顶薄薄的云缝里飘落。

岳家子女围在岳翥若身边，替他挡着透骨的寒气。扒坟的争抢着跳进坟坑，在枯骨和腐尸里搜索。岳翥若闭上眼睛，被拆散践踏的尸骨噗噗作响。人死后身体就不属于自己了，灵魂是不会感到痛的，可他分明听到一阵阵呻吟，抱在腹前的手弹动了几下。岳珊紧紧抱住他胳膊。

文书挤进看热闹的人墙，扶着膝盖喘匀气，过去拽住天赦子，悄悄传达岳绍前的“口谕”：“岳书记叫你揭揭岳翥若的面皮就行，不准你和手下的人动手打人。”

“啥？”

文书又重复了一遍。天赦子把棒子狠狠往地上一戳：“便宜了这老杂毛。”扔下文书就到“四类分子”堆里把梁家禄拉到一边。他很快便摇晃着膀子回来，叫过一个棒子队队员：“去，把常癞子给我弄来，叫他带上剃头的家什。快点。”

“真他妈的好主意。”天赦子打量着闭着眼的岳翥若，“哧”地笑了。

一直注意着他的岳珊眼睛一闪，捕捉到他笑声中的怨毒。扭头看看，爹仍然闭着眼睛。

跳进坟坑的很快就骂骂咧咧地爬上来。除了女眷尸骨里的戒指、耳环、髻簪外，他们几乎一无所获，发泼般地啪啪啦啦扔到岳家人跟前一堆红红绿绿的瓷罐子瓷碗里，狠狠地抡起锨镢砸了个粉碎。岳翥若在心里冷笑。岳家有祖训的，不允许往坟里陪葬金银玉器。这些青花、粉彩瓷器，倒是真值几个钱的。

就剩下岳蓊若他爷爷那座大坟包没打开了。石灰膏、麦穰和小米汤囚成的坟包比石头还坚硬。大家都紧张地盯着这座坟，落在上边的眼珠子碰撞得滴溜乱转。岳蓊若有些幸灾乐祸地想，别指望发财，照样啥也没有。爷爷晚年成了个虔诚的佛家居士。死前七天七宿不吃不喝，死后出的七日大丧。会愚他师父让弟子们按他配的药方熬了一大缸中药汤，给爷爷浸泡尸体。棺材里也填满了中药材。出殡时一路上都是浓重的中药味。

坟包四周围得密密匝匝的人突然爆发出一阵兴奋的欢呼。坟包终于打开了。撬开一页棚石后，大家经过激烈争执，公推两个信得过的人先进入墓穴。两人刚打着手电筒跳进去，就惊叫着爬上来。围着的人呼啦散开。天赦子跨前一步，训斥道："一惊一乍的，干啥。"

那俩人还在惊恐地比画。一个说："那死尸，那死尸跟活的一样。"另一个抢着补充："全身好好的，就是脑袋被土埋住了，看不清。"

天赦子呵斥道："别比画了。下去，撒泡尿冲冲就看清了。"

两人互相推诿着，谁也不先下。

岳珊感到爹浑身一震，胳膊挺得像根铁棍。她扭头看看，爹的胡子在瑟瑟抖动。心里陡然一紧，趁大家注意力都在坟上，溜到人群后边，拉出缩在学生队伍里的岳凡，趴在他耳朵上说："快，跑去找梁亮。"

那俩人推了半天，还是谁也不肯下去。天赦子气哼哼骂道："真你娘的，没长球蛋的东西。哪有活人怕死人的。"指挥大家把棚石全部掀开。朽烂的棺木里躺着具风干的脱毛鸡般的干挺死尸，连男人的那东西也完整地趴在两腿间。大家又都围上去，啧啧地惊叹指点。先跳进墓穴的两人又跳下去，仔仔细细到处抠搜了一遍，只在头顶的腐土中扒出件锈烂了的铜香炉。两人踢了干尸一脚，骂道："真他娘的小气鬼。"拖起来扔了上去。

人群呼啦倒退回老远，又被后边的推搡回来。天赦子吆喝道："看看老地主这个屌形。"拽着一条腿扔到岳蓊若他娘的坟坑里，"你们去亲热亲热吧。"

人群发出阵怪异的哄叫。岳蓊若浑身的血"嗡"地冲上脑门，一把推开身前的岳珊，跳起来骂道："天赦子，你浑蛋！"

坟地里"咔嚓"安静下来。

大家望着胡须喷张，浑身抖索得咔咔作响的岳蓊若。几个上年纪的脸上不由自主地浮上一丝敬畏。当年的大戏台上，岳庄主站在常老二身边，抖着大胡子呼吁"有钱出钱有人出人，支援游击队，打鬼子保家园”时，就是这个样子。眼下的岳翥若简直就是当初那头仰天嗥叫的山狼。

天赦子“啊啊”了好几声，才回过神来。这老家伙竟然敢骂人，还叫着我的名字，惊天动地地骂“浑蛋”。何其毒也。往手掌里狠狠地啐了口，提起棒子，一步步走向岳翥若：“你他妈的作死呀。”

知琢和知琛伸开胳膊挡在爹面前。看着瘦小的天赦子像一辆履带拖拉机，轰轰隆隆开过来。

文书突然喊了声：“天赦子！”

天赦子肩膀一抖，在岳翥若父亲的坟坑前停下来，指着知琢、知琛，朝行动队员一挥手：“把他们拉开。”然后勾着食指对岳翥若说，“过来。”

岳翥若几步跨过来，稳稳站住，眯起眼看着山脚下冒起炊烟的村庄。

天赦子笑嘻嘻地说：“你信不信，我能把你和你爹埋在一个坟坑里。”他直直地盯住岳翥若的眼睛：“乡里乡亲的，我还没有那样狠心。这样吧，你使劲喊一声我浑蛋，噢，喊你浑蛋，他娘的，是你喊自己浑蛋，我就饶了你老小子。”

人群里一阵轻松的笑声。大家开心地看着天赦子，这舅子儿，把自家绕进去了。

岳翥若石头般纹丝不动，嘴角似乎还漾起一丝冷笑。

“哦，你喊不出口是吧？”天赦子摇摇头，“这也难怪，咱岳庄主是何等人物呀。”他向被棍棒逼住的知琢、知琛和岳珊划拉一圈，笑道：“这样吧，你们谁上来扇你爹一耳光，我就放过他。哈哈，咋着，你们都见死不救呀。岳翥若，你的儿女不孝顺，可就怪不得我啦。”天赦子收起笑容，把棒子抵在岳翥若胸口：“那我们就自己动手了。”

岳翥若反手抄起胡子一撩，扬起的胡须在夕阳光线里亮闪闪地散开又垂落在胸前。他闭上眼，一副任你处置的不屑神情。天赦子把棒子用力一捣，岳翥若猛一趔趄，差点跌进坟坑。知琢兄妹惊叫着往前扑，被棍棒狠狠推了回去。

岳凡气喘吁吁地从人群后边钻过来，拉一把姐姐，朝她匆匆一摇手，又“哧溜”挤出去。岳珊咬住牙，手心里攥出股绝望的冰凉：“谁也指望不上了。”

天赦子突然一阵大笑，举起棒子往岳翥若肩胛窝一戳。“你想上演视死如归。呸，老子不是和狗子，不陪你演戏。咱唱一出新的。”他喊了声，“常瘸子！”

畏缩在一边的剃头匠常瘸子猛一哆嗦，一摇一晃地拐了过来。天赦子转了转棒子，把岳翥若的青棉袄拧出一个麻花：“你不是显摆你的胡子吗。今天就给你薅干净，把你这张装模作样的脸薅成没毛的鸡腚。”他向常瘸子一摆头：“去，把他这把鸡巴毛给剃了。”

常瘸子磨磨蹭蹭地拐到岳翁若跟前，抬头看看岳翁若漠然的脸，回头瞅着天赦子摊开两手：“我说，天主任，哦，不不，尚主任，这没毛巾没热水咋剃呀。”

天赦子冷着脸骂道：“你个瘸种，少戴高帽。啥屌热水毛巾，想得全活。告诉你，就当给死人干活，薅光就行。”

常瘸子摊着两手，还是不动。天赦子指着他说：“常瘸子，你投机倒把转四乡干私活的账还没算完呢。要不，今天就连你一块收拾了？”

“我剃，我剃。”常瘸子朝岳翁若拱拱手，从口袋里摸出剃头刀，左手拇指习惯地试试锋刃，抖抖索索地举到岳翁若脸前。岳翁若突然劈手夺过剃头刀，顺势往脖子上抹去。

简小妹喊着“翁若”扑过去，一把抱住他的胳膊。力道很猛的剃头刀在空中一顿，斜着从脖子上带过，血呼地涌了出来。岳珊在几根棍棒一齐对付喊叫着往前冲的大哥、三哥的工夫，低头从棍棒下钻出来，帮着简小妹夺下剃须刀扔到坟坑里。简小妹抓住她的手，浑身还在颤抖。她在常瘸子拐到岳翁若跟前时，就瞧出他神色不对，悄悄从人群后边转了出来。岳翁若伸手夺刀，她就母豹子似的蹿了上去。岳珊用力攥攥她的手，扯下脖子上的绿色方围巾，给爹裹在脖子上。

岳翁若抬着头，眼神越过人群出离到远处。

胖奶奶的儿子跨出人群一步，喊道：“天不早啦，活也干完了，大家收工吧。”

上河村的人大都喊着“收工、收工”，扛起锨镢往回走。其他人都看着天赦子。

天赦子从刹那间的惊惧中顿悟过来，横一眼胖奶奶的儿子：“慢着！”一脚踢开瘫倒在地上的常瘸子，指着岳珊吼道，“把她拉回去。”

两个棒子队员连拉带架地拖走愤怒挣扎的岳珊。天赦子死死盯着胸口还在剧烈起伏的简小妹，冷笑道：“好一出婊子救嫖客的大戏呀。是你自己跳出来的，倒省下去押你了。”他转着脑袋看看围着的人群，周身骨节“嘎嘎巴巴”一阵兴奋，双手叉腰大声喊了一嗓子：“把他俩给我捆起来。”

几个行动队员抓起拉棺材板的麻绳跑过来：“只有一根绳子。”

“笨。把这俩老鸳鸯拴在一块。”

简小妹扯腿往人群里跑，被几根棒子叉了回去。他们把麻绳往两人身上一套，拉到井台上的水车架上。简小妹手抓脚踢地疯狂反抗。几只手肆无忌惮地在她胸膛上摸来蹭去，故意把绳子在胸下狠狠缠了几圈，把一对乳房从厚厚的棉袄下勒得圆滚滚地凸了出来。

她满头大汗地喘着粗气，看看仍然抬头望着远处的岳翁若，一股辛辣酸涩的旱烟混合着汗臭的味道，从她紧挨着的腋窝里爬进鼻孔，在她体内迎风摇晃，慢慢聚敛沉积。简小妹扑腾急跳的心脏一下平息下来，低下头看着脚下那个被打碎一半的粉彩盖罐。

被棍棒圈住的岳家兄妹眼睁睁地看着被粽子般捆绑在井架上的爹和简小妹。

天赦子嘲弄的目光从他们脸上掠过，落在简小妹散乱的头发上，一点点地往下移动。这骚娘儿们真他娘的成精了，只过年不长岁数。突然冲过去，一把抱起简小妹的双腿，扒下脚上的棉鞋，顺手扯下袜子扔到一边。周围的目光齐刷刷地在那双脚上"啊呀"出一片惊叹。都五十冒头的娘儿们了，咋还保养着这么一双鲜嫩的脚丫。天赦子憋住口气，硬硬地把眼珠子从脚丫上拽出，摸起片寿衣拧了拧，把两只鞋拴起来，举手套在岳翁若脖子上，大声说："两只破鞋成双对，咱岳老庄主就好闻这骚臭味。"

人群"轰轰嗡嗡"一阵沸腾。胖奶奶的儿子大声喊道："天赦子，这也太那个啦。"

除上河村几个老人外，没多少回应他的，大家都兴奋得浑身乱动，伸长脖子看天赦子咋把戏演下去。岳家儿女在棍棒挟持下低下头，呼出一团团白气。天赦子得意地又扫一眼人群，喊道："这就是曾被咱北三村当作圣人的岳大胡子。他妈的满口仁义道德，一肚子男盗女娼。净干了些偷鸡摸狗的肮脏事。"

岳翁若依然仰头望着远处，目光不颤不抖地平稳在河边扑上来的寒风中。简小妹徒劳地挣扎着，挺起脖子亢声喊叫："天赦子，你伤天害理。我跟岳翁若从来就没苟且过。"

"听听，大家听听。"天赦子朝人群夸张地张开两臂，学着简小妹的声调，"我们从没苟且过。我呸！不用苟且，光勾搭就行。"

简小妹不再挣扎，仰头望着渐渐暗淡的天空："头顶三尺有青天，我请父老乡亲给做个见证。今天咱滚石塔镇的祖先都在场，我简小妹发个毒誓，我要与岳翁若不干不净，就天打五雷轰。谁凭空污我清白，也叫他不得好死。"

天赦子猛地转向简小妹，脸几乎贴在她脸上，切齿道："好你个臭婊子。谁不知道你卖腚吃饭。我这就剥光你的衣裳，叫大家看看你哪里清白。"

"滚开！"简小妹别过脸，一脚踢了出去。那个破盖罐"哗啦"滚出老远，锋利的瓷刃从她紫红透亮的脚趾划向脚踝，冻得脆硬的皮肤迅速往两边翻卷，裂开一道槽沟，黏稠的血慢慢灌满槽沟，溢出脚面。

"简婶。"岳珊喊叫着一头撞开挡着她的棒子队员，冲到简小妹跟前，扒下棉袄包裹住她的两只脚，抬头朝大家喊道，"你们就眼睁睁地看着他这样糟蹋人呀。"

“把人放了。”胖奶奶的儿子喊了声，上河村的很多人跟着喊，簇拥着他往前走。几个棒子队的跑过来，横过棒子挡住他们。小河南村的七八个人也摸起锨镢加入到棒子队的行列。双方拥挤在一起。

“呵。你还发动群众呢。”天赦子一把抓住岳珊胳膊，点着她骂道，“何其毒也。你以为你是谁呀，还敢跟这个婊子前仆后继，疯狂反扑。可真是一路货色。”

岳珊甩开他的手，冲出一步，去接大哥扔过来的棉袄：“全滚石塔镇谁不知道，就数你那路货色好。”

天赦子下意识地一缩脖子，伸手抓住岳珊的衣领恶狠狠地往回一扯：“你回来。”

岳珊的褂子“刺啦”从胸前扯开。她惊叫一声，把大哥的棉袄裹在身上。天赦子眼珠凸起，偏分头挓挲开，脖子涨得跟瘦削的脑袋一般粗，嘶叫着一把扯下棉袄扔到坟坑里。

岳珊上身只剩一件碎花紧身小胸衣，绷紧的胸脯和雪白的肚腹全部裸露出来。

胖奶奶的儿子一连甩开几个人，脱着棉袄往里冲，被横着膀子从人墙后边撞出来的梁亮碰了个趔趄。梁亮闯到岳珊跟前，把军大衣裹在她身上，一拳把天赦子打倒在地，狠狠踢了一脚：“你个王八蛋！”

岳珊甩开军大衣，踏在脚下。头发和破碎的褂子在劲峭的山风中旗帜般哗啦展开。知琢和知琛趁乱冲过来，给岳珊重新裹上军大衣。胖奶奶的儿子过去给岳翦若和简小妹解开麻绳，扯下岳翦若脖子上的鞋，扔到简小妹脚下。

两人都石头般原地不动。

天赦子跳起来，指着梁亮对棒子队员喊道：“你们就看着他揍我？”

梁亮冷冷一笑：“你以为你是个啥东西。”他朝棒子队员一摆手：“过来。”

棒子队员都跑过来，低头站在梁亮面前。梁亮伸出中指点着天赦子说：“你信不信，我一句话他们就能把你捶扁。告诉你，别人的粗腿成不了你的腰。”他朝大家一挥手：“都回去。”

人群让开条通道。梁亮提起扔在路边的自行车，借着陡坡跨上去，唰地冲下山去。几个上年纪的摇着头：“这小子，咋骑到这里的。连拖拉机爬上来都吭哧吭哧喘粗气。真是个人物。如今咱上河村没有这样敢作敢当的啦。”

几个刚才还起哄看热闹的妇女架起简小妹下山。人群一哄而散。

知琢挽起爹的胳膊：“爹，咱回家吧。”

岳翦若不动，脸抽搐了几下，嘴角溢出一抹血水。忽然弯下腰又猛地一挺，仰头喷出口鲜血。血雨在夕阳最后一抹回照中散落，绽放开一蓬透亮的艳红。捂着胸口血洞的小弟惊讶地睁大眼睛，刚在浓烈的艳红中闪了一闪，岳翕若就瘫软在知琢怀里。

长岭山前广袤平原上的天空抖了抖，慢慢覆盖住地平线。

第二十四章

“天赦子是个为了手段不择目的的浑蛋。”

岳翕若昏睡了一宿，眼皮在窗户透进的阳光下跳了几跳慢慢睁开，见老伴正坐在床前打盹，就双肘撑着挪了挪，靠在床头上，转着眼珠顿悟了半天，说了这么一句话。岳凡正在做作业，以为爹是在迷迷糊糊地说梦话，愣了愣，看到娘的头鸡啄米似的点了一下，惊喜地说：“你醒了。”扯着嗓子喊了声“知琢”。

岳凡收拾起作业，靠到娘身边。昨天晚上送走常大夫，娘就把孩子们都召集到岳翕若床前，说：“有句话，我得跟你们说明白。你爹和你简婶清清白白的，没一点见不得人的事。他对得起咱这个家，对得起老婆孩子。”她特意摸摸岳凡的头：“这个你们可半点也不许含糊。”

岳凡抬头看着娘的眼睛，灯光下她的目光在眼窝的阴影里闪动。

“你们这个年龄不知道，”知琢跟着说，“解放前可不像现在，那时济南的买卖人为了招待客户和官府的人，啥场合都得去。爹一直洁身自好，他的不赌、不嫖、不纳妾，在商人圈子里是出了名的。”

岳凡疑惑地看看娘，看看大哥，又看看躺在床上的爹。爹和简婶被绑在一起，脖子挂上破鞋时，同学们都围在他身边起哄，臊得他恨不得跑过去把爹一个跟斗推到坟坑里。

岳翕若转着眼珠挨个看着围在床前的老伴和孩子们，目光最后又落回岳珊身上。

岳珊扶着床头叫了声爹，泪水呼地涌出来。她咬着嘴唇仰起脸，终于也没忍住，趴在爹身上放声大哭。岳翕若伸手捋着女儿的头发，眼睛眨巴眨巴地不作声。娘抹把眼泪，刚要说你爹才醒过来，经不起再这样伤心，岳珊的哭声就戛然而止，站起来接过娘递过的手巾，给爹擦擦脸，又托住胡须，避开脖子上包扎着纱布的伤口，小心地慢慢擦拭。

岳翕若问老伴：“我睡了多长时间？”

“整整一宿你都在一动不动地昏睡。”老伴揉揉鼻子，说，“我把岳珊交给她大嫂，就看着你紧一阵慢一阵喘气，该想的不该想的，都想了个遍。真怕你就这样睡过去。”

“我一直往一个漆黑冰冷的深渊里坠，珊珊的哭声也一直绳子似的拉着我。”

“这闺女从小就随你，回家后这是第一回哭。”

岳珊笑笑，惨白的脸上浮起层血色：“这也是最后一次哭了。你们放心，不用看着我。岳大胡子的女儿能被杀，能杀人，就是不会自杀。”

岳翕若拍拍珊珊肩膀，长舒口气，把手伸向岳凡。岳凡知道爹是想要烟袋，迟疑地看看小烟簸箩。岳翕若脸上掠过一阵寒气，眼睛里像有落叶飘下来。娘示意知琢装上袋烟递在爹手里，拿过火柴盒，坚定地朝小儿子晃晃。岳凡接过来给爹点着烟。岳翕若脸前扩散开一团烟雾。他翕动着鼻孔，看着烟雾卷曲成带状慢慢散开，对知琢说：“天赦子没有多少脑子，不会有那么明确的目的。他干啥会冲着我的胡子来？这人哪，是成心让我在滚石塔镇抬不起头来。”

知琢皱起眉头：“不至于吧，你是说？”

岳翕若摇摇手，岔开话题：“你们去看过简婶吗？”

“昨天晚上就去了。”大嫂说，“简婶的脚肿得黑紫，下不了地。”

岳翕若摇摇头：“坟里的东西病菌多。得抓紧打青霉素。”他眉毛忽然耸动了几下，张大嘴巴打个哈欠，闭上眼睛，脑袋仰在床头上。

岳珊给他往上抻抻被子，掖在脖子、肩背处，又压压腋窝，小声说：“从今晚开始，我就去简婶家守护。”

岳翕若眼皮动了动，眼角溢出颗浑浊的泪珠。

娘推推知琢媳妇：“老大家，快，盛碗我煨在炉子上的小米稀饭，让你爹喝下去再睡。今早上你胖奶奶送了半瓢子小米来，记着明年得还人家一瓢。唉，这东西倒金贵了。”

简小妹死在腊月二十三，小年的夜晚。庄里响着零星的鞭炮。

扒坟的当天深夜，简小妹在一阵冷战中醒来。她死死咬住枕巾，忍着脚上抽筋挫骨般的剧痛，不错眼珠地盯着挤进冷风的窗口。在窗户“噗噗噜噜”的风声里，她嗅到股可疑的蛇吐芯子般滑腻的阴冷气息，绕着空旷的四壁“嘶嘶”爬行。死亡的恐怖亮闪闪的，“喀喀”作响，撕破浓血一样黏稠的黑暗，在床尾那个老式梳妆台的镜子里映出片龇牙咧嘴的光影。二宝的尸体就摆在房子中间的席子上。口鼻溢出的血还丝丝缕缕地冒着他的体温。这仅存的一丝温度，在蛇的“嘶嘶”爬行中慢慢冷却，变成一块闪着蓝幽幽荧光的冰。孤寂是那样冰冷那样强大。简小妹伸出双手四处摸索，感到自己被压缩成一粒摸不着的尘芥。她突然声嘶力竭地喊叫了声女儿的名字。所有的声音戛然消逝，屋子沉入墓穴样的死寂。这么多泪水血水，哗哗啦啦流淌不止，身体快流干了。她后悔没留住带着常大夫过来的知琢媳妇。她感觉出了岳家大儿媳妇的犹豫。她不忍心抛下烧得跟刚从火里扒出来的烤地瓜似的简小妹，又记挂着婆婆一个人既要照顾昏迷不醒的公公，又得看着一直一言不发的岳珊，担心岳珊会出事。她是那么渴望知琢媳妇就坐在自己身边，拉着她的手看着她。她还是走了。屋门轻轻拉上的声响吓得她两脚一抽，痛出身冷汗。那声细小的磕碰，把整个滚石塔镇都关在了门外。

后墙根有走动的声音。不像山上下来的獾、狸之类的东西，也不是村里夜游的狗，是两条腿的动静。大门让知琢媳妇反锁上了，屋门只是在外面的门鼻子上穿了根筷子。简小妹拉开灯，从褥子下边摸出把匕首。这是在济南时岳翦若送给她的，一把精巧锋利的瑞士军刀，让她防身用。她关上灯，把握刀的手藏进被窝。“嘶嘶”声又在屋里游走起来。她听出了紧张又放肆的欢快，手心沁出层细汗。

院子里“扑腾”一声。接着好长时间的风声。蹑手蹑脚的动静响到屋门前。风声又起。狼一样的喘息。筷子一点点地小心翼翼地从门鼻子里抽出。门“吱哟”开了，风卷着寒气扑进来。

灯“啪嗒”把屋里照得雪亮。天赦子后退一步，把手挡在眼上，等适应了骤然扑下的光亮，反手推上门，冲简小妹害羞似的笑笑。

“果然是你！”伤口奇迹般地不痛了。简小妹胸口的滚烫被冰冷的刀锋逼退。她平静地看着天赦子。

天赦子朝简小妹鞠了一躬：“我来，看看你。赔个不是。下午，可真不是冲着你的。我瞧瞧伤得咋样。”

简小妹没有反应，睡着了似的。

天赦子看着她走到床尾，掀开被子，“啊呀”着一把握住没受伤的左脚，俯下身跪在床前，张嘴含住大拇指，口水顺着嘴角“呜呜啦啦”流淌。简小妹忍住疥蛤蟆趴在脚上的恶心，左脚慢慢往回缩，钓着天赦子狗啃骨头般向前移。手里的刀子在被子下野兽似的不住窜动。

天赦子怪叫着扑向简小妹。简小妹猛然挥出右手。她太心切了，匕首让被子挡了一下，给了天赦子下意识的惊恐后仰的机会，“哧”地在他胸前的棉袄上划开了一道，锋尖上闪出一抹血光。天赦子抱住胸膛，一腚蹾在地上，大口喘着粗气。他往棉袄绽开的裂缝里摸一把，看看手上的血，腾地站起来，嘴唇还在发抖：“臭娘儿们，你还真敢杀人。”

“杀人？”简小妹斜一眼护在胸前的匕首，“哼”声道，“天赦子，你太高抬自家了。你姐夫趴在你姥娘肚皮上作弄出的东西还叫人。”

天赦子被砍断尾巴似的低声吼叫，立楞着眼满屋撒摸一遍，抓起把椅子指着简小妹恶狠狠地说：“老子今晚先砸死你再把你搞烂。”

简小妹把匕首抵在胸口上，左手指指垂到床头上的两根开关拉线，说：“院子里的电灯开关也在这里，我一拉枣树上的大灯泡就亮。”她突然拉灭屋里的电灯，闪着清冽杀气的声音从黑暗里洞穿出来：“你听着。隔壁二宝的两个侄子今晚都穿着衣裳睡觉。大枣树上的灯一亮，他们立马就过来。”

她紧张地听着天赦子。两个侄子今晚恰巧都在工地上值夜，天赦子也许会知道。其实，自从二宝死后，她跟叔公公一家就很少再有来往。

黑暗中只有天赦子狼一样的喘息。他往门口退了几步又停下。黑暗在眼前渐渐稀薄，床和简小妹的轮廓显现出来。他“咚”地跨前一步，像踩在鼓上。脊梁忽然一紧，身后传递过山一样的压迫。他惊恐地回头，黑暗枯井般深不可测。

喘息声害冷似的颤抖，被风一刀刀切薄、吹散，只剩下牙齿“得得”磕动。

风吹屋门，咣咣当当。

简小妹屏住呼息，又坚持了一会儿。和大家伙遗像似的从门口的黑框中飘浮进来，摩擦着宽大的手掌，扬起眉毛看着她。她突然拉开灯。惨白的光亮一把掏空了屋子。心扑扑一阵狂跳，呻吟了声瘫在床上。浑身汗淋淋地水洗了一般。

第二天早饭后，卫生员鸾姐来换药。她熟练地撕出伤口里跟脓血粘结在一起的纱条，清洗好创面，又填进纱条抹上药，重新包好。简小妹已疼得几乎虚脱过去。鸾姐给她倒上一大瓷缸子水，放到床头柜上一包药，背上药箱，说：“一宿的工夫，你就瘦了一圈，眼窝都发乌了。吃上止痛药，好好睡一觉吧。”

简小妹吐出咬破的枕巾，问：“今天不打针？”

鸾姐躲开她的目光，又打开药箱，在简小妹狐疑的注视下，动作有些呆滞地抽药注射，把用过的药瓶放进药箱。低着头踟蹰了会儿，才说："刚才打的是一般的消炎退烧的药。今天一大早，天赦子就去了卫生室，把几盒青、链霉素都锁了起来，拿走了钥匙。说这些紧缺药只能用在真正的贫下中农身上。给谁用药都得先去找他。还警告常大夫和我不准告诉任何人。常大夫解放前开过私人诊所，还被国民党军队抓去救治过伤员，清理阶级队伍时就被揪斗过。他怕天赦子，不敢不听他的。我也没办法。"

简小妹把翘起的脑袋慢慢放回枕头。

常大夫不是这样胆小的人呀。滚石塔镇的人都知道当年他戏弄汉奸的事。那是简小妹嫁到上河村不久，汉奸们闹腾得最凶的时候，河汊村出了个日本人的"黑狗子"小队长。他爹得了眼病，请常大夫去诊治。常大夫不开药方不上药，说这眼病不好弄了，我给出个偏方试试吧。去弄条黑狗，要从耳朵尖到尾巴梢一根杂毛也不许有的，把狗眼在陈年小瓦上文火焙干，研碎冲服。小队长他爹急切地问，管用吗。常大夫"嗨"道，不管用顶多瞎了那对狗眼。拎起药箱就躲进了山里。这个不怕掉脑袋的人倒怕挨斗了。也难怪，当年掉了脑袋大家都当英雄供着，如今一挨斗就成了臭狗屎，连老婆孩子都一块臭，谁不怕。

鸾姐愧疚地叹口气，退了出去。

天花板上不知啥时候开出一朵朵腐败的霉斑，黑色芙蓉花一样妖冶。天花板是跟二宝结婚时，从济南请来工匠装裱的，粉红顶棚纸已像败血症患者的嘴唇一样灰白。"嘶嘶"声翘着脑袋，从绽开的裂隙里钻出，在一朵朵黑芙蓉花间滑行盘绕。一阵透彻骨髓的寒战骤然发作，简小妹团缩在被窝里，牙齿控制不住地抖磕得"咯咯"直响。

第三天早晨吃饭时，岳珊告诉爹，简婶的半截小腿都发黑了。神志也时常迷糊。她没说简婶睡着时常念叨爹的名字。

"咋会这样。"岳翕若撑起上身，靠在床头上咳喘着，对知琢说，"你去跟胖奶奶的儿子说说，让他和知琛把简小妹送到公社医院。"知琢出门时，岳翕若又喊住他，交代道："叫她叔家跟个人去。"他头上沁出层虚汗。岳珊用热毛巾轻轻蘸干，扶他躺下。

"不该这样呀。"他疑惑地嘀咕，"不是一直打着青霉素吗。珊珊，你快过去吧，帮你简婶收拾收拾。"扭头对知琢媳妇说，"去请常大夫过来一趟。"

"我去过卫生室了，想叫常大夫再去给简婶看看。卫生员说他在家生病。他老婆说，病得厉害，不能出诊了。"

岳翕若"噢"了声，闭上眼睛。

知琛推着小车，跟胖奶奶的儿子一起把简小妹送到公社医院。一个瘦得麻秆似的中年医生掀开被子看了眼简小妹黑肿的脚，挥挥手说：“这里治不了，去县医院吧。”

在县医院急诊室透风撒气的走廊里，两人陪着躺在单架车上的简小妹等了足足两个钟头，一个年轻医生才过来查验了下伤口，回去又叫了位五十多岁的医生来。那老医生仔细观察了会儿伤脚，又往上推推裤腿，捏了捏黑亮的小腿，抬头看看他俩，问：“带着村里的介绍信了吗？”

胖奶奶的儿子看看知琛，摇摇头。老医生说：“明天带来吧。先办住院手续。得截肢。”

“截肢？”简小妹抬起头。

老医生伸开手掌，在她膝盖部位比画了下：“把小腿锯掉。要不就没命了。”

简小妹的脖子梗在走廊的冷风里。乱蓬蓬的头发瑟瑟发抖，像冬天荷塘里一茎顶着干枯莲蓬的残荷。

她死活不让把她的腿锯掉，很认真地问知琛：“锯下的腿咋办，把它扔在哪里？”她让知琛去买盒青霉素。知琛空着手回来，说，医生说青霉素只给住院的病人用。

简小妹又让知琛把她推回家。

知琢让知琛告诉爹，简小妹在公社医院住下了。岳翕若舒口气，叮嘱知琢媳妇和岳珊轮流去医院守护。

又到小年了。这几年的小年岳家总过得不顺当。

天色很暗了，大家已陆陆续续从工地上回来，村里还很冷清，没有一声鞭炮。岳珊绕道去看了看简婶，回家时见街上有小孩子在零零碎碎地放爆仗，才知道今天是小年，这一年终于要过去了。

岳翕若试了几次也没能下床，靠在床头上陪家里人吃过掺上地瓜面的饺子，就早早躺下了。今年大嫂从过麦就留出了过年的小麦，这半拉年谁感冒发烧就给他做碗面疙瘩姜汤，过小年就得吃这种黑乎乎黏糊糊的饺子了。本来是要给爹包不掺地瓜面的，他不愿意，说大年小年都图个团圆，非跟全家人吃一样的，还开了个玩笑：“连灶王爷都跟大家同甘共苦呢。”

娘执意给简婶包了碗纯面水饺，用她落在家里的那条蓝织花包袱包好，让岳珊给她送去。

岳翕若想着去年过年简小妹在这里包水饺、守夜的情景，揣摩着她的一颦一笑，心里惴惴的。他早已从儿女们躲躲闪闪的神情中，觉察到出了院的简小妹病情不好。翻来覆去的，一点困意也没有。

各屋都响起关门声。他瞅瞅靠在窗台上不住往这边看的老伴，说“睡吧”，拉灭电灯。

死寂的黑暗里，脑子反倒更活跃了，陈芝麻烂谷子的往事一片片接连不断地伸展开。他把双手叠放在肚脐上，深呼吸，慢慢数数。数到一千多时，门轻轻一响，简小妹拄着双拐进来，向他招招手，转身就往外走。岳翕若身上忽然有了力气，下床跟了出去。薄薄的雾气轻柔舒卷，水里的墨痕似的。简小妹站在船头上看着他笑。明净的月色下，宽松的藕荷色七分裤被风吹得摆来摆去，露出一截雪白的牙雕般光滑温润的小腿。她清亮的眼睛忽然盈满泪水，低了头说：“翕若，你该娶了我的。”风卷过一团云雾。简小妹不见了。岳翕若顺喊了声“小妹”，空中传来弹奏古琴的声音。他抬头望去，月光淘洗的薄云淡雾中，简小妹朝他摆着手。琴声水滴般洒落湖面，咚咚的，拖拽出长长的水韵。

窗户透进团模糊的光亮。岳翕若眨眨眼，脑子里的雾气渐渐散去。他慢慢坐起来，穿上棉袄，移到床头上，摸索着拿过烟袋。老伴拉开灯说：“醒了。再睡个回笼觉吧。一晚上你也没睡踏实。”

岳翕若眯了会儿眼，摇摇头，把装满烟的烟袋又放回小烟簸箩，问：“珊珊还没回来？”

老伴边起床边回答：“昨天晚上她给她简婶送去水饺，看着她吃了几个。她简婶说自打二宝走了，每到小年她都独自一人静静地跟二宝说说话，习惯了，珊珊在那里她觉得不自在。硬把她赶回来了。”

岳翕若眼前飘过那团雾气，心里一沉，说：“快让知琛和他大嫂去她家里看看。”

知琛和大嫂去了好长时间还没回来。岳翕若盯着斜进屋里的阳光，脑子里一再出现简小妹惊叫着朝他扑过来的场景。她不顾一切的那一扑，像极了一头保护幼崽的母狼，那头油亮的黑发，鬃毛似的往后扬起来。太阳落山前的强劲返照里，那蓬头发像按动机关劲射而出的一筒银针，鸣叫着闪闪发光，闪闪发光。他闭上眼睛。

院子里响起慌张的脚步。知琛和大嫂一前一后闯进屋里。大嫂拽一把知琛，示意岳珊到爹身边去。岳翕若的三角眼锐利地闪过儿媳和知琛的脸：“咋了？”

知琢媳妇说：“爹，你先沉住气。”她顿了顿，才接着道：“简婶她，殁了。”

“殁了？”岳翕若又重复一遍，“殁了。”脸色唰地灰白，“不是说从医院里回来，就好得差不多了吗？”

岳珊抚拍着他的后背，说：“爹，你别着急，别着急。”

岳翕若摸起烟袋。岳凡划着火柴给爹点着。岳翕若伸着大拇指去按烟袋锅里翘起的烟丝，抖抖的，连按了几下才按住。拉动着喉结，长长吐出口气，目光转向知琛。

知琛舔舔嘴唇，说："我和大嫂刚到简婶家门口，就听人说她跳井死了。他们说，今天一大早，她隔壁的侄子发现她家大门敞着，就进去看看。屋里没有人，桌上用一把匕首压着张纸条。"

岳翕若眉毛耸了耸。

"纸条上写着'岳家坟地'几个字。她侄子就叫喊起来。很多人这才想起，天快亮时，听到简小妹在村外喊：天赦子，你不得好死。大家急急火火地跑到岳家坟地，见井台上放着双拐，就推了个大胆的下去把她捞了上来。现在简婶的尸体停放在井边上。他们正在给她挖坟。"

"她一个连床都起不来的人，"娘叹息着说，"从她家到坟地，还老远的路呢。"

知琢媳妇抹把眼泪，哽咽着说："过了那条干河沟，上山的路上，隔不远就有一摊血。怪不得刚从医院回来，她就一再让我给她找一副双拐，也没见她使过。原来，那时她就……她那条胡同头上就有口井。她是怕吓着街坊，耽误大家吃水。一个铁了心要死的人，还想得那么周全。"

岳翕若重重地拍把床沿，看着大家说："你们都记住。简小妹，她是替我死的。"他把头仰在床头上，泪水大滴大滴滚进稀疏衰颓的鬓发里。

第二十五章

农历三月初十是岳翕若的生日，正撞上1971年的清明节。晚饭后，尚荣杞夹着包点心来看望岳翕若。

他把点心轻轻放在桌子上。粗糙的灰褐色包装纸透出一片片圆形油渍，纸上斑斑驳驳的木屑草棒在灯光下亮亮地凸显出来，大桃酥的香味也凸显出来。可有日子没吃到这种点心了。尽管不是过去济南裕德斋入口即酥的大桃酥，是公社食品厂生产的硬得硌牙的那种。长岭山前一直流传着一个笑话。说食品厂的拖拉机往山里的供销社送点心，车轮把几片颠簸下来的大桃酥完整地轧进路面，司机怎么抠也弄不动，就拿下一块条形长寿糕当铲子，把大桃酥硬硬地剜了出来，大桃酥和长寿糕都完好无损。司机向围观的人炫耀：“看咱们厂制造点心的水平，多过硬。”

老伴把点心收起来，说：“他大爷咋还带着点心。日子都紧巴巴的，哪有闲钱买这个。”

尚荣杞笑笑：“我来给翕若祝贺生日，总不能空着手呀。”

“还过啥生日。”明显瘦弱了许多的岳翕若勉强笑笑。这老家伙还上心收拾了一番，衣裳干干净净，胡子也刮得溜光，怕不是冲着生日来的。他打量着尚荣杞下巴上的血痕。这位老兄不会磨剃须刀，过去隔几天就让常瘸子给他磨一次。看来那常瘸子不再伺候他了。他脑子忽然一阵发蒙，不知咋往下接话了，佯咳了声。不料却惹出了真咳嗽，弯下腰咳了好长时间才慢慢缓解，脸憋得通红：“连请你来吃碗面条也做不到喽。”

“那不是没事找事吗。不过，这生日还得记着，好给自己活着添加点心劲。”尚荣杞摸摸下巴，伸手拉过小烟簸箩，“这全滚石塔镇，就数你炮制的烟叶好。我照你的法子拾掇，咋着也弄不出你的味道。”

“东西都是人家的好嘛。”岳翕若笑道，“我抽着你的烟也不赖。”把火柴往他面前一推，捶捶膝盖，“身上觉得长了点劲。等天转转暖，也得出去见见太阳了。”

“得了吧，你。”尚荣杞含着烟袋嘴，说话有些不利索，“想晒太阳，插上门，在院子里晒。”他拔出烟袋嘴，说：“你一露头，还不就得去扫大街上工地。下苦力挨批斗还上瘾了。就在家猫着吧。你家也不缺你那半个女劳力的工分。”

岳翕若心里一阵温热，朝他点点头。“四类分子”总是不管干啥活，都只能记半个女劳力的工分。干一年也挣不了几把粮食，可不管岁数多大，能爬起来就得出工，能出工就脱不掉扫大街挨批斗。

尚荣杞也点点头，领受了他的感激，接着说：“过了小年，大街上就贴出了新口号，干到腊月二十九，吃顿饺子就下手。年初一我就又被揪到台上展示了一番。你说，这么个干法，这粮食咋就越干越不够吃呢？”

岳翕若抬起眼皮看着他。

尚荣杞迎住他的目光：“我说了句犯禁的话。咋着，你还会检举我去？”

“我是觉着你说话咋不绕了。”岳翕若笑道，“你一向好绕着弯说话，对谁都提防着。”

“能绕过去是因为舌头底下有好多路。现在一条都不通了，还咋绕，树叶掉下来都砸破头，还提防个啥。”尚荣杞又把还在冒烟的烟袋锅填满碎烟叶，大拇指用力按按，吸了一口。

岳翕若饶有兴味地看着他这一连串动作。这法子好，烫不着手，又省火柴。这老家伙，一辈子都把聪明用到这些小地方了。笑了笑，接着他刚才的话说：“人都有私心私欲，硬按着人人都大公无私去设想，啥好事都能干瞎了。”

“你说到这里了，我今天倒正好有件私事找你。”尚荣杞好像一直在等这句话，“咱俩这当爹的，总不能眼看着儿女都成不了家。我一直在心里划量这事。”他看看坐在炕沿上的岳翕若老伴，说：“弟妹也在这里。你们掂量掂量，咱们让我家杏花跟了你们老三，你家珊珊给我做儿媳，行不行。我知道我家成峰和杏花都配不过你们的儿女。可实情又摆在这里，能配得上知琛的，谁肯眼睁睁地往火坑里跳呀，但凡成分好又看上眼的人家，也不肯娶咱们这样家庭的闺女呀。我出这昏招，也是没有办法的办法。”

岳翕若一愣，捋着大胡子不说话。这只黄了毛的老狐狸，那回去山坳里的一番话，敢情是把路铺到这里来了。亏你想得出，让我家女儿嫁给你那从小上墙爬屋的愣头青儿子，我家儿子娶你家的寡妇。这算盘珠子拨弄得倒利索。

尚荣杞打量着不置可否的岳翕若。别看这老东西一脸憔悴，眼窝里满是伤痛，那一把大胡子还兜着精神呢。只是才几天不见，胡子就白得跟一蓬雪似的，没有一点夹杂。这是真伤了心神了。可就凭着这蓬雪白，他就笼住了老岳家那口气。这把胡子，怕还是瞧不上我老尚家。看来，杏花和知琛的事，他耳朵里还没听进一点风声。眼下要紧的是不能叫他一口回绝了。就抢在岳翕若开口前，往他的痛处戳了一下：

“咱两个老家伙，总不能让滚石塔镇岳尚两家从此就绝了后哇。”

“这换亲的话，好说不好听呀。”岳翕若不再捋胡子，拍拍额头说，“这样吧，我先跟孩子们透个气再说。”

“好。过几天我再来听个信。”尚荣杞本就没指望岳翕若一口答应，就借坡下驴，站起来告辞。反正主动权掌握在自己手里。等杏花怀上你老岳家的孩子，我再卡住她，不怕你岳胡子不答应。

岳翕若从床下木箱里掏出包烟叶，递给尚荣杞。尚荣杞摆着手推辞：“这咋好意思，你这包烟叶比我的点心还值钱。”

岳翕若笑笑，塞到他手里说：“哪里话。抽烟的，一把烟叶还分啥彼此。”

尚荣杞抱了抱岳翕若肩膀：“在家里猫着。把这口气喘下去才是最要紧的。”

送尚荣杞回来，老伴已把孩子们都召集在大北屋里。岳翕若宽慰地看看老伴，一个清醒的老妻就是大半个家呀。

老伴把尚荣杞的意思抖搂给大家，末了加上一句：“这是要跟咱家换亲呢。”

岳翕若的目光从珊珊和知琛脸上扫过，落在老大两口子身上。知琢看看媳妇。他两口子没有孩子，这话题咋说也不是，就都不作声，一齐看着岳珊。他俩背地里嘀咕过村里关于知琛和杏花的传言。换亲这事的关键在岳珊。岳珊扭头看三哥。知琛低头瞧着脚尖。

岳翕若咳嗽一声，说：“现在，成分不好的人家找媳妇，好像只有这一条道了。”他注意到珊珊的肩膀动了动，接着说下去：“且不说两家的孩子般配不般配，这样赶大集拿萝卜换葱似的姻亲，那家鸡飞这家就狗跳，就算儿孙满堂，那还能叫人过的日子。”

老伴朝大家摆摆手：“你爹把话说透了。你们尚大爷换亲的话等于没说。都回屋睡觉去吧，天不早了，明天还得早起上工地。”

岳翕若把知琛留下，问道：“你咋想的？”

知琛仍低着头，说：“没咋想，我听爹的。”

“就只是听爹的。”岳翕若叹口气，“你愿意拿妹妹去换个媳妇。”他手指慢慢点击着桌子，仰起头，鼻音忽然重浊起来：“爹知道你心里很苦，你们兄妹都苦。你二哥和五弟到这没半点音信，不知是死是活。你妹妹陪着我受了那么大羞辱。连你小弟都时常做噩梦。你大哥大嫂都一大把年纪了，里里外外替我撑着这个家，不声不响地吃进了多少白眼、嘲骂，算得上忍辱负重了。你正是男大当婚的年龄，淑珍退婚后一直也没有再找到一个。我很清楚，这都是受我拖累。我这个当爹的，愧对儿女呀。”

知琛猛地抬起头，满脸泪水，惶惶地摇着手说：“不，我从没怨过爹。”

岳凡从被窝里翘起头，看到爹扬起的脸上亮闪闪的。他从没见过爹这样跟哥哥们说话。娘伸手把他按下。他竖起耳朵，听着爹一句一句说得很慢：“我从济南回家时，你爷爷特意叮嘱我，咱岳家子孙，不管啥时候都要响当当地活出个人样来。眼下的情形，活出个人样不容易。可咱自个儿得记住了，人家越拿咱猪狗不如，咱越不能自轻自贱。”

岳凡伸伸舌头，听到三哥出门，爹洗脸漱口，娘拍拍他的头，下炕去给爹洗脚。过去爹都是把脚泡在盆里，两只脚倒替着摩擦几下，再弯着腰把脚扳起来擦干。自从娘清醒了后，就天天给爹洗脚。娘这些天常跟他讲爹年轻时的事。娘故事里的那个爹跟那天脖子里挂着双破鞋的爹咋着也凑不到一块。

爹映到墙上的影子晃动着模糊起来。

第五天傍晚，岳珊同时收到兴凡和梁亮的约会。收工时，她蹲在溪流边洗了把脸，借着夕阳从山梁上滑下来的光亮，照着溪水抹抹头发，慢慢往那片野李子树山坡走。

爹生日那天，兴凡娘到家里来说，兴凡不想再当村干部了，不管是支书还是副支书，都不干了。她来的意思就是跟岳翕若和岳珊商量，择个日子，叫岳珊到她家里吃顿饭，就算给街坊邻居打个招呼，等兴凡把村里的差事辞干净了，两家就把婚事给办了。岳翕若摸着胡子看岳珊。岳珊听到爹的胡子吁出口气，抖出一声光亮。她叫这声光亮扎了一下，爹这是心切得来不及琢磨了，就对兴凡娘笑笑，说：“绍前爷可是对兴凡说过，娶我就不能要党籍，要党籍就不能娶我。就算兴凡能辞掉职务，他能为我丢掉党籍？”兴凡娘说：“党籍又不能当日子过，我就要个好儿媳。”岳珊看着她。兴凡娘眼神跳了跳，话说得挺果决，可尾音抻抻量量的，显得底气不足。她太知道自己的儿子了，把党籍看得比命都要紧。爹摸胡子的手停在下巴上。

野李子花刚刚落净，树林在薄薄的暮色中黑黢黢一片。兴凡的白衬衫像套色水银木刻似的，在黢黑里掏出一个明显的轮廓。上初中时，岳珊从美术老师的画册上看到一幅叫《苹果熟了》的套色水银木刻作品，摘苹果的姑娘的白衬衣在红绿背景上炫出耀眼的亮色，给她留下了极其深刻的印象。在滚石塔镇，也就尚兴凡一人，在单衣季节里永远穿件白衬衣。他们刚订婚时，姐妹们跟岳珊开玩笑说，和他结婚，你不得天天洗衬衣呀。

白衬衣从黢黑的野李子树丛里剥离出来，朝岳珊展开翅膀。岳珊抱着胳膊站着。落到山后边的太阳突然爆出一片透亮的返照，映红了野李子树林和林边相对而立的两个人。

尚兴凡讪讪地放下胳膊，说："你来了。"

"来了。"岳珊看着黑瘦了不少的兴凡，扭头瞥一眼天上艳红的返照。霞光在她的头顶蜿蜒流动。

野李子树林的暮色转换成参差流动的灰黑，侵蚀着衬衫的轮廓，那片触目的白模糊了边缘。兴凡的声音也有些模糊："珊珊，你再等等我好吗？等到成立党支部……"

"等等？你啥意思。"

野李子树林在灰黑的风中摇动。兴凡感到天忽然就被野李子树摇黑了。但他还能清晰地看到岳珊脸上浮上层冷笑，嘴角也嘲弄地抿下来："把我像秋后的地瓜似的，储存到你家的地瓜窖子里。等明年开春，有粮食吃就算了，没有吃的就拿出来充饥。毕竟地瓜也能填饱肚子。"

"不是，珊珊，是这样……"那团光影往前靠了靠。

"我不管你是还是不是，我没兴趣听你跟我说这个。"岳珊浑身突然溅出火星，"今天跟你见面，我就只想当面问问你，那天下午，你咋半道上就溜了？"

"我找常二婶子去啦。"兴凡的声音不再摇晃，"我想请她……"

岳珊笑出声来："你去请一个起不来床的老太太。那你呢？你就是不敢像梁亮那样给天赦子一拳，一个堂堂的革委主任，去压压阵，控制一下局面，总可以吧。天赦子恨透了我，常二婶子不知道，你也不知道？常二婶子一句话，你就借坡下驴，把我扔给那个下流痞子，任他那样欺凌我。你还有脸再约我见面，还能说出让我再等等的话。你以为慷慨地施舍给我一点可以有个盼头的机会，我就该喜出望外，感激涕零地扑进你怀里？哼，还再等等，亏你说得出口。"

尚兴凡伸出手，看着岳珊走下山坡。东山顶上透出一抹橘红。

岳珊走近梁亮给她送来一黄挎包书的那座石头屋时，梁亮坐在老核桃树下，已经把周围的杂草都薅光了，月色里弥漫着青草汁液的味道。

岳珊有些惨淡地笑笑。几乎是在兴凡娘去家里找爹的同时，梁亮也叫岳珊的老同学，学校工读班的梁老师来找她，说岳绍前已让文书告诉梁亮，由于他的户口和党组织关系都不在滚石塔镇，没法将他纳入即将成立的党支部。老同学搂着岳珊：“看来我得叫你嫂子啦。”岳珊冷冷地说：“我不是他退隐江湖的那间茅草屋。”转身就走了。刚才在溪边洗脸时，她已下了决心，不管爹同意还是反对，今晚她都会答应梁亮。前提是必须跟他一块去县城，岳翁若的女儿不能嫁到小河南。她必须得让她那些伙伴们看看，她岳珊不仅找了个有模有样的，还嫁到城里去了，叫她们眼珠子把脚面砸出个疙瘩。她们可没少劝她划拉个不缺胳膊不缺腿的就嫁掉算了。

岳珊叹了口气。

梁亮受到惊吓似的倏地站起来：“珊珊。”

岳珊一眼抓住他脸上的沉重，喉咙里“哦”了声，靠着老核桃树站住。月光从山坡下的河湾里吸上一团团乳白色水雾。老核桃树干湿漉漉地的泛出丝丝缕缕的凉气。梁亮把披在身上的外衣递给岳珊。岳珊没往身上披，拎着搭在身前，衣袖耷拉在梁亮薅过的杂草上。

“珊珊。”梁亮舔舔嘴唇，似乎在费力地选择词句。

“说吧。”

“是这样，珊珊。今上午公社党委的组织委员跟我谈话，说党委初步决定，滚石塔镇建立党总支，岳绍前任总支书记，尚兴凡和我任副书记，分别兼任下河村和小河南村党支部书记。他告诉我，这是党委内部两派妥协的结果，要我珍惜这一机会，把户口和组织关系迁回滚石塔镇。”

岳珊觉得胸膛里涌上阵砭骨的寒气。

“你知道的，珊珊。”梁亮的语速极快，像是怕被岳珊截断似的，“我从来不把当官当回事。我只是想占住这个向岳绍前发起反攻的桥头堡。打破岳尚两家轮流统治滚石塔镇的权力格局，是我当初回村造反的唯一动力和使命。”

岳珊看看他不吭声，一脸茫然。

“珊珊，我们再等等好吗？等到……”

岳珊突然大笑起来，笑得浑身颤抖，就势缩身坐在树根上，双手抱住膝盖。梁亮慌乱地抓住她的手，被她狠狠推了一把：“滚开！”

梁亮看着她，两手伸也不是，缩也不是：“珊珊，我不是那个意思……”

“我早该知道你的意思了，在你迟疑、权衡，不肯立即上山的那天。我不该还有幻想，不该的。”

“可我们……”

“再等等，好吗？——真好。”岳珊伸手截断他的话，“你们凭啥认为想扔就甩手扔掉，想捡就弯腰捡起，就因为我爹是地主分子，我是一个草芥不如的贱民？”她胸口收缩了一下，有啥东西刀一样尖利地扎进去。她模模糊糊地听到刺穿血肉的撕裂，那是梁亮的地方。就在这一刻，她彻底明白了，梁亮其实一直就埋在哪里，埋在她身体很深的地方。

岳珊抬头望着老核桃树顶上盘桓的满月，脸色煞白：“梁亮，记住今天晚上的月亮。真大，真圆，真好看。”

岳珊说这句话时，在知琛和淑珍曾经的爱情小屋里，杏花搂着知琛，忽然把手伸向他的下身。知琛迅速退到墙根，双手抱住膝盖。月亮刚好爬上屋檐，一道窄长的月光从门板上沿挤进来。

第二十六章

“一片狼藉。”岳绍前拍打着巴掌，“一片狼藉呀。”垂手站在一片狼藉的河滩地前。

地里到处是连根拔起的小麦和圆滚滚的乱石，紧靠山坡的地方只剩下裸露的光滑山根。河边七零八落的半截石堰前，淤积着散发出腥臭的枯木杂草、朽烂的棺材板，少皮无毛肚子圆鼓鼓的死狗烂猫。

昨天这里还平整宽阔得像盘大炕，齐崭崭的小麦绿毡似的铺在炕上。从施种肥到压冻水、浇返青水，整个一冬春，岳绍前大会小会地要求各村把化肥土杂肥全部都施在河滩的大寨田里，像侍弄孩子一样，不缺吃不缺喝地确保这季小麦丰产丰收。入夏后眼瞅着小麦越长越好，岳翕若那个预言越发成了他的心病，胳膊一疼他就担心，几乎天天来看他的人造小平原，掐着指头算计季节。只要芒种一到，这茬子小麦上了场，少说也得比往年多收一成。到那时看谁还再说三道四。

真是怕啥来啥。修泄洪沟时，岳绍前专门请来了公社水利站站长，说提水站搞砸了，责任还有技术员给扛一半，要是这大寨田再出问题，我可就真没法交代了。站长把胸脯拍得当当响：包在我身上，保管十年不出问题。还十年呢。他抬头看看仍然阴沉的天。今年夏天的雨水来得忒早忒急。这老天爷也真是会点眼药水，偏偏就在上河村这一段硬硬地撕开宽阔的一片。

春耕前，公社组织了一个庞大的参观考察团，巡回视察各村的农业学大寨工程。前一天，岳绍前叫上负责提水站工程的兴凡、四个村冬干工程负责人和从公社水利站请来的技术员，去提水站试水。岳绍前亲自合上电闸，水泵轰鸣着把水送上高架水渠，大家刚拍着巴掌发出一阵欢呼，二级提水的蓄水池还没灌满，水渠的石缝里就开始漏水，冻成酥豆腐的水泥渣噼里啪啦往下掉，水滴连成水线，水线变成水帘，眨眼工夫，长长的一级提水渠就漏成了座连孔水帘桥。岳绍前一脸灰黑，责问技术员，你咋把的质量关。技术员刚吐出个“我”字，就被他一挥手打断，狠狠批了一通尚兴凡督查不力。兴凡鼓着腮帮子不说话。开工前技术员就提醒岳绍前，这么大的工程，光靠滚石塔镇那些垒石堰盖土坯房的“二把刀”可不行。得从县水利局工程队请人来做防渗处理。再说，这工程冬天也不能干，得等到明年开春再动工。当时岳绍前也是这样一挥手，说：那不黄花菜都凉了。你那些洋办法跟不上形势了，该拔你的白旗。为全公社农业学大寨树立样板，是党委交给滚石塔镇的政治任务。咱们就是要破除迷信土法上马，没有条件创造条件也要大干快上。

岳绍前拉下电闸，在一片稀里哗啦的滴水声里对身边的人说：“这次参观就先不让公社考察团看提水站了。等修好后再把领导们请来参加放水仪式。”兴凡说：“咱们的河水上山工程可是在公社里挂了号的。再说，这么显眼的工程就摆在这里，不让看也看了。”岳绍前沉吟了下，叮嘱大家道：“水渠漏水的事不要声张。迎接参观时，只看提水站、水渠，不放水。”他把小河南村冬干工程负责人老赵拉到一边，小声交代说：“今天试水的事先别告诉梁亮。我看你挺有组织能力的，成立党支部时，我准备推荐你进支委。”老赵点头答应着，回去就把岳绍前的话合盘托给了梁亮。

刘文先带队来参观时，宏伟的提水站和横空飞架的引水渠引起一片惊叹。“人立革命志，水往高处流”，刘文先看着水渠上耀眼的红漆标语，拍着岳绍前肩膀说：“绍前，不给大家放水演示演示。”尚兴凡说：“刘书记，真不巧，水泵坏了，昨天晚上鼓捣了一宿也没弄好。“这可真是巧了。咋说坏就坏。”梁亮走进泵房，抬手合上电闸。电机嗡嗡响着不转，透出股胶煳味。他瞥一眼岳绍前，脸上满是不假掩饰的讥讽。刘文先把这一些都看在眼里，宽容地笑笑。各村都这样，重新掌权的“当权派”和班子里的造反派，至今尿不到一个壶里。他摆摆手，带头往河滩地走去。

宽阔平整的大寨“海绵田”又让参观团眼前一亮，大家纷纷朝岳绍前伸出大拇指。几位村里同样有河滩地的老村干部，互相交换着眼色，绷着嘴不说话。刘文先从河边的石堰走向山坡，在靠近山坡的地里来回走了几趟。这地，一两年怕是长不好庄稼了。这岳绍前不是毛头小伙子了，咋能这样瞎搞。要搁在那时，他会跺着脚骂娘，会当众指着岳绍前的鼻子问他是不是吃粮食长大的。运动还没结束，他可不想让人抓住给学大寨运动泼冷水的把柄。再说，也不能在重建村党组织之前自损大将。班子里那几个年轻的，可都瞪大眼睛想在各村安插他们的“革命战友”呢。刘文先临机决定这一站不再讲话，仍顺势走向山坡，举手遮住阳光巡视着沟堰整齐划一的大寨田，又望望从绿泉河直插长岭山的引水渠。对身边的办公室主任说，招呼大家到路边集合，去下一站。

几个老人吵架似的大声议论着，从山坡下走过。

岳绍前下意识地退后几步，躲到树丛后边。不知他们是没看到岳绍前，还是故意说话给他听：

“看看吧。要是去年冬天听了人家岳大胡子的话，哪会弄成这样。”

“当初把人家斗得那么惨，还是应了人家的话。”

“叫我看，咱这滚石塔镇光靠绍前一个人还真玩不转。”

这个口子豁得不小啊。得尽快堵住这些老家伙的嘴，不能再让他们这样瞎叨叽下去。岳绍前背起手慢慢往回走。

参观大寨田的当天晚上，刘文先在电话里狠狠骂了他一通，要求他无论如何也要在春种前确保让提水站送水上山。他正抹着额头上的汗不知如何回答，刘文先又放缓语气说：“哪怕只通一次水，明白吗？不能在重建村党组织前给梁亮任何出手的机会。”岳绍前几乎涌出眼泪，脚跟一碰，冲话筒大声说：“大队长放心”。第二天上午就让兴凡去县水利工程队请来几个专家。专家们敲敲打打地会诊一番，说：“只能拆掉重建。”岳绍前脸一黑，这一拆可就把自己脚下拆空了，再说让专业队来重建，既没时间也没钱，来不及了，就对带队的总工说：“咱先想个救急的办法，浇上春种这一水再说。”总工直摇头：“那就在水渠表面抹一层细砂水泥浆。撑不了几天的。”岳绍前狠狠拍一巴掌：“就这么办。”送水上山那天，公社的头头脑脑和各村的主任都来了，绿泉河水顺利灌进山上的蓄水池，高架水渠两边红旗招展，欢呼声一片，场面煞是热闹。梁亮声音不高不低地扔出句：“这哪里是高架渠，应该叫高价渠。”岳绍前没理他，这一关总算过了。

岳绍前刚溜达进门，云青就把饭菜端上桌。他把酒杯推到一边，端起碗。云青掀掀眼皮：“你都听到了？街坊邻居都在议论呢，他们说得可真难听。”

“听到了。”岳绍前放下碗说，“冲毁的地段都是上河村的。我已让兴凡抓紧组织抗灾整修。过几天召开个抗涝救灾表彰大会，给抗灾模范披红挂花。”

“那大家也会说你瞎折腾。这回你算是叫人家岳大胡子比下去了。”云青见他皱着眉头不再搭理自己，夹起块炒黄瓜填进嘴里，烫得伸长脖子吧嗒吧嗒嘴，顺口说，“村里人都说知琛跟尚荣杞家的寡妇侄媳好上了。想来倒也般配。听说那杏花还是个大闺女身子呢。该尽早给他两家撮合撮合，干柴烈火的，可别做出不体面的事来，大胡子是个要面子的人。”

岳绍前眉毛一扬，手指笃笃地敲击着桌子，忽然“啪”地拍了一巴掌。云青白他一眼：“发啥神经，吓人一跳。”

岳绍前端起酒杯慢慢“啁”了一口。

岳珊回到家时大嫂已收拾完饭桌。这些天林业队的劳力都调去河滩地，没白没黑地轮班抢修。她坐到炕沿上，很快就把给自己留的那份地瓜干焖饭“稀里哗啦”扒进肚子里，又盛上碗玉米糊嘟，把半个窝窝头掰进碗里，去门外屋檐下的咸菜缸里摸了几根地瓜梗咸菜，接着狼吞虎咽。一抬头见爹专注地看着她，使劲咽下嘴里的窝窝头，说：“我去送何如山大爷家的玉林，跑饿了。他来还我书。”

“哦，那可是个规规矩矩的好孩子，脑子也灵头。”岳翁若叉开五指梳理了把胡子，说，“你何如山大爷会调教子女。玉林被人家退婚后，照样安安静静的，难得呀。”何玉林也是岳珊的初中同学，他们毕业后，何家曾来提过亲，那时兴凡娘已来提过亲，就回绝了人家。其实，岳翁若一直觉得珊珊还是做何家的儿媳合适。看来玉林又跟岳珊有来往了，这是个好兆头哇。他瞅瞅门外，对老伴说：“知琛咋还不回来？”

老伴拍了女儿一把：“别吃了。”扭头道，“你看你，岳珊黑了天不回家你不吭声。他一个大小伙子你倒不放心了。”

“珊珊彻夜不归我都放心。她不会给我剃了这把胡子。”

岳珊抬抬眼皮，目光在爹的胡子上闪了闪，又埋头喝口糊嘟，把碗推到一边。

街上突然一阵喧哗，纷乱的脚步声从门前跑过。

岳翁若霍地站起来。一直在闷声不响地打量着岳珊的知琢匆匆走出去。岳翁若又坐回椅子。说来也巧，岳家和何家的大儿子都没孩子。在一次闲聊时，岳翁若说，也许咱们祖上在发家时都做过啥亏心事，上天惩罚到咱们头上了。何如山笑道，这人哪，一辈子不管两辈子的事，咱大可不必为这桩冤假错案愁白了自家脑袋。反正咱们都生了一大帮儿子，祖先要怪也怪不到咱头上。岳翁若没有何如山那样豁达，一直装着这块心病。

一袋烟吧嗒吧嗒抽透了，岳翁若又心神不宁地装上一袋，知琢才回来，一进门就说：“是尚成峰跟立春出事了。”

岳翁若紧绷的脊梁松弛下来。肚子里咕咕噜噜响了一阵。

“立春的婆家发现了她和成峰的奸情，召集人捉奸，却抓到了立春丈夫的亲叔伯弟弟。原来立春跟成峰幽会时，被她这个小叔子撞上了。他赶走成峰后，逼奸了立春。立春的丈夫把他叔伯弟弟揍了个半死，又领着人去砸尚大爷的家去了。刚才是大家咋呼着去下河村看热闹。”

“乱套了。”岳翕若拍打着膝盖，说，“滚石塔镇的村风虽说不像长岭村那样严苛，可有恩石寺里的岳和尚管着，祖祖辈辈很少有这样乱伦的事。”

知琛把头抵在大门上喘着粗气，两条腿软得像抽去了筋骨。他一直在下河村村头的柳树林里等杏花，看到立春丈夫领着一帮人吵骂着，凶神恶煞般地扑进村，吓得一口气就跑了回来。

大北屋的风门子“咣当”一响，大哥朝大门口走来。知琛赶紧推门进家。大哥不满地拉他一把：“咋才回来，爹都等急了。”

知琛避开爹的目光，勾头坐在床沿上，想着杏花反复说的话：“知琛，你别怕，有事我一个人顶着。”没听见爹的问话。大哥推他一下：“爹问你话呢。”知琛抬起头，怔怔地看着爹。

岳翕若指指桌子上方的墙壁：“这里是过年挂老经轴子的地方。老经轴烧了，可老祖宗还在。”“老经轴”是长岭山一带过年祭祀老祖用的画轴。画轴下方画着石狮子把守的家庙大门，上方画着五代血亲以内的祖先谱系，列着先祖的名字。不过年的时候挂出老经轴子，就意味着家长要动用家法。岳翕若指指知琛：“你过来，跪下。”

娘，大哥大嫂和岳珊、岳凡都紧张地看着岳翕若抖动的白胡子。知琛蹭到桌子前边跪下。岳翕若也费劲地扶着膝盖，扑腾一声跪在地上。知琢和岳珊惊叫着过去扶他，被爹伸手推开。他朝着墙壁拱拱手，道：“列祖列宗在上，我跟三子知琛在此立誓，岳家就是啥也没有了，您的子孙也要给您保住脸面。”

知琛抱住脑袋在枕头上来回辗动，爹“扑腾”跪倒的声音还是反反复复地在耳朵里轰鸣，不住地叠加放大，鼓得太阳穴突突直跳。

那场冲毁河滩地的雨扯天扯地，下得真蛮横。小屋像风雨飘摇中的船，淹没进辨不清东西南北的轰响。知琛就是在一片稀里哗啦轰轰隆隆的风声雨声雷电声里，跌跌撞撞地一头陷进杏花摇曳的情欲里，再也无法自拔。

那天下午，魔兽般阴沉恐怖低吼翻卷的黑蘑菇雨云，刚在沉重的雷电催动下漫过山头，果园里的人就一哄而散。知琛拐了个弯踅进他和淑珍的小屋。杏花跟他约好，收工后她来这里跟他见面。淑珍出嫁后，知琛就被杏花勾住，一天不见就魂不守舍。可杏花一旦像匹发情的母狼似的发起攻势，他马上就团缩成只刺猬。宁可等杏花离去后，自己躲在墙角，用那种做一次咒骂自己一次的方式，守护着岳家那把胡子。这回杏花说，你家里不同意换亲，我大爷也绝不允许我白白嫁到你家去。咱们再见一面我就回娘家，找户人家嫁了，再也不会死皮赖脸地缠着你不放。

杏花抱着头闯进小屋时，雨已经下得分不清点。她从雨幕的窒息中透出口气，像缺氧的鱼似的吐着白沫，拉起知琛又冲进雨里，趴在他耳朵上大声叫喊："我领你去个新地方。"

知琛跟头骨碌地被杏花拽进一条狭长的山谷。他手跟汽车雨刮似的不住抹着脸上的雨水，让杏花摆布着爬进一个藤蔓封闭的窗口。等杏花随后跳到屋里，点燃一堆干柴，他才愣愣怔怔地认出，这是座废弃多年的看果园的屋子，就在离胖哥墓地不远处的山坡上。门口早被堵死，木窗也已朽烂不堪。杏花用坍塌的灶台碎砖将窗口堵上，又在窗口上边的钉子上挂上块黑布。风雨声弱了下来。屋中央的火呼地蹿上一大截，爆出纷纷扬扬的火星。洒扫过不久的土腥味中，土炕上洁白的床单分外扎眼。他喉咙里"咕咚"一声。

两人面对面站着。忽忽闪闪的火光呼应着外边的雷声，两张挂着雨水的脸明明暗暗地闪烁。

"这样的雨。这样的屋子。谁也不会来，来了也啥也看不到。"杏花说，挺了挺胸脯。

知琛顺着她滴水的头发看下去。光滑圆润的脖子滚着雨滴，雨滴沿着锁骨滑润地分开。饱满的乳房撑开被雨水泡紧了的衣裳，两粒粉红的乳头从一片稀薄里凸出。雨滴在壅塞的两乳间汇集成一汪，随着她的喘息顺乳沟流泻而下。雨湿的浅色裤子皮肤般贴在腿上，粉色裤头清晰地划出轮廓边界。两只脚上的鞋早已甩到墙角，肉肉的脚趾在地上的水洼里探头探脑地蠕动。

知琛咽下口唾沫。喉结跟着一滚。

"扒掉衣裳烤烤吧。"杏花说。

知琛站着不动。

杏花揭皮似的给他扒下衣裳，双手撑着在火上烤。衣裳冒出白气，白气里有"噼噼啪啪"的声音在响。杏花抿紧嘴角。她知道，她不脱衣裳更好。

知琛身上一点点红起来，像刚出锅的虾。下身那东西突然就虎头虎脑地跳起来。

杏花身上也冒出蒸腾的白气。

知琛笨手笨脚地给她剥衣裳。衣裳在肌肤上发出不忍分离的呻吟。杏花被剥鸡蛋似的剥了出来。清明节艾水煮鸡蛋的香气在摇摇晃晃的小屋里弥散。

“杏花。”

“你不叫嫂子了。”

“……”

杏花忽然跪下，把头埋在知琛小腹上，叫着“知琛知琛”，捧起他雄赳赳的东西含进嘴里。知琛感到紧一阵松一阵的缠绕吸吮，头重脚轻地飘起来，叫了声“杏花”，腿弯一软，双臂搭在杏花圆润的肩上滑落下来。杏花死命地箍着他一块滑落到地上。

淡蓝的火苗舒卷伸缩，雪一样的炭灰落在地上。

杏花附在知琛耳朵上：“知琛，刚开始呢。等着，我让你知道一个白过了洞房花烛夜的女人，有多好。我叫你记我一辈子。”她半架半拉着知琛挪到炕上。

一声霹雳直直地落到屋前。小屋剧烈哆嗦，尘土纷纷落下，两人在不顾一切的喊叫中一次次浮起跌落。地上的火苗噼啪纠缠，渐渐褪回灰烬。灰白的木炭还保持着树枝燃烧前的形状，在炕上不时扑过的风里闪动出转瞬即逝的暗红。

雷声渐渐远去。知琛在被掏空的极度疲惫中睁开眼，杏花枕着他的腿，似乎已沉沉睡去，手指却还在他胸膛上轻轻滑动。他慢慢坐起来，凝视着她身侧床单上边那片桃花样的殷红。杏花睁了睁眼，呻吟了声，又闭上眼。知琛俯下头亲吻她鲜艳饱胀的嘴唇，慢慢抽出腿，把她裹进自己的身体。

雨声忽然消了。骤然而至的寂静使狭小的房间忽然宽阔得无边无际。细长的鼾声在倦怠的空旷中游动。

窗外透进模模糊糊的白光。知琛翘起昏沉沉的脑袋，听到爹一声接一声重浊的咳嗽。自从吐血后，爹就经常这样咳嗽。昨晚的情景清晰地闪现在脸前，耳朵里走火入魔般又响起那声“扑腾”。他揉揉眼睛，杏花家不知被砸成啥样了，今天还能见到她吗。从新婚之夜开始，杏花就以她的处女之身守望着那份朦胧的渴望，在数不清的等待天明的夜晚，用女人的本能和想象，把流动在身体里的焦渴冶炼成嚣张狂野而又艳丽妩媚的岩浆。她的汹涌喷发，瞬间就将知琛内心的坚守化成一把灰。知琛知道，他已不是他了，就像燃烧过的树枝，只保留着过去的模样，再也拿不起来了。

咋做了这么个梦。岳翕若靠着床头，琢磨着梦里的情景。金黄耀眼的白果树下，会愚盘坐在他面前，大殿的檐铃嘀呤嘀呤响。会愚没有脸，不，不是没有脸，是脸上没有五官，像兜头套上一个厚厚的猪尿泡。但他能感到会愚的注视。他问："你咋没有脸？"会愚哈哈一笑："佛有脸吗？"他突然就醒了，琢磨着会愚的模样，不知啥时候又睡着了。看见傩疯子坐在岳家大门口打盹，这个精灵古怪的家伙咋在这里打瞌睡，岳翕若弯腰看着他，他那张从来没有一点血色的脸上泛着层酒酡似的红晕。阳气上浮，这傩疯子也会老吗。岳翕若从他身边轻轻迈过，忽然觉得后背温温的，慢慢转回身，傩疯子正注视着他，眼睛里笼着从未有过的暖意。他愣住了。这张纸正反两面上的字咋渗透在一起了。"老和尚咋没有脸呢？"他问。"你见过谁有脸？"傩疯子笑着抹把脸，鼻子眼睛忽然就抹平了。岳翕若摸摸自己的脸，肉肉的也像个刚吹起来猪尿泡。

滚石塔镇这一阴一阳两个人是要说啥呢？难道知琛真的要抹掉我这张老脸。岳翕若看看还在睡着的老伴，她也一直被蒙在鼓里。知琢糊涂呀。

岳翕若领着知琛祭祖立誓的第二天晚上，知琢才把村里老三和杏花的传言告诉了他。他捋了半天胡子，啥也没说。老伴试探着劝他："尚家成峰被绑到县里的看守所去了。尚荣杞没法再提换亲的事。咱们是不是请胖奶奶去尚家说说，就把杏花娶回来吧。大男大女的，等闹出事来就不好收场了。"岳翕若划量了一宿，一大早就对老伴说："你去跟胖奶奶说说，让他去尚家走一趟。"他长叹一声："怕是要碰钉子的。"抖着大胡子连声叹息，"我老岳家，竟沦落到这步天地。"胖奶奶倒也麻利，早饭后就来回话，咋劝，尚荣杞也不点头，说我现在哭都拿不住调，这事搁搁再说吧。岳翕若当即对知琛说："你和杏花不能再见面，咱们要等着尚家点头后再明媒正娶。记着，你要是干出苟且之事，辱没了祖宗，就别再进这个家。从今天起，晚上不要出门。"知琛倒是听话，晚上老老实实待在家里。可岳翕若心里还是惴惴的，总感到不踏实。

街上突然传来一阵喧闹。

岳翕若一惊，慌忙穿上衣裳，跑出屋门，叫了声"知琛"。

东屋里没有动静。

他一把推开门，头"嗡"的一阵轰鸣，知琛不在。他退回院子，大声喊道："知琢！"腔调都转了。

知琢跟岳珊跑过来，一边一个扶住他。

街上已闹哄哄地乱成一片。天赦子得意的声音转着花飞扬："岳知琛，到你家门口了。

接着喊我是流氓呀，让你爹这大胡子听听，老岳家后继有人啦。”

知琛惨叫了一声，锣“当”地一响，刚喊出个“我”字，就被杏花的叫声斩断：“知琛，打死也不能再拿屎盆子往头上扣。大家评评理，他光棍我守寡，我们正大光明地谈对象，凭啥抓我们游街。”

乱哄哄的撕扯叫骂在门前纠缠了一会儿，吵吵嚷嚷地拥向远处。

岳翕若一口气堵在喉咙里，胸口憋得难受。岳珊用力捴拉爹的后背。他伸伸脖子，猛地嗝上口气，咬牙骂道：“敢作不敢当的东西，咋不一头撞死。让人家羞辱到家门上来。”

一上午岳翕若都没说话，不停地摸着大胡子。

岳珊趁中午吃饭的空跑回家，说三哥被天赦子他们押到公社派出所了。杏花一路跟到公社，在派出所里大喊大叫：“是我勾引的岳知琛，你们放了他，要抓就抓我。”被警察扯住胳膊扔给了天赦子他们。岳绍前在指挥部门前臭骂了天赦子一通，说他擅作主张把人送到公社去，丢了滚石塔镇的脸，把他赶回下河村去了。

岳翕若轻蔑地抿抿嘴：“演了出斩马谡就能把自己洗干净？这回工地上怕是没人再议论他毁了村里的粮仓啦。”隔了会儿，又说，“我这把胡子，是该剃了。”

第二十七章

岳绍前看着窗外，一只黄额头白胸脯的小鸟正在啄食熟透了的柿子，啄几下抬头四处撒摸一遍，又低头叽叽地快速嗲啄。

云青把一盘干炸花生米放在桌上。岳绍前摸了几粒填进嘴里，端起酒盅“滋溜”一口喝干，头还没扭回来。

云青笃笃地敲打桌子。

岳绍前回过头，冲着她笑，露出几颗缺损的牙齿。摸起锡酒壶高高抬起，一道细长的酒线准确飘落进酒盅。酒壶还没放稳，酒盅子“滋溜”又空了。

“哎哎，我说，”云青探出上身，指点着他，“岳绍前同志，岳大书记，还知道你多大年纪吗？”

岳绍前拨开她的手，忽然唱了一嗓子：“挺起了腰板也像那十七八。”仰起脸哈哈大笑，“咋样，底气还足着呢。”

“不过是把丢了的东西又捡了回来罢了，值当得，嗨，这么高兴。”云青把那盘水芹菜炒河虾推到他跟前，“多吃几筷子压压。”

岳绍前连夹几筷子，吃得嘴唇泛起汪汪的油光。故意小心翼翼地看看云青，又斟上一盅，轻轻抿了口。云青“扑哧”笑了：“哄小孩呢，爱喝你就喝，我才不稀罕管。”拿过酒壶给自己也满上一盅子，说，“看你这么开心，我也陪你喝一杯。说句实话，这些年你也真不容易。”

“好，碰一杯，这些年也叫你跟着受难为啦。”岳绍前捏着酒盅子仰起头，眼窝忽然有些湿乎乎的了。

挨批斗受的屈辱伤痛就甭说了。运动刚起来时，他就像又回到打游击的时候，西喊一嗓子东放一枪，把对手的火力引到别处，冷不防举枪打一梭子，赶紧趴下不动。后来被结合进革委会，这一招就不灵了，他又前画一个圈后兜一个圆，左推右挡借力打力，玩起太极拳。可就算战战兢兢百般小心，一招不慎就会让人家抓住破绽一巴掌打个趔趄。夏天那场洪水就让梁亮逮住了机会，北三村的老人们都让这小子给鼓动起来了。连狠着心抛出知琛和杏花的花花事，也没能导开全镇来势汹汹的不满，反而让大家更加同情岳翕若了。这着情急之下的臭棋，惹得云青好几天不给他炒菜。还多亏公社的副书记老陈火线救急，亲自坐镇滚石塔镇，提出“山洪面前举红旗，大学大批促救灾”的口号，在全镇大会上公开宣布：灾害面前更要绷紧阶级斗争这根弦，要警惕一小撮阶级敌人乘机煽阴风点邪火，绝不允许用百年不遇的自然灾害，抹杀农业学大寨的成绩。真是“阶级斗争一抓就灵”，大会一开再也没人敢议论改造河滩地是瞎胡闹劳民伤财的了。刘文先又及时安排公社《学大寨战报》和广播站的通讯员来到工地，连续报道滚石塔镇抗涝救灾的先进事迹。岳绍前几乎是来了个咸鱼翻身，转眼间就从讨伐对象变成了指挥抗灾的模范。到底是在一起撸过枪杆子的老领导，关键时候靠得住。没想到的是，这件事倒消除了刘陈二人之间的隔阂和猜忌，使他们在搭建滚石塔镇党组织上达成一致。“9·13”事件不久，滚石塔镇党组织的人选就初步定了，今天上午陈副书记带着组织委员来召开成立滚石塔镇党总支会议，岳绍前顺理成章地就任总支书记，尚兴凡担任总支副书记兼上河村支部书记，其他三村的支部书记任总支委员。白忙活了几年的梁亮啥也没捞到，垂头丧气地回县食品厂做点心去了。

岳绍前又“滋溜”笑出声来。滚石塔镇新的权力格局形成，又呈现出岳尚两姓共治的架势。他刚进门时，云青就说这是又扎起岳尚两家的架势了。岳绍前只是笑了笑。对，只是个架势。他岳绍前绝不会再让任何人左右。

“来，咱们再共同干一杯。”岳绍前提起酒壶，给云青斟上一盅酒，捏着盅子说，“风一阵雨一阵地转了一圈，这滚石塔镇的权力又回来了。”

云青打量了他一会，不紧不慢地回了句：“权力回来了，你可没回来。”

岳绍前诧异地看着她，琢磨了好长时间。这小老太婆，倒真长见识了。

重阳节的早晨，岳翕若刚放下扫帚，拍打干净身上的土，文书就领着两个架着筐萃果的年轻人进了院子。文书有点尴尬地笑道："重阳节了，烈军属每家一筐苹果，岳书记叫我先给你家送来。"

"岳书记？"岳翕若一脸糊涂，"呃，总支了，岳支书是大书记啦。"指指地上的果筐，拍打下胳膊上箍着的黑袖章，说，"谢谢啦，这我可不敢当。"

岳凡从屋里跑出来，拽住爹的胳膊。五年级的超龄大男孩个头蹿得超过了爹的肩膀，嘴唇上面毛茸茸的汗毛挂着几粒细碎的汗珠。他有点紧张地看看那筐苹果，一抬头正碰上那俩年轻人一脸"老东西不识抬举"的不忿，眼里立时闪出十四五岁男孩浑不论的桀骜，鼻子"哼"了声，硬硬地直视过去。俩年轻人脖子梗了梗，扭头出去了。

文书抹把脸，笑眯眯地看着岳凡。岳家这个绵羊似的小儿子咋就成了个啥也不在乎的浑小子。他冲岳翕若点点头，说："呃，岳书记说了，你年龄大了，身体又不好，就不用再扫大街了。"

"那可不行，这个情我不敢领。"岳翕若朝文书笑笑，"别过几天就又成了个新罪名，连书记也连累了。"

文书拱拱手："我传个话，传个话。走了。"

知琢连连感谢着送他出门。

大嫂拿起一个苹果闻闻："青香蕉呢，是好苹果，能留到过年。过去年年重阳节都送这样一筐，就这么断了。"满脸疑惑地说，"运动真要过去了？"

"这可不好说。都这样认为，咱还是听梁文语的，他说还早着呢，听听收音机就知道了。"岳翕若捋下挂在胡子上的草叶，"我不会接受他的特赦，大街还得扫。"

岳凡抓起两个苹果就走，大嫂一把抓住他："还没吃饭呢。"他拍拍书包："在这里哪。"拿苹果的手朝爹晃晃，跑了出去。他得去跟同学显摆显摆，村里又给俺家送苹果啦。成了浑小子后，他跟爹反倒亲近起来了。三哥出事的第二天早晨，爹就不顾全家人反对，把胡子梳理得精精神神，扛起扫帚恢复了扫大街的活，并且一改过去只闷头扫街不看人的习惯，碰到人就直起腰点头打招呼，好像是在干一件挺有面子的事。

下午放学后，岳凡参加学校组织的"批林歌咏会"，回家晚了，刚吃完饭，梁文语突然来到家里，说他可能很快就回北京了，来向岳翕若辞个行。岳凡瞥一眼干干巴巴的大教授，拎起书包就要回自己的小西屋。梁文语叫住他，指着放在桌子上一个印着洋字码，砖头大小的匣子，和一摞小塑胶盒子，说："这是录放机和歌曲磁带，送给你的。能听歌，也能把老师的教学录进去，带回家里再仔细听。"

岳凡的眼睛立刻来了神，闪闪地看着梁文语。

“看来我这礼物是送对喽。”梁文语朝岳翦若挤挤眼，笑眯眯地把岳凡拉到跟前，演示了一遍如何放歌如何录音，拍拍他脑袋嘱咐道，“这些磁带里的歌都是中外著名歌唱家的录音，现在还都犯禁，你只能在家里偷偷听，让别人知道了，会惹麻烦的。”

岳凡答应着向他鞠了一躬，抱起录音机和磁带跑进小西屋。到周末，岳凡再去师专唱李老师让他练唱的歌曲时，让李老师和秦老师都大吃一惊，李老师的手指盛开成一枝兰花。岳凡看着他的手，忽然冒出个念头，要是这只手有点香味就好了，就像秦老师的一样。恩石寺后院有棵很大的玉兰树，一开花满寺都香。

第二天下午放学后，岳翦若带上岳凡去恩石寺道谢。正碰上老高在跟梁文语喝酒，爹把一盒岳凡唱的长岭山一带的民歌民谣录音交给梁文语，喝了杯酒就匆匆告辞。经过会愚客堂后墙窗户时，听到老高说：“该叫他知道的。”梁文语说：“他现在还是不知道的好。”岳翦若敲敲窗框，喊了句“天凉了，要关窗户”，就下山了。

几年后，老高的错案被平反，恢复副省部级待遇，返回济南前，提了瓶杏花村来跟岳翦若吃了顿饭。边喝酒边说起那年重阳节的下午，他去恩石寺给梁文语报信的事，禁不住又为常继刚唏嘘感叹了一番。

那天中午在公社餐厅吃饭时，老高无意间听派出所所长说，常继刚在北京往各大学邮寄反动传单被抓起来了。他立刻想起了梁文语，就匆匆跑去给他报信。梁文语一点也没震惊，用食指顶顶眼镜说：“迟早会有这么一天。”接着又说，“咱这个国家还有救。”

老高把两只手的手指交叉在一起：“你跟继刚？”

梁文语没置可否，沉吟着说：“上个月，我的一个学生偷偷来看我，说学校里正在酝酿着恢复教学秩序，想抽一批教授回校。我估计快让我回去了。两种结果，一是继续任教，二是受继刚牵连成为阶下囚。由他去吧。”

“继刚他，”老高叹口气，问，“还能出来吗？”

梁文语摇摇头：“刚传达下‘9·13’事件，他就去了趟北京。回来告诉我，他想把听到的看到的和他近年来的思考，写一封给中央的信，并给我看了提纲。我看后就烧了，反复劝他不要飞蛾扑火。那提纲我大致还记得，共有六条，也可以说是六问。第一，‘9·13’事件难道还不足以让全党惊醒吗？他写道，林彪事件事实上已宣告了失败，证明了历史的前进是不能以这种领袖的主观意志加全党全军全国人民的疯狂盲从来推动的。

党应该及时总结教训，停止这种残酷的不断革命的探索，使党和国家回到正确的轨道上来。面对惨痛教训，毛主席也要反思，他始终想把新中国带到一个崭新的理想境界，理应得到全国人民的崇敬，但他利用自己至高无上的权威，在建立新中国以后，还试图继续以彻底摧毁一切的暴力手段，实现一个桃花源式的美好理想，已经给国家造成了沉重灾难。第二，一个马克思主义的政党应当高唱《国际歌》还是《东方红》？这一问加了个括号，写了两句话，‘从来就没有什么救世主’和‘他是人民大救星’。第三，‘一月风暴’能算中国革命政权建设的元年吗？这条也加了括号，否定十七年仅仅是否定了刘邓路线吗？第四，我党‘八大’和‘九大’会议，哪次更能代表全党的意志？第五，和平时期的党内斗争有必要付出如此血腥的代价吗？括号备注，被批斗囚禁致死的开国元勋、文化名人、专家学者和武斗中死伤的年轻人，并特别用红笔写道，应当修改党章、宪法，以党纪国法约束领袖行为。第六，五千年的文化就只能留下一部《毛泽东选集》吗？”

老高额头上渗出层密密的汗珠，他双手捂住额头，一点一点地一直抹到后脖梗，似乎是很在意地完成一个重要程序：“仅仅是个提纲，我就听得心惊肉跳。继刚怕是回不了家了。”他看看窗外摇动的树枝，说：“我从延安杀向战场时，说啥也想不到，新中国竟又拐了这么一个弯。”

“他有思想准备。”梁文语慢慢擦拭镜片，“从我这里离开时，他说，飞蛾是不知其死而扑向光明，我是明知其死而撞向黑暗。你开头是想问，我和继刚的行为有没有关系，听了他那封信的提纲，你就该明白了。他很早就开始反思，但当时他还不可能想那么深。我就给他讲历史上的乌托邦，告诉他那是种虚幻的美好和慈悲。这种不切实际的向美向善憧憬，作为书生的梦幻的确让人津津乐道，但一旦被无上威权动员起群体暴力加以实现，其结果必然是丑陋和罪恶。办案的人不是傻瓜，他们不会止于继刚。从他表现出一意孤行的执拗时，我也就做好准备了。”

“肯将衰朽惜残年，”梁文语端端正正地戴上眼镜，举起酒杯，“来，为继刚，也为给我送个行，干杯！”

“也为重阳节，为登高望远，干杯。”

两只酒杯在慢慢靠近时忽然发力，清亮地撞在一起，酒高高溅起，散开，洒落。两人对视一眼，各自喝掉剩下的半杯酒。

听着老高的讲述，岳凡不断回想起那个重阳节的晚上，梁文语伸出食指托眼镜的模样。那个收录机是他得到的一件最宝贵的礼物。

岳凡记得很清楚，重阳节那天是十月二十七日，星期三。那时林彪的画像已从站在毛主席身边笑嘻嘻的副统帅，变成被一只大手抓住脖子的贼眉鼠眼的小丑。不久梁文语就回了北京。是公社那辆唯一的破吉普车把他拉走的。

第二十八章

入冬以来的头场雪，犹犹豫豫下得有些羞涩，疏离的雪粒在空中找不到伴，埋着头唰唰坠落。岳珊懒懒地趴在窗前，雪粒忽然间就变成雪片，牵牵连连你拉我拽地连成一片，窗台上的积雪很快就超过了窗扇的下沿。夜色就在这时一下浓了。

岳珊看看大北屋的灯光，拉上窗帘躺在床上，抚摸着光滑的小腹。过去整整一个月了，该来的还没来，真的怀上了他的孩子？心里突突一阵激跳，泪水一滴一滴涌出，顺着眼角落在枕头上。她抓起枕巾蒙住脸，心底的悲苦突然发动，赶紧伸手死死捂住嘴巴，把一声毫无防备的恸哭憋在喉咙里。蚀骨的悔痛从那一刻起就一天天叠加淤积，像窗台落雪，绵绵飘下，层层压实，渐渐变成坨坚硬的冰块。

这一切都源于一个月前胖奶奶那次说媒。她找到果园对岳珊说，梁亮托我给他提亲。我划量了半天，你爹那老脑筋，我怕碰一鼻子灰。闺女呀，你胖奶奶看着你长大的，不会害你。叫我说，这事你得自己拿主意。坟都扒了，祖宗都没了，还有啥祖训。满滚石塔镇看看，还有谁能像梁亮那样对你。他说了，你根本不用嫁到小河南，就直接去厂里结婚。岳珊低着头不吭声。胖奶奶说，那你就是同意了，我可给梁亮回话啦。你爹那里，你叫你娘慢慢去说。他这么疼你，不会难为你的。

岳珊看着胖奶奶，眼里忽然涌满泪水。

那晚上的那钩上弦月冷得打战，镶着圈雪青色边线。野李子树下厚厚的落叶热烘烘地像要着火，在梁亮疯狂的拥抱亲吻中，岳珊听到尚兴凡爬上山坡的动静。就在这时，梁亮进入了她的身体，她禁不住尖叫了一声。山坡上翻落的石头带动出一片哗哗啦啦的滚动。被野李子树枝割破的暗淡月华散落成细碎的流光。她咬住嘴唇，使劲闭上眼睛。梁亮忘情地亲吻着岳珊，不住地说：“珊珊，咱们明天就去登记。”岳珊的眼泪顺着眼角不住流淌。梁亮近乎狂暴的炽热出乎她的意料。她只是想跟梁亮把话说结实。让尚兴凡来这片野李子树林见证他们的订婚。就在突然间，就那么一瞬，就被梁亮的炽热“嘭”地点燃。她一把推开梁亮，清冷的月光浸透进肌肤。

山坡下的寂静漆黑一团。

第二天、第三天，梁亮没了音信。

第四天晚上胖奶奶悄悄溜进小南屋，满脸愧疚地告诉岳珊，梁亮他娘死活不同意，找了梁亮的师傅，说要是娶了地主家的闺女，俺家下辈子可就完了。他师傅马上找了厂领导，厂里坚决不给梁亮开登记的介绍信。梁亮这几天一直在跟厂领导闹腾。他师傅派人看住了他，不叫他回家。我去厂里找过梁亮，见不到他。珊珊，你看你胖奶奶这事办的。她抓住岳珊的手，说，我估摸着亮亮会有办法的，咱们等等，啊。岳珊冷笑道，能被人看住就不是梁亮啦。她很平静地宽慰胖奶奶，这事咱就当没提过好了。

当晚岳珊就找到梁老师。梁老师笑道，别看我哥哥在滚石塔镇不受待见，到了厂里却成了香饽饽。人家要让他当副厂长，正在政审呢。听说他准备将来带着职务再杀回滚石塔镇。岳珊笑笑，你们梁家终于要出个当官的了，这是好事。

过了几天，梁老师来找岳珊，摇着头说，我哥当副厂长的事泡汤了，听说是让一个副县长给挡下的。

梁亮发疯似的到处堵截岳珊。前天忽然跑到她的小南屋里来了，被岳珊冷冷地给推了出去。他抓住门框：“岳珊，你听我解释。”“解释？哪个版本。当了官的，还是没当上的？”梁亮低下头：“你误会了。我会负责任的。”岳珊冷笑：“负责任？为你的政治抱负负责任去吧，免得给你娘生个黑羔子，像我一样任人作践。”梁亮突然抬起头，碰上岳珊冰冷的眼神又颓然耷拉下。

今天上午，梁老师替梁亮送来厚厚的一封信，说：“老同学，你咋折磨的我亮子哥，人瘦了一圈，嘴唇肿得跟猪拱嘴似的，周遭全是火泡。”岳珊没说话，在信封上写上“梁亮，你被我抛弃了”。让老同学原封带回。梁老师不解地问：“你这是演的哪一出呀。”岳珊说：“你告诉他，等他当了官我才跟他。”

爹的咳嗽声很深，带着沉重的喘息。岳珊的头随着咳嗽翘了翘。三月十五晚上扎进的那个尖利又慢慢地搅动了一下。

岳珊几乎一夜没合眼。天刚亮就出去了，快晌午时才回来。刚进院子就一头扎进大嫂屋里。她出门时就告诉大嫂，让她在家里等她。大嫂巴眼看看岳珊。岳珊憔悴的脸上浮着层发烧似的光晕。她关上门，坐在大嫂身边，直视着她的眼睛说：“大嫂，我要出嫁了。嫁给何玉林。”

“好呀，太好了。”大嫂高兴地说，“不管是人家还是孩子，在咱长岭山前，都是一顶一的。大嫂真为你高兴，给何如山大爷做儿媳妇，保准受不了难为。”

“我怀上了梁亮的孩子。”

大嫂猛地站起来：“你说啥？”

“我怀上了梁亮的孩子。”

“那你咋还要嫁给何玉林。梁亮，他，是不是他……又不要你了。那可不行，咱得让你大哥找他去。”

“我现在绝不会嫁给梁亮。”

“你——”大嫂一把抓住岳珊的手，直瞪瞪地看着岳珊，好一会儿才喘上口气，说，“小妹，你傻呀。你这不是作践自己吗。”

岳珊望着屋顶。那钩雪青色上弦月清冷的冰芒，穿过黢黑的野李子树丛，火炭一样烧灼的寒战迅疾掠过全身。那声尖叫把她的自尊撕割成碎片，溃散在野李子树黢黑的阴影里。“收拾不起来了。”她靠在大嫂身上，说，“大嫂，是我把自己轻贱了。”

大嫂抱住岳珊肩膀，使劲摇着头：“小妹，你是咱岳家、咱爹的掌上明珠呀。”

岳珊摇着头悄无声息地流泪。

岳翁若和老伴对坐在炉台两边，四只手笼在炉火上，听着小北屋的动静。

“这些天，我咋觉着咱珊珊眼神有点不大对劲呀。”老伴总是不习惯称呼丈夫翁若，也从不叫“孩子他爹”，公公去世后，岳翁若也不让她叫老爷，嫁进岳家以来，就一直这样没有称呼地跟丈夫说话。

岳翁若往火苗上按按手，顺势把烤在炉口边上的地瓜翻翻身，拂去落在胡子上的炭灰，没回应老伴的话。自从大病一场后，他就怕冷，脊梁里老是笼着团寒气。也不大爱说话。老伴注意到他还开始忘事，常常手里拿着火柴盒找火柴，有时一连去院子里好几趟，也拿不回想取的东西。这么把年纪了，还跟孩子们一样吃粗咽菜，身子骨哪能不亏。每当看到他把煎饼卷撕下一小截，在糊嘟碗里泡泡再塞进少牙的嘴里，瘪着腮帮子费力咀嚼，她心里就愧疚得发疼。她拿起铁筷子夹起那块地瓜，捏了捏，剥去焦黑的煳皮，递给岳翁若。

这是他冬天的补品，也不敢天天吃。存在地瓜窨子里的地瓜，是要留到明年春天养地瓜苗的。

岳珊终于从她大嫂屋里出来了。岳翕若听着她的脚步，比刚进家门时踏实多了。他抹把嘴，把茶壶盖翻过来放在炉口圈上，将剩下的半块地瓜小心地搁在茶壶盖里。岳珊却径直回了自己的小南屋。岳翕若看看老伴。老伴起身去了小北屋。

岳珊明天就要出嫁了。冬至第二天，阴历十一月初六，倒是个好日子。家里却冷冷清清的，没有一点喜庆气氛。街坊邻居谁也不知道。白天岳珊还跟哥嫂出了一天工。岳翕若和老伴围着炉子对坐了一天，中午也没吃饭。炉子上生铁壶里的水哗哗开着，顶得壶盖不住跳动，白色水蒸气在两张已无话可说的老脸间不住地消散升起，升起消散。岳翕若的胡须沾满细密的水汽，沉沉地垂着。这一天他只说了一句话："对不起何如山呀，几辈子的世交了，咋有脸再见面。"老伴也只回了一句，还跟他的话走岔了道："珊珊这么急着嫁过去，是想赶在身子有反应前。"

天刚擦黑，老大两口子和岳珊就回来了。今天冬至，收工早了点。老伴和知琢媳妇摆下面板包水饺。面是早就留出来的，冬至包子夏至面是滚石塔镇的规矩，属于一年有数的几顿面食之一。出嫁的闺女要吃上顿上轿包子，也是滚石塔镇的规矩。岳珊给爹和大哥烫上壶酒，做了盘大葱炒豆腐。酒是何玉林前天来拜见老泰山时的礼物。

岳翕若端起酒杯，泪水"吧嗒"掉进杯里，把满满的酒砸出个圆圈。接着眼泪成串地滚落下来，酒溅跳着，漾出一个个圆圈，牵牵扯扯地溢出杯沿。他颤颤抖抖地把酒杯送到唇边，一口喝下去，夹起筷子豆腐，压下胸膛里窜动的伤恸。

岳珊低下头，去帮着娘和大嫂包水饺。大嫂右手几乎看不出动，短小的擀面杖却在掌根下转得飞快，左手像加工机出口似的，食指一拨就转出一个溜圆的饺子皮。娘把舀馅子的木匙夹在食指和无名指中间，放馅捏饺子手不离匙，动作轻快迅捷。岳珊的眼睛在娘和大嫂的手上来回转动。她知道两人都在回避跟她对视，怕哪个眼神不对伤着她。她手上一用力，把包好的水饺挤出了馅子。

岳翕若伸出两根食指擦干眼窝，看着突然愣怔起来的岳珊。这孩子是跟自个儿拧巴上了。出嫁不让声张，连大哥大嫂想去送送都不答应，非一个人走到婆家去。他知道，珊珊是觉得两边的家都对不住了，不值得正儿八经地迎送。她是在惩罚自己。她就不知道，爹是那么怕委屈了她。爹对她的心疼，其实都超过了她的小弟。

吃完饭，大嫂撩起衣襟，从贴身口袋里掏出一个手绢包，递给岳珊说：“大嫂没啥送你的。这是二十块钱，你拿上。出嫁，多少得有点押箱底的钱，图个彩头。”

娘知道这是老大两口子单过时攒下的全部私房钱，都是一角一分的零碎，今上午才去供销社兑换成一元一张的整票子，就对推拒的岳珊说：“收下吧，你大嫂的一份心意。这可都是一分一分地从牙缝里抠出来的。这样的日子，攒起这么多钱，不易呀。”

岳珊接过钱，一把抱住大嫂，刚哭出一声，就硬生生地截住，紧挨着大嫂坐下。娘叹口气，对知琢媳妇说：“她大嫂，真难为你了，连娘也替我当了。这些年，我这心里真是愧得慌。娘谢谢你啦。”

大搜摇着手要站起来，被岳珊伸手拉住。

岳翕若叫声珊珊：“我和你娘也送你件东西。”从条几上摸过早预备好的一个结着紫红缨络的玉如意挂件，说，“这是你奶奶留下的，嘱咐等你出嫁时给你戴上。这些年一直戴在你娘身上。咱家就这么一件老玩意了。好好收着，将来也许能值个钱。”

岳珊双手捧过玉如意，再也止不住泪流满面，扭身冲出屋门。

“姐姐。”一直坐在一边静静地看着大家的岳凡哭喊着追了出去。

天上又开始落雪。

在院子里打旋的风把烟囱里的烟憋了回来，坐在炉子跟前的知琛媳妇被煤烟呛得一阵咳嗽。岳翕若摆摆手：“你们俩早歇着去吧。明天上午别上工了。请个假，就说送你妹妹去。这么个大事全家人都捂着，会让人家猜测的。珊珊执意不让去送，就依了她。第三天你们去何家看看，把她和玉林接来，三日回门的礼数不能再免了。”

岳翕若没有睡意，就又坐在炉子边上，点着袋烟抽了几口，伸出大拇指去按烟袋锅，神情忽然一阵恍惚，拇指停在烟火上，飘起阵轻微的皮肉烤焦的味道。他用力按下去，直到烟袋锅里不再冒烟。“你说。”他也没看老伴，捋了把胡子。老伴知道，他又要说那些话，也不吭声，通了一火柱炉子，把铁壶蹲上。铁壶静默了会儿，突然吱的声叫起来。

“从民国以来，我就一直追着新潮流走，自忖一点也不反动。要说财产就是罪恶，我几乎把半个家产都拿给游击队了，还搭上自己的亲弟弟。送老二参军的时候，正炮火连天的，老蒋的势力还大着呢。这些，本该能换来子女和顺平凡的日子呀。”

老伴下炕端过盆热水放在炉台上，给他洗脚。他脑袋慢慢耷拉到胸前打起盹来。

天还没明，窗户就被雪照亮了。岳翕若小心地轻轻拉开屋门。院子里的雪积了厚厚的一层，雪花还在飘落。岳珊的屋里还没亮灯。他拖起扫帚悄悄走出大门。

雪很厚，扫帚粘滞得挥不动，刚扫出庄头，脊梁上已沁出汗。他拄着扫帚把喘口气，汗水立刻变成贴在脊沟的冰气。赶紧晃晃肩臂，弯腰继续往山上扫。好在山路上的雪大部分都被风卷到路边，省了不少力气。扫到杂树林那里，他没像往常那样停下，一直扫到果园上边拐往长岭村的路口，放下扫帚呵呵手，回身望着来路。

刚扫过的路又铺上一层薄雪。

岳珊奔跑着扑进爹的怀里，扑腾跪在他脚下，放声痛哭："爹，珊珊给您丢脸了。"

岳翕若蹲下抱住女儿："珊珊，啥时候，你都是爹的好闺女。"

岳珊把爹两只裂开血口子的手捂在自己脸上。觉得那双粗砺的手渐渐温热了一点，就放开它，伸手擦去爹脸上的泪水和鼻涕，捂住爹的脸颊。岳翕若扳下她的手，说："珊珊，这几天爹一直在想，也许我一开始就错看了梁亮，他做事有他的道理。是爹耽误了你的婚事。"

"不，你没看走眼。"岳珊把爹慢慢扶起来，给他用力搓揉膝盖，"我就是答应嫁给他，再有当权的机会，他还会扔下我。我要让他的孩子也尝尝当地主羔子的滋味。他的孩子会姓何。"

岳翕若早就洞察了女儿坚持留住孩子的心思，但听她亲口说出来还是感到一阵透心的惊惧。他抓过岳珊的手，说："你这是在报复自己呀。"忽然截断话头，问，"玉林，他？"

"我都向他摊明了。他只要有一点不能接受的表示，我就不会嫁给他。"岳珊咬咬嘴唇，说，"他说他能体谅我的心情，他会接受我的一切。"

岳翕若一直收缩着的心"噗"地放松开，长长舒出口气，泪水又盈满眼窝："到底是何如山调教出的孩子。爹该早替你做主。贱民的女儿就该找贱民的儿子。珊珊，你会有好日子过的。"

岳珊再次跪倒，给爹磕了个头："爹，珊珊走了。天太冷，你快回家吧。"

岳翕若拉起岳珊，给她拂去沾在头发上的雪，朝前摆摆手："去吧。爹扫不动了，只能给你扫到这里。"

岳珊沿着果园上边的小路匆匆往东跑去。岳翕若爬上山坡，看着她摇动的背影越来越小，渐渐消逝在迷离的风雪里。

"珊珊。"他眼前一阵发蒙，晃了晃，伸手在空中抓了一把，跌坐在山坡上，打了个转，顺势滑到路上。刚扫过的凹凸不平的石头路面结了层薄冰，脚一蹬一滑着不上力。他反手抓住路边的荆蒿，挣扎出一身透汗，靠着山坡团身坐起来，抱住膝盖抬头看着棉絮一样牵扯在一起旋舞的雪花。

“就这样吧。”他闭上眼，沉入一片灰蒙蒙的困倦。

雪纷纷扬扬，静静飘落。岳翁若很快变成块雪白的石头。

老伴提起铁壶，通开炉子，红黄的火顶着煤烟蹿上来。岳翁若伸手够向忽忽闪闪的火苗。会愚忽然笑眯眯地站在火的那一边，朝他伸出手。小腹深处咕咕噜噜翻起团热气，他抓住会愚肥胖的手，轻松地站了起来。身上的积雪盔甲似的一阵咔咔响动，滑落在脚边。他转转僵硬的脖子，睁开眼。

傩疯子站在他面前，两只枯瘦的鸡爪似的手还死死攥着他的手。

雪停了。满山蓝莹莹的光晕。

黄昏贴着绿泉河、巴漏河交汇的河湾破开道缝，夕阳醇厚的光线被密布天空的云层挤压成薄薄的一片，从缝隙间溢出，在结冰的河面上铺开层温和的橘红，折向上河村重重叠叠的青瓦屋面，照亮了果园上方积雪的山坡。

雪又在零零星星地飘落，东一簇西一片的树木都已辨不出模样。山坡上只剩下雪白的寂静。

积雪已没过脚踝，肩膀上覆着层冻结的薄雪，尚兴凡和梁亮对面坐着，像对斗鸡，又像两个心气相通的好友。梁亮的嘴角结着一抹冻干的血痕。尚兴凡脸颊上鼓起块青瘀。他们一声不吭地对视着，咚咚的心跳声越来越清晰。

一股小风裹着雪粉从他们中间溜过，两人同时缩了缩脖子。

尚兴凡忽然站起来，踉跄着向前扑了一步，晃了几晃才站稳。

梁亮没动。看着尚兴凡，抓住军大衣下摆裹了裹。那几天他一直缠着厂长，反复说，他要娶岳珊。绝不拿老婆换副厂长。可厂长还是硬给他报了上去。他该先回来告诉岳珊一声的。后来，岳珊就不给他解释的机会了。现在说啥都晚啦。他眼角抽搐了几下。

尚兴凡冷笑道：“知道难过啦？早干啥了。”

“你早干啥了，订了婚就该娶她。”

“你不是一直在争吗，为啥又忽然缩头？”

“……”

“你既然……就该像个男人，带她离开滚石塔镇。你毁了她这一辈子，知道吗，你就是个流氓。”

“你他妈的有啥资格教训我。”梁亮腾地跳起来，手按在嘴上咳嗽一声，“是你抛弃了她，为了换滚石塔镇的头把交椅。”

尚兴凡绷住浑身的那口气“噗”地散开，退后一步，指指梁亮又指指自己：“执掌滚石塔镇？你没门，我也休想。是你们把岳绍前斗得抱住权力不放了。”摇头冷笑着扭身就走。

梁亮前冲了几步，挥着拳头吼道：“咱俩，都他妈的是流氓。”

身后的树丛“咔嚓”一声，积雪呼啦落下，扬起一片粉雾。梁亮抖抖身上的雪粉，摊开手掌，看看那块碎牙，扬手甩在地上。积雪破开一个小洞，血在缺口边缘洇出一圈鲜艳的桃红。他狠狠踏一脚，顺着果园花椒树雪墙，踢开积雪往东走去。

河湾上那抹夕阳倏地退了下去。

药锅在炉子上“汩汩嗤嗤”冒着热气。岳翕若躺在炕上，闭着眼，脸颊潮红。被知琢从山上背下来一直到死，他没有再回到那张黑檀木小床上。

老伴听着他呼呼噜噜的呼吸，对知琢说：“今早上，你爹那是不想活了。知琛和珊珊揭掉了他的脸皮。”

知琢宽慰娘：“不要紧的。爹一向心大。常大夫说爹的脉象还算扎实，好好调养一阵子兴许还能恢复。”

娘摇摇头，给岳翕若掖掖被子。顺手拉开灯，把窗台上盛零钱的小木头匣子递给知琢：“这个家还是让他大嫂当吧，我顾不过来了。唉，这日子，缺油少盐的，有啥当头，就是多操份心罢了。后天新女婿回门，咋着也得凑伙四个菜呀。”

第二天清晨，小米汤一样黄泱泱的阳光，早早地就淌下窗台。岳翕若靠在窗台上吃完早饭，觉得浑身暖烘烘的，就伸伸胳膊蜷蜷腿，试巴试巴力道，穿衣裳下炕，在炕与床之间走了趟来回，坐在椅子上。老伴看着他做完这一连串动作，笑得眼睛里溢满泪花：“你这条老命呀，倒真经得起折腾。这回真叫常大夫说中了。”她把一碗中药汤放在桌子上，说：“岳珊把那个沉香木盒留在她屋里了。孩子知道对不起你了，你就别再把她的过错搁在心上。"

岳翕若摸过条几上的镜子，端详着雪白的大胡子，觉得脸上的笑容有些凄楚，就伸手抿拉把脸，说："给我烫烫毛巾。"

岳翕若精神头一好就会打理他的宝贝胡子。老伴也没在意，给他烫热了毛巾，叠得方方正正，贴在脸上试了试，递给他就去门外的炭泥池里和炭泥。还没把煤跟黏土拌匀和，就听屋里"当啷"一声，赶紧跑进去。见剃须刀掉在砖地上，岳翕若斜靠着椅背，右手手指痉挛得扭曲成鸡爪，胡子已剃掉一半，下巴的肥皂泡沫里渗出殷红的血水。她扑过去扶住浑身哆哆嗦嗦的岳翕若，把他脸上的泡沫血水擦干。只剩下半拉胡须的脸怪异地拧巴着，右嘴角斜吊了上去。涎水哩哩啦啦顺着嘴角往下淌。

"你这是干啥呀。"她给他捋着扭曲的手指，说，"啥大风大浪你没经过呀。你不是挺心大的吗？"

岳翕若嘴里呜呜啦啦说不清："手，脚，不听，我啦。"

老伴知道他是中风了，使劲架起他来："你走走。"

岳翕若靠在老伴身上，迈出左腿，右腿却弹动着跟不上来。他抖着胳膊把鸡爪似的右手举到脸前，哽咽了会儿就放声呜呜大哭，涕泪跟血水黏糊在一起，挂在下巴和半拉胡须上。老伴忍住泪水给他擦脸，哄孩子似的说："你别难过，咱吃药打针抓紧治。都说中风是男左女右危险，你是右半边，不要紧，你身子骨本里壮，很快就会好的。"

岳翕若左手抓住老伴的手，用力捏捏，呜啦着安慰她道："心里不，难过。就是，哭，管不，住。"泪水又哗哗啦啦淌下来，像个受了委屈的孩子。

第二十九章　岳凡手记（三）

我是在泰安地区纪念《延安文艺座谈会讲话》发表三十四周年演唱会上认识贾楠的。

我的演唱大出风头，引起不小轰动。那时候经常搞类似的演出活动，各单位都热衷于网罗文艺人才，当即就有工交系统的部门和工厂找到后台来，表示要把我招到他们单位。我突然感觉自己成了个人物，台上台下走路都脚不沾地了。就在晕晕乎乎的飘然中，我发现贾楠波动的眼神总在有意无意地往我身上搭。我感到一阵阵莫名的紧张，心从黑暗的巢穴里突突往上跳。贾楠是拉小提琴的，演奏水平一般，人却漂亮得跟滴到油窝里的水珠似的，落到哪里都噼里啪啦起火花。她是军分区一位首长的女儿，一身没有帽徽领章的军装，把发育完好的身材勾勒得线条流畅，节奏明快。我知道我没有恋爱的资格，高攀这位军中白天鹅，纯粹是癞蛤蟆的痴妄。我赌气似的咽下口唾沫，别开她的眼睛，将冒冒失失的心跳一把摁进黑暗。

最后一场演出，我的歌被从中间调成压轴节目。一连补唱了三首，我再次在掌声中鞠躬谢幕，刚转进后台，贾楠就扑过来，把一双崭新的军鞋塞到我怀里，说："明天爬泰山，你的鞋不行。"

我还没反应过来，她又说："明天中午的午餐你不要带来了，我让我妈多准备一份。"摆摆手，"明天见"，掉头跑了出去。

我在大家嫉妒的眼神中走向体育场看台下的宿舍。一连咽了几口唾沫，胸膛里还是像敲鼓一样，咚咚直响。

第一次登泰山，觉得跟长岭山也差不多，也就是高了点。我的心思都放在双脚的军鞋上，走得有些小心翼翼。刚到快活三里，贾楠就悄悄扯了我一把，我们磨磨蹭蹭地落到队伍后边。她诡秘地看着我笑。我心里发毛，浑身摸了一遍。她笑得弯下腰。见我脸都涨红了，才趴在我肩膀上说："让他们傻蹿吧，爬到玉皇顶累个半死。咱们先偷偷去黑龙潭，然后找个僻静地方轻轻松松玩一天。"

她呵出的气一口口扑到我耳朵上，痒痒的，拽着我脑袋不知不觉往她嘴上歪过去。她推我一把，我尴尬地挪开一步，脸上腾腾起火。她又咯咯笑了。我摸摸耳朵，迟疑地指指前边："咋跟他们说？"

"那还不好说。"贾楠跑向前边的队伍，很快就得意地回来了，拉着我的手说，"咱们走。"

"你咋说的？"

"你崴脚了，我带你去看医生。"她模仿着我的"泰章普"——泰安章丘普通话，这是她给命名的，说，"不就是一次集体登山吗。爱去就去，不去就算，谁管呀，明天就都散伙了。你咋像个逃犯似的，这么小心。"

我一愣，赶紧掩饰地笑笑，露出浓重的章丘味道："俺就是逃犯哩。"接住她伸过来的手，掉头往回走。

昨天晚上，我做了一个很奇怪的梦。我和贾楠都戴上红卫兵袖章，去北京见毛主席。到了天安门广场，到处都是提着大棒子的红卫兵，见人就问"你家什么成分"。我躲在贾楠身后往前走，被一个长得有些像天赦子的红卫兵一把揪出来，喝问道："什么成分？鬼鬼祟祟的，一看就不是个好东西。"我支吾着不敢回答。他的眼球突然凸了出来，转动着审视我。我看到他眼睛里转出了那张耷拉着半拉胡须的脸，惊叫一声，扔下朝我怒目而视的贾楠，撒腿就跑，脖子上凉凉地挨了一棒子。我一把拉开灯，同房间的演员都死沉沉地睡着，我还没脱上衣，头枕在床头的横木框上，怀里抱着那双新军鞋。对面床上的翻了个身，瞅我一眼，我慌乱地拉灭灯，胸口还在扑扑狂跳。"明天，明天一早就跟贾楠说实话，把鞋还给她。"可天一亮我就毫不犹豫地穿上新军鞋，在地上走走跳跳，感到颤颤地长高了不少。鞋就不还了，回家留起来做个纪念。上山时抽个空告诉她。咋说呢："贾楠，我是个地主羔子？我爹是个地主分子？我家成分是地主？"还不都一样。她会咋样，翻脸骂人，大声喊叫，掉头走开？嗨，也都一样。从红门进山后，贾楠就让我寸步不落地跟着她，路陡的地方还伸手拉我一把，眼睛里盈盈地流动着呵护，倒像我是个小弟弟似的。我有些忘形地回应着几个青年男演员复杂的表情，沉浸在贾楠青葱的汗津津的气味里，心软痒痒地蓬松成一团。我从来没体会到过这样一种异样的骚动不安的莫名其妙的被淘洗了五脏六腑被轻轻吹离地面的感觉。我放过了多次能够开口说明实情的机会。我知道，只要一张口，这一切眨眼就会被泰山上的风吹散。

我一阵轻松一阵忐忑地跟着贾楠来到黑龙潭，心里的负罪感被飞动的流瀑冲进清幽的潭水，全身哗哗啦啦流动着冷冽的水声。跟她一起蹲在潭边撩着水洗脸。她脱下鞋，磕掉里面的土，把脚伸进水里。她示意我也脱掉鞋子。我没动，怕湿脚把鞋弄脏了。她两只白皙的脚丫在水里鱼一样游动，晃出两道波痕。我毫无觉察地叹出口气。这鱼是注定游不进绿泉河的，她会顺着黑龙潭的通道游向东海。只要咳嗽一声，这两条灵动的白鱼就会消逝在黑龙潭深处。

贾楠突然抬脚朝我拍击起片水花："你咋总是忧心忡忡的？"

水兜头溅了我一脸一身。鱼忽然不见了。我使劲晃动脑袋，抹一把脸上的水珠，眨巴着眼看着贾楠。她又咯咯笑了："呆样。你唱歌的样子多好，神采飞扬的，好帅。"

这是个茬口，只要顺着话茬告诉她，台上的岳凡不是真的。在滚石塔镇那个总是吃窝囊气的地主羔子才是真的，就不用再忧心忡忡了。但我低着头没说话。白鱼从水里蹦出来，油珠似的水滴从脊背上滑脱，顺着光光的石梁流进潭里，蜿蜒的水痕慢慢变细，断开，消逝。贾楠拉起我，离开潭水几步，从黄挎包里掏出午饭摆在片平整的石板上。一包葱油饼，两个咸鸭蛋，还有一听打开了的五香鱼罐头。她把军用水壶里的水倒进两个草绿搪瓷缸子里，递给我一个，说："下次，我给你偷出瓶茅台酒。来，干杯，为你的演唱成功。"

"为认识你，干杯。"我们碰碰缸子，清脆的声音把我的脑子碰开道亮光：笨蛋。何必非当面说清，回去后再写通道歉，不就省却了所有尴尬。

贾楠若有所思地盯着我："你总在想心事。不过你皱着眉头的样子真好，比他们咋咋呼呼的强多了。"

她晶亮的瞳仁映出我清晰的影子。所有的舞台灯光突然打开，我一脚踏进与小伙伴玩"藏猫眼摸高台"的状态，从头顶到脚指头，每一个毛孔都舒张开大口呼吸，眼睛里的云翳顺风飘散，清澈得我都感到了它的凉爽。我就用这样一双儿童般的眼光深情地看着贾楠，唱出了从梁文语那台录放机里学会的俄罗斯民歌《黑眼睛》：

"那双黑眼睛，

炽热勾人魂，

那双黑眼睛，

妩媚又动人。

我多迷恋你，

却又怕见你，

莫非见到你，

不是好时辰……”

我压抑住只想让贾楠一人听到的歌喉，反而更体现了俄罗斯民歌独特的韵味，连华丽的装饰音和我从未学会的滚舌音也自然涌出。贾楠听得泪光闪闪，我唱得也泪光闪闪。周围的游人像看怪物似的看了我们一会儿，摇着头不再搭理这对罕见的疯子。我唱完最后一句，双臂一张躺在石梁上，蚕丝般的白云从崖顶上游过，天空幽碧如深潭。

“真好啊。”

贾楠撑住双肘俯视着我：“什么真好？”

“和你在一起真好。”

“真的？”

“真的！”

贾楠一把拽起我：“走。”

我看看石板上的食物。贾楠又拉我一把：“不要了。”

我跟着她往山坡上走，忍不住又回头看那些食物。离得近的人已一哄而上，把它们都抢走了。可惜了，那个鱼罐头，五香的呢。

贾楠在树丛后边站住，双手搭在我肩头上：“不想拥抱我吗？你。”

我一把将她抱进怀里，喊着“贾楠，贾楠”，她回应着我，把脸贴在我脸上：“岳凡，咱们恋爱了。”

我掉进青葱的味道里，贾楠白鱼一样在我怀里游动。

我本不该到贾楠家去的。

我们到她家门口时，夕阳已遍地金黄，法桐树下的哨兵半边身上落满阳光，显得格外威严。在贾楠一再邀请下，我没拗过想跟她多待一会儿的念头，犹犹豫豫地跟了进去。

贾楠的妈妈审视地打量着我，笑笑，招呼我坐下，说：“我看过你演出，唱得挺好。”起身走进一道玻璃推拉门。贾楠给我削了个苹果，冲我吐吐舌头。我拿着苹果环顾客厅。客厅摆了一周遭套着白布套的沙发，宽敞得让人感觉没着没落的，空旷的挤压感使我浑身不自在。这不是我待的地方。我站起来，刚要跟贾楠告辞，玻璃门拉开道缝，伸出张跟她妈差不多的脸，接着又拉上了。

“小伙子真帅气。”

“嗯，是挺顺眼。不像咱大院里的孩子，一个个皮得跟猴似的，一霎也不安稳，把我们楠楠带成了个疯丫头。”

“你咋怪起人家孩子了，楠楠在你和姐夫跟前不照样啥疯话都敢说。”

贾楠朝玻璃门伸伸舌头，抗议地“呃呃”几声，把我按回沙发，附在我耳朵上说：“我姨跟我妈夸你呢。看来我妈对你印象不错，别的男孩子来了，我妈眼睛就像探照灯，防贼似的来回晃，能把人晃晕。”

门外响起汽车喇叭声。

“爸爸回来了。”贾楠跳跃着跑出去，很快就抱着她爸爸的胳膊走进客厅。他爸爸个子不高，往门口一站却把客厅的光线都遮住了。他犀利的目光照进了我的骨头。我腾地站起来。贾楠介绍说：“这是岳凡，歌唱得特棒。”

他“哦”了声，把外衣和帽子挂在衣架上，坐在北窗下的大沙发中间，朝下按按手：“坐吧。你就是那个唱《乌苏里江船歌》的？他们都说你唱得不错。”

贾楠拉我一把，跟我坐在门口一侧的沙发上。她妈坐在对面，看看我和贾楠，对她爸爸说：“他们不是常找你要文艺兵吗。我看这孩子条件不错，当个文艺兵挺合适的。”

贾楠眼睛闪闪发光，感激地看着她妈。他爸爸又注意地打量我一眼，指指我手里的苹果：“拿着干啥，吃吧。”

我机械地啃了一口，木渣渣地没有滋味。他笑笑，往靠背上一躺：“愿意当兵吗？”

“愿意。”我从沙发上弹起来，额头上涌出汗珠，“我，我不能当兵。”

贾楠和她爸妈同时“嗯”了声，一起看着我。我浑身冷汗涔涔，上衣呼啦就溻透了，结结巴巴地说：“我，我家，成分不好。”

“怎么回事？”她爸严厉地盯着贾楠，“咋把一个家庭成分不好的，领到咱们家来了！”

我把苹果慢慢放在茶几上，朝她爸鞠个躬，横移着蹭出门。贾楠喊声“岳凡”拔腿往外追，被她爸一声喝在原地。我胸膛里“喀”的一声断裂。像一个被当众戳穿了伪装的骗子，羞愧地逃出大门。

我听到贾楠跺着脚哭喊：“这是我的初恋。”

天完全黑下来后，我才像个被追捕的小偷，悄悄溜进体育场，独自蜷缩在黑暗的宿舍里，一点点地回想从昨晚到今下午跟贾楠相处的所有细节。两条雪白的鱼来来回回地在低矮的房顶上游动。我不敢开灯，竖起耳朵捕捉着外边的动静。一有脚步声就紧张得坐起来。听到我说出“成分不好”时，贾楠张大嘴巴一脸惊愕的样子，和她那一瞥看到怪兽似的的复杂目光，就像舞台上的音响，一圈圈不断放大。他爸爸愤怒的喝问，震得看台的水泥板缝里簌簌落土。我总觉得贾楠家门口那个哨兵就站在外边，等天一亮就把我押解回滚石塔镇。那场面让我不敢想，却偏又一遍遍地把那些眼神和嘲笑加工得细致入微活灵活现。前些天附近的一座小城市刚刚闹过地震。前天睡觉前，我的上铺把一个空酒瓶子倒竖在桌子上，从那个城市来的数来宝老张摆着手说：“没用的，真要地震，一眨巴眼的工夫就墙倒屋塌了。等听见瓶子落在地上，头顶上的水泥板早就把你砸成肉饼了。”吓得大家一宿都惊惊恐恐地没睡好。现在，我倒巴不得今晚就来一场地震，轰隆一阵就啥也没有了。成了鬼就该不会像人一样，还再分家庭成分了吧。

我也不知道这一宿睡着了还是没睡着，听到头顶上有了动静，就摸黑穿上衣裳，轻轻拉开门。还好，门口一个人也没有。我一路跑着直奔火车站。不能等登山的回来再走，我怕他们问我和贾楠的事。

在县城下车后，我搭了辆运货的拖拉机，直接去找公社教革领导小组组长马老师。他是滚石塔镇初中的第一任校长，一直待我很好。我初中毕业时就到了1973年，升高中改成了推荐加考试。那时马老师还是校长，他得知县里突然下达给公社一个“可以教育好的子女”升高中的名额，立即带上我在各类演出活动中获得的奖状、奖杯、证书，去公社游说，推荐我上高中。爹拐了好大的弯，托人带给刘文先一封信。那人回来告诉爹，刘文先读到信中“罪人岳翁若俯拜泣求”的句子，似是很动容，但却把信又退还给他，说你就说没见到我。这事我不便过问。那人说，看样子，他应该会过问的。不久，马老师就让我填写推荐表。没想到表却卡在了绍前爷那里。他说那么多贫下中农子女都想上高中，这个章我可不敢盖。爹一连找了他几次都没见到，就起了大早，蹲在他家门口等。他开门看到狗一样缩在台阶上的爹，马上又关上大门。结果，何如山大爷的小儿子上了高中，我就成了一名十七岁的社员。马老师很快就以方便参加演出为由，安排我在滚石塔镇初中当了名音乐代课教师。

马老师没等我问，就说，这几天泰安好几个单位来电话了解你的情况，得知你的家庭出身后，就剩下新建的泰安钢铁厂仍表示要招你入厂。刘文先书记倒是同意，说别误了小孩子前程。可分管文教的副书记一口咬定还得靠你给公社往回抱奖杯呢，哪能白白地把咱们的人才送给人家。我只好退一步，说，那就给一个民办教师身份吧，要不就太亏了人家岳凡了。他忙不迭地摇头：正在反击右倾翻案风呢，让地主子弟当正式民办教师，我可承担不起这个责任。你还是请示刘书记吧。刘书记得知分管书记的态度后，挠了半天头，回复我道，先让他这样干着代课教师吧，以后有机会再说。

“岳凡，你咋不吭声呀。”马老师摊着手看着我，黑瘦的脸上满是愧疚不安。我这才忽然有了想哭的感觉，眼里噙满泪水。我想说：“马老师，我能当代课教师就非常感谢你了，你在我心里就像父亲一样。”可我说不出口。我从小就这样，平时口齿也挺利索，就是不会当面表达感激和称颂。到这也改不掉这个毛病。没少因此让人误会。

离开马老师后，走了不到二里地，风一吹，我心里的委屈就散尽了。我不止一次这样眼睁睁地看着煮熟的鸭子又扑棱棱展翅飞走。不满二十岁的心脏已皴擦出太多褶皱，足以消化所有不期而至的委屈。生为黑羔子还有啥不平的。爹说过，咱家的孩子，能当个代课教师就皇恩浩荡了，还想啥。也就是你命好，摊上马老师敢担当这份责任。

第二年“七・一”，我又去泰安演出。贾楠的军装已缀上鲜亮的帽徽领章。她冷冷地不理我，我也台上台下地尽量回避她，像根本就不认识。演出结束后，她忽然约我一同去冯玉祥墓。我看着她的一身便装犹豫着，最终还是被她的眼睛牵着去了。不知咋搞的，我们这次约会被她爸知道了。那时全国实际上还处在一种半军管状态，部队首长在地方上有很大权威。地区一个电话打到县里，不准我再来泰安参加演出。县里给公社的电话又加了码，取消我参加任何演出的资格。这样我在公社分管文教的副书记眼里就失去了任何价值。一个指令下达给教革，我就失掉了代课教师的岗位，回村里参加劳动。

背着演出包裹回到滚石塔镇时，我对部队首长女儿耍流氓的传言已沸沸扬扬。时令已进入夏至末期，各生产队都忙着给庄稼施肥。在村头，正碰上往地里推粪的小顺子。我低头想绕过去。他忽然喊住我，取下根头上分杈的枣木棍子，支稳小推车。从短裤的屁股兜里掏出盒汗湿了包装的“大众牌”香烟，递给我一支。我伸手推回去。他笑了：“咋，还怕熏坏嗓子呀？”

我眼睛里笼上股冰凉的黑气。

他看看我，夹着烟的手往高举了举，说：“还恨我呀。那时候小，不懂事。现在想想真是对不起你。要不，你就咬我一口还回来？”他又笑了，沾着黄垢的牙齿灿烂在深秋的阳光里：“那你可得小心点，我除了皮就是骨头，别硌了你的牙。”

我眼睛辣乎乎的，伸手夺过他的烟，狠狠吸了一口，小顺子挺感动地拍拍我肩膀，推着小车往地里拱去："别再做梦了，老同学，买辆小推车拱地头吧。"

我看着他刀一样立起的肩胛骨。这是所有伤害过我的人中，第一个向我道歉的。心里酥软湿热的感动暖暖地流淌开来。

小推车不需要买。三哥那辆就闲在家里。大哥修理了一番，那根浸透了油腻和汗水的小车襻带就勒在了我后脖梗上。三哥的锄镰锨镢也都成了我挣工分的家伙。乍一摆弄这些家什，我总是笨手笨脚的，不是碰到手就是伤到脚，整天弄得身上青一块紫一块的。生产队长是小胖长成的大胖，他让我去山坡地的机井管水泵，那是个轻快活，推上电闸就没事了，可以躲在泵房里哼歌看书。那年夏天干旱，抽干一次水，就要下井清理水泵头周围淤积的泥土碎石，才能保证下次浇地的亩数。这在别人是件轻而易举的事，对我却是个天大的难题。我从小恐高，站在井口一伸头，腿就发软。地头上看水浇地的妇女都坐着纳鞋底咂闲牙，天还早，她们得磨蹭到太阳下山，才能挣满这一天的工分。我张了几次嘴也没好意思喊她们。只好先把筐和锨扔到井下，硬着头皮从泵房里拖出那团麻绳，一头系在井边的树上一头拴在腰里，牢牢抓着绳子蹬着井壁，抬头看着井口。颤颤抖抖地往下蹭。刚蹭到下半截，浑身的虚汗就溻透了衣裳，正想喘口气，双脚突然蹬空，一低头才知道井筒变宽了，脚根本蹬不着井壁，心一慌，唰地坠到井底，双手豁出道火辣辣的血痕。我顾不得疼痛，把淤住水泵的泥土碎石铲进筐里，却发现我根本就上不去了。看水泵其实就是挣的淘井的工分，抽干一次水就得上上下下好几次，一个人把泥土碎石淘干净。我见过别人上井，抓住绳子三蹿两蹿就上去一大截。可我死沉死沉的，一蹿也蹿不动，试了几次，腚都蹾得不知道痛了，只好放弃脸皮，使劲摇晃绳子呼喊。浇地的妇女们咋咋呼呼地把我拽了上去。

我坐在井边平息下咚咚的心跳，才抛开死死抓着的绳子，看着仍僵硬弯曲着的手指，忽然感到浑身刺刺挠挠的，抬头碰上一片长长短短的目光。从她们的眼睛里我看到了自己的窝囊和可怜。泪眼的姐姐满脸臊红，把头扭向一边。那阵子她正和我谈得有鼻子有眼的，我以为她是不好意思，站起来想跟她说话，她扔下句"真是个废物"，转身就走。她是为我害臊了。我站着没动。我就是个废物。

第二天我就又推起了小车。

面朝黄土背朝天的日子把我彻底锁进山旮旯里，贾楠越来越遥远模糊。就是在梦里，我也看不清她的面貌。她总像只单腿立在河汊里的白鹭，一靠近就飞走了。

再见贾楠，是我赞助一家文艺团体搞春节演出的时候了。尽管那时章丘早已划归济南，我还是把演出地点选了在泰安体育场。

演出前一天晚上，那家文艺团体的领导毕恭毕敬让我审看广告策划和节目单。我在演员名单中发现了贾楠，不觉念出她的名字，胸口咚咚敲了两下。我知道她爸爸早已经离休，她转业去的那家剧团红火了一阵后，就连工资也发不出来了。她也加入了走穴的行列。

那位领导看出我的异常："岳总认识这个演员？您要觉得不合适，我们马上换人。"

我摆摆手，让他立即撤除剧场内外一切关于滚石塔机械贸易公司的宣传广告，把节目单上公司和我的名字删掉，取消演出结束时我跟演员见面合影的安排。

演出结束后，我在剧场走廊里跟贾楠不期而遇。卸了装的她不似台上那么年轻，但当年的青葱气息还在，濡染了岁月色渍的眸子依然灵动有神，执着地保留着那份优越。她洒脱地拉住我的手说："知道吗，我是冲着你才主动要求参加演出的。"她把另一只手叠放在我手背上，轻轻拍打，还是那么柔润自信："没想到你……谢谢你为我想得这么周全。其实，又何必呢，我没有那么脆弱。"

坐在泰山脚下一家小酒馆临山的窗前，开始有雪花轻盈地贴到玻璃上。

我和贾楠都出神地望着雪中的泰山。快活三里、黑龙潭、冯玉祥墓、体育场、贾楠家的客厅，一一从岩石和松林中掠过。十多年过去了，二十岁还在窗外跳动。我胸腔里动荡着《黑眼睛》的旋律，从被烟酒损伤的喉咙里滑出。贾楠的眼睛瞬间蒙上层云翳，光洁的脸上沁出生活苍然的底色。她脱下黑呢子外套搭在椅背上，露出发白的旧军装："这么多年了，我一直就想再听你唱一次这首歌。"

她从挎包里掏出瓶裹着层薄薄的粉连纸的酒。我一眼就认出那是瓶陈年茅台。她把酒瓶子放在桌上，轻轻推开我带来的那瓶洋酒，说："当年我说过，要从爸爸的酒柜里给你偷出瓶茅台酒。没来得及。这还是那个年代的酒，今天咱们喝了它。"

我拧开生锈的铁瓶盖，一股七十年代的味道飘逸出来。我喊服务员换掉玻璃杯子。脑子里响起两只军绿搪瓷缸子的脆响。两条白鱼摇曳着游过来。"不想拥抱我吗？你。"我鼻腔酸涩得发胀。低下头斟满两个粗糙的小青花瓷杯。酒浆微黄中透着点淡蓝色泽。贾楠端起杯抿了口，浑身松弛下来，说："这些年来，我知道你的一切变化。我也知道，你一直在打听我。"

她把酒杯伸向我。我端起杯跟她碰碰，一口喝干。她也一口喝干，还朝我亮亮杯底："谢谢你，没记恨对你的伤害。"

我又斟满，端起两只酒杯碰了一下，递给她一杯："得知你让老爷子打电话，安排我进重新组建的县剧团，我一宿没睡着。把咱们在一起时的细节又掰开揉碎地想了一遍。代我谢谢老爷子。"那时，我已建起那家三间屋的小机械厂，没去剧团报到。

我们对视着，慢慢干杯。

喝下半瓶酒后，贾楠脸颊潮红起来。她揉揉太阳穴，眼角挤出三道弯曲的细纹，语速明显慢下来："真快呀。你知道的，我的第一次婚姻失败了。第二次婚姻也老是收拾不好。不是不想努力，而是提不起神来。好在，你的婚姻挺顺利的。真为你高兴。"

我不知道该如何接茬，只是不断地端起酒杯。把话题移向碰不到伤痛的地方，可一不小心就能听到彼此"滋滋啦啦"地吸气。贾楠说得真准，我三十多岁时才得到的婚姻的确顺利。顺利，属于婚姻境界的哪个层次呢。我脑袋也开始发胀。后来，我们都不再说话，只是一杯接一杯喝酒。喝干了茅台又喝干了洋酒。直喝得窗外风旋雪舞，混沌成一片迷蒙。

关于我和贾楠，必须再补充一句，我觉得这对我和贾楠故事的结局很重要：泰山脚下那次喝醉了的聚会，是贾楠结的账，她非结不可。然后，我们就互相搀扶着，不，是互相拖拽着，在弥漫的风雪中东倒西歪，荒腔走调地吼唱着《在那白茫茫的田野上》，往回走。再然后，就彼此走失在各自的风雪中。贾楠高亢模糊的醉话穿过风雪："岳凡，高兴啊。你有了新的天地。"

新的天地？从那样一场风雪中回过头去，还能打捞出啥新东西。那是场穿越不过去的风雪，是一个永远配不平的方程式，所有"x、y"都只指代一种意象。那意象在风旋雪舞中，像一个从高音突然下滑的音符，清晰鲜亮又含混不清，却如遮盖力极强的油彩，使风雪的另一边灰软得挑不出亮色。

被赶回村劳动的那年冬天，我遭遇了第二次恋爱。

傍晚的绿泉河边铺着薄薄的积雪，河水晃动着橘红色光晕，在手风琴忧郁的旋律中，我和她四目相对，瞬间就感觉到彼此心中微微的震颤。她是个文静内向的姑娘。我内心飞翔的翅膀早已折断。我们爱得波澜不惊踏踏实实，不像跟贾楠的浪漫邂逅，从开始就惊心动魄，注定是一季无果的花开。

滚石塔镇从 1969 年春天开始，陆陆续续从济南和南京、上海等大城市下来了十多个知青，他们都是家庭成分不好，或者父母有问题的。严格说他们算不上下乡知青，是随全家一块遣返原籍的，其实就是被流放到滚石塔镇了。不过滚石塔镇的人都称这些人家的孩子为知青。在回村推小车之前，我和他们并没有多少交往，只知道他们中有位跛脚的姑娘叫尚晓兰，长得很漂亮，还会拉手风琴。她爸爸是上海造船厂的工程师，右派分子。他爷爷是个臭名昭著的资本家。我丢盔卸甲回村的时候，尚晓兰他们这帮年轻人已在镇子里混得很熟。他们一家住在上河村前街五保户岳绍福家，离我们家很近，她在街上碰到我总会笑着点点头。我们恋爱后，她说那是同情我，她知道我歌唱得很好。

那个冬天的傍晚，收工时我推回一小车垫栏圈的土倒在大门一边，听到村外又传来歌声，知道尚晓兰他们又在河边唱歌了。他们经常聚在河边的小树林里唱苏联歌曲，反正滚石塔镇也没几个人知道那是苏修的歌曲。一看到有人走近，他们就齐声吼唱“拿起笔做刀枪”之类的革命歌曲，然后跳起来把帽子、围巾抛向头顶。我听了会儿，竖起小车溜达到河边，远远地看着他们。

尚晓兰晃动着上身拉手风琴的样子真好看。我突然知道她为啥喜欢手风琴了，拉琴时不断踮起一只脚的姿势根本看不出她脚上的毛病。她正在演奏苏联音乐电影《大马戏团》中的《祖国进行曲》，旁边几个小伙子摇头晃脑地跟着唱，我的嗓子痒起来，但我不喜欢唱这首歌，每当唱到“人们可以这样自由走来走去，可以这样自由呼吸”，我的心就委屈得收缩。秦老师给我讲过电影的故事，某西方国家一个马戏团的女演员，因生下了个黑孩子而遭到迫害，屡经磨难后在苏联得到施展才能的机会，过上与别人一样的自由生活。

尚晓兰看见了我，点点头又晃动着拉奏起来，是《小路》，我情不自禁地唱起来：

“一条小路曲曲弯弯细又长，
一直通往迷茫的远方，
我要沿着这条细长的小路，
跟着我的爱人上战场。
……”

手风琴收起最后一个音符，我还仰着脸看着远处河湾里明亮的落霞。

除尚晓兰外，大家都夸张地喊叫着朝我围过来，七嘴八舌地不住称赞，拉着我回到小树林，非让我再唱一首。他们闹得动静太大了，几个早吃过晚饭的站在村头远远地往这边打量。

尚晓兰问我："唱段样板戏吧。"

"手风琴能伴奏京剧？"

"能，八大样板戏，哪段都行。"

"那就唱段李永奇的《自己的队伍》吧。"我拉开架势，尚晓兰拉奏过门：

"……

三十年做牛马天日不见

抚着这条条伤痕，处处疮疤

我强压怒火

挣扎在无底深渊

……"

小树林里一片静默。尚晓兰静静地看着我，绿泉河的波光在眼里流淌。

我们相恋的消息很快在滚石塔镇传开。

过去我一提亲，总会有人去女方家里打"破头楔"，这回倒是风平浪静。除了天赦子偶尔碰上我们会气哼哼地嘀咕几句"鱼找鱼虾找虾"之类的话，那几个一直爹着刺找碴的过气造反派，也都表现出意想不到的宽容。岳凡这个最黑的黑羔子，找一个黑资本家、右派的瘸腿姑娘，虽说长得漂亮了点，但毕竟是个残疾，还是可以接受的。

小胖队长经常派给我和晓兰同样的活，好让我们相处的时间多一些。到底是发小，他还常记着从小在一起玩的那份情感。胖奶奶她们只要碰上晓兰的父母，总忘不了替我说句好话。晓兰他父亲早已是一身老农民打扮，人随和得很，乐呵呵地说："那是孩子们的事，我没意见。"

那段时间我内心宁静得像个老僧，胸膛里淤积的屈辱和不忿，都在晓兰温和的眼睛里冰消雪融。我们独处时，很少有青春的疯狂冲动和热烈的拥抱、绵绵不断的情话，就那么默默地彼此注视，感受对方心里温润的爱恋。笼罩在晓兰这样和煦的目光中，就是永远不让登台唱歌，就是当一辈子黑羔子，我也会感到自己是天底下最幸运的。

冬至那天，爹让我把晓兰全家请过来吃了顿饺子，两家就走开了。晓兰常来家里跟娘和大嫂学针线活，帮着收拾家务。她家里那些粗活脏活自然就由我都包揽了。晓兰来家里的时间长了，大嫂似乎觉察出我们哪里有些不对头，就说："我咋觉得小弟和晓兰不大像年轻人谈恋爱，倒像对老夫老妻似的。”娘看看我说：“是有那么点。这样吧，让胖奶奶去跟晓兰的父母说说，你们就早点订婚吧，也都不小了。”

过了几天，胖奶奶回话说：“晓兰她妈说孩子还小，让他们先这样处着吧。”爹没说话，等我离开后，才思量着对娘说：“晓兰就像远处飘过来的云彩，在滚石塔镇的山头上兜兜留留，不定哪阵风一吹就又飘走了。”

没想到爹竟一语成谶。第二年秋天，晓兰一家就迁回上海了。其他流放到滚石塔镇的人家，又拖拖拉拉好多年才相继离开。

离别的前一天晚上，我和晓兰在河边坐到后半夜。露水打湿了衣裳，我们依偎在一起抵御秋夜的清寒。晓兰不停地抹眼泪。她说：“我真的喜欢上了这个地方。我不想离开你。”

我低着头不说话。我无力留住晓兰，她本来就不属于这方山水。我这才透视了我们的内心，其实我和晓兰都在等着这一天。我们宁静的爱情一直在为最终的分手铺路。我又一次拥抱了一个无果的春天，那些静静的花开，只不过是酿造今天感伤的酒曲。

村里响起第一声鸡叫。我紧紧抱住晓兰：“再看看绿泉河上的月亮吧，灯火璀璨的大上海是落不下这样的月光的。”

晓兰哭得双肩耸动。

天刚亮，我去帮着搬家。东西不多，就装了一辆大头车。临上车时，晓兰她父亲搂着我肩膀说：“谢谢你对晓兰，对我们全家的照顾。你是个好孩子，会有出息的。有机会到上海找我。”

车发动起来。晓兰突然从驾驶室里跳下，跛着脚扑进我怀里，当着那么多送行的人，热烈亲吻我，然后捧着我的脸说：“岳凡，记着我。我会想你一辈子。”

我的第三次……咋说呢，恋爱吗？显然不是。还是按滚石塔镇的说法吧，尚晓兰举家迁回上海后，家里开始着急地到处给我找对象。我感到此前一连串刚提亲就遭拒的失败，已堆积成爹心头的恐慌，那时三哥还在监狱里，二哥和五哥仍然没有音信。他似乎暗暗接受了尚荣杞大爷当初提出的孩子的择偶标准：“是个女的，不少胳膊少腿，能过日子、生孩子就行。”

春节后，娘把这话说给胖奶奶的时候，爹好像并没有表现出反感。

胖奶奶就按这样的标准，给我从山北边物色了个对象。她跟我爹说：“这女孩子二十三岁，没病没恙的。她爹是个右派，就这一个女儿。我看方方面面倒都挺般配的。

你和小凡要是有意，我就安排两个孩子先见见面。”

爹不停地摩擦着右脸，说：“那就，见面，看看吧。”

我想，这没病没恙的，就是说不瘸腿不瞎眼了。不知胖奶奶的方方面面都指的啥。我上小学初中时遇到的几个右派老师，都特会讲课。既然那闺女她爹是右派，就该是个有知识的人，他的女儿也该差不到哪里去吧。反正爹已答应了，见就见吧。三哥的下场和夜里那些梦，也都警示我，是该娶个老婆啦。我的婚姻注定与恋爱无关。

第三天我按胖奶奶的吩咐，起个大早，草草扒拉口饭，翻山去那个叫山羊峪的村子相亲。不对，是去让人家相亲。有些把牲口牵到买家门口，让人家验货的意思。相亲都是选个男女双方都熟的第三家，咋非去她家呢，还非让去那么早。管他呢，像我这样的还想找个老婆，就顾不了那么多讲究了。

山羊峪就在翻过山去不远的一条山沟里，我按胖奶奶的指点找到那家大门时，刚好是吃过早饭的时候，门口已聚集了几个人。有人喊着“来了，来了”，跑进去报信，一个四十来岁的女人迎住我打量，那细心劲，就差没扒开嘴看牙口了。她响亮地拍了下巴掌，喊道：“俺家领娃子好福气，看多出息的孩子。”

我一头雾水地看她。她又拍了下巴掌——这回没上次响，说：“看我，光顾高兴了。我是领娃子她姑，快，跟我进家。”

这右派咋给女儿起了这么个名字。我嘀咕着注意地看看领娃子她姑，长得倒平头正脸的，侄女似姑，那领娃子要长成这样，还行。跟着她走进破败的土坯墙麦秸顶的北屋。她指着炕上裹着被子，靠近炉子烤火的光头男人说：“这是领娃子她爹。老寒腰，春天风凉不敢早下地。”

我含混地咕噜了句，算是问了好，被领娃子她姑按在炕前边那把白茬木椅子上。领娃子他爹别过脑袋对准我，一双眼角结着眼屎的眼睛才极不情愿地慢慢移过来。那张脸少说也得三天没洗了。哪见过这么邋遢的右派。他大概看出了我心里的不敬，眼睛里流露出明显的嘲讽。突然张大嘴巴打了个喷嚏，咧咧嘴，伸手擦一把鼻涕抹在围到腋下的被头上，朝门外喊了声“领娃子”。

领娃子应声进来。我心里咯噔一下。她眼睛挺亮，胳膊腿都没毛病，长得也有点像她姑，却比她姑粗壮出一圈，嘴唇上毛茸茸的半圈黑乎乎的汗毛。她好像有些不好意思，冲我笑笑，打了个转就出去了。我正要站起来告辞，她爹对她姑说：“有意思。下手吧。”

我吃了一惊。她娘背过身去，说：“哪有刚见面就叫人家淘井的。”

“有意思。”她爹冲我笑笑，瞪她娘后背一眼，“他不干你干？那胖媒人说了，只要咱相中小伙子，这门亲事就成了。他就是咱没过门的女婿啦。”

我听明白了。这是要让我下手给他家淘井，不是叫人下手收拾我。春季天旱，山里水位下降得快，要挖出井里的淤泥，才能提上水来。在长岭山一带，每逢春旱都得淘井。这光头右派敢情是想借见面，使唤我这个便宜劳力呀。亏他想得出。我在家里从没干过这活。谁答应做你家女婿啦。我凭啥就得给没了胡子的大胡子老爹娶一个小胡子儿媳呀。什么只要你们相中就行，真拿我当牲口了。我狠狠哼了声，连招呼也没打，起身冲出门去。

“哟，别走呀，贵客，还没淘井呢。”几个小伙子拦住我。手里拿着绳子的瘸子边说边拐到我身后，要往我腰上套绳子，我一把甩开他：“一边去。”

他极敏捷地一拐就跳到我面前：“你个地主羔子，还怪横的，跑到山羊峪撒野来了。”

我夺过绳子扔在他脚下，指着他喝道：“地主羔子咋了？地主羔子就不是人吗。我这地主羔子是滚石塔镇的地主羔子，轮不到你这山羊峪的啥，来欺负。”

我差点说出“瘸子”，可瘸子和其他人都听出来了，“啥”就是瘸子。他狠狠地把绳子摔到地上，好腿一蜷，腾地蹿了起来。领娃子反应极快，横过来一把推开瘸子，喊着“哎哎”追出门来。一直追到村头才一把拉住我，说：“你别生气。俺爹是右派，前几年被斗得脑子出了毛病。那瘸子是俺家的表亲，有事没事老往俺家里跑，想娶我。本来是他拱着要淘井的。听说我要跟你见面，他跟俺爹说，你要找外人做闺女女婿，就叫他淘井吧。今天他是专门捣乱来的。”

是这样呀。我一下想起爹那张半边不断抽搐的脸。跟一个神经有毛病的老人较啥劲。我有些同情地对领娃子说：“你回去吧。那啥，你那表哥还等着淘井呢。”

我这话说得够明白了，领娃子却又拉我一下：“你急个啥呀，还没说句话呢。”

这闺女不会脑子也有毛病吧。我从她手里挣出胳膊，等着她说话。她弯弯腿想坐在庄头的大槐树下，见我站着不动，又直起腿，说：“咱结婚后得分家过，俺可不能跟地主分子在一起过日子。”

我瞪大眼睛看着她，真有毛病呀。这一家人咋都认为我就是送上门来的女婿。我是头瞎驴，货到门前死，贵贱都得卖给恁家。我哭笑不得地问她：“你不是一直都跟一个右派分子在一起过日子吗？”

“那可不一样。地富反坏右，你爹打头，俺爹挂尾，差远了去啦。”她理直气壮。努力把本来不小的眼睛撑得更大，看来很为自己的话得意。

那你就把跟右派分子在一起的日子过下去吧。我转身就往沟崖上爬去。听身后小毛驴发脾气似的跺了一阵脚，骂着“杂种瘸子”，噔噔地跑回庄里。

我站在崖顶上回望十几户人家的山羊峪，脑子里忽然响起琴弓在小提琴上试音的滑响。沟底里的寒风呼啸着卷上沟崖。

后来才知道，光头右派原来是济南一所著名高中的语文教师，外号叫“有意思”。他人很聪明，就是爱卖弄嘴皮子。按滚石塔镇的说法，是好说悠话，在别人说话时，出其不意地就悠出句旁逸斜出的精彩。在反右补课时，上级又下达给他们学校一个右派名额，老师们胆战心惊地盯着悬在半空的那顶帽子，互相搜肠刮肚地揭发。在宣传新《新婚法》，动员寡妇改嫁时，光头悠过一句“宋庆龄咋不改嫁”。这一课就补到他的光头上了。他倒没像其他右派那样沮丧，照样悠过去悠过来地说话。别人拿右派帽子挤对他时，他会一脸不屑地斜了眼说，这有意思吗。然后一本正经地告诉对方，看来，得给你补充点常识，在任何国家，右派都不是反动派。因为这句话，他成了学校里第一个被揪斗的右派老师。学生们让他在台上喊“我是右派，我反动”，他问，这有意思吗？学生劈手一巴掌，问他，这有意思吗？一场批斗就把他的口头禅改成了“有意思”。一九六八年冬天，脑子有了毛病的光头被赶回了老家。

我隐隐地觉得有些对不起他。

从山羊峪相亲回来，娘正在往铁壶里灌水。爹坐在椅子上抽烟。我当时没注意到他拿烟袋的手没像往常那样颤抖，只顾气冲冲地对他说：“别再张罗着给我找对象。我不娶媳妇了，就权当出家当和尚了。”

我以为爹会发脾气，没想到他摸了会儿光光的下巴，挺痛快地说：“也好。你还年轻。等吧。”说话时，他嘴角没流涎水，口齿很清楚。接着他又说：“梁文语说过，一个人在灾难中看不到希望时，最好的质量就是等待，唯一的权力也是等待。”

“老天爷呀。”娘手里的大铁壶当啷掉在地上，喜极而泣，“你看你爹，你看你爹呀。前些天常大夫来看病时就直惊叹，说你爹的脉搏和血压越来越好，真是不可思议。我还半信半疑的。长病以来，你爹天天晚上在床上伸胳膊蹬腿，捋头搓脚心，直到折腾出浑身大汗才躺下。这干巴老头子的心劲，你们兄弟几个谁都比不了。”

“我得等。”爹放下烟袋，看着我说，“等你二哥、五哥回来。等你结婚。老和尚不让我死，就有他的道理。”

我拾起毫发无伤的铁壶递给娘：“爹就是这把大铁壶，搁摔打。”我知道，去年冬至那天收音机里播出的“十一届三中全会公报”，才是爹强神回阳的那碗参汤。那几天，他颤抖着手拧着调台旋钮，一遍又一遍地听。我没觉出什么，我还是个不能唱歌的黑羔子。

娘的手还在抖。铁壶盖又掉在地上，斜立着在砖地上转了一大圈，停在爹脚下。爹弯腰拾起来，小孩子似的举到眼前看。门口上方的阳光正好斜斜地打过来，罩住他苍白的脸。他右嘴角抽动了一下，又抽动了一下，脸颊上几块瓢虫大小的老年斑跟着爬动起来。

卷四

第三十章

岳翕若眯起眼看着童童。

夏天的小院里，明暗反差特别突出，阳光从南墙上投进天井，把地面切割成大块炫目的暗黑亮白。石榴树在石桌上面撑起一片斑斑点点的荫凉，老伴和知琢媳妇在流动的淡绿光影里包粽子。外孙女童童忙着给姥姥和妗子递苇叶，往粽子馅里放大枣，微微翘起的鼻头上闪着亮亮的汗珠，边忙活边唱着姥爷刚教给她的歌谣：

你摘青苇叶，

我和白糯米，

清清又白白，

包个香粽子。

你不吃.

我不吃，

投进江河里。

魂魄归来兮，

天下享盛世。

坐在树荫外边的岳翕若眼睛忽然就汪起层潮气，脸颊也浮起片红晕。

很小的时候，爷爷就教他唱这首《粽子歌》。他上学后的第一个端午节，爷爷特意把他叫到跟前，让他唱给大家听，然后又咂咂嘴，说起自己的私塾先生，那老先生呀，对街头上小孩子们传唱的歌谣不屑一顾，唯独对这首赞赏有加，说这歌谣肯定是滚石塔镇的老祖宗石匠三兄弟传下来的。老先生扳着指头，摇头晃脑地讲给我们听：北方人称黏米作江米，粽子谓之江米粽子，糯米乃江南人之谓，此其一也。长岭山一带之歌谣，用“兮”字者唯此一首也，查之历来滚石塔镇志书，亦未见此字，可见此歌谣非产于本地矣，此其二也。老夫由此推断，此歌谣乃由石匠三兄弟带入滚石塔镇，当无疑矣。听懂了吗？爷爷弯下腰，很认真地问，他点点头，爷爷就用胡子扎扎他的脸。那时候呀，比童童也大不了多少，哪里会听懂这些咬文嚼字之乎者也。

岳翁若摇摇头，拍几下巴掌，朝外孙女跷跷大拇指。

童童抹了一指头黏米，使劲按在姥爷的鼻子上，岳翁若张开胳膊作势要抓，童童一头扎进他怀里，爷孙俩咯咯哈哈笑成一团。

老伴抬头看看岳翁若。这人呀，真就是活个精气神。帽子一风吹了，土地承包到户，门口上又挂上“光荣烈属”的牌牌，这才一年多的工夫，老头子干瘪的脸颊就长出不少肉，团缩的皱纹也舒展了许多，倒像是年轻了好几岁。只可惜了那把雪白的大胡子了。

那天上午，刮掉胡子的岳翁若一下就垮了，像根被蛀空了的梁柱，一剥掉外面的糨漆就撑不住劲了。看着知琢流着泪给他爹刮掉剩下的半拉胡子，一直提着那口气的老伴“噗啦”一松，蹾坐在门后的矮杌子上。这哪里还是岳翁若哟。没了那把大胡子衬着，他的脸颊塌陷进去，颧骨支支棱棱占去了大半张脸，斜吊着的嘴角涎水哩哩啦啦，原先一抬眼皮就精光逼人的三角眼，汪满了浑糨糨的泪水，眼角结起苍蝇屎一样的眵目糊。

“知琢呀，你爹刚回村时年轻气盛，提着长袍襟角出出进进，多精神。谁不说岳家的少掌门气派。你爷爷去世后，他就蓄起了胡子，拢起了滚石塔镇的精气神，老一辈的人都说，岳庄主捋着大胡子往石牌坊前一站就是座滚石塔。”老伴抹抹眼睛，说，“你看看，你爹他，咋就一下变成了这个模样。早晨刚刮了胡子那会儿，他脑子还清楚着呢。”

岳翁若愣愣地没有反应。

知琢蹲下扶住娘的肩膀，小声说：“咱得心里有个数。常大夫说爹这一刀子下去，真是伤到根本了，才一宿的工夫，心脉就弱了下去，这回怕是不好说啦。”

“咱家现在这个样子，有啥法子，只好听天由命了。”娘仰起头，“你爹可是行了一辈子善呀。”

第二天，知琢去长岭村接回了岳珊和玉林小两口。玉林提着一大包礼物，刚进屋门就撞上岳翁若那张没了胡子的脸。他大张开嘴巴，愣了好长时间，才喊出声“爹”。

岳翁若看看他，嘴角扯动着，呜呜啦啦说不出话。岳珊捂住脸跑进小南屋。尽管大哥在路上已悄悄告诉了她，她还是接受不了爹没有胡子的样子。大嫂撂下茶壶跟进去，洗了把毛巾递给她："你别想多了。爹想剃胡子也不是一两回了。"

岳珊把脸伏在毛巾上："大嫂，你不用宽慰我。我知道，要不是我……再大的坎爹也不会迈不过去，也不会变成这个样子。是我害了爹。"

"小妹，可不能这样想，那还不得把自己的心揉搓碎了。这都是命呀。"大嫂把胳膊搭在岳珊肩膀上，轻声慢语地说，"这些年，咱家出了这么多事，小婶子饿死，娘痴呆了那么多年，老五下落不明，老二叫部队给开除了，老三蹲大狱，你退婚，爹又成了这个样子，能埋怨谁呢？谁都不怨，没法怨啊。都怨起自己来，还咋活下去呀。"

午饭前，老伴先喂岳翁若吃了水饺，扶他上炕躺下，才招呼玉林和岳珊吃饭。知琢满上酒，陪着玉林喝了几杯就晕晕乎乎地醉了，没吃饭就回了小北屋。岳珊非要留下来伺候爹。娘沉下脸说："咱老岳家可没有这样的规矩，结婚不出满月是不能在娘家留宿的。好好回去过日子去，别惹你爹生气。"

岳珊抹着眼泪回了婆家。

接下来就是一年多的不好不歹，拖拖拉拉。家里的人都习惯了岳翁若没有胡子的模样和他的呆痴。居家过日子就是这样，好事坏事都怕长了，日子一长，就都疲沓了麻木了习以为常视而不见了。这给了岳翁若独自出门的机会，这机会给他的病带来了意想不到的转机。

这一年多，老伴从来不让他出门，村里的人也都不知道他病成了啥样。刚公布"9·13"事件那阵子，大家都松了口气，多年不走动的老街坊又开始上门，谁想才消停了不几天，就又一场接着一场地闹腾起来，除了常大夫和胖奶奶，家里又很少见到外人了。

老伴看管得稍一松懈，岳翁若就拖拉着右腿出门，紧贴住大门一边的墙，墙上新旧驳杂的"打倒""砸烂"和打着红叉的名字，恰好成了他那张凹凸明显的脸的背景。有人走过来，他就呜呜噜噜地说"道歉，给我道歉"。人家听不清他呜啦的啥，只是看着他嘴歪眼斜，涎水沥啦的模样，忍不住摇头，多要体面的老庄主，想不到咋批也揭不掉的那张滚石塔镇的面皮，竟让他自己给剃掉了。有人凑过来开玩笑：嗨，这回可好啦，这岳尚两大家，一家出了个疯子，一家出了个傻子，终于扯平了。

第一回把他架回家，老伴直数落："你是出去干啥，让人家耍猴似的看热闹。"

岳翁若满脸怔忡地瞅瞅她，眼里忽然涌出浑浊的泪水。老伴知道他脑子还没迷糊透，心疼得一揪，忍不住趴在他胸前哭了："你这罪咋就受不完啦。"

那天老伴又闹肚子，一到夏天她就好闹肚子。早饭也没吃，伺候岳翁若喝下中药，就躺在他身边睡着了。醒来岳翕若就不见了。

知琢、岳凡、岳珊两口子找遍了滚石塔镇，连明知爹已爬不上去的坟地和恩石寺都去了，就是没见踪影。岳凡突然喊了一嗓子：“爹会不会掉进河里呀？”

大家一阵悚然，都不说话，绿泉河正是水深流急的季节。岳珊揪住头发蹲在地上：“爹要是，我就……”

玉林一把拉起她：“先别说这个，咱们快去河边看看。”

谁也没想到，岳翕若竟然拖拖拉拉地去了五六里地以外的公社大院。

刘文先的破吉普车刚开到公社门口，司机就看到一些人围着一个邋邋遢遢的老头起哄，不耐烦地使劲按下喇叭。正在打盹的刘文先摇下窗玻璃瞥了一眼：“门卫干什么去了？”车开进了大门。他忽然拍了把司机，探出头看着那个老头。

老头伸着鸡爪般的右手，呜呜啦啦地说着，口水不断沥啦到衣襟上。围着的人说：“听听，找钱，给我找钱，他在哪里买东西没找给他零钱？这老傻子，还是个财迷。”

刘文先胸膛里“咚”地一震，他说的是“道歉。给我道歉”，推开车门下车，似乎漫不经心地吩咐了司机一句：“把这老傻子拖到一边，离公社远一点。”甩着手走进办公室，看着司机驱离开围观的人，拖拽着老头拐出大门。他点着支烟琢磨了一会儿，抓起电话叫过他原先的警卫员小陈，劈头就批上了：“你这保卫科长干啥吃的，让人家堵了大门也不管？”

头发花白的小陈嬉皮笑脸：“这不还没来得及嘛。”

刘文先瞪他一眼。这小子前些年受他牵连，吃了不少苦头，等他重新上台，就在大院里横冲直闯，啥也不在乎了。他指指办公桌前的椅子，小陈一腚蹾下，看着听候吩咐。

“看出那老头是谁了吗？”

小陈摇摇头。

“是岳翕若。”

“这咋可能？”小陈腾地站起来。

“是他。”刘文先摇摇头，“他来要道歉了。早就知道他中风了，没想到会变成这样。这样，”他忽然有点吞吞吐吐，“这样吧，你避开公社的人，去村里要辆拖拉机，把他拉到滚石塔镇，就放到推倒的石牌坊那里，自然会有人把他领回家。要是让人听出他嘟噜的是啥话，就麻烦了。”

小陈站着不动：“大队长，你还有话没说出来。说吧，还信不着我吗。”

刘文先把烟把扔到地上，踩住慢慢搓了几下："我原想叫你把他送到临沂老赵那里去。算了吧，一旦……那事可就闹大了。"

小陈知道老赵是刘文先的老乡，前些年从济南一家医院下放到山区去的。当年打游击的时候，他跟这位赵医生打过交道。

刘文先又抽出支烟，在桌子上慢慢磕打。

"9·13"事件后，刘文先几次跟小陈说起岳蓊若，很是觉得愧疚。小陈摸起烟盒，弹弹盒底，伸嘴叼住支烟，双肘撑在桌子上，握起手支住下巴，看着刘文先说："这事交给我。办这种事我拿手，我一人把他送去，对老赵说是我的亲戚。让岳家老大随后到，他说话做事都沉稳，叫他跟家里交代好，就说他把他爹送到东北老二那里看病去了。绝不会捅出半点娄子。万一捅出娄子，我一人扛着，跟你没半点关系。"

"可是……"

"没啥可是的了，我的大队长，那年，我被送到岳家养伤的时候，都不醒人事了。"小陈敲敲胸口，"你这里的子弹可是人家大胡子找人给取出来的。"

刘文先摆摆手："你看着办吧。"

绿油油的粽子摆了一高粱杆箅子，剩下的馅子不多了。岳蓊若手痒起来，搓搓晒得泛起油汗的脸，撑着手杖站起来，到门旁边的脸盆架前洗了把手，说："我也包几个。这些年，都忘了还有个端午节了。"

老伴笑着摆摆手："算了吧，你。就在那儿歇会儿吧。你那手，说不定啥时候就扭秧歌。"

那年一直到中秋节前，知琢才陪着爹回家。老伴一眼就看到岳蓊若眼睛里的清亮，张开手拍了一巴掌，眼泪就下来了。谢天谢地，老头子嘴角不再吊着，说话也不呜啦了，就是腿脚仍不大利索，手还一阵阵抖索。知琢说赵医生说了，眼下就只能这样了，回家好好调养吧。知琢一说起赵医生眼圈就红，这两个多月，爷俩冒充赵医生的亲戚，一直住在他的宿舍里，就拿那里当病房了。"这年月，难得的好人呀，今后可不能忘了人家。"老伴用手背按按凹陷的眼窝，说，"这些咱可都得记在心里。多亏了人家刘文先呀。"

知琢媳妇从剩下的苇叶里挑出几条还能用的递给知琢，小声说："这才几年，爹就恢复成这样，说话走路跟好人一样了。"

"我要吃姥爷包的粽子。"童童抽出两条苇叶放在姥爷手里，舀上一勺馅子，挑了颗又大又圆的红枣按上，伸出食指点着他的鼻子说，"就包两个，你一个我一个，不许别人吃。”

岳翕若乐呵呵地答应着，眼睛又泛上阵潮热。不知是越来越老得成了小孩子，还是病的缘故，近年来总是容易激动。岳珊给何家生了孙子后，他就让她跟何如山商量，要把童童接过来，让她大嫂带着。他以为何如山应该体会到他的良苦用心。等到何如山亲自把童童送来时，他才发现老友根本就不知道童童不是玉林的孩子。倒成了亲家体谅他膝下无孙的寂寥，忍痛割爱了。看到何如山临走时抱着童童亲了又亲的样子，他当即决定，过一阵子就把童童给送回去。可老大媳妇一沾手就放不下了，他也一霎见不到童童就心里毛得不行。童童就一直在岳家跟着她大妗子。现在何如山要是想要回童童，他非跟老友翻脸不可。童童上幼儿园时，老伴曾想让她姓岳，说："看你拿着宝贝疙瘩似的，就干脆让她随妈姓算了。反正孩子也不是何家的血脉。""那还不是自欺欺人。"岳翕若一口封死，"咱可不能像岳绍前那样糊涂。何家是不可以再对不住的。玉林这孩子，把一切都吃进心里，自己磨着牙消化，这可不是一般男人能做得到的。玉林对岳珊，那是一百成啊。何如山教子有方，我是真感到惭愧。"

岳翕若挪挪椅子，躲开移过来的树荫，托着粽子的右手微微颤抖。终于熬过来啦，可老二至今不给家里一封信，看来真的是要跟家里彻底断绝关系。老五到这也没回来。老三还关在监狱里，这孩子是废啦。岳凡还是光棍一条。这个家伤到筋骨喽。

童童踮起两根食指刮去姥爷眼角的泪珠，趴在妗妗肩膀上说："姥爷又哭了。"

知琢媳妇把她揽进怀里，亲亲粉嘟嘟的小脸蛋："姥爷不是哭，姥爷是叫童童逗得高兴了。"

"那我高兴了咋不哭？"童童突然扑向姥爷，抓住他绞扭着抖动的手指，使劲一根根掰开，喊道，"姥姥，姥爷的手又跳舞了。"

老伴笑着过去，抓过岳翕若的手，从胳膊到手指连搓带揉地一阵忙活，举起被她搓红的手朝童童晃晃："看，不跳了。"

岳翕若有些懊丧地看看抖掉在地上的粽子，对外孙女儿说："童童，再给我拿苇叶，咱再包。"

童童答应着，刚抽出条苇叶，就歪起脑袋说："小舅回来了。"扔下苇叶扑向大门口。猛地看到大舅、小舅身后还跟着个提着包袱的陌生人，又退回到妗妗身边。

知琢说："爹，你看谁来了。"把身后的来人让到前边。

那人笑眯眯地看着岳翕若。岳翕若疑惑地上下打量他。

那人跨前一步，低下头，抹一把花白的寸发，露出头上的戒疤。

“行智！”岳翕若一下站起来。

“老庄长，”那人深施一礼，“行智回来了。”

岳翕若抓住行智胳膊摇晃着，嘴瘪了几瘪，泪水哗哗流淌。老伴赶紧过去扶住他，抚着他后背说：“沉住气，沉住气。”

童童蹭到小舅身边，伸手从他口袋里掏了把花生米、葵花子，接着又都塞了进去，小嘴噘得老高。岳凡笑着指指另一个口袋。童童迅速插进手，抓起一把奶糖，甩着小辫跳了几跳，使劲拉拉小舅的手。岳凡弯下腰，让她奖赏地亲了亲。妗妗把她拉到怀里，刮刮她汗津津的鼻子，小声说：“你和舅舅亲呀还是和糖亲？”童童嘴里已含进奶糖，含混地回答：“都亲。”

岳凡又从她的眼睛里看到一丝梁亮的神情。童童长得像极了她妈，简直就是从姐姐身上揭下来的一个小岳珊。可不知啥时候，她的眼睛就会突然闪过梁亮的神情。是神情，不是模样，也就那么一掠而过。不知情的是看不出来的。

岳翕若已平静下来，不好意思地笑笑，拉行智坐在他跟前。

行智告诉岳翕若，师父圆寂前，让他在地里的庄稼种得五花八门的时候，就回恩石寺。行智老家去年秋后才包产到户。今年春天他看到乡亲们按照自己心愿把原先清一色的大田种成了插花地，忽然想起师父的话，也想起刚到恩石寺时，曾问师父，佛家讲究素心参禅，寺里的檐廊柱头和壁画却为啥总是五颜六色？师父回答得挺简单：佛心包容。容得下差异，才放得下大千。收完小麦后，他就匆匆赶到两个小师弟家里。哥哥已结婚成家，在家门旁边开了个杂货店。他说从恩石寺回来的第二年，弟弟跟着人家去参加武斗，从那就没再回家。行智感叹一番就独自回来了。

岳翕若摸摸下巴，说：“你师父呀。其实一直没走。”他拍拍行智膝盖：“庙都残破得不成样子了，你就先守在那里，啥事也别干。”

“师父也这么说，你回来就沉住气守着。”行智看着岳翕若光光的下巴，“师父说，会有人帮你重修恩石寺的。”他咽下了师父的下半句话。当时师父说，到那时，岳翕若就要走了。记得师父说这句话时，抬头望着滚石塔顶上那棵荆蒿树头，脸上淡然得像清亮的天空。行智心里唏嘘了一阵，指指脚边的包袱说：“师父圆寂前的晚上，亲手挑选了一些他喜爱的书画和历代住持手抄的经卷，让我和两个小师弟藏进后山的石洞。特别叮嘱我，回来后就把它们都交给你，说别让岳家的书脉断了。我昨天晚上回来的，今天一大早就去岳凡的厂里找他和大哥，到石洞里一看，那些书画经卷都让老鼠啃成了碎片。”

行智打开包袱，一堆透着鼠臭和霉味的纸屑摊开来。

岳凡想起抄家的那个夜晚。他抱着二哥给他买的那套《水浒传》连环画跑进栏圈里。出来见爹看着他，就说他把那本小人书藏在猪食槽下边了。爹从画轴里挑出一卷最窄的，扯下另一幅画轴上的包装纸，裹了裹那幅画递给他，说把这个也放到石槽下边吧。岳凡在石槽下边的浅坑里比画了半天，最后还是把那幅画放在了小人书的上面。第二天上午，爹忽然说，小凡，去看看那卷画。大哥、三哥跟他一块跑进栏圈，看到猪食槽已被拱翻，那卷画被啃成一团烂泥，小人书还好好地在石槽下的土坑里。爹看着空手回来的大哥和三哥，说，那是幅宋人范宽的山水图轴。

岳翕若看着一包袱纸屑，脸色很平静。

岳凡紧绷的脸松弛开来，他对书画古董没有啥感觉，只要不再戳疼爹的伤疤就行。十多年后，中国书画市场热得烫手，一家拍卖行的女经纪人带着手下几个莺歌燕语的美女宴请岳凡，劝他搞书画收藏，他顺口说起那幅被猪啃了的范宽，女经纪人拍着巴掌直叫可惜。岳凡大咧咧地笑笑，没啥可惜的，还是我老父亲说得好啊。女经纪人问，说的什么？岳凡忽然不想说这个话题了，就恶作剧似的哼唱了句：“不是你的就不要勉强。”美女们“哇”地一阵：唱得好棒哎。岳总的老父亲原来是写歌词的哟。岳凡哈哈大笑：那是，要不我就会唱歌吗。

眼下，岳凡还是个小机械作坊的“厂长”，光操心生产一个零件能挣几毛几块，根本不会想到日后书画会那么值钱，只是觉得自己因几本小人书毁了那幅画，有些对不住爹，那本来可能是家里唯一一幅能留下来的古画。他踢踢那堆纸屑说：“那天晚上，不烧那些画就好了，从那以后，红卫兵就再没来过。”

“是呀。”知琢咂咂嘴接道，“还有那些瓷器。都是几辈子的老东西。”

岳翕若笑笑：“都是天意。咱家的书画和会愚老和尚藏的书画，就是留下来，将来也不过是一堆钱。咱岳家，都快不识字了，谁还会和书画亲。文脉断了，就是一座钱山，也再长不出山水花鸟了。能再兴盛的，也就是钱财了。”

行智朝岳翕若拱拱手：“您老说得透彻。今天来，我还有一事相求。请老庄主用师父那把刀给我剃头，算是替师父给我再次剃度。”

岳翕若赶紧推辞：“那咋能行。我是个俗人，再说我从没给人剃过头。我的手也不听使唤。”他忽然愣住，看着老伴。

“这是师父的意思。”行智不紧不慢地说，“昨天晚上我梦见师父了。我跪在大殿前的白果树下，求他给我剃头。他说等会儿，给你剃头的人就来啦。话刚落地，你就和太太一块进来了。师父就让你给我剃头。你摆着手说了刚才那句话。师父硬把刀子塞进你手里，说剃吧剃吧。你就开始给我剃头。头发从你刀下一片片飘落，铺在地上的月光里。剃完头，我看着白果树上那轮湿漉漉的月亮，又圆又亮，黄黄的，跟师父客堂里的铜盆一样大。师父用木鱼槌敲敲我脑袋说，此后咱恩石寺的香火就更旺了。接着叹口气，又说，进香的多半是来求官运求财运的。”

老伴惊诧地看着岳翁若。今天早晨，她把岳翁若给会愚大弟子剃头的梦讲给他听。他惊讶地说：“会有这事？我也做了个同样的梦。”他们的梦跟行智的梦分毫不差。

岳翁若吩咐岳凡拿来剃须刀，倒盆热水让行智烫头：“就听老和尚的吧。”

他拿剃须刀的手在行智头上抖了一抖，全家人都紧张地盯住他的手。岳翁若忽然感到脊梁一阵发热，手腕手指都有了力气，稳稳按下刀，熟练地剃起来。

岳凡心里一片空明。他感到了会愚老和尚的气息。这些年他看不见老和尚了，但每当老和尚出现，他还会感觉到他的存在。

剃完头，岳翁若像师父似的拍拍行智的头顶，把毛巾往他肩上一搭。行智擦干头，起身拱手向岳翁若唱声“阿弥陀佛”，又朝大家拱了一圈，说：“没完成师父遗愿，我对不住老庄主全家呀。告辞了。”

岳翁若拉住他：“碰上了，就吃了粽子再走，也是素食。比你当年做的素鹅素鸡还纯粹。”

吃完饭后，岳翁若让知琢媳妇给行智二百块钱，让他先找人收拾收拾寺庙。知琢媳妇看看婆婆，拿出二百块钱交给行智，行智也不推辞，谢过就走了。出家人从不拒绝捐赠的。眼下庙里也的确需要。

行智出门后，岳翁若伸出手指在大家脸前划拉一圈，说：“你们记好了。钱要想留着自家花，再多也拿不出去。岳家的钱只有拿给外人花，这钱才姓岳。”

老伴笑着摇头，跟知琢媳妇说：“老岳家的男人，一有钱手指缝就宽。咱就是人家的账房先生。”

知琢媳妇笑笑，招呼岳凡帮着收拾碗筷。

这钱是去年岳翁若生日时从广州寄来的。五百元的汇款单在滚石塔镇引起不小轰动。岳翁若看着汇款人附言上的落款，对老伴说：“牛祺元，谁呢？我当年柜上的经理牛占坤，他儿子叫小元，莫非？不对呀，他早早就去了香港。他儿子不可能回大陆寄钱呀。‘顺祝安好’，顺祝，难道，是岳顺？更不可能，他能活下来就不错了，哪里会有钱。”

老伴一听到他说出“岳顺”的名字，嘴巴张了几张，泪水无声地淌下来。

岳翕若漱漱口，摸过拐杖，对岳凡说了句“你那工厂得悠着点劲，吃饱饭就行”，溜溜达达出了大门。

第三十一章

岳顺扑通跪倒在岳翕若面前，扑起一片灰尘，整座大北屋都晃动了一下。

岳翕若看着罩在岳顺背上的阳光，橘黄色方块里纷扬的尘埃起起落落，慢慢沉在弓起的花格西服后背上。那颗垂在地上的脑袋，头顶已看出稀疏，几根细软的头发卷曲着贴在赭红色头皮上，在阳光里格外刺眼。他的心跳一阵慌乱的惊悸，猛地停歇，一口气堵在胸口上不来。他半张着嘴，伸手抚住胸膛。老伴顾不上刚回家的儿子，把几粒丹参丸按进岳翕若嘴里。

岳凡拉起岳顺，兄弟俩抱在一起。知琢拍打着两人的肩膀。那个寒冷的小年夜，岳顺也是这样跪下磕了个头就走了。一走就是二十多年。他刚叫了声“岳顺”，院子里就涌进了闻讯赶来的街坊邻居。

岳顺拍拍身上的土，擦把脸，一一跟乡亲们打招呼。缓过气来的岳翕若听着他原汁原味的章丘话，笑了笑，习惯地摸摸下巴。“顺祝安好”的次年年底，岳顺的汇款单附言就变成了“儿岳顺叩安”，字别别楞楞的，一看就是那个愣头青五儿子的模样。当时他就突然这样心慌胸闷。常大夫叮嘱他说，老伙计，今后可得多加小心啦。他笑道，没啥小心的。这么大把年纪了，早活够了本。这病好哇，咯噔一下就过去了。这些年我就老担心瘫在炕上。

人越来越多，岳顺干脆到院子里跟大家拉呱。他从裤兜里掏出个丝绒小袋子，倒出把金戒指捧在手里，说：“带回点小玩意，大家一家一个，算我的点心意。”

几个围在他身边的过去的玩伴，红着脸直摆手：“这么贵重的东西，咋好意思。”推辞了一番，各自小心地拿起一个，交给跟着的孩子。小孩子喊叫着跑出门去。周围的人呼啦拥过来，半要半抢地眨眼就把岳顺捧着的戒指拿光。他又掏出几个分给没拿到的。院子里的人越来越多，带来的戒指很快就分光了。没拿到的还在伸着手要，院子里吵嚷成一团。岳顺摇摇头，进屋从行李箱里拿出烟和丝巾。男的两盒烟，女的一条丝巾。拿到礼物的明显感到受了歧视，晃着手里的烟和丝巾，冷了脸嘀咕着："真小气，还港商呢。"悻悻地拥出大门。

岳顺摊着手进屋，还没坐下，岳翕若就沉着脸训上了："岳顺，你发财了，荣归故里？你是显摆个啥。咱家过去开过钱庄，见过大钱。你刚才这是干啥，施舍吗？这是羞辱乡邻。"

岳顺头上冒出汗。娘把他拉到身边坐下，不满地数落岳翕若："孩子刚到家，话还没说一句呢，你就发脾气。"

"爹说得对。我不该这样分东西。等拜访时带上就好了。"岳顺从爹的下巴上移开目光。刚进门时，爹空荡荡的下巴就硌得他心里咯噔一下。剃掉爹那把招牌似的大胡子的，肯定是件非同寻常的事。他接过大嫂递过的水杯，仰着头一气喝干，抹把嘴说："回家前，我岳父嘱咐我一定要多带些礼物。他听到不少回大陆探亲的，因礼物不够而遭遇尴尬的事。"

"这样的事咱滚石塔镇就不少。"岳凡对爹兜头就训斥刚进家门的五哥，很是过意不去，打圆场说，"前街的岳三槐从台湾回来时，他侄子和外甥争着去机场接，在机场就打了起来。岳三槐是个老兵，根本没多少钱财，结果侄子和外甥连上坟都不陪他去，弄得老头子流着泪离开了想念了几十年的老家。"

岳翕若也觉得刚才的话太重了，就对一直静静地站在一边的童童说："童童，这就是姥爷常跟你说的五舅。去，看看他给你带啥好东西了。"

童童的眼睛早就在那个带轱辘的大行李箱子上悄悄逡巡了几个来回，她盼着五舅给她带个日本相机来，班上已有好几个同学有了。听到姥爷的话，脸一红，对妗妗说："我都快初中毕业了，姥爷还拿我当小孩。"

姥娘笑道："是呀，咱童童早就是大闺女啦。岳顺呀，童童可是你爹的心尖子，哄高兴了她，全家都高兴。"

"那是，我可不敢怠慢。"岳顺蹲在箱子前，一件一件往外掏，"这是衣裳，这是文具，这是英国的糖和点心。"最后才拿出个漂亮的小皮包，朝童童晃晃，"这是最新款的日本相机。"

童童惊叫了声，忘了自己是"大闺女"了，推开岳顺怀里的一大包东西，一把抓过相机蹦跳着跑向妗妗，又回头往门外跑。岳凡逗她："童童，你得谢谢五舅呀。"

童童头也不回，说了句"谢谢五舅"，跑进小南屋。

岳顺笑道："真是外甥是狗，叼了骨头不回头。"

岳翕若又摸起下巴。童童大了。岳凡到这也不肯结婚。

岳顺没注意到爹的表情，把送给每个人的礼品袋都放在床上。将两瓶酒和两条雪茄烟放在桌子上，说："这是我岳父送您的。他说当年你就喜好这牌子的威士忌和雪茄烟。"

"占坤呀，难为他还想着。"岳翕若眼角又涌出泪花，抬手往下巴颏下一拨，拨了个空，叹口气，摸着下巴愣了会儿，慢慢拧开瓶盖，倒了一盖酒抿了抿，咂咂嘴，"嗯，还是当年那味道。可惜喝不动了，也不敢喝喽。"又取出支雪茄，撮在手指上摆弄了一番，划火柴点着，吸了口，徐徐吐出团白烟，说，"最后一次跟占坤喝威士忌，也是这样一个春天，是四八年的春天。滚石塔镇飘着牛毛细雨，他来接我去香港。真快呀，四十年了。都老了。"他把烟搁在小烟簸箩里，摇摇头："岳顺呀，别怪爹说话重。当年你二哥扛着上校军衔回家时，得意得不得了，老往街口上站。我就说知琪呀，这人不管当多大的官，挣多大的钱，高过山也不能高过乡亲父老。他们都是看着你光屁股长大的。今天我再把这话重一遍，岳顺，可不能因为抢礼品的事就看低了街坊邻居。马瘦毛长，人穷志短。大家是叫那个穷字咬怕了。"

岳顺"嘿嘿"直笑："哪能呢，爹。你还以为我是那个总惹你生气的小屁孩呢。我在香港街头流浪的时候，没少跟人家讨吃的。常让警察抓去关黑屋子。好几次差点被遣返回来，吓得我心里直哆嗦，要遣返回来，那可就给家里惹下塌天大祸了。"

大嫂见娘又抹眼泪，就对岳凡说："你厂里不是有长岭村的工人吗，快去找人送个信，让童童她妈晚上过来吃团圆饭。"

岳翕若看着岳顺。岳顺说："不用。等会儿我去看望姐姐，一块把姐夫和小外甥接回来。"

岳翕若点点头，又摸起雪茄点着，烟雾翻卷着缭绕。他看着烟头雪白的烟灰，喉咙里泛上一丝苦涩。没了胡子，抽不出当年的味道啦。

•

离海岸不远了。岸边的景物已依稀可见。活着到达香港的希望正在岸上微笑。

岳顺和李大哥都已做不出划水的动作，任凭潮水推着冲向岸边，又被裹挟着带回来。前后左右听不见人的气息，一团团黑乎乎的被海浪哗地推上去，又哗地拉回来。岳顺麻木的脑子里只沉浮着一个意念，靠岸，靠岸，靠岸。

李大哥伸手拉住被卷到身边的岳顺："别站。"他托住他的身体，喘息着说："记着，我叫张国范。我爸张木青，北京，古籍所研究员。下波潮水来了，你滚着往前冲，千万别站。"

潮水又呼啸而至，张国范拼命推了岳顺一把："去吧，兄弟。"

岳顺随着潮水冲向浅滩，翻了几个滚，双手死死抠住岸边的岩礁。身体被轰然倒跌的回头浪拉得笔直，又猛地撒手，失去知觉的四肢下意识地往上爬了几下，翻身滚到礁石后面。

等他从黑暗中睁开眼，看着岸上的树木，好长时间才明白过来，自己还活着。他挣扎着跪起来，往海滩上看去。退潮的海滩中，一片泥塑的人形参差错落，木桩似的栽在浅滩后边的淤泥中。

哪个是李大哥张国范呢?

"我就这样逃到了香港。后来才知道，那片海滩的淤泥，陷进了很多逃港者。他们随着潮水抢上海滩，还没来得及高兴就陷进淤泥，被潮水淹没。潮水一退，就成了只露出半截的泥桩。"岳顺掏出烟盒，抽出一支带过滤嘴的香烟。

岳翕若递给他火柴，一道海潮般的白线从眼睛深处涌上来。

满屋的人仍惊悚地看着岳顺。

岳顺笨拙地划燃火柴，晃晃突然冒起的火苗，点着烟平静地吸一口："我只记得下海的地方有一片树林，后来才知道那是红树林。我是在广州街头认识张国范的。他说他姓李，我就叫他老李大哥。那时，我在广州已混不下去了。一个红卫兵袖章帮我一路来到广州，又在广州的几个红卫兵接待站蹭了一星期吃喝，再待下去就露馅了。我怕一旦暴露身份，家里可就惨啦。是李大哥让我知道，还有偷渡香港那样一条生路。结果我上岸了，他却永远留在那片海滩上。我给他在海岸小山上立了块碑，至今没有他的一个亲人去祭奠。我这次回来，先去北京找他的父母，得知张木青夫妇是建国后从香港回到北京的一对教授夫妇。在唯一的儿子出逃的当夜，双双上吊自杀。前几天，他们的儿子刚刚带领同学们批斗了他的爸妈。"

屋里一圈泪光。岳翕若的雪茄飘着白烟。

岳珊垂头看着趴在腿上的儿子。何玉林过来给熟睡的童童掖掖被子，拍拍岳珊肩膀，又坐回桌前的杌子。大嫂搂住岳珊，在她耳边悄声说了句什么，岳珊扭过头去，好长时间才转回来。

"就这么简单。"岳顺捏着烟把看了一圈，扔在地上，"我在香港流浪了一年，啥都干过，还当过红灯区送酒水的侍者。就差吸毒了，因为没钱。更因为爹那把大胡子。”

抱着大铁壶的炉火忽闪出一圈红黄的温暖，壶身上的砂眼不时渗出细小的水珠，旋即被炉火烤干，发出细碎的滋啦声。岳凡眼前还浮现着海滩上挺立的泥尸。他挨个看着屋里一张张被火苗扑闪得明明暗暗的脸。大家都抬起泪眼，偷偷瞅着岳翕若。

岳翕若搓搓下巴，舔舔嘴唇上的干皮。

“一年后，我在牛占坤属下的一家小印刷厂做切纸工，因一个偶然的机会，被他发现我是故人之子。后来，我就成了他儿子牛祺元公司的经理助理，三年后就有了自己的公司，娶了他的小女儿。有了两个儿子，一个叫岳石，一个叫岳塔。这次回来，是借咱们县深圳招商会的机会，不便带老婆孩子。过年时我再带他们来认祖归宗。前几年我岳父就催我回大陆看看，我害怕，一直不敢成行，就托常去深圳的祺元给家里寄了笔款，想让家里知道我还活着。回来后才知道，真是大变样了。”

岳翕若的泪水不受控制地淌下来。尽管早已知道在香港有自己的两个孙子，也看过他们的照片。但听岳顺这么一说，他还是激动不已。苍天有眼，岳家终于有后了。多亏这个儿子当年那么莽莽撞撞地跑了，要不，家里只会多一个光棍。他擦擦眼睛，说：“岳顺，你受了很多罪，但没受凌辱，值了。”

岳顺装作没看到爹抹眼泪，想了想，说：“三哥在深圳还不错。祺元交代过深圳的经理，他们挺关照他的。只是，三哥老是喜欢独处，总在提防着别人，常常会莫名其妙地发火。在深圳时，我跟他长谈了一晚上。三哥在监狱里吃了不少苦头。”

一片沉默。娘忽然哭了。

知琛放出来后，岳翕若对岳凡说，你不是跟牛祺元在深圳的公司联系上了吗，就送你三哥去那里当个文差事。在滚石塔镇，他不好活个人样啦。

“你三哥那性格，伤疤得慢慢愈合。”岳翕若噗地吐出口烟，“他那事虽说可恶，可那是该滚石塔镇自己处理的事，本来就犯不上律法。”

院子里蓦的一声鸡叫。屋里生出些凉气。岳凡东一句西一句地套问五哥逃到香港后的经历，岳顺总是笑着不往深里说，三言两语就应付过去。他打着哈欠，有点怯怯地看看爹，拿过威士忌酒瓶倒上一茶碗酒。岳翕若笑笑：“跟你岳父学的吧。来，也给我倒上点。”

老伴伸出手，想了想又缩回去。使劲搓搓脸。岳翕若和岳顺都抿了口威士忌，咂摸着各自的味道。

岳凡拿过五哥的茶碗舔了口，皱皱眉头，又喝下一口：“吆，味道不错呀。”

岳翕若和岳顺都笑了。娘指点着岳凡："又是个酒鬼。"

知琢笑眯眯地说："老小当厂长也有七八年了，光应酬酒也练出来了。看门的老头就盼着厂里来人，好敛伙酒瓶子卖个零花钱。"

大家都看着岳凡笑。

风把风门吹开道缝，石榴树的影子淡淡地映到风门上方的花格上。岳翕若看着晃动的树影，是下弦月了。这个月过去，就进入深秋了。

岳凡给姐夫和大哥各倒上一茶碗酒："来，开开洋荤。"

大哥接过来闻闻，放到一边。何玉林咂了口，夸道"好酒"，也放在桌上。一晚上他都没说话，只是笑着听。本想早点回家，又怕岳珊不高兴。岳珊已决定今晚住在娘家，多跟岳顺亲热亲热。几次想让玉林早走，看他听得挺有兴趣，怕他错会了自己的意思，嫌拿他当外人，就一直没说。

岳凡搂住岳顺肩膀，又问："那个牛占坤咋认出你来的？"

"你咋成了记者了。"岳顺扳开岳凡的胳膊，笑道，"我有荣杞大爷侄子的故事。挺曲折的，你想听吗？"没等岳凡回答，他就抿口酒讲了起来。

岳顺心不在焉地参加完招商会，匆匆步出会场。

这是东北哈尔滨市来港组织的一次活动，他接到请柬看也没看就顺手扔到一边。是那个陈科长三番五次地打电话，硬把他逼来的。刚走到车前，陈科长又追过来，急切地说："岳总，我能单独跟您说句话吗？"

岳顺疑惑地看着他。自称小陈的陈科长，带着内地小官员常见的拘谨的笑。看样子他年龄比岳顺大不少。他说："我祖籍是滚石塔镇的。"

岳顺"噢"了声，伸出手去："原来是老乡啊。"抓住陈科长的手用力摇晃，"真想不到。走，回你房间拉会儿呱。"他马上看出陈科长的尴尬，一下想起内地来的公务人员都是俩人一个房间，就问："下午我请你喝咖啡，方便吗？"

"行。"陈科长显然有点喜出望外，一口答应了，又补充道，"我请你，只要岳总有空。我们都有约见港商任务的。"

岳顺点了两杯摩尔咖啡，又特意给陈科长要杯芒果汁。陈科长舀了一小勺咖啡喝，皱起眉头。岳顺笑笑，给他的杯里放上糖，搅了搅，把小勺放到小盘上："用杯子喝就行。"

陈科长红了脸，说："岳总，我想见你纯粹是有私事相托，跟招商无关。"

岳顺点点头，示意他说下去。

“我得先做个自我介绍，我亲生父亲叫尚成岗，是滚石塔镇尚家尚荣杞的侄子。”

慢慢品啜咖啡的岳顺一下激动起来，朝他倾过上身：“这，咋回事？”

“说来挺啰唆，您得耐着性子，听我慢慢说。”陈科长端起咖啡，又慢慢放下，“我父母是在争抢着上去台湾的船时被挤散的。那时母亲已怀着我。她在疯狂的人堆里，眼睁睁地看着载着我父亲的船驶离码头，绝望得号啕痛哭。她说多少年来，那凄厉的汽笛声就一直响在耳边。挤在甲板上往岸上挥手的人太多了，她拼命呼喊，也没找出哪个是我父亲。船就慢慢地在茫茫大海上越来越小，忽然就不见了。海浪一波接着一波，涌往天边那道黑沉沉的圆弧。”

陈科长看着窗外的大海。岳顺也随着他的目光望过去。那晚上黑沉沉的海浪又冰冷地涌上来。

“我母亲换上便装，跟随几个山东籍的老兵往回走。刚进山东境内，她突然改变了主意，不管老乡们咋劝，非执意跟着几个东北老兵继续北上。辗转到了关外，老兵们都约母亲先跟他们回家，暂且住下再做打算。我母亲说她在哈尔滨有亲戚。她要去投奔亲戚。老兵们给她凑起买火车票的钱就各自奔往回家的路。母亲没去车站，她说了瞎话，她在东北根本就没有亲戚。靠着那点火车票钱，她饥一顿饱一顿地继续往偏僻的地方走。后来再也走不动了，就在一个孤零零的叫陈家屯子的小村停了下来。被一个从山东闯关东来的姓陈的收留。母亲谎称丈夫病死在了来关东的路上。那姓陈的比我母亲大十来岁，孤身一人。他成了我的继父。我继父不识字，人很粗拉，但心眼好。母亲生下我后，又给我生了一个弟弟一个妹妹。姊们三个中，继父最心疼我。我到上学的年龄时，母亲常常偷偷掉泪，继父问她咋了。她说关东得上学呀。我出生后，继父叫母亲给我起名字。母亲说我一个妇道人家，又不识字，你这当爹的给起吧。继父就说，他生在关东，就叫关东子吧。听了母亲的话，继父转了一圈，地窝子里除了那口大铁锅，啥值钱的东西也没有。他甩甩胳膊，领着我去学校报名。到了学校他扑在校长面前就跪下磕头。校长免了我的学费。母亲又给我借来人家用过的课本。我就夹着课本去上学了。由于继父是响当当的贫农，我一直顺利读完了高中，回村不久又被推荐上了大学，毕业后被分配到了哈尔滨市外经贸局。现在看来，幸亏母亲有文化，虑事周到。当年不管是回到山东老家，还是跟哪个东北老兵回到村里，我都会是个黑崽子。难为她竟装了这么多年的文盲。上小学时，我没有本子，没有石板。老师布置作业时有课本上没有的生字，就使劲用脑子记。到家后先把生字画在墙上。就是写得缺胳膊少腿，她也不给我纠正。”

陈科长突然趴在吧座上。

岳顺把头扭向窗外，几只海鸥从窗口掠过。娘的病，也不知好了没有。

“岳总。”陈科长不好意思地说，“得知我要去香港，娘跑了好远的路，到护林队给我打电话，叫我赶紧来家。她说，娘有要紧的话要跟你说。我回家后，母亲当着继父的面，把她如何在福建码头上跟丈夫失散，一路颠沛流离来到陈家屯，理理情情讲了一遍。她说，关东呀，香港跟台湾肯定有来往，你一定设法打听到你的亲生父亲，不管生死，都要知道个下落。我跪在继父身前，说：爹，不管我找到找不到亲生父亲，你都是我的亲爹。继父说：孩他娘，你的嘴真严实呀。想不到俺老陈跟一个军官太太过了大半辈子。这些年，你跟着俺受苦啦。”

陈科长站起来，恭恭敬敬地给岳顺鞠了一躬：“岳总，你认识的人多，肯定也与台湾的商人常打交道。拜托您了。我替我母亲和老婆孩子谢谢您。”

岳顺拉他坐下，说：“陈先生，论年龄我该叫你哥，按街坊辈分，你该喊我声叔。放心吧，我会当个事办。”

岳翕若放下雪茄，又点着烟袋。娘推推岳顺：“看，你爹不知道哪头炕热了。”

岳翕若托着烟袋，连说了几声“好”：“这下，尚荣杞那老东西得高兴得跳起来了。不光有了孙子，连重孙都有了。明天一早，你就去给他报个信。”

“你找到尚成岗没有？”知琢有些着急。

“嗨，这事真凑巧了。”岳顺喝干茶碗里的威士忌，说，“那天晚上，我跟岳父一提尚成岗，他就直拍手，连说巧了，巧了。原来，上半年他去台湾时，尚成岗就托人找到他，让他帮忙打听妻子的下落。岳父回到香港就问我，知道不知道滚石塔镇尚家有个侄子在台湾？我说只知道尚荣杞的侄子解放前随国民党军队南逃了，有人说早死了，也有人说逃到了台湾。他又问，他侄子失散的妻子呢？我说，她叫杏花，一直在家守寡。岳父摇摇头没再说啥。他又托人打听尚成岗失散的妻子，她老家的人说，听说跟他对象去了台湾。岳父就死了心，这么大个中国，到哪里去找。再说失散时还兵荒马乱的，又经过了这么多运动，也许早就不在人世了。他告诉我，尚成岗逃到台湾不久，他的上司就陷进一桩谋反案里，他也受到牵连。后就跟一个老兵遗孀住在一起，也没多少积蓄。要回大陆寻亲，滚石塔镇和东北那个陈家屯，恐怕都得去。你们是老乡，得接济他点盘缠，让他体体面面回大陆。”

岳翁若连连点头："你荣杞大爷这老东西，一辈子死要面子活受罪。"忽然觉得这话也有些说自己，摸摸下巴，沉吟了会儿又说，"前些天，你如山大爷来看童童，说起当下是清末以来最安稳最好的时期。他说得对呀。不再战乱了，不再人斗人了，大家都好好地各过各的，只要不懒，就能吃饱饭，这就是好日子。"

岳顺说："我想捐给恩石寺一笔钱，重修一下这座千年寺庙。滚石塔镇伤得太重了。需要香火味。"

"眼下，恐怕还不是急着敬神的时候。你要给老家做点善事，就把钱捐给学校吧。破得不成样了。修庙的事，留给岳凡去办。"

"你要给学校捐款得提个条件。"岳凡的眼睛忽然阴冷，"让他们在我读工读小学的那口教室的墙上嵌上块石头，刻上上河村工读小学。"

岳翁若摇摇头，把含在嘴里的烟长长地吐出来。

送走何玉林后，大嫂跟岳珊去了小南屋。除了童童的东西外，屋里的一切还是岳珊出嫁前的模样。大嫂帮岳珊放下孩子，坐在床沿上。听岳顺讲完逃港经历后，大嫂看到玉林对岳珊的亲昵动作，心里一阵羡慕，顺口说了句："瞧，玉林多体贴，你过得真滋润。"岳珊眼里忽然闪出泪光。

岳珊知道大嫂不放心，可又怕解释不好反而让她更误会，就琢磨了会儿，幽幽地叹口气，说："你说得对，玉林对我是真体贴。我该知足，该感激他。他是个百里挑一的好男人。"她停了会儿，眼窝又湿了。忽然就怔忡起来。

大嫂感觉到她眼里的苦涩和惶惑，紧紧抓住她的手。

岳珊胸脯起伏着，朝大嫂笑笑："你别担心，我们过得真的挺好。是我太贪心太不知好歹了。你也看到了，玉林临走前，先亲了童童才又亲了儿子。他总是这样心细，细得小心翼翼。"

大嫂拍拍她的手。

岳珊又叹口气，说："这些年，我们就这样小心翼翼。小心翼翼地守着那道伤口。连夫妻间那种玩笑也不敢肆无忌惮，怕碰着，碰着那道伤口，彼此就好几天都不自在。"两颗亮晶晶的泪珠悄悄滚出眼角，"有时候我真羡慕人家那些经常吵架拌嘴的夫妻，盼着玉林狠狠跟我吵一架，吵过去，心里也许就敞亮了。"

岳珊忽然抱住大嫂："大嫂，我真后悔。"

后悔啥？不该那样惩罚梁亮，不该匆匆嫁给玉林，该嫁给梁亮或者等着兴凡，岳珊没说，大嫂也没问。这个话题，大嫂也得小心翼翼。

爹在大北屋里连连咳嗽，声音重浊而空洞。像捶打一个破败的鼓。

第三十二章

岳顺回家第二年的大雪这天，滚石塔镇真的下了场大雪。

牛占坤就在这天带着女儿、女婿和两个外孙来到滚石塔镇。来的时候雪还含在天上没落。

岳石、岳塔已经熟门熟路，刚到上河村庄头，就一个拉着爸爸，一个拽着妈妈向爷爷家跑去。牛占坤溜溜达达的，边走边寻找着昔日的痕迹，落在了后边。

岳家原宅门口那棵大槐树还在，枝枝杈杈还挺密实，树干从下到上裂开道尺把宽的空洞。他摸着空洞边缘包裹的新树皮，仔细打量老东家的大门。门口两边的外门垛上分别挂着滚石塔镇党总支和村委会的牌子，门垛下的石狮子没了，整座门楼子就有了些头重脚轻的感觉。大门上的栗红油漆已斑驳成衰败的暗黑色，门框两边内门垛上的福禄寿喜青石浮雕砸得残破不全，还泛着湿漉漉的光泽。

他看到了自己当年风尘仆仆赶来的样子。他口袋里装着给岳翁若买好的他全家的船票。买这几张票可费了不少劲呢，可惜大胡子没要。一声汽笛把他们隔开了四十多年。再次站在门前，当年岳家公司的经理已是身家上亿，这宅第却早已颓败不堪。命运真是不可捉摸呀。

离开大门时，牛占坤神情有些恍惚。他问站在街口拐角的一个瘦弱老头：“请问，岳翁若家咋走？”

那老头看着他，往拐角那边指了指。

他从老头身边擦过，觉得不对头，又返回来看了老头一眼，拍着巴掌惊叫一声：“亲家，是你呀。”

岳翕若哈哈大笑：“认出来了？”

“没胡子了，哪里还是岳翕若。”

“岳翕若难道就是一把胡子？”

“你呀，你呀。塌成一坨泥，也还是那心劲。”

两个老头子流着泪抱在一起，使劲拍打对方的后背。牛占坤忽然笑了：“听这动静，噗噗的，咱俩都成空树干了。”

“老啦。”岳翕若抹把脸，往手上哈口气使劲搓搓，“回家。今天我得破破戒，陪你喝一壶。”

牛占坤诧异地看着岳翕若的手，暗暗摇着头跟在他身后。老东家做这套叫花子动作咋这么熟练。

岳翕若忽然停下，慢慢转回身：“咋了？”

“没啥。我在想，几十年过去了，这座千年古镇还这么精神。”

“老啦，不是古镇是老镇了。”岳翕若把手搭在牛占坤后背上，使劲按按：“会愚说老镇有股香火味。他是说镇子老了也会成佛。老镇好哇，还是叫老镇好，听着熨帖。”

牛占坤“嗯嗯”着，一头雾水。

午饭后，牛占坤要去看看恩石寺、滚石塔。岳翕若刚喝过几杯酒，红光满面的，精神头十足，说：“那我得陪你去，跟你说说这几十年庙里的事情。逛这种地方，要是没人在跟前说道说道，就没意思了。尤其是像你这样故地重游的，要没几个新故事撑着，一袋烟的工夫就看完了，还逛个啥劲。再说，我也该再去恩石寺看看，明年就要重修了，得记住它的老样子。”

老伴看看岳翕若，又看看岳珊，悄声说：“你爹从来不说这么多话。今天倒成了话篓子了，一顿饭你占坤叔就没插上嘴。”

岳珊说：“爹是真高兴了。”拿过拐杖递给爹。

岳翕若走出大门又踅回来，喊道：“把岳凡给我定制的那身杭缎唐装拿出来。陪西装革履的亲家公，我也得穿得光鲜些。”

老伴边从箱子里拿出衣裳给他往身上套，边埋怨道：“你是折腾个啥。不是不愿穿它吗。”

这身提花杭缎衣裳，是去年过年时，岳凡特意请人量了尺寸去南方定做的。岳翕若只穿了一天就脱了下来，说这衣裳在滚石塔镇太扎眼了，没有胡子的岳翕若压不住它。留着等我去见会愚时再穿吧。

做工讲究的中式裤褂往身上一套，岳翕若浑身上下立刻抖擞起来。牛占坤左看了右看："嗯，这才是那个岳翕若。这样以来，才符合咱俩东家跟大掌柜的身份。"

岳翕若哈哈大笑："啥东家。我绝对不会再当东家。"

岳珊对娘说："我跟着去看看。"招呼童童领着弟弟，带上两个侄子一块追了出去。

岳翕若果然一路上絮絮叨叨地把几十年来恩石寺的大事小情讲了个遍，一直说到会愚的大弟子回来。告诉牛占坤，岳凡已经联络好镇上的企业家，等开春就重修恩石寺。他问牛占坤："你相信人死后灵魂还在吗？我总觉得会愚老和尚一直没有走远。"

"说不清楚。"牛占坤仰望着大殿屋顶斑驳的彩绘，说，"我倒是希望人们都相信人有灵魂，有来世，相信善恶报应。"

走走停停地在恩石寺转了一圈，行智把大家领进会愚的客堂，冲上壶适宜冬天喝的药茶，冲两人拱拱手就出去了。岳翕若和牛占坤在后墙窗前坐下，慢慢啜饮。梁文语在这里住的时候，把窗户镶上了玻璃，不开窗也能看到光石岗上的滚石塔。岳珊给爹整了整衣领，说："别再说了，喝杯茶好好歇一会儿。"

岳翕若笑笑："不要紧的。攒了四十年的话了，说说心里敞亮。你去院子里照应孩子们去吧。别让他们磕着碰着。今天要是邀请你公公来就好了。省得净我一个人唠叨，惹得你占坤叔心烦。"

牛占坤看着岳珊利落地把火炉里的火拨亮，答应着童童的呼唤跑出去，感叹道："你这个闺女，真好。我那女儿可没这样细心。"

岳翕若端起茶杯喝干，伸手抹抹嘴巴，哈口气，用力搓动双手。牛占坤注意地看着他这个动作，心里"滋滋啦啦地"不得劲，他已知道这是他扫大街养成的习惯。当年周旋于商场的岳家少东家何等洒脱，后来执掌滚石塔镇，举手投足更是一派乡绅领袖风范。这改造的效力可真是脱胎换骨了。

岳翕若似乎没察觉他眼神的异样，指点着他道："你就知足吧。你这辈子没啥遗憾了。"忽然朝前窗侧过脸去。大殿里飘散出不疾不徐的木鱼声。不是行智在敲，是会愚。行智的木鱼声有意念，只有会愚才敲得这样了无一念，空泛通透。

牛占坤看着他凝神谛听的样子，问："你听啥？"

岳翕若诧异地反问："你没听见？"

“听啥？孩子们在打闹，啥听头。”

木鱼声还在笃笃不断。岳翕若心里一动，慢慢回过头来。

牛占坤摇摇头：“这一年来，岳顺没少跟我叨叽你的遭遇。我知道他说的都是皮毛。你剃掉的岂止是一把胡子，你的痛都在心里呢。当初……”

岳翕若似乎没听见牛占坤的话，眼神迷惘地遥远出去，听到他敲着桌子问“你咋了”，才如梦初醒般地眨眨眼，说：“当初，你知道，我可是把一切都豁出去啦。大把大把的银子。你疼得只跟我瞪眼。咋就……”他按住胸口，额头上冒出细密的汗珠：“不说啦。”噗地吹出口气。

童童喊着姥爷跑进来，将一把晾干的酸枣塞到岳翕若手里，又跑了出去。岳翕若填到嘴里一颗，酸得吸口气，把酸枣放到桌子上，手刚搓了一下就忽然停下，看看牛占坤的眼睛。

牛占坤垂下眼皮，捡了颗肉头头的酸枣丢进嘴里，慢慢咀嚼了会儿吐出枣核，劝道：“你一向豁达，那些年的事就别再搁在心上啦，好好享几年清福，多活两年比啥都好。”

“我自忖也不是放不下的人。”岳翕若摸着下巴说，“当年没跟你一块走，我不后悔。毕竟我亲眼看到刘文先他们在滚石塔镇建立起了新政权。咋能转身就走呢。刘文先当着全镇父老乡亲的面，把我请到台上，说，你这个白皮红萝卜终于可以露出瓤来啦。”他脸颊浮上层红晕：“占坤，我真不后悔瞎了那几张船票。就是觉得，拿我当了这么些年的罪犯，总得对我说声对不起。我不要别的，就一句道歉，一切就一风吹了。咋说，我大门上还挂着‘光荣烈属’的牌子。可我就等不来这句话。等不来了。”他忽然抬头看着窗外：“下雪了。”

院子里传来岳石、岳塔惊喜的喊叫。

牛占坤站起来看窗外的雪。入冬的第一场雪，一露头就汹涌恣肆起来，纷纷扬扬劲道十足。光石岗转眼工夫就白了，滚石塔包裹进旋转的混沌。“瑞雪兆丰年。咱们拜庙遇上这么场大雪，好兆头哇。”

没有回应。

“你呀，几十年了，还是这脾气。非要声道歉，有啥用啊。”牛占坤推开窗户，探出身去，雪片迎面扑来，稀疏的眼睫毛立时挂上水珠，他孩子似的叫了声，“翕若，我可是几十年没看到家乡的雪了。”

岳翕若还是不吭声。

牛占坤心里忽然一阵莫名的慌恐。慢慢扭过头去，见岳翕若仰头靠在椅背上，闭着眼睛。

“累了吧，这把年纪不能伤神……”咋了，他叫声“翕若”，岳翕若一动不动。他过去靠住椅背，伸手试他的鼻息，手心触到一片涔涔的阴凉。“翕若，翕若！”牛占坤一把抱住他，他的头软软地耷拉到胸前。

岳珊裹着风雪闯进来，在门前愣了愣，扑过去抱起爹的头，爹半闭着眼，脸色蜡黄。她抬头看看牛占坤，趴在爹的耳朵上哭喊：“爹，爹——”

岳翕若半闭的眼睛没有一丝反应，眼角滑出滴泪水。

牛占坤抓起岳翕若的手试试脉搏，又抖动着伸进棉袄里边按在他胸口上，抬起头叹口气，脸贴住他凉腻的额头：“珊珊，你爹他，去了。”伸手抹下岳翕若的眼皮。

岳珊眼前一片黑暗，叫声“爹呀”，双手从爹的脸上滑落，趴在他膝盖上。

牛占坤还抱着岳翕若的肩膀。刚刚还有说有笑的，转眼间就气息全无，阴阳两隔了。他望着屋顶上模模糊糊的金线双钩蓝绿彩绘。翕若的魂灵应该还温热地俯视着他。“少东家。亲家呀。”泪水慢慢溢满眼窝，顺着脸颊淌下来，“滚石塔倒了。”

一身唐装的岳翕若在行智的诵经声里被抬出恩石寺。牛占坤又在会愚的客堂里站了会儿。嘎吱嘎吱穿过庭院，站在寺门前的平台上。一个瘦瘦的黑影在滚石塔下风一样舞蹈，嘶哑的声音穿过风雪，在寺庙上空回荡：

“走啦，走了啊。走了啊，走啦。”

第三十三章　岳凡手记（四）

父亲去世之前，几个注定会名标镇史，始终沉浮在滚石塔镇时代旋涡中的人物，就都已流水落花各有归宿。重新打量他们的背影，看着他们踽踽没入滚石塔镇的暮色，不管是爱是恨，心中都纠结重重。他们刻在这个千年古镇的划痕，委实太重太粗砺。啥时候触摸都能感觉到它绵长深刻的悸痛。

我得承认，直到现在，我对梁亮都心存好感。尚兴凡跟姐姐谈恋爱是举着旗帜的，他们总是想方设法甩掉我。姐姐和梁亮在一起，需要借助伪装，多半情况下，我就是他们顶在头上的柳枝帽圈。也许是由于这个缘故吧，那些年我遭受凌辱的时候，只要梁亮在场，我总能感觉到他暗暗的呵护。尽管这种呵护吝啬到不动声色，甚至是以凌厉的呵斥帮我解脱。对于一个敏感而无助的黑羔子，这已经是一份难得的垂怜。它投射下来的温情，足以使我感铭于心。姐姐对扒坟那天下午，梁亮接到她求助后迟迟不到，始终耿耿于怀。现在想来，我倒能体会到他既想让天赦子再敲打敲打爹，又怕伤到姐姐的复杂心态。

姐姐出嫁后，梁亮很快就与县食品厂的一个女工结婚。晚上的婚宴，他穿着翟小红送给他的那身军装，拉着新娘挨桌敬酒，一杯接一杯地喝凉水似的往嘴里灌。酒没敬完就被架进新房。他拍打着床头上的红双喜字失声痛哭："这算是革的哪门子的命。"

大嫂曾悄悄告诉我，她有一次领着童童在庄头上玩，忽然碰上梁亮，梁亮一看到童童，目光就从她身上扯不下来了。大嫂抱起童童转身就走。打那以后，就经常看到梁亮远远地打量她们。

阳光有些热，有些闹哄。风有点清凉，有点懒散。这是我第一次见到以下场景时的印象：

梁亮从低矮的围墙后边探出身，出神地看着在院子里和小伙伴一块玩耍的童童，眼睛里流动着阳光，也流动着风。我看着墙外凝目的大男人，和墙内不时抬头看他一眼的小女孩，说不出他们在传递着什么样的气息，但的确能感觉出他们之间存在着一个彼此贯通的气场。偶尔，姐姐也会碰巧看到这一幕。她见到童童时兴奋的神情，会被这气场碰散，眼睛瞬间黯淡。她立刻转身就走，把梁亮的眼神拽出好远，直到啪地崩断。在那声崩断的颤抖中，我猜不出姐姐匆匆离去的背影里隐藏着些什么。我能体察到梁亮正被某种疑惑，或者说正被某种确定所煎熬。换作姐夫来看童童，他完全感觉不到那气场的存在。他会轻轻叫声“童童”，然后拍拍手。童童高兴地喊着“爸爸”，伸开胳膊扑向他，响亮地亲着抱起她的爸爸，叽叽喳喳地告诉他今天幼儿园里有趣的事情。梁亮目光里的流动被眼前的父女亲情凝固成冰凉的铅灰。他转身离开的动作滞缓得像个老人。我能听到墙外一种类似叹息的沉重。童童也似乎感觉到了，在姐夫怀里朝墙扭过头去。姐夫浑然不觉，把童童的头扳过来，跟她碰碰额头。

我忽然明白了姐姐的默然离去，她的背影里也藏着这样的叹息，一种撕裂的沉重。童童是她和梁亮共同的疼痛。

那是童童上幼儿园的第二年，那时候不叫幼儿园，叫滚石塔镇上河村“育红班”。

那年的“六一”儿童节，爹突然犯病，我和大哥、大嫂送爹去公社医院。姐姐赶到后，叫我抓紧回去，到“育红班”去看看童童，把她早点接回家。那还在“两个凡是”的年代，一有集体活动，童童就容易受到伤害。我急急忙忙赶到育红班时，院门已挂上铁锁。童童跟梁亮在院墙外边的杨树林里玩指鼻子指眼睛的游戏。临近正午的阳光从浓密的叶片间投下一个个细碎的圆圈，两颗凑在一起的脑袋上罩着层淡绿光晕。梁亮跪在地上，脖子伸出老长，右手食指按住鼻子，紧张地盯着童童的眼睛。但他还是输了。童童咯咯笑着刮一下他的鼻子。梁亮很开心地仰着脸，忽然说：“童童，叔叔太笨，总是输总是输，让叔叔也刮你的鼻子一回好吗？”

“凭啥？”

“凭我是叔叔呀。”

童童歪着脑袋很认真地想了想，说：“好吧。”她学着梁亮的样子，仰起红扑扑的小脸。

梁亮伸出右手食指，在童童脸上停了停，小心翼翼地搭在她鼻梁上，慢慢慢慢地滑下来。我看到他左手手指紧张得微微颤抖。

“叔叔，你怎么了？”

“没怎么呀。叔叔高兴。”

童童晃着脑袋打量梁亮，说：“你比我爸爸老呀，我还是叫你大爷吧。”

梁亮摸着已有不少白发的平头，孩子似的拍拍手：“童童真聪明。好呀，就叫大爷吧。”

童童清脆地喊了声“大爷”。梁亮答应着，抽抽鼻子抬起头。突然看见我，尴尬地笑笑，站起来朝我点点头，拍拍膝盖上的土，对童童摆摆手：“童童再见。”匆匆走出杨树林。

“大爷再见。”童童喊着往前走了几步，回来牵住我的手说，“这个大爷真好。”

回家路上，童童告诉我，演出结束后，小伙伴都抢着坐滑梯，他们把我挡在一边，说不让“外皮狐子小地主”玩。站在墙外边的那个大爷喊着我名字进来，把他们都赶在一边，叫我一个人坐滑梯，直到我玩够了，才抱着我离开。

我问童童：“你知道他是谁吗？”

童童摇摇头：“他不告诉我。舅舅，小地主是大坏蛋吗，他们为啥总叫我外皮狐子？”

“别听他们瞎说。童童是最好最好的孩子。”

滚石塔镇的人把狐狸叫作皮狐子，称非本镇的人为外皮狐子，含有歧视的意思。我拨拨童童的小辫。梁亮这样不避嫌疑地关心童童，会伤害到她的。干脆让童童回长岭村去算了。可爹能舍得下吗。再说，梁亮那脾气，也许会追到长岭村去看她，那不更麻烦。

我把我的担心悄悄告诉了姐姐后，梁亮就再也没去“育红班”看过童童。有一句话叫“爱到畏惧”。姐姐和梁亮之间，是个难说的话题。

我到现在也不知道，当时姐姐是咋跟梁亮说的。姐姐和梁亮、尚兴凡的爱恨瓜葛，纠结了他们一生。梁亮被捕，尚兴凡下台后，姐姐都咬着牙说过“报应”。可她又多次让我开车送她去监狱探视服刑的梁亮。尚兴凡曾一度恨姐姐恨得气急败坏，后来却不顾大家反对，硬是让幼儿园和学校接收户口不在上河村的童童。他落选村支书时年龄已大，又没有一技之长，活得很是落魄。姐姐让我在外地的分厂给他安排了个差事，说这人本事不大脸皮极薄，不能让他有吃嗟来之食的感觉。姐姐可谓用心良苦。但尚兴凡却一口回绝了我的聘请。有一段时间，我都认为姐姐已经原谅了梁亮和尚兴凡当年对她的伤害，她却不容我在她面前提他们半个好字，一说就翻脸。姐姐和这两个男人，这两个男人和姐姐，爱和恨都是咬着牙的，不会淡忘，不容抵消。

岳绍前当了滚石塔镇党总支书记，梁亮就两双空空地回到食品厂，吊儿郎当地当起了工人。他买了杆猎枪，歇班时就在长岭山转悠着打兔子打山鸡，回村时腚后头总哩哩啦啦地跟着几个小兄弟和一帮小孩子。小孩子们到庄头就一哄而散，顶多拔一根山鸡翎羽带回去炫耀。小兄弟们却一直跟到家里，大呼小叫地帮忙吃肉喝酒。直到恢复高考，梁亮这种绿林味道的生活才被打断。他把猎枪往床下一塞，轰走找上门来的小兄弟，一头扎进书堆里。

报名时，踌躇满志的梁亮被兜头浇了盆凉水。教育局招生办的人告诉他，县里有通知，凡是搞过打砸抢的造反派头头都不准报名，名单里有你的名字。怒不可遏的梁亮当即跳着脚大喊大叫，被领着他来报名的高中语文老师拉到一边，指点他道："解铃还须系铃人，跟人家工作人员吵有啥用。现在分管文教的是谭副县长，那人挺好说话的。你的同学还有几个在名单的，他们去县政府跟他说了说，就都报上了名。你也去一趟吧。"

梁亮站着不动。一听是谭副县长管这事，他心里就凉了半截。"反逆流"发动二次革命时，梁亮的战斗队负责揪斗他，混乱中也不知是谁把他从楼梯上推搡下去摔伤了腰。他那腰从此就再没挺直过。他牢牢记住了领头揪斗他的梁亮。重新掌权后，不止一次点过梁亮的名。害得梁亮连个车间主任也当不上。

"别犯犟，以你的文化底子，考个专科绝对没问题。不就低低头吗，等上了大学就又抬起来啦。"语文老师硬拉着梁亮去了县政府。接待他的一个小伙子倒挺热情的，说你等会儿，我打个电话给谭县长汇报一下，你就再回教育局报名。小伙子一说梁亮的名字，电话里的回声就陡然粗壮了好几倍："梁亮？这人不行。这样的人一旦得势还会再造反。"

梁亮劈手夺过话筒，吼道："姓谭的，你听着，再来一次，我一把拧断你的脖子。"摔掉话筒扬长而去。

梁亮命运的最后一次过山车经历，始于他辞职下海回村办染料厂。不知出于何种考虑，他把厂址选在了上河村南岸一处废弃的窑厂。破土动工那天，梁亮恶狠狠地放了通鞭炮，肚子里拧得打结的火气噼噼啪啪暴跳了足够半小时。梁家禄提着烟袋，豪壮地往地上"呸"着黏痰，咋呼工人动工建厂房。爹夹在庄头看热闹的老头老太太中间，手搭在额头上隔岸观望，说："这爷儿俩，硬是要往咱北三村脑袋上揳根橛子。"

染料厂的几根烟囱像烟鬼的大烟袋，白黑不断地"呼哧呼哧"喷吐黄烟，河岸边茂密的树木很快就叶子变黄脱落。一刮南风，上河村就罩进散发着硫黄臭气的烟尘里，夏天睡觉都不敢开窗户。那时大家压根就不知道还有环保这个词，只会咬牙切齿地咒骂。人家就把工厂开在这里了，你能咋地，认倒霉吧。直到一年多后，绿淙淙的河水开始发乌变黑，黄褐色泡沫里沉浮着鱼的白肚皮顺流而下，绿泉河成了污水河。北三村的人这才围了党总支，要求关闭梁家的染料厂。其实，岳绍前早就不止一次去公社反映过，也直接找过梁家叔侄，指着臭烘烘的河水说：“你们再这么干下去，就把滚石塔镇的命根子给毁了。”梁家禄朝他脚下“呸”口黏痰，冷笑道：“关了工厂就关了我爷俩的命根子。门都没有。”岳绍前悻悻地拂袖离去，嗝了一路闷气，也没琢磨出啥招数。要是他妈的从前，一根小绳子就把这老杂种绑了去游街，哪里用得着费这番口舌。这回，他挟着滚石塔镇北三村的众怒，气冲冲直奔公社，径直闯进接替刘文先的新书记的办公室，直通通地说：“你们公社，县里再不管，我就带着滚石塔镇老百姓签名的状子告到济南去。”

梁亮从公社回来后，坐在河边抽烟。

梁家禄脚上挂着踩倒后帮的鞋，踢踢趿趿过来，说：“你可别叫人家吓住。”

梁亮早已不习惯叫大爷，把烟把在手里倒了倒，弹到河里，看着漂在河面上的烟把，咂着嘴道：“咱确实把这里糟蹋得不像样了。”

梁家禄喉咙里“咯啦”了一阵，瞅一眼梁亮，喉节拉动几下，“咕噔”咽下口痰：“你看看等货的车。”

梁亮瞥瞥厂门口排出二三里地的货车。

梁家禄伸长脖子俯视着大侄子：“你叫不叫我大爷不要紧。可你得明白，眼下谁有钱谁就是大爷。停一天工就是把到手的票子大把往河里撒。要说糟蹋，是他们先屌糟蹋了咱爷们好几辈子啦。”

此时的梁亮早已把县里公社里有关人员打点得团团转。他拿钱堵住北三村几个带头告状的嘴，又在工厂排污口建了个过滤池，给了县和公社的联合调查组一个借口，把搬迁计划拖了下来。直拖到染料厂轰隆一声爆炸，十多个工人的断臂残肢散落在废墟上。

梁家禄对匆忙跑来的梁亮说：“你赶快出去躲躲。砍头坐牢我顶着。”

梁亮没理他，召集惊慌失措的工人清理废墟，挖掘尸体，又给公社派出所打了个电话，这才叹了口气，戳着他大爷的鼻子说：“你就是我的扫帚星。”扔下他跑到长岭村找到姐姐，问：“岳珊，告诉我，童童是咱们的女儿吗？”

姐姐瞪着灰头乌脸的梁亮，一脸疑惑一脸冰冷：“童童是我的女儿，她姓何。”

梁亮被带走的时候，我在现场。他很镇定，一一辨认摆放在地上的残破尸体，退后一步，跪下磕了个头，站起来看看围观的人群，把手伸向警察。手铐“喀”地摁在他手腕上。河中心燃烧的阳光像绸带一样抽动了一下，一直抖到绿泉河的尽头。

经过几个夏天山洪的不断冲刷，滚石塔镇的绿泉河恢复了清澈。下游的苇湾湖可就没这么幸运了。一个曾经芦苇摇曳，鱼跃鹭飞，野鸭子成群的天然湖泊，被沿岸的大小工厂彻底污染。到我的公司在深圳设立总部时，那儿仍然是一片臭气熏天，鱼虾绝迹的烂泥湾。湖边的苇湾湖村成了远近闻名的癌症村。前不久我回上河村，特意去那里转了一圈，苇湾湖治污工程正在进行。巨额投资让我感慨不已，梁亮他们工厂当年的全部税金怕是连个零头也抵不上。回村后我把这话说给大家听，胖奶奶的儿子说："话也不能全往一边说。当年大家都穷得眼珠子发绿，一条肠子就想多挣几个钱。我要不是在染料厂干了几年，说啥也盖不起新房子。"他说这话时，眼里泛着深深的惋惜。

梁亮出狱的第二天，我拽着他在河边的小饭店喝酒。他头发全白了，腰背佝偻着，不停地吃菜喝酒，很少说话。我心里很痛，要是没有那场运动，梁亮哥绝不会是这个样子。他似乎听到了我的叹息，猛地抬起头，腰背也挺直了，眼睛闪出咄咄的亮光："我不后悔。他们，岳绍前、刘文先，曾经像狗一样趴在我脚下。"他盯着我，手里的酒杯抖擞不已，酒泼洒在桌面上。我正斟酌着咋回应，他突然扔掉酒杯，又佝偻着趴在桌沿上。过了好一会儿才又抬头看着我，伸手蘸着酒在桌面上一笔一划地写。扇叶上沾满黑乎乎苍蝇屎的电风扇咯啦咯啦摇摆，桌上的笔痕很快就风干了。我探过头，只看到一个断断续续的"人"字。梁亮惨然一笑，在人字上摁拉一把，抓过酒杯倒满，朝我举了举仰头喝干，一声不吭地摇晃出门去。我追出去要扶他，他朝后摇着手走出老远了，又转过身伸出食指晃动着："你不是要看那个字吗？我告诉你，那个字是——命。"

一九七九年夏天，梁文语又回了趟滚石塔镇。正是大暑节气，一年中最热的时候。他捧回了常继刚的骨灰盒。

我陪着爹去恩石寺看望梁文语。爹没像娘担心的那样激动。梁文语也很平静。他们拉了拉手，淡淡地说："活着就好。"

梁文语端起茶碗，撮着嘴唇吹开浮茶，没喝就又放下，摘掉眼镜晃动几下，没头没脑地说："剃掉了多少胡子。再养起来可就难了。"

爹摸着下巴，垂下松弛的眼皮，对着面前的茶碗噗地吹了口气，黄绿的茶雾离开茶碗，袅袅地变成乳白色，飘散在他和梁文语之间。梁文语拍拍骨灰盒："继刚看上去粗粗拉拉的。其实他读了很多书，连我写的那些很专业的书他都翻过。这些书让他长了双自己的眼睛，最终把他给害了。”

梁文语忽然出了身透汗。汗渍先是慢慢勾勒出肩胛骨的轮廓，接着就洇满后背，白棉布短袖衫像湿透了的宣纸，紧紧贴在脊梁上，清晰地显露出一颗玉米粒大小的黑痦子。老和尚的客堂是全滚石塔镇最凉爽的地方，连我都没觉出丝毫暑气，他咋会热出这么身汗。

梁文语的后颈紧张地绷着。站在他身后，我也能感到他在等待爹的回应。爹当年曾劝他不要再跟常继刚探讨，让他帮继刚从叛逆的旋涡中解脱出来。此刻爹该说几句宽慰梁文语的话，可爹啥也没说，只是摇了摇头。梁文语脊梁上冒出的尴尬让我都感到有些难堪了，爹却仍然干坐着不吭声，眼皮垂得看不到眼珠子。过了会儿，我看到泪水慢慢从他眼皮下渗了出来。

梁文语刚回到北京，就跟唐雁交代了后事，做好随时被带走的准备。可常继刚的被捕就像个火星爆了一下，再也没了动静。直到去年冬天，梁文语四处投书，让他那些已经官复原职的弟子们，顺着逮捕常继刚的派出所这条线，打探他的下落。费了很多周折，才得知他在被捕后不久，就死在专案组的审讯中。好不容易顺藤摸瓜找到当年专案组的负责人，那人冷笑道：按当时的公安条例，逮捕他审讯他没有任何问题。怎么死的无可奉告。诋毁伟大领袖，他死有余辜。

梁文语拿起他甩过来的卷宗，说，死有荣焉还是死有余辜，你说了不算。常继刚的卷宗里，除了作为罪证的传单外，还有一份“讯问记录”和一份他的亲笔“交代材料”。那份讯问记录，没有一个字的回答。“交代材料”也只有不到一页纸。开头就直统统地写道：“传单是我写的，有底稿作证。这是我对党和国家命运的独立思考，没有后台，更没有所谓反革命组织。作为一名为新中国诞生而牺牲的革命烈士的儿子，我父亲的在天之灵会为我骄傲。作为一名共产党员，我为我自己骄傲。我拒绝所有强加给我的所谓反革命罪行，我只有革命的血统，没有任何反革命的理由。我只不过是没有把对领袖的崇拜置于国家命运之上罢了。”

不难想象，看到这样的交代材料，专案组会怎样对待继刚。梁文语又摘下眼镜，看看爹，说：那份传单是他写的，这不假。那里头有我的观点，也不假。事情都起于他来北京接受完检阅，“串联”了大半个中国又回到北京后，我们的那次彻夜长谈。他说，来北京时，他是被挤上火车的同伴从窗口硬拉进去的。座位底下、行李架上、厕所里都塞满了人。过道里人贴人挤成一块，一抬脚身体就会悬起来。他被挤得像饼子一样贴在窗口上，和同样被贴在窗口的一个女学生紧张地护着窗户，警惕着任何尿急的晕车的想不顾一切地打开窗户的企图。车厢就是个储满压力的汽水瓶，有一点缝隙就会向外喷发。对面窗口有一个憋急了的，刚提起窗户探出头就被挤了出去。半夜时，他身旁的女生不安地扭动起来，不久脸就涨得通红，不住地轻声呻吟。他硬硬地把困得东倒西歪的人墙往外扛出点空，那女生往下一蹲就尿，热辣辣的尿液溅到他裤腿上。前边的人耸耸鼻子，没人回头，大家都知道发生了啥事，在那样的环境里，人的性别意识已经模糊。继刚郑重地告诉我，当时他没有半点杂念，心里升腾着奋不顾身献身革命的神圣。他的疑虑始于去革命老区串联的感受。他告诉我，老区的贫困状况让他震惊，到处是烟熏火燎的泥屋子破窑洞，他怀疑是走进了某部反映战争年代生活的电影。而此时全国的铁路线上正奔驰着一列列红卫兵专列，正常的铁路运输陷入瘫痪，车站的货场里堆满了积压的货物。白吃白喝白玩白闹了一个多月，继刚心里越来越发虚。他扳着指头跟我算计，不说老区，就说滚石塔镇吧，一个整劳力一天的工分值，高的时候不到两毛，低的时候只有九分钱，他出来时领的粮票、生活补贴和宣传费，加上坐火车和在各地红卫兵接待站的费用，一个月的花销，就抵得上一户农民一年的劳动分红。我没顺着他的疑虑往下说，看着这个土头土脑的农村教师，我给他讲了一晚上历史事件。我没提一句细节，却句句指向我对这场运动的思考。是我把他带有农民烙印的疑虑引向了知识分子式的反思。或者说是我把他带进了灭顶之灾。我把知识分子的反思勇气传递给他，却给我留下了行动的怯懦。我实在不敢面对连累唐雁和孩子一起受凌辱的后果，一人被诛殃及满门，太可怕啦。唐雁还年轻，孩子还小。

我把一大杯凉开水端给梁文语。他喝了一大口。窗外的光线在他的眼镜片上反出几个圆圆的绿色斑点。他摇摇脖子，发出阵喀吧喀吧的响动。

“你不用自责。”爹终于开口，“继刚是经历过磨难的，他本来就有自己的脑子，又是那种撞了南墙也不回头的性格。”

梁文语吮吮嘴唇，伸出两根中指揉搓鼻根。

拿到为常继刚平凡的文件后，梁文语按照卷宗里的火化编号，找到火化场，一个老火化工把他领进一个破旧的库房，从一堆咸菜坛子似的黑陶瓷罐子里，搬出一个贴着三十四号标签的。梁文语问他：“你能肯定这里面装的是常继刚的骨灰。”老头摇头说：“火化无名尸体，都是烧完几个后，才按人数把骨灰铲进几个坛子。”他蹬蹬三十四号坛子：”这里头装的是谁的，鬼才知道。”梁文语又拍拍骨灰盒，说：“我把它捧回来，是为了给继刚他娘一个安慰。来了后才知道老人家已经去世。就在她身旁保留着那个衣冠冢吧。不必折腾着再把它下葬了。”

爹抬起头："常继刚，他可是根正苗红哇。"

梁文语从眼镜盒里拿出片淡黄色绒布，慢慢擦拭眼镜："总结这十年单用阶级斗争的理论是解析不透这场大劫难的。"过了一会儿，又说，"伤到筋骨了，这个国家。像滚石塔镇这样的乡村社会，历来是由多种因素和力量相互平衡共同维系的，乡绅文明和宗族伦理也是一条重要的纽带，就这么拿阶级斗争的刀横七竖八地砍了几年，维系社会的经纬就散了，祖祖辈辈的邻里温情被敌视和割裂取代。好在又重提现代化建设了，人们会逐步感觉到，在一个现代社会里各阶层之间的温情是多么弥足珍贵。"

这之后，两人都不再说话。就那么枯坐着，互相看着对方。直到外面下起雨，雨水淅淅沥沥从屋檐上滴落。梁文语抱起骨灰盒，说："把它撒到这山上的水里吧。好歹让它有个归宿。"

爹默默地跟着梁文语，走出恩石寺，沿着石阶下到山涧的河水边。梁文语打开骨灰盒，抓起骨灰往水里撒。我这是头一回见到骨灰，它不是想象中的灰末，而是一片大大小小的，塑料一样的碎块。梁文语撒完后，拍拍手，看着河水里沉下和浮在水面的白亮亮的骨片，说："是常继刚的，他就总算魂归故里了。不是他的，不管是谁，葬在这方山青水绿的地方，也算得其所在了。"

"常二婶子，一个深明大义的庄户女人。年轻时失去了丈夫，老来又失去了儿子。她本该安享晚年的。"爹伸手捞出几块骨灰，掂了掂，又放进水里。

我蹲在爹身边，抚着他瘦骨嶙峋的脊背。他一直为没能报答常二婶子的仗义相助而愧疚不已。这些年来，常二婶子就那么仰躺在炕上，拼命撑住那口气，等待儿子的音信。她死时，人已干缩成孩子般大小。一手攥着丈夫的烈士证，一手攥着儿子的平反通知书。

雨点噼里啪啦密集起来。行智双手合十，高诵了声"阿弥陀佛"。河水忽地急涨，打着浑浊的旋涡，裹挟起骨灰，匆匆流往山下。

天赦子死在简小妹的女儿来给她妈上坟的那天晚上。

她是在我爹去世后的第二年夏天到深圳找到我的。那天我正在办公室里看着窗外发呆，她突然推门进来，把我吓了一跳，这活脱脱就是一个简小妹。简婶去世后，爹多次嘱咐我，将来有机会一定设法找到你简婶的女儿。我知道简小妹的死，是梗在爹心头的一块病。每到简小妹的忌日，他总会翻来覆去睡不着觉，半夜起来站在院子里仰头看天。

他常跟我说，要是和大家伙还在，你简婶死不了。说完总会缀上一句，连个给她上坟的也没有。我知道爹的意思，可那时候根本没法去找简婶的女儿，后来我就忙着办工厂搞公司，找人的事就搁在了一边。爹死后，我追悔莫及，该让他生前见简婶的女儿一面。这才多次托简小妹老家的客户打听她女儿的下落。没想到她这么快就来了。

站在简婶坟前很久，她才慢慢跪下，说："妈，你女儿看你来了。"泪水在眼里一圈圈转动，点点滴滴砸落在坟前。

我说："你就放声哭吧，好让你妈听到。"

她摇摇头，依旧默默流泪，糯糯哀伤的样子像极了简婶。等纸灰飞扬起来，她才又开口说话："妈，你寄给我的信，我都收到了，我一封也没看，收到就烧了。你死前写给舅舅的那封挂号信里，有专门给我的一张，你说，妈没做过任何对不起女儿的事，妈临死也不需要说让你原谅。妈对你，也没有原谅不原谅的话。你是妈生命的一部分，尽管你恨妈，尽管在我决定赴死前，你远在天边。有你这么一个女儿，妈就没白活一世。可，可我连这封信也烧了。"她抬起头，举起两个拳头："妈，你养了个狼崽子呀。"突然大放悲声，瘫软在地上。

等到她再也哭不出声来，我才拉起她。她又到爹坟前烧了刀纸。哽着嗓子告诉我，她妈写给她舅舅的信，舅舅都留下了。在我托的人找到她后，她舅舅把信都交给了她。她说，从这些信里，她看清了妈的一生，也知道了是你父亲供我读的书。离开坟地前，她托我明天帮忙把她妈的骨灰和她爹的骨殖起出来，她要把他们带回那个水乡小镇。我知道，重回故里是简婶的心愿，但把她的坟迁出滚石塔镇，恐非她所情愿。就说，这事，你跟你爸爸的侄子商量过吗。她脸色一凛："我跟他们商量不着。"

就在这天晚上，天赦子死在岳家坟地那口废弃的老井里。

天刚擦黑，月亮露出东山。"成峰饭店"里的第一批客人已开始陆续离席。空出的餐桌很快就被新到的客人占满。尚成峰站在二级提水站平台上，扶着新装上的白茬松木栏杆，一头油汗一脸油光，顶着个大灯泡，乐队指挥似的挥舞着胳膊，咋呼服务员迎接客人，安排餐位。从监狱里放出来不久，他就承包了提水站两侧的山地。沿提水长渠种满扁豆，丝瓜等藤蔓植物，拉起简易的竹竿芦苇长棚，开了家专门经营绿泉河河鲜和长岭山野味的庄户饭店。开业那天，他把公社各站所、附近各村和企业的头头脑脑全部请了来，把他们的招待用餐拉到了"成峰饭店"。每逢星期天节假日，他就发动起水泵，把漏水的长渠变成道人造水帘，吸引得城里人也都带着孩子来凑热闹，生意火爆得钞票把拇指食指都磨起了水泡。靠着点钞票的动人声音，尚成峰把饭店里一个比他小了近二十岁的漂亮服务员娶回家做了老婆。滚石塔镇的人都说，当年岳绍前劳民伤财修的提水站，就让尚成峰一人受了益。可惜好景不长，绿泉河污染后，“成峰饭店”的生意一落千丈，漂亮的小媳妇卷了家里的存款，跟一个南方小老板跑了，至今不知下落。

那晚上我和姐姐陪简婶的女儿在成峰饭店吃饭。苇棚外边的葡萄架下，有一家看样子像是给老人过生日的，指点着平台上的尚成峰说：“瞧，那得意劲儿，就差把脑袋摘下来举在手上啦。尚家爷们就是欠斗。”“可不，这小子比起人家岳翕若的子女来，可就差粗了去啦。”

苇棚里光线暗，我不知道他们是随口议论，还是故意说给我和姐姐听，就装作没听见，小声劝简婶的女儿品尝油爆河虾。在我刚办工厂时，爹很正式地跟我做过一次长谈。他絮絮地讲述了尚家的兴衰旧事，说：“论心劲论脑子，在咱滚石塔镇，尚荣杞都算得上一等一的人物。可就是做人上，总是差那么一点。你要记住，办实业做买卖，能挣钱是大本事，可钱垫得稳脚才是路，支起下巴就是坑。”

姐姐忽然抬头看着棚外。天赦子摇摇晃晃走进提水站的灯光下，甩着胳膊喊：“上菜。”不知又在哪里喝大了。

尚成峰探出上身看着他，朝迎过去的服务员一挥手：“没位子了，不伺候。”

天赦子前仰后合地梗着脖子喊：“上菜，拿酒。”

尚成峰抬头望着月亮。月亮水汪汪的，像要从深黛的天幕上滴落下来。尚成峰低下头时，我从他被贼亮的灯光漂白的半边脸上，捕捉到蛇蜿蜒游过的痕迹。他慢慢走下平台，站在天赦子跟前。我看不清他的表情，那样子是在死死盯着天赦子。

天赦子摇晃着踉跄了下，顺势推开尚成峰，喊道：“去，叫你们，梁老板。叫那小子，上菜。”

尚成峰喝住往外推天赦子的服务员，不知说了句啥，接着仰天大笑着登上平台。服务员领着天赦子走向离我们苇棚不远的一个水渠拱洞。拱洞下摆着一张小桌，桌上放着四盘菜一瓶酒。“神三鬼四”这是滚石塔镇摆放祭品的习俗。我抬头看看月亮，五月十六是胖哥和他娘的忌日。尚成峰这小子也忒损了。

天赦子膝盖一步一软，踩弹簧似的晃到跨洞下，扑倒在桌子上。服务员把他拉起来按在凳子上，给他上了酒菜。他朝服务员摆摆手：“上，好的都上。”低下头咬住杯子吸口酒，摸起筷子在盘子里挑了挑，还没把菜送进嘴里，筷子就脱手掉在桌子上。“妈的，还不让吃。”伸手抓起掉在桌子上的菜抹进嘴里，又哩哩啦啦倒上杯酒，哆嗦着端起来，往对面举了几举：“喝。别光看着。凭啥光兴他们，吃香喝辣，有肉，大家吃。哎，这就对了。吃，喝。他妈的，不吃白不吃。”

他跟虚空的对面一连对饮了好几杯，一头趴在桌子上打起呼噜。

简婶的女儿伸筷子点着油爆河虾说：“想不到在这里还能吃到这样地道的江南风味。别说，这滚石塔镇还真跟我们老家有几分相近。”

姐的眼睛还在天赦子身上，随口“嗯嗯”几声，显然失去了跟简婶女儿拉闲篇的兴趣。我接过话头：“过去滚石塔镇在外边干买卖的多，把天南地北的特色菜做法都带了回来。这里的人口味都挺杂的。”

天赦子扑棱摔在桌下。愣愣怔怔地看看四周，伸手把住桌子腿，虫子似的爬上去，又呼呼大睡。姐姐骂道：“这舅子儿也有今天。”

简婶的女儿扭头看过去，筷子停在盘子上：“他就是那个天赦子？”

临走时，我想去叫醒天赦子，被姐姐和简婶的女儿伸手扯住。姐姐搡我一把：“你吃饱了撑的。”

第二天刚起床，我就听到了天赦子的死讯。

天赦子被岳绍前赶回下河村后，还抖着造反派的威风，在生产队里指手画脚，被队长好一顿臭骂：“你这舅子儿他娘的还把自家当下派干部呀。当初，你他妈的不是说我是岳绍前的爪牙吗，我就叫你知道知道爪牙的厉害。”从此，队里一有脏活累活，队长就拖着长音喊：“尚天赦——”会计、保管也看着队长脸色行事，不住掐捏这只拔了毛的山鸡。已经风光惯了的天赦子哪能咽下这口气，就编了段顺口溜贴在大街上：“举旗造反功劳多，下放回队好难过，得罪了保管挨秤砣，得罪了会计笔尖戳，得罪了队长干孬活，得罪了书记没法活，牛鬼蛇神又当道，老子革命一场白忙活。”队长揭下大字报就去了党总支。岳绍前把顺口溜往桌子上狠狠一拍，说：“还来这一套，他这是给社会主义抹黑。”他让队长在本队组织批判天赦子，“现在还有些造反派对党总支说三道四，要叫他们知道，反对党组织就是反对党的一元化领导。”

队长回去后，立即把全体社员集合在饲养所，批斗天赦子的“反党反社会主义言论”。天赦子跳起来喊道：“放屁。我啥时候说过反党反社会主义的话了？”队长当胸给他一拳：“书记是谁？书记就是党。队长是谁？队长是人民公社的队长。你攻击书记、队长就是反党反社会主义。岳书记说了，你好好承认错误还能按人民内部矛盾处理，不低头就把你的反动言论报公社党委，那可就成了敌我矛盾啦。”天赦子在一片声讨中低头检讨，被罚了一个月的工分。队长点着他的鼻子教训道：“这就叫阶级斗争一抓就灵。”从此，天赦子就重新沦为生产队里的二等社员。他回家后跳着脚大骂：“操他娘，斗来斗去，倒斗得岳绍前成了土皇帝，谁也戳不得啦。”跳过骂过，忽然浑身没劲了，一腚蹾在门槛上发呆，想不通咋就从斗人的一下就成了挨斗的啦。“好你个岳绍前，你轰着我往上冲，又不告诉我是吓唬吓唬还是下口就咬，咬不咬敢情都是你的理。就是你叫下口，还有个咬轻咬重呢，都耽误不了你事后宰狗吃肉。”

改革开放后，天赦子不想在地里下死力气，各种小买卖都干过，赔了一腚饥荒，还天天想着喝二两，只好满滚石塔镇转着蹭吃蹭喝。尚迷糊死时他在外村喝得一塌糊涂，被连拖带拉地弄回家，还抡着胳膊喊：“死就死吧，我不知道哭爹还是哭姐夫。”等送尸体的拖拉机走了好长时间，他才清醒过来，连滚带爬地跑到山下的公路边，截住一辆往县城送货的大头车，司机不耐烦地问：“去哪里？”天赦子说：“人生终点。”司机更不耐烦：“哪里？”天赦子很得意：“火化场。真没文化。”那司机是去县城做买卖的，觉得触了个大霉头，推开车门一脚把他踢到一边，骂道：“你他妈的有文化。你要去人生起点，我还得把你捎到你娘的裤裆里。”天赦子爬起来，狠狠呸了口：“何其毒也。”

那晚上，天赦子醒来时已快半夜了，两长溜苇棚里早已空空荡荡，只剩下棚外葡萄架下几桌打扑克乘凉的。有人把他扶到路口，看着他摇摇摆摆走向下河村。没人知道他咋会绕过下河村，蹚过上河村北那条山洪湍急的季节河，去了岳家坟地，掉进废弃的老井里。上河村北头的人家都说下半夜时，好像听到山上有人喊叫。溽热夏夜里，那正是人们贪睡的时候，眨眨眼，翻个身就又睡过去了。也有人临明天时才听到喊声，以为是在山上看西瓜甜瓜地的在交接班，也没在意。把天赦子打捞上来的人都说，垂到井里的那条铁链子上的铁锈都磨光了，井壁的青苔被脚从上到下蹬出两道凹痕，石缝上留着手指抠划的血迹。天赦子大概从后半夜就掉到井里。他抓着链子蹬住井壁，拼命喊救命，一直喊到临明天也没喊来人，终于体力不支沉入井底。这期间他或许多次滑落到井底，又抓住铁链子钻出水面，看着井口透下的月光，一次次往上攀爬，每次都在眼看就到井口的时候又滑下来。也许他刚坠落进井里就抱住了铁链子，两脚蹬住井壁死死撑住，在声嘶力竭的喊叫中，一点一点地绝望地沉进黑暗。令人费解的是，他那么轻的身子，从小就是把爬墙上屋的利落手，就算喝大醉了，往井里一掉，也该就惊醒过来了，有那条铁链子做抓手，说啥也不至于爬不上来。磨光锈迹的铁链子，井壁上的凹痕，石缝里的血迹，都证明他曾多么恐惧地挣扎过，绝不会是自杀。他也不是那种会把自己的命料理掉的人。应他家里人的要求，公社派出所请来县里的刑警，勘察了半天，排除了他杀的可能。后来传说，有人听到天赦子喊过简小妹和尚成岭的名字，大家又翻出简小妹死前诅咒天赦子不得好死的话，和他指证胖哥毁坏领袖像，在胖哥炸死前从山谷里仓皇跑出来的事。也不过是在茶余饭后说起天赦子之死时，增加一些联想一些感叹罢了。

迁坟拖后了一天。简婶的女儿说天赦子弄脏了墓地，得让风把他的臭气吹散。

晚饭前，她让我陪她去她妈家里看看。砸开锈迹斑斑的铁锁，天井里荒草败叶。屋门上的锁扣已脱落，插杆上挂着把老式哑铃模样的铁锁，耷拉在一蓬黄蒿上。推开门，一股潮湿的霉气迎面扑来。我挥着胳膊划掉蜘蛛罗网，进屋打开窗户。她翻箱倒柜地仔细挑捡着她妈的遗物，把几本旧书、一把无弦的琵琶，两身穿过的衣裳放在铺着层厚厚灰尘的桌子上。

我看着方桌上方墙壁上依稀露出块长方痕迹，那是原先挂相框的地方。记得相框里镶着简婶和二宝叔的合影，周围排列着简婶不同时期不同姿态的小照，这应该是她女儿最想要的。我满屋搜寻着，在桌子下面发现了那个相框，赶紧拿起来，相框的玻璃已经摔碎，一张照片也没有。简婶的女儿猜着了我的心思，接过破损的相框，说："我妈她是不想让这个世界的人再看到她，想起她。"

她原地转了一圈，抱起桌子上的东西："走吧。"

我跟在她身后，悄悄抹去眼角溢出的泪水，诧异于她此刻不合常理的冷静。

她一只脚已迈过门槛，忽然停下，把东西往我怀里一塞，又反身进去，重新翻看刚刚搜检过的遗物。"怎么会没有呢？妈在给舅舅的信上说过多次的。"

她看看我。我一脸茫然。

她自语道："难道也烧了？不会呀。"又转着眼睛满屋看了一遍，趴在结满霉斑的砖地上，爬进床下，拖出一个小木箱。我把她扶起来，敲掉小木箱上的铜锁，打开箱盖，里面满满一箱衣裳。

她低声喊了句"妈，妈呀"，像是怕惊动了这箱衣裳，拿起最上面的一件轻轻抖开，是一身蓝印花小褂藕荷色宽松七分裤，布满虫洞霉渍的小褂和裤子用一根针关在一起，针上别着张小纸条："1970,3,5，女儿 28 岁"。

简婶的女儿泪水汹涌。跪趴在箱子上，一件件地往外拿衣裳，每身裤褂都别着这样一张小纸条。最底下的一身小衣裳已经褪色，纸条上标明“1956,3,5，女儿 14 岁”。

受伤的小羊羔似的，她仰起头从腹腔深处发出声悠长的呻吟，抱着那身小衣裳扑到床上，后背慢慢弓起又颓然跌落：“妈，你叫我咋再面对我的女儿啊。”

我挥手扇开腾起的灰尘，体味着她这句百味杂陈的呜咽。这是她离开滚石塔镇后，第一次回到出生她的这座老屋。刚才她的悲苦只不过是让蚀骨的悔痛压在了心底。我拿起第一件衣裳，把脱落的纸条重新别好。本以为简婶的女儿比我大不了几岁，没想到她已经四十出头了，这是个最容易在过去和现在之间纠结的年龄。

屋里暗下来，她还伏在床上。我拉拉她：“走吧，不早了。”

她翻身坐起来：“我想在这里住一宿。”

“那咋行，这里破破烂烂的，哪能住人。再说这么多年没有人气了。”

“可我还是能闻到小时候的气息。”她又转着眼睛满屋打量，说，“你不是说滚石塔镇是个很神奇的地方吗，也许晚上我能见到我妈。”

我强行把她拉下床，指指破损的门窗：“你不怕死人，也不怕活人吗？”将那些衣裳和几本旧书、简婶的两身旧衣服都装进小木箱，把琵琶塞到她怀里，拽着她离开了简婶独居了近三十年的破败小院。

出大门后我随着简婶的女儿又回过头。现在简婶应该不会一个人独处了，就要回老家了，她舍得吗。

按照滚石塔镇的风俗，第二天一大早我带着几个工人，赶在太阳升起之前，掘开了简婶和二宝叔的坟。简婶的骨灰盒还很完整。二宝叔的棺木早已朽烂，只剩下一具散了架的白森森的枯骨。

捡出简婶丈夫骨殖后，太阳刚好从东边果园的山脊上升起。我和简婶的女儿在井台上坐了好长时间。我一再打量井壁上的凹槽和抓痕，很后悔当时没叫醒天赦子，找人把他送回家。简婶的女儿沉默不语。我不知道她在想什么。我一直在琢磨，简婶和天赦子，这两个人都死在这一口井里，难道天赦子真的是死在简婶的诅咒里。简婶是去意已决，从容一跳就过去了。天赦子是在求生的挣扎中，经历了半宿的漫长煎熬，眼睁睁地坠入脚下黑沉沉的死亡。他死后凸出的眼球，记录了死前无助的恐惧。他在滑落到恐怖的黑暗前，想起过简小妹的咒语吗。

太阳升高了，光石岗笼罩在明晃晃的阳光里，坟地蒸腾起热烘烘的潮气。

简婶的女儿站起来，目光在山上山下缓缓移动。她是在替她妈最后看看滚石塔镇。

那天天气真好。山上深深浅浅纵横重叠满眼是绿，光石岗和滚石塔浮在绿色上，恩石寺上空烟气缭绕，香火味和满山荆蒿的药香随风飘过来。简婶就要在这缥缈的香气里魂归故里了。

应简婶女儿的要求，我让石匠用光石岗的石头精心打制了一个骨灰盒。她把她爸爸的骨殖火化后，将两人的骨灰装在里面。我看着她抱着骨灰盒登上火车。看着火车"噗噗"喘息着缓缓启动。她从车窗里探出身，轻轻朝我摆手，眼睛里的波光让我心里一动。这是简婶的眼神，也有点像晓兰和贾楠的眼神。就在那一刹那间，我忽然明白，我迟迟对找对象结婚提不起精神，也许就是一直在找一个有这样眼神的女人。我往前跑了几步，火车在吐出的蒸汽中疾驰而去。

站在月台上，眼前婉转流动的，都是水一样轻灵的眼神。贾楠的眼神像阵风掠过黑龙潭，推波带澜，明快而清亮。晓兰眼里的波光缓慢又灵动，是徐风轻抚绿泉河湾的样子。简婶的眼睛就是薄阴微雨中的一潭春水了，多了些丰富，多了丝暧昧。面对爹的时候，简小妹眼角里总会在某一瞬间，忽然就泛起一些个隐隐的幽怨，蔫蔫的，明净的，一戳就透一碰就碎的那种。她眼睛里这种倏忽而至的波动是隐忍的，把握了分寸的，不等从眼角漫滤开来，就被顾左右而言他的浅浅一笑，吹散在细细的鱼尾纹里。给爹上坟时，娘总是要在简小妹的坟前烧刀纸。她说，你简婶就该活在民国里，拿本线装书，竖排版繁体字，书页泛黄的那种，跟懂得欣赏她的男人说些跟过日子不沾边的闲话。她是个"古早"味的女人。娘说的古早味，大概就像秋季一连几天细雨后的阳光，在滚石塔镇老房子长满青苔的石墙缝里，在石桥拱脚上趴着蛞蝓的水渍上，慢慢烘焙出来的味道，有些迷离有些暧昧。现在，简小妹终于回到她时常念叨的那个家家窗前都有丛芭蕉的水乡小镇，落木萧萧风流散尽，滚石塔镇怕是再也见不到有这样清澈而又蕴藉眼神的女人了。

最后一次感觉到老和尚会愚的气息，是在爹去世后的第一个清明节，娘带领我们给爹上坟的时候。

坟地里零零碎碎地散落着些花瓣。姐姐一家，五哥一家都来了。三哥没来。给爹出完丧后，他在爹坟前大哭一场就又去了深圳，从此再没回滚石塔镇。

我开车送三哥去火车站的路上，他勾着头一声不吭。放出来后他就一直这样。刚回到家他就打听杏花。大嫂告诉他杏花早就回了娘家。第二天他就要去找她。大嫂只好跟他说实话："在你被抓走的当天，杏花就喝农药自杀了。临死还留下遗书为你开脱，把责任都揽在了自己身上。三弟呀，杏花真是个敢作敢当的好女人，对你是一百成啊。”三哥抬头看看大嫂，又看看我。我感到他眼睛里残存的那一星亮光，也慢慢消失在瞳仁深处。我能感觉出他心里没有一点生机的灰败，他的鼻息透出种枯井般霉干的荒索。杏花的遗书并没挡住三哥被关进大牢，反而把她自杀的罪责也摁在了他头上，判了他十五年刑期。

全家人一再劝阻，也没挡住三哥去给杏花上坟。站在重重大山褶皱里的那个小山村下面，仰脸望着老鸹窝似的挂在半山腰的几户人家，我说：“咱们就在这里祭奠祭奠吧。要到杏花坟前就得进村打听，杏花毕竟是因你而死，她庄里的人……”三哥一抡胳膊，咬着牙道：“现在我还怕他娘个屌！”弯腰顺着曲里拐弯的羊肠小道往上攀去。杏花的父母都已去世。我们按村头一个老太太的指点，找到她的坟。我帮着三哥拔掉坟上的杂草。三哥压上坟头纸，跪下，烧完纸钱，叫了声“杏花啊”，头抵在坟头上。他没哭，只是一动不动地趴着，像只刚刚找到家的狗，伏在主人脚上，喉咙里含糊不清地呜啦着。

到了火车站，我说：“三哥，过年时我再开车来接你。”

他苦笑着搂了我一把：“我再也不会回来了。照顾好大嫂，让她过几天好日子。”

临上火车时，他目光怪异地瞧着我，说：“你不是老问我，监狱里是个啥样吗。我告诉你，刚进去时，我跟一伙流氓、杀人犯关在一间牢房。早晨起来他们逼我用他们的尿洗脸。那个杀人犯叫我给他舔腚。他是个胖子，得两手掰开腚，才能伸进去舌头。他长痔疮，肛门血糊沥拉地脱在外边。”

三哥笑得跟哭似的登上火车。直到火车吼叫着拐了弯，我堵在喉咙里的那口气也没缓过来。我明白了，为啥回家的当晚，三哥就揣了把菜刀去找天赦子拼命。记得给杏花上坟回来的时候，半路上下起大雨。在村头看到和狗子趴在路边的水沟沿上，水都漫到脖子了。我弯下腰把手放到他嘴上，他喷出的气息热得烫人。他娘死后，就没人管他了，他就在腚上垫着块拖拉机轮胎，到处挪着东吃一顿西吃一顿。三哥伸手把他往上拽了拽，掉头就走。我撵上他说：“他都不知道是你救了他。”三哥冷笑：“我，救他？他这样死了忒便宜。”我回头望去，和狗子的头发在风雨中像片萎靡的水草。我忽然想起小时候狗子哥带我一块玩的时候，他比三哥都护得我紧。我转身往回跑，被三哥一把拽住。到庄里后，我还是喊了几个人，把和狗子弄到了他哥哥家。三哥一天没理我。

三哥从没问起过淑珍。

淑珍的丈夫死于梁亮化工厂的爆炸，不久她就回到了娘家。经常去她和三哥的爱情小屋，一坐就是半天。我曾偷偷地去看过，淑珍姐就那么枯坐在那盘矮炕上，抬头呆呆地望着屋梁。炕前燃着一堆柴火。

三哥出狱后，两家都想把他和淑珍再撮合在一起。三哥想也没想就坚决拒绝了。一年后，听说三哥仍然孤身一人，淑珍姐就只身去了深圳。走前她对大嫂说："我没脸再嫁给知琛。去找他只是为了给他洗衣裳做饭，不叫他那样孤苦。我想好了，不管他咋对我，我都会赖在他身边，伺候他一辈子。"

淑珍姐在三哥住处附近租了间房子，一天三次去给他做饭、收拾房间。这样过了大半年，三哥还没有接纳她的意思。五哥专程赶到深圳，叫人把淑珍姐的东西都敛伙到三哥家里。淑珍姐这才打开两个用破床单做成的包袱，抖开两床还崭新崭新的大红被褥。这是当年她准备的和三哥结婚的嫁妆。被子上的图案是山河一片红，"文化大革命好"的黄字金光闪闪。三哥一看到这两铺两盖的嫁妆，蹲在地上就抱头大哭。

五哥说："三哥那场哭哇，揪心揪肺。连去帮着拿东西的大小伙子都受不了，捂着脸跑出房间。"

三哥和淑珍姐就一直搭伙似的住在一起，到这也没领结婚证。

二哥也没来。他转业后一直没回家。大哥不让通知他回家奔丧，说："他没这个家了。"

娘一件件摆上祭品，供上香，点燃纸钱。五哥把爹的烟袋和一支雪茄一起点着，放在供桌上。

我忽然感受到一种异样的气息。随着旋转飘舞的纸灰抬起头，坟地上边一座小山包上，野李子树、杏树、梨树都粉白成一团。老和尚来了。还有爹，还有傩疯子。傩疯子也是在大雪那天死的。死在滚石塔下。三天后才被发现，尸体已冻成风干鸡。人们就把他埋在了光石岗下。我看不到他们，但我能感觉得到，他们都站在花树下看着我们。爹的目光肯定是落在娘身上的。娘正用树枝拨挑着焚烧的纸，从石桌上的盘子里捡着祭品往火里丢，絮絮地说："他爹呀，孩子们都来给你上坟了。日子刚好起来，你就去了。走得这么急，连句嘱咐的话也没留下。"

我们一起跪下磕头。姐姐哽咽着喊道："爹，你的胡子终于，终于也没留住。"

大嫂、五嫂和孩子们都哭起来。我的泪水刚一流下，就感到爹的目光移到我的后背上。爹的种种慈爱，我的种种不懂事瞬间一起涌上来，憋了一冬春的悔痛奔涌而出。

娘用树枝抽打着供桌说："都别哭了。你爹听不得孩子哭，别再惹他伤心。"她拂掉落在头发上的纸灰，又从篮子里摸出刀纸，点着放到一边，说："傩疯子，请你原谅我这样叫你。我实在不知道该咋称呼你。你在滚石塔镇也没个亲人，就来这里拾点钱花吧。"

那刀纸放在了一蓬去年的老蒺藜秧上，几颗蒺藜啪啪地爆出串火花。我似乎听到衣袂飘动的声音，抬起头，小山包上风吹树动，落英缤纷。爹和老和尚他们的气息消逝在雪一样的花雨里。从那以后，我就再也感觉不到来自他们那个世界的气息了。我低下头，又想起那些年我送给爹的白眼，他都装作浑然不觉地吞下了。遭到他最疼爱的小儿子的嫌弃，爹的心里肯定不会像脸上那么平静。我转嫁到他身上的伤痛，应该是他所有疼痛中的最痛。那么多年以来，我毫不掩饰地把我遭受的所有挫折都归咎到爹身上，很少给他好脸色。姐姐不止一次地说，小凡在家门口还有说有笑的，一进门脸就挂搭下来了。爹从不接姐姐的话。他总是小心翼翼地迁就我，一脸歉然。爹的晚年，我多次想向爹表达我的忏悔，每次话到嘴边又咽了回去，总觉得还有的是机会。现在，这抔黄土把所有的话都永久堵在了心里。

娘站起来，拍打着身上的土说："你们几个，都添把土吧。"

大哥、姐姐、五哥和我，每个人都按照滚石塔镇习俗，往爹的坟上培上几掀土。童童和岳石、岳塔，还有姐姐的小儿子运生，也都捧起把土撒到坟上。小山包上的树不再摇动，还不时有花瓣稀稀落落地飘下。大家都已簇拥着娘走出坟地，我望着那一团团粉白不愿离开。大嫂又回来，拉住我的手，说："小弟，别再想了。那些年你小，还不懂事呢。爹从来不怪你的。回吧。"

大嫂的手粗糙干凉。我给她弹去头发上的纸灰，挽起她胳膊往回走。她脚步蹒跚，比娘的腿脚都笨重。大嫂一直把全家的日子驮在背上，从我记事起就没见她轻松过。是该娶个媳妇了，就算只为给大嫂找个帮手。攥着大嫂的手，我再次对自己说，忘掉过去吧。为了使自己不再反悔，我对大嫂说："今年，我一定给你领个弟妹回家。"

大嫂笑笑："结婚是一辈子的缘分。别为了我就瞎凑合。"她使劲捏捏我的手，说："我知道你从小就心疼大嫂。"

大嫂太了解我了。面对任何一个有可能成为老婆的女人，我都憋屈得难受。她们谁都不是那双"黑眼睛"，也不是那条曲曲弯弯伸向远方的小路。婚事一拖再拖，等到操持完我和那个女同学妹妹的婚礼，大嫂就躺下了。她已先后送走了娘和大哥，把所有的活都干完，就无牵无挂地走了。我和我们老岳家欠大嫂的太多。尽管我披麻戴孝举幡摔瓦，把大嫂的丧事办得很体面，这对她又有啥用呢。只不过是为我自己挣了个好名声而已。

二哥顶一头被河风吹乱了的白发，踟蹰在冬日淡黄的阳光里。

跨过巴漏河石桥，他就在一片崭新的楼区迷失了方位感。沿着花砖路前后左右转了好几圈，也没找到河杈村路口那座刻着“滚石塔镇”的石牌坊。他疑惑地站在长条青石镶砌的河岸边，抬起头打着眼罩寻找滚石塔。一排排一模一样的楼房，挡在河岸和光石岗之间，墙面瓷砖把阳光强劲地反射过来，眼前一团炫目的光影。他以为是出租车送错了地方，转过身去，溜达着往回走了一段，在巴漏河石桥头上站了站，又踅回来。

楼前小广场里光影交错，几个坐在树下连椅上晒太阳的老头老太太扬起胳膊招呼道：“喂，迷路了吧？”

二哥朝他们摆摆手，喊道：“去滚石塔镇上河村咋走哇。”

老头老太太们听出了他的当地口音，互相看着哈哈大笑了一阵。一个戴着顶绒线帽子的老头站起来大声说：“今天你是第三个找不到家的啦。这就是滚石塔镇。”他往东指了指：“上河村在那边。你走到路口，看见滚石塔就到了。”

二哥疑惑地往前走了一段路，光石岗从两个楼区间撑出来，原本浑圆的山岗从西侧劈掉了小半拉，东面大半张脸扭曲成一副哭相。滚石塔憋憋屈屈地竖在扭歪的额头上。他原地打了个转，看见东边第一幢楼前的路口竖着块巨大的长岭山石，刻着“下河新村”四个仿宋字。刚才经过的就是“河汉新村”了。

站了会儿，拍拍脑袋，二哥继续沿着楼前的花砖路往前走。

一样的楼房一样的小广场，一样的树下的连椅，一样的坐在连椅上的老头老太太，真荒唐。再往前走，就该是一模一样的上河村了。二哥觉得走进了《聊斋》。那些老头老太太都是戏弄他的狐仙。

“光石岗咋被劈了？”二哥问广场上的老头老太太。语气有些生硬，兴师问罪似的。

“卖钱了。要不哪有这些楼，哪有这样坐着晒太阳也领钱的好日子。”

光石岗咋能卖钱。二哥在小广场前愣住。这是跟河汉村一个版本的木刻画，只是换了换套印的颜色。那一幅幅石墙小瓦，拱桥曲水的江南水墨呢？“剪断脐带了。”他犹豫了好长时间，才又顺着河湾爬上那道熟悉的山梁。眼前忽然一亮。那座“滚石塔镇”旧石坊移到了上河村庄头，一片温暖的青灰瓦面随着石头墙缝的“古早”味道扑了过来。

“谢天谢地，上河村还原汁原味地保留着。”他抬起头，泪水湿了微微凹陷的眼窝。

我当天从深圳飞回，喊着二哥扑进家门。二哥眼圈红红地一把抱住我，说：“你七十多岁的老哥哥一个人回来了。爹娘、大哥、大嫂都见不到了。”

我埋怨他不事先告诉家里：“你跟那位老战友的儿子打声招呼也好呀。”我曾为了公司的事托二哥找过他老战友的儿子，当时他是地区乡镇企业局的一个处长，现在是市里的副局长了。

二哥摇摇头："我还有何颜面让家里高接远迎。吃闲饭的老头子喽，还张扬个啥。"

我一下想起1966年的小年夜，心里涌起阵怨气。爹晚年一句想念二哥的话也没说过，可我知道他一直盼着生前能再见他曾寄予厚望的二儿子一面。娘常在早晨起来悄悄告诉我，昨晚上，你爹又在梦里念叨你二哥了。

"你有啥理由，非熬到爹死了这么多年才回家。"二哥的满头白发堵住了我冲到嘴边的诘问。我们兄弟几个都似爹，早早地就都谢了顶。只有二哥有这样一头茂密的头发。这头白发和他像娘一样略微凹陷的眼窝，保留住了我从小就生长在心里的敬畏。

他突然问："光石岗咋回事？"

"前些年，滚石塔镇四村各自成为独立的行政村，正处在上河村和下河村中间的光石岗也就随之一分为二。大前年村两委换届，尚成峰请客送礼选上村主任。也不知他从哪里得知光石岗是上好的花岗岩，就把下河村那一半卖给了一家台商，合伙开采花岗石。尚兴凡拉上我一块动员上河村的人，阻止尚成峰他们挖掘光石岗。尚成峰以为我们老岳家要断他的财路，说我们挖下河村的半边，碍你们啥事。我说滚石塔是滚石塔镇的，谁也无权破坏。他说那你就去找滚石塔镇吧。

"两边的村民都抄起家伙在光石岗下对峙起来。来处理纠纷的乡党委副书记当时正在下河村抓新村建设典型，他知道下河村卖光石岗的钱已经都投在盖楼上了，他也没少从中捞油水，就两头和稀泥，划出滚石塔保护界线，规定不准越界开采。今年建筑材料价格暴涨，花岗岩板材供不应求。尚成峰常安排人偷偷地在晚上越界放炮。这滚石塔早晚得毁在他手里。"

"他们老尚家咋还是这副唯利是图的德行。"二哥拍了把桌子，不再说话。过了会儿，他掏出手机跟老战友的儿子通话，拜托他关注一下滚石塔保护的事。

晚饭后，我陪二哥在大北屋说话。二哥话不多，半天才一句。可他就东一句西一句地跟我聊到深夜。他的话题始终离不开"文革"。我打着哈欠说："用不了多少年，人们就都忘记'文革'是回啥事了。"

二哥反复摩挲爹的烟袋，拍拍他那本大笔记本，顺手推给我。我揉揉眼睛，打开笔记本。第一页方方正正地贴着一张不知是从哪里剪下的数字：1亿1，300余万人受到不同程度的政治打击，557，000余人失踪；420万余人被关押审查；172万8千余人非正常死亡；

13 万 5 千余人被以现行反革命罪判处死刑；23 万 7 千余人死于武斗，703 万余人伤残；7 万多个家庭被毁。第二、第三、第四页分别剪贴着“文革”前后经济、文化、教育与日本等周边国家的对比数字。然后就是二哥写的人物访谈了，涉及的人员很杂，天南地北的到处都有。笔记本扉页上标记着个序号“6”。我抬头看看二哥，敢情这些年他一直在干这事。

“很多很多人在同遗忘症抗争。”二哥眯起眼睛，“其实，对于亲身经历者而言，遗忘是个伪命题。就像硫酸滴在铜板上，不管落下的是丑陋的疮疤，还是精美的图画，都是深度腐蚀。堪忧的是下一代，没有完整的呈现，他们眼里的疮疤和图画都是对真相的扭曲。”他忽然一口气说了这么些，似乎还想再说下去，见我的眼皮已沉重得抬不起来，说了句“睡吧”，就躺在爹那张黑檀木小床上。

我睡醒一觉，大北屋的灯光从窗帘的缝隙间透进来。从住进小西屋，我就习惯了醒来看见大北屋窗户的灯光，心里一阵发烫，翻身坐起来。从那个寒冷的小年夜后，爹就盼着全家人能再都聚在大北屋里吃顿年夜饭。可一直到他去世，儿女们在他坟前也没聚齐过。明天就又小年了。窗外窸窸窣窣，大概是飘雪了。

第二天上午，我陪着二哥在庄里走街串巷地转了一遍。他仍然话不多，走到印象深刻的地方就停下来站半天。在原宅子门口，我指着门楣上“岳家旧宅”的木牌，告诉二哥，古村旅游办本来是要挂“岳家大院”的牌子。大哥坚决不同意。说我家祖上都不主张建大宅子，这个院落是经过好几代人才建成这样的。为了跟周围住家的房子齐平，天井是挖下去的，有排水暗沟通到河里。在院子里看房子挺高大，从街上看并不起眼。不像尚家的房子，鹤立鸡群似的。岳家旧宅就是只鹤，也是趴着的。

二哥点点头：“上河村没被拆掉就是万幸了。”

“这是亏了绍前爷把滚石塔镇拆散了架。他到底也没把滚石塔镇交给尚兴凡，而是让他的孙子当了总支书记。爹还为此让我扶他到绍前爷家里，跟他狠狠吵了一架，说他坏了祖祖辈辈的规矩，把滚石塔镇变成了岳家庄园。那时爹身体已经非常虚弱，不停地咳喘着劝说绍前爷：你又不是不知道，滚石塔镇两姓共治的格局，是拿岳尚两家和全镇好几代人的血换来的。你不想把权力交给兴凡，那就另选个接班的，但不能再留在岳家，更不能把它从袖筒子里塞给自己的孙子。绍前爷一点也不觉得理亏，说这是党员选上的，大伙还是相信咱岳家。爹说你就差拿着人家的手写选票了，这也叫选举。你以为大家会冲着一个‘岳’字，就让你在一万多人口的滚石塔镇搞世袭。绍前爷眨巴眨巴肿胀的眼皮笑道：选举总支书记可是我们党内的事。爹气得拍了桌子，几乎是声嘶力竭地吼道：那你就等着大伙把小兵给轰下去吧。结果，他孙子干了不到两年，北三村和小河南就都不再听招呼。闹腾了一年，把乡党委闹烦了，一纸公文就撤销了滚石塔镇党总支和行政设置，四个村都成为独立的行政村，千年滚石塔镇从此名存实亡。在乡里推动新村建设时，上河村党支部暗中支持村里的老人软拖硬抗地顶着不拆。我联合村里其他几家企业，搞了个"古村保护开发方案"，托五哥让县长做了个批示，终于顶住了乡里的压力，总算给石匠三兄弟留下了这片遗产。"我看一眼二哥，又说，"也让爹的魂魄回来时有个歇脚的地方。"

二哥也看看我，突然拍拍门边的老槐树，指着树杈上一个鼓起的包，说："那里藏着样东西。"

我叫人搬来梯子，劈开疙疙瘩瘩的树包，剥出块拳头大小的东西，二哥接过去摩擦出块椭圆形石头，端详了会儿递给我。

这是块绿泉河里常见的鹅卵石，上面刻着个刀痕挺深的"岳"字。

"翻过来看。"

我翻过石头，几条赭红和乳白交织的石筋组成了个圆柱形图案。

"滚石塔？"我抬头看着二哥。

"这是参军时，会愚老和尚送我的。"二哥望着树杈上的伤口，阳光融融地洒在他脸上，"离家前不知咋想的，会劈开树杈把它藏在这儿。"

真是奇妙，连塔顶上蓬开的荆蒿树枝也不缺，完整的一座滚石塔。我摩挲着不想还给二哥。他笑笑："送给你吧。当时刻上了一个岳字。我的儿女和孙子都不姓岳。"

二哥眼睛里掠过一丝凄凉。我早就知道，二哥的孩子都随二嫂姓。当初，他们肯定是想让孩子尽量避开爷爷阶级成分的影响。这事我们都瞒着爹。二哥的话印证了五哥对他"文革"后迟迟不回家的推断。他三十多岁才结婚，比他小十来岁的妻子又迟迟不要孩子，"文革"前一年的春节回家探亲时，爹看着他大包小包地往桌子上摆东西，反手拨拉着胡子说："回家带金带银不如带孩子。"弄得他咧着嘴笑得很尴尬。历经磨难后回家，不带着爹的长孙、长孙女一块认祖归宗，是没法解释的。要是带回家的儿女都不姓岳，爹能抡起拐杖把他赶出门去。刚才二哥眼睛里掠过的凄凉，也透露出他老来的心境。面对故土老宅，他心里肯定翻腾着不可言说的遗憾。他毕竟是推崇宗族血脉的滚石塔镇后人，是曾经的老庄长的儿子。我猜想，后来他肯定也想过把孩子的姓改过来，只是儿女们都已工作恋爱结婚，甚至有了孩子，改姓会有一大堆麻烦。

这是个暖冬。太阳一爬高，墙根残存的薄薄一层积雪就没了踪影，暖烘烘的阳光散发出初春的味道。旅游办的人热忱地邀请二哥进去指导指导。二哥笑着摆摆手，跟我说："去看看滚石塔。"掉头就走。

在爹娘坟前，二哥双手撑住膝盖，一点点地慢慢弯腿。最终也没控制住，扑腾趴在地上。我点上香烧着纸。二哥跪着默然流泪。雪花又零零碎碎地飘洒起来。

我看着手表，跪了十分钟，又十分钟。半小时过去了，他银亮的白发在阳光下风一样飘拂。我感受着他心里深刻的痛楚，陪他跪了会儿，扶着他站起来。就在这时，光石岗那边突然传来一阵闷闷的坍塌。我和二哥抬起头望着光石岗。滚石塔顶上的荆蒿树枝跳跃着猛烈一抖，塔身跳了几跳，轰然倒塌，尘土贴着光石岗顶扑出老远，翻卷着冲上天去。

二哥踉跄着扑向光石岗。

滚石塔已变成一堆乱石，弥漫的灰尘还没散尽，半截被石头挤得浑身疙瘩的荆蒿树干挺立在石堆里，白森森的断茬骨头似的刺向苍黄的天空。

二哥粗声大骂，掏出手机给他那位老战友的儿子打电话。他情绪完全失控，对着手机几次哽咽住，大声吼叫："你说得轻松。一座树石合一的千年古塔。树断了，魂没了，再用钢筋水泥把石头垒起来，也是一座死塔。"

山下很多人喊叫着朝光石岗跑来。灰暗的烟尘中，我忽然又回到那年大雪那天，风雪搅动长岭山，天地间响着"咔嚓咔嚓"的摩擦碰撞。似乎又听到诡异飘忽的呼喊，声音模模糊糊，分不清是"走了啊"，还是"来了啊"。

烟尘散尽。二哥在乱石堆周边捡起把荆蒿树籽装进口袋，直起腰望着烟气缭绕的恩石寺。他说："昨天临明天，我做了个梦。爹坐在滚石塔下往光光的下巴上种胡子。他拿锥子，就是大嫂纳鞋底的那种，在下巴上捅开一个血洞种上一根雪白的胡须。掉出来的瞬间就被挂在塔顶的太阳烤焦了，收缩着卷成一根黑红的炭圈，弹出的火花噼噼啪啪溅落在胸前。种住的就摇曳葳蕤，迎风蓬散疯长，像冬天绿泉河里的水草那样碧绿得透亮。爹双手捧起绿色大胡子，平静地看着我，不说话。塔顶上雪青色的荆蒿花碎碎地落了他一身。"

2013年3月—2014年2月 初稿于耕石山房

2014年8月 改定于胜水禅寺

图书在版编目（CIP）数据

老镇 / 牛余和著 .– 武汉：长江文艺出版社，2015.2

ISBN 978-7-5354-7868-9

I. ①老… II. ①牛… III. ①长篇小说–中国–当代 IV. ① I247.5

中国版本图书馆 CIP 数据核字 (2015) 第 016375 号

老　镇

牛余和　著

选题产品策划生产机构 | 北京长江新世纪文化传媒有限公司
选题策划 | 金丽红　黎　波　安波舜
责任编辑 | 赵晓婧　装帧设计 | 郭　璐　媒体运营 | 银　铃　刘　冲
内文制作 | 宋　慧　责任印制 | 张志杰
总 发 行 | 北京长江新世纪文化传媒有限公司
电　　话 | 010-58678881　传　　真 | 010-58677346
地　　址 | 北京市朝阳区曙光西里甲 6 号时间国际大厦 A 座 1905 室　邮　　编 | 100028

出　　版 | 长江出版传媒 | 长江文艺出版社
地　　址 | 湖北省武汉市雄楚大街 268 号湖北出版文化城 B 座 9-11 楼　邮　　编 | 430070
印　　刷 | 北京正合鼎业印刷技术有限公司
开　　本 | 710 毫米 ×1000 毫米　1/16　印　　张 | 23.25
版　　次 | 2015 年 02 月第 1 版　印　　次 | 2015 年 08 月第 2 次印刷
字　　数 | 300 千字
定　　价 | 32.80 元